CORONAS MALDITAS

*Para la princesa Claire, una agente buena
y regia y una amiga incluso mejor.*

Primera edición: octubre de 2023

Cursed Crowns © Katherine Webber and Catherine Doyle 2023

© De esta edición: 2023, Editorial Hidra, S.L.
red@editorialhidra.com
www.editorialhidra.com

Síguenos en las redes sociales:

 EdHidra  editorialhidra  editorialhidra

© De la traducción: Cristina Zuil

BIC: YFC

ISBN: 978-84-19266-27-9
Depósito Legal: M-20962-2023

Todos los derechos reservados. Esta publicación no puede ser ni total ni parcialmente reproducida, almacenada, registrada o transmitida en ninguna forma ni por ningún medio, sea mecánico, fotoquímico, electrónico, magnético, electroóptico, ni mediante fotocopias o sistemas de recuperación de la información, o cualquier otro modo presente o futuro, sin la autorización previa y por escrito del editor.

CORONAS MALDITAS

CATHERINE DOYLE
KATHERINE WEBBER

TRADUCCIÓN DE CRISTINA ZUIL

Rompe el hielo para liberar la maldición.
Mata a una gemela para salvar a la otra.

Wren
CAPÍTULO 1

La corona de Wren Greenrock era demasiado pequeña. La diadema le presionaba las sienes y se le clavaba en el cráneo. Intentó no esbozar una mueca mientras permanecía de pie en el balcón del palacio de Anadawn, junto a su hermana gemela, observando el reino que habían conseguido reclamar tras muchos esfuerzos. Wren aún no se podía creer que fuera suyo. O, al menos, que una mitad lo fuera. Rose y ella habían aceptado compartirlo.

Aun así, estaba de los nervios. Este momento la había estado preocupando toda la mañana, y se había preparado para lo peor. Dados los acontecimientos de los últimos días (es decir, la desafortunada muerte del prometido de Rose, el príncipe Ansel de Gevra, en el día de su boda, seguida de cerca por el deseado fallecimiento de Willem Rathborne, consejero real y traidor), Wren no esperaba una gran asistencia, ni siquiera un público con buenas intenciones, pero un mar de personas llenas de júbilo se amontonaban tras la verja dorada. Adeptos de la cercana ciudad de Eshlinn y de más allá habían venido para felicitar a las gemelas en el día de su coronación. La multitud era tan grande que se extendía hasta el bosque. Miles de caras sonrientes contemplaban el palacio blanco, y sus vítores se alzaban sobre la brisa veraniega. Habían venido para honrar a Wren y Rose, las nuevas reinas gemelas de Eana.

Por su parte, las hermanas permanecían de pie en el balcón, vestidas con sus mejores galas y con coronas nuevas, absorbiendo su adoración como si se tratara de la luz del sol. Juntas, brillaban como un faro, la promesa de una nueva era en la que los brujos y los habitantes no mágicos de Eana vivirían codo con codo en armonía y las viejas supersticiones y la desconfianza arraigada quedarían a un lado por fin. Era un día lleno de promesas y oportunidades. O, al menos, lo habría sido si a Wren no le hubiera estado palpitando la cabeza como si fuera un tambor.

—Deja de fruncir el ceño —le dijo Rose, moviendo solo un lado de la boca—. Pensarán que no estás feliz.

Wren le dedicó una mirada fulminante de soslayo a su hermana, cuya sonrisa era abierta y reluciente. Rose había mantenido ese gesto en su sitio, imperturbable, casi una hora. También había estado saludando todo ese tiempo, con la mano en alto sobre su cabeza, para que todos los niños, hombres y mujeres de la parte inferior pudieran verla y supieran que eran bienvenidos, apreciados. Rose tenía un don natural, había nacido para esto.

Wren nunca se había sentido más novata en su vida. Al principio, había sonreído con gusto y se había asombrado al oír los vítores cuando habían abierto las puertas del balcón, lo que la había llenado de alivio. Sin embargo, ahora se le estaba acabando la energía. Había sonreído y saludado tanto que se le estaba cansando el brazo. Ella misma estaba agotada. No le sorprendía. Después de todo, había crecido entre los brujos en las orillas ventosas de Ortha, al oeste, lejos de la pompa y la ceremonia del palacio de Anadawn y de toda la paciencia y el decoro que se esperaba de una princesa.

—¿Cuánto tiempo tenemos que permanecer aquí? —siseó—. Estoy muerta de hambre tras tanto saludar. Y me duele la cabeza.

Rose tomó la mano libre de su hermana. Se la apretó y un cálido latido recorrió el brazo de Wren. Magia de sanación. En un abrir y cerrar de ojos, dejó de dolerle la cabeza.

—Ya está. —Rose dejó escapar el aire mientras la soltaba—. Deja de quejarte.

Wren esbozó una sonrisa de nuevo y siguió saludando. Se le había atenuado la jaqueca, pero seguía notando el pecho constreñido. A pesar de la magia de sanación, Rose no podía repararle el corazón roto. Florecía como una rosa oscura dentro de Wren y le recordaba a Banba. Apenas había pasado un día desde que el rey Alarik y sus despiadados soldados gevraneses habían capturado a su intrépida abuela de ojos plateados en la cripta en llamas del Protector. La habían arrastrado hasta un barco antes de que Wren pudiera alcanzarla. Sus últimos momentos impregnaban ahora cada uno de sus pensamientos conscientes, y la situación le parecía tan injusta que se retorcía en su interior como una serpiente.

Wren se había convertido en reina, como siempre había querido su abuela, pero Banba no estaba aquí para verlo. Ni para ayudarla. En lugar de eso, era la prisionera del rey Alarik, el joven y temible monarca del continente norte, quien sentía una oscura fascinación por los brujos. Sin embargo, Wren tenía intenciones de cambiar eso. Se había prometido a sí misma (y a Rose) que iba a encontrar la manera de rescatar a su abuela de las gélidas fauces de Gevra. En cuanto terminara de sonreír y saludar.

Advirtió el momento en el que Rose desvió la mirada hacia el patio, donde Shen Lo estaba reclinado sobre el borde de la fuente que señalaba la entrada al interior del palacio.

Tenía un brazo sobre la frente para evitar que el sol le incidiera en los ojos y recorría el agua cristalina con el otro.

Wren supo por su sonrisa de satisfacción que no estaba dormido. No tenía que verle los ojos para saber que estaba disfrutando del espectáculo, de que Rose brillara en su hábitat natural... y de que ella se retorciera como un pez fuera del agua.

—Wren, ¡mira! —chilló Rose, agarrándole la mano de nuevo—. Están lanzando flores sobre la verja.

La chica miró en el momento exacto en el que una rosa roja y brillante aterrizaba en el patio. Luego otra, y otra más. Había un ramo entero esparcido por las piedras, rosas, amarillas, rojas y moradas, y aún más cruzaban por encima de la verja.

—Rosas —dijo Wren con una carcajada—. Sí que te quieren.

—A ti también te querrán —contestó su gemela, y le lanzó un beso a la multitud, que soltó una ovación. Rose hizo una pomposa reverencia, con lo que se ganó otra oleada de vítores—. En cuanto te conozcan.

—Mientras no lancen pájaros muertos sobre los muros...

—Ay, no seas arisca.

Wren se deleitó lanzando un beso al gentío. Se escucharon más hurras y gritos. En el patio, Shen se estaba riendo con los dientes brillantes bajo el sol del mediodía.

—Es demasiado fácil —comentó Wren, lanzando otro beso—. Tal vez debería hacer una voltereta lateral.

Rose cogió a su hermana del codo.

—¡Ni se te ocurra!

Wren estalló en carcajadas. Justo entonces, la multitud se movió hacia delante y la verja gimió. Entre los barrotes dorados se introdujeron brazos que buscaban más espacio, al tiempo que un tomate podrido sobrepasaba las puntas de la verja. Se elevó como si fuera a cámara lenta, y se fue volviendo cada vez más grande a medida que se acercaba a ellas. Por suerte, no alcanzó la balaustrada y aterrizó en el patio con un sonido húmedo.

Un grito irregular se alzó sobre los vítores.

—¡Fuera los brujos!

En el patio, Shen se puso en pie. La sonrisa de Rose se apagó. Wren dejó de saludar.

—Creo que podemos dar por terminado el día.

—Ignóralo —respondió Rose, recuperando a toda prisa la compostura—. Solo es un tomate.

—Dos —dijo Wren mientras otra pieza podrida de fruta pasaba por encima de la verja. Observó cómo Shen recorría el patio en busca del disidente entre las masas, quizás preocupado por si había más de uno. La multitud seguía avanzando hacia delante, como si algo o alguien los estuviera empujando.

Cuando el segundo tomate aterrizó en la fuente, Rose dio un paso atrás, lejos del balcón.

—Muy bien —dijo, y lanzó un último beso dramatizado al público. Se produjo otra ovación que acalló el siguiente grito, pero Wren juraría haber oído la palabra «bruja» transportada por el viento. Las gemelas se retiraron del balcón, esforzándose por soltar una alegre carcajada, hasta que regresaron a la tranquilidad de la sala del trono y las puertas del balcón se cerraron con fuerza tras ellas. Dejaron de reírse a la vez.

—Bueno, eso ha sido inquietante —comentó Wren.

Rose arrugó la nariz.

—¡Menudo desperdicio de comida en perfecto estado!

—Ya sabía yo que esos vítores eran demasiado buenos para ser ciertos. —Wren se pasó las manos por el pelo para quitarse la corona. Así estaba mucho mejor—. Eana no quiere que las brujas la gobiernen, Rose, ni siquiera una conocida.

Rose alejó sus preocupaciones con un gesto.

—Ay, por favor, esa pequeña protesta no ha sido suficiente ni para hacer un plato de sopa de tomate. No hace falta ser tan dramática.

Sin embargo, Wren no podía evitarlo. Sin Banba aquí, todo parecía retorcido, perverso. Sentía un vacío en el estómago, y esas tres sencillas palabras («Fuera los brujos») solo habían servido para empeorarlo.

—Intento ser realista. —Las pisadas de Wren reverberaron tras ella cuando caminó hacia el trono. La sala era la más amplia de todo el palacio, con el techo cubierto de brillante pan de oro. Las paredes estaban adornadas por óleos dorados y cortinas de color verde esmeralda que añadían un suave toque de calidez a la cámara. Hacía un par de horas, había estado a rebosar de emisarios y nobles de todos los rincones del país, así como de los brujos de Ortha, pero ahora estaba vacío, salvo por las gemelas y los guardias que las protegían.

Wren se hundió en el asiento aterciopelado y se pellizcó el puente de la nariz, intentando calmar sus pensamientos amotinados. Tal vez Willem Rathborne estuviera muerto, pero les había dejado un legado lleno de problemas. Su malvado consejero real se había pasado dieciocho años predicando el mismo odio que el Protector del reino, muerto hacía mucho tiempo, y había envenenado al país contra los brujos. Wren y Rose tendrían que hacer mucho más que saludar desde un balcón durante unas horas para deshacer todo aquello. Y, hasta que lo hicieran, los brujos que habían venido de Ortha hacía solo unos días debían permanecer en Anadawn, donde se les podría proteger de los habitantes del reino que desearan hacerles daño.

Wren se masajeó las sienes por un nuevo dolor. Si su abuela estuviera aquí, sabría cómo actuar. Le colocaría la mano sobre los hombros y le proporcionaría fuerza con unas simples palabras, como solía hacer.

—Estás pensando en Banba, ¿no? —De repente, Rose se encontraba ante ella, con la misma expresión de preocupación—. No me extraña que estés tan inquieta. Ya te lo he dicho, la vamos a recuperar.

—¿Cuándo? —preguntó Wren, impaciente—. ¿Cómo?

—Voy a escribirle una carta estratégica al rey Alarik. De monarca a monarca —contestó Rose con tal seguridad que su hermana se atrevió a creer que funcionaría—. Supongo que las emociones seguirán a flor de piel tras la muerte del pobre Ansel. —Rose se estremeció ante la mención del príncipe, al recordar la desesperación con la que había intentado salvarlo, sin éxito—. Tal vez un poco de diplomacia y una disculpa con las palabras correctas sirvan de algo. Veré si está dispuesto a comenzar algún tipo de negociación para liberar a Banba. Cuando la multitud se disperse, iré enseguida a las caballerizas.

—Voy contigo.

—Preferiría que me dejaras a mí la diplomacia. —Rose le dio un golpecito en la mano a su hermana—. Serás reina, pero vas a tardar un tiempo en aprender lo que significa ser de la realeza.

Wren fulminó a su hermana con la mirada.

—¿Qué quieres decir con eso?

—Que veo la daga que te sobresale del corpiño, y sé que llevas otra atada al tobillo —dijo Rose afablemente—. Y, en esta delicada negociación, querida hermana, la pluma será mucho más poderosa que la espada.

—Vale, pero, si te equivocas y le ocurre algo a Banba, voy a clavarle una enorme espada brillante a Alarik Felsing en ese corazón helado.

—Ay, Wren, yo nunca me equivoco. —Rose alzó la falda y se alejó tras lanzarle una sonrisa encantadora.

Rose
CAPÍTULO 2

Aproximadamente una hora después, tras redactar la carta al rey Alarik, Rose recorría los pasillos de palacio con la cabeza alta. Asentía y sonreía a los sirvientes y los soldados que pasaban junto a ella y fingía que todo había salido como estaba planeado, que su reinado no había sufrido un comienzo terrible.

En la sala del trono, le había dedicado una expresión valiente a Wren, cuyo temperamento siempre centelleaba dentro de ella, preparado para explotar con una llamarada. Sin embargo, a medida que se acababa el día, Rose sentía la fría lengua del miedo lamiéndole los talones, y sabía que, si dejaba que la atrapara, la devoraría. Por eso se dedicaba a alejar el temor de una patada, como siempre había hecho.

Ahora que la multitud se había dispersado, necesitaba aire y un momento para recomponerse. Comenzaba a sentir que las paredes de piedra de Anadawn se cerraban sobre ella, como si la fueran a atrapar para siempre en su interior si no salía del palacio de inmediato.

Empujó la puerta que llevaba al patio, pero esta se negó a moverse. Rose se mordió la lengua para evitar gritar de frustración. Se estremeció al intentar golpearla con el hombro. Tras un fuerte impulso, se abrió con un gruñido. Entonces, por fin, salió al exterior, a la brisa fresca del atardecer.

Rose se dirigió a su jardín y se relajó enseguida gracias a la dulzura familiar de las rosas. Estaban en su mejor momento, florecidas en su máximo esplendor, como si cada una de ellas tratara de destacar sobre las demás. Permaneció junto a un llamativo arbusto de rosas amarillas y cerró los ojos para inhalar su aroma.

—Qué suerte tienen las flores —dijo una voz tras ella—. Ojalá me sonrieras así.

Rose chilló, perdió el equilibrio y a punto estuvo de caer sobre las espinas.

Unas manos fuertes la atraparon por la cintura.

—Cuidado, majestad.

Durante un agradable momento, Rose se permitió reclinarse contra Shen Lo y apoyar la cabeza en su pecho firme, inhalando su olor como había hecho con las rosas. Entonces recuperó la razón y se alejó de él.

—No deberías sorprender así a la gente.

—Y tú no deberías cerrar los ojos ante lo que te rodea cuando estás aquí sola —respondió Shen—. Estoy seguro de que te enseñé mejor, majestad.

—Tal vez necesite más lecciones —dijo Rose con timidez—. De todas formas, estoy en mi jardín de rosas. Aquí es donde más segura estoy.

—Bueno, ahora sí. —Shen se metió las manos en los bolsillos, donde la chica asumió que llevaba al menos tres dagas, y le dedicó una sonrisa que hizo que le temblaran las rodillas. Era difícil olvidar que se habían dado su primer beso allí mismo.

Después, al día siguiente, Shen la había besado de nuevo durante el fragor de la batalla en la cripta del Protector, aunque no habían hablado del tema desde entonces. Habían construido un muro alrededor de esa mañana, y ambos habían fingido que ella no había estado a punto de casarse con el príncipe Ansel, que la daga que le había lanzado Willem Rathborne a Wren no había aterrizado en el corazón del príncipe y que este no se había desangrado en los brazos de Rose. A veces la reina incluso se preguntaba si no se habría imaginado ese beso descarado. Desde luego, se había imaginado muchos otros desde ese momento.

La sonrisa de Shen se desvaneció.

—¿Te encuentras bien? Los gritos entre la multitud de esta mañana...

—Estoy bien —dijo Rose, una mentira que le supo agria en la boca. Se alejó de la tentación y se adentró en el jardín. Mejor mirar las rosas que los ojos de Shen. Después de todo, había salido para recomponerse, no para desmoronarse en sus brazos. El chico adoptó su ritmo—. ¿Qué haces todavía aquí fuera?

—Estaba pensando en prepararte un ramo. ¿Da mala suerte regalarle a una reina sus propias flores el día de su coronación?

—Sí. —Rose soltó una carcajada mientras lo miraba—. ¿Por qué me da la impresión de que esa no es toda la verdad?

—Bueno, a lo mejor estaba recorriendo las murallas, fijándome en todas las caras que había entre la multitud para encontrar al que os ha lanzado la fruta podrida. Me gusta saber quiénes son mis enemigos.

—Shen, en serio, solo han sido un tomate o dos.

—Así es como empieza —comentó el brujo, sombrío—. Las discrepancias son peligrosas. Un disidente hoy podría ser un rebelde mañana.

—Aún es muy pronto —dijo Rose, tanto para sí como para Shen—. Wren y yo nos los ganaremos.

Shen soltó un suspiro. Atrapó con el dedo uno de los rizos de la chica y se lo colocó tras la oreja.

—Se te da bien —murmuró él.

Rose sonrió.

—Lo sé.

—No puedo evitar...

—¿Preocuparte?

Shen le dedicó un guiño.

—No estoy acostumbrado a hacerlo, Rose. No me pega.

—A mí tampoco. —Lo tomó de la mano—. ¿Podemos dejar a un lado las preocupaciones y disfrutar?

—Es lo único que deseo. —Shen, con delicadeza, la atrajo hacia sí. Ahora estaba tan cerca que Rose podía ver el tono marrón de sus ojos oscuros y el lunar que tenía sobre la frente; por alguna razón, le había pasado desapercibido hasta el momento—. Disfrutar de esto.

Rose se mordió el labio. De repente, se sintió peligrosamente mareada.

—Es de día —dijo sin aliento—. Si nos ven juntos...

—Pensarían que... nos tenemos cariño. —Shen bajó la barbilla—. ¿Tan malo es, Rose?

—Sí —susurró, aunque no recordaba por qué. De su mente escaparon todos los pensamientos lógicos, hasta que lo único que sintió fue esa necesidad palpitante entre los dos, los brazos de Shen alrededor de su cintura, su aliento cálido sobre la mejilla, sus labios a punto de rozarse...

La campana del reloj de la torre repicó y Rose se sobresaltó, apartándose. El mundo volvió a su sitio y, con él, el peso de su responsabilidad. Madre mía, ahora era reina, no una princesa enamorada y desamparada en el desierto. Y le había hecho una promesa a Wren.

—Me temo que debo visitar las caballerizas. Es urgente.

Shen encorvó los hombros.

—Entonces, seguiré patrullando.

—Hay cientos de soldados en Anadawn —le recordó Rose—. Puedes tomarte un descanso, ¿sabes?

El brujo apretó los puños.

—No hasta que haya perseguido y destruido a todos los tomates de la zona.

Se echaron a reír. Rose entrelazó su brazo con el de Shen para que este la acompañara a las caballerizas, al tiempo que ambos fingían que los problemas del pasado quedaban tras ellos y que el futuro les estaba esperando.

Estimado rey Alarik:

Me gustaría transmitiros mis más profundas condolencias por la lamentable muerte de vuestro hermano, el príncipe Ansel, que era un amigo muy querido tanto para mi hermana como para mí, al igual que para nuestro país. Como ya sabréis, en medio del alboroto, uno de vuestros soldados (por error, seguro) capturó a nuestra abuela Banba, y la echamos mucho de menos en Anadawn. Quizás podamos negociar los términos de su inminente regreso. A pesar de todo lo que ha ocurrido entre nuestros grandes países, creo que vivimos en un mundo en el que Eana y Gevra pueden volver a ser aliados. Espero que estéis de acuerdo.

Atentamente,
su majestad la reina Rose Valhart de Eana

Wren
CAPÍTULO 3

Trece días después de la coronación de las gemelas, en la que la gente había lanzado rosas y fruta podrida sobre la verja dorada, Wren se encontró una vez más en la sala del trono, tan elegante como en aquel entonces, con un largo vestido morado, bordado con hilo dorado, y la corona clavada de nuevo en el cuero cabelludo.

—Te estás encorvando —comentó Rose, quien había permanecido sentada tan recta como una baqueta durante toda la mañana, y aun así todavía poseía la calma de una reina en un óleo.

—Estoy intentando echarme una siesta de forma sutil —contestó Wren sin molestarse en ocultar un bostezo. La noche anterior había soñado con Banba de nuevo. Había dormido de forma intermitente, y todos sus pensamientos se habían visto inundados por visiones de su abuela, débil y sufriendo ella sola en Gevra. En Ortha, Banba se había pasado años enseñando a Wren a ser valiente ante el peligro, inteligente y resolutiva, pero nunca la había enseñado a enfrentarse al mundo sin ella a su lado. Wren era incapaz de superar ese miedo, que la invadía incluso cuando dormía.

Rose le pellizcó la mano, lo que hizo que se despertara con un sobresalto.

—¡Ay! No le hagas daño a la reina —replicó Wren.

—Entonces, empieza a actuar como tal —dijo Rose—. Lo de hoy es importante.

En las últimas dos semanas, Wren había aprendido que todos los días de una reina eran importantes. Sobre todo los de la reina de un nuevo mundo que acababa de dar la bienvenida a los brujos y que los consideraba no solo como iguales, sino como una parte esencial para la prosperidad del reino. Había mucho que hacer, y no era fácil separar del antiguo tapiz de Eana los hilos de oposición a los brujos que lo habían destrozado durante el legado del gran Protector. Aunque el consejero real, Willem Rathborne, estaba muerto, proyectaba su larga sombra sobre Anadawn. Había cientos de leyes que anular, tratados que evaluar, territorios que repoblar, nuevos decretos que firmar, proclamaciones que hacer, gobernantes que designar... y gobernantes que destituir.

Eana era de nuevo el hogar de los brujos. No. Eana pertenecía a los brujos, pero la mayoría tenían que refugiarse todavía en el palacio de Anadawn. Era la solemne responsabilidad de Wren y Rose recuperar la antigua gloria del reino sin el baño de sangre y el conflicto que lo habían destruido en el pasado para que los de su clase pudieran aventurarse a salir más allá de la verja dorada y rehacer sus vidas en la parte del país que desearan. Era una tarea ardua, un trabajo difícil.

Como parte de la tradición semanal que había establecido hacía siglos el rey Thormund Valhart y que luego había reforzado Chapman, el nervioso administrador de palacio, las reinas gemelas estaban asistiendo a su primer llamamiento del reino, un día entero dedicado a recibir en persona a súbditos de todos los rincones de Eana (y sus quejas).

Las nuevas reinas habían presidido ya una larga disputa por unas tierras entre granjeros rivales de Errinwilde, habían aprobado el envío de seiscientos barriles de grano para la extensa ciudad de Norbrook y habían nombrado a no menos de catorce nuevos gobernantes para presidir las diferentes provincias de Eana. También habían recibido invitaciones formales a los banquetes de casi todas las familias nobles del país, e incluso habían leído una misiva de Caro, un país vecino cuya reina, Eliziana, les enviaba sus mejores deseos, junto con tres cajas de tinto de verano y un precioso olivo que ahora se erigía orgulloso en el balcón de la sala del trono.

Aun así, a pesar de los regalos recibidos con gusto, el único monarca al que Wren deseaba oír permanecía en un silencio exasperante. Aunque Rose le había enviado una carta diplomática al rey Alarik, seguida de otras tres, el gevranés todavía no había contestado. Por lo que Wren sabía, quizás Banba estuviera muerta ya. El pensamiento hacía que deseara correr hasta Gevra y despedazar al malvado rey con sus propias manos.

—Casi ha llegado la hora de comer —dijo Rose para animarla—. Le he pedido a Cam que prepare otra vez su delicioso estofado de ternera. Es tu favorito.

Wren se toqueteó las uñas.

—Mientras haya vino...

Los gritos y los hurras llegaron a sus oídos, procedentes del patio; el júbilo familiar de las risas de Rowena la alcanzó a través de la ventana abierta. Durante las últimas dos semanas, los brujos de Ortha se habían instalado en el palacio de Anadawn, muy a pesar de los sirvientes y de bastantes guardias. Wren advirtió una chispa de la magia tempestuosa de su amiga mientras el vestido de gala favorito de Rose flotaba por el balcón como un fantasma. Wren soltó una carcajada, con lo que se ganó una mirada de amonestación de su hermana.

—Por milésima vez, Wren, ¿puedes decirle a Rowena que deje de tratar Anadawn como si fuera su parque de atracciones particular? ¿Y qué está haciendo en mi armario? Ni siquiera debería entrar en mi habitación.

Thea, la mujer de Banba, que estaba asistiendo al llamamiento del reino en su nuevo papel como consejera real, suspiró.

—Les he pedido a Rowena y a Bryony que fueran a coger manzanas al huerto hace horas. He pensado que encontrar la manera de usar su magia por aquí las ayudaría a encajar.

El vestido fantasmagórico comenzó a hacer volteretas mientras el viento soplaba.

—No creo que les importe si encajan o no —dijo Wren, quien deseaba con desesperación salir al exterior a hacer volteretas también—. ¿A cuántas personas tenemos que ver antes de la comida?

Rose miró a Chapman. El bigote perfecto del administrador se retorció mientras contemplaba el interminable pergamino.

—Solo a doce. No, esperad. Trece. La familia Morwell ha pedido una audiencia en el último momento. Desean plantear una cuestión sobre su herrero, sospechan que les está robando herraduras.

Wren cerró los ojos.

—Rose, estoy perdiendo las ganas de vivir.

—Intentad recuperarlas —dijo Chapman de manera mordaz—. Los Morwell llevan mucho tiempo siendo aliados del trono, y son una familia de considerable influencia en Eshlinn.

—Archer Morwell —dijo Wren, recordando de repente el nombre. Abrió los ojos de golpe—. Creo que Celeste conoce a uno de sus hijos. Bastante bien, si no recuerdo mal. Al parecer, tiene unos hombros impresionantes.

—¡Wren! —siseó Rose—. Esta conversación es muy inapropiada para la sala del trono.

—Ay, cálmate. A nadie le importa. —Wren hizo un gesto con la mano hacia los diez soldados de aspecto aburrido que las rodeaban. El capitán Davers, un guardia real con expresión severa, vigilaba cerca de la puerta, manteniéndose ojo avizor con los trámites. Aparte de ellos, solo se encontraba Thea, quien estaba haciendo un gran esfuerzo por reprimir una carcajada ante la mención del flirteo de la mejor amiga de Rose.

Chapman, incómodo, se aclaró la garganta.

—Sigamos. —Observó el pergamino—. Capitán Davers, deje pasar al mensajero de Gallanth, por favor. —Un momento después, las puertas de la sala del trono se abrieron y dieron paso a un chico con un descuidado pelo negro y perilla escasa.

Hizo una reverencia, doblándose por la cintura.

—Majestades —dijo, limpiándose las manos en los pantalones—. Yo..., eh... Bueno, en primer lugar, felicidades por..., mmm, por que seáis dos, supongo, y..., eh, bueno, la ciudad de Gallanth se siente honrada...

—Ve al grano —pidió Wren.

Rose le dio un golpe en la mano.

—Perdón —se corrigió Wren a toda prisa—. Solo quiero decir que puedes dejar a un lado los cumplidos.

Rose le ofreció al nervioso mensajero una sonrisa beatífica.

—Aunque apreciamos mucho vuestros buenos deseos. Gracias, señor.

—¿Qué ocurre con Gallanth? —la interrumpió Wren, imaginándose la ciudad del sol poniente que se extendía al oeste del desierto, con una imponente torre del reloj sobre los muros de arenisca.

—No se trata de Gallanth. —El chico se quitó el pelo de los ojos—. Es el desierto, se está moviendo.

—El desierto siempre se está moviendo —dijo Wren—. Por eso lo llamamos las Arenas Agitadas.

—No solo está agitado —continuó el chico—. Parece más bien como si estuviera..., eh, ¿enfadado?

Las gemelas intercambiaron una mirada.

—¿Enfadado? —preguntaron al unísono.

—Es la arena. Está comenzando a traspasar nuestros muros —prosiguió el mensajero—. De vez en cuando, aparece en forma de ola e inunda la ciudad. La mitad de la ruta comercial de Kerrcal está enterrada.

—Madre mía. —Rose se llevó una mano al pecho—. ¿Alguien ha resultado herido?

—Hemos perdido algunos camellos. También se ha llevado a la mejor mula de mi padre. Se ha tragado las cabañas más cercanas a la frontera.

Wren le dedicó una mirada a Thea, quien tenía una expresión sombría poco habitual en ella.

—Qué raro —musitó la mujer—. El desierto siempre ha mantenido su propio ritmo, pero nunca ha invadido la carretera de Kerrcal ni ha alcanzado los pueblos fronterizos.

—Enviaremos a alguien para que lo investigue —propuso Rose.

Chapman frunció el ceño.

—El desierto de Ganyeve está más allá del alcance de Anadawn. No se puede sobrevivir a él.

—Algunos sí pueden —dijo Rose, y Wren supo que estaba pensando en Shen, quien se encontraba por allí cerca, seguramente bebiendo vino en la cocina con Cam y Celeste, o quizás entrenando a Tilda, la bruja guerrera más joven, en el patio. En cualquier caso, deberían contárselo lo antes posible. Después de todo, Shen había nacido en el desierto. Se conocía las corrientes de arena mejor que cualquiera. Si había algo raro en el Ganyeve, querría saberlo—. Mientras tanto —continuó Rose—, mandaremos a tantos soldados como nos sea posible para que te acompañen hasta Gallanth. Necesitaréis reforzar los muros de la ciudad y erigir nuevas viviendas, cuanto más lejos de la frontera con el desierto, mejor. —Le hizo un gesto con la cabeza al capitán Davers—. Que los soldados visiten también Dearg. Forma parte de la ruta comercial del desierto, después de todo, y si no me falla la memoria, sus muros son más bajos, por lo que el riesgo es incluso mayor.

Davers bajó la barbilla.

—Me encargaré ya mismo de ello, reina Rose.

—Tan sabia como siempre —dijo Chapman, conforme.

No era la primera vez que Wren se sentía triste y superada ese día. Se alegraba por su hermana, que no solo había nacido para gobernar, sino que la habían preparado para eso, y ella había dedicado su vida a ese deber. Wren se la había dedicado a Banba. Su abuela se había estado preparando para este reinado durante los últimos dieciocho años. Wren solo había planeado su coronación. Siempre había esperado que Banba estuviera allí en ese momento y en todos los que vinieran después para que le posara con pesadez una mano en el hombro que la guiase. En Ortha, hablaban del tema casi todas las mañanas cuando paseaban por los acantilados mientras se ocupaban de sus cultivos. Y a veces también por la noche, cuando las hogueras de la playa ardían débiles y parecía que sus sueños sobre el futuro bailaban en el humo.

«Gobernaremos el nuevo mundo juntas, pajarito», solía prometerle Banba. «Haremos que nuestro pueblo pueda por fin volver a casa para que la gran bruja Eana nos sonría desde el cielo».

Cuanto más tiempo pasaba sin su abuela, más culpable se sentía Wren. El sentimiento le carcomía el corazón y le susurraba en la quietud de la noche. Si el rey Alarik no le respondía pronto a Rose, tendría que tomar cartas en el asunto, abandonar la pluma y usar la espada. Después de todo, Banba haría lo mismo por ella.

«No hay ningún arma lo bastante afilada para mantenernos separadas, pajarito, ni ningún mundo lo bastante cruel para alejarnos de nuestro destino».

El chico de Gallanth se fue y, con la misma rapidez, llegó otro mensajero. Y después otro y otro y otro. Y, por fin, se produjo el silencio.

—¡Ah! —exclamó Rose, sonriendo al ornamentado reloj de pie—. Creo que es hora de comer.

—¿Os parece bien una comida de negocios? —preguntó Chapman, quien, para consternación de Wren, desenrolló otro pergamino—. Creo que sería prudente planear el próximo *tour* real.

—¿No puede esperar? —preguntó Wren, a punto de dirigirse a la puerta.

Rose se ruborizó cuando le rugió el estómago.

—Me temo que tengo demasiada hambre como para pensar siquiera en el *tour* real ahora mismo, Chapman.

El administrador se disponía a protestar cuando las puertas se abrieron y un soldado con aspecto preocupado irrumpió en la sala. Se acercó directamente al capitán Davers y ambos hablaron entre murmullos con tonos bajos y apremiantes hasta que Rose los interrumpió con la petición de que se dirigieran a toda la sala, sobre todo a las reinas que se encontraban allí.

—Hay una protesta en Eshlinn —explicó el soldado—. Han prendido fuego al molino. —Miró a Davers—. Se comenta que la ha organizado Barron. Se le oyó hablar del tema ayer en el Lobo Aullador.

Rose frunció el ceño.

—¿Qué clase de protesta?

El soldado tragó saliva.

—Una protesta contra la Corona.

—¿Quieres decir una protesta contra los brujos? —inquirió Wren.

El soldado paseó los ojos entre ambas. Luego, los dirigió hacia Thea. Wren percibió que estaba incómodo, no por la protesta en Eshlinn, sino por su presencia aquí, entre las brujas a las que llevaba toda la vida temiendo. «Cobarde», pensó la chica con agresividad.

—Bueno —dijo el capitán Davers, interviniendo en la conversación—, hoy en día es lo mismo, ¿no? Es normal esperar que haya personas en Eshlinn y en toda Eana que deseen permanecer leales a las antiguas ideas.

—¿Te refieres a las de odiar y herir a brujos indefensos? —preguntó Wren.

El capitán Davers alzó la barbilla y se enfrentó al desafío de sus ojos.

—La brujería es un arma tan poderosa como cualquier otra. Esa es la verdad.

—Una inútil —dijo Wren, decidiendo en ese momento que él tampoco le gustaba.

—Ya basta —los interrumpió Rose, impaciente—. ¿Quién es Barron y qué quiere exactamente?

—Se trata de sir Edgar Barron —dijo Chapman con el ceño fruncido—. Quizás lo recordéis, fue gobernador de Eshlinn, designado por el consejero real hace unos años. Además, entrenó con el capitán Davers en la Guardia Real antes de su ascenso. Su misión era mantenerse atento a los indicios de..., bueno, brujería. Digamos que se entregó mucho al trabajo.

—Lo despedimos —dijo Wren, recordando su nombre entre los de muchos otros que se habían encontrado con el mismo destino al día siguiente de la coronación—. Poco después de que matáramos a Rathborne, su benefactor.

El capitán Davers se tensó.

—En pocas palabras, sí.

Rose cruzó los brazos.

—¿Por qué estos hombres no se pueden marchar en silencio? Quiero decir, en serio, ¿no pueden dedicarse a hacer velas o a la carpintería? Hay muchas maneras honorables de ganarse la vida que no incluyen matar a personas inocentes.

Wren estaba a punto de hablar de lo irónico que era decirle tal cosa al capitán Davers, un hombre que en el pasado había apoyado una guerra contra los brujos, pero la sobresaltó un fuerte crac en el exterior.

—Ay, esta Rowena... —gruñó Thea, poniéndose en pie—. Voy a controlarla.

La vieja bruja apenas había dado un paso cuando se oyó un grito. Wren se alejó del trono justo a tiempo para ver una flecha en llamas cruzando la verja. Aterrizó en el patio y desprendió una nube de humo acre. La chica se apresuró a la ventana.

—¿Qué pasa? —preguntó Rose con voz aguda cuando otras dos flechas llameantes cruzaron la verja. Wren pudo ver a una multitud enfadada que se amontonaba en el exterior.

—Madre mía —dijo Thea—, yo diría que eso es más que una protesta.

—¡Capitán Davers! —exclamó Rose—. ¿Por qué diablos está aún aquí? ¡Arreste a esos malhechores antes de que una de las flechas alcance a alguien en el patio!

—Enseguida, reina Rose. —El capitán hizo chocar los tacones de las botas y dio órdenes a sus soldados mientras salía de la sala del trono.

Wren examinó el patio, frenética. Los brujos se habían retirado al interior, pero vio que Shen corría hacia el tumulto, en lugar de alejarse de él. Ya había escalado el muro exterior y recorría el terraplén. Permanecía con la cabeza baja y con la mirada fija en el grupo de la parte inferior. Ahora acompañaban cada flecha que lanzaban con chillidos guturales de ira.

Otra flecha ardiente pasó sobre la verja, esta vez más alta y brillante que la anterior. El ambiente se volvió gris y neblinoso cuando Davers y sus soldados salieron de palacio con las espadas desenvainadas.

La multitud comenzó a dispersarse, pero no antes de que apareciera otra flecha. Esta cruzó el patio y golpeó la ventana del balcón. Wren gritó furiosa cuando explotó en una lluvia de chispas que prendió fuego al olivo. El humo se coló en el interior a través de la ventana abierta, lo que hizo que tosiera.

—Apártate. —Thea tiró de ella lejos del cristal mientras le ofrecía rápidamente una pizca de magia sanadora para aplacar el espasmo de sus pulmones—. Mantén la calma, Wren.

La chica exhaló por la nariz en un intento por controlar su ira.

—¡Chapman! —gritó Rose conforme caminaba por la sala del trono—. Ese Edgar Barron... ¿Sabes quién es?

Chapman apartó la mirada de la ventana con los ojos llenos de horror.

—Sí, sí, claro —dijo sin aliento—. O al menos lo sabía.

—Bien, quiero que lo traigas ante nosotras —le ordenó—. De inmediato.

Rose
CAPÍTULO 4

Rose se sentó cerca de la ventana de la sala de estar en el palacio de Anadawn y se recordó que era la reina, que su pueblo la quería, que era una gobernante capaz, que todo iba a salir bien, mejor que bien. Todo iba a ir a las mil maravillas. Tenía una visión sobre el futuro del reino, un mundo en el que los brujos y las personas no mágicas vivían codo con codo, en armonía, y no iba a dejar que un hombre como Edgar Barron o cualquier otro se interpusiera en su camino.

«Pero a una reina no deberían sudarle las manos», le susurró una voz en su cabeza. Tampoco debería acelerársele el corazón. Ni hacérsele un nudo en el estómago.

¡Clin! Un fa sostenido interrumpió su ansiedad. Miró hacia atrás. Wren estaba paseando los dedos por el piano, creando una melodía torpe.

—Esta cosa estúpida está desafinada.

—La que está desafinada eres tú —contestó Rose—. Quizás deberías dar clases.

Shen, que estaba de pie junto a la puerta, ofreciendo su mejor imitación de un soldado oficial de palacio, resopló.

Se le había salido un mechón de pelo negro de la banda de cuero y tenía un corte nuevo en la mejilla que se había hecho al enfrentarse a los asaltantes de palacio hacía días, pero, aparte de eso, parecía estar bien. Más que bien. Parecía deslumbrante e irresistible de una manera irritante.

—Si alguna vez has intentado enseñarle algo a Wren, sabrás que no se le da muy bien seguir instrucciones. Ni el ritmo.

Wren le sacó la lengua.

—Estás despedido.

—No trabajo para ti. —Shen debió de sentir que Rose estaba contemplándolo, porque buscó su mirada y se la sostuvo. Su intensidad hizo que el pulso de la chica se acelerara. Rose bajó la barbilla y se acarició el dobladillo de la manga mientras Shen abandonaba su puesto y cruzaba la sala. El corazón le dio un vuelco cuando se inclinó contra el marco de la ventana y la calidez de su cuerpo atenuó el temblor de sus huesos. Shen le dedicó una sonrisa relajada, pero había una preocupación latente en sus ojos.

—Solo estoy aquí para asegurarme de que las cosas no se tuerzan.

Rose luchó contra la necesidad de cogerle la mano. No sería apropiado hacerlo aquí, donde los guardias los observaban desde sus posiciones y donde había sirvientes entrando y saliendo para preparar la mesa del té. Por eso se alejó de él como si le diera la espalda al propio sol y observó los jardines.

Aquel era un juego en el que Rose se encontraba involucrada cada vez más. ¿Hasta qué hora podría quedarse despierta susurrándole a Shen en la biblioteca, robándole besos entre las estanterías? ¿Cuántas veces se permitiría chocar con él en el pasillo para sentir el calor fugaz de su piel contra la de ella? ¿Qué podía ocurrir entre ellos ahora que ella era reina y él seguía siendo el brujo guerrero de siempre? Cada vez que contemplaba su sonrisa demasiado tiempo o se perdía en esos ojos del color del cobre fundido, sentía la necesidad de distanciarse. Después de todo, debía reconstruir un reino, gobernar un palacio y recuperar a una abuela. Sin embargo, su mente no dejaba de reproducir todos y cada uno de esos largos besos, lo que a menudo la mareaba.

—Estoy aquí —intervino Wren—. Por favor, dejad de salivar el uno por el otro.

—Ni siquiera nos estamos tocando —dijo Rose a toda prisa.

—No puedo evitarlo —contestó Shen al mismo tiempo, y su sonrisa liberó una bandada de mariposas dentro de ella.

—Puaj. —Wren volvió a aporrear el piano.

Se escuchó un golpe en la puerta y Chapman apareció ante ellos.

—Barron acaba de llegar.

Wren se alejó del piano.

—Haz que pase esa rata traidora.

—No utilices esas palabras, por favor —dijo Rose poniéndose en pie desde su posición en la ventana. Se acercó al sofá, y por el camino dejó que su mano rozara la de Shen, un contacto prolongado que le sirvió como una breve distracción bien recibida.

Shen movió la muñeca mientras volvía a su lugar junto a la puerta, y Rose advirtió un brillo plateado cuando él deslizó una de las dagas hasta su mano. Sin querer, la chica sonrió. En un palacio lleno de soldados, se sentía más segura cuando Shen Lo estaba en la habitación. Después de todo, era un experimentado brujo guerrero, el luchador más habilidoso que había conocido, y sabía en lo más hondo de su ser que haría cualquier cosa para protegerlas a ella y a Wren. Incluso a pesar de que Rose era más que capaz de cuidar de sí misma, seguía siendo agradable saber que Shen estaba allí.

Rose se sentó en el sofá y se alisó la falda. Wren se apoyó en el reposabrazos, como si estuviera preparada para atacar.

—Hay que cachear a Barron a fondo —dijo Rose, sintiéndose obligada a recordárselo a su gemela—. No soñará siquiera con intentar hacer algo aquí.

—Ah, ¿sí? —preguntó Wren con sarcasmo—. Entonces debo de haberme imaginado todas esas flechas en llamas que dispararon directamente contra el palacio hace tres días.

—Lo más probable es que solo quisieran llamar nuestra atención —comentó Rose.

—Díselo al olivo.

Chapman volvió poco después con Edgar Barron y el capitán Davers. El gobernador de Eshlinn, elogiado en el pasado, entró en la sala con una tranquilidad exasperante, y su presencia llenó el espacio como una nube de tormenta. Era más alto de lo que esperaba Rose, ágil y con hombros estrechos, con el pelo castaño peinado, la piel pálida y unos ojos azul oscuro que paseó entre las gemelas.

—Majestades —dijo con más que una chispa de burla—, habéis chasqueado los dedos y aquí estoy. —Esbozó una sonrisa que contenía demasiados dientes pequeños y cuadrados—. Como si fuera magia, ¿verdad?

Por supuesto, no había sido tan fácil traer a Barron al palacio. El capitán Davers y sus soldados se habían pasado dos días buscándolo y otro medio convenciéndolo para que se sentara ante las nuevas reinas con la garantía de que no iban a arrestarlo por su participación en el ataque a palacio (aunque no se podía probar).

Rose señaló el sillón frente a ella.

—Por favor, siéntese.

Barron echó hacia atrás la cola de la larga levita negra al hacerlo. Con un agrado reticente, Rose percibió su refinada sastrería y el blanco impecable de la camisa que llevaba debajo. Poseía una elegancia sorprendente. Era menos tosco de lo que esperaba, distinguido, bien vestido y con voz suave, lo que lo volvía más peligroso.

El hombre las miró.

—¿Cuál es la bruja de la sanación?

—¿Por qué? —preguntó Wren—. ¿Está planeando un ataque?

Barron curvó los labios.

—He oído que es la más razonable de las dos.

Rose desvió la mirada hacia el capitán Davers, quien estaba de pie cerca de la ventana con una expresión inmóvil. Shen se había desplazado hasta el piano y no se esforzaba en ocultar su interés por la conversación.

—Hoy las dos seremos razonables, siempre y cuando usted lo sea —respondió Rose. Hizo un gesto hacia una tetera con menta poleo y un plato de *macarons* que Cam había preparado esa mañana—. ¿Quiere una infusión? ¿Un *macaron*?

—Mejor no.

—Cobarde —musitó Wren.

Rose le dedicó a su hermana una mirada de advertencia que no le pasó desapercibida a Barron. Este se reclinó en la silla y pasó una larga pierna por encima de la otra. Sus botas de cuero estaban impecables, y sus hebillas doradas brillaban bajo el sol vespertino. Era un hombre que no se manchaba las manos, pensó Rose. No le sorprendía que no lo hubieran identificado tras la verja hacía tres días.

—Señor Barron —comenzó a decir de la manera más cortés posible—. El revuelo reciente en Eshlinn nos preocupa tanto a mi hermana como a mí. Tenemos razones para creer que usted ha orquestado ese descontento.

—Me temo que confundís mis intenciones. —Barron cogió un *macaron* de la mesa y le quitó la parte superior—.

Durante muchos años, me dediqué a mantener la paz. Era una tarea solemne mantener la vigilancia en Eshlinn en busca de cualquier... actividad inapropiada.

—Brujería, quiere decir —intervino Wren.

—Y ahora, bueno..., ¿puede haber algo más inapropiado que las circunstancias actuales? —continuó, deshaciendo con los dedos el *macaron*—. El propio consejero real ha sido asesinado, nuestro próspero reino se ha hecho pedazos y el trono se ha dividido entre dos brujas.

—Eana sigue siendo próspera —dijo Wren—. A pesar de sus intentos por dividirla.

—Eana está sufriendo. —Barron aplastó la mitad del *macaron* con los dedos y permitió que el polvo verde y brillante cayera y manchara la alfombra—. Se han eliminado las reglas de nuestro gran Protector, se le ha entregado la tierra a los brujos y a sus sórdidos deseos. Decidme, majestades, ¿cómo puede un reino respetar a lo que teme?

—No hay nada que temer —contestó Rose, esforzándose por mantener la calma.

Barron aplastó la otra mitad del *macaron*.

—Eso no debéis decidirlo vos.

—Deje de destrozar los *macarons* —dijo Wren—. O haré que limpie la alfombra con la lengua.

Barron se sacudió las manos y se las limpió en un impecable cojín de terciopelo.

—Supongo que me habréis llamado por alguna razón.

Rose se estremeció ante su tono.

—Mi hermana y yo queremos que deje de difundir mentiras llenas de odio y de volver al pueblo en nuestra contra. Pedimos una oportunidad justa para gobernar este reino, dado que es nuestro derecho de nacimiento.

—¿A qué precio? —dijo Barron.

—Su arresto inmediato —contestó Wren.

Barron tuvo el valor de mofarse.

—El capitán Davers me ha asegurado que abandonaría este palacio sin recibir daño alguno.

—Eso era antes de que supiéramos lo exasperante y lo espantoso que es —dijo Wren—. Este es nuestro primer y único aviso, Barron. No más protestas, no más flechas ardiendo ni reuniones con traidores en la ciudad. Le estamos observando.

Los ojos de Barron relampaguearon, llenos de diversión. Rose tuvo que pellizcarse el dorso de la mano para evitar lanzarle una taza de menta poleo.

—Estoy seguro de que ambas sois conscientes de que un par de reinas brujas nunca conseguirán todo el apoyo de este reino. No hasta que demostréis que no os consideráis por encima de los demás. No hasta que uno de nosotros se siente a vuestro lado.

Rose frunció el ceño.

—¿Qué quiere decir eso exactamente?

Barron le dedicó una sonrisa demasiado amplia y que no contenía ni una pizca de calidez.

—Quiere decir que deberíais haberle cedido el trono que se encuentra junto a vos a alguien a quien conociera vuestro pueblo, a alguien en quien el pueblo confiara.

—Déjeme adivinar —lo interrumpió Wren—. Alguien como usted.

Barron seguía con la mirada fija en Rose. La chica odiaba sentir cómo se aguzaba, cómo se clavaba en la base de su garganta.

—Aún no os habéis casado, reina Rose.

Se escuchó una maldición ahogada cerca del piano. La sorpresa y la repulsión recorrieron el cuerpo de la aludida.

—No puede estar refiriéndose a sí mismo —dijo, espantada—. ¡Me dobla la edad!

—Además, es un pervertido arrogante y sin encanto —respondió Wren con la misma repulsión—. ¿Por qué iba a casarse Rose con el hombre que desea nuestra destrucción?

—Para no tener que soportar esa destrucción —contestó Barron con sencillez.

—Eso se parece demasiado a una amenaza —advirtió Shen, quien de repente apareció junto a Rose—. Le aconsejo que lo retire. ¡Ahora!

El capitán Davers se interpuso entre los hombres.

—Apártate, Shen Lo —dijo con voz entrecortada—. Estamos en el palacio de Anadawn, no en las playas sin ley de Ortha.

—Por suerte para Barron —comentó Wren—. Si no, ya sería alimento para los peces.

—Bueno, ha sido una tarde reveladora —anunció Barron, poniéndose en pie—. ¿Por qué no pensáis en mi propuesta durante una semana?

—O —contraatacó Shen con los dientes apretados— ¿por qué no se la mete por…?

—¡Ya basta! —Rose se levantó y dio una palmada para recuperar algo parecido al orden—. El capitán Davers lo escoltará hasta la puerta, señor Barron. A partir de ahora, nuestros soldados lo estarán vigilando. Como súbdito leal de este reino, espero que tenga en cuenta nuestro aviso y que no se meta en problemas. —Alzó la barbilla para sostenerle la mirada—. Seguro que conoce la fuerza de nuestro ejército. No nos gustaría ni a mí ni a mi hermana que tuviera que experimentarla en primera persona.

—Y, por si no ha quedado claro, nosotras sí le estamos amenazando explícitamente —añadió Wren.

Barron tuvo la osadía de echarse a reír.

—Las amenazas son como las flechas, majestades. Cualquiera las puede lanzar, pero, si se le pone suficiente interés y poder a una de ellas, puede crear una grieta en cualquier gran reino y perforar el corazón de su trono.

Un segundo después, Shen le presionaba un cuchillo contra la garganta.

—Esa no la voy a dejar pasar.

—¡Para! —exclamó Rose rápidamente. Lo último que necesitaban era mancharse las manos con la sangre de Barron. Debían jugar limpio, o al menos que lo pareciera, para conseguir lo que querían—. El señor Barron es un hombre inteligente. Seguro que entiende lo que queremos decir.

Con lentitud y gran reticencia, Shen soltó a Barron. Este bajó la barbilla, dio media vuelta sobre sus talones y salió de la sala. El capitán Davers y sus soldados lo escoltaron y cerraron la puerta tras de sí.

—Bien —dijo Wren—. Lo has asustado.

Shen seguía fulminando la puerta con la mirada.

—Debería haberle cortado la lengua.

—¿Por esas patéticas amenazas? —dijo Rose, limpiándose el sudor de las manos en el vestido—. A mí no me asustan.

Shen se volvió hacia ella.

—No, por intentar casarse contigo.

—Ah. —Las mejillas de Rose estallaron en llamas—. Es verdad. ¡Qué propuesta tan ridícula! ¿Por qué los hombres más odiosos son siempre los más ambiciosos?

—Bueno, no me parece la peor idea que he oído —dijo Chapman, de quien Rose se había olvidado por completo.

La chica se estremeció ante la sugerencia.

—No puedes decirlo en serio.

Shen se quedó inmóvil. Rose casi podía sentir cómo le recorría la ira. Wren se revolvió contra Chapman.

—Este año ya he destrozado una de las bodas de Rose, Chapman. No pienses que no puedo acabar con otra.

—A ver, no me refiero al propio Barron —dijo Chapman a toda prisa—. Solo digo que la idea de un matrimonio real estratégico no es la peor que he oído en mi vida.

—No es que el anterior fuera demasiado bien... —comentó Wren con sequedad.

Chapman movió una mano en el aire para apartar el feo recuerdo del desastre de la boda con los gevraneses y la muerte del pobre príncipe Ansel.

—Un matrimonio concertado es la manera más rápida de conseguir una alianza. Si algunas personas en Eana se sienten reticentes a la hora de confiar en dos brujas, creo que un hombre respetable de alta cuna serviría de mucho para mitigar parte de esa desconfianza. —Ignoró la expresión horrorizada de Wren y continuó—: Por supuesto, debería ser alguien conocido en Eana, con una reputación impecable. —Le dedicó una mirada significativa a Shen—. O cualquier tipo de reputación. Y, por supuesto, no debe ser un brujo.

—Es evidente que está intentando enfadarme —musitó Shen.

Rose se retorció las manos. No podía soportar la idea de otro matrimonio concertado, pero las últimas palabras de Barron la habían inquietado más de lo que había dejado entrever. La protesta era la chispa de un movimiento que podía retorcerse y crecer hasta convertirse en algo terrible si no encontraban la manera de detenerlo.

Caminó de un lado a otro mientras sopesaba las posibilidades en su mente, al mismo tiempo que Shen y Wren discutían con Chapman sobre lo adecuado que sería el joven príncipe de Caro. Entonces a Rose se le ocurrió una idea.

—¡Ay, ya está! —exclamó—. ¿Y con regalos? Podemos enviar un detalle de parte de la Corona a todas las casas de Eana. —Sí, eso podría funcionar. A todo el mundo le encantaban los regalos—. Es la forma perfecta de demostrarles que son súbditos valiosos y que son bienvenidos en nuestro nuevo reino mejorado.

Wren esbozó una mueca.

—¿Quieres sobornar a todo el pueblo para que nos quiera?

Rose ya se estaba devanando los sesos.

—¿Qué os parece una original cesta de frutas? ¡Ah! O bufandas. Después de todo, antes de que nos demos cuenta, habrá llegado el invierno.

—Estoy confuso —comentó Shen—. ¿Intentas cortejarlos?

—Podría decirse así —respondió Rose a la defensiva—. Verás, una reina está casada en primer lugar con su país. ¿No tendría sentido cortejarlo?

Shen lo pensó durante un momento.

—Mientras no cortejes al príncipe de Caro...

—Solo necesitamos demostrarles a nuestros súbditos que los apreciamos. —Mientras hablaba, el plan de Rose no dejaba de crecer—. ¡Y adelantaremos el *tour* real! Me gustaría ampliarlo también. Buscaremos apoyo en las ciudades del sur antes de que lo haga Barron. —Ignoró la expresión agria de su hermana mientras la emoción aceleraba sus palabras—. Piénsalo, Wren. Podemos darle la mano a nuestro pueblo, demostrarle quiénes somos. Eres una encantadora, tal vez puedas crear mariposas o... o... o pájaros. Y yo puedo utilizar mi magia sanadora para ayudar a cualquier aldeano que la necesite. —Repasó en su mente las otras ramas de la brujería. Aunque mostrar el poder de una tempestad sería un espectáculo, no confiaba en que Rowena se fuera a comportar, pero quizás podrían hacer una especie de demostración con el talento guerrero de Shen. Después de todo, era un espectáculo en sí mismo.

Rose pensó en su mejor amiga. Celeste aún estaba haciéndose a la idea de la posibilidad de ser una vidente, aunque ambas habían crecido juntas en Anadawn sin saber que eran brujas.

Rose sabía que no sería justo involucrar a su amiga en el asunto ni hacer que desfilara por las calles de Eshlinn como un premio, ofreciendo profecías allá donde se amontonaran los avestrellados. Y, en cualquier caso, en cuanto a los videntes..., bueno, ¿no era su carácter esquivo lo que los hacía tan especiales?

—Cuando vean lo que es capaz de hacer nuestra magia, sabrán que pueden confiarnos el trono... ¡y su futuro! —continuó Rose sin aliento—. Podremos prestar atención a sus necesidades y a sus miedos y, sobre todo, podremos prometerles, mirándolos a los ojos, que convertiremos a Eana en un país mejor para todos.

Wren se cruzó de brazos.

—¿Y si nos lanzan flechas?

—Wren tiene razón —intervino Shen—. Hacer un *tour* real ahora es demasiado peligroso. Tenéis que dejar que la situación se calme.

—Tonterías. Si no hacemos nada, crecerá el resentimiento hacia nosotras —dijo Rose con firmeza—. Una reina debe reinar. Me niego a que Barron nos gane a la hora de influir en la opinión pública. —Paseó la mirada entre Wren y Shen—. A menos que uno de vosotros dos tenga alguna contribución positiva que proponer, os sugiero que me dejéis la planificación...

—Tengo una propuesta —dijo Wren. Rose ya sabía lo que era antes de que la expusiera en voz alta. Lo sabía por el brillo decidido en los ojos de su hermana—. Haremos un *tour* hasta Gevra para poder rescatar a Banba. Sabrá exactamente cómo lidiar con Barron y su pequeña rebelión.

Rose frunció el ceño.

—Banba está más allá del mar Sombrío.

—Estoy cansada de esperar, Rose. Es hora de actuar.

La chica dudó. En pocos días, todo había cambiado. El peligro había llegado a las puertas del palacio de Anadawn y, si confiaban en las últimas palabras de Barron, habría más aún que contener. No estaría sugiriendo mandar a los soldados hacia Gevra para lanzar un ataque, cuando se estaba produciendo una rebelión ante sus narices, ¿verdad?

Wren arrugó la nariz.

—No quiero hablar de frívolas cestas de fruta ni estúpidos *tours* reales antes de idear la manera de traer a nuestra abuela a casa.

—Las cestas de fruta no son frívolas —dijo Rose, alzando la voz para ponerse a la altura de su hermana—. Igual que nuestro *tour* real. No estás pensando con claridad. No es momento de ir a Gevra.

—Tampoco me parece buena idea —convino Shen—. De hecho, aún no he oído ninguna buena idea de ninguna de las dos.

Wren se cruzó de brazos.

—Te equivocabas sobre el poder de la pluma. Las cartas no han servido de nada.

Rose se hundió en el reposabrazos, agotada de repente.

—Entonces pensaremos en otra cosa. Prométemelo. Pero, por favor, no discutamos, Wren. Estamos en el mismo bando, ¿recuerdas? —La chica alzó una mano y le alivió que su gemela la aceptara. Odiaba pelarse con ella. Entre otras cosas, porque no era productivo—. Ese terrible Barron me ha puesto de un humor de perros. ¿Por qué no vamos a la cocina y vemos qué está preparando Cam para cenar?

—Por fin una idea con la que estoy de acuerdo —dijo Shen.

Wren soltó un suspiro.

—Vale, pero esto no ha terminado.

—No —musitó Rose—. Tengo la sensación de que acaba de empezar.

Wren
CAPÍTULO 5

Durante los días siguientes, el rey Alarik permaneció sumido en el mismo silencio exasperante. Pronto fue evidente que Rose había agotado todas las vías «diplomáticas» con las que traer a Banba a casa y, siguiendo el consejo de Chapman, había centrado su atención en los problemas que tenían más cerca. Todas las mañanas se tomaba el desayuno en la biblioteca, junto con el autoritario administrador y el capitán Davers. Los tres analizaban de forma minuciosa la planificación del *tour* real al que Wren no tenía intención de ir.

Sus pensamientos seguían fijos en Gevra. Tanto era así que, hacía dos días, Wren se había deslizado hasta las caballerizas y había enviado su propia carta al rey Alarik.

Escucha, cerdo arrogante y silencioso, si no me devuelves a mi abuela, juro por ese estúpido oso al que adoras que navegaré hasta allí y te clavaré todos y cada uno de los dientes en el cráneo. No me pongas a prueba. Soy una bruja, ¿recuerdas?
Wren

No le sorprendió que esta carta tampoco recibiera respuesta. Ahora Wren se pasaba las mañanas en la torre oeste de Anadawn, rebuscando entre años de polvo, suciedad y muebles rotos. En general, era una excusa para estar sola mientras se le ocurría un plan secreto para salvar a Banba, pero también tenía un segundo propósito. Una vez que hubieron decretado que las gemelas podrían gobernar Eana juntas, Wren había decidido convertir la torre oeste en su cuarto.

Para honrar el recuerdo de Glenna, la vidente que había estado atrapada en esa torre durante dieciocho largos años antes de que Willem Rathborne la asesinara, Wren quería ser quien revisara sus cosas, pero, tras días buscando entre ropas mohosas, viejas jaulas de pájaros y muebles descoloridos, comenzaba a pensar que no había nada que mereciera la pena salvar.

Elske llegó a mediodía y abrió la puerta con el hocico.

—Chica lista —dijo Wren, acariciando un punto entre las enormes orejas de la loba gevranesa—. Sabía que tarde o temprano captarías mi olor.

La loba le olisqueó la falda con cariño y Wren pegó su cara contra el lomo del animal, deleitándose con su aroma alpino. Le recordaba a Tor, quien había partido hacía tres semanas. La loba había sido el regalo de despedida del soldado, una parte de su corazón que dejaba atrás, en Eana. Wren sintió una punzada en el suyo al recordar cómo Elske le había salvado la vida en las orillas del río Lengua de Plata y cómo había luchado con fiereza contra el leopardo de las nieves de la princesa Anika, quien había intentado despedazarla. Después, Elske se había sentado a su lado de manera incondicional mientras observaba cómo el soldado gevranés se alejaba de ellas en la niebla.

Pensar en Gevra hacía que a Wren le cosquillearan los dedos. Iría ahora mismo si le fuera posible, pero hacía un día resplandeciente y había mucho ajetreo. Además, Anadawn estaba repleto de soldados. Su siguiente paso debía ser inteligente, paciente.

Wren rebuscó entre un montón de basura cerca de la ventana y su mirada se topó con un cuadro roto que le resultó familiar. Lo giró y se encontró con dos caras que se parecían mucho a la suya, dos coronas que habían destruido una dinastía. Las gemelas Avestrellada, antepasadas de Wren y Rose, habían gobernado Eana juntas hacía mil años, antes de que una se enfrentara a la otra y provocara la ruina de los brujos. De un plumazo, Oonagh había traicionado a su hermana, Ortha, y había condenado a los brujos al dividir su poder en cinco ramas (sanadores, videntes, tempestades, encantadores y guerreros) antes de ahogarse en el río Lengua de Plata.

Wren observó el ceño fruncido de Oonagh mientras en su mente resonaba el aviso de Glenna. «Cuidado con la maldición de Oonagh Avestrellada, la reina bruja perdida. La maldición corre por nueva sangre. Vive en nuevos huesos». Era un aviso para Wren, uno que no había compartido con Rose. Su hermana ya tenía bastante de lo que preocuparse como para que se cuestionara la lealtad de Wren o qué defecto siniestro compartiría con su antepasada maldita. Además, Wren sabía que nunca traicionaría a su hermana. Por nada en el mundo.

—Tonterías —musitó, a la vez que dejaba el cuadro junto al montón creciente de basura—. No seremos como ellas.

Un fuerte estruendo sacó a Wren de su búsqueda. Elske gruñía a una cómoda de cajones caída.

—¿Qué pasa, querida? —dijo, poniéndose en pie.

La loba se alejó de la cómoda. Wren metió la mano dentro de un cajón y encontró un viejo vestido azul enrollado y colocado al fondo. Su tejido era lujoso y brillante y, a pesar de que el bordado en torno al corpiño se estaba deshilachando, supo que era el vestido perfecto para una princesa. O quizás una reina. Elske gruñó al vestido de gala.

—¿Qué te pasa? —preguntó Wren mientras lo desenrollaba. Algo salió de la prenda y repiqueteó en el suelo, lo que hizo que se sobresaltara.

Elske retrocedió. Wren se agachó para investigarlo y se encontró con su propia mirada esmeralda observándola. El vestido escondía un espejo de mano ornamentado. Estaba hecho de plata y llevaba incrustados doce zafiros que rodeaban el pequeño cristal ovalado. Le dio la vuelta y se maravilló por la refinada artesanía.

—Sabía que, si buscábamos con la suficiente atención, encontraríamos un tesoro. —Cuando Wren alzó la cabeza, Elske estaba junto a la puerta, con el rabo entre las piernas. Algo del espejo la asustaba, y Wren tuvo la impresión de que no era su reflejo blanquecino. Era la magia. Sentía una ligera vibración entre los dedos, una pizca de calidez que indicaba que ese tesoro era una reliquia, no de los Valhart, sino de los brujos que habían gobernado mucho antes que ellos, quizás de una bruja que en el pasado había vivido en esa torre.

Wren dejó con cuidado el espejo en el suelo. Durante un minuto, contuvo la respiración, esperando que el cristal se hiciera pedazos o que ocurriera algo terrible. Pero lo único que ocurrió fue que su reflejo le devolvió la mirada, con la frente brillante por el sudor y el pelo castaño encrespado en las sienes. La magia que quizás había poseído en el pasado aquel espejo de mano debía de estar dormida. Ahora era solo un espejo normal, demasiado elegante para su gusto. Sin embargo, decidió quedárselo igualmente. No quería que cayera en las manos de nadie. Por si acaso.

Se metió el espejo en el bolso justo cuando un pájaro aterrizó en el alféizar de la ventana. Elske olvidó sus miedos y cruzó la habitación para intentar cazarlo. Durante un segundo lleno de esperanza, Wren pensó que era un halcón mensajero que volvía del otro lado del mar Sombrío. Pero no lo era, para nada. Se trataba de un avestrellado. Ver al pájaro con el pecho plateado hizo que sintiera una repentina oleada de ansiedad. Los avestrellados solo se reunían cuando había videntes cerca, brujos que podían adivinar patrones de futuro en las formaciones de los pájaros. Sin embargo, Glenna estaba muerta. ¿Por qué había vuelto ese avestrellado a su torre?

Observó el bolso. ¿Era culpa del espejo? ¿Había estado volando por ahí cerca el pájaro encantado y había sentido la vieja magia que ella había despertado? ¿O era solo una coincidencia que se hubiera posado en el alféizar de la ventana?

Wren soltó un suspiro en un intento por aplacar su nerviosismo. El pájaro partió tan rápido como había llegado, lo que hizo que se sintiera tonta por haberse puesto histérica ella sola. Cerró los ojos.

—Deja de ser una maldita paranoica.

La puerta se abrió y Wren se sobresaltó.

—¿Hola? —gritó—. ¿Quién anda ahí?

Se oyó una carcajada familiar que sonaba como un carillón.

—No hace falta que te asustes, solo soy yo. —Celeste, la mejor amiga de Rose, irrumpió en la sala con un vestido vaporoso de color ámbar y una diadema a juego con perlas incrustadas—. Estaba aburrida, así que pensé en venir a ver cómo te encontrabas. —Arrugó la nariz mientras estudiaba el desastre—. ¿Aquí es donde quieres dormir?

—Es una labor en curso.

—Pues le falta mucho —se mofó Celeste—. Apesta.

—Es evidente que nunca has estado en Ortha. Confía en mí, esto es mejor.

—Rose ha dicho que te encontraría aquí —continuó Celeste—. Creo que está dolida porque no quieres ayudarla a planificar el *tour*.

—Seguro que se está divirtiendo por las dos —dijo ella con sequedad.

—Vais a visitar pueblos de los que nunca he oído hablar. —Wren gruñó, y Celeste continuó—: Por cierto, ¿dónde están los guardias? No hay ninguno en las escaleras.

—Son muy pesados. Los he echado.

Celeste arqueó una delgada ceja.

—¿Estás segura de que es buena idea? Ya sabes, por todo lo ocurrido con Barron... Rose me ha dicho que sus seguidores se han puesto nombre.

—Los flechas del Protector —contestó Wren. Habían recibido un comunicado el día anterior por la mañana—. No es muy pegadizo, ¿verdad?

—Deberían haber optado por los sabuesos borrachos de Barron —respondió Celeste—, ya que se reúnen dos veces a la semana en el Lobo Aullador.

Wren soltó un suave silbido.

—Imagínate la cuenta.

—Me alegra ver que te lo estás tomando en serio.

—Un nombre terrorífico no sirve para crear una rebelión.

Celeste le dedicó una mirada de preocupación.

—¿Has decidido qué te vas a poner para la cena de despedida de esta noche? Quizás deberías peinarte. Y quemar ese vestido. Y también deberías dejar fuera a la loba en esta ocasión. Asusta a todo el mundo.

—¿Algo más, Chapman? —se burló Wren.

—Por una vez, haz lo que se te pide —dijo Celeste—. Esta noche es importante para Rose. Está intentando levantar la moral en palacio antes de que os marchéis a hacer el *tour*.

—Entonces espero que el postre esté bueno. —Wren se puso en pie y se quitó el polvo de la falda. Estiró la mano hacia el bolso, con lo que se ganó otro gruñido de aviso por parte de Elske.

Celeste observó a la loba.

—¿Qué le pasa?

Wren se encogió de hombros. Por alguna razón, se sintió obligada a mantener en secreto el descubrimiento del espejo de mano. Tal vez porque era especial. O quizás porque sentía que lo estaba robando.

—Aún se está acostumbrando a este lugar. Echa de menos Gevra.

Entre las cejas de Celeste apareció una pequeña arruga.

—¿Algo más? —dijo Wren—. Parece que necesites ir al baño.

Celeste se toqueteó uno de los pendientes de oro y frunció aún más el ceño.

—Más o menos, no sé.

—Celeste, la espera me está matando.

—Anoche soñé contigo —replicó la chica—. No iba a decirte nada, pero... —Se rodeó con los brazos—. Pero has mencionado Gevra y de repente he sentido que debía hacerlo.

Wren pensó en el avestrellado de la ventana, en cómo había aparecido momentos antes de que llegara Celeste. Ya había planteado la posibilidad de que esta fuera una vidente, pero no había ido bien. Se preguntó si estaba preparada para tener esa conversación de nuevo.

—¿Qué tipo de sueño? —dijo Wren con cautela—. ¿Qué estaba haciendo?

Celeste dudó.

—Estabas muerta.

A Wren se le contrajo el estómago. Celeste desvió la mirada a la ventana.

—Solo era un sueño, no una visión como tal. Nada que ver con los avestrellados o el cielo nocturno. Funciona así, ¿no? Un sueño no significa nada, ¿verdad? —Cuanto más hablaba, menos segura parecía—. Ni siquiera sabemos si soy vidente.

Por favor, tengo diecinueve años. Si fuera una bruja, ¿no lo habría descubierto hace ya mucho tiempo?

Wren se mordió la lengua, en lugar de recordarle lo mucho que había tardado Rose en saber que era una sanadora o lo difícil que habría sido para Celeste aceptar su don viviendo bajo la sombra del consejero real. La habría matado por ello.

—Solo era una imagen —continuó Celeste—. Tenías los labios azules, pero los ojos muy abiertos... Estabas congelada.

Wren intentó ignorar que se le había puesto la piel de gallina.

—Como has dicho, solo era un sueño.

—Tal vez, pero, pase lo que pase, no vayas a Gevra, Wren.

—¿Qué te hace pensar que haría algo tan irresponsable?

—Todo lo que sé de ti hasta ahora —dijo Celeste llanamente—. Sé que estás preocupada por Banba y lo mucho que deseas salvarla. Pero tu primera obligación es con tu hermana. Con este país.

Las fosas nasales de Wren se ensancharon. Rescatar a Banba no era un plan a medio gas cocinado por una nieta con el corazón roto. Era parte de la estrategia de Wren para salvar Eana y asegurar un futuro próspero para los brujos. Banba era la asesora perfecta, la consejera real que Wren y Rose necesitaban para lidiar con Barron y con los de su calaña. Cuanto antes volviera a casa, mejor para todos.

—¿Por qué te has quedado tan callada? —preguntó Celeste con desconfianza.

—Solo estaba pensando en qué habrá para cenar.

—No, estás cambiando de tema. —Celeste alzó un dedo como advertencia—. Si alguna vez piensas siquiera en poner un pie en un barco...

—Lo que creo es que te encanta manipularme, más que a mi propia hermana —la interrumpió Wren—. Se te da muy bien. —Entrelazó su brazo con el de la otra chica y la sacó de la habitación antes de cerrar la puerta a sus espaldas—. Además, ¿qué te hace pensar que me vas a pillar a tiempo?

—Te olvidas de que tengo ventaja con las visiones.

—Entonces, ¿estás preparada para admitirlo? —preguntó Wren mientras bajaban las escaleras, con Elske tras ellas andando con suaves pisadas—. ¿Que eres una vidente, después de todo?

—Supongo que no lo sabremos con seguridad hasta que tu cadáver termine en Gevra.

—No pasará —respondió Wren.

Celeste le dedicó una mirada inquieta en la penumbra.

—Ya veremos —dijo.

Rose
CAPÍTULO 6

Rose creía que había pocas cosas que no se pudieran resolver con una cena bien organizada. Y la desconfianza permanente entre los guardias de Anadawn y los brujos bulliciosos de Ortha no era la excepción. Al menos, eso creía hasta esa noche.

Hizo un esfuerzo especial por animar el sobrio comedor llenándolo con jarrones de flores frescas, abriendo las polvorientas cortinas para dejar pasar la luz y organizando la mesa con manteles de encaje y cubiertos de oro.

Incluso había retirado los cuadros de batallas de mal gusto que solían adornar las paredes y los había reemplazado por un retrato de sus padres en el día de su boda y un paisaje de Errinwilde que quitaba el aliento y que antes había estado colgado en su habitación.

Aun así, la sala parecía sofocante. Peor que eso. Parecía embrujada. No podía evitar pensar que el fantasma de Willem Rathborne se cernía tras ella mientras presidía la mesa, esperando a que los demás llegaran. Juraría que podía sentir incluso su aliento rancio al imaginárselo corrigiéndole la postura.

Cuando el reloj marcó las siete en punto, Rose se puso en pie para dar la bienvenida a los invitados. Tras otro productivo día trabajando juntos en el *tour* real, Rose había decidido invitar al capitán Davers. Se sentó entre Shen y Rowena, la joven tempestad de lengua afilada que había tratado de matar a Rose cuando se habían conocido en Ortha. Aunque se había disculpado desde entonces, su uso constante de la magia de tormentas entre los muros de Anadawn había servido de poco para mejorar la opinión que tenían los guardias sobre ella.

Al menos, el capitán Davers estaba haciendo un esfuerzo por esconder el desdén que le provocaba. El jefe de la guardia de Anadawn era un hombre pálido y robusto, con la mandíbula prominente, el pelo rubio y corto y un bigote a juego. Era uno de los soldados que más tiempo habían servido en Anadawn. Había protegido a Rose desde que era una niña pequeña, y muchas veces le daba caramelos a escondidas cuando la encontraba de mal humor en su jardín de rosas.

Rose había sentado a Tilda al otro lado de Shen, dado que era más probable que la joven bruja se comportara mejor bajo su supervisión. También estaban Celeste, a la izquierda de Rose, y Thea, la nueva consejera real, a su derecha.

Wren llegó veinte minutos tarde, con el pelo lleno de polvo y con Elske a su lado. Rose suspiró.

—Te pedí que no trajeras a la loba.

—¿Qué loba? —Wren fingió confusión mientras Elske se escondía tras su falda.

—Por favor, toma asiento. Diviértete.

Wren se acomodó en el otro extremo de la mesa y dio un largo sorbo al vino.

—¿Qué me he perdido?

—Hemos recibido otro informe de Barron —dijo Shen a modo de saludo—. El cerdo ha estado viajando de pueblo en pueblo para pregonar su odio hacia los brujos y agitar a sus seguidores.

—Shen —le regañó Rose—, esa conversación no es apropiada para la cena.

—Por no mencionar que es información confidencial —comentó Davers, retorciendo el bigote con desaprobación.

—Información que he descubierto yo al preguntar por Eshlinn —contestó Shen—. La tenía ante sus narices, capitán.

—Y, de todas maneras, ¿qué pretende que hagamos con esa información? —intervino Rowena—. No se nos permite salir de este estúpido palacio.

—Todavía no —dijo Rose—. Por vuestra seguridad.

—Y por la de los demás —murmuró el capitán Davers.

El primer plato llegó como una agradable distracción. Rose no pudo evitar sonreír ante las tartaletas de queso de cabra batido, salpicadas con salsa de granada y adornadas con nueces picadas. Tilda se metió en la boca dos a la vez antes de robarle otra a Shen, por si fuera poco. Él fingió no darse cuenta y Tilda se rio, victoriosa.

Rowena eligió ese momento para sumergirse en un cuento muy poco apropiado sobre una cabra flatulenta que había vivido en Ortha en el pasado, lo que hizo que la mitad de la mesa estallara en carcajadas histéricas. Incluso Thea, que estaba cada vez más triste con el paso de las semanas, se rindió a la risa.

—Banba odiaba a esa cabra más que a nada. Dos veces la lanzó al mar, pero no dejaba de aparecer en nuestra cabaña a la mañana siguiente.

Rose se aclaró la garganta.

—Gracias, Rowena. ¿Alguien tiene alguna historia que no trate sobre cabras?

Shen alzó el tenedor.

—Yo tengo una muy buena sobre un burro pedorro. Juro que nunca he conocido a un animal más irritable u oloroso.

Rose frunció el ceño.

—¡Shen!

—¡Cuéntala! —chilló Tilda—. Ay, por favor, ¡cuéntala!

—Vamos —lo incitó Wren, quien ya debía de conocer la historia, Rose estaba segura.

—Ay, mirad, el siguiente plato —dijo Rose antes de que Shen pudiera comenzar con su relato. Había seleccionado un par de langostas y un trozo perfecto de carne, y le agradó el resultado. El marisco servía para representar el hogar de los brujos de Ortha cerca del mar, mientras que la carne simbolizaba la fuerza de la capital. Como acompañamiento, había elegido una generosa porción de cremoso puré de patatas, uno de los platos favoritos de Wren, y un popurrí de verduras mantecosas para aludir a la riqueza de Errinwilde.

Para su desazón, nadie se centró en la comida. Wren seguía mirando por la ventana, como si esperara que un halcón fuera a cruzarla en cualquier momento con la respuesta del rey de Gevra. Tilda le daba a Elske pedazos de carne a hurtadillas, bajo la mesa. Celeste no paraba de fulminar a Rowena con la mirada, y la bruja expresaba su opinión rechazando todos y cada uno de los platos. Thea estaba tan distraída como Wren. Rose no pasó por alto que no dejaba de darle vueltas a la sencilla alianza plateada del dedo, y supo que debía de estar pensando en su esposa, Banba.

Parecía que Shen y el capitán Davers estaban decididos a superar al otro en todo. Comenzaron comprobando quién era capaz de abrir las pinzas de una langosta con sus propias manos, y después pasaron a beber copas de vino enteras de un trago. Luego se enfrentaron para ver quién podía hacer girar el cuchillo en el aire más veces antes de atraparlo por el filo. Thea tuvo que agacharse e intervenir cuando Tilda intentó unirse a la competición.

Cansada, Rose se terminó su vino y se sirvió más. Hizo girar los posos por la copa, deseando que el líquido embriagador tuviera el secreto para salvar una velada caótica. «¡Un brindis!», se percató de repente. Eso era lo que le faltaba a la cena. Se puso en pie, un poco tambaleante.

—Deseo hacer un brindis por el futuro de Eana.

—Por los brujos —dijo Rowena, alzando la copa.

—Por Anadawn —contraatacó el capitán Davers, cuyas mejillas habían adoptado un tono rojizo.

Celeste alzó su vaso.

—Y por la floreciente amistad entre ellos.

Tilda tomó el cáliz de Shen.

—Y por…

—¡No tan rápido! —exclamó Shen, quitándoselo de las manos, lo que hizo que la chica frunciera el ceño.

—Y por nuestras nuevas reinas —dijo Thea con destreza—. Que gobiernen durante mucho tiempo.

—Brindo por ello —contestó Wren. Rose sonrió a su hermana desde el otro lado de la mesa mientras alzaban sus copas.

Durante un breve período de tiempo, todos se comportaron, porque la comida de Cam parecía estar haciendo su magia especial. Como postre, el jefe de cocina en persona trajo una torre brillante de *macarons*.

—¡Para las reinas de Eana! —dijo con un ademán mientras dos sirvientes colocaban el precario monumento ante Rose. Los *macarons* eran verdes y dorados, y la torre era tan alta que apenas veía por encima de ella.

—¿Eso es pan de oro? —Rowena se inclinó hacia delante para inspeccionar uno de los dulces—. ¡Qué desperdicio tan ridículo!

Celeste le dedicó una mirada de advertencia.

—Si no puedes decir nada bueno, quizás sería mejor que mantuvieras el pico cerrado durante toda la noche.

Rowena la fulminó con los ojos.

—¿Perdona?

—Sí, te perdono —dijo Celeste, tajante.

—¡Verde y dorado! —exclamó Rose en voz alta—. ¡Qué *macarons* tan bonitos para honrar a Eana, el país al que todos amamos!

Rowena alzó un dedo para provocar una corriente de aire que hizo que la torre de *macarons* se tambaleara. Celeste alzó una mano para estabilizarla.

—¡Para!

Al otro lado de la mesa, el capitán Davers se tensó.

—No le asustará un poco de magia, ¿verdad, capitán? —dijo Shen.

De forma visible, Davers reprimió un estremecimiento.

—Por supuesto que no.

—Bien —contestó Shen con un brillo travieso en los ojos—. Porque podría quitarle la espada de la funda antes incluso de que se diera cuenta de que ya no la tiene.

—Ya basta, Shen —le reprendió Rose. Alzó la voz para poner fin al alboroto—. Antes de que Wren y yo podamos traer armonía a Eana, primero debemos establecerla en el palacio de Anadawn. Por eso os he reunido aquí esta noche...

Justo entonces, Rowena lanzó otra ráfaga de aire. Elske se asustó tanto que saltó a la mesa, lo que causó una serie de chillidos mientras la loba derribaba los *macarons*. El animal miró a su alrededor, alarmado, antes de volver a bajar y esconderse tras la silla de Wren.

Tilda cogió un *macaron* del suelo y lo mordió.

—Siguen estando buenos.

—Algo la ha asustado —dijo Wren, inclinándose hacia Elske para acariciarla.

Celeste le dedicó una mirada mordaz a Rowena.

—Estoy segura de que se ha levantado aire.

Rowena sonrió con superioridad.

Rose dejó caer la cabeza entre las manos y suspiró.

—Hay té en la sala de estar para quien quiera.

De vuelta a su habitación, en la torre este, Rose se sentó en la cama con su camisón favorito y un montón de *macarons* agrietados en el regazo.

—¿Cuántos llevas? —preguntó Wren, quien se estaba deshaciendo la trenza en el tocador.

—No los suficientes —contestó Rose, comiéndose otro con tristeza—. Al final me harán sentir bien, ¿no?

—O te pondrás enferma.

Rose fulminó con la mirada a Elske, que estaba aovillada a los pies de Wren.

—No culpes a la loba —dijo su dueña—. Nos ha hecho un favor. Si esa cena no hubiera terminado pronto, me hubiera tirado por la ventana.

Rose le lanzó un *macaron* a su hermana.

—La cena tenía un propósito. Y podrías haber hecho mucho más para ayudarme a que saliera bien. Has puesto mala cara a todos los platos.

Wren se giró para enfrentarse a su hermana.

—Perdona si me cuesta mostrarme alegre cuando es probable que estén torturando a nuestra abuela.

—A mí también me preocupa, pero he decidido tener esperanza.

—No es lo mismo —contestó Wren, y Rose no dijo nada porque tenía razón. No era lo mismo. Ella quería que Banba volviera a casa, pero no le ardía la mente con ese pensamiento cada segundo del día. Era capaz de centrarse en otras cosas, como el inminente *tour* real o los flechas de Barron, o en que los brujos de Ortha no saquearan el palacio de Anadawn en su ausencia.

Rose sabía que cada día sin Banba empeoraba el vacío en el pecho de su hermana. Wren solo podía llenarlo con la preocupación y el miedo constante de que nunca fueran a volver a ver a su abuela, la persona que la había criado, que la había querido y que había luchado de forma incesante para conseguir un mundo que algún día le diera la bienvenida a casa.

Se escuchó un golpe en la puerta y Thea irrumpió en la sala, envuelta en una bata.

—Espero que no pase nada por entrar sin avisar en la cámara de las reinas.

—Tú siempre eres bienvenida, Thea. —Rose cogió los *macarons* y los dejó en la mesilla antes de levantarse para abrazarla—. Es tarde, ¿por qué sigues despierta?

—No podía dormir. —Thea se toqueteó el borde del parche del ojo con los dedos y Rose se percató de que se había mordido las uñas hasta el punto de hacerlas desaparecer—. Había pensado en venir a ver cómo estabais. La cena ha sido un espectáculo, ¿verdad?

—La palabra que estás buscando es «desastre» —respondió Wren mientras entraba en el cuarto de baño, donde se prepararía para irse a la cama.

Rose gruñó.

—La había planeado a la perfección.

—La comida ha sido maravillosa —dijo Thea con amabilidad—. Igual que tu compañía.

—Gracias, Thea. ¿Quieres un *macaron* medio aplastado? —Rose cogió el mejor de la mesilla. La mujer lo aceptó, agradecida, y se sentó en el borde de la cama para mordisquearlo.

—Todo mejorará. Las transiciones son siempre complicadas, pero lo importante es que os tenéis la una a la otra.

Rose miró hacia el baño y bajó la voz para que Wren no pudiera oírla.

—La verdad es que ahora mismo me siento como si estuviera yo sola en esto. ¿Cómo podremos gobernar un país si no podemos siquiera organizar una cena?

Thea le puso una mano en el hombro, insuflándole una pizca de calidez en las venas que aplacó la pesadez de su corazón, aunque solo un poco.

—Dejemos que Wren siga siendo Wren por ahora. Todo esto es nuevo para ella también, ¿recuerdas? Y está intentando entender el mundo sin Banba.

Rose asintió.

—Lo siento. Sé que tú estás igual.

Thea sonrió, pero había tristeza en su mirada.

—Todo irá bien.

—Es una pena que no seas vidente —musitó Rose.

—Quizás no lo sea, pero sé que Wren y tú estaréis bien si seguís la una al lado de la otra. —La mujer se puso en pie y las rodillas le crujieron en el silencio—. Ahora, a descansar. Incluso las reinas necesitan dormir.

Wren
CAPÍTULO 7

Cuando Wren regresó del cuarto de baño, aseada y vestida para acostarse, su hermana ya estaba profundamente dormida. Había un pájaro en el alféizar de la ventana. Con un sobresalto, la chica se percató de que no era cualquier pájaro, sino un atajacaminos de Gevra, con una nota en el pico.

Wren:
Ven y dímelo a la cara. Te reto.
Alarik

Wren arrugó la carta en su puño, sobrepasada por una oleada de determinación. En estas últimas semanas, los pensamientos sobre Banba la habían consumido, y había rezado por obtener una señal como esta, una chispa de brío que la dirigiera hacia la dirección correcta. Y ahora ahí estaba, el impulso que necesitaba. El rey Alarik prácticamente la había invitado a Gevra.

Sabía que debía ir, que debía enfrentarse a él en persona, plantarle cara, de monarca a monarca, luchar contra él si era necesario. Tenía magia, ingenio y encanto. Y, si todo eso fracasaba, esperaba que Tor la ayudara como había hecho en el pasado.

Wren soltó un suspiro mientras su plan se cristalizaba. Apretó la carta aún más en su puño, con el corazón acelerado por la esperanza.

Horas después, cuando los residentes del palacio de Anadawn estaban profundamente dormidos, Wren se incorporó en la cama. Vio cómo Rose fruncía el ceño entre sueños. Había estado dando vueltas durante horas. A la mañana siguiente comenzaría el *tour* real y, aunque Rose quizás hubiera esbozado cierta expresión de alegría durante la cena, no conseguía librarse de su ansiedad mientras dormía.

Wren metió la mano bajo la almohada para extraer una pizca de la arena de Ortha de su bolsita. Por suerte, los brujos habían traído mucha. Aunque podía usar cualquier tipo de arena para sus encantamientos, la de Ortha, donde los brujos habían vivido en secreto durante los últimos dieciocho años, era la más potente. Mientras miraba a Rose, tratando de ignorar la culpa que la inundaba, sentía el poder de todos ellos moviéndose entre sus dedos.

—Perdóname —susurró Wren, echándole arena a su hermana—. De la tierra al polvo, disfruta de un sueño reparador y encuentra paz y consuelo en tu sopor.

La arena se convirtió en polvo dorado conforme se desvanecía. El ceño fruncido de Rose se evaporó con un suspiro contenido. Wren recordó la primera vez que había usado un hechizo parecido con su hermana. Aquella noche Shen la había llevado por el desierto, y ella había ocupado su lugar. Esta noche le tocaba desaparecer a Wren.

Garabateó una despedida rápida y la dejó sobre la almohada, sabiendo que Rose se pondría furiosa cuando la leyera. Aunque Wren sintió cómo le daba un vuelco el corazón al abandonar a su hermana de aquella forma, a medianoche y a traición, su lealtad hacia Banba pesó más que su sentimiento de culpa. Se lo debía todo a su abuela, y sus esfuerzos negociando habían fracasado. De la peor forma. Si no rescataba pronto a Banba, moriría por la crueldad del rey Alarik, un hombre que ya le guardaba rencor a Eana y que sentía una oscura fascinación por los brujos. Con el tiempo, Rose entendería que Wren no había tenido otra opción.

Se vistió en la oscuridad y sacó el bolso de debajo de la cama. Ya contenía una muda, una cantimplora con agua, un cepillo, una bolsita de arena de Ortha y un puñado de monedas sueltas que había conseguido hurtar de la cómoda de su hermana. No sería suficiente para comprar un pasaje seguro a Gevra, pero esperaba que el espejo con zafiros incrustados que había encontrado en la torre oeste convenciera a un mercader de que la llevara a bordo.

En la escalera, los ojos pálidos de Elske brillaron en la oscuridad. Wren se puso de rodillas.

—Por favor, no me mires así. No te puedo llevar conmigo. Eres demasiado llamativa.

La loba soltó un grave gemido. Wren le acunó el enorme hocico con las manos.

—Necesito que te quedes aquí y que cuides de Rose. ¿Puedes hacerlo por mí, querida? ¿Puedes mantener a salvo a mi hermana hasta que vuelva?

Elske inclinó la cabeza y la chica le dio una palmadita en ella.

—No te preocupes, regresaré antes de que te des cuenta.

Wren se encargó de los guardias de la torre con un encantamiento rápido y dos movimientos de muñeca, y después continuó bajando por el torreón este, donde se escondía un antiguo pasadizo secreto dentro de una alacena en desuso. Las gemelas habían hecho la promesa de que nunca le hablarían a nadie de él. Era su secreto. Esta noche era el túnel hacia la libertad de Wren.

Se apresuró por el pasadizo de piedra, ignorando las luces eternas que parpadeaban tras ella. Sentía el aliento de sus antepasados en la nuca, sus voces llamándola y pidiéndole que diera la vuelta, que fuera paciente, que tuviera cuidado.

Sin embargo, a Wren nunca se le había dado bien esperar, y el único consejo que aceptaba era el de Banba. Subió por la alcantarilla y se agazapó en la oscuridad para tomar aliento. En la distancia, las luces de Eshlinn parpadeaban por el Lengua de Plata. Tras ella, el palacio blanco se erigía como un fantasma en la noche, con las puntas de su verja brillantes como afilados dientes dorados.

Cogió una pizca de arena y se dispuso a trabajar en su aspecto. No podía cambiarse la cara por completo, pero sí alterar las partes de su apariencia que la hicieran reconocible. Utilizó un encantamiento para peinarse el pelo en tirabuzones, antes de volverlo castaño y ondulado. Se salpicó más pecas por las mejillas y atenuó el brillo esmeralda de sus ojos hasta que adoptó un verde apagado. Por último, se torció los dientes frontales.

—Ay —siseó cuando se le inclinaron hacia dentro.

Se ajustó la capa y partió por el puente. Sus pisadas resonaron en la oscuridad. Era pasada la medianoche y, aunque las calles empedradas de Eshlinn se encontraban casi desiertas, las tabernas estaban llenas a rebosar. La música flotaba por las calles estrechas, mezclada con el sonido de las risas. Wren giró una esquina y se topó con dos chicas jóvenes con la cara roja que no dejaban de reír.

—Debes de estar loca, muchacha —dijo una con un pesado hedor a sidra en el aliento—. Caminar tú sola a estas horas de la noche...

—Podría haber brujos —comentó la otra, al mismo tiempo que se tambaleaba, inestable—. Sobre todo ahora que el palacio está lleno.

—¿Y qué? —preguntó Wren, dando un paso atrás—. Los brujos no pretenden hacernos daño.

—No es lo que se dice en el Lobo Aullador —respondió Aliento de Sidra con un gesto hacia la taberna de la que acababa de salir.

—Edgar Barron afirma que los brujos van a ocupar todo el país ahora que tienen a dos reinas brujas en el trono —añadió Tambaleante.

—¿Y qué van a hacer con él? —contraatacó Wren, sin poder evitarlo.

Las chicas la miraron sin comprender.

—Eh..., ¿cosas malas? —dijo Tambaleante.

Aliento de Sidra asintió.

—Magia negra.

Wren entornó los ojos.

—Contadme más.

Las chicas se encogieron de hombros.

—Bueno, no me dan miedo los brujos —contestó Wren mientras las rodeaba—. Intentad pensar por vosotras mismas alguna vez —gritó por encima de su hombro—. Os prometo que no duele.

—No digas que no te lo advertimos —vociferó Aliento de Sidra tras ella.

—Hazle una señal a tu puerta si sabes lo que te conviene —añadió Tambaleante—. Los flechas van a salir a cazar brujos esta noche.

Mientras Wren recorría la vieja ciudad, comenzó a percatarse de que algunas casas tenían flechas pintadas. Cruzó la calle para estudiar una y pasó el dedo por la pintura oscura.

Los habitantes de Eshlinn estaban señalando sus puertas para evitar que los flechas fueran a por ellos. O tal vez incluso los estaban ayudando. La inquietud recorrió el cuerpo de Wren. Se estaba creando una auténtica rebelión en el corazón de Eshlinn.

Pensó en Rose, dormida en palacio. Por la mañana, se despertaría y tendría que enfrentarse sola a esto. Se estremeció al imaginar la cara de su hermana cuando leyera su carta, pero se obligó a seguir adelante, porque imaginarse a Banba sola en Gevra era mucho peor. Además, Shen cuidaría de Rose. Thea la guiaría. Elske la protegería. Celeste la apoyaría. Chapman la aconsejaría. Y el capitán Davers y los brujos lucharían por ella.

Rose estaría bien. Eana estaría bien. Cuando Wren llegó a la casa del herrero, en las afueras de Eshlinn, le alivió no encontrar ninguna marca en su puerta. Los Morwell seguían siendo leales a la Corona.

Incluso se sintió mal por robarles uno de sus caballos. Utilizó un encantamiento para entrar en el establo y liberar a la yegua marrón de su cubículo. Se adentraron en la noche, dejando atrás las luces tintineantes de Eshlinn.

Al ir en un buen caballo, tardaría solo media noche al galope en llegar a la bahía de los Deseos. La yegua de los Morwell adoptó un ritmo estable conforme cruzaban el camino del norte, que serpenteaba por los cultivos que se extendían por Eana con campos de trigo dorado y viñas frondosas que florecían en verano. Todo brillaba como la plata bajo la luna menguante, y el aroma a lavanda le acariciaba la nariz a Wren mientras recorrían la senda de gravilla a través de un campo de flores silvestres.

Se deleitó al sentir el viento en el pelo. Por primera vez desde hacía una eternidad, se sintió libre. Aunque esta sensación de posibilidades sin fin era falsa y pasajera, se aferró a ella como a una plegaria hasta que el olor creciente a algas la sacó de su fantasía.

Cuando Wren abrió los ojos, la bahía de los Deseos estaba ante ella. El camino se retorcía pendiente abajo hasta el agua oscura, donde la bahía se arqueaba en un cuarto creciente perfecto, como si alguna criatura horrible hubiera surgido de las profundidades y le hubiera dado un mordisco. Las luces del puerto titilaron, animándola a continuar. El amanecer reptaba por el horizonte y desprendía volutas de color ámbar y rosadas por el cielo.

Wren se bajó del caballo y lo mandó de vuelta a casa con otro encantamiento. Sacó el espejo de mano del bolso y rápidamente comprobó su apariencia hechizada antes de bajar hasta la bahía.

En el puerto había más ajetreo del que esperaba. Gritos y voces llenaban el ambiente mientras las personas corrían por el embarcadero, arrastrando redes o barriles pesados que contenían pescado recién cogido. Los transportaban y los vaciaban con la misma rapidez. Los mercaderes levantaban sus puestos, a la vez que los barcos cargaban suministros y se preparaban para partir de nuevo al alba. Había nueve amarrados al muelle. Wren contó tres barcos pesqueros, dos pequeñas barcas de pesca y un galeón enorme con el símbolo de la marina de Eana en las velas, así como tres grandes barcos mercantes.

La chica supuso que el más robusto de estos tres últimos, en el extremo final del puerto, partiría hacia la traicionera ruta comercial gevranesa, mientras que los otros dos más pequeños irían al suroeste, a Demarre o quizás a Caro. Sus sospechas se vieron confirmadas cuando avistó los barriles que estaban descargando del barco; todos llevaban el símbolo de Gevra, el aterrador oso polar, Bernhard, rugiendo.

Se armó de valor y caminó hacia el barco mercante. Era una embarcación robusta de madera oscura con tres mástiles imponentes y doce velas de color marfil. Su bandera era verde y dorada, lo que indicaba que se trataba de una embarcación mercante local, y habían garabateado las palabras «Secreto de Sirena» en uno de sus laterales. En la proa había una sirena tallada en bronce con una corona de caracolas.

Wren cogió un trozo de cuerda desechado en el muelle y se lo enrolló en el hombro. Mantuvo la cabeza baja e intentó parecer atareada mientras cruzaba la pasarela y se dirigía al Secreto de Sirena. Se preparó para que le gritaran con enfado o la sujetaran y alejaran, pero nadie la miró siquiera. La tripulación del Secreto de Sirena estaba demasiado ocupada como para percatarse de las idas y venidas de una sirvienta apresurada.

Subió a toda prisa las escaleras de madera hacia la parte trasera del barco, se topó con el timón del capitán y de inmediato dio media vuelta.

—Idiota —se reprendió. Estaba bajando las escaleras cuando una figura apareció ante ella con una mano en cada barandilla para bloquearle el paso.

Wren se quedó paralizada en mitad de una zancada y observó un par de botas de cuero negro.

—Perdón —gimió—, pero tengo que llevarle esta cuerda al capitán enseguida.

—Tu capitán se encuentra ante ti —dijo una voz profunda y difícil de entender—. Y no ha pedido tal cosa.

Wren se estremeció. El capitán dio un paso hacia ella.

—Parece que tengo un polizón.

Bajo los pliegues de su capa, Wren tomó una pizca de arena. Alzó la barbilla para estudiar la amenaza. En primer lugar, un pantalón oscuro y una camisa blanca suelta. Una levita morada, bordada con refinado hilo dorado. Debajo, un par de anchos hombros y brazos grandes, lo bastante fuertes para partirla en dos. Aunque no necesitaría usarlos, ya que llevaba una espada en el cinturón. Su piel estaba bronceada, y llevaba un tricornio gris sobre el cabello negro y rizado. Tenía el mentón marcado y ensombrecido por una barba de tres días, a juego con su pelo. Entornó los ojos marrones mientras la estudiaba.

La tripulación había dejado de lado sus tareas para observar el intercambio. Wren sentía varios pares de ojos sobre ella, cada vez más. Retorció los dedos. Estaba a punto de mandar a tomar viento la precaución e intentar hacer un hechizo cuando el capitán hizo algo inesperado. Se echó a reír. Wren frunció el ceño.

—¿Qué tiene tanta gracia?

—Parece que quieras clavarme un cuchillo —dijo, aún riendo—. ¿Qué llevas dentro de esa capa tuya?

—Nada —contestó Wren, dejando que la arena cayera al suelo. Le mostró las manos—. ¿Ve?

—Ahora, tu rostro —le pidió el capitán, haciéndole un gesto hacia la capucha—. Por si tienes una daga entre los dientes.

Wren se quitó la capucha y le dedicó una sonrisa torcida.

—Solo mi encanto.

—Creo que debo ser yo quien juzgue tal cosa. —El capitán paseó la mirada por los rizos castaños de la chica—. ¿Mi polizón tiene nombre?

—Tilda —contestó Wren. El nombre salió de su interior antes de que pudiera pensarlo.

—¿Qué haces en mi barco, Tilda?

—Admirar la carpintería.

El capitán volvió a reír.

—Un polizón que cuenta chistes. Quizás sí que poseas cierto encanto. —Agitó un dedo, y Wren tuvo la sensación de que se estaba riendo de ella—. Pero me temo que, para conseguir un viaje gratis en mi barco, el encanto no será suficiente. Ya tengo demasiado, ¿sabes?

Wren comenzaba a creerlo. El capitán se estaba mostrando muy amable, y las arrugas que tenía alrededor de los ojos le decían que sonreía a menudo. Decidió tratar de razonar con él.

—En ese caso, la verdad es que necesito llegar a Gevra lo antes posible.

El capitán alzó las cejas.

—En todos mis años en el mar, nunca he oído a nadie decir esas palabras. Suele ser más común querer huir de allí. Maldecir, llorar, quejarse o agitar el puño hacia Gevra. —Hizo un gesto con la mano—. Ese tipo de cosas.

—Mi padre está en Gevra —mintió Wren—. Su barco de pesca se vio envuelto en una tormenta el mes pasado y lleva varado allí desde entonces. Tiene una rotura grave en la pierna. —Se retorció las manos—. Nos morimos de preocupación por él. Mi querida madre lleva semanas sin dormir.

—Por Neptuno —musitó el capitán. La diversión le desapareció del rostro—. Gevra no es un buen lugar para un eano ahora mismo, sobre todo después de lo que ocurrió con su príncipe en nuestras orillas. Si no tuviera que llevar a cabo una venta, creo que ni yo iría.

—Tengo una dirección —dijo Wren a toda prisa—. Me escribió la semana pasada. Sé cómo encontrarlo y traerlo a casa. —Comenzó a rebuscar en el bolso—. No tengo dinero, pero si quiere esto…

—Guárdate tus posesiones. —El capitán alzó una mano—. Te llevaré a Gevra. No estaré mucho tiempo, por supuesto. Y te sugiero que hagas lo mismo.

Wren sintió tal alivio que a punto estuvo de estallar en carcajadas histéricas. En lugar de eso, se dejó caer de rodillas.

—Que las estrellas le bendigan mil veces, capitán. ¡Tiene un corazón de oro!

Avergonzado, el capitán se aclaró la garganta.

—Ponte de pie, Tilda. No hace falta montar tanto escándalo. Simplemente sé reconocer la importancia de la familia. Yo haría lo mismo por la mía.

Wren sonrió, poniéndose en pie. En otra vida, quizás hubiera sujetado al joven capitán y le hubiera besado por su amabilidad. Y por su atractivo. Pero ahora…

—No hay nada en el mundo que me importe más que mi familia.

Y, aunque todo lo demás era mentira, aquello lo dijo de corazón.

—Ve a buscar una litera bajo la cubierta. Le pediré a la tripulación que no te moleste. —Dio un paso atrás para dejarla pasar—. Debo avisarte de que será un viaje largo y agitado. —Hizo un gesto hacia el bolso—. Espero que tengas algo de raíz de jengibre ahí.

—Ah, claro que sí. —Abrazó el bolso contra su pecho mientras bajaba las escaleras. Había tenido la suerte de entrar en el barco de un mercader de buen corazón, en vez de en el de un pirata. Los de la bahía Braddack la habrían lanzado a los tiburones por esa lamentable interpretación.

Mientras la tripulación del Secreto de Sirena levaba las anclas y se preparaba para partir hacia Gevra, Wren se dirigió hacia un almacén lleno de barriles y viejas velas para reparar. Cogió una sábana harapienta y la colocó entre dos maderos antes de usar la cuerda que había robado para hacerse una hamaca casera. Sonrió al tumbarse. Estaba pensando en abrir un barril de ron cuando la tarima crujió tras ella. Wren se incorporó en la hamaca. Un par de familiares ojos marrones la fulminaron desde el otro lado del camarote.

—Si crees que ese horrible disfraz me va a engañar, «Tilda», estás muy equivocada.

Wren sintió que se le constreñía la garganta.

—¿Qué diablos estás haciendo aquí?

—Estaba a punto de hacerte la misma pregunta —contestó Celeste.

Rose
CAPÍTULO 8

Rose se despertó cuando amanecía sobre el palacio de Anadawn, con la sensación de haber dormido un año entero. Estiró los brazos por encima de la cabeza y se quedó paralizada en mitad de un bostezo.

Wren no estaba. Frunció el ceño. No era normal que su hermana se levantara antes que ella. Por lo general, cuando ella se despertaba, Wren estaba todavía roncando, con la cara contra la almohada. Ojalá hubiera despertado a Rose para poder compartir su nerviosismo, pero sabía que a su hermana le gustaba estar sola cuando algo le molestaba. Era probable que estuviera en la cocina, haciéndose una taza de té o paseando a Elske por el jardín.

Rose se estaba dando media vuelta para disfrutar de unos minutos más de sueño cuando notó un crujido extraño en la almohada de su gemela. Estiró la mano y encontró un trozo de papel. Se incorporó de golpe, totalmente despierta de repente. Con dedos temblorosos, abrió la nota, aunque, por alguna razón, ya sabía lo que decía.

Me voy a Gevra. No vengas a buscarme.
Volveré pronto... con Banba.

—¡Wren! —Rose saltó de la cama. Salió del dormitorio y corrió por el pasillo gritando el nombre de su hermana—. ¡Wren!

Aún iba vestida con el camisón, y tenía los pies descalzos sobre la piedra fría. Quizás todavía estuviera a tiempo, quizás pudiera alcanzarla, detenerla... Justo entonces, una mancha blanca corrió hacia ella. Elske se puso en pie sobre las patas traseras, y a punto estuvo de derribarla mientras le lamía las lágrimas de las mejillas. Rose tranquilizó a la loba tras ponerse de rodillas, y pegó su cara contra el suave pelaje blanquecino del animal. Un rayo de luz se filtró por las ventanas del pasillo y depositó sobre ellas un brillo cálido. Rose supo que era demasiado tarde. El sol ya había salido. Los barcos de la mañana ya estarían partiendo. Era muy probable que Wren estuviera camino de Gevra.

Rose fue levemente consciente de que los sirvientes asomaban la cabeza por las escaleras cercanas. No se sintió avergonzada, solo pudo sollozar mientras abrazaba a Elske.

—¿Wren te ha dejado aquí para detenerme o para consolarme?

La loba pestañeó con sus enormes ojos azules. Rose se sorbió la nariz.

—Supongo que te ha abandonado a ti también. Ay, ¡qué horror!

—¡Rose! —La aludida alzó la cabeza y se encontró a Shen corriendo hacia ella—. ¿Qué ocurre? ¿Qué pasa?

—Es Wren —contestó con voz temblorosa—. Se ha ido.

—¿Por qué me ha hecho esto? —Rose se desahogó con Shen después de leer la insignificante nota de su hermana mil veces—. ¡Justo el día que se suponía que empezaba el *tour* real!

—Me da la sensación de que no es coincidencia —dijo Shen, quien había recibido la noticia con una silenciosa frustración. Después de que Rose le tendiera la nota, la había llevado a la cocina, lejos de oídos y ojos fisgones, y le había hecho una taza de té caliente.

El té, junto con la mano de Shen entre las suyas, había ayudado a aplacar las lágrimas de Rose. El sol ya se había alzado en su máximo esplendor, y el resto del palacio por fin se estaba despertando. Los sirvientes se movían de un lado a otro para preparar la partida de las gemelas, mientras que los trabajadores del establo ensillaban los caballos que tirarían del carruaje dorado. Rose no podía centrarse en nada de eso ahora mismo.

—¡Y cómo se atreve a decirme qué hacer! Iré tras ella si quiero.

—No seas impulsiva —le aconsejó Shen—. No convirtamos un problema en dos.

Rose le dedicó una mirada fulminante. Bajo la rabia, flotaba otra emoción más fuerte. El miedo. Le aterraba la nota. Acababa de encontrar a Wren. No podía perderla ahora. Necesitaba a su hermana para que la ayudara a gobernar, a unir el país, para que le mostrase cómo ser una bruja. Pero había algo más. Necesitaba a Wren porque era su familia, su otra mitad.

O, al menos, eso era lo que pensaba sobre ella. Había experimentado una sensación instantánea de reconocimiento en lo más profundo de su ser cuando la había visto por primera vez la noche del baile, pero aún había demasiadas cosas que no sabía sobre su gemela, mucho que quería aprender. Deseaba que fueran hermanas de verdad, unidas no solo por su sangre, sino por la experiencia y la historia. Por su futuro. Sin embargo, lo que más quería era que Wren confiara en ella, que la eligiera.

Su nota indicaba lo contrario. Le importaba más Banba que todo el reino, que su propia hermana, que su propia vida. Cuanto más lo pensaba Rose, menos podía soportarlo. Su miedo, su dolor y su rabia se estaban fundiendo en un torrente furioso de emociones que no podía dominar. Odiaba sentir que no tenía el control. Dio una patada al suelo.

—¡Aaahhh! Cuando vuelva, voy a darle una... una... charla severa.

Shen alzó una ceja.

—Tienes que practicar las amenazas.

Rose dio una nueva patada al suelo y, por accidente, derramó el té.

—Las reinas no huyen a otros países por capricho sin decírselo a nadie. No abandonan sus deberes. ¡Ni a sus hermanas! —Se le rompió la voz, pero Shen se le acercó un instante después y la rodeó con los brazos. La chica enterró la cara en su pecho—. ¿Y si le ocurre algo? —Rose se arrepintió enseguida de haber dicho aquellas palabras en alto, como si el simple hecho de pronunciarlas les diera poder.

Shen le dio un beso en el pelo.

—Ten fe en ella. Apostaría por Wren contra cualquiera. No habría ido a Gevra si no tuviera un plan.

Rose resopló.

—¿Qué clase de plan puede tener? ¿Se va a disfrazar de Bernhard, el oso polar, y va a bailar un vals en el palacio de Grinstad?

—Creo que sobrestimas su magia —comentó Shen.

La campana del reloj de la torre repicó una, dos..., siete veces. El sonido trajo a Rose de vuelta a la realidad. Wren se había ido y nadie lo sabía. El *tour* real estaba a punto de comenzar y les faltaba una reina. Se alejó de Shen y se horrorizó al encontrar una mancha de mocos en su camisa. «Estrellas». La mañana no podía ir peor.

Shen fingió no darse cuenta.

—¿Y ahora qué, majestad? —dijo, apartándole un mechón rebelde de la cara.

Justo entonces, se oyó un crujir de pasos acercándose.

—Rose, ¡aquí estáis! ¿Qué diablos hacéis aquí abajo en camisón? —exclamó Chapman—. ¡Y con un hombre! ¡Sin carabina!

—Sabe que mi nombre es Shen —dijo el chico—. Me ve todos los días.

Chapman lo ignoró. Se giró hacia la reina con la pluma sobre el pergamino.

—Eso ahora no importa. Necesito que me digáis qué queréis de desayuno. Nos lo tomaremos por el camino, si no os parece poco civilizado. Y, para comer, hay una taberna idónea en Glenbrook. Deberíamos llegar allí a las...

Rose alzó una mano para interrumpirlo.

—Tenemos un problema.

—Los flechas no se acercarán al carruaje —le aseguró Chapman—. Hemos enviado a un pelotón para que rastree la ruta. Ha partido hace una hora. —Blandió la pluma hacia su camisón—. ¿U os referís a este atuendo? Tenemos algo de tiempo antes de...

—Wren se ha ido.

El bigote de Chapman se retorció.

—¿Perdón?

—Wren. Se. Ha. Ido. —Rose le tendió la nota arrugada—. A Gevra.

Chapman palideció mientras la leía. Cogió un pañuelo para limpiarse la frente.

—Vale, sí. Bueno, no hay que preocuparse —dijo, más para sí que para ella—. Al menos tenemos a una reina. Probablemente, a la mejor. Quizás podamos idear un plan que haga que parezcáis dos personas... ¡Ah! ¿Qué tal un vestido con dos mangas distintas? Podríais saludar con una desde un lado del carruaje, cruzar al otro y saludar desde allí.

Shen acalló una carcajada. Rose contempló al administrador.

—No puedes decirlo en serio.

—El *tour* debe continuar —insistió Chapman—. Con o sin vuestra errante hermana. Vuestro pueblo os espera. Todo está preparado.

Rose se masajeó las sienes, pensando... preocupada.

—Mi hermana me necesita, Chapman. Tengo que ir a Gevra y traerla de vuelta.

Shen se pasó una mano por la mandíbula.

—¿Quieres enviar una misión de rescate para... la misión de rescate?

Chapman negó con la cabeza con tanta fuerza que le temblaron las mejillas.

—No podemos enviar a nuestros soldados a un territorio tan inhóspito. El rey Alarik percibirá su llegada como una amenaza y lanzará un contraataque de inmediato. Solo nos queda la esperanza de que vuestra hermana vista alguna clase de disfraz antes de cruzar. Las consecuencias de que una soberana llegue sin invitación a Gevra desde un país que hace poco mató a su príncipe heredero en una boda que debería haber unido a ambos países... —Chapman hizo una pausa significativa.

—Chapman, ocúpate de eso —dijo Rose.

—¡Consecuencias incalculables! —El administrador alzó las manos—. ¡Podría verse como una declaración de guerra!

—Todo en Gevra se considera una declaración de guerra —comentó Shen—. Van a la guerra sin inmutarse.

—¡Exacto! —resopló Chapman—. Por eso no podemos permitirnos empeorar esta situación involucrándonos aún más.

—¿Quieres que abandone a mi hermana? —dijo Rose.

El hombre apretó los labios.

—Majestad, deberíais preguntaros quién está abandonando a quién en este caso.

Rose se mordió el interior de la mejilla y pensó en Wren, escabulléndose en plena noche.

—Y, hablando de abandonos —continuó Chapman—, me temo que no podéis abandonar a vuestro país en un momento tan crítico solo para seguir a vuestra hermana en una especie de cacería salvaje gevranesa. Tampoco podéis enviar a vuestros soldados para que la traigan a casa. Su llegada a las costas gevranesas sería una catástrofe. Y, en cualquier caso, los necesitamos aquí, donde Edgar Barron y sus seguidores están demostrando ser una auténtica amenaza.

Rose observó a Shen. Sabía por su expresión sombría que estaba de acuerdo con el administrador.

—Sé que no siempre hemos pensado igual, y que el desagradable recuerdo del anterior consejero real sigue entre nosotros, pero, Rose, por favor, debéis saber que mi consejo es sincero —le imploró Chapman—. No os dirigiría en la dirección incorrecta. Mi lealtad es para Eana, y vos sois Eana.

—Soy de Eana, Eana es mía —musitó Rose, y las conocidas palabras le provocaron un cosquilleo de calidez por los brazos. La calmaron. La centraron.

—Exacto. Por eso debéis seguir aquí y conectar con vuestro pueblo, alejarlo de Barron y su calaña —dijo Chapman—. Es la única solución para Eana.

Rose asintió para sí. El administrador tenía razón. El *tour* debía continuar por el bien del reino. Y, mientras tanto, tendría que confiar en que su hermana supiera lo que estaba haciendo, en que Wren estuviera bien.

—Me gustaría que Celeste me acompañara —pidió Rose, entusiasmándose con la idea solo con pronunciarla—. A ella se le da bien la gente. Y será una compañía excelente.

—No, no, no te preocupes por mis sentimientos —musitó Shen.

Rose estaba demasiado atareada poniendo en marcha el nuevo plan como para oírlo. Sí, Celeste era la solución. Le pediría que se subiera al carruaje con ella y que la ayudara a lanzar rosas a los aldeanos. Si Rose no podía tener a su hermana a su lado, tendría a su mejor amiga. Después de todo, durante años solo habían sido Celeste y ella. Eran casi familia la una de la otra.

—¡Rose! ¡Aquí estáis! —Una nueva voz interrumpió su hilo de pensamientos. Agnes, la doncella, irrumpió en la cocina, jadeante y con la cara roja.

—Agnes, ¿qué diablos haces aquí abajo? —Chapman levantó las manos—. ¿Deberíamos prescindir de la sala del trono y celebrar las reuniones en el horno a partir de ahora?

—Os he estado buscando —jadeó Agnes—. Lottie, la sirvienta, me ha contado que estabais aquí, en la cocina, y he dicho: «Por todas las estrellas, ¿qué está haciendo allí abajo, antes de que la haya vestido con el traje para el *tour*?». Tenía que encontraros porque... Yo... Eh... Dejadme tomar aliento...

—No pasa nada —dijo Rose—. Ya sé que Wren no está.

Agnes frunció el ceño.

—¿Wren? He venido a hablaros de Celeste. —Rose se horrorizó cuando la doncella se metió la mano en el bolsillo y sacó otra nota—. Esto acaba de llegar de la bahía de los Deseos.

Wren
CAPÍTULO 9

—No me puedo creer que me hayas seguido —dijo Wren, furiosa, mientras trataba sin éxito por tercera vez de bajar de la hamaca casera—. En serio, Celeste, ¿no tienes nada mejor que hacer?

—En realidad, eres tú la que me ha seguido. Partí en cuanto vi a ese atajacaminos pasar junto a mi ventana —contestó Celeste con un toque de pedantería en la voz—. Sabía que intentarías hacer una locura. Solo debía esperar en el muelle a que aparecieras. —Señaló el pelo castaño de Wren y sus dientes torcidos—. Admito que esperaba algo mejor que este patético disfraz.

—Me ha traído hasta aquí, ¿no?

Celeste se cruzó de brazos.

—Aquí es donde termina tu viaje, Wren.

Bajo la cubierta del Secreto de Sirena, el aire entre ellas olía a cerrado y apestaba a algas.

—Celeste, me voy a Gevra.

—Acabarás muerta —dijo Celeste con una certeza inquietante—. Y no puedo dejar que eso ocurra.

—¿Qué vas a hacer? ¿Raptarme? —Wren resopló mientras se liberaba de la hamaca y caía de rodillas con un golpe fuerte. Se puso en pie y se tambaleó sobre la tarima—. Me gustaría verte intentarlo.

—Dejaré que te rapte Shen. —Celeste no tenía problemas para mantener el equilibrio, a pesar del balanceo del barco—. Ya le he enviado una nota a tu hermana. Si no vienes conmigo enseguida, montaré el mayor espectáculo que haya visto nunca este puerto.

Wren se abrazó a un pilar de madera.

—Tu equilibrio es demasiado bueno, Celeste. ¿No sabes que ya hemos partido?

A la chica se le oscureció la expresión.

—No, me ha jurado que esperaría.

—¿Quién?

Pero Celeste ya se estaba alejando.

—¡Celeste! —exclamó Wren, tambaleándose tras ella. Lo último que necesitaba era que le arruinara su cuidadosa artimaña. ¿Y cómo había conseguido subirse al maldito barco?—. Deja de meterte en mis asuntos.

Celeste ignoró sus protestas mientras subía los destartalados escalones. Se abrió paso por la cubierta, gritándoles a todos los marineros que se atrevían a interponerse en su camino. Llegó hasta el casco, donde se encontraba el capitán al timón.

Wren se lanzó hacia la capa de Celeste, pero la otra chica ya estaba subiendo las escaleras hacia él con grandes zancadas.

—¡Marino, cabeza de chorlito! Te he dicho que no zarpases todavía.

—Malditas algas. —Wren se quedó boquiabierta al darse cuenta de que eran hermanos. El capitán del Secreto de Sirena era Marino Pegasi, el hermano mayor de Celeste. De repente, le resultó obvio, porque compartían los mismos pómulos marcados y los mismos cálidos ojos marrones. Incluso ahora, el capitán no parecía alterarse lo más mínimo por el arranque de rabia de su hermana.

—No se grita en el mar, Lessie —dijo con calma—. Conoces las reglas. No me gusta asustar a los delfines.

—Da media vuelta ahora mismo. No quiero ir a la maldita Gevra.

Marino negó con la cabeza.

—Se acerca una tormenta desde el este. Si no partimos ya, nunca saldremos de la bahía. —Sacó la brújula y la estudió un segundo antes de ajustar el timón tres grados hacia la izquierda—. Por cierto, ¿has podido hablar con mi polizón? Una fiera, ¿eh? —Posó la mirada en Celeste antes de percatarse de la presencia de Wren, quien se encontraba tras ella—. Ah, ¡Tilda! Ahí estás. ¿Has conocido a mi hermana? No te asustes por su humor de perros. No le gusta madrugar.

Wren le dedicó una sonrisa con los dientes torcidos.

—Ah, lo sé. Lessie y yo somos viejas amigas.

—No me vuelvas a llamar así —le advirtió Celeste.

Marino esbozó una sonrisa perlada.

—¡Qué casualidad!

—No tanto, ¡cerebro de mosquito! —Celeste le dio un golpe al tricornio de su hermano—. ¡Es la reina de Eana, la que te dije que debías vigilar!

Marino se giró hacia Wren para contemplarla.

—¿Has estado bebiendo ron, Lessie? —dijo, pasándose una mano por la barba—. Esa no es Rose.

—Es la otra —contestó Celeste, impaciente.

Marino frunció el ceño, claramente intentando recordar su nombre.

—Wren —dijo la aludida mientras le quitaba el sombrero y se lo probaba—. La otra reina se llama Wren. No es tan difícil de recordar.

Marino le arrancó el sombrero de la cabeza y la contempló de cerca.

—¿No se supone que sois idénticas?

Celeste puso los ojos en blanco.

—Es evidente que está disfrazada.

El capitán inclinó la cabeza.

—¿Estás disfrazada, Tilda?

Wren dudó. Estaba disfrutando mucho de ser Tilda, la sencilla y lamentable Tilda, que añoraba a su padre.

—En cierto modo, Marino, ¿no vamos todos disfrazados?

—Es una encantadora —dijo Celeste—. Ir de incógnito es su segunda naturaleza, aunque entiendo por qué no se ha molestado en usar la magia contigo. Siempre he dicho que eres demasiado confiado como para dedicarte al comercio de especias.

Marino frunció el ceño.

—¿Por qué me iba a mentir?

—¿Por qué una ardilla esconde nueces para el invierno? —Celeste se pellizcó el puente de la nariz—. Es lo que sabe hacer, Marino. Da igual la razón. Da la vuelta antes de que te encierren en una prisión en Anadawn por llevar a una reina eana a Gevra.

Wren observó cómo Marino titubeaba. Se le tensó la mandíbula mientras observaba la bahía de los Deseos. Casi habían sobrepasado el promontorio, y las olas los llevaban al océano abierto, pero estaba cediendo bajo la presión de Celeste. Era una influencia formidable, una hermana lo bastante mandona para rivalizar con Rose.

La reina cogió una pizca de arena del bolsillo y se la lanzó sobre sí con un rápido encantamiento. Los dientes torcidos volvieron a su lugar y el pelo se le alisó al tiempo que adoptaba su color castaño miel original. Marino la observó boquiabierto. Wren se puso las manos en las caderas.

—Por orden de la reina de Eana, no puedes dar la vuelta con este barco en ninguna circunstancia. ¿Me entiendes?

Marino paseó los ojos entre ambas.

—Marino —le pidió Celeste en voz baja—, no la escuches.

—Debe hacerlo —dijo Wren—. Es mi súbdito.

—Bueno, y es mi hermano.

Wren le sacó la lengua.

—Las órdenes de las reinas son más importantes. —Luego le dijo a Marino—: De hecho, técnicamente se supone que debes inclinarte ante mí ahora. Pero, dadas las circunstancias, permitiré que no lo hagas.

La revelación de Wren había durado lo suficiente como para que el barco superara el extremo del cabo. El viento comenzaba a levantarse, y el barco surcaba el agua gris como una piedra plana.

Marino apretó los nudillos alrededor del timón para permanecer en la ruta. Relajó la mandíbula y la sorpresa por fin abandonó su rostro. Cuando habló, no lo hizo con la deferencia o el respeto que Wren esperaba.

—«Que las estrellas le bendigan mil veces, capitán» —dijo, modulando el tono para imitar la actuación de la chica de antes. Incluso hizo que le temblara el labio inferior—. «¡Tiene un corazón de oro!».

Wren ofreció un breve aplauso.

—Si el mercado de especias no te funciona, siempre puedes meterte a actor de teatro.

—Iba a decir lo mismo de vos, majestad —dijo Marino.

—Tu buen gesto aún te honra —le aseguró—. De hecho, cuando vuelva de Grinstad, te nombraré caballero.

El rostro de Marino se iluminó.

—¡Sois los dos unos sinvergüenzas! —exclamó Celeste—. Wren, no sabes cómo nombrar caballero a alguien, y tú, hermano, eres tan superficial como un charco.

—No seas tan dura con él, Lessie. —Wren le dio un codazo, intentando levantarle el ánimo. Sin embargo, su rostro parecía una tormenta y recordaba a las nubes que se acumulaban sobre ellos—. Solo le está haciendo un favor a su reina.

—Y traicionando a la otra en el proceso —replicó Celeste—. Estoy harta de esta conversación. Haz tus transacciones en Gevra, Marino, pero Wren y yo nos quedaremos en el barco. En cuanto termines, daremos media vuelta y regresaremos directamente a casa, aunque tengamos que enfrentarnos a lluvia, granizo, relámpagos o cualquier otra inclemencia del mar.

Mientras hablaba, surgió una niebla insidiosa que se tragó el barco y dejó caer una capa de lluvia gélida. Celeste chilló y se puso la capucha para protegerse el pelo.

—¡Fíjate, Lessie! Tu mal humor ha provocado una tormenta. —Marino tuvo que gritar sobre el trueno que cayó, pero no parecía asustado lo más mínimo. De hecho, parecía eufórico. Le ofreció el sombrero a su hermana y alzó la cara hacia la lluvia.

—¡Eres ridículo! —Celeste se colocó el tricornio sobre la capucha—. Siempre te han gustado demasiado las tormentas.

—¡Quédate tú solo con esta, Marino! —gritó Wren, quien se sentía peligrosamente mareada. Su momento de triunfo acabaría de forma vergonzosa si se vomitaba encima—. Voy a volver a mi hamaca.

Entonces, se cubrió con la capa y corrió bajo la cubierta.

El ron hizo que Wren se sintiera somnolienta, y la tormenta la meció hasta que se durmió. Las horas pasaron en una penumbra salada. La mañana dio paso a la tarde sin contratiempos, y después la noche cayó también. Cuando se despertó, en el mar había una quietud extraña y el sol se estaba escondiendo. No había rastro de Celeste, pero, tras la discusión en la cubierta, no esperaba que se uniera a ella como compañera de camarote. Lo más probable era que estuviera tumbada en el cuarto del capitán, bebiéndose todo el vino.

Wren se aventuró a subir a la cubierta, donde su aliento se transformó en nubes vaporosas en el aire. El Secreto de Sirena había superado la furiosa tormenta, y ahora emergía en un mar cristalino donde una niebla gélida se aferraba al barco. El cielo estaba adoptando el color de una perla finamente pulida. Había algo extraño en el agua, como si estuviera llena de fantasmas escondidos entre las reminiscencias de las olas, en lugar de seres vivos. Wren encontró a Marino inclinado sobre la proa del barco.

—¿Buscas un tesoro? —preguntó, deteniéndose junto a él.

El reflejo de ambos los observaba a través de la niebla.

—Algo mejor —contestó—. Sirenas. —La chica alzó las cejas, por lo que él continuó—: Hace dos años, vislumbré una aquí en una noche sin estrellas. —Esbozó una sonrisa—. Estaba flotando como una flor en el agua. Al principio, pensé que solo era un sueño, pero luego me dedicó una canción.

Wren se inclinó sobre el agua cristalina y buscó una cola brillante entre las olas. Nunca había visto una sirena, pero un pirata que había llegado a Ortha en el pasado le había contado historias sobre ellas. Brillaban como joyas bajo el agua y la luz de las estrellas refulgía en sus ojos. Cantaban con toda la elegancia de un coro al amanecer y nadaban donde ningún marinero podía siquiera pensar en atraparlas. Les asustaba el mundo más allá de la superficie, la hambruna, la avaricia, las guerras y los que las avivaban.

—¿Hablaste con ella?

Marino negó con la cabeza.

—No conseguí reunir el coraje, majestad.

—Llámame Wren. O Tilda, si lo prefieres. Odio las formalidades —dijo ella—. ¿Y por qué no lanzas parte de tu oro al mar la próxima vez? Eres rico. Quizás funcione.

—No te rías de mí. —Marino se alejó del agua neblinosa—. Si algo me ha enseñado la vida, es que puedes comprar cualquier cosa en el mundo, excepto el amor. No hay nada que dar a cambio, salvo el corazón.

Wren observó el agua tranquila. Era una mezcla perfecta de gris y azul, el mismo tono de los ojos de Tor. Le dio un vuelco el corazón al recordarlo alejándose de ella. Había intentado bloquear ese momento, enterrarlo en su subconsciente, pero había vuelto a aparecer en la repentina quietud de sus pensamientos. Lo acompañaba un susurro de esperanza, y se encontró preguntándose si vería de nuevo al soldado gevranés cuando llegara a Grinstad..., si era una locura pensar que la ayudaría a rescatar a Banba. Sabía que no tenía derecho a pedirle nada, no después de que él hubiera sacrificado a su príncipe para salvarle la vida a ella. Pero la esperanza era como un pájaro saliendo de una jaula. Una vez libre, era difícil de atrapar.

—Conozco esa mirada.

Wren pestañeó.

—¿Qué mirada?

El capitán le sonrió.

—Estás enamorada.

La chica soltó una carcajada.

—Confundes amor con hambre.

—Si tú lo dices...

—Ay, cállate. —Wren le dio un pequeño golpe—. Eres tú el que está obsesionado con un pez atractivo.

Ambos compartieron risas mientras volvían a centrarse en el mar. El Secreto de Sirena se deslizaba con la elegancia de un cisne. Durante un buen rato, los dos se quedaron en silencio, cada uno sumido en sus propios pensamientos. Entonces, el viento cambió.

—Mira —dijo Marino, haciendo un gesto hacia el horizonte—. ¿Lo ves?

Wren se puso de puntillas.

—¿El qué?

—Los famosos acantilados helados de Gevra. Hemos hecho rápido el viaje. La tormenta nos ha ayudado.

La bruma se aovilló sobre sí conforme se desvanecía y revelaba una franja de tierra tan alta y brillante que a Wren se le llenaron los ojos de lágrimas. Pestañeó para alejarlas y el corazón se le aceleró mientras trataba de entender lo que se encontraba ante ellos.

—¡Por las estrellas! —Los gélidos acantilados formaban una línea irregular en el horizonte, sobresaliendo del mar como esquirlas de cristal fragmentado. La costa gevranesa era una barrera tan afilada e implacable que ningún hombre o mujer podría soñar siquiera con conquistarla—. Es impenetrable.

—En realidad, no. —Marino señaló un hueco entre los acantilados, donde dos fragmentos de roca helada se curvaban, alejándose entre sí. Entre ellos había un pequeño fiordo, por donde penetraba el mar.

Wren apretó los dedos contra la barandilla, consciente de repente de que los tenía entumecidos.

—¿Vamos a pasar por ahí? —preguntó. Le castañeaban los dientes.

Él asintió.

—Muchos marineros conocen ese fiordo como la Grieta de la Muerte, pero soy un capitán habilidoso y experto. No le tengo miedo.

—Entonces, ve a capitanear antes de que nos choquemos con esos acantilados —le pidió Wren con voz aguda.

Con una carcajada, el capitán Marino Pegasi partió hacia el timón, dando órdenes a la tripulación mientras se marchaba. Wren permaneció anclada a la proa, observando cómo los acantilados se hacían más grandes y afilados. Un estremecimiento le recorrió la columna vertebral y se le asentó en el pecho. Por primera vez desde que había partido a rescatar a su abuela, le aterró lo que le esperaba.

Rose
CAPÍTULO 10

Rose estaba decidida a no dejar que su preocupación por Wren arruinara el *tour*. Aún en estado de *shock*, había vuelto a su habitación con Agnes para prepararse y se había asegurado de que todos los pliegues de su vestido azul claro quedaran perfectos. Con todo desmoronándose a su alrededor y escapando a su control, al menos Rose aún podía elegir su modelito, su armadura. Dado que Wren se había marchado, debía ser lo bastante buena y lo bastante regia por las dos.

Mientras tanto, tendrían que encontrar una explicación para su ausencia. Rose esperaba que los aldeanos de Eana estuvieran tan encantados de verla que no les importara que faltase su hermana. Sería incluso más fácil, en realidad. Wren se habría mostrado huraña durante todo el *tour*, y probablemente habría causado una impresión terrible.

Se escuchó un golpe en la puerta y entró Thea con aspecto sombrío. Agnes cerró el último delicado botón perlado de la parte trasera del vestido de Rose antes de salir para darles privacidad.

Rose se sentó en el tocador para intentar dominar su pelo, y la otra chica se colocó en los pies de la cama.

—Shen me ha contado lo ocurrido.

—Debería haber esperado que Wren se escabullera en plena noche, pero no me puedo creer que Celeste se fuera tras ella sin contármelo —comentó, furiosa—. ¿Todas las personas de este palacio han decidido traicionarme?

—Seguro que vuelve antes de que te des cuenta —respondió Thea, quitándole con destreza el cepillo de las manos, antes de que provocara un daño permanente. La peinó con los dedos y deshizo con delicadeza los nudos—. Con suerte, Wren volverá con ella.

Rose cerró los ojos e intentó animarse con las palabras de Thea. Aunque no conocía a la sanadora desde hacía mucho, no había nadie entre las paredes de palacio en quien confiara más. Con la excepción, quizás, de Shen. Rose miró por la ventana hacia el patio. Sabía que él estaba ahí abajo, observando con atención a los soldados mientras se preparaban para partir.

Thea dejó a un lado el cepillo con un suspiro.

—Debería haber sabido que Wren iría a por Banba. Solo era cuestión de tiempo…

—Que me dejara sola —dijo Rose con amargura.

Thea le colocó una mano reconfortante en el hombro.

—No estás sola, Rose. Me tienes a mí.

La reina tomó la mano de la sanadora.

—Te necesito ahora más que nunca, Thea. Cuida de Anadawn mientras yo no esté. En serio, no me podría imaginar una consejera real mejor.

—Estoy segura de que Wren no piensa lo mismo. —La mujer le sostuvo la mirada en el espejo—. El plan siempre fue que Banba se convirtiera en la consejera real.

Rose arrugó la nariz.

—Wren no me lo había contado. —Sin embargo, vistos los acontecimientos de esa mañana, apenas le sorprendía—. Y, aunque no conozco a mi abuela tan bien como vosotras dos, debo decir que creo que tú eres más diplomática.

Thea dejó escapar una carcajada sibilante.

—Es una manera de verlo.

—De todas formas, ya trataremos este tema en otra ocasión.

—Una ocasión que espero que llegue —murmuró Thea—. Ojalá Banba estuviera aquí.

—Ojalá —contestó Rose—. ¿Qué pensaría del *tour*?

Thea se echó a reír de nuevo antes de acercarse a la ventana de la habitación, desde donde observó los preparativos en el patio.

—Al principio lo odiaría, pero es cautelosa por naturaleza. Tras reflexionar, creo que acabaría admitiendo que es una buena idea, aunque fuese con reticencias. Pero también te diría que te aseguraras de saber dónde está el asentamiento brujo más cercano, por si necesitas ayuda en el camino.

—Estamos muy lejos de Ortha —dijo Rose con el ceño fruncido. Aunque tampoco quedaban muchos brujos allí. Y, en cualquier caso, el *tour* se dirigía al sur, no al oeste, lejos del desierto del Ganyeve y de todo lo que se encontraba más allá, al otro lado del reino—. Y muchos de los brujos viven aquí ahora, en Anadawn, ¿verdad?

Thea emitió un sonido de incertidumbre.

—Hay otros asentamientos. O al menos los había. Las montañas de Mishnick al noroeste. Y otro al sur, en las torres de Amarach, el hogar de los videntes.

—¿Los videntes no han desaparecido, igual que el Reino Soleado?

—Las torres están escondidas, no desaparecidas —comentó Thea, girándose hacia ella—. En cuanto a si aún viven videntes allí, me temo que no te lo puedo decir. Pero, si necesitas refugio en el camino, sé dónde encontrarlo. —Hizo una pausa—. O al menos puedo indicarte la dirección de las torres. Aunque no haya brujos, la tierra te protegerá.

Rose esbozó una sonrisa torcida.

—Si me pudiera contar también cómo lidiar con Edgar Barron...

—Tienes que confiar en ti misma, Rose. Sabrás cómo vencerlo cuando llegue el momento.

—Solo espero que este *tour* demuestre que no hay que temer a los brujos, que estamos todos en el mismo bando. Barron ha estado ahí fuera esparciendo sus mentiras y volviendo al pueblo en nuestra contra, en mi contra. —Rose se retorció las manos y se tiró de las mangas del delicado encaje—. Nunca pensé que mi propio pueblo me odiaría, Thea.

El ojo marrón de la bruja se enterneció.

—No te odian, solo tienen miedo de lo que no conocen. Sin embargo, cuando lo hagan, cuando vean lo mucho que quieres a Eana, que los quieres a ellos, bueno..., te devolverán su amor.

Rose pestañeó para alejar las lágrimas.

—Eso espero.

—Lo sé. Ahora ve a por un papel para que te dibuje un mapa. —Miró por la ventana. Fuera, la Guardia Real comenzaba a reunirse—. Pero es mejor que lo mantengas en secreto. Por si acaso.

Cuando el *tour* estuvo listo para partir y todos los baúles estuvieron empaquetados y cargados, Rose se sintió optimista al pensar en las próximas semanas. Shen guio a su caballo, Tormenta, para que formara junto al carruaje real mientras ella abrazaba con fuerza a Thea, agradecida por tener el mapa guardado de forma segura en el corpiño.

Rose entró en el carruaje dorado, con Elske pisándole los talones. Miró a Anadawn, al palacio, y juró que, cuando volviera, sería como reina querida por su pueblo, una reina triunfal. Encandilaría a todo el país, ciudad por ciudad, casa por casa, si era necesario. Edgar Barron no sabía a quién se enfrentaba.

Wren
CAPÍTULO 11

Los fiordos helados de Gevra se cernían sobre Wren mientras el Secreto de Sirena avanzaba por la Grieta de la Muerte. Podía ver su reflejo en la superficie escarpada del acantilado, un punto distorsionado que observaba el mundo sumergido en nieve. Ahora se le había instalado el escalofrío en los huesos. Tenía los pies entumecidos y le castañeaban los dientes.

«Ya estoy llegando, Banba».

Marino Pegasi los guio a través de la ventosa ensenada como si lo llevara haciendo toda la vida y, tras un par de arduas horas, los fiordos por fin dieron paso a una cala gélida sobre la que se extendía un puerto bullicioso lleno de gente. Wren contó al menos cuarenta naves de toda clase, desde desvencijados barcos pesqueros y altos veleros hasta los enormes barcos de guerra con velas plateadas que habían recorrido el Lengua de Plata hacía unas semanas. Reconoció el del rey, ese al que habían empujado a Banba. Allí se encontraba, amarrado y vacío, salvo por los marineros que había en la cubierta y los soldados que vigilaban la pasarela.

Aunque había caído la noche, había cientos de comerciantes y marineros corriendo por todas partes y más puestos de mercado de los que Wren había visto nunca en un único lugar. El viento invernal portaba los gritos de los comerciantes, que llegaban a ella por el agua.

Los dedos de Wren comenzaron a crisparse. En Eshlinn, llegar a Gevra había sido como una alucinación, pero de repente estaba ante ella, robándole el color de las mejillas y el valor del corazón. Dejó a un lado los nervios, pero el escalofrío se aferró a ella cuando se dio media vuelta y caminó hacia el casco. Marino se encargaba del timón y guiaba al Secreto de Sirena hacia el puerto.

—Necesito que vuelvas a por mí dentro de tres días —dijo Wren—. Sé que el momento no es el ideal.

—¿Crees que dejaría a propósito a una reina de Eana en tierras hostiles? —Marino negó con la cabeza—. Siempre hay otros intercambios comerciales que llevar a cabo. Solo espero que sepas lo que haces.

Wren forzó una carcajada.

—Crees que me abrí paso hasta tu barco sin un plan, ¿no?

—Se te están poniendo los labios azules —dijo Marino—. ¿No has traído un chal más abrigado? ¿O sufrir una hipotermia inmediata era parte de tu plan?

—Quizás haya subestimado el tiempo.

—Lessie me ha contado por qué has venido. —Giró el rostro hacia el oeste con expresión sombría—. El palacio es una fortaleza tallada en el corazón de las montañas de Fovarr. Espero que no planees escalar un muro.

—Lo creas o no, ya me ha funcionado.

—Ahora no estás en Anadawn, Wren —le advirtió Marino—. Gevra no da segundas oportunidades. Ni a reinas ni a campesinas. —Había bajado la voz, como si temiera que el viento lo oyera—. Hay soldados y bestias vigilando el palacio. Si no te alcanzan, lo hará la escarcha.

Wren se cruzó de brazos para ocultar el temblor de sus manos.

—Tengo una invitación del propio rey.

Marino emitió un sonido de incredulidad.

—¿Y si es una trampa?

—Soy reina de Eana. Seguro que incluso Alarik Felsing no es tan tonto.

—Yo no estaría tan seguro —contestó Marino—. Cuando el joven príncipe de Radask hizo una visita diplomática al palacio el año pasado, perdió tres uñas de los pies y un incisivo. Dicen que huyó con la ropa destrozada.

Wren se estremeció.

—¿Qué le pasó?

Marino se encogió de hombros.

—Una pelea con el oso del rey, seguro. O quizás con el propio rey. Lo único que sé es que, con o sin invitación, yo no contaría con la hospitalidad de Alarik Felsing. Sobre todo después de lo que le ocurrió a su hermano en nuestras orillas.

Wren se llevó una mano a la bolsita con la arena, reestructurando de repente todo el plan. Marino tenía razón. Era una ingenuidad pensar en entrar en el palacio de Grinstad con la Corona como única protección. Alarik Felsing no cumplía las reglas.

—Hay varios abrigos de pelo en mi camarote, bajo cubierta —añadió Marino—. Coge uno.

Wren bajó la barbilla a modo de agradecimiento.

—No conocerás algún antiguo túnel secreto que lleve directamente al palacio, ¿verdad?

Él se echó a reír.

—Eso sería tener mucha suerte.

—Te sorprendería —musitó Wren. Se giró para marcharse, pero el chico la detuvo.

—Espera. ¿Y si hubiera otra manera de entrar en el palacio? —Marino paseó los ojos por el puerto—. La semana pasada recogí un encargo de azafrán en Caro. Se lo voy a entregar a un enviado de palacio. El nuevo cocinero, Harald, es un tipo atrevido. Quiere expandir las papilas gustativas de la familia real. Se va a reunir conmigo en el mercado.

Wren desvió la mirada hacia la ajetreada orilla.

—¡Ajá! Me vas a meter en uno de los barriles de especias.

Marino se echó a reír, incómodo.

—Es broma, ¿verdad?

—Ah, ¿entonces no?

—Así solo sobrevivirías al viaje —dijo el capitán—, pero quizás haya espacio suficiente entre los barriles si esperas el momento apropiado.

A pesar del frío, Wren esbozó una sonrisa.

—Soy una experta en encontrar el momento apropiado.

Mientras la tripulación del Secreto de Sirena se preparaba para atracar, Wren se apresuró bajo la cubierta. Por suerte, Celeste seguía roncando en el cuarto del capitán. Ignorando la oleada creciente de culpa, Wren cogió una pizca de arena y le hizo un hechizo para que durmiera aún más profundamente.

—Esto apenas se puede considerar magia —susurró antes de coger una levita de pelo del armario de Marino.

Cuando Wren puso un pie en las orillas de Gevra, hacía tiempo que los últimos rayos de sol habían desaparecido de las lejanas montañas. El puerto seguía siendo un hervidero de gente, ya que los comerciantes gritaban de un lado a otro mientras atendían puestos que vendían de todo, desde langostas y cangrejos frescos hasta porciones sangrientas de ternera y cordero. Había también quesos y hogazas de pan, pastas cubiertas de almendras, chocolate y mermelada de frambuesa, lo que creaba una extraña sinfonía de olores que impregnaban el frío aire nocturno. Wren deambuló entre los puestos iluminados por farolillos con la atención puesta en Marino, que descargaba las especias y las repartía por el mercado.

Había bestias por todas partes, pero no la asustaron tanto como en el pasado. Eso se lo debía a Elske. No pestañeó ante los tigres de las nieves y los leopardos que recorrían el mercado, y apenas se percató de los zorros árticos que dormían sobre los toldos. La mayoría de los animales estaban domesticados y paseaban en libertad junto a sus dueños, envueltos en pelajes. Wren suponía que debían darle las gracias por ello a la familia de vaqueros domadores de Tor. El corazón le dio un vuelco ante la idea de verlo de nuevo. Se preguntó qué le diría y cómo le agradecería que le hubiera salvado la vida. O si se lanzaría a sus brazos y le robaría el sentido con un beso, si el momento lo permitía.

«Para», se reprendió. No había tiempo para eso.

Cerca, un tigre gruñó, lo que borró de un plumazo todo pensamiento sobre Tor. Estas bestias en particular estaban atadas. Habían sido entrenadas para la guerra y pertenecían a los soldados que patrullaban el puerto. Se lanzaban hacia los otros animales cuando pasaban cerca y gruñían en ocasiones a aquellas personas que hablaran demasiado alto o gesticularan.

Wren se aseguró de mantener la cabeza baja. Había cambiado de nuevo su aspecto, volviéndose pelirroja, y, por mucho que le doliera, se había torcido los dientes. Además, se había echado la colonia de Marino para ocultar su olor, pero las bestias de Gevra eran tan inteligentes como sus dueños y, por lo que sabía, algunos quizás habían estado en la desastrosa boda de Rose, cuando las gemelas habían matado a Rathborne y quemado por accidente la cripta del Protector.

Una repentina brisa con olor a pan recién horneado hizo que a Wren le gruñera el estómago. Cogió un puñado de arena y se la lanzó a un lobo que pasaba por allí, lo que deformó la cadena que llevaba en torno al cuello. Saltó hacia un leopardo de las nieves y el mercado se convirtió en un caos momentáneo. Los vendedores gritaban mientras se escondían tras sus puestos, y los clientes aterrados intentaban alejar a sus propias bestias de la pelea.

Wren utilizó el alboroto para robar un pedazo de pan de centeno con salmón fresco. Lo devoró en tres bocados, y después cogió algo de bacalao rebozado y se lo guardó en el bolsillo para más tarde. Se alejó justo cuando el soldado preocupado encadenaba de nuevo al lobo.

En el otro extremo del mercado, Wren percibió a quien debía de ser el enviado de palacio de Marino, Harald. Había llegado en un enorme trineo de hierro, engalanado en ambos lados con el símbolo de Gevra. Tiraban de él ocho lobos grises. A Harald lo acompañaban dos soldados de palacio: una mujer alta con el pelo negro peinado en trenzas de espiga y un robusto hombre calvo y con la mandíbula ancha que ya estaba cargando los barriles de especias en la parte trasera del trineo. El propio Harald era alto y delgado, con la piel pálida, la boca ancha y un mechón de pelo rojo y brillante. Aunque iba vestido con un pesado abrigo marrón con una gran capucha de pelo, le castañeaban los dientes mientras hablaba con Marino.

Wren abandonó el mercado lleno de luces titilantes y se escondió tras una serie de cajas cercanas. Cuando hubieron cargado el último barril de especias en el trineo y lo hubieron cubierto con una lona negra, la chica arrojó un pedazo de bacalao en medio de los lobos. Se abalanzaron sobre él como un tornado de pelo gris, gruñendo y lanzándose los unos contra los otros.

Los guardias se movieron con pesadez para estudiar el repentino bullicio y Wren salió desde detrás de las cajas y se coló bajo la lona. Se apretujó entre los barriles de especias hasta que se encontró aovillada contra la parte trasera del trineo, abrazándose las piernas contra el pecho.

Oyó cómo los soldados regresaban a sus asientos en el trineo y la madera crujió sobre ella cuando se sentaron. Un momento después, Harald también volvió. Se subió al trineo y le dedicó una cálida despedida a Marino. El soldado dio una orden y los lobos se colocaron en formación. Luego, partieron todos a la vez, lo que hizo que los barriles chocaran entre sí conforme el trineo se alejaba del mercado.

Wren permaneció sentada, tensa, con cuidado de no respirar demasiado fuerte. Durante mucho tiempo, solo se oyeron la gravilla moviéndose debajo de ellos y el aullido del viento que se colaba por los huecos de la tela. Entonces, a medida que los lobos avanzaban, el terreno empezó a emitir un suave susurro, al convertirse en un campo lleno de nieve.

Cuando se atrevió a mirar al exterior, era plena noche y el paisaje plateado tenía el mismo color que la luna menguante. No había ninguna luz en kilómetros y, durante un buen rato, a Wren le pareció que su trineo era el único de todo el país y que en él se encontraban las únicas personas.

A veces, cuando la nieve daba paso a las piedras, oía el sonido de caballos galopando, pero había pocos carruajes en esos caminos zigzagueantes. Supuso que el hielo era demasiado traicionero. Incluso los lobos, en ocasiones, debían ralentizar el paso para recorrerlo.

El dolor de la espalda se le extendió a las piernas. El pan de centeno le dio sed, pero estaba demasiado asustada como para coger la cantimplora del bolso. Sobre ella, los soldados permanecieron en silencio mientras avanzaban, pero de vez en cuando oía al cocinero intentando entablar conversación, siempre en vano.

Wren tenía la bolsita de arena preparada. Se había dado cuenta de que el hielo de Gevra no solo era traicionero para los viajeros, sino también para los encantadores. Si se quedaba sin tierra, ¿dónde encontraría más? No había nada vivo aquí que no estuviera oculto bajo centímetros de nieve o cubierto con una capa de escarcha. Tendría que usar la arena con cabeza y moderación.

Por fin, el trineo comenzó a ralentizar el ritmo. Wren observó el exterior desde debajo de la lona y descubrió que comenzaba a amanecer. No había pájaros que lo anunciaran ni nada en el pálido cielo, excepto pesadas nubes blancas. A su alrededor había picos cristalinos de montañas que ascendían para tocar las nubes.

Wren supuso que estarían en el corazón de las montañas de Fovarr, pero, desde su lugar en la parte trasera del trineo, no veía el palacio de Grinstad. No obstante, podía sentirlo como un fantasma cerniéndose sobre ella. El viento había muerto. En su lugar, se percibía el sonido de bestias rugientes. Sus gruñidos estaban cada vez más cerca y eran más ruidosos. Entonces, unas puertas gimieron al abrirse, y se oyeron voces de más soldados a medida que el trineo continuó avanzando hacia los terrenos de palacio.

Wren le echó un vistazo a través de la ondeante lona. Se trataba de una enorme escultura de caliza y cristal tallada en la cordillera dentada, por lo que era difícil saber dónde empezaba Grinstad y dónde terminaba el paisaje. Era tan impenetrable como se lo había imaginado, con estrechas torres que brillaban como colmillos y cruzaban las nubes bajas. El trineo dio un largo rodeo al palacio, trazando un arco por los jardines, llenos de nieve y salpicados de zarzas. Wren asumió que se estaban dirigiendo a la entrada trasera, la de los sirvientes. Mejor para ella, pensó, flexionando los pies para volver a sentirlos. Por fin, el trineo se detuvo.

Se puso la capucha y preparó la arena, esperando para atacar... Los soldados bajaron del trineo y el cocinero hizo lo propio tras ellos. Echaron la lona hacia atrás, con lo que dejaron los primeros seis barriles al descubierto. Wren se acurrucó en la parte trasera del trineo mientras los guardias los cargaban y los llevaban a la cocina, uno a uno.

Estaba esperando su regreso cuando un lobo apareció de la nada y saltó sobre el trineo. Wren, asustada, soltó la arena y estuvo a punto de gritar cuando la bestia comenzó a olfatearle el abrigo. De repente, recordó el pescado rebozado del bolsillo. Lanzó el resto al suelo y el lobo se abalanzó sobre él para devorarlo de un bocado. Wren apenas había tenido tiempo de reunir una pizca de arena cuando el animal ya había vuelto a por más. Se la arrojó al hocico y siseó un encantamiento apresurado para que se durmiera. El lobo cayó sobre el costado justo en el momento en el que aparecieron otros dos más, olfateando la parte trasera del trineo. Cuando descubrieron a Wren, empezaron a aullar.

La chica se metió la mano en la capa para tomar otro puñado de arena, y entonces sintió una espada en su garganta. Alzó la mirada y se encontró con los ojos hostiles de un soldado gevranés.

—Un movimiento más y te destripo —rugió.

Rose
CAPÍTULO 12

Escondida entre el lujo de su carruaje, con Elske roncando a sus pies, y flanqueada por toda la Guardia Real, Rose debería haberse sentido segura. Sin embargo, la ausencia de Wren la inquietaba. Habían sido casi inseparables en las últimas semanas. Compartían la cena todas las noches y se quedaban hablando en susurros hasta tarde, poniéndose al día sobre su infancia, sus anhelos y sus miedos, hasta que les pesaban los párpados y el sueño por fin las reclamaba. Ahora Rose estaba sola y temía por su hermana.

Un fuerte silbido en el exterior la sacó de su cavilación. Echó hacia atrás la cortina y se topó con Shen, que sonreía. A diferencia del resto del regimiento, el chico montaba sobre el lomo desnudo del caballo con una camisa negra y suelta, pantalones oscuros y botas robustas. Parecía más un bandido que un soldado, pero su áspera capa y su sonrisa relajada le hicieron recordar su época juntos en el desierto, lo que hizo que el pulso de Rose se acelerase. Trató de no demostrarlo.

—¿Me acabas de silbar?

—Intentaba ser discreto.

Rose frunció el ceño, por lo que Shen soltó una carcajada.

—Me preguntaba si querrías compañía —dijo él, inclinándose más cerca—. Falta mucho para llegar a Glenbrook. Te aburrirás estando ahí sola.

—¡Eres incorregible! —exclamó Rose, pero no pudo evitar sonreír. A decir verdad, le habría encantado invitarlo al carruaje real.

—Te estás ruborizando —dijo el chico en voz baja—. Me encanta cuando te ruborizas.

—¡Shen Lo! —gritó el capitán Davers—. Incorpórate. Colócate en la formación.

Shen se molestó.

—Ojalá ese zoquete mandón dejara de darme órdenes.

—Cuidado —le provocó Rose, disfrutando de la reprimenda—. No querrás meterte en problemas.

Él le sostuvo la mirada.

—Depende de la clase de problemas que sean.

Otro rubor violento inundó las mejillas de Rose. Maldijo al brujo y su indomable encanto. Apenas habían cruzado el puente sobre el Lengua de Plata y ya le había hecho perder la concentración.

—Deja de distraerme —se quejó.

—¿De qué? ¿De estar sentada ahí dentro tú sola?

—No estoy sola —dijo Rose a toda prisa—. Tengo a Elske.

A Shen se le oscureció la expresión.

—Y ahora estoy celoso de una loba. Nunca había caído tan bajo.

Rose se echó a reír y se reclinó otra vez en su asiento, dejando que la cortina de privacidad cayera entre ellos. Quizás no tuviera a Wren ni a Celeste a su lado, pero le alegraba contar con la compañía de Shen. Cerró los ojos, arrullada por el golpeteo reconfortante de las pezuñas de Tormenta mientras cruzaban la atareada Eshlinn y continuaban hacia el sur. Para ganar tiempo, habían enviado un mensaje diciendo que Wren viajaba al norte, a Norbrook, para supervisar en persona el envío de raciones antes de volver junto a su hermana.

Siguieron viajando sobre ríos, campos y preciosas colinas verdes hacia pueblos de los que Rose solo conocía el nombre. El primero era Glenbrook, donde vagó por calles sinuosas llenas de personas. Lanzó rosas desde el carruaje, saludó y sonrió hasta que le dolieron las mejillas. Se detuvo en la enfermería del pueblo para ofrecer su magia sanadora a aquellos que la necesitaran. Tras horas usando su don sin pausa, Rose estaba tan cansada que dos guardias tuvieron que escoltarla hasta su carruaje, donde se acurrucó y se durmió.

El *tour* real abandonó Glenbrook con un coro de vítores, pero Rose estaba en el séptimo sueño y no lo oyó. Tras una breve parada para alimentar y dar de beber a los caballos, siguieron hacia Horseleap. Allí el tiempo era muy bueno, por lo que Rose abandonó el carruaje para dar un largo paseo antes de visitar el orfanato local, donde pasó la tarde con los niños, leyéndoles cuentos. Incluso les presentó a Elske, la agradable loba blanca, que se tumbaba sobre su lomo y resoplaba encantada cuando corrían a acariciarla.

Cuando Rose por fin regresó al carruaje, era mucho más tarde de lo que pensaba, pero sentía el corazón tan henchido que casi se echó a llorar. Durante toda su vida había estudiado las enormes llanuras de Eana y sus muchos pueblos ajetreados, pero nada la había preparado para la intensidad de visitar esos lugares en persona, ni para el asombro de dirigirse a sus habitantes, tocarlos y conocerlos.

—Lo has hecho genial —dijo Shen, que había conseguido deslizarse en la parte trasera del carruaje sin que se dieran cuenta y la miraba ahora tan maravillado que le brillaban los ojos—. Eres genial.

Rose se sobresaltó.

—¿Qué diablos haces aquí? ¡Esto es muy inapropiado!
—Entonces, pídeme que me vaya.

La chica frunció los labios.

—¡Shen!
—Me encanta que digas mi nombre.
—No entiendo por qué. Solo lo hago cuando te riño.
—Quizás sea por eso —dijo con un guiño—. Deja que me quede contigo hasta Millis. Prometo que me portaré bien.

Rose se rindió al desmoronarse su determinación. Se colocó en el asiento junto a él y sintió un escalofrío cuando sus piernas se rozaron. Ah, qué sentimiento tan maravilloso.

—Bueno, no hace falta que te portes demasiado bien —musitó—. Me alegra que estés aquí.

Shen giró su rostro hacia el de ella y le acarició la mandíbula.

—Como desees, majestad.

Rose cerró los ojos y presionó sus labios contra los de él. Shen gimió cuando abrió la boca para intensificar el beso. La chica se relajó y supo que ese momento no solo era pasajero, sino que además iba en contra de todas las reglas que había ideado para sí antes de partir. Sin embargo, entre los brazos de Shen, nada de eso importaba. Al final, Rose se alejó de él. Estaba mareada por el agotamiento y le pesaban los párpados. El brujo la rodeó con el brazo y le dio un beso en la coronilla.

—Duérmete, Rose. Yo te sostengo.

La reina suspiró al apoyar la cabeza en su hombro. Acunada entre sus brazos, el sueño llegó rápido y la alejó de sus preocupaciones. Cuando se despertó, era casi medianoche y Shen ya se había ido.

El carruaje estaba ralentizando el paso. Debían de haber llegado a Millis. Pasarían allí la noche y Rose tendría el tiempo suficiente para bañarse, comer y dormir en una almohada de verdad antes de partir de nuevo al alba. El séquito real se apiñaba en la posada más grande de la ciudad y no había apenas espacio para moverse. Agnes subió a la habitación de la reina para preparársela y desembaló algunas de las cosas de Rose mientras esta hablaba con Chapman, a la vez que comían una cena tardía de pollo y estofado de puerros.

Hasta ahora, el *tour* había sido un éxito, sin rastro de Barron y sus flechas. Rose sabía que debería sentirse complacida, incluso aliviada, pero, al pasear la mirada por el comedor abarrotado, se mostró preocupada.

—¿Has visto a Shen?

El administrador suspiró.

—¿Tenéis que pensar en ese chico problemático? Si me lo permitís, reina Rose, ¿cómo es posible que un soldado brujo sin entrenamiento oficial ni lealtad a la Guardia Real consiga eludir las órdenes del capitán Davers y sus soldados durante todo el día?

Rose le dio un sorbo a la copa de vino.

—Sabes que es el mejor guerrero de Eana.

—Con la arrogancia suficiente para demostrarlo. —Chapman chasqueó la lengua—. Y, respondiendo a vuestra pregunta, en este preciso momento está patrullando los muros exteriores de Millis. Él mismo ha insistido en hacerlo.

Rose sonrió tras la copa.

—Debes al menos admirar su dedicación.

—Claro que sí —contestó Chapman de manera bastante desaprobatoria.

Después de la cena, Rose partió hacia sus aposentos en la tercera planta, que consistían en una enorme habitación bien iluminada con una gran cama con dosel y un cuarto de baño adyacente. Era la estancia más grande de la posada, e incluía un catre para Agnes, quien abrió la puerta y le dio la bienvenida.

Rose se desvistió y se preparó para irse a la cama. Luego, se sentó en el tocador mientras Agnes le peinaba el pelo.

—Lo habéis hecho bien hoy, reina Rose. Todo el mundo lo piensa.

La chica sonrió a la doncella en el espejo.

—Nunca había hablado con tantas personas en toda mi vida. Me da miedo perder la voz.

—La traeremos de vuelta enseguida —comentó Agnes—. Iré a la cocina y os prepararé una taza de té de jengibre con miel y limón. Estaréis fresca como una lechuga por la mañana.

—Eres un cielo, Agnes. No sé qué haría sin ti.

La doncella apenas había abandonado la sala cuando se oyó un golpe en la ventana. Rose se dio media vuelta y se sorprendió al ver la cara de Shen en la oscuridad. Se apresuró hacia la ventana y la abrió.

—¿Qué demonios haces? —siseó mientras entraba el chico—. Estamos a una altura de tres pisos.

Shen se quitó el pelo rebelde de los ojos y se incorporó.

—Nada que no pueda soportar.

—No puedes quedarte aquí. Agnes volverá en cualquier momento.

Al brujo le brillaron los ojos oscuros.

—¿Quieres decir que Agnes es nuestro único obstáculo?

—¿Qué? No, claro que no. Quiero decir... —Rose gruñó—. Ay, no te metas conmigo. Estoy demasiado cansada.

—No me atrevería —contestó Shen, aunque sonreía—. Solo he venido a desearte buenas noches. Y a darte esto. —Se metió la mano en el bolsillo y sacó una tartaleta en forma de corazón cuidadosamente envuelta.

Rose miró el regalo con incredulidad.

—Por favor, no me digas que te has escabullido para hornearme esto.

—Soy un hombre con muchos talentos, pero este no es uno de ellos, Rose. —Shen se echó a reír—. Thea me dijo que la repostería de Millis era famosa por sus tartaletas de mermelada. Pensé que debía verlo por mí mismo.

Rose lo contempló.

—Pero es medianoche. ¿Dónde has encontrado una pastelería abierta?

—¿He dicho que lo estuviera? —Uno de los hoyuelos de Shen quedó al descubierto—. Estoy seguro de que no.

Rose cogió la tartaleta.

—Ladrón —musitó—. ¿Por eso has abandonado el escuadrón? ¿Para traerme una tartaleta de mermelada?

La sonrisa de Shen se desvaneció.

—Pensaba que alguien nos estaba siguiendo. He visto a un jinete detrás de nosotros a través del pasadizo en las afueras de Millis. Estoy seguro de que también lo vi en Glenbrook.

Rose se sobresaltó.

—Madre mía, ¿podría ser Barron? ¿O sus malditos flechas?

Shen negó con la cabeza.

—El jinete estaba solo, y era mucho más rápido de lo que esperaba. Cuando volví, ya no estaba.

—Un espectador curioso —dijo Rose—. Quizás no sea nada.

—Tal vez —comentó Shen—. Aunque, por mi experiencia, sé que la gente no se esconde, a menos que esté haciendo algo malo.

—Supongo que no —murmuró la chica.

Shen dejó a un lado la preocupación y ocupó el espacio entre ambos.

—Eso me recuerda que... ¿no deberíamos estar aprovechando este momento robado?

Rose dio un paso al frente antes de poder evitarlo y se dejó caer en sus brazos.

—¿Qué tienes en mente?

El brujo la absorbió con sus ojos oscuros.

—Lo que tú me pidas, Rose.

Ella inclinó la barbilla hasta que sus narices se rozaron.

—Shen —susurró contra sus labios—, no deberíamos.

Shen le acarició el pelo con la mano.

—Di mi nombre —musitó—. Solo una vez más.

La chica sintió la sonrisa del brujo contra ella. De repente, se escuchó un grito de alarma.

—Ay, por favor. ¡No la vuelvas a secuestrar!

Rose se alejó de Shen con tal sobresalto que dejó caer la tartaleta de mermelada. Se apresuró a recogerla.

—Ah, Agnes, ¡has vuelto! Ay, y me has traído el té. ¡Gracias!

La doncella señaló a Shen con el dedo.

—Sabes muy bien que no deberías estar aquí.

Shen extendió las manos mientras retrocedía hacia la ventana.

—Estaba a punto de irme, Agnes.

—Por favor, Shen, vete por la puerta —le pidió Rose, pero ya había saltado por la ventana y había desaparecido en la noche, dejando tras él el eco de su risa.

Agnes cerró la ventana de inmediato.

—Ese chico debería tener más cabeza.

Rose suspiró.

—Lo sé.

—Y vos también, majestad.

—También lo sé. —Rose se dejó caer en la cama y sonrió ante la tartaleta desmigajada que tenía en las manos. La dejó sobre la mesilla con cuidado de no deshacerla y se lamió la mermelada de los dedos. Sabía casi tan bien como los besos de Shen. Pero no lo suficiente—. Buenas noches, Agnes.

—Buenas noches, Rose. Espero que mañana vaya tan bien como hoy.

La reina cerró los ojos, deseando lo mismo. No solo para ella, sino también para Wren. Estuviera donde estuviese su hermana, esperaba que se encontrara a salvo.

Wren
CAPÍTULO 13

Wren recorría la cocina del palacio de Grinstad a punta de espada, dirigida por un par de soldados gevraneses. Los sirvientes dejaban de hacer sus tareas para verla pasar y murmuraban frenéticos para sí.

—No recuerdo que una chica fuera parte del pedido. —Harald lanzó una mirada recelosa hacia el envío de barriles de especias, como si esperara que salieran más de él—. ¿De dónde ha salido, por el amor del gran Bernhard?

—Debe de haberse colado en la parte trasera del trineo en el puerto —comentó Marit, una soldado que ahora presionaba su espada contra la espalda de Wren.

—Pequeña e ingenua rata —se burló Vidar, el soldado que le había quitado su daga y que ahora dirigía el filo de su espada hacia su barbilla—. Jugarse la vida para echar un vistazo en palacio.

El cocinero estudió a Wren con pena, al percatarse de su pelo rojizo y encrespado y de sus dientes torcidos.

—¿Adónde la llevaréis?

—Al patio —dijo Vidar con tono sombrío—. A donde van todos los intrusos.

Wren no pasó por alto la manera en la que se estremecieron los criados. Incluso el gato atigrado que dormitaba bajo los fuegos la miró con angustia. El cocinero no pudo siquiera contemplarla.

—Que Bernhard la ayude —musitó antes de volver a su mesa de trabajo—. Vamos, torpes sinvergüenzas, tenemos trabajo que hacer. Nina, es hora de asar el jabalí. Didrik, trae los puerros. —Dio una palmada, con lo que alejó la atención de los sirvientes de Wren mientras la empujaban a través de la cocina. La guiaron por una sinuosa escalera de hierro que parecía eterna.

El pánico de Wren no dejaba de aumentar con cada paso. Había sido una locura pensar que sería fácil, que podría mantenerse a salvo en ese territorio sin sol solo con la magia. Debería haberse preparado para esos lobos, haber sido más lista, en vez de llevar comida en el bolsillo y la tierra en la bolsita. Ahora no tenía más opción que usar el único plan que le quedaba, el que esperaba haber podido evitar.

—Ha habido un malentendido —dijo, y su voz ascendió por las escaleras—. He venido a Grinstad a ver a Tor Iversen. —Se devanó los sesos para recordar el pueblo natal del soldado—. Soy una mensajera de la isla de Carrig. Necesito hablar con él de inmediato.

El soldado frente a ella, Vidar, dejó de caminar.

—¿Conoces al capitán Iversen?

—Sí —dijo, demasiado consciente de la daga en su garganta.

—¿Cómo? —le preguntó Marit.

A Wren la invadió el recuerdo de su beso vertiginoso en la biblioteca de Anadawn, la forma en la que Tor se había presionado contra ella, desenfrenado, mientras susurraba su nombre contra sus labios como un hechizo.

—Somos... vecinos.

Vidar bajó su única ceja oscura.

—No hablas como un nativo de Carrig.

—Y pareces una ladrona, vestida con ese abrigo de hombre. Y apestas a salmuera. —Marit giró la espada contra la espalda de Wren—. ¿De qué punto de Carrig vienes exactamente?

La chica ignoró la pregunta, porque responderla evidenciaría su mentira.

—Llevadme ante Tor y lo explicaré todo —dijo en su lugar—. Sabrá quién soy.

Los soldados intercambiaron una mirada divertida.

—Creo que nuestra pequeña ladrona también es una mentirosa —comentó Marit.

—Cree que nos hemos caído de un guindo —resopló Vidar—. Todas esas especias deben de habérsele subido a la cabeza.

Wren deseó tener una espada propia para tirar a esos soldados despectivos por las escaleras. Aplacó su mal humor antes de que se desbordara y luchó por mantener la voz calmada.

—Quiero que se me escuche.

—Se te escuchará —le aseguró Marit—. Te llevaremos a un sitio donde podrás gritar a pleno pulmón.

Los soldados siguieron adelante, subiendo más y más, hasta que alcanzaron un pasillo iluminado, salpicado de enormes ventanas de cristal y flanqueado por estatuas de tamaño real. Wren paseó la mirada entre las caras orgullosas de los reyes y las reinas de Gevra, todas ellas cinceladas de manera experta sobre la piedra de color marfil. Buscó alguna parecida a Alarik entre ellas, pero la fila terminaba con la estatua de un hombre con el que este compartía los mismos afilados pómulos y los ojos entrecerrados. Se trataba del padre de Alarik, el fallecido rey Soren, muerto en una tormenta de granizo hacía algunos años.

El pasillo llevaba a un enorme patio interior abovedado con ventanas brillantes. Era más grande que la sala de baile del palacio de Anadawn, con una maravillosa escalera dividida en dos, bordeada por una balaustrada de carámbanos de cristal, que llevaba a los niveles superiores del interior del palacio. El suelo estaba hecho de un exquisito mármol blanco que entrelazaba vetas azules y verdes y, en el centro del patio, había un piano de cristal sobre una alfombra extendida de piel de oso. Sobre él colgaba el candelabro más lujoso que había visto Wren. Cada lágrima de cristal creaba un arcoíris en las paredes pálidas de piedra y proporcionaba el único toque de color en este extraño lugar sin alma.

Había soldados por todas partes: dos en cada puerta que salía del patio y más merodeando por los rincones. Sus lobos caminaban por el patio a sus anchas, aunque el más grande de ellos se aovillaba sobre la alfombra bajo el piano.

—¡Tor! —gritó, movida por un ataque de desesperación—. ¡Tor Iversen!

Examinó los rostros de los soldados, pero ninguno abandonó su calma férrea para mirar en su dirección. Si Tor estaba en algún lugar del palacio de Grinstad, no era allí. Eso no evitó que Wren gritara su nombre cada vez más fuerte conforme la arrastraban por el patio a punta de espada. Su voz reverberó por la cúpula de cristal, donde los picos plateados de las montañas de Fovarr brillaban altos sobre ella.

Los soldados la guiaron por la parte trasera del patio hacia una zona vallada, tallada en el corazón de hielo del palacio de Grinstad. Tiraron a un lado su bolso y la empujaron hacia delante. A Wren se le aceleró el corazón ante el repentino silencio. Miró a su alrededor, nerviosa. Vidar y Marit dieron un paso atrás y cerraron la puerta para dejarla en el interior.

Se reunieron más soldados en la periferia. Algunos se subieron a la parte alta del muro, con las botas colgando mientras la miraban. Wren había conseguido público, pero tenía la sensación de que el verdadero espectáculo aún no había comenzado. Entonces, localizó la trampilla de hierro que había a su derecha. Con precaución, dio un paso y otro hasta que estuvo lo bastante cerca como para oír los rugidos que retumbaban en el interior.

«¡Carpa podrida!».

Aquello no era un patio, sino un anfiteatro construido para las bestias, no para los humanos. Wren intentó huir, pero la verja era demasiado alta. Buscó en su capa y tomó un puñado de arena. Se la echó sobre sí y recuperó su apariencia con un rápido encantamiento. Los soldados estallaron en gritos a medida que su pelo volvía a formar ondas de color castaño miel, sus dientes recuperaban su posición habitual y sus ojos adoptaban de nuevo un brillo verde esmeralda. Echó los hombros hacia atrás y se abrió la levita de Marino al tiempo que se presentaba.

—Soy la reina Wren Greenrock, de Eana, y pido audiencia con vuestro rey.

—¡Bruja! —gritó una voz tras ella—. ¡Está intentando engañarnos!

—¡Levanta la trampilla, Vidar!

Wren preparó la arena mientras un rugiente tigre de las nieves salía de la trampilla abierta y se lanzaba hacia ella. Sus fauces estaban manchadas de carmesí, y vislumbró por la sed de sangre en sus ojos que no estaba domado.

El tigre la alcanzó con tres zancadas. Wren se apartó de su camino, pero no lo bastante rápido. Cayó sobre el costado y dio media vuelta, inhalando el barro mientras arrojaba la arena sobre su hombro. Lanzó un encantamiento justo cuando el tigre se abalanzaba hacia ella. El animal abrió la boca para dejar al descubierto una larga lengua rosa y unos dientes afilados, pero su rugido murió en su garganta. Se derrumbó en el suelo, y un segundo después estaba roncando.

Wren salió de debajo de él. La capa se le había desatado por el alboroto y se encontraba atrapada bajo la bestia durmiente. Liberó la bolsita y cogió otro puñado de arena.

—¡Soy la reina de Eana! —exclamó mientras la trampilla se abría de nuevo—. ¡Dejadme salir!

—¡Otro truco! —gritó Marit—. No la escuches, Vidar.

Wren se estaba alejando de la trampilla cuando más gruñidos llenaron el aire. Esta vez eran tres tigres y cinco lobos. Ocho bestias en total y ningún lugar en el que esconderse. ¿Cómo demonios iba a hechizarlos a todos a la vez?

Se devanó los sesos buscando otro encantamiento, algo con lo que ganar tiempo, pero no había nada lo bastante fuerte como para esquivar esta muerte, nada la salvaría del destino que había vaticinado Celeste. Lo había arriesgado todo por una muerte rápida en un patio de combate donde ninguno de sus seres queridos podría oírla gritar.

El primer tigre se lanzó hacia ella y Wren hizo que se durmiera. El siguiente la derribó y se golpeó con fuerza la cabeza contra el suelo. Unas estrellas explotaron en los laterales de su visión al tiempo que una boca llena de dientes aparecía sobre ella. Wren le dio un puñetazo y gimió al sentir cómo se le abría una herida en la piel. Se puso en pie antes del siguiente ataque. Consiguió sacar la capa de debajo del tigre durmiente y la lanzó al lobo que arremetía contra ella para dejarlo ciego de manera momentánea. Corrió hacia la verja, pero tres lobos más se interpusieron en su camino. Tras ella, los tigres formaban círculos a su alrededor cada vez más cerca. No por primera vez, Wren deseó ser una tempestad, tener el don de provocar una tormenta que se los llevara a todos.

El alto muro estaba repleto de soldados, espectadores que habían abandonado su puesto para observar el espectáculo de su muerte. Otro lobo saltó hacia Wren y la hizo caer de espaldas. Se colocó sobre su pecho, presionándola contra el suelo.

La chica se cubrió la cara y gritó una última vez, lanzando al viento invernal el nombre de Tor. En esta ocasión, este rugió como respuesta. Wren oyó su voz en mitad del caos, aunque habría jurado que se lo había imaginado. Sin embargo, lo escuchó de nuevo, el grito desconcertado de un hombre que cargaba desde el palacio a toda velocidad. La verja estaba abierta y el lobo se alejó de ella cuando la orden de Tor cruzó el aire como un trueno.

—¡Atrás!

Todas las bestias retrocedieron a la vez. Una nueva cara apareció sobre Wren, con la mandíbula abierta de par en par por la sorpresa y con los ojos del color de las nubes de tormenta. De repente, el resto del mundo se desvaneció. Las bestias, los soldados, las ventanas heladas del palacio de Grinstad..., todo se redujo a la nada cuando Wren miró a Tor, y dio las gracias a las estrellas por este momento, por este indulto.

«Wren». Sus labios pronunciaron en silencio el nombre de la chica, como si no pudiera creerse lo que estaba viendo, como si no pudiera pronunciar en voz alta la realidad.

Wren tomó aire y se estremeció; el dolor y el alivio se mezclaron al verlo, tan real y tan cerca de nuevo. Le temblaban los labios mientras buscaba esa sensación de familiaridad que había existido en el pasado entre ellos.

—Hola, desconocido.

Tor la contempló horrorizado. Cuando habló, sus palabras eran tan afiladas como un cristal.

—¿Qué demonios congelados estás haciendo aquí?

—Ya lo sabes —dijo Wren, incorporándose.

La expresión del soldado se ensombreció y unas vetas plateadas se entrelazaron con la tormenta de sus ojos.

—No puedo llevarte con tu abuela, Wren.

—Vale, entonces llévame ante el rey Alarik.

Rose
CAPÍTULO 14

A la mañana siguiente, Rose se despertó, sintiéndose renovada. Fuera, los pájaros cantaban y el sol del amanecer inundaba la sala con una calidez dorada. Eso hizo que se sintiera esperanzada por el *tour* y por Wren. Con suerte, su hermana se reuniría con ella pronto, y juntas conquistarían los pueblos lejanos de su territorio, encandilando a todos con su magia y su personalidad.

Rose se aseó y se atavió con un vestido rosa brillante, cubierto de encaje de color marfil, a juego con sus zapatos blancos favoritos. Se sentó en el tocador y, mientras tomaba pan fresco con huevos escalfados y finas lonchas de jamón, Agnes le hizo una larga trenza, entrelazada con una preciosa hilera de flores.

—Sois la clara imagen de la elegancia, Rose —dijo la doncella, colocándole en lo alto de la cabeza la corona real, una habilidad que había perfeccionado en las últimas semanas—. El pueblo de Ellendale se va a pelear por daros la mano, seguro.

Rose le sonrió a su reflejo.

—Debo confesar que tengo buenas sensaciones, Agnes.

—Yo también, reina Rose. Yo también.

Rose se había equivocado. Aunque abandonaron el pueblo de Millis con una multitud bulliciosa de buenos deseos, el viaje a Ellendale fue silencioso y polvoriento. Había solo algunos carteles flanqueando la carretera, sin rastro de que el pueblo sureño estuviera esperando un *tour* real.

Cuando se acercaron a los muros exteriores de Ellendale, a Rose se le revolvió el estómago. No oía los vítores. De hecho, no oía nada, salvo el sonido de pezuñas y el chirrido de las ruedas del carruaje. Apartó la cortina de privacidad y se encontró a Shen con el ceño fruncido, mirando sobre su hombro.

—¿Qué pasa? —preguntó, nerviosa.

—Creo que es ese jinete otra vez —comentó, mirando a lo lejos.

—Olvídate de eso —le pidió Rose con urgencia—. ¿Qué pasa ahí delante? No oigo nada.

Shen se dio media vuelta y se puso en pie sobre el caballo para otear sobre el regimiento. Frunció aún más el ceño.

—No hay nadie.

Rose se ruborizó. ¿De verdad el pueblo de Ellendale no se había molestado en darle la bienvenida? ¿Ni siquiera la iban a saludar desde las ventanas? A no ser, claro, que Ellendale hubiera entendido mal la hora. Tal vez el *tour* real se había adelantado...

—Algo no va bien —musitó Shen—. El pueblo está demasiado calmado, silencioso. Deberíamos esperar aquí fuera, averiguar qué ocurre.

Rose se sentía tentada de aceptar. Como mínimo, le ahorraría la vergüenza de pasear por todas esas calles vacías, saludando a su propio reflejo en los escaparates. Sin embargo, el capitán Davers seguía avanzando. Shen soltó una maldición.

—¿Qué está haciendo ese falso bufón?

Antes de que Rose pudiera decir una palabra, Shen azuzó a Tormenta para que se saliera de la formación y galopó hacia el capitán Davers. Rose se dejó caer en el asiento. A sus pies, Elske se despertó de su duermevela y se puso en pie, moviendo las orejas hacia atrás, como si notara algo extraño. No pasó mucho tiempo antes de que la reina oyera el murmullo distante de la discusión de Shen con el capitán Davers. Cuando se callaron de repente, Rose se inclinó por la ventana y estiró el cuello para observarlos. Shen galopaba en cabeza por las calles desiertas de Ellendale, sin duda tratando de entender qué estaba ocurriendo, mientras que el capitán Davers guiaba la procesión hacia delante, del todo impasible ante el pueblo fantasma.

—Bueno, no voy a saludar porque sí —gruñó Rose—. Tengo que conservar parte de la dignidad.

Aun así, dejó la cortina abierta para observar las ventanas conforme pasaban por la calle principal. De vez en cuando, captaba alguna cara tras ellas. Rose tenía tal nudo en el estómago que sentía náuseas. ¿Qué diablos estaba pasando?

La procesión redujo el paso de manera inesperada y el carruaje se detuvo. Ante ellos, Rose oyó voces. Voces enfadadas. Trató de mirar por la ventana, pero los caballos le obstaculizaban la vista. Tampoco había rastro de Shen.

Se reclinó en el asiento y esperó. Y esperó. Y esperó.

Un grito irregular hizo que le diera un vuelco el corazón. ¿Y si Shen se había sumido en otra discusión con el capitán Davers? Esa boca insolente acabaría por meterlo en problemas tarde o temprano, y no era un secreto que el capitán Davers despreciaba al brujo guerrero.

Cuando se escuchó otro grito, Rose saltó del carruaje, ignorando las quejas de los guardias, y caminó hasta la parte frontal de la procesión. Tendría que defender a Shen antes de que se metiera en más problemas o le sacara la espada al capitán Davers. Eso sería un desastre total, y no podía permitir tal cosa...

Rose se detuvo en seco, con el corazón en la garganta, y se escondió tras un caballo cercano. Shen y el capitán Davers no estaban discutiendo. De hecho, se encontraban codo con codo, con las espadas al descubierto, a la vez que se enfrentaban a lo que parecía un grupo enfadado de aldeanos locales. Rose los barrió con la mirada y contó al menos cuarenta. No eran suficientes para amenazar la fuerza del ejército, pero sí para causar revuelo. Notó, con un pavor creciente, que también llevaban armas. Sobre todo, espadas, aunque un hombre de los del final llevaba una maza, y otro blandía un par de hachas.

«Madre mía».

Fue entonces cuando se percató de que se habían congregado fuera de la cripta local, donde se reunían los seguidores del Protector, el antepasado de Rose, muerto hacía mucho tiempo, para venerarlo. Un lugar construido sobre el odio a los brujos. Le temblaron las manos al ver la flecha dibujada en la puerta.

Esos hombres eran flechas. Quizás hubiera adelantado a Barron en Millis, pero le había ganado en Ellendale, aunque no veía rastro de él entre la multitud.

—Solo lo diré una vez —dijo el capitán Davers—. Apartaos enseguida u os enfrentaréis a la fuerza del ejército de Anadawn.

—Y a los brujos —añadió Shen con un movimiento preciso de espada.

—Es a la bruja a la que hemos venido a ver —gritó un hombre al frente, con las mejillas rojas. Tenía una barba negra puntiaguda y unos ojos crueles que brillaban como la luz del fuego—. Queremos conocer a vuestra reina maldita.

A Rose no se le pasó por alto el detalle de que había dicho «vuestra», en vez de «nuestra», ni la manera en la que escupió al suelo después. Esas personas ya habían renegado de ella.

—Tengo otra idea —comentó Shen, alargando las palabras—. ¿Por qué no conocéis mejor la punta de mi espada?

—Tranquilo —le aconsejó Davers.

—No —siseó—. Haz tu trabajo.

Justo entonces, las puertas de la cripta se abrieron y salieron más hombres de ella, rodeándolos por todos lados. Se estaban acercando al cortejo, al carruaje dorado. Rose buscó un lugar en el que esconderse, pero el líder de los flechas la descubrió.

—¡Majestad! —La palabra era un gruñido en su garganta—. ¡Qué honor!

Shen se dio media vuelta y localizó a Rose en ese preciso instante. Antes de que el brujo pudiera decir una palabra, los flechas avanzaron y la chica gritó. Los guardias de Anadawn se pusieron en marcha. Los soldados de a pie rodearon a Rose con un círculo protector mientras sacaban las espadas y se enfrentaban a los rebeldes. Shen saltó de Tormenta y se convirtió en una mancha de sombras y acero al luchar conforme se abría paso hacia ella.

Las calles repiqueteaban con el sonido de las espadas golpeándose mientras unas flechas en llamas caían sobre ellos. «¡Estrellas!». También había flechas en el tejado. Barron le había preparado una emboscada a Rose, y el capitán Davers había sido tan inocente como para caer en la trampa. Los soldados de Anadawn se dividieron, buscando protección, cuando los rebeldes empujaron el carruaje y lo hicieron caer de lado. Elske salió de él con un gruñido rabioso que hizo que los flechas echaran a correr. Pisándoles los talones, los llevó de vuelta a la cripta.

Sobre Shen se abalanzaba otro grupo. No podían competir contra su fuerza y su rapidez, pero las flechas en llamas lo atacaban desde la parte superior. Una le alcanzó el hombro izquierdo y prendió fuego a su manga. Se dejó caer al suelo para intentar apagarlo. Rose gritó y trató de abrirse paso hasta él, pero los guardias la empujaron hacia atrás. Se había provocado el caos en Ellendale, los caballos se encabritaron y se dispersaron cuando cientos de flechas en llamas impregnadas de aceite prendieron fuego a la calle.

Un hombre cogió a Rose por la cintura.

—¡La tengo! —gritó, triunfal—. ¡Tengo a la maldita reina!

Rose dio una patada, lo que hizo que su zapato volara por el cielo. Cayó hacia atrás y aterrizó con un golpe seco en la cabeza del hombre. Este se tambaleó, pero intervinieron otros dos y la agarraron por los brazos para arrastrarla lejos de la calle.

La chica gritó, pero Shen estaba rodeado. Los flechas habían considerado que era una amenaza y lo mantenían lo más lejos posible de Rose. El capitán Davers estaba angustiado, atrapado en medio de la refriega. Elske también. No quedaba nadie para ayudar a Rose, solo el sonido de sus propios gritos débiles mientras los flechas la alejaban de su gente.

—Edgar Barron te envía saludos —gruñó alguien en su oreja—. No tardará en llegar, bruja. No te preocupes.

Rose se resistió de forma violenta y golpeó con la cabeza al hombre en los dientes. La chica se estremeció cuando este cayó al suelo y la liberó durante medio segundo. Otro hombre la atrapó antes de que pudiera huir, le dio media vuelta y la empujó hacia una casa de aspecto abandonado al final de la calle. Rose supo con una repentina y nauseabunda claridad que, una vez que cruzara el umbral, nunca volvería a salir.

En algún lugar en la distancia, juraría haber oído el sonido decidido de unas pezuñas. ¿Habría conseguido Shen abrirse paso entre la multitud? Intentó liberarse en vano. La calle ardía y sus gritos se perdieron bajo el crepitar de las llamas a su alrededor. La puerta se erigía como una boca oscura. Cerró los ojos, rezando para que se produjera un milagro.

El milagro adoptó la forma de una sombra que cruzó las llamas. Se escuchó un fuerte crac cuando un látigo golpeó a su asaltante en la mejilla. Este se echó hacia atrás con la sangre brotándole de la herida. Otro crac lo mandó al suelo, inconsciente, y Rose se quedó a solas para enfrentarse al hombre entre las sombras.

Montaba el caballo más rápido que había visto nunca, y su brillante capa era del tono exacto de las Arenas Agitadas. Huir de él sería inútil, pero Rose lo intentó igualmente. El látigo se volvió a poner en marcha, pero esta vez no golpeó nada, sino que se enredó alrededor de su cintura, tenso como la cuerda de una horca, y el jinete tiró de ella. Chilló mientras la arrastraba hacia el caballo. Un brazo la levantó del suelo como si pesara igual que una pluma. El hombre la colocó sobre el caballo antes de rodearle la cintura con el mismo brazo, aplacando su protesta, conforme recorrían las calles incendiadas de Ellendale.

Rose giró la cabeza y vislumbró a Shen, que seguía atrapado en medio de los flechas aulladores, dando patadas y moviendo la espada en busca de una vía hacia la libertad. El brujo alzó la barbilla ante el sonido estrepitoso de las pezuñas del caballo y abrió los ojos de par en par cuando la chica pasó galopando, encerrada en la férrea sujeción de su jinete con capa.

Después de unos veinte minutos, Rose dejó de resistirse. Era inútil. Su fuerza no era rival para su secuestrador, y estaba gastando la última que le quedaba de forma imprudente. Aparte de algunos resoplidos divertidos, el jinete había hecho poco para asegurarle que no la iba a matar, pero ella había decidido que no podía hacer nada en ese sentido hasta que no se detuvieran. No podía creerse que estuviese ocurriendo de nuevo, que una especie de bandido la estuviese llevando a lomos de su caballo otra vez.

Por fin se detuvieron y el animal ralentizó el paso hasta que llegaron a un río a poco más de quince kilómetros al sur de Ellendale. El hombre la soltó. Ella se lanzó lejos de la montura y corrió por la orilla para coger el palo más grande que pudo encontrar y usarlo como espada. Cuando se dio media vuelta, él estaba de pie junto al caballo, con el látigo de cuero enrollado en torno al antebrazo, como si fuera una serpiente esperando para atacar.

—¿Se supone que esa ramita tiene que asustarme?

—Ya me secuestraron una vez —resopló Rose—. Me niego a que vuelva a ocurrir.

Él soltó una carcajada.

—Esto no es un secuestro, reinecita, es un rescate. —Hizo un gesto con la mano, expectante—. Por cierto, de nada.

Rose movió el palo en el aire.

—¿Quién eres? Quítate la capa y descúbrete.

Sorprendentemente, obedeció. Se quitó la capa negra y la lanzó a la hierba. Rose lo miró boquiabierta. El jinete con capa era ahora un hombre descalzo y sin camiseta. La chica se tapó los ojos a toda prisa.

—¡Por favor! ¿Dónde está tu camiseta?

—No me gustan.

Rose tragó saliva.

—¿Y los zapatos?

—Me cuesta encontrar de mi número.

La reina soltó un suspiro.

—Ay, madre mía.

—Tú tampoco llevas zapatos, pero no me veo montando un espectáculo a bombo y platillo sobre el tema.

Rose se miró los pies y se estremeció. Iba descalza, era verdad, y tenía los pies sucios. Debía de haber perdido el otro zapato al huir. Aun así, seguía siendo una reina y actuaría como tal.

Alzó la barbilla, esforzándose al máximo por ignorar el pecho desnudo, mientras paseaba la mirada por su misterioso rescatador. Lo primero de lo que se percató, aparte de su evidente descaro, fue de lo guapo que era. Tenía la piel bronceada y dorada y los ojos oscuros. Además, sus labios estaban curvados de forma natural, como si estuviese siempre al borde de una sonrisa de superioridad. Era muy alto y ancho y todo su cuerpo estaba cubierto de músculo. El pelo oscuro y ondulado le llegaba por los hombros, y lo llevaba suelto y salpicado de arena.

Lo segundo que percibió fue que tenía un parecido desconcertante con Shen, aunque quizás era un poco mayor que él. No le extrañaba haber pensado que era guapo. Aun así, le resultó peculiar. La chica se aclaró la garganta.

—Con o sin zapatos, espero que me hagas una reverencia. Y que me digas tu nombre.

El hombre sonrió, revelando un par de hoyuelos pronunciados que le robaron el aliento durante un segundo. Entonces, cruzó el brazo sobre su pecho y se dobló por la cintura. A Rose le dio la sensación de que se estaba riendo de ella, pero estaba distraída con el conocido caballo negro que relampagueaba sobre el puente, dirigiéndose hacia ellos.

Shen desenvainó la espada mucho antes de alcanzarlos, pero el jinete sin camisa atacó primero, desenrollando el látigo a tal velocidad que Rose solo lo advirtió cuando arrancó el arma de los dedos del chico. Se reprendió por no haberse percatado de lo que ahora era evidente: el jinete era un brujo también. Un brujo guerrero. Más peculiar aún. Shen no se inquietó. Saltó de Tormenta y voló por los aires al tiempo que desenvainaba sus dagas, apenas dos manchas gemelas plateadas. Aterrizó agazapado frente a Rose, preparado para atacar. Entonces, la chica se sorprendió al ver que se quedaba paralizado. El jinete se quedó también muy quieto, con el látigo flácido a su lado.

—¿Shen Lo? —dijo con apenas un susurro. Dio un paso hacia ellos, pestañeando incrédulo—. Juraría que estaba alucinando cuando te vi ayer a las afueras de Millis. Pensaba que era un truco de las sombras.

Shen inhaló con aspereza ante el sonido de su nombre en la boca del desconocido.

—¿Quién eres? —preguntó con cautela—. ¿Por qué me resultas familiar?

El jinete solo negó con la cabeza.

—Pensábamos que estabas muerto.

—¿Qué diablos está pasando? —exclamó Rose—. ¿Por qué nos sigues?

El hombre miró a la chica.

—Dicen que eres una bruja, igual que tu hermana. —Dio otro paso lento y cauteloso—. De camino aquí, oí los rumores en Gallanth. Entonces, supe que podrías ayudarme. —Desvió de nuevo la mirada hacia Shen—. Pero nadie me habló de ti. No sabía... No habría creído...

—¿Cómo te llamas? —Shen mantenía las dagas en alto, y tenía el cuerpo colocado de tal manera que creaba un escudo ante Rose—. ¡Ya!

El hombre esbozó una sonrisa.

—¿No reconoces a tu propio primo? —dijo, acercándose—. ¿No recuerdas tu infancia en el desierto, ni todas esas veces que te gané en las carreras de caballos, todas esas mañanas que peleamos en la sala de entrenamiento hasta que acababas sin aliento, boca arriba, suplicándome que parara?

Shen se tensó y el nombre salió de él con una especie de grito.

—¿Kai?

—¡Ah! —El jinete, Kai, soltó una carcajada—. Sabía que era inolvidable.

—¿Shen? —dijo Rose, insegura—. ¿Quién es este hombre?

No fue el chico quien le contestó.

—Me llamo Kai Lo, y he venido desde el Reino Soleado, en el desierto.

Rose frunció el ceño.

—El Reino Soleado desapareció —comentó ella, recordando lo que le había contado Shen. Hacía dieciocho años, el desierto lo había escupido. Había sido el único superviviente. Banba lo había encontrado vagando por allí, y todo rastro de su reino se había desvanecido de este mundo, incluido su pueblo—. Quedó enterrado hace mucho.

—Quizás esté enterrado, pero sigue vivo —contestó Kai, mirando a uno y a otro—. Y necesitamos vuestra ayuda.

El silencio se dilató. Rose sintió que el corazón se le dilataba también. No parecía mentira, pero ¿cómo podía ser verdad? Miró a Shen. Tenía las manos caídas junto al costado y respiraba con ásperas bocanadas.

—Lo busqué —dijo, más para sí que para Kai—. Llevo dieciocho años buscando el Reino Soleado. Ha desaparecido.

—Las cosas están cambiando —respondió Kai llanamente—. El desierto se está agitando de nuevo.

Rose recordó lo que había dicho el mensajero de Gallanth sobre los movimientos del desierto. La chica había compartido aquel mensaje con Shen, y ambos se habían preguntado qué diablos podía significar. Si es que significaba algo… Sin embargo, ni en sus mejores sueños se hubieran imaginado una cosa así.

—¿Es posible, Shen? —susurró ella—. ¿Que tu hogar siga ahí fuera, en alguna parte?

Kai extendió los brazos.

—Yo soy la prueba visible. Hace tres días, conseguí salir de él.

A Rose le daba vueltas la cabeza. Deseaba de corazón que Wren estuviera aquí, que le ayudara a entender todo lo que suponía lo que estaba escuchando. Extendió la mano hacia Shen, pero él se acercó a su primo.

—¿Quién más está allí abajo? —dijo con voz ávida. Rose sabía que en ese momento no existía para el chico, que se había olvidado de los acontecimientos en Ellendale. Lo único que Shen veía era a Kai, de pie frente a él, con respuestas sobre su pasado—. ¿Mi madre...?

Kai negó con la cabeza. Shen cerró los ojos y los puños mientras soportaba la noticia.

—¿Y mi padre?

La expresión de su primo se ensombreció.

—La pérdida de tu madre fue demasiado. Falleció no mucho después. —Alzó un dedo, como si estuviese delineando la cara de Shen—. Te pareces mucho a él.

El chico dejó caer la cabeza y cogió aire de forma temblorosa. A Rose le dio un doloroso vuelco el corazón. Una cosa era preguntarse si su familia había muerto, y otra, saberlo con seguridad, dejar atrás todo rastro de esperanza y, aun así, descubrir que su hogar había sobrevivido, que había personas allí que todavía lo recordaban y lo necesitaban. Bueno, en esa idea encontrarían cierto consuelo, tanto Shen como ella.

—¿Dónde está exactamente enterrado vuestro reino? —le preguntó Rose a Kai.

La sonrisa del hombre se volvió triste.

—Cuando el desierto me escupió, seguía moviéndose. Esconde el reino con cada ola y temblor, pero, con una bruja en el trono y con los recursos del palacio de Anadawn, podemos rastrear las corrientes de tierra. Podemos cavar, desenterrar por fin el Reino Soleado y permitir que brille de nuevo bajo el sol. —Cogió su látigo y se lo enrolló en torno al antebrazo mientras hablaba—. A cambio, podemos defender tu trono. —Le relampaguearon los ojos oscuros—. Mi oferta no podría llegar en mejor momento, reinecita. Por lo que me ha parecido antes, te vendrá bien toda la ayuda que puedas reunir.

En un pequeño claro, no lejos del camino, Rose se sentó con la espalda contra un árbol, observando cómo Shen caminaba de un lado a otro. Kai estaba en el río con los caballos, dándoles tiempo para hablar sobre su propuesta.

Por una parte, era una locura pensar en cabalgar por el desierto árido e interminable con nada más que la intuición de un reino perdido. Por otra, Rose no soportaba la idea de volver a Ellendale a enfrentarse al ejército que no había conseguido protegerla. Según Shen, el capitán Davers había logrado recuperar el control, había perseguido a la mayoría de los flechas y había arrestado a los que no habían conseguido escapar a tiempo. No obstante, Rose sabía que pronto se extendería el rumor sobre la emboscada de Barron, y su movimiento ganaría impulso.

Después de todo, había hecho parecer que Anadawn era débil, que ella misma lo era. Rose nunca había visto a Shen tan nervioso. No dejaba de moverse, apretando la mandíbula y dándole vueltas a la daga mientras caminaba.

—Tenemos que ayudarlo, Rose. Hay un reino entero de brujos atrapado en el desierto.

—No es que no quiera rescatarlos —contestó la chica por décima vez en pocos minutos—, pero no sabemos cómo hacerlo, Shen. Ni siquiera sabemos por dónde empezar.

El brujo se incorporó.

—¿Y ya está? ¿Vas a rendirte y volver a tu carruaje dorado?

Rose recordó que Shen estaba dolido.

—Estoy diciendo que quiero ayudar —dijo con suavidad—. Solo que no sé cómo.

Él se dejó caer en el suelo. La expresión de dolor en su rostro era tan visible que a Rose le dio un vuelco el corazón. Se presionó una mano contra el pecho y algo se desmoronó bajo su palma. Se incorporó.

—Creo que tengo una idea. —Con dedos temblorosos, sacó del interior de su vestido el mapa que Thea le había dibujado. Lo había llevado consigo en todo momento, manteniendo su solemne promesa con la consejera real—. No es un mapa del desierto, pero podría servir para algo.

Shen estaba en pie medio segundo después.

—Las torres de Amarach —susurró—. Tienes acceso a los videntes.

—Ni siquiera sabemos si queda alguno —le recordó Rose—, pero no estamos lejos de su valle. —Dibujó la ruta serpenteante—. Es un día al galope desde aquí hacia el sur. Tal vez dos.

Shen se puso de rodillas y presionó su cabeza contra la de ella mientras estudiaba el mapa.

—Ya está, Rose. Si alguien en Eana puede ayudarnos a encontrar el reino perdido, estará ahí.

A Rose le daba vueltas la cabeza. De nuevo deseó que su hermana estuviera allí, aunque ya sabía lo que haría. Ya habría partido hacia las torres de Amarach, y probablemente le hubiera robado el elegante caballo a Kai para conseguirlo. La voz de Shen interrumpió su fantasía.

—No se trata solo de mi hogar. Cuanto antes encontremos el Reino Soleado, más fuertes nos volveremos contra Barron y lo que nos tenga preparado. Y tendremos una oportunidad contra Gevra. Has visto lo que puede hacer Kai. Hay guerreros atrapados ahí abajo, brujos expertos, personas con poderes que ninguno de tus soldados puede ofrecer. Y los necesitas, Rose, tanto como ellos a ti.

Shen tenía razón. La petición de Kai era tanto un favor como un salvavidas. Al fin y al cabo, un reino perdido de brujos era un reino de aliados. Y, después de que el capitán Davers la hubiera guiado a la trampa de Barron, le vendría bien conseguir todos los posibles.

—Este redescubrimiento será algo maravilloso para toda Eana —musitó la chica—. Quizás sea lo que nos una a todos.

—Mejor que un *tour* —dijo Shen—. Si lo haces, pasarás a la historia.

El entusiasmo le cosquilleó las yemas de los dedos mientras guardaba el mapa. Esa era la manera perfecta de demostrarles a todos, opositores y seguidores, que era la reina que Eana necesitaba, la clase de persona con la que no debían enfrentarse, la que se aventuraba a lo desconocido, a pesar de los riesgos, por el bien de su pueblo. Sería la reina Rose la Valiente. No, la Gloriosa. Oh, le gustaba cómo sonaba.

Se llevó una mano a la cadera mientras permanecía en pie, y sintió un gran alivio al descubrir un tintineo de monedas. ¡La astuta Agnes! Siempre le aconsejaba tener cerca la bolsa de monedas, por si acaso. Ahora las iba a necesitar de verdad. Después de todo, Kai había salido del desierto del Ganyeve sin ni siquiera una camiseta, y todas las posesiones terrenales de Shen se limitaban a la daga dorada que escondía en su bota y al anillo con un rubí que llevaba colgado al cuello, de lo que nunca se desprendería. Aunque Rose tampoco le pediría que lo hiciera.

—Por supuesto que será peligroso viajar hacia el sur sin mis guardias —dijo ella, más para sí que para Shen—. Ahora mismo soy la única reina que tiene Eana.

—Rose —dijo Shen con tal seriedad que la chica se giró para mirarlo. Le envolvió la mano con la suya—. Sabes que te protegeré con mi vida.

De repente, se oyó el sonido de un látigo tras ellos. Dibujó una línea en el barro y le alcanzó el dobladillo del vestido.

—Igual que yo —anunció Kai, saliendo de entre los árboles. Rose supo por su enorme sonrisa que había oído toda la conversación.

Shen lo fulminó con la mirada.

—Era una conversación privada.

—La privacidad es para los perdedores, primo. ¿Nos podemos ir?

—Muy bien —dijo Rose, poniéndose en pie—. Primer paso: insisto en buscarte una camisa.

Wren
CAPÍTULO 15

A Wren se le aceleró el corazón conforme la guiaban a través de los pasillos relucientes del palacio de Grinstad. Con cada paso se acercaba más al rey Alarik, un gobernante cuya aterradora reputación se extendía más allá del mar Sombrío y cuyo odio hacia Wren y Rose era tan profundo que bien podría matarla nada más verla.

Tor permanecía en silencio a su lado, pero la chica oía el silbido de su respiración acelerada mientras la sacaba del patio de las bestias. De un peligro a otro. Sin embargo, Wren le había suplicado que le permitiera tener una audiencia con el rey y, con los ojos de los otros soldados puestos sobre él en ese anfiteatro sangriento, Tor no había tenido otra opción que aceptar. A diferencia de Vidar, él mantenía la espada enfundada y caminaba a su lado, lo que provocaba la ilusión de que no era su prisionera.

Tenía los puños tan apretados que se le habían puesto los nudillos blancos. Wren deseaba estirarle los dedos y besar esas manos que la habían salvado ahora tres veces, pero él ya había sacrificado bastante por ella.

—Sé que estás enfadado conmigo. —Mantuvo la voz baja, consciente de los soldados que los observaban al pasar—. Pero debía venir, Tor. Alarik se llevó a mi abuela. —El gevranés negó con la cabeza y apretó la mandíbula con tanta fuerza que se asemejó al mármol. Wren odiaba su silencio—. ¿Esperabas que me quedara en Anadawn y que condenara a Banba a la obsesión de tu terrible rey?

Por fin, la miró.

—Esperaba que siguieras viva, Wren.

—¡Lo estoy!

—Por ahora.

Wren se frotó las manos. No se podía permitir preocuparse por sí misma.

—¿Has visto a Banba? ¿Sigue viva?

Una nueva sombra cruzó el rostro del soldado.

—No lo está poniendo fácil. Sois muy parecidas en ese sentido. Cabezotas e impulsivas.

Wren relajó los hombros.

—Eso significa que aún no ha perdido la esperanza. Debía saber que vendría a por ella.

Tor acalló una maldición.

—Guárdate tus esperanzas. No puedo protegerte fuera del anfiteatro.

Wren ya lo sabía. Quizás las bestias de Gevra se inclinaran ante Tor, pero el rey y sus hombres no lo hacían.

—No espero que me protejas. No me debes nada.

Tor se pasó una mano por el pelo, despeinando los mechones ondulados.

—No todo es una transacción.

—Quizás no, pero ya te has arriesgado bastante por mí.

El soldado se quedó en silencio. No encontraba la forma de negarlo.

—Siento lo que le ocurrió a Ansel —dijo Wren—. Y haberme quedado con Elske. Todo.

—Lo sé —contestó él, y sus manos se rozaron durante una milésima de segundo. Wren no sabía si Tor lo había hecho adrede, pero el mínimo roce de su piel hacía que se le acelerara el corazón. Llegaron al extremo del pasillo y giraron hacia otro. El sol de invierno atravesaba las ventanas arqueadas y dibujaba mechones cobrizos en el pelo de Tor. Ella supuso, por el número de guardias parados en el pasillo, que Alarik Felsing estaba cerca.

Se le revolvió el estómago, y su deseo se perdió por la descarga repentina de miedo.

—Tor —susurró.

—Me quedaré contigo —contestó él.

A Wren le avergonzaba querer algo así, necesitarlo, pero el alivio que sintió al escuchar esas tres palabras la inundó como la luz del sol matutino. Entonces, llegaron a un par de puertas de hierro. Tenían intrincados grabados de las bestias de Gevra, desde atajacaminos y charas gorjiplateadas a leopardos de las nieves y renos. En el centro, a lo largo del travesaño, se encontraba el Gran Oso, Bernhard de Gevra, rugiendo, con sus enormes patas alrededor de dos pomos plateados. Wren respiraba superficialmente cuando Tor acercó la mano a uno de ellos. La chica se imaginó que el oso abriría su boca húmeda y se la tragaría en cuanto abriera las puertas.

Un viento helado la rodeó y le puso el vello de los brazos de punta. Se detuvo en el umbral y pestañeó ante la repentina penumbra. Tor le colocó una mano cálida en la espalda.

—Wren.

La reina intentó mantener dentro ese calor mientras cruzaba el umbral y recorría el suelo de mármol, tan pulido que podía ver su propio reflejo. La sala del trono del palacio de Grinstad se abría a su alrededor como una caverna glacial, fría, hueca y sin luz natural. Unas enormes columnas blancas ascendían hasta el techo arqueado, en el que estaban representadas las grandes guerras de Gevra, un mural enorme de bestias peleando y soldados sangrientos que parecía incluso más espectacular bajo la titilante luz del candelero.

Wren bajó la barbilla antes de que el miedo la traicionara. Tor la guio hacia delante y su voz le cosquilleó en la oreja.

—Vigila tu carácter. Y tu lengua.

Pasaron junto a columnas blancas interminables, desde donde los soldados y sus bestias los observaban con indiferencia. Los tigres de las nieves merodeaban por las sombras, mientras que dos lobos, uno gris y otro negro, le gruñeron y se pusieron a su ritmo. Si no hubiera estado tan aterrada, quizás habría felicitado a Tor por su impecable adiestramiento.

Llegaron por fin a una tarima de mármol sobre la que se encontraba un formidable trono de cristal. Las esquirlas parecían muy afiladas, como fragmentos de vidrio, pero Wren no reparó en la impresionante carpintería ni en el oso polar que dormitaba a un lado. Su mirada se posó en el rey, reclinado en el trono.

En una sala llena de bestias, Alarik Felsing era la criatura más feroz de todas. Iba vestido con una levita negra con cuello alto, bordada con delicados hilos plateados que brillaban con suavidad bajo la luz de los candelabros. Tenía el pelo tan rubio como el trigo en verano, salvo por un mechón negro en el centro que parecía una línea de tinta derramada. Además, su piel era tan pálida como el marfil. Las sombras se concentraban en sus pómulos, bajo sus gélidos ojos azules, que ahora dirigía con firmeza hacia Wren.

—Entonces, mis soldados me han dicho la verdad: una reina de Eana camina entre los muros del palacio de Grinstad. —Su voz la envolvió desde cada rincón de la cavernosa estancia—. Me sorprende que no hayas entrado subida a un candelabro.

—Soy una caja de sorpresas. —Wren esbozó un intento de sonrisa—. Recibí tu invitación.

—Esperaba que la entendieras literalmente. —El rey se inclinó en el asiento—. Vamos, Wren, dime esas palabras llenas de odio a la cara.

Tor los miró a ambos con evidente confusión. La nota del rey había sido un truco, pero era evidente que a Alarik le gustaba jugar solo.

—No perdamos el tiempo con temas manidos —dijo Wren—. Ahora que estoy aquí, ¿por qué no hablamos?

La expresión de Alarik se ensombreció.

—No me gustan las charlas triviales.

—Bueno, algo que tenemos en común.

Alarik dirigió la mirada hacia Tor.

—Cachéala. A fondo.

Wren se resistió cuando el soldado se giró hacia ella.

—No digas tonterías —protestó ella—. ¿De verdad piensas que he venido armada?

—¿De verdad piensas que voy a creer lo que digas? —contraatacó Alarik.

Tor obedeció, sin mirar a Wren. Era el soldado gevranés perfecto, con el rostro impasible mientras le tocaba el cuerpo y le pasaba las manos por los hombros y las caderas. La chica cerró los ojos, intentando ignorar su roce, pero su aroma alpino trajo de vuelta sus recuerdos.

—Veo que lo estás disfrutando —musitó el rey.

Wren abrió los ojos de golpe. «Vigila tu carácter». Tuvo que utilizar hasta su última pizca de autocontrol para no decirle a Alarik lo que pensaba exactamente de él. Tor pasó a la parte inferior.

—No —siseó ella, intentando alejarse del soldado, pero era demasiado rápido y bueno. Encontró la bolsita y se la tendió al rey.

—Arena —dijo Tor conforme se alejaba de ella. Era una pequeña traición, pero Wren la sintió como una bofetada en la cara.

A Alarik le brillaron los ojos.

—¿Qué decías sobre la confianza?

Wren resopló.

—La arena no es un arma.

—A no ser, por supuesto, que la uses para hacer encantamientos.

La chica se cruzó de brazos.

—No sabía que supieras sobre ese tema.

—Te sorprenderían las cosas que sé —dijo el rey, sombrío.

Wren se aclaró la garganta.

—Siento que hemos empezado con mal pie.

—Podría decirse que ese mal comienzo se remonta al día en el que matasteis a mi hermano —comentó el rey de manera tan casual que Wren pensó que no lo había entendido bien. Continuó sin pausa—: Mi servil capitán te salvó a ti antes que al príncipe Ansel. —Paseó la mirada hasta el soldado—. Pero, por supuesto, eso ya lo sabías, Tor. Puedes diferenciar a la encantadora de la sanadora, ¿verdad? —No esperó a que Tor respondiera—. Lo que quiero saber es por qué no le has quitado la arena antes de traerla ante tu rey.

—Perdonad el descuido, majestad. —Tor, avergonzado, bajó la cabeza, y Wren, no por primera vez, quiso lanzarse hacia la tarima y golpear la cara perfectamente esculpida del rey.

—La razón por la que está muerto tu hermano es Willem Rathborne —dijo ella—. Y ya me ocupé de ese problema por ti. Acabó hecho cenizas, como el resto de la cripta.

Alarik sonrió sin alegría.

—¿Has venido a por una recompensa?

—He venido a por mi abuela. Pero eso ya lo sabes, dado que recibiste mi carta.

—Todas las bestias de mi palacio lo saben —dijo Alarik, divertido. Hizo un gesto hacia el enorme oso blanco que dormitaba junto al trono—. Incluso Borvil, que está hibernando.

—¿Qué quieres a cambio de su libertad? —preguntó Wren—. Pon un precio.

La sonrisa del rey se hizo más grande y reveló el brillo perlado de sus colmillos.

—No hay suficiente dinero en el mundo, Wren.

—Debes desear algo —insistió—. Todo el mundo tiene un precio.

Alarik se puso en pie y la tarima resaltó su altura mientras la observaba.

—Quiero que vuelva mi hermano.

Wren se removió, incómoda. Había elegido lo único que no podía darle, solo para ver cómo se estremecía.

—Siento lo que le sucedió a Ansel. Si pudiera volver atrás en el tiempo…

—Pero no puedes, ¿verdad? —dijo Alarik con un extraño deseo brillándole en los ojos. El oso polar se agitó entre sueños, como si le afectara el cambio de humor de su dueño—. Ninguna bruja posee ese poder, ¿no?

—No —respondió Wren con lentitud.

Bajó las escaleras hacia ella.

—Pero tú eres una encantadora, una manipuladora. Puedes cambiar las cosas.

—Sí… —Wren tuvo un mal presentimiento al mirarlo a esos ojos voraces y oír la repentina urgencia de su voz.

Alarik se detuvo en el escalón, por encima de ella. Ya no había nada entre ellos, ni soldados ni bestias, solo el vaho de ambos.

—La vieja bruja no ha dicho ni una palabra desde que abandonamos tu país. No habla, apenas come. La única vez que abrió la boca fue para escupir a mis soldados.

Wren reprimió una sonrisa.

—Banba puede ser un poco cascarrabias.

—¿Y tú qué eres? Impulsiva. Imprudente. Leal hasta la exageración. —Alarik inclinó la cabeza y la atrapó en su mirada reluciente—. Se podía deducir de tu nota, Wren. Y ahora aquí estás, confirmando mis sospechas.

Las descripciones del rey eran tan adecuadas que escocían, por no mencionar la forma en la que las lanzaba, como si fueran flechas, pero Wren tuvo cuidado de no mostrarse dolida.

—La lealtad no tiene límites —dijo con firmeza—. La verdadera, no.

La dureza del rostro de Alarik se suavizó y, durante un breve momento, se pareció a Ansel. Casi humano.

—Otra cosa en la que estamos de acuerdo.

—Mi abuela empeorará con el tiempo —comentó Wren—. Será mejor que la sueltes antes de que empiece a morder a los soldados. Ahí es cuando comienzan los problemas de verdad.

—No puedo soltarla —dijo él—. Verás, necesito a una bruja.

—¿Para qué? —preguntó la chica con cautela.

—Para cosas de reyes. —Alarik se tiró de la manga y se entretuvo mirando el gemelo en forma de colmillo de lobo—. Sin embargo, una bruja no colaborativa me resulta tan útil como un barril de carne podrida. Admito que he estado pensando en utilizar a tu abuela como alimento para los tigres por su insolencia. Al menos ese carácter espeluznante serviría de algo.

Wren se quedó paralizada.

—No lo harías.

Él enarcó una ceja.

—¿No?

La reina miró a Tor, cuya expresión se volvió sombría.

—Y como dices que solo empeorará con el tiempo… —continuó.

—Negocia conmigo —dijo Wren, movida por un repentino arranque de desesperación—. Te propongo un cambio.

Alarik se quedó inmóvil.

—Un cambio.

—Wren —dijo Tor, rompiendo su silencio.

El rey alzó una mano para recuperarlo. Era demasiado tarde para echarse atrás. La chica se había dejado llevar por una idea descabellada que había salido de ella antes de que pudiera detenerla. Sin embargo, Alarik la había presentado como si fuera la única opción, la única forma de salvar a su abuela.

—Si quieres una bruja colaborativa, aquí tienes una —dijo Wren. Entonces se detuvo y el color le cubrió las mejillas al entender todo el plan de Alarik—. Por eso me mandaste esa nota, ¿no?

El rey sonrió.

—Me has pillado.

Wren intentó no pensar en su hermana en ese momento. Si Rose hubiera estado allí, la habría estrangulado por hacer una propuesta tan estúpida, pero ella no había sido lo bastante ingenua como para venir a Gevra por capricho y arriesgarlo todo, perderlo todo. Si esa era la única esperanza de Wren, también sería su castigo. Al fin y al cabo, todo tenía un precio. Y su hermana era mejor reina que ella, una gobernante más sabia. Rose quería reinar. Sin embargo, el trono no significaba nada para Wren sin Banba. Rose cuidaría de Eana en su ausencia. Con Shen Lo a su lado y todo un ejército al que dar órdenes, podría enfrentarse a Barron y a sus flechas. Y Banba pronto estaría con ella. Banba la ayudaría. No obstante, primero tenía que liberarla.

—Soy tuya —dijo.

La voz de Tor retumbó.

—No.

Alarik se giró hacia él.

—Recuérdame, Tor, ¿quién de nosotros es el rey?

—Wren es reina de Eana —dijo el soldado—. No podéis mantenerla aquí encerrada. No sin que haya consecuencias.

Alarik entornó los ojos.

—¿Preferirías que la matara por sus crímenes y que todo terminara? —Silbó entre dientes y dos lobos aparecieron merodeando desde las sombras—. Luna, Nova. ¿Quién quiere desayunar?

Tor alzó una mano y las bestias se detuvieron.

—Alarik —dijo en voz baja—, sed razonable.

El rey le enseñó los dientes.

—Cuidado, Tor. Tu autocontrol está desapareciendo.

Wren miró a ambos hombres. Estaba perdiendo el equilibrio, atrapada en un juego retorcido de poder y posesión. El rey estaba enfadado con Tor por lo ocurrido con Ansel, eso era evidente. Ahora estaba utilizándola para ponerlo a prueba, para romperlo. Si Wren no recuperaba el control de la conversación, la situación se le iría completamente de las manos.

—Te ayudaré con cualquier misión secreta que planees —dijo ella, subiendo el escalón, con la intención de distraer al rey—. Te enseñaré todo lo que desees saber sobre magia. Lo único que te pido es que sueltes a mi abuela.

—¿Y si no? —preguntó Alarik.

—Entonces, tendrás en tus manos a dos brujas no colaborativas.

—O a dos brujas muertas.

Wren esbozó una pequeña sonrisa.

—Y una guerra. Con muchos más brujos. De los que cooperarán. Para matarte.

Alarik tragó saliva con dificultad. Una oleada triunfal la traspasó. Su amenaza había calado. Por mucha fascinación que sintiera el rey de Gevra por los brujos, también le aterraban. Entonces, ¿para qué necesitaba uno?

Las puertas de la sala del trono se abrieron de golpe, sacándolos de la negociación. La princesa Anika Felsing llegó hecha una furia, con el pelo carmesí flotando tras ella según caminaba hacia el grupo. Su largo vestido negro ondeaba a su alrededor como las alas de una mariposa.

—¿Qué está haciendo aquí esta mala pécora traidora? —exclamó, y su rabia retumbó en la sala cavernosa—. ¿Y por qué demonios congelados sigue viva?

Alarik suspiró.

—Querida Anika, debes aprender a llamar a la puerta.

La última vez que Wren había visto a la princesa pelirroja de Gevra, Anika había enviado a un leopardo de las nieves para que la devorara en las orillas del Lengua de Plata, aunque Elske lo había impedido en el último segundo. Anika sentía un gran odio hacia Wren, pero era mutuo. Sin embargo, estaba en terreno extranjero y sin armas, por lo que aplacó su carácter y agitó los dedos hacia la princesa enfadada.

—Encantada de verte también, Anika.

—No lo estarás tanto cuando te clave el tacón del zapato en el cráneo.

Alarik puso los ojos en blanco.

—Genial. Tor, retenla.

El soldado agarró a Anika justo antes de que se lanzara hacia Wren. Le dio la vuelta y la rodeó con los brazos hasta que dejó de resistirse. Wren odió el zumbido de celos que sintió al verlos forcejear.

—Tranquila, Anika. —Alarik se dirigió a su hermana como si fuera una de sus bestias—. ¿Recuerdas la regla de padre? No montar escenas en la sala del trono.

—Mató a Ansel —siseó Anika—. Por su culpa, nuestro hermano está muerto. —Dirigió de nuevo su rabia furiosa hacia Wren—. Eres una loca arrogante por poner un pie en Gevra. No me importa cuántos brujos haya en Eana. Conseguiré tu cabeza antes de que te marches de aquí. ¡No quedará impune lo que hiciste!

Tor apretó los brazos alrededor de la princesa hasta que sus pies colgaron a ocho centímetros del suelo mientras daba patadas. Ante la insistencia de Alarik, el soldado la sacó de la sala, y lo único que quedó de ella fue el eco de sus gemidos.

Wren luchó contra la necesidad de huir de la sala del trono tras ellos. Prefería a Tor y el berrinche de la princesa de Gevra antes que la presencia del rey. Este esperó a que las puertas se cerraran para hablar de nuevo.

—La pena ha puesto furiosa a mi querida hermana —dijo con algo parecido a la preocupación en la voz—. No suele ser tan...

—¿Asesina?

Alarik hizo una pausa.

—Supongo.

El traje negro del rey adoptó un nuevo significado, igual que las sombras oscuras de sus ojos. El palacio de Grinstad estaba de luto. Y una parte de Wren, solo una diminuta, se sintió mal por él.

Alarik unió las manos tras la espalda, bajando de la tarima.

—¿No te echará de menos tu país mientras estés aquí? —preguntó, como si estuvieran hablando del tiempo, en vez de de la desaparición total de la libertad de Wren—. Después de todo, eres la nueva reina.

—Supongo que esa es la ventaja de que seamos dos —dijo, encogiéndose de hombros—. Una para gobernar y otra para...

—Irrumpir en palacios extranjeros. —Alarik siguió andando, y la chica tuvo la sensación de que debía seguirlo—. ¡Eres muy inconsciente, Wren!

La chica odiaba cómo sonaba su nombre en su boca.

—Prefiero el término «proactiva».

El rey resopló.

—Podrías haber muerto en ese patio hoy.

—Pero lo importante es que no he muerto.

—Por suerte, el capitán Iversen estaba lo bastante cerca para oír tus gritos. Tiene un don para mantenerte viva. Lo que es una suerte, porque parece que a ti te falta esa capacidad.

—Lo dices como si fuera tonta —musitó ella.

—Los hechos hablan por sí solos, yo me limito a escucharlos.

Wren tuvo que luchar contra la necesidad de empujarlo contra una columna.

—¿Esta es la parte en la que me das la bienvenida a Gevra con los brazos abiertos?

—Esta es la parte en la que decido si quiero o no tolerar tu presencia en Gevra —la corrigió—. Sigo considerando tu oferta.

Los dedos de Wren se crisparon. Cuanto antes estuviera Banba fuera de Gevra, a salvo y junto a Rose en Anadawn, antes encontraría la manera de engañar al rey y seguirla a casa.

—¿Cuánto tiempo necesitas para tomar una decisión?

—Todo el que desee.

—Genial. ¿A quién no le gusta un rey indeciso?

—O una reina caprichosa —contraatacó.

Wren lo fulminó con la mirada.

—Dime, reina Wren —dijo Alarik—, ¿por qué abandonaste tan decidida tu reino para entrar en mi palacio escondida en la parte trasera de un trineo, vestida como una campesina descuidada? —Hizo un gesto hacia la túnica de la chica y los mechones rebeldes en torno a su rostro—. ¿Por qué no llegaste con tu corona y vestida de gala para negociar los términos del intercambio? ¿O acaso creías que sería más receptivo con una vulgar ladrona que con la reina del país que mató a mi hermano?

Wren sopesó la respuesta.

—A decir verdad, esperaba que nuestros caminos no se cruzaran.

—Vaya, me ofendes. —Alarik se quitó un pelo rebelde de los ojos, lo que atrajo la atención de Wren hacia el mechón negro de su cabello—. Soy un anfitrión excelente.

—Ah, ¿así que no siempre envías a tus invitados a morir en tu propio anfiteatro?

—Solo a los ladrones. —El rey dejó de caminar. Se giró hacia Wren, hasta que ella fue lo único que había bajo el foco de su mirada—. Para serte sincero, lo que me gusta de ti es tu imprudencia, la forma en la que arremetes contra el mundo sin pensar en consecuencias o arrepentimientos. —Bajó la voz, de forma que ni siquiera los soldados pudieran oírlo—. Verás, necesito que una bruja haga algo imprudente por mí.

La incomodidad se instaló en las entrañas de Wren. De repente, sintió que había cometido un error terrible al ir allí. Alarik dio un paso atrás.

—Si te quedas aquí, me ayudarás con lo que necesito. Si esta es otra de tus tretas, no caeré en la trampa. Y, si lo intentas, te enfrentarás a toda la ira de Gevra. —Señaló al techo, y Wren observó la pintura que lo cubría, cientos de guerras distintas representadas con ríos carmesí, matanzas, victorias y muertes, cuerpos rotos en el suelo helado y bestias que rugían encadenadas—. Créeme, bruja. No te gustaría.

La chica tragó saliva con dificultad.

—No me das miedo.

—Todavía. —Alarik chasqueó los dedos y un par de soldados con expresión seria salieron de las sombras—. Sacadla de aquí. Tendrás mi respuesta al caer la noche.

La dirigieron fuera de la sala del trono, ya no como reina de su propio país, sino como prisionera de otro.

Rose
CAPÍTULO 16

Antes de partir a toda prisa, Rose insistió en detenerse en Puente Final para escribir dos cartas apresuradas. La primera era para Thea, quien estaba en Anadawn. La otra era para Chapman, quien seguiría aún en camino, en Ellendale. Rose no incluyó ningún detalle, solo les aseguró que estaba a salvo y que no tenían que seguirla. Volvería pronto. No se le pasó por alto que estaba mandando el mismo tipo de nota exasperante que Wren le había dejado en su almohada. Así, el resentimiento hacia su hermana se aplacó, aunque solo un poco.

Rose se escondió con Kai y los caballos mientras Shen le ataba la primera carta a una paloma mensajera que había liberado de la casa postal local y le confiaba la otra a una joven cartera, tras pagarle una moneda de oro, para que cabalgara hasta Ellendale en busca de la comitiva real.

Con las cartas enviadas, Shen se deslizó hacia una pensión cercana para hurtar una bolsa que llenó con un uniforme rústico de sirvienta, un par de zapatos, un cepillo y un camisón, además de algo de comida para el viaje. Ruborizada hasta las cejas, Rose se puso el uniforme tras un árbol a las afueras del pueblo mientras Shen y Kai vigilaban el cruce de caminos por si pasaba algún transeúnte. Con gran reticencia, se quitó la corona.

—¿Qué deberíamos hacer con esto? No puedo llevarla conmigo. Llama demasiado la atención.

—Dámela, reinecita. Tengo una idea. —Rose observó horrorizada cómo Kai lanzaba la corona al río—. Alguna trucha afortunada se va a hacer muy rica.

Shen fulminó a su primo.

—¿Qué problema tienes?

—El diseño era pobre —dijo Kai con un resoplido—. Verás lo que es la verdadera artesanía cuando lleguemos al Reino Soleado. Hay rubíes tan grandes como mi cabeza.

—Con suerte, no estarán tan huecos —comentó Rose, golpeándole en el pecho con el dedo—. Me debes una corona, Kai Lo.

Después de Puente Final, cabalgaron hacia el sur y solo se detuvieron para picotear pan de masa madre, queso y *chutney*. Rose se percató de que Shen le lanzaba miradas furtivas a Kai mientras comían, como si temiera que su primo fuera a desaparecer de nuevo si lo perdía de vista. Se sentía triste por Shen y por todo lo que sabía que este estaba deseando preguntarle a Kai sobre el Reino Soleado, su hogar, su pasado. A última hora de la tarde, llegaron a un pueblo pequeño.

—Quizás podríamos pasar aquí la noche. Debe de haber alguna posada. —Rose bajó de Tormenta y se sacudió el polvo de la falda antes de guiar el camino—. Venid.

—Cuidado. Quizás apoyen a los flechas. —Shen señaló con la cabeza un edificio abovedado a la entrada del pueblo—. Tienen una cripta.

—Casi todos los pueblos de Eana tienen una. Eso no significa nada —comentó ella, justo cuando la puerta se abrió y salieron tres hombres. El mayor iba al frente y llevaba un farolillo. Los dos que lo seguían eran más jóvenes. Parecían hermanos. Uno tenía el pelo negro y largo y una barba desaliñada, mientras que el otro era casi calvo.

—¿Qué estáis mirando? —preguntó el hermano barbudo con la mano en el cuchillo colgado de su cintura.

—Si yo fuera tú, no lo haría —le aconsejó Kai.

—Perdónanos —intervino Rose hábilmente—. Solo somos un grupo de músicos ambulantes que pasan por tu querido pueblecito.

—Tienes un acento muy fino —dijo, desconfiado, el otro hermano.

—Gracias —contestó ella, ajustándose la capucha de manera sutil—. Di clases de dicción de niña.

—Cantadnos una canción —le pidió el mayor, tropezando al bajar los escalones—. ¿Conocéis *Diles a los lobos que estoy llegando*?

El de la barba rodeó a Tormenta.

—Me apuesto mi mejor cinturón a que este es un caballo del desierto. —Estiró la mano para tocarlo, pero Shen se la apartó a la velocidad del rayo. Barbudo se dirigió hacia la parte delantera de Tormenta y les bloqueó el paso—. Dime, viajero, ¿eres bueno lanzando flechas?

Shen ni siquiera pestañeó.

—Soy un arquero excelente, si es lo que preguntas.

—No —dijo, alzando una mano para mostrar el dibujo de una flecha—. ¿Me estás diciendo que nunca os habéis topado con gente como nosotros en vuestro camino?

—No —respondió Shen, tenso—. Por favor, apartaos.

Barbudo se agachó y cogió una piedra. Sin previo aviso, se la lanzó a Rose, pero Shen reaccionó al instante y la alejó de una patada, sujetando al caballo con una mano mientras tanto. La piedra silbó en el aire y se incrustó en la puerta de la cripta. Acalló una maldición, aunque era demasiado tarde.

—Brujos —se burló Calvo—. Los he olido.

El mayor blandió un cuchillo.

—Nos hemos estado preparando para combatir a los de vuestra especie.

—No lo bastante bien —dijo Shen, derribándolo con una sola patada giratoria. Se le cayó el farolillo al suelo con un repiqueteo y se salió el aceite de su interior. Las llamas acariciaron los adoquines mientras el hombre calvo se lanzaba hacia delante, pero Shen atacó de nuevo y le rompió la nariz con la palma de la mano. El hombre cayó hacia atrás, mareado. Rose se estremeció ante el crujido. Barbudo cogió el farolillo y se lo lanzó a Kai.

—Arde, brujo.

Kai lo esquivó. El farolillo aterrizó sobre un arbusto cercano que comenzó a sisear y crepitar antes de estallar en llamas.

—Me toca. —Kai derribó a Barbudo con un puñetazo rápido.

—¡Hora de irse! —exclamó Rose, subiéndose al caballo más cercano, el de Kai, justo cuando las puertas de la cripta se abrieron y salieron más personas de ella. Cabalgaron por las calles polvorientas junto a Shen y Tormenta. Rose lanzó una mirada hacia atrás—. ¡Nos están siguiendo!

Kai le guiñó un ojo a Shen.

—Hora de poner a prueba a tu caballo del desierto, primo.

—Tormenta lleva cabalgando bajo el cielo toda su vida —se mofó Shen—. Tu caballo es el que está desentrenado.

—¡Bah! Victoria lleva años esperando estirar las patas.

—¿De verdad estáis compitiendo por ver qué caballo es más rápido? —preguntó Rose—. Este no es el momento.

Ambos la ignoraron.

—El nombre no hace al ganador —dijo Shen—. No hay ningún caballo bajo el sol más rápido que Tormenta.

—¡Ya lo veremos! —Kai golpeó a Victoria en el trasero, y el animal comenzó a galopar incluso más rápido.

—¡Kai! —chilló Rose—. ¡Ve más lento! ¡Ya!

Detrás de ellos, Shen soltó un grito, y Tormenta pronto alcanzó el ritmo de Victoria, pisada a pisada, mientras ambos hombres se reían tan alto que Rose apenas podía oírse gritar.

—Parece que estáis empatados. ¡Bien hecho, chicos!

—La carrera acaba de empezar —gritó Kai—. Este caballo puede galopar toda la noche.

—No voy a llevar a Tormenta hasta la muerte para demostrar que vale la pena —contraatacó Shen—. Competiremos hasta el siguiente puente y, cuando gane, podrás inclinarte ante Tormenta y besarle las pezuñas.

Tras eso, partió dejando una ráfaga de aire fresco.

—¡Ni hablar! —exclamó Kai, riéndose mientras lo perseguía. De este modo, incluso a pesar de que el aire le silbaba en los oídos y de que se aferraba a Victoria como si la vida le fuera en ello, Rose acabó riéndose también.

Después de una hora de estruendosa carrera de caballos, Shen y Tormenta se adelantaron y llegaron al siguiente puente entre volutas de polvo. Segundos después, Victoria, que llevaba a Kai y a Rose en su lomo, chocó contra ellos y a punto estuvo de lanzar a Tormenta al río.

—¡Cuidado! —gritó Shen—. Has perdido. Al menos, sé un perdedor digno.

—No existe tal cosa —dijo Kai—. Esta carrera estaba amañada desde el principio. Victoria tenía que llevar a una persona extra. La próxima vez ganaré.

—La próxima vez te lanzaré al río, Kai.

—Parad, los dos —pidió Rose, cansada—. Es de noche. Sigamos.

Los chicos se quedaron callados mientras la luna se alzaba sobre ellos, salpicándolos con su luz plateada. Siguieron avanzando hacia Fuerte Sagrado.

—Podemos pasar aquí la noche —dijo Shen, quien estaba buscando flechas pintadas en las puertas—. Parece un lugar seguro. Y los caballos necesitan descansar.

—Igual que yo —contestó Kai con un bostezo—. Me comería un jabalí entero.

Rose observó las calles oscuras con atención.

—Tened cuidado de no causar ningún problema esta vez. Quizás no haya marcas en las puertas, pero podría haber flechas aquí también. —Algo se removió cerca—. Mirad —dijo, alzando la voz—. Hay movimiento entre los arbustos.

Kai se tensó. Shen tenía la daga en la mano, preparado para lanzarla. El arbusto dejó escapar un suave gruñido y, luego, una enorme mancha blanca salió de él y se lanzó directamente hacia Victoria. El caballo retrocedió con un relincho y casi tiró a Rose y Kai. La mancha, que se había convertido en una bestia, mordisqueó los tobillos de Kai.

—¡Diablos podridos! —maldijo el hombre—. ¡Es un lobo!

Shen se echó a reír.

—Creo que está todo bien —dijo, guardando la daga—. A menos que Elske tenga también una gemela.

—¿Elske? —jadeó Rose—. ¿Eres tú?

La loba estaba demasiado ocupada gruñéndole a Kai como para responderle a Rose.

—Dado que los dos conocéis a esta bestia furiosa, ¿podéis pedirle que me deje, por favor? —siseó—. Si no, voy a bajar y a clavarle una daga.

—¡Ni se te ocurra! —exclamó la chica, bajándose de Victoria—. Chsss, chsss, querida —dijo mientras se ponía de rodillas—. No pasa nada. Me has encontrado.

El animal dejó de gruñir y se frotó contra la falda de Rose, con lo que la llenó aún más de barro. Rose sonrió y le acarició un punto entre las orejas, movida por una nueva ola de afecto hacia ella. Tener a Elske hacía que se sintiera cerca de Wren.

—¿Por qué nos has seguido hasta aquí?

—Probablemente Wren le dijera que te cuidara —dijo Shen—. Te está protegiendo.

—¿Intentando matarme? —preguntó Kai, observando incómodo a la bestia.

Shen sonrió.

—Tal vez.

—Su desdén hacia ti demuestra que se le da de maravilla juzgar a la gente. —Rose se puso en pie y se sacudió la falda, tratando de no preocuparse por el barro que cayó de ella—. Viajaremos más a salvo con Elske..., aunque sea un poco vistosa.

—¡Un poco! —se mofó Kai—. Vuelve a mandarla ahí detrás.

—No —dijeron Shen y Rose al unísono.

—La loba se queda —añadió la chica—. Si te supone algún problema, te puedes ir.

Kai hizo un puchero, pero no dijo nada y el asunto se dio por zanjado.

—Hay una posada ahí delante. —Shen señaló hacia un edificio alto al final de la calle. Las velas brillaban con suavidad a través de las ventanas y había un cartel sobre la puerta que decía «Descanso del Rezagado»—. Elske tendrá que quedarse fuera cuando entremos, pero podemos encontrar la manera de hacerla pasar después.

Conseguir una habitación en el Descanso del Rezagado resultó ser un dolor de cabeza.

—Me temo que las últimas semanas de verano estamos a tope —dijo el fornido posadero con una sonrisa perlada que brillaba sobre su piel bronceada—. Pero quizás pueda encontrar algo. —Silbó para captar la atención de otro hombre, que parecía servir tanto de camarero como de cocinero—. Todrick, ¿la habitación de la buhardilla está acondicionada para los clientes?

Todrick arrugó la nariz.

—Hemos sacado a los murciélagos esta mañana. Al menos, a casi todos. Enviaré a Marianna para que abra la ventana y la airee un poco.

El posadero dio una palmada y se giró hacia ellos.

—Estaréis un poco apretados. —Hizo un gesto hacia la formidable complexión de Kai—. Especialmente por él. Pero es lo mejor que puedo ofreceros.

—Se lo agradecemos —contestó Shen.

—¿Hay alguna habitación más? —Rose se sonrojó—. Seguro que a ellos dos no les importa compartir, pero una rei... dama necesita su espacio.

El posadero se encogió de hombros.

—Es lo único que me queda, señorita. Somos la última posada en kilómetros. Hay una más sofisticada en Ellendale, si queréis probar suerte allí...

—¿Ellendale? —A Rose se le agudizó la voz una octava—. No, no, creo que nos quedaremos aquí. Partiremos por la mañana. Somos músicos ambulantes, ¿sabe? Y vamos a trabajar para... —se devanó los sesos pensando una familia noble que viviera al sur— el señor Shannon y su familia, en el valle de Golder.

—Si os levantáis temprano, llegaréis al valle antes del anochecer —dijo Todrick con amabilidad—. Pero llevaos bastante comida. No hay nada entre ambos puntos.

—Excepto el valle Hierba Venenosa —musitó el posadero—. Pero es mejor evitarlo. Los que entran allí salen siendo otros.

—Si salen... —añadió Todrick ominosamente—. El aire de esa zona afecta a la mente.

Rose y Shen intercambiaron una mirada.

—No importa eso ahora —dijo el posadero—. ¿Queréis la habitación de la buhardilla? Os invitaré a la cena por las molestias.

Kai se frotó las manos.

—Vamos a comer.

Rose suspiró. Solo era una noche. Y allí, en Fuerte Sagrado, no era una reina, sino una música ambulante, a salvo de ojos curiosos y lenguas afiladas. Además, preferiría dormir en una cama, protegida por dos guerreros expertos, antes que dormir fuera, donde cualquiera podría tropezarse con ellos.

—La aceptamos —dijo la chica, esbozando una sonrisa—. Se lo agradecemos.

Después de una cena consistente en estofado de cordero y zanahorias pasadas, Todrick les enseñó la habitación en lo alto de una escalera chirriante.

—Entrad vosotros tres —dijo en la puerta—. No creo que quepamos todos.

—¡Vaya! —exclamó Rose al cruzar el umbral y casi golpearse la cabeza con una viga. La habitación de la buhardilla estaba incrustada en el alero del edificio, y el techo era tan bajo que Kai lo rozaba con la cabeza.

Había una pileta sucia en un rincón y una pequeña ventana desde la que se veía la plaza del pueblo. El resto del estrecho espacio lo ocupaba una cama. Todrick los saludó desde la puerta.

—Si necesitáis ir al baño durante la noche, hay cubos bajo la cama, y la letrina está ahí detrás.

—Maravilloso —dijo Rose con voz cansada—. Gracias por su hospitalidad.

Todrick miró a los tres con curiosidad.

—Bien... Que paséis buena noche. —En cuanto cerró la puerta, Kai colocó a un lado el látigo y se dejó caer en la cama. Los muelles gruñeron cuando se estiró, y rozó ambos bordes del colchón con los dedos.

—¡Me lo pido! —dijo con la cara contra una almohada.

—¡Claro que no! —exclamó Rose, cogiendo otra para golpearle la nuca.

Kai se echó a reír, dándose la vuelta.

—Me gustaría ver cómo me mueves con esos pequeños brazos, del tamaño de una horquilla.

Rose jadeó, ofendida.

—Permíteme. —Shen se hizo un ovillo y se dejó caer en la cama. El colchón rebotó e hizo saltar a Kai hacia el otro lado. Aterrizó en el suelo con un golpe estrepitoso.

Rose se echó a reír a carcajadas. Kai se levantó con el látigo en la mano. Lo tensó, haciéndolo crujir entre los puños.

—Primito, vas a lamentarlo.

Shen esquivó el avance de Kai.

—Demasiado lento.

Kai sonrió, echando el látigo hacia atrás.

—Ya veremos.

—¡Parad! —Rose saltó entre ambos—. ¡Comportaos! ¡Los dos! No podemos permitirnos llamar más la atención. —Se aclaró la garganta—. Yo duermo en la cama. Con Elske. Cada uno de vosotros se puede quedar con una almohada.

—¡Qué generoso por tu parte, reinecita! —Kai cogió una almohada y se tumbó en el suelo, a un lado de la cama—. El desierto es más cómodo que esto —gruñó mientras se quitaba las botas con dos golpes firmes.

—Hablando de Elske —dijo Shen, acercándose a la ventana—, debería traerla.

Rose se colocó junto a él, demasiado consciente de lo cerca que estaban sus caras en el estrecho marco.

—Bajaré y esperaré a que todo se haya calmado. Y luego la subiré. —Le dedicó a su primo una mirada de advertencia—. Tú quédate ahí, en el suelo.

Kai le hizo un gesto con la mano, desestimándolo.

—No te preocupes por la virtud de tu reina. Si fuera mi tipo, ya la habría seducido.

—¿Perdona? —Rose se echó el pelo hacia atrás, frustrada por los nudos—. ¿Qué se supone que significa eso?

—Nada personal. —Kai le dedicó una sonrisa lobuna—. No pensaría nunca que soy tu tipo, pero he visto cómo miras a mi primo y, seamos sinceros, soy una versión más atractiva y grande de él.

Shen se colocó sobre Kai, con la bota sobre su ingle.

—¿Qué has querido decir con eso?

Su primo se echó a reír mientras se daba media vuelta.

—Estáis muy tensos los dos. Debe de ser todo ese deseo reprimido. —Sonrió contra la almohada—. Cualquiera con ojos puede ver la lujuria que sentís el uno por el otro. No dejéis que el hecho de que yo esté aquí os frene a la hora de hacer algo al respecto.

Rose farfulló por las palabras de Kai, pero por un momento perdió la capacidad para hablar. Shen miraba cualquier cosa que no fuera ella, con las mejillas más rojas que nunca.

—Elske —consiguió decir por fin Rose—. Deberías...

—Cierto, me voy. —El brujo cruzó la habitación como si estuviera huyendo de un incendio.

Rose se hundió contra el saliente de la ventana cuando Kai estalló en carcajadas.

—Provocarle ha sido muy divertido —cacareó—. Deberías sacar a mi primo de su miseria. O lo metes en tu cama, o le dices que nunca va a pasar nada entre vosotros. No puedes mantenerlo a un brazo de distancia para siempre.

Rose se tensó.

—No tengo ni idea de qué estás hablando. Y te recuerdo, de nuevo, que soy tu reina.

—Entonces, me guardaré mis consejos para quien los aprecie —musitó Kai, cerrando los ojos—. Buenas noches, reinecita. —Momentos después, estaba dormido profundamente y sus ronquidos retumbaban por la pequeña habitación.

Cuando Shen volvió unos minutos más tarde, acunaba a Elske contra su pecho. La loba blanquecina iba envuelta en su capa, de forma que solo se le veían el hocico y el rabo.

—¿La has traído en brazos hasta aquí? —preguntó Rose.

Shen cerró la puerta con el pie.

—He supuesto que, si alguien me detenía, podría fingir que eras tú.

Rose miró a la loba cubierta por la capa mientras él la dejaba en el suelo.

—¿Yo?

Elske saltó de inmediato en la cama y se hizo un ovillo.

—Bueno, mi plan era decir que te habías torcido un tobillo de camino a la letrina y... —se interrumpió.

—¿Y que me había crecido una cola? —le provocó Rose.

El brujo se rascó la coronilla.

—De todas maneras, ya está hecho. —Contempló a Kai, que seguía roncando—. Parece un burro muriéndose.

—Debe de estar exhausto. —Rose bostezó, sentándose en la cama—. Ha sido un día muy largo.

—¿Cómo te sientes por lo de Barron? ¿Y por lo de Wren? ¿Y, bueno..., por todo? —Shen se sentó con cuidado a su lado, pero se tensó cuando los muelles gimieron.

Rose deseaba con desesperación que no hubiera una loba en la cama. Ni un irritante brujo guerrero en el suelo. Ni tampoco un gran abismo de cosas por decir (y hacer) entre ellos.

—Creo que sigo en *shock* —admitió—. No puedo pensar mucho en Wren ni en aquello a lo que se debe de estar enfrentando en Gevra porque me asusta demasiado. Ahora mismo, no puedo estar asustada. Tengo que ser fuerte.

Shen se giró hacia ella y le alzó la barbilla con el dedo.

—Rose, eres la persona más fuerte que conozco.

La chica observó sus ojos oscuros como la noche. Antes de que le diese tiempo a cambiar de idea, Rose se inclinó hacia delante y presionó sus labios contra los de Shen. Él se quedó paralizado; la sorpresa le inmovilizó los músculos del cuerpo durante un agonizante momento. Entonces, cedió y abrió los labios para devolverle el beso. Se volvió más valiente, ávido, y le deslizó los dedos por el pelo mientras la atraía hacia él, provocando una deliciosa descarga de calor por el cuerpo de Rose. Suspiró de placer cuando él deslizó la lengua dentro de su boca, y sintió que estallaba en llamas...

Entonces, Elske gruñó y el momento se desvaneció. La chica se alejó, demasiado consciente de su entorno de repente. Había una loba en la cama y un hombre en el suelo. ¡Roncando! No, espera. Ahora ya no roncaba, sino que se estaba riendo.

—¿Ya está? —preguntó Kai, incorporándose para mirarlos descaradamente—. No permitáis que os detenga.

La reina enterró la cara entre sus manos. ¡Menos mal que estaba Elske!

—«Rose, eres la persona más fuerte que conozco» —se mofó Kai—. Es una buena frase donde las haya.

Un segundo después, Shen tenía una rodilla en el pecho de Kai y una daga en su garganta.

—Primo o no, derramaré tu sangre por todo el suelo.

Kai alzó una ceja.

—¿Por qué? Eras tú el que tenía la lengua en su boca.

—Shen, no pasa nada —dijo Rose entre sus dedos. Era culpa suya. No debería haberlo besado. Allí no, no en ese momento—. Por favor, guarda la daga.

El chico se apoyó sobre los talones y se puso en pie.

—No recordaba que fueras tan insoportable —comentó Shen antes de meterse la daga en la bota.

Los ojos de Kai se movieron en la oscuridad iluminada por la luna.

—Han cambiado muchas cosas desde que saliste de casa, primito. —Tras eso, se dio media vuelta y, segundos después, volvía a roncar.

Rose lo contempló.

—Nunca he conocido a nadie que se duerma tan rápido.

—Nosotros también deberíamos dormir —le aconsejó Shen, pasándose una mano por el pelo—. Mañana va a ser un gran día. —Saltó a Kai y se acercó al otro lado de la cama, donde se quitó las botas y se tendió en el suelo.

—Toma, coge la almohada al menos. —Rose le tiró una antes de meterse entre las sábanas y ocupar el centro de la cama, con Elske aovillada a sus pies.

—Buenas noches, Rose —musitó Shen.

—Buenas noches, Shen.

Rose se movió con lentitud en la cama y dejó caer su mano de manera casual, como si lo hubiera hecho por accidente. La dejó flácida unos momentos, y entonces sintió el tacto cálido de los dedos de Shen al entrelazarse con los suyos. A continuación, notó cómo se los besaba. El calor le recorrió el cuerpo hasta el punto de que lo único que quería hacer era tirar de él hacia la cama y dejar que la besara de verdad. Sin fin. Pero, si no podía tener eso, se conformaría con esto. Su mano en la de Shen y el suave ritmo del aliento del chico mientras se quedaba dormido a su lado.

Cuando el brujo la soltó, Rose estaba segura de que se había quedado dormido, por lo que se inclinó sobre el borde de la cama y lo observó, agradecida por que la luz de la luna entrara por la ventana. Entre sueños, Shen parecía apacible. Rose se permitió admirar sus rasgos, la dura línea de su mandíbula y la suave curva de sus labios, la sombra de sus pestañas contra sus mejillas.

Entonces, Elske se tiró un pedo con tal estrépito que Rose estuvo a punto de caerse de la cama sobre Shen. Volvió al centro y cerró los ojos con fuerza, deseando quedarse dormida. Shen tenía razón. Mañana sería un gran día.

Wren
CAPÍTULO 17

La noche cayó sobre Grinstad, pero Wren aún no había recibido ninguna respuesta del rey Alarik sobre su proposición. Los soldados la habían encerrado en una habitación de la cuarta planta del palacio, donde había estado esperando paciente desde por la mañana. Quizás fuera una prisionera de Gevra, pero su celda era muy lujosa.

El dormitorio era casi del mismo tamaño que el de Rose en Anadawn. Una araña de cristal colgaba del techo con molduras, y las paredes estaban adornadas con un papel azul marino que brillaba ligeramente bajo la luz titilante. Los muebles dorados estaban tan ornamentados que Wren había dudado si podía sentarse, ya que el sofá y las sillas a juego se encontraban repletos de cojines con borlas de marfil y plata. La cama, cuadrada, ocupaba el centro de la sala, con un marco dorado y cubierta por un dosel. El edredón era tan mullido como una nube de verano, salpicado de al menos diez almohadas a juego y, por supuesto, una manta de pelo.

Wren había rebuscado en el armario de la esquina y había descubierto que estaba lleno de modelitos caros, capas de pelo y bufandas suaves, además de un estante entero de vestidos de terciopelo y encaje que harían que Rose se retorciera de envidia. Ahora bien, ¿a quién demonios pertenecían?

Un enorme ventanal daba a las montañas nevadas de Fovarr, cuyos picos irregulares penetraban en las nubes bajas, y los valles se extendían bajo sombras profundas. Las bestias deambulaban y aullaban a la luz de la suave luna mientras los atajacaminos cruzaban el cielo color índigo. Aun así, a pesar de la niebla gélida que se aferraba a las torres del palacio de Grinstad, en la habitación se sentía una calidez sorprendente. Era una pena que no tuviera nada que hacer allí. Wren manchó la alfombra con las botas al caminar de un lado a otro mientras esperaba la decisión de Alarik.

No era lo bastante ingenua como para pensar que Banba estaba cerca, disfrutando del mismo lujo que ella. Necesitaba salir de esa habitación y verla. Su paciencia se debilitaba con cada hora que pasaba y mantenía la mirada fija en el pomo de la puerta, deseando que se abriera. Sin embargo, el soldado al otro lado permanecía en silencio. Ni siquiera hubiera sabido que estaba ahí si no hubiese sido porque su lobo roncaba muy fuerte.

A Wren se le empezaron a crispar los dedos, pero, sin la fuente de su magia, no tenía poder alguno. Tor le había quitado la bolsita de arena, y el resto estaba en el bolso, tirado en el patio. Había buscado por la sala algo que usar, un nuevo tipo de arena, pero el rey iba dos pasos por delante de ella. No había flores en la cómoda ni madera en la chimenea. Abrió la ventana y sacó la cabeza hacia el frío. Las paredes de palacio eran suaves al tacto y no había hiedra que cubriera la mampostería ni ninguna celosía a la vista.

—No les pasaría nada por plantar algo en este enorme bloque de hielo... —musitó mientras cerraba la ventana de golpe. Volvió a centrar la atención en el armario y rebuscó entre los vestidos, tratando de encontrar, en vano, un botón de hierro o un broche—. ¡Qué inteligente es este bárbaro!

Cruzó la sala y golpeó fuerte la puerta con los puños. El lobo gimió, despertándose de su duermevela.

—Si no me vais a dejar salir, al menos dadme de comer. ¡Estoy famélica!

Se hundió en el suelo y estiró las piernas. Sorprendentemente, la cena llegó poco después. Tal vez sí que tuviera cierto poder allí, al fin y al cabo. De la cocina le habían traído un delicioso estofado de ternera, con una cucharilla y sin cuchillo. Wren volvió a golpear la puerta.

—Este estofado está tan soso como el agua de fregar. ¿Podríais traerme algo con lo que aliñarlo?

Unos minutos más tarde, después de que Wren hubiera dejado el plato limpio como una patena, la puerta se abrió y entró un pequeño salero. La chica lo cogió con una sonrisa ante su tono rosado. Tontos. Era sal de roca, tan pura como el día en el que la habían extraído. Aquí, en su lujosa celda, era más valiosa que el polvo de oro.

Dejó a un lado el nuevo pedazo de naturaleza mientras se cambiaba. Tenía la túnica hecha pedazos y los pantalones sucios por su breve momento en el patio de las bestias. Si iba a husmear por el palacio de Grinstad, era mejor que intentara pasar desapercibida, parecer una noble, en vez de una ladrona. Eligió un vestido color turquesa con bolsillos del armario y admiró las cuentas plateadas de su cuello al ponérselo. Era sencillo aunque bonito. Pero ¿a quién demonios pertenecía? Era imposible que le entrara a Anika, con sus curvas generosas, e, incluso si así fuera, dudaba que la princesa, tan tiquismiquis como era, compartiera su ropa con sus invitados. O con sus prisioneros.

Se hizo una trenza de espiga y se quitó el barro de las mejillas. Luego, se metió el salero en el bolsillo y llamó una vez más a la puerta.

—¿Qué pasa ahora? —preguntó el soldado, cansado.

—Llévate el plato —contestó Wren con altivez—. No querrás que duerma en una habitación que apesta a estofado.

El hombre musitó una maldición en gevranés.

—¡Lo he oído! —dijo Wren—. Esa no es manera de hablarle a una invitada de honor. Soy una reina, ¿sabes?

—Eres una prisionera —la corrigió el guardia.

—Bueno, eso es cuestionable. —No recibió respuesta—. Si no te llevas este plato ahora mismo, voy a sacar la cabeza por la ventana y a gritar hasta que todo el palacio se despierte. Y te culparán a ti. Por el amor de las estrellas, no te estoy pidiendo un poni saltarín, solo tienes que sacar la mano y llevártelo.

La llave giró en la cerradura. En cuanto la puerta se abrió, Wren sopló la sal de su mano y le lanzó un encantamiento apresurado. El soldado se desmoronó en el suelo. El lobo se despertó con un sobresalto, pero Wren ya estaba preparada para la bestia. Segundos después, estaba hecha un ovillo junto a su dueño, ambos roncando en perfecta armonía. La chica se sacudió las manos antes de salir de la habitación.

—En realidad, ha sido muy fácil.

A Wren le alivió encontrar el resto del pasillo vacío. Corrió hasta el final y se abrió paso por la parte trasera del palacio, donde encontró la escalera de los sirvientes. Bajó un tramo, y otro, con pisadas suaves sobre la piedra. Los ronquidos de las bestias hacían eco por todo el edificio y se volvían más fuertes a medida que descendía. No sabía dónde se encontraban las mazmorras, pero sentía que, si seguía bajando, las encontraría.

Cuando una serie de pisadas reverberaron por la escalera hacia ella, Wren se dio media vuelta y se escondió en el primer piso. Se pegó a la pared, ocultándose entre las sombras mientras buscaba otra forma de descender. Oyó más pisadas desde algún lugar tras ella, acompañadas por el tip tap de unas patas sobre el mármol.

Se alejó del soldado y su bestia y se escondió tras la esquina siguiente a tal velocidad que a punto estuvo de perder el equilibrio. Se detuvo y se llevó una mano al pecho para calmar su acelerado corazón. La luz de la luna caía sobre ella en forma de riachuelos de plata fundida que provocaban un brillo onírico por todo el palacio. Wren miró hacia arriba, donde la conocida cúpula de cristal revelaba el cielo iluminado por las estrellas.

«Vaya». Estaba de pie en lo alto de la escalera dividida, mirando el mismo patio que la había maravillado hacía unas horas. Algo cambió bajo la tenue luz e inclinó la barbilla para contener la respiración en la garganta. En el piano había una mujer. Era mucho mayor que Wren, con las extremidades blanquecinas y el rostro demacrado. Llevaba un camisón negro y el pelo rubio y largo, brillante como una perla. Descansaba los dedos sobre las teclas con ligereza, pero no tocaba ninguna nota. Solo contemplaba el piano con la mirada perdida, con una expresión tan afligida que a Wren se le puso el vello de la nuca de punta. Era como si estuviera congelada.

Lo más raro era que..., a pesar de que los soldados de Alarik se dispersaban por el patio, ninguno miraba a la mujer, ni siquiera las bestias parecían fijarse en ella. ¿Era un fantasma procedente de la imaginación confusa de Wren? De repente, se le ocurrió que quizás fuera la madre de Alarik, la solitaria reina Valeska. Intentó acercarse un poco más, pero una mano la cogió del brazo.

—¿Qué diablos congelados estás haciendo aquí abajo? —preguntó la voz de Tor cerca de su oído. Wren se tragó un jadeo cuando el soldado la apartó del pasamanos y la guio hasta un rincón.

—¿Quién es la mujer sentada al...?

—Wren, esto no es Anadawn —susurró él, furioso—. Si te pillan yendo a hurtadillas, te cortarán la cabeza.

La chica pestañeó. Tor ocupaba todo el rincón, y el calor de su rabia le presionaba la espalda contra la pared.

—Bueno, no planeaba que me pillaran. —Observó las manos de Tor posadas en su cadera y sintió cada centímetro de su toque abrasador—. ¿Cómo has sabido que estaba aquí abajo?

Él alejó las manos y colocó una sobre la empuñadura de su espada.

—He encontrado tu bolso en el patio. Te lo iba a devolver cuando he encontrado a Ulrich hecho un ovillo.

Wren se mordió el labio.

—Quizás estaba cansado.

—¿A qué estás jugando, Wren? ¿Intentas provocar a Alarik? ¿O es de mí de quien te ríes?

—Estrellas, Tor, estoy intentando averiguar si mi abuela está viva —replicó ella—. ¿Qué querías que hiciera? ¿Esperar en esa habitación como una idiota sin cabeza mientras ese patán arrogante me hace perder el tiempo y... me ignora?

—Sí —contestó Tor con los dientes apretados—. ¡Sí!

Wren suspiró.

—Entonces, es evidente que no me conoces.

—Te he encontrado rápido, ¿no?

—Has ganado al escondite, Tor —dijo Wren con sequedad—. ¿Por qué no jugamos otra vez?

Él se apoyó contra la pared, atrapándola en el rincón. Wren lo empujó, pero su pecho era sólido como una roca, tan inmóvil como la piedra a sus pies.

—¡Muévete!

—La prisión está repleta de bestias.

—Sé hacer magia.

Tor la recorrió con la mirada. Wren se cruzó de brazos.

—Nunca encontrarás...

El soldado metió la mano en su bolsillo izquierdo y cerró los dedos alrededor del salero.

—Vaya —musitó—, esto me resulta familiar.

Wren presionó su mano contra la de él, manteniéndola en el bolsillo.

—No lo hagas.

Los ojos de Tor se centraron en los suyos y, después, en sus labios. Wren captó ese momento de debilidad. Se puso de puntillas hasta que su nariz rozó la de él. La mano libre del soldado encontró la suya. Alejó a Wren con cuidado.

—No podemos jugar a esto en Gevra.

La chica bajó la mano.

—¿Cuándo ha sido un juego?

—Dímelo tú. —Tor le sostuvo la mirada mientras le sacaba el salero del bolsillo—. Nunca aprendí las reglas.

Wren observó cómo se guardaba la sal y quiso abofetearlo.

—Supongo que ahora hay que seguir las tuyas.

Los interrumpió un grave gruñido, seguido del sonido de unas pisadas que se acercaban. Wren retrocedió, pegándose a la piedra. Tor se acercó al rincón y cubrió el cuerpo de ella con el suyo, de manera que ambos quedasen ocultos. Luego se acercó aún más. Wren cerró los ojos y apoyó la cabeza contra su pecho para oír el latido de su corazón. Él posó la barbilla sobre ella y el fantasma de sus labios le acarició la coronilla.

Continuaron de ese modo hasta que las pisadas se desvanecieron. Wren podría haber permanecido así más tiempo aún, oyendo la firme respiración de Tor, pero este se apartó de ella y la tregua se acabó.

—Vete a la cama, Wren, por el bien de ambos.

Ella dejó de resistirse y sufrió una oleada de agotamiento cuando salió del rincón. Frunció el ceño al mirar a la izquierda. Luego, a la derecha.

—Me he desorientado.

Tor suspiró.

—Lo sé.

La escoltó hasta la cuarta planta, donde Ulrich y su lobo seguían durmiendo junto a la puerta. Wren pasó por encima de ellos con destreza antes de detenerse en el umbral.

—Tor —dijo, apoyada en el marco—. ¿Cuándo tomará una decisión?

El soldado hizo un gesto más allá de ella, hacia las paredes de su lujosa habitación.

—¿No lo ves? Ya la ha tomado. —Volvió a mirarla y una sombra horrible le cruzó los ojos—. Cuando venga a por ti y te pida ayuda, espero que se la niegues, por tu bien y por el suyo.

—¿Por qué? —preguntó Wren, cautelosa.

El rostro de Tor se convirtió en piedra conforme cerraba la puerta.

—Confía en mí —dijo a través de la madera—. Si no puedes hacer nada más, por lo menos haz eso.

La llave giró en la cerradura y sus pisadas se perdieron al tiempo que Wren reflexionaba sobre sus últimas palabras. Había dejado su bolso junto a la cómoda, en una silla. Buscó la arena dentro de él, pero había desaparecido. El capitán Tor Iversen le había quitado cada pequeño grano. El resto de sus cosas seguían allí, incluso ese ridículo espejo enjoyado. Wren lo sacó y se encontró con su trasnochado reflejo.

—Menuda reina estás hecha... —musitó mientras lo dejaba en la cómoda. No por primera vez ese día, pensó en Rose, al otro lado del mar Sombrío, y se preguntó cómo se habría tomado la noticia de su abandono. ¿Enviaría a un pelotón de soldados a por ella o confiaría en su hermana para que se ocupara de este nuevo giro del destino? Wren esperaba que Rose se centrara en Barron y en los problemas cercanos a su hogar.

Subió a la cama, tratando de ignorar la chispa de culpabilidad que sentía por haberla abandonado. En la oscuridad de la medianoche, con el viento invernal soplando contra la ventana, Wren se sintió más ingenua que nunca. Tor tenía razón. En cuanto se había vendido a Alarik Felsing en la sala del trono, sus ojos se habían iluminado como estrellas polares. Aquel elegante dormitorio no era un gesto de buena voluntad, sino un mensaje. Le estaba diciendo que se pusiera cómoda.

Alarik se iba a quedar con Wren, ahora que la tenía allí. Pero ¿qué planeaba hacer con Banba? La incertidumbre sobre el destino de la anciana bruja la meció hasta que se quedó dormida. La siguió hasta las profundidades de sus pesadillas, donde gritaba en busca de su abuela, hasta que una escarcha amarga la rodeó y la congeló, hueso a hueso, aliento a aliento.

Rose
CAPÍTULO 18

Rose se encontraba en lo alto de la torre oeste de Anadawn, observando el charco de sangre de Glenna. La vidente estaba muerta, pero unas caras la observaban desde el líquido carmesí. «No, no son caras». Un retrato. Rose lo cogió y limpió la sangre con la manga. Un óleo de sus antepasadas, Ortha y Oonagh, que la miraban con ojos esmeralda, como los suyos. Solo Oonagh parecía enfadada, vengativa. Rose pasó el dedo por el retrato y se abrió una grieta en el cristal.

—No seremos como vosotras —se oyó decir—. Wren y yo seremos diferentes.

Una tabla del suelo crujió tras ella. Se giró y se encontró a su hermana de pie en la oscuridad. Las paredes gimieron conforme se derrumbaban a su alrededor y la torre se abría como un huevo. El cielo se extendió sobre ellas con una masa de nubes oscuras. Una gota de lluvia descendió por la mejilla de Wren y se convirtió en sangre.

—¿Wren? —preguntó Rose, insegura—. ¿Te encuentras bien?

Su hermana se abalanzó sobre ella y la tiró de la torre. Rose gritó mientras caía, y el mundo giraba cada vez más rápido a medida que el patio se alzaba para chocar contra ella. La oscuridad explotó en su mente y, desde las profundidades, percibió el susurro urgente de una voz familiar: «Rompe el hielo para liberar la maldición...».

—Despierta, despierta, reinecita.

Rose se incorporó de repente y se golpeó la cabeza contra algo duro. Se oyó una maldición ahogada y, mientras sus ojos se ajustaban a la luz matutina, se dio cuenta de que le había dado a Kai en la nariz con la cabeza. Al otro lado de la cama, Shen, que se estaba poniendo las botas, soltó una carcajada.

—¡Menudo brujo guerrero estás hecho! —dijo—. Una monarca adormilada ha estado a punto de dejarte fuera de juego. Te he aconsejado que no la despertaras.

Rose se frotó la frente, intentando alejar el horror de la pesadilla. Frunció el ceño.

—¿Cuánto tiempo lleváis despiertos?

—Horas —contestó Kai con voz gangosa, presionándose la nariz—. Desde que esa maldita loba ha comenzado a mordisquearme el pelo. —Fulminó a Elske con la mirada, que estaba aovillada cerca de la puerta—. Pero alguien.... —hizo un movimiento de cabeza hacia Shen— ha insistido en que te dejáramos dormir.

—¿Qué? —Rose salió de la cama—. ¿Qué hora es?

—Solo ha pasado una hora desde el amanecer. Y necesitabas descansar —comentó Shen mientras se recogía el pelo con una cinta de cuero—. Además, hablabas en sueños —añadió con un guiño—. Queríamos escucharte.

—Ay, no. —Rose palideció—. ¿Qué decía?

—«¡Ay, Shen!» —exclamó Kai en falsete—. «¿Por qué no me contaste que eras el primo del hombre más guapo de Eana? Ojalá lo hubiera besado a él».

Shen cruzó la habitación en un segundo para golpear a su primo en el hombro.

—No me puedo creer que seamos familia.

—¿Qué decía en realidad? —preguntó Rose, rezando por no haber gritado entre sueños. O, peor, por no haber piropeado a Shen. Ay, se moriría de vergüenza.

—Has dicho el nombre de Wren varias veces, pero sobre todo estabas hablando de comida —comentó Shen, y Rose percibió la diversión en su voz—. En un momento dado, parecía que estabas haciendo una lista de tus alimentos favoritos. Chocolate, queso, jamón, pan, tartaletas de mermelada de grosella...

—Tengo mucha hambre —admitió ella con gran alivio—. ¿Creéis que podremos tomar el té antes de irnos?

—Claro, reinecita, tómate tu té. —Kai puso los ojos en blanco—. ¿Por qué correr para desenterrar todo un reino lleno de personas atrapadas bajo el desierto?

—Una buena taza de té es la clave para comenzar bien el día —dijo Rose, bajándose de la cama. Se detuvo para acariciar a Elske antes de buscar su cepillo—. A todo el mundo le gusta el té. Seguro que incluso a ti.

—No lo aguanto —dijo Kai—. A menos que esté mezclado con *whisky*.

—Claro. —Entonces, Rose tuvo una idea. Dejó a un lado el cepillo—. ¿Cómo ha durado tanto tiempo el Reino Soleado sin provisiones?

—Porque sabemos cómo sobrevivir —respondió—. El Reino Soleado tiene miles de años, reinecita. Es tan viejo como Eana, la primera bruja. Se creó con magia antigua. —Se acercó a la ventana y entrecerró los ojos como si pudiera ver el reino perdido brillando más allá del horizonte—. Siempre ha sabido desaparecer por voluntad propia, esconderse cuando lo necesita, de tormentas del desierto o de enemigos.

—De mí —musitó Shen, que estaba toqueteándose el anillo con el rubí que le colgaba del cuello.

Kai frunció el ceño.

—Hace dieciocho años, pasó algo. El reino se escondió, pero no pudimos deshacerlo. Era imposible encontrarnos. Perdimos el viento, el sol, el horizonte. El desierto se convirtió en nuestro cielo, nuestra tierra y nuestro mundo. —Su voz se volvió distante, y Rose vio en los ojos vidriosos de Kai el mismo pesar que sentía Shen cuando hablaba de su infancia en el desierto—. Pero la magia que nos mantenía atrapados bajo la arena nos daba provisiones. En el Reino Soleado, hay un lugar llamado el Salón de la Abundancia, una cámara que nos ofrece lo que necesitamos: agua, comida, armas, *whisky*... —Hizo un gesto con la mano.

—¿Y la luz del sol? —preguntó Shen—. ¿No la necesitabais para entrenar?

Rose estaba a punto de formular la misma cuestión. Sabía que los guerreros se recargaban con el sol. Era la fuente de su magia, la raíz de su energía.

—También nos la proporcionaba —dijo Kai—. Los días de entrenamiento, cuando visitaba el salón, se llenaba con una radiante luz solar. Hasta las paredes brillaban, y el techo relucía con tanta fuerza que me llenaba los ojos de lágrimas. Pero no me importaba. Me quedaba en el centro de esa sala, con los brazos extendidos, reuniendo toda esa energía. —Se alejó de la ventana—. Sin embargo, no era lo mismo. Nuestro pueblo merece sentir de nuevo el verdadero sol en su rostro.

Shen se metió el anillo bajo la camisa.

—Lo encontraremos.

Kai hizo un gesto con la cabeza hacia Rose.

—Solo después de que la reina tome su té, ¿no?

—Renunciaré al té —dijo la chica a toda prisa—. Desayunaremos por el camino.

Shen consiguió encandilar al personal de cocina para que le diera un paquete de pan, queso y jamón para el camino. Estaban sacando a hurtadillas a Elske de la habitación cuando, en las escaleras, una criada reparó en la enorme loba y soltó un grito lo bastante fuerte como para despertar a todo el pueblo.

—Una perra grande, ¿verdad? —comentó Rose, dándole unas alegres palmaditas a Elske en la cabeza—. Es de lo más simpática.

La loba gruñó a la criada, que se apresuró al pasar junto a ellos. Fuera, Elske paseó entre Victoria y Tormenta, como si retara a los caballos a galopar sin ella.

—La bestia va a ralentizarnos —dijo Kai, fulminándola con la mirada—. Y no la voy a llevar conmigo.

—Quizás te supere —comentó Rose, que estaba sentada ante Shen, a horcajadas sobre Tormenta. Después de la locura del día anterior, le resultaba familiar y reconfortante estar sobre un caballo junto a él de nuevo. Y preferiría caminar con los pies descalzos antes que montar otra vez con Kai—. Al fin y al cabo, Elske nos alcanzó. E, incluso si se queda atrás, es una experta rastreadora.

Kai puso los ojos en blanco, azuzando a Victoria para que fuera a galope sostenido.

—Muy bien. Mientras nos movamos, no me importa qué criatura salvaje venga con nosotros.

Cabalgaron en un silencio apacible. El sol de la mañana los calentaba mientras abandonaban Fuerte Sagrado y avanzaban por las llanuras del sur de Eana. Tras varias horas, Rose oyó el sonido de una corriente de agua y percibió ante ellos el puente Piedra Blanca.

—Ya casi estamos. Según el mapa de Thea, solo tenemos que girar hacia la izquierda en el río y seguirlo por el valle Hierba Venenosa.

—Ah, sí, el valle de hierbas venenosas —dijo Kai—. Parece una gran idea.

—Esas leyendas son tonterías —comentó Rose, doblando el mapa—. Thea nunca nos guiaría hacia el peligro.

Los árboles frondosos se erigían sobre ellos a medida que se alejaban del camino y seguían el río hacia un campo en el que la larga hierba les llegaba a las rodillas y unas flores de tallo alto se estiraban para saludarlos, cada una más grande y brillante que la anterior.

—¿Por qué se pondría tan nervioso el posadero al hablar de este lugar? —Rose frunció el ceño, mirando alrededor—. Sé que tiene un nombre raro, pero no me parece demasiado venenoso.

—El aspecto puede llevar a engaño —la avisó Shen—. Estate alerta.

Rose mantuvo los ojos fijos en los árboles lejanos en busca de una torre, pero no había nada, solo hierba, flores y el viento que le susurraba al oído. Pensó en su pesadilla de nuevo y su mente vagó hacia Wren, al otro lado del mar Sombrío. Deseó que su hermana estuviera bien y que el sueño solo fuera la representación de su ansiedad. El calor le recorría la nuca y le empezaron a doler las piernas.

—¿Falta mucho? —preguntó Kai—. Llevamos horas aquí y todo parece igual. —Su voz vibraba de agitación, lo que hizo que Rose pensara en una avispa enfadada—. Cada paso que damos, nos alejamos del desierto en la dirección equivocada.

—Cállate. Seguro que ya casi estamos. —La chica se frotó los ojos para intentar ver con claridad, pero el aire se estaba volviendo nebuloso. ¿O era su visión? Al pestañear, sintió que le pesaban los párpados.

—¿Qué dijo el posadero? —balbuceó Shen—. Algo sobre el aire en el valle Hierba Venenosa, ¿no?

Rose tenía dificultades para recordarlo.

—¿Dijo algo?

El brujo se apoyó sobre su hombro.

—Me duele la cabeza...

Rose se giró y encontró a Kai casi desmoronado sobre su caballo, musitando para sí.

—Un *whisky*, dos *whiskies*, tres *whiskies* más...

—Ay, no —dijo la chica. El mundo comenzó a darle vueltas. Apretó los párpados—. Nos están envenenando.

Ambos hombres estaban a punto de perder la conciencia. Aterrada, cogió las manos de Shen, que descansaban en su cintura. Las apretó con fuerza y lanzó una oleada de magia sanadora a su sangre. Shen se tensó y volvió en sí.

—Vaya —dijo, soltando un suspiro—. Parecía que estaba borracho.

—Kai —dijo Rose, alcanzando su nombre antes de que se le escapara—. Necesitamos ayudar a Kai.

Shen azuzó a Tormenta para que se acercara a Victoria hasta que Rose fue capaz de estirar los brazos sobre el espacio entre ambos caballos y coger la mano del guerrero, que caía flácida. Le envió otra oleada de magia sanadora justo cuando su propio cuerpo comenzaba a desfallecer. Kai se incorporó y el color volvió de golpe a sus mejillas mientras sonreía a Rose.

—Sabía que querías darme la mano.

La chica se desplomó contra el pecho de Shen, que apretó los brazos alrededor de su cintura.

—¿Rose? —dijo con voz preocupada—. ¿Estás bien?

—Solo... necesito... un momento... —contestó mirando al brillante cielo azul. Siguieron cabalgando y el suave golpeteo de las pezuñas la sumergió en un duermevela. Parecía que estaba flotando en un lago y el viento le cosquilleaba en las orejas, lo que le hacía sonreír—. Vaaaya..., mirad que pájaros tan bonitos.

—Parece que está chiflada —dijo Kai—. Es una pena que no pueda curarse a sí misma.

Rose comenzó a reírse.

—Son muy brillantes —anunció, estirando la mano débilmente para coger uno de los pájaros del cielo.

En las profundidades de la neblina de su mente desconcertada, Rose supo que había algo especial en esos pájaros, pero no conseguía recordar qué era. Cerró los ojos, pensativa. Entonces lo comprendió y gritó la palabra para que el mundo la oyera.

—¡Avestrellados!

Se incorporó, intentando librarse del veneno de las plantas. Los campos habían cambiado sus flores por árboles larguiruchos que crecían para crear un bosque espeso donde los pájaros de pecho plateado bajaban en picado y se precipitaban entre las ramas.

—Hay toda una bandada —dijo sin aliento—. ¡Mirad!

—Rose, tienes razón —comentó Shen, jadeando al mirar más allá de ella—. Si el bosque está lleno de avestrellados, entonces debe de haber videntes cerca.

La chica intentó sonreír, pero le volvían a pesar los párpados y estaba utilizando toda su energía para mantenerlos abiertos.

—¡Sigue a esos pájaros! —le ordenó Kai a Victoria antes de azuzarla para que galopara.

Los pájaros revoloteaban sobre ellos, guiándolos hacia las profundidades del bosque, donde el trino de su canción parecía el repicar del viento. Los siguieron entre los árboles. Rose se sentía muy cansada, y lo único que deseaba era desmontar de Tormenta y hacerse un ovillo sobre el musgo mullido. Parecía tan cálido y acogedor, tan suave...

—Despierta, Rose —dijo Shen en su oído—. Ya casi estamos.

—Mmm —murmuró—. Hueles bien.

Shen se echó a reír.

—Lo dudo. Llevamos dos días en camino.

—Siempre me parece que hueles bien —dijo Rose con una carcajada.

—Sí, definitivamente está envenenada —comentó Kai.

Después de un tiempo, se volvió a oír la voz de Shen.

—Incorpórate, Rose. Mira, estamos a punto de salir del bosque.

Con gran esfuerzo, la chica abrió un ojo. Ahora habían traspasado el valle Hierba Venenosa. Los árboles se habían abierto para revelar una hondonada pedregosa en la tierra. A su alrededor, unas cascadas titilantes fluían hacia estanques cristalinos, desprendiendo una insidiosa bruma plateada. Dentro, nueve torres de madera cubiertas de hiedra se erigían hacia el cielo, donde cientos de avestrellados planeaban entre murmullos. A Rose le dio un vuelco el corazón al verlo.

—¡Lo hemos encontrado!

—Algo está asustando a los caballos —comentó Kai, penetrando en su resplandeciente sensación de sorpresa. Los caballos se habían detenido en la linde del bosque y se negaban a continuar.

—Entonces, dejémoslos aquí. —De repente, Rose no podía esperar ni un momento más. Deseaba sentir el rocío de las cascadas en sus mejillas, bucear en uno de los estanques cristalinos y dejar que el agua le limpiara de la piel el veneno de las hierbas. Bajó de Tormenta y corrió hacia las torres.

—¡Rose, espera! —Shen desmontó de la yegua y se apresuró tras ella.

—Por el amor de Eana —musitó Kai mientras se bajaba de su caballo y los seguía.

Rose había dado apenas diez pasos cuando el suelo cedió bajo sus pies. Un segundo estaba caminando sobre un montón de hojas y, al siguiente, sumergida en un oscuro agujero en la tierra. Shen se lanzó hacia ella y estiró la mano para retenerla, pero el agujero se hizo más grande y se lo tragó. Aterrizaron sobre el duro terreno con un fuerte golpe, justo cuando Kai caía también.

—¡Vaya! —comentó Rose, incorporándose. Sabía que debería preocuparse, pero no pudo evitar soltar una carcajada—. Nos han atrapado.

Se escuchó un crujido sobre ellos. Miró hacia arriba y se encontró con un anciano cubierto con una capa azul medianoche que los observaba. Lo saludó con la mano.

—Hola.

El hombre frunció el ceño.

—Llegáis tarde.

Wren
CAPÍTULO 19

Estaba nevando cuando Wren se despertó. Por la noche, la gruesa capa de escarcha que se había posado en la ventana la había sellado por completo. El mundo fuera era neblinoso y blanco y el frío matutino se filtraba por las paredes y le entumecía la nariz. Tiró de la manta de pelo hasta su barbilla y pensó en Banba, que estaría congelándose allí, en alguna parte. Su abuela era resistente, ya que la vida en Ortha la había hecho así, pero los huesos se le habían debilitado con la edad y le dolían a menudo las rodillas por el frío. Wren tenía que liberarla, no había tiempo que perder.

Una doncella llegó enseguida, portando una bandeja de desayuno con una tostada de centeno, salmón ahumado y huevos revueltos. Sin sal. Wren se preguntó si Tor habría avisado en la cocina de su treta de la noche anterior y le molestó lo mucho que le dolió ese pensamiento. Tuvo que recordarse que el soldado gevranés no le debía lealtad, pero, aun así, había esperado que no se hubiera molestado en desbaratar sus planes. La doncella dejó la bandeja sobre la cómoda y permitió que Wren comiera en paz mientras le preparaba la bañera en la habitación adyacente.

Wren devoró el desayuno en menos de diez bocados. Entonces, deambuló hasta la cámara de baño, que olía a canela y clavo, y observó la montaña de burbujas con cierta sorpresa.

—Os recomendaría que os vistierais con algo abrigado, majestad —le aconsejó la doncella mientras extendía una mullida toalla blanca—. Se espera una tormenta de nieve. Podéis coger cualquier capa de pelo o vestido del armario. También hay botas abrigadas. Si preferís que elija algo por vos...

—¿Cómo te llamas? —preguntó Wren.

La doncella pestañeó.

—Klara.

—¿Por qué eres tan amable conmigo, Klara?

La mujer sonrió con timidez.

—Solo me han ordenado que os ayude a prepararos.

—Ya veo —dijo con lentitud. Si no fuera porque sabía que no era así, habría jurado que era una invitada, en lugar de una prisionera en el palacio de Grinstad. Alarik se estaba portando muy bien con ella, lo que empeoraba la agitada inquietud de su interior. Dio un paso atrás para dejar pasar a la doncella—. Ya me ocupo yo. Gracias, Klara.

La mujer se escabulló de la habitación tras coger la bandeja vacía. La puerta se cerró con un clic y se escuchó la llave girando en la cerradura, con lo que Wren se quedó sola con sus sospechas. Se hundió en la bañera y trató de ignorar la cacofonía lejana de los rugidos de las bestias del reino despertándose para enfrentarse al día. Se frotó cada centímetro del cuerpo, hasta que su piel adoptó un tono rosado y el pelo le olió a canela. Después, se atavió con un vestido de terciopelo rojo entallado en la cintura, con las mangas un poco acampanadas, a juego con una capa de pelo que tenía una capucha tan grande que podía esconder dentro todo su rostro. Mientras se la ataba al cuello, se miró en el espejo.

Le impresionó lo gevranesa que parecía. Estaba envuelta en pelo, con la piel demasiado pálida debido al frío punzante y el pelo mojado, más oscuro de lo habitual.

—Otro palacio —musitó—. Otro papel que representar.

Un golpe en la puerta la sobresaltó. Se giró y se encontró a una soldado alta y rubia en el umbral. Era más o menos de la edad de Wren, con los hombros anchos, la cara redonda y unos penetrantes ojos grises. Sujetaba la empuñadura de la espada con tanta fuerza que tenía los nudillos blancos.

—Cuidado con esa cosa —dijo Wren, señalando la reluciente espada—. Las encantadoras no damos tanto miedo, ¿sabes? Sobre todo las que no tenemos arena.

La soldado tragó saliva con dificultad.

—El rey ha pedido que os llevemos ante él.

Wren se recogió la falda y cruzó la habitación.

—Ya era hora, maldita sea.

La soldado guio a Wren por un tramo de escaleras tras otro, descendiendo cada vez más en las cavidades del palacio de Grinstad, hasta que alcanzaron un túnel que se extendía bajo la propia montaña. La piedra pronto se convirtió en roca. Había estalactitas que caían del techo como lágrimas gélidas, mientras que las estalagmitas se abrían paso desde el terreno irregular para tocarlas. El aire bajo el palacio era tan frío que Wren tuvo que rodearse el cuerpo con los brazos para mantenerse caliente. Los leopardos de las nieves caminaban a su lado y patrullaban la red de pequeñas celdas donde los prisioneros ateridos se agazapaban, con aspecto de estar medio muertos por congelación.

Cada vez que Wren centraba los ojos en una celda en busca de Banba, le daba un vuelco el estómago. Un prisionero se lanzó hacia ella al pasar, y un leopardo se abalanzó desde las sombras hacia sus dedos huesudos. La chica le siseó a la bestia y la alejó con la capa.

—Atrás, ser endemoniado.

El leopardo le enseñó los dientes y se escabulló. El prisionero gimió al retirarse hacia una esquina de la celda, llevándose la mano al pecho.

Siguieron caminando. La montaña crujía y el agua gélida formaba charcos a sus pies. Por fin, tras lo que le pareció una eternidad, Wren localizó a su abuela, agazapada en la parte trasera de una celda. Su pelo blanco y corto brillaba bajo la tenue luz del candelabro, y a Wren le cosquillearon las manos cuando su magia interior reconoció a otra de su clase. Banba tenía las manos atadas a la espalda para mantener a raya sus poderes como tempestad. Verla tan pequeña y temblorosa hizo que un rayo de rabia renovada le recorriera el cuerpo, pero fue la desesperación lo que la lanzó contra los barrotes.

—¡Banba! —exclamó, y el sonido retumbó por todo el túnel—. ¿Estás bien?

La anciana alzó la cabeza y sus ojos verdes brillaron en la oscuridad. Pestañeó una vez, dos, como si Wren fuera una aparición que quisiera acosarla.

—¿Wren? —gimió—. No puede ser mi pajarito...

—Soy yo, Banba. ¡Wren! —La emoción le enronqueció la voz. Su abuela estaba congelada pero viva. Se encontraba allí, a sus pies—. He venido a rescatarte.

—No, debe de ser un truco... —Banba se levantó con las piernas temblorosas. Seguía llevando su túnica marrón y sus pantalones, y solo la cubría una insignificante capa de lana. Se arrastró hacia Wren, ya que, como estaba atada, se movía con pesadez. Su nieta estiró las manos entre los barrotes.

A punto estuvo de perder el brazo cuando la soldado desenvainó la espada muy cerca de ella. La chica la fulminó con la mirada.

—Aleja eso de mí.

La soldado levantó la espada para dirigirle la punta hacia la barbilla.

—Se mira, pero no se toca.

—¿Quién lo dice? —replicó Wren.

—El rey Alarik —contestó la soldado.

Wren apretó los dientes.

—¿Dónde está ese imbécil con el corazón de hielo?

—Os está esperando. Venid. —La soldado señaló con la cabeza el camino por el que habían llegado, hacia un túnel más oscuro que salía de este y penetraba aún más por la montaña. Wren sintió el miedo cosquilleándole en las mejillas. Banba no era el destino, solo parte del viaje, una parada cruel al estilo de Alarik. Había querido que Wren viera primero a su abuela prisionera. Para que supiera qué había en juego.

—Ya has visto a la bruja —dijo la soldado, impaciente—. Ahora debemos irnos.

Sin embargo, Wren se sentía paralizada, y tenía el corazón tan constreñido que le dolía.

—Wren, ¡escúchame! —Banba presionó la frente contra los barrotes y la saliva se le acumuló en la comisura de los labios agrietados—. No sé qué te ha hecho venir aquí ni cómo has sobrevivido, pero no hagas ningún trato con el rey de Gevra. Es mejor si no hablas con él.

—No pasa nada, Banba. Ahora estoy aquí. Voy a salvarte. —Wren ignoró el aviso de la soldado y traspasó la celda con los brazos para calentarle los hombros a su abuela. Los tenía tensos y tan fríos como el hielo—. Ya hemos llegado a un acuerdo. —Se le rompió la voz, pero se obligó a sonreír. No quería que Banba se preocupara por ella—. Voy a sacarte de aquí.

—Niña ingenua. —Banba negó con violencia, con los ojos tan abiertos que Wren podía contar las venas rojas de su interior—. Debes irte ahora mismo. Olvídate de mí, pajarito. Vuelve a casa, al trono. Tu hermana te necesita.

La chica retrocedió ante la aspereza de la voz de su abuela. De repente, se sintió como una niña rebelde a la que habían pillado cogiendo miel de los panales de Ortha.

—Es nuestro trono, Banba. No significa nada sin ti. —Presionó la frente contra los barrotes hasta casi rozarse con la nariz—. Rose y yo no podemos hacerlo sin ti. Te necesitamos. Te necesito.

—El precio de la libertad es demasiado alto —dijo Banba, y Wren sintió su aliento frío sobre las mejillas—. No lo voy a pagar. Y tú tampoco deberías. —Comenzaron a temblarle los hombros, y Wren se dio cuenta, con un horror incipiente, de que su abuela estaba aterrada. Nunca en su vida había visto a Banba, tan osada como era, acobardándose ante nada, temblando como ahora—. Escúchame, pajarito. Una oscuridad se agita en Gevra. El viento pesa por su culpa, y parece magia antigua, magia contaminada. —Le clavó la mirada y dejó escapar entre dientes el resto de su aviso—: La siento cuando duermo. La oigo cuando me despierto. Está en la montaña. Tiembla bajo mis pies.

—Solo es la escarcha, Banba. —Wren intentaba con desesperación recuperar parte de la calidez de su abuela, devolverle tan solo una pizca del consuelo que ella le había dado de niña cuando tenía pesadillas en las oscuras y ventosas noches—. Está jugando con tu mente. No hay brujos en Gevra. Por eso el rey te ha traído aquí. Quiere aprender sobre magia, la quiere para él.

La soldado posó una mano con pesadez en el hombro de Wren.

—Moveos.

—El rey está jugueteando con cosas que no entiende —dijo Banba con premura—. Con cosas que deberían permanecer enterradas. No puedes quedarte aquí, Wren. ¡Tienes que huir!

Wren se desprendió de la mano de la soldado. Se quitó la capa y la pasó entre los barrotes. La soldado movió la espada, pero ella le dedicó una mirada tan furiosa que se quedó paralizada a medio camino.

—Madre mía, solo es una capa. Necesita abrigo.

Wren le colocó a Banba la prenda sobre los hombros y se la ató de manera holgada al cuello.

—Intenta permanecer caliente —dijo, alejándose de los barrotes—. Volveré a por ti lo antes posible.

Banba gritó su nombre, le pidió que diera media vuelta, que huyera sin mirar atrás, pero Wren ignoró sus peticiones desiguales y mantuvo los ojos fijos en sus pies, temblando con violencia, conforme se aventuraban por la montaña. Ahora que sabía que Banba seguía viva y que estaba aterrada, estaba más decidida que nunca a sacarla de allí. Rápido.

Había cada vez menos candelabros, y estaban a mayor distancia, por lo que el mundo se volvió más oscuro y frío con cada paso. A Wren le castañeaban los dientes de forma audible, y sentía los dedos de los pies tan entumecidos que comenzó a arrastrarlos.

—¿C-c-cuánto f-f-falta? —tartamudeó.

La soldado hizo un gesto con la cabeza hacia un par de lobos con ojos dorados que las observaban desde la oscuridad.

—Llegas tarde. —La voz nítida de Alarik recorrió el túnel. Tras unos pasos más, Wren pudo verlo de pie tras los lobos, flanqueado por dos soldados. Ninguno era Tor. El rey iba de nuevo vestido de negro y el cuello alto de su abrigo estaba cubierto de un oscuro pelo gris—. Te he llamado hace una hora.

Wren lo fulminó con la mirada.

—No soy un perro al que puedas ordenarle venir.

—Ojalá lo fueras... —dijo, divertido—. Haría que el capitán Iversen te domara. —Paseó los ojos pálidos por su vestido y miró de manera acusatoria a su carabina—. ¿Por qué no lleva capa?

La nuez de la soldado se desplazó por su garganta.

—Se la ha dado, majestad. He intentado impedírselo.

Alarik inclinó la cabeza.

—¿Cuál de vosotras lleva la espada, Inga?

—Tengo una pregunta mejor —intervino Wren, dando un diestro paso ante la temblorosa guardia antes de que el rey la despellejara viva—. ¿De dónde han salido todos esos vestidos elegantes y las capas de pelo de mi habitación?

Alarik se giró hacia Wren.

—Regalos no deseados. No les doy demasiada importancia.

A su pesar, la chica se sintió intrigada.

—¿Alguna pareja que te rechazó? No puedo decir que me sorprenda.

—No me interesan las parejas, te lo aseguro —dijo el rey.

Wren emitió un sonido de aprobación.

—Debe de ser difícil querer a alguien con ese bloque de hielo en el pecho.

Alarik alzó una fina ceja.

—Igual de difícil que te resulta a ti comportarte con esa lengua viperina en la boca.

Wren se cruzó de brazos. No le importaba lo que pensara el rey, pero su discusión la había hecho entrar en calor.

—Ahora que hemos acabado con los cumplidos, ¿qué demonios estoy haciendo aquí abajo?

Alarik dio un paso a un lado y reveló una estrecha puerta con las bisagras oxidadas.

—Entraremos los dos solos. Luego, hablaremos sobre los detalles de nuestro pacto. —Presionó una mano contra la madera y miró hacia atrás—. A no ser, claro, que desees dejarlo.

—Bueno, depende —dijo Wren, dudosa—. ¿Planeas matarme ahí dentro?

El rey soltó una carcajada sombría.

—Wren, te aseguro que montaría un gran espectáculo si pretendiera matarte.

—¿Eso es un halago para ti?

—Así es.

—No me extraña que te rechazaran.

—Nadie me ha rechazado.

La chica ondeó la falda de terciopelo.

—Si tú lo dices...

Alarik se volvió hacia la puerta y cerró los ojos durante un segundo, como si se estuviera preparando para lo que había tras ella. Entonces la abrió y entró. Wren lo siguió, abandonando a los soldados en el túnel. La puerta se cerró a sus espaldas, dejándolos dentro. La sala era pequeña y oscura, una sola vela iluminaba un techo bajo con carámbanos. Debajo, tumbado sobre una losa gruesa de piedra, había un cadáver.

Wren se llevó una mano a la boca. El cuerpo pertenecía al príncipe Ansel. El cadáver del joven miembro de la realeza se encontraba ante ella, con expresión plácida, como si estuviera durmiendo. Sin embargo, la herida a la altura de su corazón delataba la horrible verdad. Wren había visto cómo tomaba su último aliento ante sus propios ojos, cómo la sangre salía de su boca como si fuera una fuente, después de que Willem Rathborne le lanzara una daga. Ansel estaba muerto. Llevaba muerto mucho tiempo. Se acercó a él a trompicones. Alarik la sujetó por los hombros, inmovilizándola.

—¿Qué pasa? —jadeó Wren. No podía apartar los ojos del príncipe muerto, con sus mejillas de porcelana, sus pestañas rubias y la suave caída de su pelo dorado—. ¿Por qué me has traído hasta aquí?

El rey acercó los labios a su oreja, con el aliento tan frío como el hielo que caía del techo.

—Este es el nuevo trato, bruja. Llevarás a cabo el hechizo que tu abuela se negó a hacer. Si lo logras, la liberaré y podrás acompañarla a Eana.

Wren se giró para mirar horrorizada al rey.

—¿Has perdido la maldita cabeza? Tu hermano está muerto, Alarik.

—Lo sé —dijo con calma—. Quiero que le devuelvas la vida.

Rose
CAPÍTULO 20

—Sáquenos de aquí, viejo loco marchito. —Kai corrió y saltó contra la pared de barro.

Rose lo observaba con una tenue curiosidad.

—Sabes que no podemos salir hasta que nos lo permitan, ¿verdad?

—¡Nadie atrapa a Kai! —rugió antes de volver a saltar.

Shen, quien tenía las piernas estiradas junto a la reina, suspiró.

—Deja que lo saque.

Rose se sacudió el polvo de encima tras levantarse. Ahora que habían dejado atrás el valle Hierba Venenosa, sus efectos se estaban desvaneciendo. Tenía la mente más despejada, y la absurda necesidad de reír ante sus problemas había desaparecido.

—Perdone —gritó con la voz más cortés posible—. ¿Podría dejarnos salir? Creo que debe saber que soy muy importante.

—Buen intento —se mofó Kai.

Un momento después, una escalera de cuerda se desenrolló ante la nariz de Rose. Al sujetarla, le dedicó una sonrisa de superioridad al chico. Comenzó a subir y se maravilló con las vistas. Sobre ella, un grupo grande de avestrellados se posaban en los árboles frondosos, añadiendo sus melodiosos trinos al tintineo distante de las cascadas. Más allá de la bruma, Rose vio con mayor claridad las torres en ruinas. Parecían haber surgido del valle pedregoso, como si siempre hubieran estado ahí.

El anciano estaba esperándola sobre la hierba. Bajo la capucha de su túnica azul, Rose vio que su piel era pálida, que tenía muchas arrugas y que el pelo gris se extendía hasta convertirse en una barba larga y áspera. Tenía la nariz afilada y unos ojos sagaces que iban a juego con la niebla plateada que los rodeaba.

—¡Es ella! —exclamó, dirigiéndose a la mujer junto a él—. La reina Rose está aquí. Predije la visita de la reina y ha venido. Y tú tuviste el coraje de dudar de mí, Meredia...

La mujer llevaba la misma túnica azul oscuro. Tenía la piel bronceada, ojos color avellana y una mandíbula marcada. Llevaba el pelo blanco y largo cubierto por una capucha. Aunque no tenía arrugas en la cara, parecía mayor.

—Siempre se debe poner en duda lo que dice el cielo, Fathom —respondió con una calma serena—. Lo sabes igual que yo.

Un chico con la piel pálida, vestido con una sencilla túnica blanca, permanecía tras ellos. Debía de ser un año mayor que Tilda, pero el pelo rubio rapado y los grandes ojos azules le hacían parecer un bebé enorme.

—Además, dijiste que habría dos reinas.

—Minucias —dijo Fathom, desestimándolo con una mano.

El chico frunció el ceño.

—¿No deberíamos hacer una reverencia ante la que está aquí?

—Ah, sí —contestó Fathom—. Buena idea, Pog.

—Gracias, Pog —dijo Rose a toda velocidad.

Los videntes se inclinaron ante ella, justo cuando Kai y Shen salían del hoyo. Meredia cogió un palo y lo movió hacia Shen.

—¿Y qué hay de los acompañantes de la reina, Fathom? No recuerdo que los mencionaras.

—¡Ay! —Shen cogió el palo y lo rompió por la mitad.

—Son brujos guerreros. —Pog hizo un gesto hacia Kai, quien estaba montando un espectáculo extendiendo su látigo—. ¿No es obvio?

Fathom frunció el ceño.

—Los pájaros vuelven a esconderme secretos.

—Porque se te olvida alimentarlos.

El anciano fulminó al chico con la mirada.

—Sí, gracias, Pog, ya he tenido bastante.

—Mmm. —Meredia cerró los ojos. Cuando los volvió a abrir, los tenía blancos y neblinosos, parecía que una bruma le hubiera cubierto los iris. Se giró hacia Kai y con voz profunda, como si estuviera en trance, dijo—: Kai Lo del Reino Soleado, tus puños albergan gran poder, pero dentro de ti hay una oscuridad sobre la que te tienes que imponer.

Pestañeó y la niebla desapareció. Incómodo, Kai soltó una carcajada.

—Creo que alguien ha estado inhalando demasiado veneno de las hierbas.

Meredia apretó los labios, pero Rose tomó nota para acordarse de descubrir qué quería decir exactamente con esas palabras y por qué habían hecho que Kai se estremeciera.

—¿Y yo? —preguntó Shen, dando un paso al frente—. ¿No tienen ninguna rima de bienvenida para mí?

—Procuramos que no se convierta en costumbre —dijo Fathom, intencionadamente—, pero a veces a Meredia le gusta presumir.

—Bueno, has empezado tú —dijo Pog.

El anciano lo fulminó con la mirada.

—¿No tienes ninguna cama que hacer o letrinas que limpiar?

Meredia inclinó la cabeza, acercándose a Shen.

—Shen Lo... —dijo con lentitud, como si extrajera el nombre del éter —, tienes el corazón dividido en dos.

Kai alzó las cejas.

—¡Está enamorado de la otra gemela!

Shen le dio un codazo en el estómago.

—Tu hogar es tu corazón —le aclaró Meredia. Frunció aún más el ceño mientras la extraña neblina le volvía a cubrir los ojos—. Pero veo un pie en cada mundo. Un futuro que se bifurca, donde ambos caminos están difuminados. Es difícil verlos...

—Entonces, deje de mirarlos —dijo Kai con impaciencia—. A nadie le importa el futuro.

Meredia arqueó una ceja.

—¿Te resulta aterrador, Kai Lo?

—Deje de rimar con mi nombre. —Kai se giró hacia Rose—. ¿Podemos ir al grano?

—Creo que es lo mejor —contestó la chica—. Me temo que el tiempo es fundamental. Hemos venido a pedirles ayuda.

Meredia bajó la barbilla y le dedicó una sonrisa tímida.

—Nuestra prometedora reina bruja ha vuelto por fin. Nos honra daros la bienvenida a Amarach, majestad. Y, por supuesto, estamos a vuestra disposición.

—Entrad —dijo Fathom—. Pog se ocupará de los caballos.

—¿Y la loba? —preguntó el aludido.

—¿Qué loba? —Fathom contempló la arboleda, donde Victoria y Tormenta estaban pastando.

—La que está en mi cabeza. —Pog miró a su alrededor, temeroso—. La veo.

Fathom suspiró, cansado.

—Recuerda lo que aprendimos en la lección de la semana pasada sobre la diferencia entre la imaginación y la premonición.

—Pero...

—Pog —replicó Fathom—. Si quieres ser un vidente experto, debes dejarte enseñar.

—En realidad, sí que hay una loba —intervino Rose, sintiéndose apenada por el chico—. Se llama Elske, y no te morderá. Simplemente dale comida cuando llegue y tráemela.

Meredia sonrió.

—Entonces, ¿tampoco viste a la loba, Fathom?

—Ay, cállate, Meredia. Conoces muy bien la primera regla de los videntes: no regodearse. —Fathom le tendió una mano a Rose—. Cuidado con las hojas, majestad. El bosque está lleno de trampas.

Rose aceptó la mano del anciano, pero, en cuanto se tocaron, él se tensó. En lugar de la neblina que le había cubierto los ojos a Meredia, los de Fathom se llenaron de escarcha.

—Rompe el hielo para liberar la maldición. Mata a una gemela para salvar a la otra.

La chica alejó la mano, recordando lo que había dicho Glenna. Aún no tenía ni idea de qué significaba, pero, dado que Wren estaba ahora en Gevra y había tenido una extraña pesadilla la noche anterior, las palabras de Fathom solo sirvieron para preocuparla más.

La escarcha en los ojos del vidente se desvaneció, aunque ahora parecía inquieto.

—Pero no es eso —musitó el hombre para sí—. No habéis venido por eso.

—Estamos aquí para encontrar el Reino Soleado —contestó Rose antes de que Fathom pudiera tener otra visión y amenazara con echarlos por una oleada de pánico. Mejor conseguir lo que habían ido a buscar y lidiar con los problemas uno a uno—. ¿Podrían ayudarnos?

Los videntes intercambiaron una mirada.

—Venid —dijo Fathom—. Haremos lo que podamos.

Mientras Pog iba a buscar los caballos, Rose, Kai y Shen siguieron a los videntes por el valle de las torres en ruinas. El terreno estaba repleto de arbustos frondosos, vides y musgo mullido; los avestrellados revoloteaban entre las cascadas y les salpicaban conforme pasaban. Las torres tenían una altura increíble, pero Rose se dio cuenta de que la mayoría estaban destrozadas.

—¿Cuántas personas viven aquí? —preguntó al tiempo que localizaba un alhelí naranja creciendo entre las grietas de una torre.

—Éramos cientos —dijo Meredia—. Más que suficientes para llenar todas las torres y los bosques colindantes. Pero ahora somos menos de veinte. Los demás están dormidos. Preferimos levantarnos al anochecer para leer los patrones de los avestrellados. Por las noches es cuando son más potentes.

—Y supongo que usan el valle Hierba Venenosa para evitar que los descubran —comentó Kai.

Meredia sonrió.

—La mayoría de los viajeros nunca entran en el bosque.

El chico hinchó el pecho.

—Bueno, es evidente que no pensaron en un par de valientes guerreros del desierto.

—Ni en la sanadora que creyó conveniente ayudarlos a no desmayarse —comentó la vidente con los ojos color avellana brillantes.

—Y aún no me han dado las gracias... —recalcó Rose mientras se paraban frente a una de las torres. Fue ahí donde los dejó Meredia, antes de dirigirse a la siguiente para avisar al cocinero de su llegada.

Fathom abrió una puerta de madera, que cedió con un crujido quejumbroso. La sala a los pies de la torre era cálida y olía a salvia. Una alfombra raída se extendía por el suelo de piedra, flanqueada por más estantes (y libros) de los que Rose había visto nunca. Una escalera en espiral abrazaba la pared de piedra y ascendía lejos de su vista, donde unas luces azules y plateadas titilaban desde rincones distantes, iluminando su camino hacia el cielo. «Luces eternas». Rose sonrió al pensar en Wren. Ojalá su hermana estuviera allí para ver ese lugar. Fathom se detuvo con un pie en el escalón inferior.

—Seguidme —pidió—. Debemos visitar la Reserva Celestial.

La Reserva Celestial hacía honor a su nombre. La sala de la parte superior de la torre estaba pintada de manera que recordaba al cielo nocturno, y cada pequeña estrella titilante la componía una gema. Allí arriba, las paredes estaban cubiertas de más estanterías, repletas de todo tipo de artículos, incluidos relojes con forma de árbol y montaña, pájaros cristalinos que trinaban si los tocabas, jarrones agrietados y cálices polvorientos, juegos de té antiguos, una fila entera de caracolas gigantes, cajas sobre cajas de horquillas ornamentales y pendientes sin pareja, relojes llenos de arena de diferentes colores y cientos de pergaminos polvorientos.

El suelo estaba cubierto por una serie de alfombras y enormes almohadas esparcidas. Mientras Rose examinaba la extraña colección de tesoros de Fathom, el vidente se arrastró hasta un reloj cerca de la ventana que presidía la sala, como una segunda luna, y le ajustó las manecillas de la parte frontal. Se produjo un leve ruido, como un tictac, en lo que el reloj se ponía en hora.

—Ya está —musitó el hombre—. Con esto debería servir.

Fathom se reclinó en una de las almohadas y observó el cielo imaginario.

—Y ahora busquemos el Reino Soleado, un lugar perdido en las arenas de Eana.

—¿Piensa que son estrellas de verdad? —preguntó Shen en voz baja.

—Seguro —contestó Kai sin molestarse en susurrar—. El anciano tiene la mente marchita, igual que estas torres. No deberíamos haber venido.

Fathom trazó una constelación con el dedo.

—Para saber cómo encontrar el reino, debemos descubrir primero cómo se perdió. —Sus manos incrementaron el ritmo y frunció más el ceño—. Este techo representa los movimientos de los avestrellados en años pasados. A menudo, necesitamos visitar el pasado para ver el futuro.

Solo entonces, Rose se percató de que el techo se movía. Las gemas estaban cambiando de lugar, creando nuevos patrones en el cielo.

—El tiempo es escurridizo. —Fathom señaló el enorme reloj lunar—. Por eso, para encontrar lo que buscamos, a menudo debemos ajustarlo.

Rose y Shen intercambiaron una mirada dubitativa. Pero esta vez nadie interrumpió al viejo vidente. Se limitaron a esperar y a contemplar las estrellas con el mismo entusiasmo, hasta que, después de lo que pareció una eternidad, Fathom se incorporó.

—¡Un mapa! —exclamó—. Sí, eso es justo lo que necesitáis.

Kai se cruzó de brazos.

—Para eso no era necesario tanto suspense, viejo. No se puede hacer un mapa del desierto.

Fathom chasqueó la lengua.

—No es un mapa del terreno, sino del corazón. —Se puso en pie a duras penas y se acercó a las estanterías—. No, no, esto no —dijo mientras rebuscaba en la vasta colección de pergaminos—. Este tampoco. Mmm. Ah, me había olvidado de que tenía esto. Puaj, ¿eso es moho? No importa. ¿Dónde está esa condenada cosa? —Lanzó una esfera de cristal y Shen se abalanzó para atraparla antes de que se rompiera—. Buena parada —comentó Fathom sin mirar atrás—. Por supuesto, ya sabía que la cogerías.

Shen fulminó su nuca con la mirada. Rose sabía, por la posición de Kai, que se estaba preparando para atacar al anciano.

—Tened paciencia —los reprendió, aunque la propia reina se estaba quedando sin ella.

Por fin, Fathom dio un salto atrás.

—Ah, por supuesto, el mapa no se encuentra en la Reserva Celestial. —Soltó una carcajada—. Está abajo, en la sección de cartografía de la Biblioteca Lunar. —Les hizo un gesto mientras se arrastraba por la sala—. Ahora vuelvo.

Kai se tumbó sobre una de las almohadas.

—Yo propongo que robemos todo lo que hay aquí y que veamos qué podemos conseguir en el mercado.

—No vamos a robarles a los videntes —contestó Rose, pasando de forma distraída los dedos por las estanterías. De repente, cuando comenzaron a cosquillearle, se detuvo. Cogió un peine dorado para inspeccionarlo.

—Pero, si Fathom supiera que le vamos a robar, ya nos habría detenido —dijo Shen.

Rose le dedicó una mirada de advertencia.

—Tu primo es una mala influencia.

Kai resopló.

—Nunca había conocido a un vidente. ¿Son todos como él?

—La hermana de mi abuela era vidente. —La chica se estremeció al recordar a la pobre Glenna, la vidente a la que Rathborne había mantenido atrapada en la torre oeste de Anadawn. La forma en la que le había rajado la garganta y la había dejado allí para que se desangrara en los brazos de Rose—. No era como los videntes de aquí, pero estaba al límite de la locura de una manera diferente.

De forma espontánea, Celeste le vino a la mente. Wren estaba convencida de que también era una vidente. Ella misma lo había negado, pero últimamente sus pesadillas se habían vuelto más vívidas. Y Rose había comenzado a percatarse de que había más avestrellados en Anadawn, que se reunían en el tejado sobre la habitación de Celeste. Si las sospechas de Wren eran ciertas, Rose esperaba que ese no fuera el futuro de su amiga. Vivir en una torre lejana, rodeada de veneno, sumiéndose cada vez más en sus visiones, hasta el punto de no saber diferenciar el pasado del futuro o del presente.

Rose dejó el peine en su sitio. Siguió caminando, pero el cosquilleo en sus dedos se volvió más fuerte. Se detuvo de nuevo, y esta vez cogió un espejo de mano. Era plateado y estaba rodeado por una serie de delicados zafiros. Tan pronto como cerró los dedos en torno al mango, el espejo soltó una chispa y lanzó una descarga de poder hacia su mano. La chica gritó.

—¿Qué ocurre? —preguntó Shen, dándose la vuelta.

—Nada, solo... me he pinchado en el dedo. —Rose no quiso hablarle a Shen de la extraña descarga por si pensaba que se le estaba yendo la cabeza a ella también.

Justo entonces, la puerta se abrió y Fathom regresó. Rose se alejó de la estantería. El vidente movió un dedo.

—Cuidado con lo que tocáis, majestad. Algunos de esos aparatejos muerden.

—¿Ha encontrado lo que buscaba? —preguntó la chica.

Fathom alzó un pergamino amarillento que llevaba en la mano.

—Venid a verlo vosotros mismos.

Shen se alejó de la ventana y cruzó la sala en cuatro zancadas. Kai se puso en pie y estiró la mano hacia el pergamino, pero Fathom lo alejó de su alcance.

—Creo que la reina debería ser quien lo abriera.

Rose cogió el pergamino y obedeció, con el corazón en la garganta, hasta que pudo saborear la esperanza. Contuvo el aliento… y soltó un gran suspiro. Estaba en blanco, a excepción de un único garabato negro en el centro.

—Aquí no hay nada.

—Escúchame, uva pasa —dijo Kai, agarrando a Fathom del cuello para levantarlo del suelo—. Esto no es un juego. Deja de entretenernos con adivinanzas y empieza a contarnos algo con sentido.

Rose le tendió el pergamino a Shen.

—¡Kai! —exclamó, rodeándole el brazo con los puños—. ¡Suéltalo ahora mismo! Es una orden de tu reina.

Kai lanzó al anciano al suelo. Con una elegancia impresionante, este se levantó y se sacudió el polvo.

—Ese carácter será tu perdición, Kai Lo —dijo Fathom, alzando un dedo a modo de advertencia.

—Lo siento mucho —dijo Rose, a la vez que le colocaba la túnica al anciano—. Solo estamos muy cansados. Venir hasta aquí ha sido… —Se quedó callada cuando el pergamino comenzó a brillar en las manos de Shen.

—¿Rose? —dijo el chico con dedos temblorosos—. ¿Estás viendo esto?

—Sí —musitó—. Lo veo.

El garabato de tinta se estaba extendiendo, estirándose hasta formar un mapa del desierto ante sus ojos.

—¡Ese es el Ojo de Balor! —exclamó, sorprendido—. Y... mira, las cuevas Doradas.

Rose y Kai se unieron a Shen mientras el mapa seguía revelándose. Las líneas cruzaron el pergamino hasta que ocuparon cada centímetro. El mapa brillaba con más intensidad y, de repente, en el centro, apareció un enorme escarabajo rojo rubí. Rose jadeó.

—¿Qué demonios es eso?

Shen se llevó una mano al pecho, como si algo dentro de él intentara salir.

—Ahí es —dijo con voz áspera—. Ahí es donde está el Reino Soleado.

Fathom alzó la barbilla y observó al brujo como si lo viera por primera vez.

—¡Ah! —exclamó, frotándose los ojos—. ¿Por qué no lo he visto antes? Tú eres la clave para encontrar el desierto.

Shen observó al vidente.

—¿Yo?

Kai retrocedió.

—¿Él?

—¿Shen? —musitó Rose, incrédula.

El anciano asintió. Entonces, echó la cabeza hacia atrás y soltó una carcajada.

Wren
CAPÍTULO 21

En las profundidades de las montañas nevadas, Wren estaba de pie en el exterior de la cámara que contenía el cuerpo del príncipe Ansel e intentaba tomar aliento. Solo había estado cinco minutos en la sala, pero le había parecido una eternidad. Aún podía ver el rostro sin vida de Ansel, oír el resto del pacto de Alarik reverberando en su cabeza. «Tienes tres días para traer a mi hermano de vuelta. Tres días para arreglar lo que destruiste en Anadawn».

Wren no tenía ni idea de si se podría conseguir, de si se habría hecho ya. Aun así, dado que la posibilidad de liberar a Banba flotaba entre ellos como nubes de vapor, había mirado al rey Alarik a los ojos y había dicho: «Sí, lo haré. Salvaré a tu hermano».

La esperanza había aguzado la mirada de Alarik. O tal vez era la desesperación lo que había aumentado el brillo y el color azul de sus ojos. «Hasta mañana entonces, bruja». Con un asentimiento brusco, el rey había abandonado la sala y había dejado a Wren a solas con el cuerpo de su hermano, preguntándose qué demonios acababa de prometer.

Alarik y sus guardias habían desaparecido hacía rato. Ahora solo quedaban Wren e Inga en el oscuro túnel.

—El rey me ha ordenado que os lleve de vuelta a la habitación —comentó la soldado. Quizás fuera la imaginación de Wren, pero le pareció que usaba un tono más suave—. Os congelaréis aquí abajo.

La chica se alejó de la puerta, consciente del entumecimiento de sus dedos y de la falta de sensibilidad de la punta de su nariz. Luego, estaba también el hecho de que hubiera un príncipe muerto al otro lado, apenas a unos pasos de ella.

—Salgamos de aquí.

Se apresuraron por el camino por el que habían llegado. Los pasos de Wren aumentaron el ritmo a medida que se acercaba a la celda de su abuela. Banba estaba sentada con las piernas cruzadas en el suelo, con la capa carmesí cayendo sobre su cuerpo como un charco de sangre. Un toque de color había vuelto a sus mejillas, y ya no temblaba. Wren se puso de rodillas cerca de los barrotes.

—Ya sé lo que el rey quiere de mí, Banba.

Su abuela alzó la mirada.

—No se lo puedes dar.

—¿Es posible? —preguntó Wren, ignorando la advertencia en la voz de la anciana—. ¿Hay alguna manera de devolverle la vida a Ansel? He oído leyendas. Cuando era niña, me contaste una vez que...

—¡Ya basta! —La vieja bruja se lanzó hacia delante y chocó con los barrotes con tanta fuerza que toda la celda tembló—. La cuestión no es si se puede conseguir, la cuestión es que no debería ser posible. Si te he criado mínimamente bien, pajarito, ya sabes la respuesta.

—Tres días —continuó Wren—. Tengo tres días para traer a Ansel de vuelta. Solo dime cómo hacerlo. Por favor.

Sin embargo, Banba tenía una expresión impasible.

—Los brujos de Ortha no flirtean con la muerte. Es una puerta que debe permanecer siempre cerrada, porque cuando se abre no puedes evitar que la oscuridad penetre. Te lo quitará todo —dijo con seriedad—. ¿De qué vale un cuerpo cuando has vendido tu alma?

A Wren no le importaba su alma. Le importaba la escarcha que se aferraba a las pestañas de su abuela, el toque azulado que le cubría los labios.

—Entonces, es posible... —comentó, leyendo entre líneas la advertencia de su abuela—. Hay una manera.

Banba paseó la mirada hasta Inga, quien permanecía tras Wren. Bajó la voz hasta que su nieta tuvo que esforzarse para oírla por encima de la caída del agua gélida.

—Algunas cosas no valen la pena, pajarito. Ni la sangre. Utiliza esos tres días para escapar de este lugar infernal.

Banba se alejó de los barrotes. Alzó la cabeza para hacerle un gesto a Inga.

—Mi nieta está temblando. Llévala escaleras arriba antes de que se congele. No creo que a tu rey le guste que acabe en ese estado.

—¡Banba! —exclamó Wren, pero su abuela ya se había alejado de ella, retrocediendo hacia la oscuridad de su celda.

—Ya he dicho todo lo que tenía que decir. No quiero verte aquí abajo nunca más.

Inga, movida por el aviso de la vieja bruja, se puso en marcha enseguida y tiró de Wren para alejarla de los barrotes.

—¡Volverás a verme! —gritó la chica—. ¡Voy a liberarte! ¡Y nos vamos a ir a casa!

Wren se rodeó con los brazos, furiosa por la terquedad de su abuela, mientras Inga la sacaba de las mazmorras. Ahora estaba segura de que Banba tenía el secreto que necesitaba para traer a Ansel de vuelta, igual que sabía que nunca se lo contaría. Preferiría morir congelada bajo la montaña antes que poner el alma de Wren en peligro.

—Es mi alma —musitó mientras subía las escaleras—. Puedo hacer con ella lo que quiera.

De nuevo en la habitación, la chica se sorprendió al encontrar el fuego crepitando en la chimenea. Un calor delicioso se extendía por la sala, con lo que recuperó la sensibilidad en la nariz. Inhaló la calidez, esperando que aplacara el dolor creciente de su pecho. Sin embargo, a medida que la mañana, cubierta de nieve, se convertía en una tarde tormentosa, la incertidumbre siguió devorándola.

En Ortha, no había nada que Banba no hiciera por ella. En invierno, cuando había poca comida, llenaba el plato de Wren antes que el suyo y le ofrecía las mejores verduras de la reducida cosecha, el mayor pedazo de carne, a veces el único. Por la noche, la envolvía con su capa más cálida y se reía entre dientes mientras amenazaba con luchar contra el viento que aullaba a través de las grietas de su pequeña cabaña.

«Algún día dejaremos de sufrir estos inviernos», le había prometido. «Y tendrás toda la calidez y el lujo que te mereces».

Con la mano de su abuela sobre el hombro para guiarla, Wren había encontrado su camino hacia todo ese lujo, pero ahora Banba no estaba allí para disfrutarlo. Seguía temblando, luchando para que conservara su lugar en el mundo. No era justo. Wren no podía soportarlo. Si Banba no iba a ayudarla a revivir al príncipe Ansel, entonces encontraría otra manera. Se sentó junto a la cómoda y se pasó los dedos por el pelo.

—Antepasados, ayudadme a que se me ocurra algo para que podamos salir de este horrible lugar.

No obstante, la sala permaneció en silencio, a excepción del viento que aullaba en las ventanas. Wren había dejado a sus antepasados en Eana, junto con su hermana. Y con su sensatez.

Cuando llegó la hora de cenar, se moría de hambre. Le procuraron un plato de estofado de pollo salteado con un popurrí de verduras de invierno lo bastante blandas como para que se deshicieran en su boca. Sorprendentemente, el cocinero también le había mandado un postre, pues el estofado venía acompañado de un grueso pedazo de tarta de zanahoria y un generoso vaso de escarcha efervescente.

Se bebió este último de un solo trago, esperando que aplacara la aspereza de su ansiedad. Las burbujas se le subieron enseguida a la cabeza, ya que la bebida era más fuerte que la que había probado en Eana. Se sintió perezosa y le empezaron a pesar las extremidades. Se sentó frente al fuego y devoró la tarta, comiéndosela con los dedos y lamiéndolos hasta que no quedó ni una sola miga.

Wren estaba tan cautivada por el azúcar y por las llamas, por no mencionar la escarcha efervescente que le bailaba en la cabeza, que no se percató de que Tor estaba de pie junto a ella, repitiendo su nombre.

—Wren. ¿Wren? ¡Wren!

La chica alzó la cabeza y pestañeó. El soldado adquirió nitidez ante ella, con los hombros anchos bajo las pulcras líneas de su uniforme color azul marino y su dura y tensa mandíbula.

—Tor —dijo, confusa—, ¿qué haces aquí?

—Has dicho que sí. ¿Por qué lo has hecho?

Wren se puso en pie con dificultad.

—¿Sí? —dijo, tambaleándose un poco—. ¿Sí a qué?

Tor estiró la mano y la sujetó por el codo antes de atraerla hacia el calor de su cuerpo.

—Le has dicho que sí a Alarik.

—Ah. —Wren lo entendió entonces. Se estaba refiriendo al trato que había hecho ante el cadáver de Ansel, la promesa impensable que Banba se había negado a hacer. Eso explicaba la expresión demacrada de su rostro, la línea dura de sus labios, como si ella hubiera hecho ya algo imperdonable—. Tiene a mi abuela encadenada —contestó, dando un paso atrás para fulminarlo con la mirada—. Por supuesto que he dicho que sí.

Tor se pasó una mano por la mandíbula.

—Estrellas, Wren, ¿en qué estabas pensando?

—En que no quiero que mi abuela muera en Gevra. —La chica se cruzó de brazos con los ojos llenos de rabia ante su juicio—. En que haría lo que fuera por salvarle la vida. Y eso haré.

Él negó con la cabeza.

—No puedes jugar con los muertos, Wren. No soy brujo, pero incluso yo sé eso.

—Es Ansel —dijo Wren, utilizando su nombre para calmar la maraña de nervios de su estómago. Si daba forma a la petición del rey, si relacionaba el hechizo con el príncipe, en lugar de con la oscuridad del acto en sí, no parecía tan aterrador, tan imperdonable—. Solo es Ansel.

Tor frunció el ceño.

—Ansel está muerto.

—Por ahora.

—No, Wren. —Se giró hacia el fuego para mirar las llamas como si estuviera viendo el recuerdo de la muerte del príncipe reproduciéndose de nuevo—. Es demasiado tarde.

La chica estudió las sombras del rostro de Tor y sintió la distancia entre ellos como si fuera un abismo de hielo. Qué distintas habían sido las cosas en la biblioteca de Anadawn, cuando no habían podido quitarse las manos de encima. Ahora parecía que Tor estaba a un mundo de distancia. El fantasma del príncipe caído llenaba todo el espacio entre ellos.

Wren quería con desesperación acabar con él, volver al momento en el que había muerto Ansel y eliminar el dolor permanente en los ojos de Tor. Una razón más para encontrar el hechizo.

—¿No quieres que vuelva? —preguntó ella—. Si hay una forma de conseguirlo, ¿no mejoraría todo?

La luz de la chimenea bailaba sobre la piel de ambos y le iluminó la expresión al soldado cuando se desmoronó. Wren sintió su deseo, la herida profunda de su arrepentimiento, y odió formar parte de eso. Estiró la mano.

—Deja que intente arreglarlo. Puedo...

—No puedes. —Tor se miró los dedos, flácidos entre los de ella—. No pensé siquiera en él. Cuando Rathborne lanzó la daga, solo pude pensar en ti.

—Lo siento.

Tor se apartó de ella.

—Un soldado gevranés depende de su instinto.

Eso era lo que había matado al príncipe Ansel. Su instinto había hecho que Tor saltara frente a Wren sin dudarlo, apenas unos momentos después de que su fanfarronería hubiera puesto a Ansel en peligro.

—Sé que debería haber sido yo. La daga iba dirigida a mí. —Wren se acercó al fuego y giró el rostro para esconder la vergüenza en sus mejillas—. Sé que desearías haberlo salvado.

—No es cierto. —La cama crujió cuando Tor se derrumbó sobre ella—. Incluso ahora, no lo deseo.

La sorpresa inmovilizó la lengua de Wren.

—Creo que eso lo empeora todo —continuó Tor—. Llevo conmigo la muerte del príncipe Ansel en cada momento del día. Pero no consigo... —Se calló y negó con la cabeza—. La alternativa... No consigo pensar en... En cualquier caso, hubiera sido mi ruina.

A Wren se le constriñó el corazón. Cruzó la sala y se sentó junto a él, aliviada al ver que no se alejaba. Apoyó la cabeza en el hombro del soldado.

—No quiero discutir contigo, Tor.

Tor se giró para mirarla, y la tormenta de sus ojos era tan violenta que Wren sintió que caería en ella.

—Entonces dime que no lo harás.

—No me obligues a mentirte.

Él cerró los ojos.

—Será tu perdición, Wren.

—Entonces estaremos los dos perdidos —murmuró—. Es mi decisión, Tor. Voy a intentarlo.

La nuez se desplazó por la garganta de Tor cuando se tragó su ira. Asintió y se puso en pie. Volvió a la puerta y cogió una bolsa, que dejó con un golpe fuerte sobre la cómoda.

—Esto es de parte del rey —dijo de forma tensa—. Te desearía suerte, pero yo tampoco quiero mentirte.

Un momento después, había desaparecido, girado la llave en la cerradura y encerrado a Wren de nuevo. La chica se puso de pie junto al fuego mientras oía sus pisadas alejarse. La habitación parecía más fría sin él, pero no se podía permitir centrarse en su desaprobación. Había confiado en sus instintos. Y fuera o no lo que él deseaba, Tor le había dado otra razón para continuar con su plan. Si conseguía traer de vuelta al príncipe, no solo salvaría a su abuela de la muerte, sino también a Tor, que se libraría del remordimiento que se le estaba enconando dentro, devorando su felicidad día a día. Además, si el precio de tal libertad era un pedazo de su alma, ese era otro pacto que Wren estaba preparada para llevar a cabo.

Se acercó a la cómoda, donde el espejo enjoyado brillaba con suavidad junto a la chimenea. Wren abrió la bolsa que le había enviado Alarik, esperando encontrar un regalo, pero percibió un olor rancio que hizo que sufriera una arcada. Se tapó la nariz mientras rebuscaba dentro del saco, donde descubrió un pálido rabo rosado enrollado sobre sí mismo. ¡Puaj! Un ratón muerto. ¿A qué demonios estaba jugando Alarik? Wren esbozó una mueca conforme le daba la vuelta a la bolsa y sacaba el resto. En total había seis ratones muertos y una nota:

La práctica hace la perfección.
Alarik

Rose
CAPÍTULO 22

Tan pronto como Shen le pasó el mapa a Rose, las formas empezaron a desaparecer. Entrando en pánico, se lo devolvió y aparecieron de nuevo.

—¿Deberíamos copiarlo en algún lugar más permanente? —propuso ella. Sin embargo, no era posible, porque sorprendentemente el escarabajo rubí, que Shen estaba seguro de que representaba el Reino Soleado, no dejaba de moverse. Quizás estuviera perdido, pero no inmóvil.

—Debe de ser porque eres del desierto —comentó Rose, tratando de encontrarle sentido—. Por eso el mapa solo responde a tu contacto.

Sin embargo, esa tampoco era la razón, ya que, cuando Kai le arrancó el mapa de las manos a su primo, se quedó de nuevo en blanco. La chica captó una sombra de ira en su rostro mientras miraba el pergamino amarillento, deseando que funcionara con él.

—Qué cosa tan caprichosa, ¿eh? —masculló entre dientes—. Es una suerte que te encontrara por el camino, primito. —Se obligó a soltar una carcajada, pero a Rose no se le pasaron por alto ni la rigidez de sus hombros ni la frialdad de sus ojos.

Intentó no pensar en el aviso de Meredia. «Kai Lo del Reino Soleado, tus puños albergan gran poder, pero dentro de ti hay una oscuridad sobre la que te tienes que imponer». Tras haber declarado de manera dramática que Shen era la llave del reino perdido en el desierto, Fathom no ofreció mayor claridad sobre el tema.

—Tenéis el mapa y la llave. ¿Qué más necesitáis?

Se toqueteaba la barba, cada vez más evasivo, y Rose supuso que Fathom ya no sabía qué más hacer con el mapa ni con Shen. Aun así, aquello era más que suficiente para ayudarlos en su misión. Cuando salieron de la Reserva Celestial, el valle se había sumido en la oscuridad y los avestrellados volaban sobre ellos como estrellas fugaces. Decidieron quedarse a pasar la noche y partir al alba, animados por la promesa del vidente de que tenía un té especial de hierbas que contrarrestaba los vapores venenosos del valle.

Comieron con Meredia y con Fathom en una pequeña habitación iluminada con velas bajo la Reserva Celestial, con las paredes de piedra cubiertas de preciosos tapices tejidos que mostraban las torres en todo su esplendor. Mientras tanto, Pog se apresuró a prepararles las habitaciones para que pasaran la noche. La cena estaba insípida, pero era copiosa, una sopa sustanciosa con verduras amargas, servida con pan integral y gruesos pedazos de queso. Kai pidió *whisky* y le dijeron que no había nada parecido en Amarach. Los videntes eran abstemios para no obstaculizar su don.

—Mejor no contárselo a Celeste —comentó Shen entre bocados—. O nunca aceptará su destino.

Rose desvió la mirada hacia la ventana. Observó la parte superior de cada torre mientras cobraba vida a medida que los videntes llegaban con velas para leer el cielo.

—Pero ¿de qué les sirve leer el futuro si están todos reunidos aquí? —preguntó la chica—. ¿Pueden ayudar a alguien?

—Si hay personas a las que ayudar, las ayudamos —respondió Meredia—. En esos casos, enviamos mensajes y rezamos para que nos hagan caso. Además, por supuesto, los avestrellados siempre encontrarán su camino hacia nuevos videntes para guiarlos en su don. Ahora que el trono de Eana vuelve a pertenecer a los brujos, espero que haya más.

Fathom dejó a un lado la cuchara.

—Cuando el país se calme, claro —dijo ominosamente—. Hemos visto que hay una rebelión que agita el cielo.

—Nosotros la hemos visto en las calles —contestó Kai, estirando la mano para coger más queso—. Nada que una pequeña guerra no pueda controlar.

Rose le dedicó una mirada de advertencia.

—Me temo que lo que han visto es cierto. Edgar Barron está consiguiendo crear un movimiento que busca retirarnos a mi hermana y a mí del trono. —Sintió una punzada de culpabilidad al haber dejado a Thea sola en Anadawn para que se enfrentara a la creciente rebelión, pero Rose se reuniría con ella pronto.

—Barron ha utilizado el miedo del pueblo para crear un arma —dijo Meredia, incómoda—. No hay nada más peligroso que un hombre lleno de odio con una lengua sagaz.

—Por eso no debemos retrasarnos demasiado en nuestra misión —respondió Rose con seriedad—. Cuando recuperemos el Reino Soleado y reunamos al nuevo ejército de brujos, debo regresar de inmediato a Anadawn para mostrarle a Edgar Barron la verdadera fuerza del trono. Y, cuando mi hermana vuelva de Gevra, nos embarcaremos juntas en un nuevo *tour* real. —Echó un vistazo alrededor de la mesa—. Seguro que han visto que vuelve sana y salva, ¿verdad?

El silencio que siguió fue tan glacial como las expresiones de los videntes, pero nadie dijo nada sobre Wren. Cuando Rose insistió para que le dieran una respuesta sobre su hermana, Meredia solo frunció el ceño y dijo que se había alejado demasiado de su mirada.

Al contrario que en el Descanso del Rezagado, en las torres de Amarach había muchas habitaciones. Y, aunque eso significaba que Rose, Shen y Kai podían tener habitaciones propias, situadas juntas en la torre más grande, la chica odiaba ver lo vacías que estaban otras al pasar conforme subían las escaleras serpenteantes. Una vez, hacía mucho tiempo, antes de la guerra con el nombre de su madre, todas esas habitaciones habían estado atestadas de brujos y videntes, jóvenes y viejos, quienes habían estado atentos al mismo futuro prometedor. Rose esperaba que algún día las torres de Amarach volvieran a estar llenas y que todos esos rumores sobre rebelión y oscuridad fueran cosa del pasado.

Kai, aún molesto por la falta de *whisky*, ofreció un áspero buenas noches antes de encaminarse a su habitación, con lo que dejó a Rose y a Shen solos en el pasillo.

—¿Crees que se encuentra bien? —preguntó ella cuando el brujo les cerró la puerta en la cara—. No se ha reído de nosotros ni una sola vez en la cena. No dejaba de fruncir el ceño mientras se tomaba la sopa.

Shen se encogió de hombros.

—Siempre ha tenido mal humor.

—Tal vez sea el mapa —susurró Rose. No podía deshacerse de la imagen de la cara de Kai cuando se había dado cuenta de que no respondía a su tacto—. Creo que está celoso de ti.

Shen se llevó una mano al cinturón, donde se encontraba a salvo el pergamino.

—Dejemos que se muera de envidia, entonces. Ya se le pasará.

Rose se mordió el labio.

—Te preocupas demasiado. —Shen estiró una mano y le colocó un mechón de pelo tras la oreja. Permaneció con los dedos en su mejilla—. Vete a dormir. Estaré en la habitación de al lado si me necesitas.

Rose se apoyó en su mano. Durante un momento de locura, quiso invitar a Shen a que entrara en su habitación y pasaran la noche besándose hasta perder el sentido. Sin embargo, en un valle lleno de videntes, la chica no se atrevería a arriesgar su reputación haciendo algo tan inapropiado para la realeza. Además, en cualquier caso, estaba sucia. Por mucho que deseara a Shen, se moría por darse un baño. Y Pog le había prometido prepararle uno antes de que llegara a su habitación.

—Debería entrar antes de que se enfríe el baño —comentó alejándose de él—. Buenas noches, Shen.

—Disfruta de tu baño. —El chico le sostuvo la mirada—. Seguro que no será tan agradable como un chapuzón en el Ojo de Balor.

Rose se sonrojó ante el recuerdo de los dos bañándose en el desierto.

—Mantén cerca el mapa, tal vez tengamos que visitarlo de nuevo —dijo ella antes de poder evitarlo.

Shen sonrió, acercándose a su propia habitación.

—Sé con qué soñaré esta noche.

La bañera no era tan lujosa como la de Anadawn, pero el agua estaba caliente y llena de burbujas y desprendía un suave perfume. Pronto se hubo deshecho de toda la suciedad y el barro de los últimos dos días y Rose volvió a sentirse ella misma. O, al menos, lo más parecido a una reina que podría esperar, teniendo en cuenta lo lejos que estaba del trono.

Cuando el agua se enfrió, salió de la bañera. Pog le había dejado una mullida toalla en la cómoda, junto a una crema facial y un espejo de mano. Rose sonrió, conmovida por su consideración. Se secó y se puso el camisón antes de coger el cepillo.

Tomó el espejo y se sobresaltó ante la descarga en sus dedos. Solo entonces se dio cuenta de los zafiros alrededor del cristal. ¡Era el de la Reserva Celestial! Sin embargo, ahora el vidrio estaba cubierto de vaho. Le echó su aliento antes de limpiarlo con la manga. De repente, el cristal comenzó a brillar y desprendió una suave luz azul por la sala. Rose jadeó cuando un reflejo cobró vida. La cara en el espejo no era la suya, sino la de Wren.

Wren
CAPÍTULO 23

Wren observó los ratones muertos con repulsión. Junto a ellos no había tierra. Quizás Alarik estuviera satisfecho, pero eso no significaba que confiara en ella.

Frunció el ceño mientras cogía el primer ratón. Estaba rígido y frío y la cola le caía por el borde de su mano. No sabía por dónde comenzar sin arena con la que ayudarse. Cerró los dedos en torno al roedor y buscó un encantamiento. Las palabras le llenaron la mente enseguida, antes de cosquillearle la punta de la lengua.

—De la muerte a la vida, a mí me debes escuchar, sal de tu descanso mortal.

El fuego crepitó en la chimenea. Fuera, la tormenta aulló. Wren frunció el ceño ante el ratón.

—Vamos, pequeño imbécil, despierta. ¡Despierta!

No funcionó. Era un hechizo totalmente nuevo. Nunca había intentado algo parecido con su magia de encantadora y no tenía nada con lo que intercambiarlo. Cogió otro ratón y lo sostuvo con ambas manos. Se le ocurrió otro hechizo, ofrecer un cuerpo por otro, pero ninguno de los ratones se movió. Estaban tan muertos ahora como cuando el gato atigrado de la cocina los había cazado.

Wren se acercó a la puerta y le pidió a Inga que le trajera un poco de sal. Y algo de escarcha efervescente, ya que estaba. No recibió respuesta. Wren se enfadó en silencio. Tendría que intercambiar unas palabras con el rey al día siguiente.

Cansada de su propia frustración (y de diez encantamientos fallidos más), Wren lanzó un ratón al fuego y observó cómo chisporroteaba. En un ataque de desesperación, se arrodilló y recogió un montoncito de ceniza. Se giró hacia los otros ratones y la ofreció a cambio de su hechizo. Otro fracaso.

—¿Qué se supone que debo hacer con seis cuerpos sin sangre? —musitó mientras paseaba por la habitación. ¿Qué podía hacer una encantadora sin arena? Alarik habría tenido mejor suerte si hubiese hecho el trato con una sanadora.

Wren pensó en Rose y el estómago se le revolvió por la culpa. Ella nunca tontearía con magia oscura, sobre todo en contra de los deseos de Banba. Sin embargo, tampoco habría ido a Gevra. Era demasiado cauta, demasiado…

Una luz azul parpadeó cerca de Wren. Se dio media vuelta y estudió la cómoda en busca de un ratón que se moviera. Pero los cinco roedores seguían muertos. Estaba a punto de alejarse de ellos cuando percibió otra chispa azul. Le comenzaron a cosquillear los dedos y la magia de sus huesos se despertó al reconocer otra parecida. Se quedó paralizada en mitad de una zancada. La luz no procedía de los ratones. El espejo de mano estaba brillando. Se le cortó la respiración mientras lo observaba. Dentro de su marco enjoyado, alguien la estaba mirando.

—¿Wren? —preguntó la cara de Rose desde el espejo—. ¿Eres tú de verdad?

—¿Rose? ¿Dónde estás? —Wren presionó los dedos contra el cristal, tratando de entender lo que veía.

El espejo empezó a temblar y el reflejo de su hermana se deformó bajo su roce. Se produjo una oleada de aire que le agitó el pelo a Rose. Parecía que procedía del interior del espejo.

—¡Ay, no! —dijo Wren. El aire salió del cristal y la alcanzó también. La rodeó y la empujó por un túnel de viento huracanado. Un segundo antes estaba de pie en su habitación, en Gevra, y al siguiente le sobrevino la horrible sensación de que estaba cayendo (no, desplomándose) a través del suelo. La estancia se convirtió en una mancha y su respiración se volvió superficial cuando las montañas cubiertas de nieve de Gevra se desvanecieron bajo sus pies y ante ella apareció un nuevo mundo.

El viento se detuvo de manera abrupta y Wren se encontró de rodillas sobre el duro suelo. El espejo estaba a sus pies. No, el espejo no, su gemelo. Los zafiros seguían brillando, pero ahora con suavidad. Se puso en pie con las piernas temblorosas mientras observaba la pequeña habitación iluminada por las velas.

—¿Rose? —preguntó dubitativa—. ¿Estás en alguna parte?

—¿Wren? ¿Adónde has ido? —dijo la voz de Rose desde el espejo—. Espera, ay, no, ¿eso es nieve? —La chica jadeó, girando la cabeza—. ¿Estoy en Gevra? ¡Será mejor que no lo esté!

Wren cogió el espejo.

—Bueno, al menos tú sabes dónde estás. Esto no es Anadawn. —Paseó de nuevo la mirada por su entorno vacío—. ¿Estás en el *tour* real?

—Es una forma de decirlo. —Rose se detuvo—. Estoy en Amarach. O, al menos, lo estaba.

—¿Qué? —Wren se aferró al espejo y escuchó a su hermana en silencio mientras le contaba los acontecimientos de los últimos días, cómo el desierto había escupido al primo de Shen y cómo su repentina aparición en Ellendale había puesto en marcha un viaje que los había llevado al sur, a un valle venenoso y a las torres de Amarach, donde ahora se encontraba Wren.

Se apresuró a la ventana y entrecerró los ojos para ver el valle de los videntes perdidos, pero en la oscuridad solo consiguió vislumbrar la parte superior de las torres, que titilaban como velas afiladas. Sobre ellas, los avestrellados cruzaban el cielo como una magnífica lluvia de meteoritos.

—¡Wren! ¿Me estás escuchando?

—Perdona —dijo la aludida, levantando el espejo para que ambas pudieran volver a contemplarse—. Quiero ver cómo es. Nadie ha estado aquí desde hace años.

—¡Wren! ¡Céntrate! Por todas las estrellas, pensaba que estabas muerta. Primero desapareces en mitad de la noche...

—Dejé una nota —la interrumpió su hermana—. Y a Elske.

—¿Me puedes contar cuál es tu plan, al menos? —Rose miró a su alrededor, la habitación—. Veo que has llegado al palacio de Grinstad. Pero ¿cómo diablos has conseguido que te den una habitación tan bonita? A ver, mira esa manta de pelo. ¡Y ese candelabro!

—¿Ahora quién necesita centrarse? —preguntó Wren—. Quizás sea bonita, pero sigue siendo una prisión. —Brevemente le explicó cómo había llegado a Grinstad de una pieza. Sin embargo, a diferencia de su hermana, pasó por alto muchos detalles—. Así que Alarik y yo hemos hecho un pacto —concluyó de forma vaga—. Solo tengo que ayudarlo con... algo... y dejará que Banba y yo nos marchemos.

Rose frunció el ceño.

—¿Desde cuándo hablas del rey Alarik como si fuerais amigos? ¿Y qué clase de pacto?

Wren hizo un gesto con la mano.

—Solo un pequeño... encantamiento.

—Explícate...

—Es complicado —contestó Wren, tajante—. Pero no te preocupes, lo tengo controlado. —Sobre ella, una bandada de avestrellados giraron a la vez y se movieron por el cielo como una peonza plateada. Dejó escapar un suave silbido—. Aún no me creo que hayas encontrado este sitio.

—Claro que sí. Y también voy a encontrar el Reino Soleado. Por eso, tenemos que intercambiarnos de nuevo —dijo Rose, frenética—. Por mucho que aprecie esta preciosa decoración, no quiero pasar ni un minuto más en Gevra. —Comenzó a tocar el espejo con los dedos—. ¿Cómo funciona esta cosa estúpida?

—¡Espera! —exclamó Wren justo cuando se le ocurrió una idea—. Dame dos minutos. Necesito arena.

—Wren... —La voz de Rose salió del espejo después de que su hermana lo lanzara a la cama.

—¡No te preocupes! Ahora vuelvo. —Cruzó la puerta a toda velocidad y se dirigió a las escaleras, siguiendo una serie de titilantes luces eternas hasta la parte inferior de la torre. Abrió de golpe la puerta y respiró una generosa bocanada de aire fresco. La noche era húmeda y olía levemente a musgo, muy diferente a la prisión glacial del palacio de Grinstad y a las gélidas montañas de Fovarr que se erigían sobre esta.

Wren salió al umbral y se chocó con un anciano que llevaba una túnica azul. Portaba un frasco de tierra.

—Aquí estáis —dijo, ofreciéndoselo a modo de bienvenida—. Sabía que Pog le daría el espejo. Y que vos tendríais su gemelo.

Wren observó el frasco, y luego al hombre.

—¿Quién es usted?

—Fathom. —Una sonrisa relampagueó bajo su barba gris—. Os estaba esperando.

—No me voy a quedar.

—Lo sé —dijo con suavidad.

La chica cogió el frasco y lo giró ante su nariz.

—Tierra —musitó.

—La mejor —dijo el hombre, orgulloso—. Extraída de los sedimentos de nuestras cascadas.

Wren frunció el ceño.

—¿Cómo...? Ah, claro, es un vidente.

El hombre se llevó un dedo a la nariz.

—Doce zafiros por doce minutos.

—¿Eh?

—El espejo —dijo—. Cuando el último zafiro deje de brillar, se revertirá el cambio.

—Ah. —Wren se abrazó al frasco de tierra—. ¿De dónde han salido los espejos?

Fathom dio un paso atrás y, bajo la tenue luz lunar, le brillaron los ojos como si fueran avestrellados.

—Los espejos pertenecieron a las hermanas Avestrellada hace una eternidad —dijo—. Ortha pidió que los hicieran en una época en la que la magia no era tan... limitada. —Se le torció la barba cuando frunció el ceño—. Incluso cuando viajaban lejos la una de la otra, las reinas gemelas nunca se separaban. Hasta que...

—Se separaron por culpa de Oonagh —dijo Wren. No le gustaba recordar a Oonagh Avestrellada, la gemela que había sucumbido a la oscuridad y traicionado a su hermana—. Conozco la historia.

—Una bruja viajera trajo el espejo a Amarach hace muchos años, así como otros tesoros mágicos procedentes de Anadawn.

—¿A eso no se le llama robar?

Fathom soltó una carcajada.

—Prefiero pensar que los rescató.

—Doce minutos —dijo Wren, dando un paso hacia la torre—. Debería volver.

El vidente inclinó la barbilla.

—Caminad con cuidado, reina Wren. Tanto dentro como fuera. —Al ver la confusión de Wren, se tocó el corazón—. De algunos viajes no se puede volver.

Atrapada en el brillo inquietante de su mirada, Wren se encontró sin palabras, pero al final no importó. El anciano se dio media vuelta y desapareció, la túnica azul se perdió en la noche. Wren intentó olvidarse de su advertencia, pero se le había filtrado dentro. Estaba a punto de cerrar la puerta tras ella cuando vio una mancha blanca familiar entre los arbustos.

—¡Elske! —Apretó los dientes—. ¿Eres tú, preciosa?

La loba salió del matorral y se abalanzó contra ella antes de tirarla al suelo y lamerle la cara. Wren estalló en carcajadas y se incorporó para rascarle tras las orejas.

—¿Qué haces aquí fuera? —preguntó, empujándola para que pasase al interior—. Eres una princesa. Te mereces una cama de verdad.

La loba adoptó su ritmo mientras Wren se apresuraba escaleras arriba. Ralentizó el paso cuando una puerta crujió y, entornando los ojos, vislumbró a una figura en la oscuridad. Elske soltó un gruñido. El hombre tenía la mano en el pomo de la habitación que había junto a la de Rose, con la oreja pegada a la madera como si intentara oír algo.

—¿Quién demonios eres tú? —dijo Wren.

El hombre se dio media vuelta a la velocidad de un rayo.

—Reinecita —contestó, soltando una carcajada forzada—, pensé que ya estarías dormida.

—Ah —respondió Wren, permitiendo que se le relajaran los hombros—. Eres el primo idiota de Shen.

Elske gruñó de nuevo. El hombre, Kai, según recordó la chica, pestañeó. Entonces, se apoyó en la puerta.

—Espera, tú eres la otra. —Paseó la mirada por ella—. ¿Qué estás haciendo aquí?

—Solo estoy de paso —comentó Wren, moviendo el frasco de tierra mientras se dirigía a la puerta de Rose. Después, se detuvo y se giró hacia Kai—. Mejor dicho, ¿por qué estás tú aquí fuera, merodeando en la oscuridad?

—Solo estaba comprobando si mi primo se encontraba bien.

—¿Por qué? —dijo Wren—. Shen nunca ha tenido pesadillas.

Kai le dedicó una sonrisa... y menuda sonrisa.

—Soy muy protector.

Ella entrecerró los ojos.

—Igual que yo.

—Claro, bueno..., bien —dijo el brujo.

—Sí. —Wren esperó a que se retirara. Por fin, Kai se alejó de la habitación de Shen y se dirigió a la suya.

Una vez que desapareció, la chica se giró hacia Elske.

—Iba a meterte en la cama, querida, pero creo que es mejor que duermas aquí fuera y que estés atenta. —Miró la puerta de Shen y percibió el suave zumbido de sus ronquidos tras ella—. No sé qué estaba haciendo Kai, pero tengo un extraño presentimiento.

Elske inclinó la barbilla y gruñó con suavidad a modo de confirmación. Wren rodeó con una mano la imperiosa cabeza de la loba y se la besó.

—Chica lista.

Rose
CAPÍTULO 24

Rose permaneció en el centro de la habitación de Wren en el palacio de Grinstad, fulminando con la mirada el espejo de mano.

—¿Wren? —siseó—. ¡Wren! ¿Dónde estás?

El pánico en su voz hizo eco a su alrededor. Hacía un momento, su hermana estaba dentro del espejo, devolviéndole la mirada, hablando con ella, y ahora había desaparecido, dejándola sola. ¡En Gevra!

—¿Por qué tienes que ser tan exasperante? —preguntó, enfadada, mientras colocaba el espejo en el escritorio. Fue entonces cuando se percató de los ratones muertos. Se tragó un chillido y se alejó de ellos a trompicones. ¿Eso era lo que le enviaba el rey Alarik a Wren para comer? ¡Era peor de lo que pensaba!

Se le revolvió el estómago. Los ratones comenzaron a darle náuseas. A modo de distracción, exploró el lujoso dormitorio. Cogió el espejo por si Wren regresaba y se dirigió al armario.

—¿Qué tenemos aquí? —musitó al abrir las puertas. Con los ojos como platos, contempló la colección de vestidos más bonita que había visto nunca—. ¡Madre mía!

Pasó los dedos por un suntuoso chal plateado antes de sacarlo. Se rodeó los hombros con él, disfrutando de su suavidad. «¡Qué curioso!», pensó al girarse hacia el espejo de cuerpo entero. «El rey alimenta a Wren con ratones muertos, pero la viste como a una reina».

Durante un momento, Rose se preguntó cómo habría sido su vida si se hubiera casado con Ansel y hubiera tenido que venir a vivir al palacio de Grinstad. Lleno de ropa preciosa y comida horrible, por lo que parecía. Sin embargo, seguro que, como marido, Ansel la habría tratado mejor. Se acercó a la ventana y presionó la mano contra el gélido cristal. Se preguntó dónde estaría enterrado el pobre príncipe y sintió una punzada de arrepentimiento al no poder dejarle una rosa en su tumba y presentarle sus respetos. Le alegró que, al menos, hubieran traído a Ansel a casa para que descansara entre sus queridas montañas. Se escuchó un golpe en la puerta que la sacó de sus pensamientos.

—¿Wren? ¿Estás ahí?

Rose se escondió tras la cortina y, temerosa, observó el pomo de la puerta. «Por favor, no te abras. Por favor, no te abras. Por favor, no te abras». Otro golpe.

—Soy Tor. ¿Puedo pasar?

Rose jadeó. Wren no había mencionado nada sobre el capitán Iversen. ¿Qué hacía llamando a su puerta en mitad de la noche? ¿Qué más le había ocultado su hermana? Quizás debería decir algo para evitar que irrumpiera en la habitación.

—¡Un segundo! Me estoy cambiando para cenar. —Observó el reloj y esbozó una mueca.

—¿Cenar? —preguntó Tor—. ¿A medianoche?

—¡Dormir! —dijo Rose un segundo después—. Quiero decir que me estoy cambiando para dormir. ¡No entres, no estoy decente!

Él se quedó en silencio durante un buen rato. Entonces, se oyó un suave golpe cuando Tor presionó la frente contra la puerta.

—Wren, no pareces tú.

Ay, no, lo sabía. Rose palideció, escondiéndose entre las cortinas. Observó el espejo. ¿Qué estaba haciendo Wren para tardar tanto? Iba a asesinar a su hermana. Con cuidado, la chica salió de entre las cortinas y tomó aire profundamente, preparándose para enfrentarse al soldado de Gevra.

—Tor...

—Sé que estás enfadada por lo de antes —continuó, decidido—. No quiero pelearme contigo.

Rose se hundió contra el alféizar de la ventana. No lo sabía... todavía.

—Pero no puedo dar un paso atrás y permitir que hagas esto. No debería haberte dado esos ratones. —Maldijo en voz baja—. No está bien ni es natural. Alarik no piensa con claridad. Está obnubilado por la pena. —Rose se quedó muy quieta. Ese debía de ser el trato del que le había hablado Wren, pero ¿qué podía ser tan terrible para inquietar tanto a Tor? Esperó a que continuara—: Ansel está muerto. Si lo traes de vuelta, la fascinación de Alarik por ti no habrá hecho más que empezar. Nunca dejará que te vayas.

Rose palideció. ¿Ese era el trato? ¿Wren había prometido que traería de vuelta a Ansel de entre los muertos? Movió el espejo, intentando con desesperación convocar a su hermana. ¿Wren estaba mal de la cabeza? ¿Podía siquiera hacer aquello? La única bruja que había jugueteado con magia prohibida había sido Oonagh Avestrellada. Su uso de la magia de sangre, con sacrificios humanos y animales, había acabado por pervertir su alma y el destino de los brujos.

Observó los ratones muertos y sintió un nuevo escalofrío en su columna. De repente, todo tenía mucho más sentido.

—Sé que no quieres oírlo ahora mismo, pero me importas demasiado como para verte seguir ese camino. —Tor hablaba en voz baja, resignado—. Cuando estés preparada para hablar, aquí estaré. Podemos salir de esta. Juntos.

Por fin, se alejó de la puerta. Rose observó el pomo con el aliento contenido en el pecho, oyendo el sonido de sus pisadas al alejarse. Un momento después, la voz de Wren surgió del espejo.

—¡Buenas noticias! He hablado con Fathom —anunció a modo de saludo—. Dice que nos intercambiaremos cuando se apague el último zafiro.

Rose observó la última gema brillante y fulminó el reflejo de su hermana.

—Entonces seré rápida. No intentes hacer un hechizo de resurrección en ninguna circunstancia.

A Wren se le desmoronó la expresión.

—¿Los ratones muertos te han dado la pista?

Rose continuó.

—¿No recuerdas lo que le ocurrió a Oonagh Avestrellada cuando decidió hacer sacrificios humanos? No puedes jugar con la muerte, Wren. Está prohibido.

Su hermana apretó los párpados.

—Ahora mismo no necesito esta charla.

—Bueno, te acabas de perder una de Tor muy inquietante.

El último zafiro parpadeó.

—Prométeme que no lo harás —dijo Rose, desesperada—. Debe de haber otra manera de salvar a Banba. Por favor, Wren.

Su hermana abrió la boca para responder justo cuando el viento comenzó a levantarse de nuevo. Rose chilló cuando la corriente salió del espejo y la rodeó. El mundo se inclinó y se convirtió en manchas azules, blancas y plateadas. La alfombra de pelo a sus pies dio paso a una piedra dura al aterrizar en Amarach.

—¿Wren? —Se aferró al espejo, pero su hermana ya no estaba. Solo quedaba su propio reflejo aterrado, que le devolvía la mirada, rodeado por doce zafiros que ya no brillaban.

Wren
CAPÍTULO 25

Cuando Wren volvió a su dormitorio en el palacio de Grinstad, se apartó el pelo de los ojos y resguardó el espejo en el interior de su bolso. Sonrió mientras dejaba el frasco de barro en la mesa.

—Vaya, menuda aventura.

Incluso después de dieciocho años viviendo como bruja, aún le maravillaban las posibilidades infinitas de la magia. A veces se olvidaba de cuánto tiempo había habitado esta en Eana (bueno, sobrevivido en ella), de lo poderosos que habían sido los brujos antes de que Oonagh Avestrellada maldijera a su hermana Ortha y dividiera su don en cinco ramas diferentes.

Wren soltó un suspiro y, con él, el nudo de ansiedad que se le aovillaba en el estómago. Agradeció haber tenido la oportunidad de hablar con su hermana, aunque podría haberlo hecho sin su advertencia final. Por supuesto que Tor se había entrometido y había avisado a Rose. Pero Wren no podía pensar en él ahora mismo. Ni en su hermana. Había sentido alivio cuando los zafiros se habían apagado, evitando hacerle a Rose una promesa que tendría que romper.

Aun así, una parte de su ser deseaba haberse quedado con ella en Amarach y despertar bajo el sol del amanecer sobre las torres perdidas antes de partir juntas en busca del Reino Soleado. Sin embargo, los hilos del destino la habían llevado al norte y, justo ahora, debía concentrarse en salir de Gevra (junto con Banba) de una sola pieza. Y, con o sin la aprobación de Rose, solo había una manera de hacerlo.

Wren había jurado que reviviría al príncipe Ansel, y pretendía cumplir esa promesa. Se sentó al lado de la cómoda y cogió un puñado de arena. La tierra brillaba con un color ámbar bajo la luz del fuego y desprendía un susurro de magia antigua contra su piel. Wren sonrió. Era buena tierra, poderosa, alimentada por las cascadas de Amarach.

Colocó a un ratón muerto frente a ella y lanzó una pizca de arena sobre su cuerpo inmóvil. Realizó un encantamiento nuevo, deseando que la criatura volviera a la vida. La tierra brilló antes de desaparecer, pero el ratón no se movió. La chica resopló cuando cogió más.

—¡Levántate, roedor inútil! —Otro encantamiento, más pequeño y corto. Nada. Ahogó una maldición mientras buscaba otro. Y otro. Y otro. Los minutos se convirtieron en horas, y el fuego poco a poco se apagó en la chimenea. La paciencia de Wren se estaba agotando y, para empeorar la situación, un frío penetrante había comenzado a filtrarse del exterior.

—Esto es una pérdida de tiempo —musitó, desmoronándose sobre la silla. Debería haber supuesto que no sería tan fácil. Necesitaba más que un puñado de arena y una rima elaborada para rescatar a un espíritu de las garras de la muerte y reanimar a un cadáver rígido. Si no podía despertar a un mísero ratón de entre los muertos, ¿cómo iba a revivir a Ansel?

Echó la cabeza hacia atrás con un gruñido. Cuando Alarik se percatara de que no tenía ni idea de lo que estaba haciendo, lanzaría toda su rabia contra Banba. Había hecho un trato imposible con un hombre imposible y, cuanto más permanecía sentada en su habitación, observando esos ratones muertos, más le dolía la contractura del cuello. Se puso en pie y caminó por la habitación para mantenerse caliente. Fuera, una ventisca descargaba toda su fuerza contra la oscuridad sin estrellas. El viento gemía, y la montaña crujía como una vieja casa.

«Una oscuridad se agita en Gevra», dijo la voz de Banba en su cabeza. «El viento pesa por su culpa, y parece magia antigua, magia contaminada».

A Wren le dio un vuelco el estómago. Tal vez fueran los ratones muertos o el aullido de la tormenta, pero el miedo comenzaba a arraigarse en su interior. Sabía que, si lo dejaba crecer, empaparía la llama de su magia y pronto los encantamientos serían imposibles de hacer. Necesitaba ver a Banba de nuevo, suplicarle que le contara el secreto de la magia de la muerte antes de que su propia incompetencia las destruyera a ambas.

Cogió un chal de pelo blanco del armario y se lo puso sobre los hombros para calentarse. Luego, tomó otro puñado de tierra del frasco y metió la mayor parte con cuidado dentro de un pañuelo. Llamó a la puerta con urgencia y, cuando se abrió, la tierra abandonó su mano y mandó a Inga al suelo, donde se durmió hecha un ovillo.

Pasó por encima del cuerpo de la soldado y salió a la cuarta planta del palacio de Grinstad. Recorrió de nuevo el camino a las mazmorras del día anterior y bajó un tramo de escaleras tras otro. El eco de sus pisadas se perdía en el grito irregular de la tormenta mientras aporreaba los puños gélidos contra las ventanas. Estaban llenas de nieve, y en los titilantes pasillos había un silencio extraño. Los soldados de guardia estaban adormilados en sus puestos y las bestias roncaban a sus pies. Era más tarde de lo que Wren pensaba.

No mucho después, alcanzó la parte superior de la enorme escalera del patio. Se detuvo para admirar la magnífica cúpula de cristal y el cielo que había más allá de ella, blanco y giratorio. Wren sintió por un momento que estaba atrapada entre un cuento y una pesadilla. La belleza glacial de este mundo lejano aullaba a medida que se cernía cada vez más cerca y amenazaba con asfixiarla. Bajó la mirada para examinar el patio y se quedó paralizada, con los pies sobre el escalón más alto.

La mujer de blanco volvía a estar allí. Debía de ser la reina Valeska. Igual que la noche anterior, estaba sentada al piano de cristal, tan parada y marmórea como una estatua. Los dedos pálidos y finos reposaban sobre las teclas con demasiada ligereza como para emitir algún sonido. Wren se apoyó en el pasamanos de cristal y, de puntillas, bajó el siguiente escalón, entornando los ojos para ver la cara de la mujer.

¿Por qué iba allí, noche tras noche, para sentarse ante ese piano de cristal? Wren descendió al siguiente escalón. Y al siguiente. Planeaba rodearla de camino a las mazmorras, pero, a medida que se acercaba, no podía alejar los ojos de su rostro lleno de dolor, de la extraña inmovilidad, del... La mujer alzó la barbilla y atrapó a Wren en su pálida mirada. La chica se quedó paralizada. La anciana reina estiró un brazo largo y flaco, como si quisiera ensartar a Wren con la yema del dedo.

Alertado por el repentino movimiento, un tigre de las nieves adormilado levantó la cabeza en un rincón cercano. Wren dio media vuelta y trató de subir a toda prisa la escalera, pero el pie se le enganchó en el escalón y tropezó. Echó el brazo hacia delante para detener la caída. Se agarró a la balaustrada de cristal y siseó cuando el áspero filo le hizo un corte en la mano. Rápidamente se puso en pie, y su sangre dejó una mancha carmesí en lo que se apresuró hacia el descansillo.

Si la reina gritaba o el tigre de las nieves decidía perseguirla, Wren no solo perdería su tierra recién conseguida, sino también su vida. Corrió a su habitación mientras su aliento escapaba de ella. Saltó a Inga y, con destreza, atrancó la puerta tras ella. Cerró los ojos y esperó, pero no apareció nadie. El tigre de las nieves no la había seguido.

Ahora el dormitorio de Wren estaba más oscuro, porque el fuego se había reducido a las últimas ascuas. Se quitó el chal y descubrió que estaba lleno de sangre. Lo lanzó a la esquina de la habitación y se quedó bajo un candelabro para examinarse la mano. La herida era profunda, del tamaño de una almendra, y sangraba profusamente. Wren esbozó una mueca al pensar en el rastro de sangre incriminatorio que ahora llevaba desde las escaleras del patio a su habitación. Se dejó caer en la cama.

Deseó que Rose estuviera con ella. No solo porque echara de menos a su hermana más de lo que pensaba, sino porque era una sanadora. Ahora tendría que arreglárselas ella sola. Se giró hacia la cómoda para buscar un trapo con el que vendarse la herida. Los ratones muertos tenían un aspecto extraño en la penumbra, con el pelaje blanco manchado de tierra. «Tierra desperdiciada», pensó Wren con amargura. Y comenzaban a apestar. Arrugó la nariz mientras rebuscaba en el primer cajón, dejando la palma de la mano izquierda en alto, pero aun así manchó la cómoda de sangre. Con el dedo meñique, rozó un ratón de manera ausente y, de repente, notó una oleada de calor recorriéndole el cuerpo.

Wren se quedó paralizada. Los dedos de la mano herida le cosquilleaban. Y la propia sangre... Pestañeó, solo para estar segura, pero no había duda. Su sangre brillaba. Le dio un vuelco el estómago mientras trataba de entender el suave brillo rojo que ahora manaba de su piel. Centró los ojos en el ratón muerto a su lado, con sus finos bigotes blancos y el rabo rosa enrollado, pero su mente estaba a kilómetros de distancia, en las torres de Amarach, y la voz de su cabeza no era la suya, sino la de Rose.

«¿No recuerdas lo que le ocurrió a Oonagh Avestrellada cuando decidió hacer sacrificios humanos? No puedes jugar con la muerte, Wren. Está prohibido».

Se contempló la mano herida y sintió la magia que le cosquilleaba debajo. Si del sacrificio humano se conseguía una magia muy potente, capaz de derrocar a un imperio entero de brujos, ¿qué podría hacer una sola gota de sangre no simplemente humana, sino de bruja? ¡Su sangre!

De repente, la respuesta fue obvia.

—Magia de sangre —susurró Wren, recordando lo que Glenna, la vieja vidente, le había dicho antes de morir. Que, hacía mil años, Oonagh Avestrellada había utilizado la magia de sangre para volverse más poderosa que su hermana, Ortha. Había comenzado con la sangre de animales, pero con el tiempo también había usado la humana. «Sacrificios humanos».

Wren se incorporó de golpe al recordar que Banba había dicho algo parecido en las mazmorras.

«Algunas cosas no valen la pena, pajarito. Ni la sangre». «Ni la sangre».

Wren paseó la mirada entre el ratón muerto y su propia mano herida. ¿Sería posible? ¿Podría usar su propia sangre?

Sabía que debía serlo. Por eso su abuela parecía tan aterrada. Ni siquiera Banba se atrevería a inmiscuirse en la misma magia que había pervertido el alma de Oonagh. Había elegido morir, en lugar de haber intentado un hechizo prohibido.

—¡Qué anciana tan terca! —musitó Wren—. Por una vez, no pasará nada. —No es que ella planeara seguir los pasos de Oonagh y sacrificar seres vivos. Solo utilizaría un poquito de su sangre y vería si funcionaba. Seguro que no haría daño a nadie. Al fin y al cabo, era suya.

Fuera, la ventisca aumentó su fuerza. El marco de la ventana tembló, acobardándose ante las espirales de nieve furiosa. Parecía que las propias montañas se estremecían de miedo. Wren también se estremeció. Había convertido la mano herida en un puño y la había alzado sobre el ratón, observando cómo la sangre se le filtraba entre los dedos. Aterrizó en el pelaje blanco como la nieve y lo manchó de rojo.

—De la muerte a la vida, a mí me debes escuchar, sal de tu descanso mortal.

Durante un momento, el viento dejó de gemir, como si prestara atención. Wren sintió el lento latido de su corazón en el pecho, una calma extraña que le recorrió el cuerpo hasta que se sintió embriagada. Observó la sangre caer, gota a gota, pero no sintió dolor. El pelaje del ratón comenzó a brillar. A Wren se le constriñó la garganta.

—Despierta, despierta, pequeño.

No se dio cuenta de que estaba conteniendo la respiración hasta que le empezaron a arder los pulmones. Fuera, el viento volvió a levantarse y golpeó sin descanso la ventana. Las montañas gruñeron, como si sintieran dolor, y la última ascua del fuego titiló en la chimenea. A medida que la oscuridad se extendía por la habitación como un manto, algo imposible sucedió. Fue un momento tan breve y fugaz que a punto estuvo de perdérselo.

El ratón movió la cola. Una vez. Otra. La sangre desapareció de su pelaje, revelando la capa blanca. Un latido después, abrió los ojos perlados. Wren los miró.

—Levántate —susurró.

El ratón se puso en pie y zigzagueó por la cómoda como si se hubiera emborrachado con escarcha efervescente. Con cuidado, Wren lo bajó al suelo y lo observó tambalearse por la alfombra. Fue de puntillas tras él, ignorando la sangre que seguía cayéndole de la mano. Su magia burbujeó dentro de ella, palpitando como un segundo corazón. Se había despertado. Wren se sentía triunfal. Entonces, de repente, dejó de sentirse así. El ratón colapsó en el centro de la alfombra, se retorció una vez y se murió de nuevo. Wren se dejó caer de rodillas mientras la oleada de magia salía de ella. Notó un vacío extraño, como si una parte inherente a sí misma, su corazón o sus pulmones, hubiera desaparecido también. Sintió náuseas y se lanzó hacia la chimenea para vomitar la cena. Sufrió una arcada tras otra, esperando a que la incomodidad cesara. Cuando por fin lo hizo, miró hacia abajo y, en lugar de la comida, encontró cenizas.

«Por la maldición de Oonagh Avestrellada, la reina bruja perdida», susurraba el viento. «La maldición corre por sangre nueva... y vive en huesos nuevos».

Wren se examinó la mano en la oscuridad. La herida se estaba coagulando y comenzaba a escocer. La sensación de vacío seguía presente, pero ahora era más manejable, como el dolor de un moratón. ¿La maldición se estaba abriendo paso dentro de ella? ¿O solo era debilidad por haber usado magia prohibida, por haber visto cómo funcionaba ante sus propios ojos?

«Sí», pensó Wren, tratando de convencerse a sí misma. «Debe de ser eso».

Impulsada por una nueva oleada de determinación, se puso en pie y se giró hacia los otros ratones, aún tumbados en la cómoda. Lo había hecho una vez. Lo único que tenía que hacer era repetirlo, pero mejor. La práctica llevaba a la perfección, después de todo. No se dio tiempo para cuestionarse su decisión mientras pasaba la uña por la herida para atraer nueva sangre. Cuando volvió a hablar, lo hizo con voz clara y firme. El encantamiento llenó la sala como un viento feroz, rivalizando con la tormenta que rugía entre las montañas. El siguiente ratón se despertó con un chillido decidido. Wren sonrió.

—Bienvenido al mundo de los vivos, pequeño.

Rose
CAPÍTULO 26

Rose durmió envuelta en su chal de pelaje plateado con el espejo en la mano por si Wren trataba de contactar con ella de nuevo. Sin embargo, los zafiros no volvieron a brillar. Dio vueltas y más vueltas durante toda la noche, sumergida en pesadillas sobre esos asquerosos ratones muertos que flotaban en ríos de sangre de Wren. Estaba convencida de que su hermana no haría lo que le estaba pidiendo Alarik.

No lo haría. No podía. Wren debía saber lo arriesgado que sería. Al fin y al cabo, Oonagh lo había perdido todo cuando se había inmiscuido en ese tipo de magia. Además, había condenado a todos los brujos, al fracturar su poder en cinco ramas distintas.

Cuando el sol asomó por el horizonte e inundó la cámara con luz dorada, Rose estaba segura de que Wren haría lo correcto. Encontraría otra manera de salvar a Banba y volver a casa. El hecho de que no solo estuviera viva, sino hospedada en una habitación tan lujosa, reflejaba la habilidad inherente de su hermana para encandilar a todo el mundo y conseguir lo que necesitaba, incluso sin magia. Y ahora que contaba con la tierra de Amarach, no le pasaría nada. Todo iría bien. Aun así, Rose decidió mantener cerca el espejo.

Ante un copioso desayuno de gachas con miel y nueces, Rose le contó a Shen lo que había ocurrido con los espejos y cómo Wren y ella habían intercambiado sus papeles.

—Te dije que estaría bien —respondió el chico tras recibir la noticia con una calma sorprendente—. Aunque me ofende que no pensara en saludarme mientras estaba aquí. Se supone que somos mejores amigos.

Rose arrugó la nariz.

—Yo no diría que prometer traer de vuelta al hermano muerto de un rey con puños de acero que quiere matarte sea estar bien, pero al menos está viva.

Kai arqueó una ceja.

—¿De qué te ríes? —replicó la chica, sosteniéndole la mirada.

—A las reinas brujas os gusta meteros en problemas.

Las fosas nasales de Rose se ensancharon.

—El único problema con el que tengo que lidiar ahora mismo eres tú.

—Me estoy portando lo mejor posible, reinecita —dijo Kai—. Pero aún tienes que preocuparte por Barron y sus flechas. Y por un reino enterrado que hay que encontrar. Tu hermana está en Gevra, jugueteando con magia prohibida, y, por supuesto, también está la cuestión de con quién te vas a casar si quieres aliarte con una nación más fuerte antes de que el rey Alarik te declare la guerra abiertamente...

—Ya basta —lo interrumpió Shen.

—Paso a paso —pidió Rose—. Hoy encontraremos el Reino Soleado.

Kai alzó la taza de té sin probar.

—Brindo por eso, incluso con este pis caliente de caballo que tanto le gusta a tu gente.

Rose les dio las gracias a los videntes por su hospitalidad mientras Shen y Kai guiaban a los caballos desde los establos. Elske caminaba tras ella, manteniéndose cerca. La loba debía de haber llegado tarde la noche anterior y, antes del desayuno, Rose la había encontrado fuera de su habitación, en la escalera, con los ojos claros fijos en la puerta de Kai.

—Espero volver a verlos —dijo Rose, sonriendo a todos los videntes—. Siempre serán bienvenidos en Anadawn.

Fathom la cogió de las manos. La chica se tensó, esperando que soltara algún aviso funesto, pero sus ojos siguieron manteniendo su calidez, presentes.

—Si necesitarais cualquier cosa, ahora ya sabéis dónde encontrarnos.

—Supongo que me verán llegar —contestó Rose.

—Por supuesto —intervino Pog con una sonrisa—. Y a la loba. Al final, yo tenía razón.

—Cállate, Pog —dijo Fathom—. A nadie le gusta la gente presumida.

Meredia soltó una carcajada.

—Esperamos que encontréis lo que estáis buscando, reina Rose.

La chica se quitó el chal plateado que había conseguido en el palacio de Grinstad. Deseaba quedárselo con desesperación, pero Shen se había mostrado firme. Por una parte, en el desierto haría mucho calor para llevarlo puesto y, por otra, era demasiado llamativo. «Adiós, pequeño lujo», pensó cuando se lo tendió a Fathom.

—He pensado que les gustaría añadirlo a su colección.

—Ah, un armiño plateado. —Cogió el chal y enterró la cara en él—. Justo lo que me faltaba.

Meredia y Pog intercambiaron una mirada y acallaron una carcajada mientras Fathom se colocaba la prenda sobre los hombros y hacía una floritura con ella.

—¿Qué decías sobre la gente presumida? —le provocó Meredia.

Fathom se rascó la nariz con el extremo del chal.

—La envidia no te sienta bien.

—¿Os tenéis que llevar a la loba? —preguntó Pog, agachándose junto a Elske para acariciarle entre las orejas—. Aquí cuidaríamos bien de ella, ¿sabéis? Siempre he querido tener un mejor amigo.

Fathom dejó de mover el chal y frunció el ceño.

—¿Y yo qué soy? ¿Una bota vieja?

—Te la dejaría si pudiera, Pog. El desierto no es el lugar idóneo para una loba gevranesa —dijo Rose—. Pero no creo que se quede. Es muy leal.

—Llevaos a la loba —contestó Meredia—. El camino que os espera está lleno de peligros.

Rose tragó saliva con dificultad.

—¿Se refiere a los flechas?

—A Barron. Y a otros. —La mujer frunció aún más el ceño al estudiar a Rose y paseó los ojos como si buscara su aura invisible—. Está borroso.

Rose quería saber más, pero, en ese preciso momento, Shen y Kai llegaron con los caballos. El primero le tendió la mano para ayudarla a subir y que se colocara delante de él. Elske se acercó a sus pies y aulló, como si estuviera diciendo que estaba preparada para marcharse también.

Rose les dedicó un gesto con la cabeza a los videntes.

—De nuevo, gracias.

Todos hicieron una reverencia a la vez.

—Buen viaje, reina Rose.

Cruzaron de nuevo el valle Hierba Venenosa y, gracias al té especial de hierbas de Fathom, estuvieron a salvo de los efectos de confusión mental. Cuando llegaron al puente Piedra Blanca, era casi mediodía. Rose sacó el mapa de Thea, y Shen se llevó una mano al cinturón para comprobar que su mapa seguía allí, como había hecho cada diez minutos desde que habían partido.

Rose frunció el ceño, intentando trazar una ruta hasta el desierto del Ganyeve, que se encontraba en el corazón de Eana, aovillado como una serpiente. No quería regresar a Puente Final, pero el extremo sur de Eana era demasiado estrecho como para rodearlo.

—Podríamos cabalgar a toda prisa —comentó Shen, inclinándose para mirar sobre el hombro de la chica—. Partamos desde la carretera y crucemos las colinas. Tenemos comida de sobra.

—Y caballos con los que competir —intervino Kai—. Quiero la revancha.

—Muy bien —dijo Rose, doblando con cuidado el mapa—. Pero esperad a que... ¡Shen!

Los caballos traspasaron el puente y la carretera antes de galopar por las llanuras llenas de hierba a una velocidad vertiginosa mientras Rose jadeaba para tomar aliento. El terreno se extendía a su alrededor, salvaje y silvestre, al mismo tiempo que lo recorrían. Su risa se mezclaba con el viento a medida que avanzaban hacia el norte, hacia el desierto.

Tras horas cabalgando, cuando el sol se estaba escondiendo en el cielo del atardecer, llegaron a Thornhaven, un pueblo de comerciantes, y redujeron el paso, cautelosos, para no llamar demasiado la atención. Hacía tiempo que Elske se había quedado atrás, pero Rose sabía que volvería pronto, un poco polvorienta y cansada por el viaje.

Estaba a punto de proponer una parada en el pueblo para descansar y esperarla cuando encontró algo que hizo que el corazón le diera un vuelco: una flecha pintada en la puerta de la taberna. Y otra en la del herrero. Y otra en la del cochero. Más y más aparecieron por toda la calle empedrada. Había flechas en cada puerta. Shen se tensó tras ella.

—Thornhaven es un aliado de los flechas. No esperaba otro tan pronto.

—Ni en un lugar tan céntrico —dijo Rose, inquieta. Sintió la punta de todas las flechas como si le estuvieran perforando la piel. Todas representaban a una persona, o quizás a una familia entera, que las odiaba, a ella y a su hermana, así como lo que simbolizaban. Edgar Barron estaba ganando adeptos. Sus seguidores atraían a otros a la causa, lo que hacía que cada paso lejos del palacio de Anadawn pareciera mayor que el anterior.

«Mantente firme, Thea. Volveré pronto a casa».

—¿Deberíamos tirar las puertas abajo? —sugirió Kai.

Rose lo fulminó con la mirada.

—Mantén la cabeza baja y no atraigas la atención —dijo, colocándose la capucha. Algo se había endurecido en su corazón al ver esas flechas, todo ese odio—. Y, cuando volvamos a Anadawn con un nuevo ejército de brujos del desierto, recordaré el nombre de todos los pueblos que eligieron ir en nuestra contra.

—La venganza te sienta bien, reinecita —contestó Kai con aprobación—. Sabía que albergabas dentro alguna clase de fuego.

Shen tensó sus manos alrededor de la cintura de la chica conforme cruzaban las calles de Thornhaven. Incluso cuando volvieron al camino, con la noche cayendo sobre ellos en volutas de polvo grises y azules, no la soltó.

Cabalgaron hasta mucho después de la medianoche, cuando se detuvieron a descansar en la linde de un bosque, lejos de la mirada llena de odio de los flechas... o de cualquier otra persona. Alimentaron y dieron de beber a los caballos antes de compartir el pan y el queso que Pog les había preparado.

—Nos despertaremos al alba —dijo Shen, comprobando el mapa bajo un rayo de luz de luna. El Reino Soleado se estaba moviendo de nuevo. El chico trazó la esfera roja con el dedo—. Está desplazándose hacia el sur. Si todo va bien, deberíamos encontrarlo mañana al mediodía.

Rose se acurrucó en el suelo y se hizo un ovillo sobre el musgo mullido, intentando ponerse cómoda. El alojamiento era demasiado rural para su gusto, pero no tenía sentido quejarse. Utilizó su bolso como almohada, lo que supuso una pequeña mejora, pero el aire nocturno se había vuelto más frío y los dientes no dejaban de castañearle. Era en momentos como este en los que recordaba lo lejos que estaba de su hogar en Anadawn y de sus responsabilidades en el trono. Esperaba de corazón que valiera la pena.

—Lo siento —musitó Shen, acurrucándose junto a ella—. Debería haber permitido que te quedaras con ese chal.

—¿Es ahora cuando le ofreces dormir junto a ella para mantenerla caliente? —gritó Kai, que estaba haciendo flexiones en una rama cercana.

Shen se tensó.

—No —dijo Rose, posándole una mano en el brazo—. No merece la pena.

El chico se tragó su rabia. Paseó la mirada hasta la suya y, con voz ronca, dijo:

—Tiene razón en parte. Si quieres, puedo dormir...

Un aullido triunfal lo interrumpió cuando Elske irrumpió en el claro y se abalanzó directamente sobre Rose. La loba le lamió la cara a modo de saludo antes de hacerse un ovillo junto a ella y apartar a Shen.

—¡Qué maravilla! —exclamó la chica con una carcajada—. Mi manta acaba de llegar. Creo que dormiré a gusto, después de todo.

Kai soltó una carcajada, bajándose de la rama.

—¿Qué se siente al perder ante una loba, primo?

Shen se lanzó hacia él, derribándolo por la cintura. Cayeron al suelo, dándose patadas y puñetazos, y esta vez Rose se lo permitió. Se giró hacia Elske para acurrucarse en su calidez.

—Hombres —dijo con un suspiro.

La loba gimió a modo de confirmación y, de inmediato, ambas se quedaron dormidas.

A la mañana siguiente, no mucho después de que saliera el sol, cruzaron la linde del Ganyeve. Shen sacó el mapa y posó la mirada en el escarabajo rubí mientras avanzaban por el desierto. Rose no había pensado que fuera posible que los caballos del desierto pudieran ir más rápido, pero, en cuanto sus pezuñas tocaron la arena, fue como si les salieran alas y comenzaran a volar.

Pasaron horas bajo el calor abrasador, al mismo tiempo que el escarabajo zigzagueaba por el mapa como si intentara evitarlos. Al final, cuando se encontraron próximos al corazón del desierto, dejó de moverse.

—Estamos cerca —dijo Shen, alzando la cabeza para señalar hacia el oeste—. Por ahí.

—¿A qué estamos esperando? —preguntó Kai antes de azuzar a Victoria para que galopara más rápido.

—¿Y Elske? —preguntó Rose, buscando entre las dunas a la loba blanca—. Se ha vuelto a quedar atrás.

—¡Ya nos alcanzará! —dijo Shen—. No podemos detenernos ahora, Rose. Ya casi estamos.

Siguieron galopando mientras la euforia salía de ellos en forma de carcajadas. Cuando Shen detuvo a Tormenta en el centro de una duna cobriza, Rose miró hacia atrás y vio que la esperanza le brillaba en el rostro, tan pura y radiante como el sol sobre ellos.

—Aquí está —dijo, mirando frenético a su alrededor—. El mapa dice que hemos llegado.

Kai bajó del caballo y aterrizó con facilidad sobre la arena caliente.

—Bueno, ¿y ahora qué, chico maravilla?

Había algo en su voz, más que impaciencia, y a Rose no le gustó. Shen se bajó de Tormenta.

—No lo entiendo —comentó, agitando el mapa—. ¿Cómo se supone que vamos a entrar?

—Dámelo —dijo Kai, y se lo arrancó de las manos.

Shen se lanzó a por él, pero Kai le golpeó los pies con una patada. El brujo cayó de rodillas, soltando una maldición. El anillo con el rubí en torno a su cuello quedó al descubierto. Rose jadeó mientras lo señalaba.

—¡Shen! ¡El anillo está brillando!

El chico lo atrapó en el puño y la luz roja se extendió por su piel, hasta dar la impresión de que estaba iluminado desde el interior.

—Está encantado —murmuró—. Lo puedo sentir.

De repente, la arena comenzó a zumbar. La cadencia del repiqueteo aumentó como un aria hasta que el propio viento se unió. Parecía que los estaba reconociendo, dándoles la bienvenida. Shen extendió la mano libre.

—Dame el mapa.

Esta vez Kai se lo cedió. Rose se bajó del caballo para rodear el pergamino junto a ellos. Mientras la arena repiqueteaba con más fuerza, nuevas palabras aparecieron en la parte superior.

«Un corazón en el puñal de una mano del desierto sacará a su reino de su entierro».

Rose frunció el ceño.

—He oído «un puñal en el corazón», pero nunca «un corazón en el puñal».

—Los brujos y sus malditas rimas —musitó Kai.

—El puñal de una mano del desierto —murmuró Shen, sacando la daga de su bota—. Cuando Banba me encontró vagando por el desierto, llevaba una daga y un anillo... —comentó, más para sí que para ellos. Le dio la vuelta al cuchillo y reveló un pequeño agujero en la base de la empuñadura.

—El rubí —dijo Rose, comprendiéndolo—. El rubí debe de ser el corazón. Igual que en el mapa. Y tu daga... ¡es el puñal!

—Sigo perdido —intervino Kai.

Shen lo ignoró. Liberó el anillo del collar y lo metió en el agujero de la base de la daga con el rubí boca abajo.

—Coincide.

La arena empezó a temblar y la melodía se elevó a su alrededor, hasta el punto de que Rose apenas podía oírse a sí misma.

—¿Y ahora qué? —gritó.

Como si lo poseyera un antiguo espíritu mágico, Shen se dejó caer de rodillas y clavó la daga en la arena hasta la empuñadura. Se produjo un momento de quietud absoluta y los tres se miraron, expectantes. Entonces, la arena se agitó con tanta violencia que Rose cayó de espaldas.

—¡Apartaos! —exclamó Shen, guardándose la daga antes de ayudar a la chica a ponerse en pie.

Se subieron a los caballos y se alejaron del abismo que se había abierto ante ellos. La arena se estaba desplazando con tanta fuerza que escupía en todas direcciones, por lo que les quemaba la piel y les escocía en los ojos. El terreno gimió al abrirse y el agujero se hizo cada vez más grande. Galoparon por los bordes mientras los caballos relinchaban alarmados a medida que la arena caía sobre sí misma.

Rose gritó cuando una enorme cúpula brillante emergió del abismo y se elevó desde la tierra como una burbuja iridiscente. Brillaba bajo el sol con tanta fuerza que le costó comprender que dentro había toda una ciudad. No, no una ciudad. ¡Un reino!

Cascadas doradas de arena caían por los lados de la imponente cúpula mientras se elevaba, antes de asentarse sobre el desierto como si hubiera estado allí en todo momento. La cúpula brilló hasta desaparecer y mostró un alto muro de piedra y un par de puertas de color escarlata. Más allá, Rose percibió cientos de tejados rojos y dorados que resplandecían bajo el sol. Por fin, la arena dejó de agitarse, la melodía se desvaneció y todo permaneció inmóvil.

Rose estaba tan sorprendida que no podía hablar. Tras ella, Shen jadeaba. Lo cogió de la mano y se la apretó.

—Hogar, dulce hogar —dijo Kai con una sonrisa triunfal. Azuzó a los caballos—. Vamos, tortugas.

Rose se sobresaltó cuando las puertas rojas se abrieron por sí solas. Tras ellas, vio preciosos edificios de arenisca y sinuosos caminos salpicados de arbustos del desierto y plantas blancas florecientes. En el centro, en lo alto de una pálida escalera de piedra, se erigía un enorme palacio dorado. Antes de que pudieran acercarse a él, los rodeó un grupo de personas.

—¡Puedo sentir el viento en la cara!

—Mirad el sol. ¡El cielo!

—¡Por fin! ¡Por fin!

Salieron de sus hogares, llorando de alegría mientras levantaban el rostro hacia el sol. Los niños gritaban y vociferaban, acercándose a las verjas, la gente levantaba las manos hacia el cielo y sollozaba. Una a una, todas las personas del Reino Soleado contemplaron a Rose, quien se encontraba nada más cruzar las puertas. Y, al hacerlo, se pusieron de rodillas y presionaron la cabeza contra la arena. La chica se sonrojó.

—Ay, no es necesario —dijo a toda prisa—. Por favor, levantaos.

Tras ella, Kai resopló.

—Esto va a ser divertido.

Una anciana se dejó caer a sus pies.

—¡Bendito sea el cielo! —exclamó—. ¡El príncipe heredero ha regresado!

A su alrededor, otros se unieron.

—¡El príncipe heredero nos ha salvado!

—¡Mil hurras por el príncipe heredero!

Rose frunció el ceño.

—Creo que todo ese tiempo bajo la arena les ha confundido —le musitó a Shen—. Soy una reina, no un príncipe.

Justo entonces, las puertas del palacio dorado se abrieron y un hombre de aspecto regio con una camisa de seda roja y unos pantalones negros sueltos bajó las escaleras. Era alto y ágil, con la piel bronceada y el largo pelo negro apartado de la cara, recogido en la parte de arriba de la cabeza. Llevaba una pequeña banda dorada sobre la frente marcada y, aunque Rose no lo había visto nunca, percibió cierta familiaridad en su fuerte mandíbula. Tenía los ojos marrones y perspicaces fijos en Shen.

—¡He aquí el príncipe heredero! —gritó, abriendo los brazos para darle la bienvenida—. Nunca pensé que llegaría este día.

Rose giró la cabeza y el calor le abandonó las mejillas.

—¿De quién demonios está hablando?

La multitud se abrió para dejar paso al hombre, que se detuvo ante ellos. Sonrió a Shen y reveló un hoyuelo en su mejilla izquierda.

—Bienvenido a casa, Shen Lo. Te hemos echado de menos.

Rose estuvo a punto de caerse de Tormenta. Tras ella, Shen se había quedado inmóvil, y la chica se preguntó si seguiría respirando.

—Vaya —dijo Kai, inclinándose hacia delante en el caballo—. Es cierto, se me olvidó mencionar que eres el heredero del Reino Soleado.

Rose se giró para mirar al primo de Shen.

—¿Qué?

El hombre miró a Kai y, durante un breve momento, su sonrisa se desvaneció.

—Bienvenido a casa, hijo. Lo has hecho bien.

—Gracias, padre —contestó Kai, y bajó la barbilla. Tal vez fuera la imaginación de Rose, pero juraría que había visto una sombra cruzándole el rostro y que se parecía mucho al miedo.

Wren
CAPÍTULO 27

A la mañana siguiente, después de un copioso desayuno con pasteles espolvoreados con canela, beicon con miel y unos huevos escalfados perfectos, Wren eligió del armario un vestido violeta adornado con un suave pelaje gris. La tormenta del exterior se había calmado al amanecer, no mucho después de que ella se dejara caer en la cama, con los ojos hinchados por el cansancio tras una noche haciendo hechizos. Hechizos de sangre.

Un ratón chilló desde la cómoda mientras Wren se abrochaba los botones del corpiño. Su magia relampagueó como respuesta, y una corriente de calor atravesó su cuerpo.

—Buenos días, pequeño milagro.

El ratón ronroneó, alegre. Wren sonrió. Era perfecto, excepto por la pequeña rigidez de su trasero. Sin embargo, lo más importante era que estaba vivo. Los otros solo habían durado unos minutos tras el encantamiento de Wren, pero este había sobrevivido toda la noche. Un buen augurio.

Se quitó la venda de la mano y se examinó la palma. Una postilla había cubierto el corte. Su estómago había agradecido el desayuno, y el beicon con miel estaba haciendo maravillas para eliminar el sabor a ceniza de su boca. Mientras permanecía de pie ante el espejo, haciéndose una trenza, se dio cuenta de que se sentía mejor que nunca. Si ese era el coste de un pequeño sacrificio de sangre, lo pagaría encantada. Poco después, Inga asomó la cabeza.

—Veo que habéis sobrevivido a la ventisca, majestad —comentó con una calidez poco característica—. ¿Os gustaría dar un paseo matutino?

Wren la miró.

—¿Es una trampa?

Sorprendentemente, la soldado sonrió.

—Creo que le habéis caído bien al rey. Ha ordenado que os saque a tomar aire fresco.

—Como a uno de sus lobos —musitó Wren, pero no dejó escapar la oportunidad de estirar las piernas. Si haber aceptado ayudar a Alarik había disminuido en cierto sentido el desdén que el rey sentía por ella, aprovecharía los beneficios que le procurara. Sacó una capa de pelo del armario y se despidió del ratón—. Luego nos vemos, pequeño.

Wren adoptó el ritmo de Inga y disfrutó de la sensación de pasear, en lugar de marchar a algún sitio en contra de su voluntad. Ayudaba que Inga no recordara el encantamiento que le había lanzado la noche anterior para dormirla.

—Bueno, ¿qué se puede ver por aquí? Y no me digas que un patio de bestias. Ya me he dado una vuelta por esa atracción.

Inga la miró de soslayo, y a Wren le sorprendió lo joven que era la chica al verla de cerca. Tal vez incluso más que ella. Se preguntó si, como Tor, habría llegado allí para entrenar cuando solo tenía doce años.

—Podríamos dar una vuelta por el lago —sugirió la soldado—. Las bestias no merodean por ahí. —Se estremeció ante un recuerdo—. No desde que Anika le enseñó a Borvil a patinar sobre hielo. Estuvieron a punto de morir los dos. El rey se puso hecho una fiera.

Wren levantó las cejas, intentando imaginarse al enorme oso polar moviéndose con pesadez por un estanque helado. No pudo evitarlo y se echó a reír. Inga también.

—Me temo que no fue tan divertido en su momento.

Cruzaron el patio interior, donde las bestias dormitaban bajo los riachuelos de luz solar matutina, cansados tras la tormenta de la noche anterior. Fuera, el viento era penetrante, pero, envuelta en su lujoso vestido y su capa, Wren apenas lo sentía. Había una frescura en el aire de Gevra que le gustaba. Hacía que se sintiera alerta, centrada. Caminaron por la orilla del enorme lago, donde las liebres blancas entraban y salían de arbustos de frutos invernales, ayudando a que se desprendieran de la nieve recién caída. Fuera, Wren apenas oía los gruñidos del palacio. Solo percibía el viento entusiasta entre las montañas, con sus picos irregulares como colmillos brillantes.

—Esto es muy bonito —comentó Wren, y su aliento se convirtió en una nube de vaho—. Y lo digo como prisionera.

—Con suerte, no lo seréis durante mucho tiempo —contestó Inga—. No es la costumbre del rey Alarik.

—¿Capturar prisioneros o mantenerlos vivos? —preguntó Wren.

La joven soldado se encogió de hombros.

—Ambas.

—Genial. —Wren se frotó las manos y deseó haberse puesto guantes. Se acercaron a un banco de hierro cubierto de nieve fina. Debajo, descubrió un par de patines de hielo. Los cogió por los cordones para admirar las cuchillas plateadas—. Con esto se le podría sacar un ojo a alguien.

Inga se tensó y se llevó una mano a la empuñadura de la espada.

—A ti no —le aseguró Wren a toda prisa—. ¿Me los puedo probar? Parecen de mi talla.

La soldado alzó las cejas.

—Creo que son de la princesa Anika.

—Seguro que no le importa si los tomo prestados —mintió Wren—. Parece de las personas a las que les gusta compartir, ¿verdad?

Inga frunció los labios.

—¿Alguna vez habéis patinado?

—No, pero conozco el concepto —dijo Wren, alegre—. Un poco de impulso. Un poco de equilibrio. ¿Tan difícil es?

El silencio de Inga fue respuesta suficiente. Wren se lo tomó como un reto. Se dejó caer en el banco y se quitó las botas para reemplazarlas con destreza por los patines. Le quedaban un poco ajustados y le apretaban los dedos, pero le servirían. Se puso en pie y se tambaleó de forma peligrosa mientras cruzaba la hierba llena de escarcha. Inga le tendió una mano para ayudarla.

—Puedo hacerlo sola —dijo Wren, apartándola—. Es como caminar. Bueno, con pesadez.

—Pero el hielo...

—Lo conquistaré —respondió la reina, entrando con cautela en el lago congelado—. No te preocupes, Inga. Aprendo rápido.

La soldado asintió, poco convencida.

—Aseguraos de tomaros vuestro tiempo. El hielo puede ser engañoso al principio...

Sin embargo, Wren ya se estaba deslizando lejos de ella. El hielo siseaba a medida que los patines lo rozaban. Debía concentrarse para no levantar los pies y presionar la punta de las cuchillas mientras alargaba las zancadas, apoyándose primero en un lado y después en el otro. Echó los brazos hacia atrás, tambaleándose para encontrar el equilibrio.

—¿Lo ves? —gritó hacia donde Inga merodeaba, en los límites del estanque—. Te he dicho que tenía un don.

—Tened cuidado en el centro —respondió Inga—. Ahí es donde el hielo es más fino.

—No te preocupes —contestó Wren, haciendo un triste intento de pirueta que a punto estuvo de acabar con su cara contra el hielo—. Soy ligera como una pluma.

Se agachó un poco para acelerar los pasos. El hielo crujía bajo sus pies conforme patinaba alrededor del estanque. El viento le azotaba la cara, entumeciéndole la punta de la nariz, pero no le importaba. Por primera vez desde que había puesto un pie en Gevra, se sintió libre. Dio una vuelta y cayó, por lo que estalló en carcajadas, al mismo tiempo que se volvía a poner en pie. Le escocían las rodillas, pero ignoró el dolor y se perdió en el siseo y el crujir de cada zancada.

—¡Ya basta! —gritó Inga tras un tiempo—. Debemos volver a palacio.

—Una última vuelta —dijo Wren, alejándose de la soldado cuando esta intentó atraparla—. Le estoy pillando el truco.

Dio una nueva vuelta y las cuchillas formaron un arco perfecto. Wren soltó un grito triunfal. Luego, dio otra y otra más, acercándose al centro del lago. Cuando el hielo se agrietó bajo sus pies, ya era demasiado tarde. Miró hacia la fisura en forma de tela de araña que había a su alrededor, y después miró hacia a Inga. La soldado se quedó inmóvil, con el rostro grisáceo.

—¡Ayuda! —gritó Wren cuando el hielo cedió. Cogió aire y se zambulló en el agua congelada. El lago estaba tan frío que se quedó paralizada. Se le debilitaron las piernas, que le pesaban como el plomo. Sentía los patines como si fueran piedras en los tobillos. Se hundió aún más en ese abismo glacial; un único punto de luz marcaba el agujero por el que había caído. Se fue alejando mientras el fondo del estanque se acercaba a ella a toda prisa.

Aunque le ardían los pulmones, se agachó sobre el cieno y la piedra y se impulsó contra el fondo. Se elevó una vez más, esforzándose por llegar a la superficie, con las manos estiradas como si pretendiera coger ese único rayo de luz. Estaba demasiado lejos y, de repente, estaba cayendo de nuevo, sacudiéndose. Dio patadas para luchar contra la pesadez de sus pies, desesperada por empujarse hacia arriba.

Entonces, una mano encontró la suya en la oscuridad. Fuerte y segura, la arrastró hacia la luz solar, hacia la salvación. Wren cruzó la superficie con un jadeo irregular y la cara cubierta de mechones de pelo empapado. Las manos se movieron a toda prisa, de su muñeca a sus hombros. La chica arañó el hielo mientras alguien la arrastraba por el lago vidrioso. Entonces la soltaron, y ella se apoyó, temblorosa, sobre las manos y los pies.

A través de una maraña de pelo, distinguió un par de botas negras. Se acercó a ellas, aterrada por caer de nuevo, pero retrocedieron un paso, otro, alejándola del centro del lago, hacia los bordes, hacia la zona segura. Solo cuando sus dedos encontraron la hierba llena de escarcha, Wren se dejó caer sobre los talones y se quitó el pelo de la cara.

Alarik Felsing la observaba con la mirada tan brillante como el sol sobre él. Tenía las manos un poco azules, y las mangas de su abrigo negro estaban empapadas. Cuando habló, no lo hizo con ella.

—Te he dicho que la llevaras a dar un paseo, Inga, no que la ahogaras.

—Eso he hecho, majestad. Lo he intentado, pero ella quería patinar y se ha caído. Entonces…

—Te has quedado paralizada —dijo Alarik con aspereza—. En un momento crucial.

Wren lo observó, desconcertada.

—¿Me has sacado tú?

El rey inclinó la cabeza.

—¿Preferirías que te hubiera dejado ahí abajo?

—No, yo... —Wren negó. Le castañeaban los dientes y aún tenía la mente helada—. Me... sorprende, eso es todo.

—Me hiciste una promesa —le recordó Alarik—. Y pretendo que la cumplas.

La chica alzó la barbilla.

—Yo también.

—Bien. —Le mostró los colmillos con una rápida sonrisa y dio un paso atrás, dejando a Inga a la vista, con la cara roja y llorosa—. La reina se está poniendo azul. Id dentro y que entre en calor. Es tu última oportunidad, Inga. No me vuelvas a decepcionar. —Se alejó sin mirar atrás, solo con las palabras de despedida que le dedicó a Wren—. Mañana enviaré a alguien a por ti. Estate preparada, bruja.

Rose
CAPÍTULO 28

Rose no podía dejar de mirar a Shen. ¿Shen Lo, un príncipe? ¿Su Shen Lo, que vestía como un bandido y reía como un pirata, que irrumpía en palacios y besaba a la novia de otra persona el día de su boda, era el heredero de un reino entero? ¿Cómo era posible?

Shen no tenía respuestas para las preguntas de Rose. Ni para las suyas propias. Estaba boquiabierto por la sorpresa y, por una vez, el guerrero permaneció en silencio. Después del dramático anuncio del padre de Kai, los guiaron desde las puertas color rubí al centro de la ciudad. Para ser un lugar que había estado atrapado bajo la arena durante dieciocho años, el Reino Soleado era muy frondoso. El laberinto de calles estrechas y caminos de adoquines cobrizos estaba flanqueado por enrejados de un vivo color amarillo y flores rojas del tamaño de la mano de Rose, así como por frondosos arbustos del desierto salpicados de pequeñas flores blancas. Los edificios estaban construidos con arenisca, que brillaba con suavidad bajo el sol, y cubiertos por puntiagudos tejados de pizarra roja que se curvaban hacia arriba a partir de sus aleros dorados.

Rose sentía la magia vibrando en la estructura de la ciudad. Era antigua y poderosa, más fuerte de lo que había sentido en Anadawn. Incluso en Ortha. Le acariciaba las mejillas como un viento invisible. Se emocionó ante su presencia y dejó que le calmara los nervios mientras se abrían paso entre la multitud reunida.

Se bajaron de Tormenta a los pies de la escalera del palacio. Cuando Shen descendió al suelo, el padre de Kai le pasó el brazo por los hombros y lo separó de Rose para poder susurrarle algo al oído. Kai bajó de Victoria y caminó tras ellos con las manos en los bolsillos mientras los espectadores se reunían alrededor de las escaleras y estiraban el cuello para entrever al príncipe heredero.

Rose observó al padre de Kai con un resentimiento creciente, al percatarse de la banda dorada alrededor de su cabeza. Quizás fuera el gobernador del Reino Soleado, pero este territorio se encontraba en su desierto y, como reina de Eana, se merecía más respeto. Por el momento, no había recibido siquiera un saludo.

Se pasó la mano por el pelo, deseando llevar la corona. O, al menos, algo más que un vestido manchado de arena. Entonces, todos se darían cuenta de quién era.

—Vaya ceño fruncido que llevas, reinecita —comentó Kai, arrastrando las palabras tras ella.

Le dedicó una mirada fulminante.

—No era lo que esperaba.

—Espera a entrar en el palacio de la Luz Eterna. —Una sombra atravesó el rostro de Kai, pero desapareció tan rápido como había aparecido—. O, mejor dicho, el palacio de la Luz Eterna de Shen.

—¿Ahora quién es el que frunce el ceño? —musitó Rose.

Permanecieron en silencio conforme subían el resto de los peldaños. Las escaleras estaban decoradas a ambos lados por complejas estatuas doradas, que incluían un escarabajo con ojos de jade, un escorpión gigante, un dragón rugiente y ocho caballos del desierto encabritados sobre las patas traseras. Todos parecían a punto de cobrar vida, y Rose se preguntó si sería posible, con la magia correcta.

El padre de Kai se detuvo en lo alto de las escaleras y se giró para mirar a la multitud de la parte inferior. Alzó un brazo y, con él, también el de Shen. Este seguía confuso y observaba la ciudad como si no creyera que estaba allí ante ellos, que, después de todos esos años, había encontrado por fin su camino a casa.

—No solo ha vuelto nuestro príncipe heredero para desenterrarnos, sino que me acaba de informar de que la mujer que lo acompaña no es otra que la reina de Eana —anunció el padre de Kai—. ¡Ha venido a darnos la bienvenida bajo el sol!

Solo entonces, cuando su mirada se posó en Rose, sus labios se curvaron en una amplia sonrisa. No le hizo una reverencia. La chica trató de no revelar su irritación cuando se abrió paso para unirse a ellos, subiendo los últimos escalones entre estrepitosos aplausos. Se giró hacia el pueblo del Reino Soleado, que corría y saltaba de alegría, y les ofreció un saludo monárquico. Miles de personas se lo devolvieron.

Rose miró de soslayo a Shen.

—¿Te encuentras bien?

El chico tragó saliva con dificultad.

—No... No lo sé.

Kai permaneció en un escalón inferior.

—Bueno, príncipe, ¿no vas a decirles algo a tus queridos súbditos?

Shen abrió mucho los ojos, entrando en pánico. Se giró hacia Rose.

—¿Qué digo?

—Nada —contestó, aliviada por poderse hacer cargo al fin de la situación—. Yo me dirigiré a mis súbditos.

Se aclaró la garganta.

—¡Hola a todos, pueblo del Reino Soleado! —gritó—. Soy la reina Rose Valhart, y he venido desde mi trono en el palacio de Eana, también en nombre de la otra reina, Wren, mi hermana gemela, para daros la bienvenida a nuestra tierra. Me alegra haberos encontrado vivos y a salvo después de todos estos años. En los próximos días y semanas, descubriréis que este país ha cambiado a mejor. Los brujos ocupan ahora el trono de Anadawn y, en nuestro reino, la magia es bienvenida en todo el país.

—Excepto en el territorio de los flechas —intervino con un susurro Kai.

Rose lo ignoró.

—Juntos recuperaremos la antigua gloria de nuestros antepasados y haremos que todos los brujos vuelvan a disfrutar de la luz del sol, no solo aquí, sino en cualquier lugar de Eana.

La multitud estalló en aplausos de nuevo.

—Gracias, reina Rose —dijo el tío de Shen, bajando la barbilla—. Es un honor hospedarte aquí, en nuestro reino. —A Rose no se le pasó por alto su deleite al pronunciar la palabra «nuestro», con la voz un poco más áspera que antes.

Con un movimiento de muñeca, una pizca de arena cayó de los dedos del tío de Shen y la estatua dorada del dragón emitió un rugido estrepitoso tras abrir la boca. La multitud estalló en vítores. Debía de ser un encantador, uno bastante habilidoso, según percibió Rose cuando las puertas de palacio se abrieron tras él. Se detuvo, esperando a Shen, pero él la adelantó para adoptar el ritmo de su tío.

—Vamos, reinecita —dijo Kai, rodeándola con el brazo—. Es hora de enseñarte qué aspecto tiene un palacio de verdad.

Por mucho que Rose odiara admitirlo, el palacio de la Luz Eterna eclipsaba la majestuosidad anticuada de Anadawn. El pasillo de entrada era más pequeño, pero mucho más espléndido. Las paredes eran doradas y estaban llenas de gemas. Del techo colgaban los candelabros más grandes que había visto nunca. Las baldosas del suelo estaban hechas de brillante cuarzo del desierto, lo que la hizo sentir como si estuviera pisando un tesoro poco común. Mirara donde mirase, algo brillaba o relucía. Enormes ánforas de porcelana con orquídeas del desierto decoraban la entrada, flanqueada por más estatuas de bestias. En el centro del gran vestíbulo se encontraba una fuente dorada, donde el agua clara se acumulaba en un estanque cristalino. Shen se detuvo a admirarla.

—Quizás los que siguen al Protector tengan la llama eterna, pero el reino del desierto está construido alrededor de la Fuente Perpetua. Fue uno de los múltiples regalos que le hicieron a nuestro pueblo hace mucho para asegurarse de que sobrevivíamos a la dureza del desierto —dijo el tío de Shen con orgullo—. En todos estos años, nunca se ha secado. Su agua fluye por toda la ciudad.

Shen pasó la mano por el agua y observó las gotas que se deslizaban por sus dedos.

—Recuerdo jugar en esta fuente.

Rose se inclinó para observarla de cerca y de inmediato le salpicaron en la cara. Gritó mientras retrocedía. Se oyó una carcajada musical.

—Espero que te acuerdes de algo más que de la fuente, Shen Lo. —Una chica de la edad de Shen rodeó la fuente. Llevaba una elegante túnica color índigo y un pantalón a juego.

El pelo negro le llegaba hasta la cintura y lo tenía apartado del rostro con dos horquillas de jade. Una oleada de viento la acompañaba, lo que dejaba ver que era una tempestad.

—Lei Fan, ya sabes que no debes usar la magia en el vestíbulo de entrada —dijo con severidad el tío de Shen.

A Rose le dio un vuelco el corazón mientras se quitaba el pelo mojado de la cara. ¿Quién era la preciosa Lei Fan? ¿Y por qué parecía tan feliz de ver a Shen?

—Debes mejorar a la hora de esconder tus emociones —comentó Kai, dándole un codazo en el costado—. Es mi hermana pequeña, la prima de Shen. No tienes por qué preocuparte.

A Rose le cosquillearon las mejillas por el alivio.

—No sé de qué estás hablando.

Kai se echó a reír.

—He visto tu expresión, reinecita. —Frunció los labios en un puchero exagerado—. ¡Bua, bua!

Rose le dedicó una mirada de odio mientras Shen se alejaba de la fuente y abría los brazos.

—¡Lei Fan! ¿Eres tú de verdad?

—¿No te acuerdas de mi belleza deslumbrante? —Lei Fan se echó a reír cuando Shen la cogió entre sus brazos y le dio una vuelta—. Te hemos echado de menos, Shen.

Rose permanecía a un lado, intentando sonreír. Se sentía rara, como si estuviera en el exterior de una burbuja de cristal, mirando un lugar al que no pertenecía, a una persona que solo conocía a medias. Entonces, pensó que también el propio Shen Lo se conocía a medias.

—Os he echado a todos de menos —dijo, bajando a su prima, y a Rose se le constriñó el corazón por el anhelo en su voz—. Me he olvidado de muchas cosas…, pero recuerdo vuestras caras. —Se giró hacia su tío—. Tu voz, tío Feng. —Luego, de nuevo a la chica—. Tu risa, Lei Fan. —Le guiñó un ojo a Kai—. Tu ego, primo. —Se echó a reír y el sonido reverberó hasta el techo—. Recuerdo correr por las calles de esta ciudad, intentando encontrar un escarabajo joya. Darles comida a los caballos en los establos hasta ponerlos enfermos. Que me riñeran por nadar en esta fuente. —Se dio media vuelta, como si buscara algo—. Y el olor de la fruta escarchada, la que solía hacer la anciana que nos cuidaba. La llamábamos abuela Lu… —Se calló y se le desmoronó la expresión—. ¿Qué le pasó?

—¿A qué viene esa cara tan triste, niño? —cacareó una nueva voz—. ¿Creías que había muerto? —Una anciana arrugada emergió de un pasillo lateral y se acercó cojeando hasta ellos, con un bastón de madera. Tenía la piel bronceada y el pelo blanco recogido en un moño en la coronilla. Su cara estaba tan surcada de líneas como una nuez, pero sus oscuros ojos marrones brillaban—. ¿Por qué iba a hacer algo tan estúpido?

—¡Abuela Lu! —exclamó Shen con una alegría infantil que Rose nunca había oído—. ¡Pensé que no volvería a verte!

La abuela Lu movió un dedo conforme se acercaba.

—¡Shen Lo, niño malo, has estado lejos de casa demasiado tiempo! —Se giró para mirar a Rose y alzó las cejas—. Pero ¡si has estado en compañía de la realeza mientras tanto…! Te pareces mucho a tu madre, niña. Llegué a coincidir con Lillith una vez, hace muchos años. Esos ojos como esmeraldas. La sonrisa tan bonita como una orquídea en flor.

La abuela Lu llevó ambas manos al bastón e intentó hacerle una reverencia. Esbozó una mueca cuando le crujió la espalda.

—Me temo que no lo puedo hacer mejor —jadeó—. Mi columna no es tan jovial como mi corazón.

—Con eso basta —dijo Rose, apresurándose para estabilizarla.

—Ahora eres reina, ¿no? —continuó la abuela Lu—. Estoy deseando ver cómo demuestras que eres merecedora del título.

Shen curvó los labios.

—Sigues siendo la misma abuela Lu que recordaba.

Rose sonrió y sintió calidez por la anciana.

—Espero que se sienta orgullosa..., ¿señora Lu?

La mujer soltó una carcajada.

—Ay, no se me dan bien los títulos. Señora Esto. Señor Aquello. Rey Pomposo. ¡Ba! Llámame abuela Lu, como todos.

—La abuela Lu es realmente la que manda aquí —comentó Lei Fan con un guiño—. Nos ha cuidado desde que éramos niños. Padre solo lleva la corona de adorno.

Feng fulminó a su hija con la mirada.

—Pareces decidida a menospreciarme, Lei Fan.

La chica sonrió y reveló dos filas perfectas de dientes perlados.

—Alguien tiene que mantenerte a raya.

—Ahora alguien lo hará —dijo Kai entre dientes.

Feng frunció aún más el ceño. Shen no los estaba escuchando. Se encontraba demasiado ocupado abrazando a su niñera.

—Abuela Lu, eres justo como te recordaba. Cuéntame, ¿aún haces las peras caramelizadas más deliciosas del Reino Soleado?

La abuela se hinchó con orgullo.

—De toda Eana, niño. Y, por cierto, ¡sí! Vayamos a la cocina. Te prepararé algo.

—Me parece bien —contestó Shen, deseoso. Miró a Feng—. Si estás de acuerdo, tío.

—Shen Lo, ¡tú eres el príncipe heredero! —exclamó Lei Fan—. Puedes comer todas las peras caramelizadas que desees.

Feng se aclaró la garganta y esbozó una sonrisa tensa.

—Te recomendaría no comer demasiadas. Reserva espacio para el banquete de bienvenida de esta noche.

Shen dio una palmada, encantado.

—¡Nunca he estado en un banquete de bienvenida!

«Ni yo», pensó Rose, odiando la amargura que sentía.

Shen entrelazó el brazo con el de la abuela Lu y ambos partieron a la cocina mientras él apoyaba su cabeza contra la de ella para poder oír mejor lo que estaba diciendo. Rose lo observó marcharse con una sensación de vacío en las entrañas.

—¡Shen! —exclamó sin poder evitarlo. El chico miró hacia atrás y, durante un momento, la contempló como si nunca se hubieran visto, como si no supiera qué hacía allí.

Rose se aclaró la garganta y se toqueteó la falda con los dedos. Quería que la invitara a la cocina, no solo porque deseara probar las mejores peras caramelizadas de Eana, sino sobre todo porque deseaba encajar en esa nueva parte de su vida. O vieja.

—¡Ah! —contestó el chico con el ceño fruncido—. Lei Fan, ¿puedes encontrarle una habitación a Rose para que se adecente? Querrá cambiarse antes de cenar.

—Sí, necesitaré un vestido —comentó Rose, fingiendo que eso era lo que quería—. Si no te importa.

Lei Fan frunció los labios y miró a Rose de arriba abajo.

—No sé si tengo algo para una reina.

—Si está limpio, será una mejora —contestó Rose con una cálida sonrisa.

Lei Fan sonrió también, aceptando el desafío.

—En ese caso, ven conmigo, majestad.

Wren
CAPÍTULO 29

Al día siguiente de que Alarik salvara a Wren, empapada y temblorosa, en el lago del palacio de Grinstad, la hizo llamar, como había prometido. Después del desayuno, la guiaron a través de las gélidas catacumbas una vez más. La montaña crujía sobre ella, intentando deshacerse de la capa de nieve, mientras los túneles negros permanecían oscuros y estrechos, abriéndose paso a mayor profundidad aún. Entonces, Alarik apareció ante ella, con las manos unidas tras la espalda, despreocupado. El rey iba vestido de negro una vez más y le brillaban los ojos como diamantes en la oscuridad. Sus lobas estaban sentadas una a cada lado y observaban cómo Wren se acercaba con el mismo entusiasmo.

—¿Gangrena? —dijo Alarik, a modo de saludo.

La chica sonrió, tensa.

—¿Quién necesita los dedos de los pies?

El rey soltó una carcajada poco común.

—Confío en que recibieras mi regalo la otra noche.

—Sí, gracias. Siempre quise un montón de ratones muertos.

—Y la gente dice que no soy considerado.

Wren resopló.

—No me imagino por qué.

—¿Nuestros pequeños amigos peludos te han resultado útiles? —En su voz había ansiedad, tan sutil que Wren estuvo a punto de pasarla por alto. Alarik se sentía esperanzado, casi desesperado. Quería que funcionara tanto como ella. Quizás más.

Cada uno se encontraba a un lado de la puerta de madera que llevaba al cadáver de Ansel, ambos rodeados por los soldados del rey y, por supuesto, por sus bestias. A Wren le alivió no encontrar a Tor merodeando entre las sombras. No quería preocuparse por su desaprobación, teniendo en cuenta que ya le preocupaba bastante el hechizo y lo que ocurriría si tenía éxito. O, peor, si fracasaba.

El rey la observaba. Wren se percató de que se había olvidado de contestar.

—Muy útiles —respondió, pensando en el ratón de su habitación, aún vivo y coleando—. Aunque no me importaría tener un poco más de libertad.

—¿Por qué? ¿Para poder ahogarte en el lago de nuevo?

Wren lo fulminó con la mirada.

—Fue un accidente.

—¿Qué necesidad tienes de más libertad? ¿No te estoy dando bien de comer? —contraatacó Alarik—. Mi cocinero te prepara lo mismo que a mí. —Hizo un gesto hacia el caro vestido y la lujosa capa atada a su cuello—. ¿No llevas puesta la mejor ropa que Gevra puede ofrecer?

—Pero tus mejores soldados no dejan de controlarme. —Hizo un gesto hacia Inga, quien merodeaba tras ella. Se había vuelto mucho más estricta desde el desafortunado accidente en el lago y se negaba a darle conversación, además de oponerse a la mínima sugerencia de dar otro paseo—. Y estoy encerrada en mi habitación, sin nada ni nadie que me entretenga.

Alarik fingió un puchero.

—¿Debería enviarte a un lobo para que te hiciera compañía?

—Preferiría la llave de mi habitación.

—Tienes que ganártela, bruja —comentó, apoyando una mano contra la puerta—. Aquí tienes tu oportunidad.

Alarik la abrió y cruzó el umbral antes de dejarle pasar. Wren tomó aire y entró junto a él, dejando a los soldados y a sus bestias fuera, esperándolos. La cámara que contenía el cuerpo del príncipe Ansel era incluso más fría de lo que Wren recordaba. Se rodeó con los brazos y resistió el escalofrío que le recorrió la columna.

—Debe ser así —explicó Alarik al observarla. En la estrecha cámara, se veían obligados a permanecer cerca el uno del otro. Sus brazos casi se rozaban, y el aliento del rey calentaba el aire entre ellos—. El frío conserva el cuerpo.

La chica bajó la barbilla. Lo sabía, pero, incluso así, aquello hacía que todo el asunto fuera más extraño aún. Solo un candelabro titilaba en la pared, haciendo que las sombras bailaran por el rostro de Ansel. El príncipe parecía sereno..., en paz, como si no quisiera que lo molestaran.

A Wren se le crisparon los dedos. Se tragó el nudo de miedo de la garganta y trató de ignorar la inmoralidad creciente del momento.

—Estás nerviosa —observó Alarik.

—No.

—Te tiemblan las manos.

Wren apretó los puños.

—Deja de mirármelas.

—Entonces, date prisa y haz algo con ellas. —Se metió la mano en la levita y sacó una pequeña bolsa de cuero que colocó sobre la plataforma de mármol, junto al pie izquierdo de Ansel—. Es arena negra de la costa de Sundvik, al sur.

Wren miró la bolsita, pero no se movió para cogerla.

—Para tu hechizo —le aclaró Alarik—. Es la mejor arena de Gevra.

La chica se giró para mirarlo. El rey no tenía ni idea de la intensidad de lo que le estaba pidiendo. Pensaba que era sencillo, que una pizca de arena y unas palabras bonitas atraerían al espíritu de su hermano desde el más allá y lo volverían a meter en su cuerpo.

Alarik frunció aún más el ceño, lo que le marcó los hoyuelos de las mejillas.

—¿No es así? Me daba la impresión de que...

—¿Tienes un cuchillo? —le interrumpió Wren—. O la espada, con eso servirá.

El rey entrecerró los ojos.

—¿Pretendes clavármela en mi propia mazmorra?

—No. —Wren hizo una pausa—. A ver, me lo pensaría si creyera que podría huir...

—¡Qué bonito! Y eso que hace menos de un día que te salvé la vida.

Ella resopló.

—Ambos sabemos que me hubieras ahogado tú mismo si no te debiera algo.

Alarik no lo negó.

—¿Por qué un cuchillo?

—Porque la tierra, por muy elegante que sea, no es suficiente para hacer el hechizo que me has pedido. —Levantó la mano y le mostró su herida irregular—. Debo utilizar sangre.

Alarik miró la mano durante un buen rato, con expresión impenetrable.

—¿Cuánta sangre? —dijo al final.

—No lo sé —confesó Wren. Había intentado no centrarse en eso. Traer a un ratón de entre los muertos era un hito, pero sospechaba que el coste para traer a un humano sería mucho mayor—. Pero quizás deberíamos traer a uno de esos lobos de ahí fuera para...

—No —respondió con aspereza—. No vamos a hacerles daño a las bestias.

—Pero...

—He dicho que no. —Alarik tenía los dientes al descubierto, pero no formaban una sonrisa, sino una amenaza—. Las bestias de Gevra son mis hermanas. No les haremos daño.

Wren dudó.

—No sé cuánta sangre voy a necesitar...

—Entonces, lo tendremos que descubrir. —Volvió a meter la mano en el abrigo y sacó una pequeña daga plateada.

Wren estiró el brazo para cogerla, pero él apartó el suyo.

—Preferiría dársela a tu abuela.

—El hechizo va a requerir cierta confianza —comentó Wren—. A menos que quieras que los dos muramos congelados aquí, junto a tu hermano.

Alarik acarició la daga.

—Confieso que siempre me he imaginado muriendo de una manera más valiente.

—Yo supongo que te comerá un oso polar —dijo Wren—. ¿En cuántos bocados te matará? ¿Dos? ¿Quizás tres?

—Seguro que eso te gustaría —respondió Alarik, divertido.

Wren volvió a mirar al príncipe Ansel, atraída por cómo sus pestañas rubias desprendían sombras arácnidas por sus mejillas.

—Quizás salga mal. Nunca he traído a un humano de entre los muertos.

—Lo suponía.

—No es buena idea —prosiguió Wren. Cuanto más miraba al príncipe Ansel, menos segura se sentía. ¿Por qué interrumpir la paz que había encontrado en la muerte? ¿Y todo para traerlo de nuevo a este infierno cubierto de nieve, donde nadie lo apreciaba de verdad?—. Desde el punto de vista moral, quiero decir.

—Quizás deberías dejarme el asunto de la moralidad a mí.

La chica le lanzó una mirada de soslayo.

—Porque eres un firme defensor, claro.

El rey se enfadó y Wren tuvo la sensación de que por fin, de alguna manera, lo había ofendido.

—Prometí que haría todo lo que estuviera en mi poder para traer a Ansel de vuelta —dijo Alarik, cortante—. Y la promesa de un gevranés está grabada a fuego. No es fácil romperla. —Entonces, se detuvo y curvó los labios—. Aunque, si Tor Iversen hubiera mantenido su promesa de proteger a Ansel con su vida, entonces tú y yo no nos encontraríamos ante este dilema.

Wren miró al suelo y pensó en la angustia de la cara de Tor cuando la había visitado la otra noche. La muerte de Ansel lo perseguía en cada pensamiento y, aun así, no conseguía arrepentirse de haberla salvado. El recuerdo de esas palabras le envolvió el corazón y se lo apretó con fuerza.

—Entonces, yo estaría muerta.

—Y Gevra estaría mejor así —respondió Alarik.

Wren no se estremeció siquiera.

—¿A quién se lo prometiste?

—A mi hermana —dijo tras una pausa—. Fue la única manera de meter a Anika en el barco y sacarla de tu país antes de que su enfado la matara también.

La chica no tuvo que rebuscar mucho en su mente para recordar la ira de la princesa, cómo su cólera había entrado en erupción como un volcán. Solo con ver a Wren en la sala del trono el otro día se había puesto rabiosa.

—Pero, a decir verdad, este esfuerzo lo hago más por mi madre que por Anika —añadió tras pensarlo mejor—. No ha estado bien desde que mi padre murió. Y ahora esto... —Hizo un gesto hacia Ansel sin mirarlo—. Temo que esta pérdida acabe con ella. Ansel era su favorito.

—Entiendo por qué —dijo Wren.

No era un comentario cruel. De hecho, a pesar del odio generalizado hacia el rey y su escandalosa falta de encanto, comenzaba a entender que a Alarik le importaban algunas cosas, más allá de la guerra y la sed de sangre. La lealtad hacia su familia lo había llevado a ese momento, a temblar en las profundidades de las montañas de Fovarr, a contarle sus esperanzas a una bruja que lo atravesaría con su propia espada si tuviera la más mínima oportunidad.

—No conocí mucho a Ansel —continuó la chica—, pero siempre se portó bien conmigo. Me pareció una persona considerada, buena, agradable.

—Volverá a ser todo eso.

Wren se mordió el labio.

—No sé si será tan sencillo.

—Ningún acto de grandeza es sencillo, Wren Greenrock.

La chica pensó en su propia trayectoria hasta el trono, en cómo había escalado los muros de palacio y secuestrado a su propia hermana para ponerle las manos encima a la corona de Eana.

—Harías cualquier cosa por Ansel —murmuró para sí—, igual que yo haría cualquier cosa por Banba.

—Parece que tenemos más en común de lo que pensábamos.

Wren levantó la cabeza con aspereza.

—No nos parecemos en nada.

—Ahora mismo, sí. —Alarik se colocó la daga entre los dientes y empezó a arremangarse.

—¿Qué haces? —preguntó Wren, recelosa.

—No tiene sentido estropear otro buen abrigo. —Recuperó la daga y colocó la punta sobre su propia mano—. Necesitas sangre, ¿no?

Wren abrió mucho los ojos.

—¿Quieres usar la tuya?

—No me da miedo derramar un poco de sangre —comentó—. Ansel es mi hermano. Debería ser mi sacrificio.

Wren observó al rey, y este le devolvió la mirada.

—¿Algún problema?

—No, no sé. —Frunció el ceño—. Podemos intentarlo así.

—Utilizar la sangre de Alarik se parecía mucho a lo que había hecho Oonagh, usar la sangre de otros para sus hechizos. Sin embargo, al fin y al cabo, era por su hermano. Y, dado que lo hacía por voluntad propia, quizás fuera más fácil así.

Alarik pasó la punta de la daga por su mano. Una perla carmesí apareció en la superficie y le recorrió los dedos. Cayó entre ellos con una sonora salpicadura. Wren le cogió de la mano y tiró de ella.

—No la malgastes —siseó.

—Tengo mucha, te lo aseguro.

La inesperada calidez de la mano de Alarik hizo que Wren se percatara de que lo estaba tocando. Piel con piel. El rey de Gevra no estaba hecho de hielo, después de todo.

—Aun así, no queremos ser descuidados.

Alarik sonrió.

—No quieres que sufra.

—No quiero que sufra mi hechizo —rectificó ella—, así que ya puedes borrar esa exasperante sonrisa de la cara.

—¿Vas a empezar hoy? ¿O era solo una excusa elaborada para darme la mano?

Wren dejó caer la mano y se limpió los dedos en la capa.

—Baja de tu pedestal —replicó—. Y sí, empezaré en cuanto dejes de hablar.

El rey arqueó las cejas, pero no dijo nada. «Imbécil engreído». Wren se inclinó sobre Ansel y le desató el jubón color marfil para mostrar el brillo perlado de su piel.

—Acércate más. —Colocó con cuidado la mano sangrienta del rey sobre el pecho de Ansel—. Mantenla así.

Alarik se quedó quieto como una estatua. Tenía los ojos cerrados y frunció el ceño ligeramente. Wren no sabía si era porque estaba incómodo o porque estaba tocando el cadáver de su hermano, pero su comportamiento descuidado había cambiado, y ahora parecía inquieto..., casi nervioso. Con cautela, posó su mano sobre la de Alarik. Sus hombros se rozaron y Wren captó su olor por primera vez. Era sutil, como el humo de la leña en invierno. Los dedos comenzaron a cosquillearle.

—¿Qué es eso? —susurró él—. Esa extraña calidez.

Wren lo silenció.

—Magia, idiota. Ahora, deja de distraerme.

Cerró los ojos, inhaló por la nariz y exhaló por la boca. Alarik ralentizó su respiración y adoptó el ritmo de la de la chica. El resto del mundo se desvaneció, hasta que solo quedaron la magia de Wren, que le cosquilleaba en las venas, y la sangre de Alarik, que la guiaba hacia el corazón helado de Ansel. Igual que había practicado la noche anterior y la anterior, se centró en su objetivo y pronunció un encantamiento.

—Con sangre conseguirás fuerza, con palabras conseguirás alas, pido a tu alma que hacia la luz vaya.

La voz de Wren retumbó en cada rincón de la sala, y en el silencio posterior solo se oyó el agua cayendo. El cansancio se aferraba a sus sentidos y tuvo que resistir la necesidad de sentarse y tomar aliento. No sabía si el hechizo estaba funcionando, pero algo estaba ocurriendo. Lo sentía en la forma en la que su magia salía de ella.

Cogió aire de nuevo y elevó la voz.

—Ansel —gritó—. Con sangre conseguirás fuerza, con palabras conseguirás alas, pido a tu alma que hacia la luz vaya.

Presionó aún más la mano de Alarik mientras la cabeza empezaba a darle vueltas. Su magia aumentó de forma repentina y se convirtió en un segundo latido. «Sí», susurró una voz dentro de ella. «Sigue adelante».

—¡Con sangre conseguirás fuerza, con palabras conseguirás alas, pido a tu alma que hacia la luz vaya! —exclamó Wren.

Le temblaban los hombros. ¿O era Alarik quien temblaba? Un gemido salió de él. Wren se inclinó contra el rey justo cuando este caía sobre su cuerpo, y ambos se apoyaron en el otro para mantenerse en pie. La chica estaba a punto de gritar una última vez el encantamiento, pero, cuando las palabras salieron de ella, también lo hizo su último aliento. La última descarga de energía, de magia, lo acompañó.

Retiró la mano y abrió los ojos. La sala daba vueltas. Alarik había usado su mano libre para sujetarse a la mesa, y seguía presionando la otra contra el pecho de su hermano. Tenía los ojos cerrados y el dolor le contraía cada músculo de la cara. Había sangre por todas partes y las manchas brillaban como la luz del fuego.

Wren lo tomó del brazo, tambaleándose hacia atrás. La sala giraba cada vez más rápido, y llegó un momento en el que no sabía ni dónde estaba el techo. Alarik levantó la cabeza.

—¡Wren!

Su voz sonó lejana. La chica sentía como si estuviera cayendo por un túnel. No veía bien ni podía respirar. Perdió el equilibrio, pero Alarik se lanzó a por ella y la cogió por la cintura. La empujó contra la pared y la sujetó por los brazos para evitar que se rompiera el cráneo contra la losa de mármol. Wren intentó hablar, pero no salió nada de su boca. Le fallaron las piernas.

Alarik presionó la frente contra su hombro y gruñó cuando ambos se deslizaron juntos hasta el suelo. Cayeron hechos un ovillo y la oscuridad se abrió paso para reclamarlos. Wren se hundió en ella durante una eternidad, esperando a que algo llenara el vacío en su interior. Un nuevo aliento. La magia antigua. Cualquier cosa. El rey permaneció apoyado sobre su hombro, con la cabeza junto a la de ella; sus pechos se elevaban y caían al unísono mientras el lento goteo del agua gélida los atraía con suavidad hacia la consciencia.

Wren fue la primera en despertarse. Un par de piernas se balanceaban cerca de ella. Entonces, escuchó una voz, aterradora por su familiaridad.

—Buenos días, mi florecilla.

La chica levantó la cabeza y se encontró al príncipe Ansel sentado en el borde de la losa de mármol, saludándola con la mano.

—Creo que estamos a punto de casarnos.

Rose
CAPÍTULO 30

Rose siguió a Lei Fan hacia las profundidades del palacio de la Luz Eterna. El sol inundaba los pasillos abovedados, lanzando remolinos de color sobre los baldosines de cuarzo. La prima de Shen se detuvo en cierto momento, alzó la cara hacia la ventana y absorbió la luz como una flor.

—Echaba de menos la calidez del sol —dijo en voz baja—. Pensé que nunca volvería a sentirla.

Rose no había tardado en darse cuenta de que el palacio estaba diseñado para permitir que la luz solar penetrara en todas las habitaciones, en cada hueco y grieta, en cada rincón olvidado. Debía de haber sido horrible vivir tantos años sin ella, por lo que se echó a un lado y dejó que Lei Fan la saboreara.

Poco después, llegaron a una puerta ornamentada, con unos rayos de sol tallados sobre su superficie. Lei Fan le ofreció a Rose una sonrisa tímida.

—Perdona el desastre. Hoy no esperaba recibir visitas. En realidad, nunca lo espero. —Hizo una pausa—. Y mucho menos de una reina.

Rose le devolvió el gesto y señaló el barro de su manga.

—Solo si me perdonas tú a mí por el vestido.

—Trato hecho. —Lei Fan abrió la puerta y Rose observó el interior de la cámara. Había túnicas azules, verdes y rojas esparcidas de cualquier manera por el suelo, pendientes de oro y horquillas con rubíes repartidos como si fueran confeti. Más prendas aún se amontonaban fuera de los armarios, que ocupaban una pared entera. El resto estaba decorado con murales que quitaban el aliento, una radiante puesta de sol en el desierto a la derecha y un amanecer ámbar a la izquierda. En el centro, había una cama deshecha, envuelta en seda de color azul claro. Sobre ella, un gato negro se encontraba tumbado bajo un rayo de luz. Abrió un ojo con escaso interés.

—Ese es Sombra —comentó Lei Fan mientras el gato volvía a dormirse—. Ambos florecemos en el caos.

—Hola, Sombra —dijo Rose de manera cortés, pero el gato ya estaba roncando.

Lei Fan soltó una ráfaga de viento que empujó el río de ropa a un lado mientras cruzaba la habitación.

«Vaya», pensó Rose, al mismo tiempo que la seguía. «Eso explica el desastre».

Lei Fan abrió un armario y un mar de vestidos salió de él.

—Debo de tener algo lo bastante elegante por aquí —musitó, rebuscando entre el montón de sedas y lino.

—No soy demasiado tiquismiquis —mintió Rose, girándose hacia el espejo. Esbozó una mueca ante su reflejo. Se había quemado las mejillas con el sol y su pelo era una maraña desastrosa. Unos círculos oscuros le rodeaban los ojos, delatando su agotamiento.

—¡Ajá! —Lei Fan volvió a cruzar la habitación con algo de seda roja en la mano—. Pruébatelo. —Se lo tendió a Rose antes de sumergirse en otra montaña de ropa—. Ahora, ¿qué debería llevar yo?

Mientras Lei Fan examinaba y desechaba un vestido tras otro, Rose se cambió rápidamente para probarse el de seda roja. A diferencia de los vestidos estructurados que solía llevar, este era suelto y holgado, con mangas abullonadas y un escote generoso. Tiró de él, cohibida.

—¿Lo tengo bien puesto?

Lei Fan dejó de rebuscar entre el desastre.

—¡Soy un genio! Sabía que el rojo te sentaría bien.

La cena fue un acto pequeño e íntimo, y la sirvieron en el patio interior del palacio, donde las paredes estaban decoradas con caléndulas amarillas y jazmines colgantes. Las estrellas del desierto bailaban sobre ellos y la luna los iluminaba con su suave brillo plateado.

Tras una hora bañándose, Rose se había puesto el precioso vestido de seda de Lei Fan y por fin volvía a sentirse ella misma. Con los ojos descansados y la cabeza despejada, empezó a centrarse en otros asuntos. Ahora que habían encontrado el Reino Soleado, volvió a pensar en Barron y en la rebelión que se estaba abriendo paso en el corazón de su país. Cuanto antes reuniera a su ejército y regresara al trono de Anadawn, antes estarían a salvo.

Por el momento, Rose mantuvo la boca cerrada. Era la noche de Shen. El resto podía esperar. Se sentó entre Lei Fan y la abuela Lu, mientras que Kai, que parecía sombrío, y Feng, vestido de manera impecable, ocuparon los asientos frente a ella. Shen, a quien no había visto desde que se había marchado a la cocina con la abuela Lu esa tarde, se encontraba en la cabecera de la mesa, con una túnica nueva y pantalones oscuros. Rose se sintió decepcionada cuando el chico apenas se percató de su llegada y no hizo ningún comentario sobre su vestido.

—Me resulta un poco extraño estar sentado presidiendo la mesa —dijo Shen, removiéndose inquieto antes de darle un generoso sorbo al vino—. No estoy acostumbrado.

—¿No estás cómodo? —preguntó Feng—. Te lo he mantenido caliente mientras no estabas. —Soltó una carcajada ruidosa ante su propio chiste y se toqueteó la banda dorada de la cabeza—. Supongo que también debería devolverte esto.

—En el pasado perteneció a tu padre, Gao —comentó feliz la abuela Lu—. Era un rey muy guapo. ¡Vaya sonrisa!

—Lo que más echamos de menos es su sentido del humor —intervino Feng—. Gao tenía un don para hacerme escupir el vino en las cenas familiares. Solía calcular el momento de contar los chistes para pillarme desprevenido. —Rio para sí antes de coger su copa—. Nunca pensé que echaría eso de menos, pero así es. Lo extraño todos los días.

—Tendré que trabajarme los chistes, entonces —contestó Shen—. Para que esté orgulloso de mí.

La abuela Lu estiró la mano para darle un golpecito en la suya.

—Ya lo está.

Rose quería decirle a Shen que sus chistes eran muy divertidos, que la hacía reír siempre, pero el momento estaba a punto de terminar y se sintió desplazada de una manera extraña.

—Lo que tengo claro —añadió Feng— es que mi hermano querría que su hijo llevara la corona del caminante solar.

Shen negó con la cabeza.

—No necesito una corona, tío. Me alegra estar de vuelta.

—Nuestro pueblo espera verte con ella —dijo Feng, e intercambió una mirada con Kai demasiado rápida como para que Rose la interpretara—. Después de todo, ahora ha vuelto el príncipe heredero, y no podemos esconderte.

—Si nadie quiere llevarla, me ofrezco voluntaria —comentó Lei Fan, lanzando una ráfaga de viento con la que se la quitó a su padre de la cabeza. La cogió y se la colocó torcida sobre la suya—. ¿Y bien? —Sonrió—. ¿Qué pensáis?

La abuela Lu se frotó los ojos y los abrió con fingida sorpresa.

—¿Quién es esta nueva reina ante mí?

Rose se echó a reír.

—Es muy atractiva.

Shen le sonrió desde el otro lado de la mesa y el corazón se le aceleró en el pecho. Sin embargo, antes de que pudiera preguntarle cómo había ido la tarde o lo bien que le quedaba la túnica nueva, el chico desvió la mirada hasta Lei Fan.

—Solías llevar el pelo así cuando eras una niña —dijo, haciendo un gesto hacia las dos largas trenzas, entrelazadas con un delicado cordón dorado—. Te sigue quedando bien.

—Lei Fan, la corona del caminante solar no es un juguete —los interrumpió Feng—. Dásela a Shen. ¡Ya!

—Solo quería probármela —musitó Lei Fan. Se la quitó y se la tendió a Shen.

Kai dio un sorbo al *whisky* mientras observaba cómo la corona pasaba por la mesa con tal interés que Rose se sintió incómoda.

Shen la aceptó y, durante un segundo, Rose pensó que iba a dejarla a un lado, pero, entonces, se la colocó sobre la cabeza. Algo se removió dentro de ella. No sabía si eran celos o miedo, solo sabía que la diminuta banda de oro ataba a Shen a un lugar al que ella no pertenecía y le ofrecía un futuro del que ella no formaba parte.

—¿De verdad tengo que llevarla puesta en una cena familiar? —preguntó—. Me siento un poco ridículo.

—No tanto como un príncipe que apenas ha puesto un pie en su propio reino —comentó Kai entre sorbos de *whisky*.

—¡Qué príncipe más guapo! —exclamó la abuela Lu con una amplia sonrisa—. Te pareces mucho a tu padre.

Por fin, Shen miró a Rose.

—¿Y bien? —dijo con una tímida sonrisa—. ¿Qué piensas?

—Te queda bien —contestó, aunque todavía no se podía creer que estuviera viendo a Shen coronado.

—Ahora que se ha resuelto, me muero de hambre —anunció la abuela Lu, agitando las manos hacia un sirviente que pasaba por allí—. Trae la comida antes de que le eche sal a la corona y me la coma.

En lugar de muchos platos, los criados trajeron grandes bandejas para compartir. Había una montaña de verduras cocinadas con guindillas rojas, una densa sopa de fideos caseros que flotaban en un caldo de huesos y un enorme pollo humeante servido con jengibre y cebolla. Todas las bandejas desprendían un aroma delicioso y volutas de humo.

Las verduras estaban tan picantes que a Rose se le llenaron los ojos de lágrimas. Se bebió entera la copa de vino para calmar su lengua, antes de servirse otra.

—¿Demasiado picante para ti, reinecita? —Kai esbozó una sonrisa de superioridad mientras tomaba otra porción.

—Están deliciosas, pero pican un poco, ¿verdad? —comentó Rose, mirando a su alrededor. Sin embargo, nadie parecía tener problemas. Shen ya estaba repitiendo—. Nunca he probado nada igual.

—Cultivamos las guindillas en los jardines de palacio —dijo Feng, orgulloso—. Me he pasado años perfeccionando su toque picante.

—Con mi ayuda —intervino la abuela Lu—. Les susurro a las guindillas cuando todos duermen. Crecen grandes y picantes gracias a mí.

—Me sorprende que fuerais capaces de cultivar nada —comentó Rose, intentando encontrar los ojos de Shen de nuevo para poder compartir un ápice de la conversación—, al vivir bajo el desierto durante dieciocho años.

—Igual que todo lo demás en el desierto, el Reino Soleado es resistente. Podemos sobrevivir a casi cualquier cosa donde casi nada podría —respondió Feng, un poco a la defensiva—. No necesitamos a nadie, solo a nosotros mismos.

Shen acarició el anillo con el rubí de su cuello.

—Siento haber tardado tanto en encontraros. No sabía que tenía la llave. —Entonces, frunció el ceño—. No sabía nada.

—Eras muy joven cuando perdimos nuestro cielo —dijo la abuela Lu, sirviéndole más fideos—. No puedes culparte.

—Pero ¿qué ocurrió? —Shen recorrió el anillo con el dedo como si le fuera a susurrar su pasado—. No me acuerdo. Un segundo estaba aquí con mi familia y, al siguiente, me encontraba solo en el desierto.

La abuela Lu dejó a un lado los fideos y se reclinó contra el asiento.

—Después del asesinato del rey Keir y la reina Lillith... —se detuvo para bajar la barbilla en señal de respeto mientras miraba a Rose—, Anadawn entró en guerra con los brujos de Eana. Muchos de ellos agradecieron la contienda. Estaban enfadados. Querían recuperar lo que los Valhart les habían robado, lo que seguían robándoles.

Rose pensó en Banba caminando para enfrentarse a toda la crueldad del ejército de Rathborne, en Thea perdiendo un ojo en la batalla y en los innumerables brujos que habían muerto en esa época. No hacía mucho, había visto sus espíritus en el bosque Llorón y había oído sus gritos moribundos en sus pesadillas.

—Pero la guerra de Lillith no era nuestra lucha —dijo Feng con frialdad—. Durante cientos de años, habíamos vivido en el desierto sin que los monarcas Valhart supieran siquiera de nuestra existencia. Teníamos nuestro propio sistema de gobierno, nuestros propios reyes. Para entonces, nos habíamos separado de Eana. —Miró de forma significativa a Rose, y ella le sostuvo la mirada—. No queríamos que Willem Rathborne conociera la fuerza de nuestros brujos guerreros, el poder de nuestras tempestades, la rapidez de nuestros encantadores. Queríamos que nos dejaran en paz, como siempre. Por eso decidimos no unirnos a la batalla.

Shen se revolvió.

—¿Abandonasteis a los otros brujos? —Paseó la mirada entre Feng y la abuela Lu—. Pero había miles de personas aquí. Podríamos haber cambiado el rumbo de la guerra.

—O haber muerto como los demás —dijo Feng.

—Eso no lo sabes —respondió Shen. Le sostuvo la mirada a Rose, llama con llama, y, durante un segundo, conectaron en su ira.

—Hablas igual que tu madre, Shen Lo —dijo la abuela Lu, suspirando—. La reina Ai Li no conseguía ignorar el grito de ayuda de los brujos. Tu padre y ella discutieron sobre qué hacer. De manera incesante, debo decir. Al final, decidió ir sola. Era una de las tempestades más poderosas que he visto nunca. Creía que podría marcar la diferencia.

—¿Y mi padre? —preguntó Shen, apretando los puños sobre la mesa.

—Tu padre era un guerrero formidable, un rey maravilloso —respondió la abuela Lu, y se le enternecieron los ojos marrones—. Se quedó aquí, con su pueblo. Para protegerlo. Para proteger al reino. Cuando tu madre se marchó, Gao le pidió que nos escondiera como había hecho en otras ocasiones.

—Nuestro reino se ha movido muchas veces bajo las arenas —dijo Feng, interviniendo en el relato—. Lejos de Eana. Lejos de Anadawn. —De nuevo miró a Rose de forma significativa antes de proseguir—. Sin embargo, siempre ha habido una llave con la que desenterrarlo. —Hizo un gesto hacia el anillo con el rubí que colgaba del cuello de Shen—. Tu madre la dejó con la persona a la que más quería en el mundo, el lugar más seguro en el que pensó.

Shen cerró el puño sobre el anillo, con los ojos llenos de miedo. Rose sintió la necesidad de estirar la mano por la mesa, pero aquella no era su historia. De nuevo, estaba fuera de la burbuja de cristal, mirando su interior.

—Pero la seguiste, Shen —continuó la abuela Lu con suavidad—, aunque ella no lo sabía. Te perdiste en el desierto, y la llave se perdió contigo. —Se miró las manos y Rose vio que le temblaban—. Al morir tu madre en la guerra, nuestra única vía de salida desapareció.

El chico cerró los ojos y se llevó un puño a la boca, como si intentara evitar llamarla a gritos. La abuela Lu prosiguió:

—Tu padre creyó que os había perdido a los dos en la guerra, a su mujer y a su hijo. La pena fue demasiado para él. Apenas duró un año bajo las arenas antes de que el corazón le fallara. Subió a las estrellas a reunirse con tu madre. —Negó con la cabeza y una lágrima le recorrió la mejilla—. Durante todo este tiempo, pensamos que tú también estabas con ellos. ¿Cómo habría podido un chico tan pequeño sobrevivir solo en el desierto?

—Banba me encontró —explicó Shen, paralizado—. Me llevó a Ortha. —Dejó caer la cabeza sobre las manos para aplacar el dolor con los dedos—. Y me pasé dieciocho años llevando ese maldito rubí al cuello.

—No es culpa tuya —dijo Rose, rompiendo su silencio antes de que la asfixiara—. ¿Cómo ibas a saberlo?

Kai se aclaró la garganta.

—Un poco culpa suya sí es.

—¡Kai! —exclamó Lei Fan.

—¿Qué? ¡Es cierto! Si no se hubiera ido tras su madre...

—Era un niño —intervino la abuela Lu.

—Pero ahora ha crecido, ¿no? Y aquí está, codo con codo con la reina de Eana. —Kai alzó el vaso vacío hacia Rose—.

Podría haber venido a buscarnos antes. Haber mirado mejor. Haberse esforzado más. Todos piensan que el príncipe heredero, el genial y tímido Shen Lo, perdido hace tiempo, nos ha salvado, pero fui yo quien se abrió paso a rastras por el desierto hasta que la arena le llenó el estómago y los pulmones para ir a salvar a su pueblo. ¿Y cómo se me agradece? —Frunció el ceño ante la cabeza inclinada de Shen—. Ninguna corona bonita para Kai.

—No te entraría —dijo Lei Fan, utilizando una ráfaga de viento para volcarle las verduras en el regazo—. Tienes la cabeza demasiado grande.

Kai golpeó la mesa con el puño.

—No es justo, y lo sabéis —masculló—. Nada de esto es justo.

Shen alzó la cabeza.

—Yo no he pedido nada de esto.

Kai soltó una carcajada.

—Pero, aun así, ahí lo tienes, primo. Todo tuyo.

—Ya basta, Kai —dijo Feng con aspereza, y su hijo se sumió en el silencio, enfadado.

Durante mucho tiempo, nadie dijo nada. Entonces, un sirviente entró en la sala.

—¡Ayuda! —exclamó, paseando la mirada entre Feng y Shen, sin saber a quién dirigirse—. Hay un lobo aullando en la verja.

Rose se puso en pie.

—Iré a echarle un vistazo.

—Voy contigo —dijo Lei Fan, levantándose—. Nunca he visto un lobo.

Rose esperaba que Shen se pusiera también de pie, pero volvió a centrarse en la anciana como si no hubiera visto siquiera a Rose merodeando tras él.

—Cuéntame más cosas, abuela Lu —dijo—. Cuéntamelo todo.

Wren
CAPÍTULO 31

Wren se encontraba en lo alto de las montañas de Fovarr, oyendo cómo la tormenta gritaba su nombre. La sangre le brillaba bajo la piel, inundándola de un poder cada vez mayor. Salía de ella como una melodía, y los hilos carmesí de la magia atravesaban el aire. Corrió tras ellos por la sierra nevada. Ante sus ojos, la maravillosa cúpula del palacio de Grinstad brillaba como una joya en la oscuridad.

«Has despertado al príncipe de su sueño eterno», decía el viento con una voz que se parecía a la suya. Aunque sonaba un poco más antigua, más oscura. «¿Qué más puedes hacer, pajarito?».

Oyó el rugir distante de las bestias del rey y sintió que su magia se agitaba como respuesta. «¿Quieres destruir las montañas?». «¿Quieres volar hasta la luna?».

Wren dio otro paso y estuvo a punto de pisar a un lobezno dormido en la nieve. Levantó la mano sin querer. En su puño, una navaja relampagueó, plateada y luminosa. Se detuvo antes de clavársela a la criatura.

—No.

«¿Por qué no?», canturreó el viento. «Debes quitarle la vida. Esa sangre te aportará poder».

Wren intentó deshacerse del cuchillo y se dio cuenta de que estaba cubierto de sangre. Miró hacia abajo con un repentino sabor acre a cenizas en la lengua. En lugar del lobezno, había una persona aovillada a sus pies. Rose la miró, y la sangre le salía entre los dientes mientras se tapaba una herida de cuchillo en el pecho. Wren gritó, pero la tormenta acalló el sonido. La montaña tembló a sus pies y, en algún lugar tras ella, se produjo una avalancha que recorrió la pendiente hacia ambas. Wren se abalanzó hacia su hermana, pero la nieve ya se la había tragado.

El alud también se dirigió hacia Wren, y una capa de hielo se le aferró a las piernas y a las caderas. Ascendió hasta llegar a la altura de su pecho, encadenándola a la montaña. Su aliento se congeló dentro de ella y la sangre se le convirtió en hielo en las venas. La magia se acumuló en su interior mientras cerraba los párpados. Entonces, se produjo el silencio y el viento entusiasta se atenuó, hasta que solo quedó el susurro de una voz antigua procedente de un lugar olvidado en su mente.

«Rompe el hielo para liberar la maldición. Libérame para liberarte».

Wren se despertó con un grito, pero el sonido de su inquietud se perdió en el ajetreo ensordecedor. Apenas había salido el sol, pero todas las bestias del palacio rugían. El candelabro se estaba meciendo y la jarra en la mesilla de noche estaba temblando. Salió de la cama y corrió hacia la ventana, justo a tiempo para ver una avalancha de nieve deslizándose por la montaña, cruzando las puertas del palacio de Grinstad y enterrando los jardines por encima de los setos. Después, todo se quedó inmóvil.

Wren se aferró al alféizar.

—Malditas algas.

Horas más tarde, cuando la criada llegó para prepararle el baño matutino, la chica estaba caminando cerca de la ventana.

—¿Qué ha sido eso, Klara? Pensaba que se iba a caer el techo.

—Una avalancha. —Klara se llevó la jarra de agua caliente al pecho mientras sus ojos grises se teñían de miedo—. Ha pasado mucho tiempo desde que Grinstad sufrió una parecida. Debe de haberla provocado la tormenta.

—¿Ha pasado algo raro en palacio? —preguntó Wren, pensando en el príncipe Ansel, que, por lo que sabía, ya no estaba muerto.

Klara frunció el ceño.

—No os entiendo.

—No importa —contestó Wren, suponiendo que la chica no sabía nada del príncipe. Todavía—. No quiero entretenerte.

Klara corrió hacia el aseo.

—Me aseguraré de encederos la chimenea cuando haya acabado con el baño.

Unos minutos después, Wren se hundía en el baño de burbujas y dejaba que la calidez jabonosa alejara los restos de su pesadilla. Volvió a pensar en Ansel y en dónde estaría el príncipe recién resucitado en ese momento. Después de que Wren se hubiera despertado la mañana anterior, casi congelada, en la cámara de la mazmorra, solo había conseguido intercambiar unas palabras con Ansel, que era evidente que pensaba que ella era Rose, antes de que Alarik se hubiera incorporado, aturdido. El rey había saltado hacia su hermano con la vivacidad de un niño, lo había rodeado con los brazos y lo había abrazado como si temiera que el hechizo fuera a fallar en cualquier momento.

Wren había observado aquel gesto con una mezcla de inquietud e incredulidad. Mientras Alarik abrazaba a su hermano, ella estudió a Ansel en busca de alguna señal de..., bueno, de falta de naturalidad. Su espalda parecía algo más tensa, y su sonrisa, un poco demasiado ancha. Además, claro, estaba el asunto de que pensara que Rose era su querida prometida y que estaban a punto de casarse. Era como si no recordara su fatídica boda ni la parte en la que había terminado muerto. No obstante, Wren no había tenido oportunidad de dar voz a ninguna de sus preocupaciones, porque, en cuanto se había puesto en pie, Alarik recordó que la chica estaba allí con ellos y la echó.

Wren no lo culpaba por eso. Quería quitarse la máscara de cruel indiferencia y ser un hermano, no un rey. Y no podía o no debía hacerlo delante de ella. Por eso, hizo lo que le había ordenado y salió de la sala ante la mirada curiosa de los soldados, quienes habían estado esperando todo ese tiempo en la oscuridad.

«El príncipe está vivo», les había informado la chica, tragándose el resto de la verdad. «Por ahora».

Más tarde, tras volver a su habitación, abrió la pequeña ventana y vomitó hasta la primera papilla en forma de ceniza, sufriendo arcadas y jadeando hasta que le dolieron los pulmones. Cuando le fallaron las piernas, se arrastró a la cama y durmió entre pesadillas hasta ese instante. El agotamiento seguía presente en sus sentidos y aún notaba el extraño vacío en el estómago. Parecía que alguien le había metido la mano en la caja torácica y le había quitado un puñado de órganos.

Después del baño, Wren se miró en el espejo, buscando alguna prueba de lo que habían hecho Alarik y ella en las gélidas catacumbas, pero, aparte del par de manchas grises bajo sus ojos, parecía la misma. Se peinó y se aplicó algo de crema facial antes de pellizcarse las mejillas para devolverles su color. Cruzó la sala hacia el armario y se quedó helada al ver a un ratón muerto frente a él.

—Mierda. —Su pequeño milagro volvía a estar muerto. Wren cogió a la pobre criatura y la lanzó al fuego. Trató de no pensar en el príncipe Ansel mientras rebuscaba en el armario. Si hubiera sufrido el mismo destino que el ratón, seguro que Alarik estaría llamando a su puerta, pidiendo que lo volvieran a hacer. O su propia cabeza estaría en una bandeja. Pero la cuarta planta de Grinstad permanecía en silencio.

Wren eligió un vestido azul oscuro con una falda holgada que se metió por la cabeza y se ató en la cintura. El fuego calentaba rápido la habitación, y toda su preocupación sobre Ansel estaba haciendo que le sudara la nuca. Y las manos.

Abrió la ventana e inhaló una bocanada del penetrante aire de la montaña, mirando en la distancia los picos irregulares y los valles cubiertos de nieve. Un solo pájaro negro volaba en el cielo color marfil. Se acercaba cada vez más, y su pecho plateado estuvo a punto de cegar a Wren bajo el sol matutino.

Sabía que era un avestrellado antes de que aterrizara en su alféizar, pero eso no evitó que se alejara de él.

—¡Carpa podrida! ¿Qué estás haciendo aquí?

Chilló ante un golpe repentino en la puerta. Inga asomó la cabeza y le tendió una carta.

—Para vos, majestad.

Wren casi corrió para atravesar la habitación y quitársela de las manos. La leyó con los ojos como platos. Era una invitación a desayunar... ¡de Anika! ¿La princesa sabría lo de Ansel? ¿La habría invitado a la planta inferior para darle las gracias en persona? ¿O se trataba de otro asunto? Wren le dedicó un vistazo al avestrellado del alféizar y tragó saliva. No le alegraba demasiado tener que compartir la primera comida del día con la cruel princesa gevranesa, pero prefería el carácter impredecible de Anika a la monotonía de esas cuatro paredes, donde sus pensamientos eran demasiado ruidosos. Además, estaba desesperada por descubrir noticias sobre el príncipe Ansel.

Se puso los zapatos y se dirigió al pasillo, dejando que Inga guiara el camino hacia el comedor. Era una cámara larga y estrecha con ventanales que ocupaban toda la pared, a través de los que se veían los jardines de Grinstad, incluido un impresionante patio flanqueado por arbustos, un laberinto de setos de boj y el estanque helado en el que Wren había estado a punto de morir. Gracias a la avalancha de esa mañana, todo estaba cubierto de nieve.

—Vaya, qué rapidez —dijo una conocida voz maliciosa—. Debes de haber volado escaleras abajo para llegar aquí tan rápido. ¿Tan desesperada estás por conseguir compañía?

Anika se encontraba sentada al final de una mesa de vidrio esmerilado. Llevaba el pelo carmesí apartado del rostro con un artificioso moño que hacía que sus pómulos destacaran aún más. Iba ataviada con un vestido negro que se le aferraba a las curvas, y su zorro, el mismo que había llevado a Eana, estaba aovillado alrededor de su cuello. Sin embargo, lo que captó la atención de Wren no fue la inusual bufanda de la princesa, sino la persona sentada en la silla junto a ella.

—¿Celeste? —pronunció el nombre como si fuera una maldición—. ¿Qué diablos estás haciendo aquí?

Celeste arqueó las cejas.

—Esa no es forma de saludar a una amiga, ¿no?

Wren paseó la mirada entre ambas, tratando de entender qué demonios estaba ocurriendo. La presencia inesperada de Celeste explicaba la aparición del avestrellado en el alféizar de Wren, pero, más allá de eso, se encontraba perdida.

—Supongo que Celeste estaba preocupada por ti —comentó Anika—. Ha estado viajando en la embarcación de su hermano y ha decidido pasarse a saludar. Dice que me echa de menos, pero, aunque estoy segura de que es así, ya que soy un encanto, creo que en realidad quería asegurarse de que no te hubiéramos matado. —Le dedicó una sonrisa a Celeste—. Te dije que estaba bien.

—Ya veo —respondió Celeste, quien había estado recorriendo a Wren con los ojos en busca, sin duda, de alguna herida—. Y bien vestida también.

—A pesar de mi incomodidad constante, no me han dado pantalones —comentó Wren.

Anika fingió un puchero.

—Pobre reinecita. —Su zorro alzó la cabeza y le enseñó los diminutos dientes.

Wren fulminó a ambos con la mirada.

—¿Has invitado a Celeste aquí, como si no hubieras dejado claro que odias a todos los eanos, y luego has decidido llamarme para que me tome este maravilloso desayuno con ella? —Hizo un gesto hacia el montón de tortitas de la mesa, colocadas junto a una jarra de sirope de arce y un cuenco a rebosar de bayas. Había también una bandeja entera de beicon, salchichas y huevos fritos—. En lugar de, no sé, enviarla a una habitación de la cuarta planta y colocar a un soldado en el exterior para mantenerla encerrada allí.

Anika se rio como una hiena.

—Tu ignorancia es muy divertida. Verás, hay una diferencia crucial entre tú y la señorita Celeste Pegasi.

Wren se dejó caer en una silla frente a Celeste.

—Ilumíname —dijo mientras mordisqueaba un trozo de beicon.

—Celeste no mató a mi hermano.

A Wren le desapareció el apetito y dejó a un lado el beicon.

—Yo no maté a tu hermano, Anika.

—Es taaan divertida... —continuó la princesa, como si no la hubiera oído—. Disfruto mucho de su compañía.

Celeste sonrió a Wren por encima del montón de tortitas.

—Suelo tener ese efecto en la gente.

—En mí, no —puntualizó Wren.

—Eso es porque tienes la mala costumbre de hacer estupideces. Y me toca a mí tener que reñirte.

Wren se cruzó de brazos.

—¿Por eso estás aquí? ¿Para regañarme?

Celeste cogió una miga de la mesa.

—Por supuesto que no. He venido a desayunar con Anika. Y a ver si estabas bien, supongo. Ha sido idea suya que te invitáramos aquí abajo para que te unieras a nosotras.

Wren conocía a Celeste lo bastante bien como para saber que estaba mintiendo. La arruga de su nariz delataba sus verdaderos sentimientos. Estaba preocupada por ella, más incluso que antes. Celeste cogió una tortita.

—Entonces, Wren, ¿qué has estado haciendo desde la última vez que nos vimos?

—Ah, un poco de esto, un poco de aquello. ¿Has visto alguna vez la nieve cayendo durante horas sin fin? Es muy aburrido.

—Ha hecho un trato con Alarik —intervino Anika—. Al principio, yo estaba en contra, pero él me ha persuadido para que le dé una oportunidad de redención. —Wren miró de soslayo a la princesa, suponiendo por su tono casual que no debía de saber aún lo de Ansel, lo que era todavía más raro.

—Vaya. —Celeste se llevó una baya a la boca—. ¿Qué clase de trato?

Anika había metido a Wren en un terreno peligroso. No había ninguna ventaja posible en contarle a Celeste lo del hechizo.

—Alarik ha aceptado liberar a Banba —dijo Wren, sin entrar en detalles—. Solo tengo que... ayudarlo con una tarea primero.

Celeste dejó en la mesa el tenedor.

—¿Qué clase de tarea?

Wren se aclaró la garganta.

—Vamos —la provocó Anika—. ¿O te gustaría que hiciera yo los honores?

La chica la fulminó con la mirada. Estaba a punto de responder cuando la puerta del comedor se abrió y entró el príncipe Ansel, ahorrándole las molestias.

—¡Buenos días! ¿Eso que huelo es sirope de arce? Ah, querida hermana, veo que estás desayunando con mi futura esposa. —Esbozó una amplia sonrisa, con los labios cada vez más estirados, hasta que Wren pudo ver todos sus dientes—. Creo que os vais a convertir en mejores amigas.

Anika gritó. El zorro siseó. Celeste se puso en pie y blandió el cuchillo de la mantequilla.

—Esa clase de tarea —dijo Wren, hundiéndose en la silla.

Rose
CAPÍTULO 32

Las pisadas de Rose reverberaron en la oscuridad mientras corría por las calles abandonadas de Ellendale. Las llamas le lamían los talones y las flechas silbaban cerca de su cabeza. Oyó que Barron la llamaba.

—Vuelve, brujita. Tengo una flecha especial para tu pútrido corazón.

El aire explotó alrededor de Rose. El fuego recorrió los adoquines y la alcanzó. Tropezó, pero, cuando cayó, bajo sus rodillas encontró nieve. Una repentina descarga de frío la recorrió. Alzó la mirada y en la tormenta encontró a su hermana, de pie ante ella.

—Wren —gritó con alivio—. Gracias a las estrellas que estás aquí.

Sin embargo, su gemela no respondió. Sonrió mientras levantaba una daga en el aire y la bajaba directamente hacia el corazón de Rose. Esta se despertó con un grito ahogado en la garganta. Jadeó en busca de aire, estirándose hacia la jarra de agua de la mesilla. Se la bebió, intentando borrar la imagen de su hermana apuñalándola en el corazón, así como el miedo creciente de que, en la vegetación cubierta de nieve de Gevra, Wren se convirtiera en Oonagh y la maldición de las gemelas encontrara un nuevo cuerpo en su hermana.

«Para», se reprendió Rose. «Solo ha sido un sueño».

Y no era vidente. Gracias a los cielos. Una rápida mirada al reloj de la pared le indicó que solo había dormido veinte minutos. Le sorprendió incluso haber dado una cabezada. La inquietud de Rose no tenía nada que ver con la habitación que le habían proporcionado, ya que desprendía un lujo maravilloso. La cama se encontraba cubierta de almohadas y envuelta en sedas de color ámbar y dorado que se mecían por la brisa del desierto. Lei Fan le había prestado un suave pijama de lino y Elske roncaba a los pies de la cama, calentándole las sábanas. Era casi medianoche y el palacio de la Luz Eterna estaba sumido en el silencio. Aun así, Rose no conseguía tranquilizarse.

Shen no había ido a comprobar cómo se encontraba después de cenar. Rose había estado tan segura de que lo haría que se había pasado horas vestida. Mientras lo esperaba, se había peinado el pelo en el tocador. Luego, se había sentado en el escritorio. Y en el alféizar de la ventana. También había caminado por la habitación, viendo cómo los minutos se convertían en horas, pero todavía nada. No se había dado cuenta de lo mucho que se había acostumbrado a su atención. En Anadawn, Shen siempre estaba cerca, acompañándola en paseos por los jardines, trayéndole un libro para leer junto a ella en la biblioteca, preguntándole cómo estaba, dedicándole halagos y ofreciéndole el apoyo que necesitaba.

Mientras Rose permanecía en la cama, observando el techo, se reprendió por no haberlo valorado. Se había mostrado reticente a guardarle un sitio a Shen en su futuro, y ahora ahí estaba, en su reino, donde no había un lugar claro para ella.

Sin embargo, quizás fuera mejor así. De todas maneras, ¿qué hacía fantaseando con un chico? Tenía cosas mucho más importantes en las que pensar. Como sacar a Banba y a Wren de

Gevra para traerlas a casa, porque era evidente que su hermana estaba abrumada. Y ocuparse de los flechas, que estaban resultando ser un problema mucho mayor de lo que había pensado en un principio. Y gobernar Eana, ¡estrellas! Era una mujer ocupada. Una reina. No una lechera enamorada. Cuanto antes regresara a Anadawn, mejor.

Se oyó un golpe en la puerta. Rose se incorporó.

—¿Quién es?

La puerta se abrió con un crujido y Shen entró en la habitación, aún vestido con el atuendo de la cena.

—Esperaba que estuvieras despierta.

—Me estaba quedando dormida —mintió.

Shen cerró la puerta a sus espaldas y a Rose se le secó la boca al darse cuenta de que por fin estaban los dos juntos a solas en una habitación. Lejos de ojos fisgones. Sin videntes. Ni Kai. Solo Shen y Rose.

Miró a la loba, que dormía a los pies de su cama. Bueno, casi solos. Shen la observó un momento.

—Esa cama es lo bastante grande para perderte en ella.

—¿Te recuerda a cuando me secuestraste de mi cama en Anadawn? —preguntó Rose, conteniendo una sonrisa—. Espero que no te dé ideas...

Shen negó con la cabeza, acercándose a ella.

—Tengo muchas ideas, pero sacarte de esa cama no es una de ellas.

Rose se ruborizó de forma violenta. Tiró de las mantas para recuperar un ápice de calma.

—¿Qué tal estás? El día de hoy ha sido...

—Demasiado. —Shen hizo un gesto hacia la cama—. ¿Me puedo sentar?

—Por supuesto —respondió la chica, dando un golpecito junto a ella.

Shen se pasó una mano por el pelo mientras ocupaba ese sitio. Ya no llevaba la banda dorada y, aunque no sabía por qué, Rose se sintió aliviada.

—Es difícil creer que algo de esto es real —admitió—. No dejo de pensar que es un sueño, que en cualquier minuto me despertaré en ese bosque a las afueras de Thornhaven. Me siento... No sé...

—¿Cómo? —preguntó Rose, consciente del dolor en el rostro del chico.

Shen inhaló con brusquedad.

—No dejo de sentir que es culpa mía que todos estuvieran atrapados aquí durante mucho tiempo. Debería haberlo supuesto, Rose. Debería haber hecho algo.

—Eras un niño, Shen. No puedes culparte. Lo importante es que ahora los has encontrado. Los has salvado.

Él negó con la cabeza.

—Sin embargo, nunca recuperaré esos años, años en los que podría haber estado con mi familia. Y ellos tampoco. —Se miró las manos—. Y todos se lo están tomando tan bien, maldita sea... Nos hemos pasado la velada jugando a las cartas. Feng me ha contado historias divertidas sobre mi padre y él cuando tenían nuestra edad. Y todo parecía ir bien, como si fuera algo normal. —Rose trató de evitar que se le desmoronara la expresión, pero le dolía el hecho de que no hubiera pensado en invitarla—. Kai lanza alguna indirecta aquí y allí, pero supongo que eso también me parece normal —continuó Shen—. Y, a decir verdad, me alegro. Creo que estaría más incómodo si de repente comenzaran a tratarme como... —Se calló.

—¿Cómo a un príncipe?

Shen se echó a reír, con una pizca de tristeza.

—Aún me parece extraño. Ni siquiera sé qué se supone que tengo que hacer con un título así. —Alzó la mirada con los ojos brillantes—. Supongo que por fin tengo algunas pistas sobre lo que Wren y tú debéis de sentir a todas horas.

Rose estiró la mano para cogerle la suya.

—No te preocupes. Cuando volvamos a casa, a Anadawn, lo resolveremos juntos.

Shen inclinó la cabeza.

—Rose —dijo con suavidad—. Estoy en casa.

La chica había temido en lo más profundo de su ser que contestara algo así, pero oír aquellas palabras en voz alta fue como si le hubieran lanzado un cubo de agua fría.

—Bueno, claro que este es tu hogar —dijo a toda prisa—. O, al menos, uno de ellos, un lugar que visitar siempre que quieras, pero está muy lejos de Anadawn. Y tenemos mucho que hacer allí. Necesitamos buscar una estrategia contra Barron y los flechas antes de que ganen más adeptos. Además, debemos asegurarnos de que Wren regresa de Gevra de una pieza. —Se obligó a soltar una carcajada—. Ya sabes lo imprudente que es.

Shen no se estaba riendo. Miraba sus manos, entrelazadas sobre la cama.

—Tú tienes que hacer todo eso, Rose. Eres la reina de Eana, como me has recordado tantas veces. —Separó sus dedos de los de ella con una sonrisa tan triste que le partió el corazón—. No te puedes escabullir conmigo para siempre. Sé que nunca he formado parte de tu destino. Y no pasa nada, porque por fin puedo entender el mío. Ahora necesito estar aquí. Este es mi lugar.

«Tu lugar está junto a mí», pensó Rose, pero se detuvo antes de decir las palabras en voz alta. Le escocían los ojos, por lo que desvió la mirada.

Shen le acarició la mejilla con los dedos.

—Te irá bien sin mí. Eres más fuerte de lo que crees, ¿recuerdas?

Rose contuvo la respiración. Se inclinó contra su mano. El mundo a su alrededor desapareció hasta que no quedó nada, solo ellos dos en su cama; Shen rozándole la cara, el aliento de ambos entremezclándose y sus labios a punto de tocarse...

—Te necesito conmigo, Shen —susurró. Y lo creía de cien maneras diferentes, desde cada rincón de su corazón. Cerró los ojos, esperando sentir los labios del chico sobre los suyos, pero él se apartó.

—No puedo, Rose. Lo siento.

La reina abrió los ojos y las mejillas se le tiñeron de un violento color rojo mientras veía el arrepentimiento brillando en la mirada de Shen. Se alejó de él con toda la dignidad que consiguió reunir.

—A lo que me refiero es a que necesito tu ayuda con los flechas —dijo, aclarándose la garganta—. Cualquier brujo del Reino Soleado es bienvenido, pero los guerreros me interesan en particular, por razones obvias. —Esbozó una sonrisa ensayada—. Será una forma maravillosa de juntar a los soldados de Anadawn y a los brujos y de que el país entero gane poder, ¿no crees? Y, por supuesto, cuando Barron vea el poder impresionante de nuestro ejército mejorado, se retirará de inmediato. Solo un loco iría en nuestra contra.

Shen frunció aún más el ceño.

—Las personas de este reino acaban de ver el sol por primera vez desde hace dieciocho años. Hay niños aquí que no habían visto el cielo hasta hoy. No puedo enviarlos a una batalla.

—Pero dijiste que me ayudarían —dijo Rose, refiriéndose a su conversación de hacía dos días, a las promesas que se habían hecho el uno al otro en el río a las afueras de Ellendale. Ahora parecía que hacía una eternidad—. Que nos ayudarían.

—¿No has oído a la abuela Lu esta noche? Mi madre murió luchando en una guerra que no era la suya.

—Tu madre era una bruja —dijo Rose, esforzándose por mantener la voz bajo control—. Quería defender a los demás brujos, igual que yo te necesito ahora para defenderlos de los flechas.

Shen ya estaba negando con la cabeza.

—Si se hubiera quedado, el reino no se habría perdido. Ella no habría muerto, ¿no lo entiendes? Mi padre escondió este lugar para mantener nuestro reino a salvo de la guerra.

—Pero ahora el príncipe eres tú —contraatacó Rose, desesperada—. Todo el mundo te escuchará.

—No los voy a obligar a luchar, Rose.

La chica retuvo a Shen cuando este se levantó.

—Entonces, ¿te vas a sentar ahí y dejar que Edgar Barron lance un ejército contra Anadawn? ¿No te importamos Wren y yo? —dijo, echando hacia atrás la manta—. ¿Y qué pasa con los brujos de Ortha? ¿Y tu propio país?

Shen caminó por la habitación.

—Por supuesto que me importa todo eso, pero necesito tiempo para comprender la situación. Ya no es tan fácil. Soy un líder, tengo que pensar qué es lo mejor para mi reino. De entre todas las personas, tú tendrías que entenderlo mejor que nadie.

—Lo que entiendo es que tu reino está en mi desierto —dijo Rose con los dientes apretados—. Comprende que, como reina, te estoy pidiendo lealtad.

Shen dejó de caminar.

—Y yo te estoy diciendo como amigo... —se detuvo, y la palabra flotó entre ellos como una nube de tormenta— que necesito estar aquí.

Rose ignoró lo dolida que se sentía. Después de todo lo que habían pasado, él sabía que esa palabra era la que más daño le iba a hacer.

—Anadawn necesita el apoyo del Reino Soleado, Shen. No es una petición, es una orden. —Tan pronto como lo dijo, se arrepintió, pero no podía retirarlo. Había dejado clara su postura, ahora debía ceñirse a ella.

A Shen le relampaguearon los ojos.

—No te debo nada, Rose. Y mi reino tampoco. Feng me ha hablado de un tratado que firmaron nuestros antepasados hace mucho tiempo, uno que nos da soberanía, que me permite tomar mis propias decisiones.

—¿De qué estás hablando? —preguntó Rose, acalorada—. Nunca he oído hablar de ese tratado.

—Nunca habías oído hablar de mi reino hasta que me conociste —le recordó Shen—. Quizás haya cosas que no sepas.

—Estás siendo muy injusto —replicó Rose.

—Y tú, egoísta —contraatacó el chico—. Este reino no te pertenece. Y yo tampoco.

Ella retrocedió, sintiendo como si la hubiera golpeado. Shen salió de la habitación y cerró la puerta con tanta fuerza que Elske se despertó con un gruñido. Cuando el eco de sus pisadas por fin se desvaneció, Rose enterró la cara en la almohada y se echó a llorar.

Por la mañana, estaba decidida. Se iba a ir a casa. Había hecho lo que había ido a hacer allí y, dada la rebelión que se agitaba en Eana, cada minuto lejos de Anadawn contaba. Era peligroso. Se puso de nuevo su vestido manchado, cogió el bolso con su espejo y el cepillo y se preparó para marcharse con Elske.

Se llevaría a Tormenta para el viaje. Shen podría al menos prestarle su caballo, ya que no le ofrecería la fuerza del Reino Soleado. «Su reino», se recordó. Según un tratado de hacía mucho tiempo que ella nunca había tenido delante, Shen Lo no le debía nada. Ni lealtad. Ni su corazón. Qué tonta había sido al darle el suyo.

Elske caminaba junto a Rose mientras esta recorría los pasillos del palacio, bañados por el sol. La puerta del dormitorio de Lei Fan se abrió con un crujido cuando pasó frente a ella, y la tempestad salió vestida con un brillante pijama amarillo.

—¿Qué haces despierta tan temprano?

—Podría hacerte la misma pregunta —respondió Rose. Sombra salió del cuarto y se frotó contra su pierna.

Lei Fan abrió los brazos y echó la cabeza atrás.

—Quiero empaparme de todo el sol que me sea posible —dijo—. Se me había olvidado la sensación tan maravillosa que provoca. —A modo de confirmación, Sombra se tumbó boca arriba y maulló contento como si él también disfrutara de la luz matutina. Era evidente que Elske no le interesaba, y la loba solo le dedicó una mirada curiosa al gato.

Rose observó cómo la luz del sol bailaba por la cara de Lei Fan y volvió a pensar en el enorme cambio que habían vivido la tempestad y el resto del reino.

—Me alegra que podáis sentir al fin el sol de verdad —dijo—. Me alegro por ti, por tu gato y por el reino. Y... —Durante un momento, se le quebró la voz—. Y por Shen. —Se aclaró la garganta—. Pero tengo un asunto importante que atender en Anadawn. Por favor, dale las gracias a tu padre por su hospitalidad. Debo ponerme en camino.

Lei Fan abrió mucho los ojos.

—¿Ya te vas? ¿Ahora? Pero ¡si acabas de llegar!

Rose sonrió de manera tensa.

—El deber me reclama.

—Pero no has visto siquiera la ciudad —exclamó Lei Fan—. Esta noche es el Festival del Baile del Sol. Debes quedarte por lo menos a eso.

—Nunca he oído hablar de ese festival —comentó Rose con curiosidad—. Pero me temo que no importa. Mi país me necesita.

Lei Fan esbozó una mueca.

—Shen me contó lo de Barron y sus horribles flechas.

Rose pestañeó, sorprendida.

—Nos llevamos muy bien —dijo Lei Fan—. Shen sabe que puede confiar en mí.

—Bueno, me temo que debo volver por ese asunto antes de que el país se infeste de flechas —respondió Rose con franqueza—. Pensaba que encontraría un aliado en Shen, en este país, pero tiene la mente centrada en otros problemas.

—Es probable que le preocupe la ceremonia de esta noche —le explicó Lei Fan, sabiendo de qué hablaba—. ¡Otra razón para quedarte un poco más! Es el festival más mágico del año. Y ahora que nos han devuelto el cielo, podemos celebrarlo por fin. Por favor, no te vayas de manera tan amarga, reina Rose. Sé que mi primo lo odiaría.

Rose toqueteó la tira del bolso. Si se quedaba un poco más, quizás Shen y ella tuvieran la oportunidad de hablar de nuevo. Por muy enfadada que estuviera, sabía que el día anterior debía de haber sido abrumador para Shen. Ambos se habían dicho cosas que no sentían. Tal vez hoy fuera diferente, tal vez actuara de manera más parecida al Shen que ella conocía. Además, sería de muy mala educación irse sin despedirse.

—Quédate una noche más —le suplicó Lei Fan—. Puedes irte mañana si no estás demasiado cansada de bailar. No te arrepentirás, lo prometo.

Rose observó las arrugas de su atuendo.

—¿Crees que podrías prestarme otro vestido?

Lei Fan lanzó una ráfaga de aire que abrió de par en par la puerta y sobresaltó a Sombra, que dejó escapar un maullido enfadado antes de alejarse por el pasillo.

—Entra en mi imperio.

Antes de dejar a un lado la miríada de preocupaciones, Rose le envió una carta a Thea y le aseguró a la consejera real que volvería a casa pronto. También le mandó otra a Fathom para preguntarle por el tratado que Shen había mencionado la noche anterior. Sabía que no cambiaría nada entre ellos, pero, como reina de Eana, Rose debía investigarlo, por su pueblo y por el Reino Soleado.

Pasó el resto del día con Lei Fan, probándose vestidos y picoteando tentempiés deliciosos. Se maravilló al ver las habitaciones que había en el palacio, incluido el Salón de los Tesoros, que contenía de todo, desde vasijas de porcelana pintadas hasta enormes tapetes de seda entretejidos con plata y oro, muebles ornamentados y cálices enjoyados. Había joyería antigua y viejos libros de hechizos, rubíes del tamaño de la mano de Rose y ópalos de todos los colores. En la cocina, descubrió cincuenta hierbas y especias de las que nunca había oído hablar, y la biblioteca estaba llena de preciosos libros de arte, poesía y literatura, así como de sillones tan exquisitos que no se atrevía a sentarse en ellos.

—Esta es la armería —anunció Lei Fan, apartando una pared entera de esparto en uno de los patios bajos para revelar una estrecha puerta de madera.

Rose jadeó al entrar. Cientos de hachas y espadas colgaban del techo, con los filos brillando en la oscuridad. Había látigos y bastones, armaduras de oro, plata y bronce y una colección entera de arcos y flechas con puntas de acero. En una mesa en el centro de la sala, las dagas estaban colocadas según su tamaño.

—No sabía que las armas pudieran ser tan bonitas —comentó Rose, recorriendo con el dedo la empuñadura de cuero de una espada de doble filo.

—Los herreros del Reino Soleado se enorgullecen de su trabajo —dijo Lei Fan—. Creen que, tanto en la batalla como en la muerte, siempre debería haber respeto. —Cogió una daga con diamantes incrustados de la mesa y la sujetó por la punta—. Si te van a apuñalar en el corazón, mejor que sea con una navaja brillante, ¿no?

A Rose le sobrevino el recuerdo de Wren sobre ella en la nieve, la sed de sangre en sus ojos. Pestañeó para alejarlo.

—Nunca lo había pensado así. Aunque preferiría que no me apuñalaran.

Lei Fan abrió un cajón escondido y sacó dos horquillas color ámbar tan afiladas como una navaja.

—Estas son mis favoritas. Pertenecían a la madre de Shen, la reina Ai Li. Era una tormenta poderosa, pero también sabía luchar. El propio Gao la entrenó y, cuando se casaron, se las regaló. —Suspiró y dejó en su sitio las horquillas—. No pensó en llevárselas a la guerra, aunque tampoco estoy segura de que le hubieran servido de mucho.

—Parece que era muy valiente —dijo Rose, pensando en Shen, quien, sin duda, había heredado el valor de su madre. Nunca lo había visto huir de una pelea, ni había esperado que lo hiciera. No tenía sentido que lo estuviera haciendo ahora. ¿De qué valía tener una armería llena de las mejores armas de Eana si no deseabas luchar por tu país, por tu gente?

—¿Rose? —Lei Fan movió la mano ante su cara—. ¿Te encuentras bien? Te has quedado inmóvil.

Rose se desprendió de su frustración y le dedicó una sonrisa.

—¿No deberíamos irnos y prepararnos para el festival? Tienes razón, me alegro de haber decidido quedarme.

Wren
CAPÍTULO 33

—¡Estoy muerto de hambre! —anunció el príncipe Ansel mientras se tambaleaba por el comedor, ignorando el cuchillo de untar con el que Celeste le apuntaba. El chico sonrió a Wren—. Buenos días, mi florecilla. Estás tan radiante como siempre.

Wren observó cómo Ansel se arrastraba hacia ella con una sensación angustiosa en las entrañas. Tenía la piel de un extraño color grisáceo y el blanco de los ojos amarillo. Estaba segura de que el día anterior parecía más humano.

—¡Vaya festín! Ay, ¿eso es sirope? ¡Mi favorito!

Se hundió en la silla junto a Wren, mojó cinco trozos de beicon en la jarra del sirope y se los metió en la boca. Anika, que seguía paralizada por la sorpresa, consiguió dejar escapar una palabra.

—¿Ansel?

—¿Sí, querida hermana? —Echó la cabeza a un lado durante un momento antes de volverse a incorporar con un crujido nauseabundo.

Anika se aferró al respaldo de la silla.

—Creo que me voy a desmayar. —El zorro siseó a Ansel antes de saltar al suelo y esconderse entre su falda.

—Cálmate —dijo Wren, intentando seguir su propio consejo—. Respira. Todo va bien.

—¿Bien? —preguntó Anika, inhalando la palabra—. Mira su piel. ¡Su sonrisa! Casi le puedo ver las amígdalas.

Celeste dejó el cuchillo en la mesa y se inclinó sobre ella para intentar mirar de cerca al príncipe.

—No lo entiendo. ¿De dónde ha salido?

Ansel sonrió de nuevo y dejó entrever un bocado de beicon a medio masticar.

—Celeste, esa no es una conversación apropiada para el desayuno. —Bajó la voz y echó la cabeza a un lado mientras hablaba—. Mi madre y mi padre se querían mucho y, con el tiempo, bajo las sábanas, su amor dio como resultado a Alarik, Anika y a mí.

—¿Por qué se comporta así? —preguntó Anika.

—Porque no es él —contestó Celeste—. El verdadero Ansel está muerto. Sea lo que sea esto..., no es natural. —Durante un momento, parecía a punto de saltar sobre la mesa para estrangular a Wren, pero entonces se reclinó en la silla y se cruzó de brazos—. ¿Qué diablos has hecho? ¿Y cómo demonios lo has hecho?

—Es una larga historia.

—Entonces, será mejor que comiences.

Wren preferiría comerse su propio puño antes que contarle a Celeste una palabra de la magia de sangre prohibida. No estaba dispuesta a admitir que era culpable de una de las peores cosas que podía hacer una bruja. Ni a hablarle de las palabras fatídicas que Glenna le había susurrado en Anadawn. «Cuidado con la maldición de Oonagh Avestrellada, la reina bruja perdida. La maldición corre por nueva sangre. Vive en nuevos huesos».

—¡Hora del té! —Ansel estiró la mano hacia la tetera y se sirvió una taza, sin detenerse cuando el líquido hirviendo sobrepasó el borde y le cayó en el regazo—. ¿Te acuerdas de nuestro té en Eana, Rose? Te dije que aquí también podríamos tomarlo. Tenemos todo lo que necesitas. —Mantuvo en alto la tetera mientras el humo se elevaba desde su regazo en forma de volutas—. Por eso estaremos juntos para siempre. Y para siempre y para siempre y...

—Ansel, deja la tetera. —Wren tuvo que quitársela de las manos, ahora vacía.

—Es un truco —dijo Anika, alejándose de la mesa—. Algún tipo de maldición. ¡Le has lanzado una maldición! —Movió un dedo acusatorio hacia Wren—. Haré que te cuelguen por esto.

La chica alzó las manos.

—Vamos, Anika, no nos apresuremos.

Celeste se levantó y se acercó a la princesa, antes de que esta se lanzara sobre Wren.

—No es un truco, Anika —dijo, colocándole las manos en los hombros agitados—. Simplemente no sabía lo que estaba haciendo. —Celeste lanzó una mirada fulminante hacia atrás—. Le suele pasar.

Por una vez, Wren se mordió la lengua. Le inquietaba que Celeste tuviera razón.

—No importa —dijo Anika—. Voy a hablar con Alarik sobre esto. ¡Ya!

—¿Te refieres al rey Bello Durmiente? —cacareó Ansel—. Está en la planta superior, durmiendo como un oso polar. Nos quedamos despiertos toda la noche, charlando como dos cotorras, pero nuestro querido rey de las bestias no pudo ponerse a mi altura. ¡Ja! —Abrió mucho los ojos amarillos hasta que sus iris flotaron dentro de ellos—. ¿Os podéis creer que no he podido pegar ojo?

—Sí —dijo de forma monótona Celeste.

El zorro de Anika le gruñó. Ansel le devolvió el gruñido y el zorro huyó.

—¡Qué zorro tan travieso! —Ansel se echó a reír y estiró el brazo para coger más sirope, pero, por accidente, se golpeó el meñique contra la jarra. Wren vio horrorizada cómo se le caía y aterrizaba sobre el beicon. El príncipe ni siquiera pestañeó.

Wren se tragó la bilis de la garganta y, con cautela, estiró la mano hacia el dedo.

—Déjalo —siseó Celeste—. Solo vas a empeorarlo.

Anika se pasó las manos por el pelo, deshaciéndose el moño perfecto.

—¿Quieres decir que Alarik ya lo sabe? —dijo con un tono de voz peligrosamente agudo.

Celeste negó con la cabeza, incrédula.

—¿Qué te movió a hacer algo tan estúpido?

—Lo hice por Banba —dijo Wren a la defensiva—. No tenía otra opción. Alarik le había prometido a Anika que encontraría la forma de traer a Ansel de vuelta para que pudieran ser una familia de nuevo.

—Pero ¡así no! —chilló Anika—. Por el gran Bernhard, se le acaba de caer un dedo. Si nuestra madre lo descubre, si ve en lo que se ha convertido su querido Ansel, se desmayará. Ya bastante mal lo está pasando. Apenas come y duerme. Rara vez abandona su dormitorio. ¡Esto será su fin!

—No lo va a descubrir —dijo Celeste a toda prisa—. Vamos a ocultárselo. Y, después, vamos a arreglarlo.

—Pero ¿cómo? —gimió Anika.

Celeste le lanzó una mirada de advertencia a Wren.

—Sácalo de aquí. Rápido.

Wren se puso en pie y cogió al príncipe del brazo.

—Vamos, Ansel, vamos a dar un paseo.

El chico se puso en pie de un salto, con lo que derribó la silla. Se metió una tortita en el bolsillo mientras Wren lo arrastraba lejos de la mesa, hacia el pasillo. Seguía intentando descubrir qué hacer con el príncipe resucitado cuando Tor giró la esquina y se cruzó en su camino. A media zancada, se quedó boquiabierto, observando al príncipe sonriente.

—¡Tor! ¿Es cosa mía o te has vuelto más alto? —Ansel le golpeó con un dedo en el pecho y le pellizcó la nariz—. ¡Ahora es mía!

Tor entornó la mirada, asimilando el resto de la apariencia de Ansel. Apretó la mandíbula, al mismo tiempo que miraba a Wren por encima de la cabeza del príncipe y el horror de su rostro dejaba paso a algo mucho peor. Traición.

—No puedo creer que lo hayas hecho.

Wren se removió, incómoda.

—A decir verdad, yo tampoco.

—¿A qué viene esa cara tan larga, Tor? —Ansel cogió la tortita del bolsillo y la agitó—. Tal vez una pequeña tortita te alegre.

Tor se pasó la mano por la mandíbula y se esforzó por mantener el tono calmado.

—¿Alarik sabe...?

—¡Sí! —exclamó Wren, tensa—. Pero está durmiendo.

Ansel seguía moviendo la tortita como si fuera un pañuelo.

—Cuando nos casemos, debemos saludar a las masas así, querida. Llamémoslo el saludo de la tortita. Al pueblo le encantará.

Wren lo cogió del brazo y se lo bajó.

—Ansel, por favor, deja la tortita. —Se giró hacia Tor—. Te lo explicaré todo después —dijo con urgencia—. Ahora, necesito tu ayuda. La reina Valeska se va a enterar de esto en cualquier momento. Anika está ahí sufriendo un ataque. Y, a decir verdad, no la culpo.

Tor inclinó la cabeza.

—¿A quién culpas, Wren?

La chica odió la acusación en sus ojos.

—Lo arreglaré. Solo ayúdame a llevarlo a mi habitación antes de que empeore.

—¿Y qué pasará cuando Alarik se despierte?

—Me encargaré de ese problema cuando ocurra —dijo Wren, lanzando una mirada fugaz por el pasillo. Se estremeció al pensar lo que les esperaba a ella y a Banba si no encontraba la manera de arreglarlo. Rápido.

Rose
CAPÍTULO 34

La luna estaba en lo alto del cielo cuando el aire del desierto empezó a vibrar de emoción. A Rose le había sorprendido lo tarde que comenzaba el festival, pero Lei Fan le había explicado que lo normal era que las celebraciones se iniciaran a medianoche para poder bailar y disfrutar del festín hasta el amanecer.

—Luego —continuó Lei Fan, arreglándose el pelo en el espejo—, cuando el sol salga, envolverá a Shen Lo con sus rayos dorados y lo convertirá en el nuevo rey solar.

«Un rey», pensó Rose, ajustándose la banda de seda alrededor de la cintura. Apenas se había acostumbrado a considerarlo un príncipe.

—Pero, si pensabais que Shen estaba muerto durante todo este tiempo, ¿por qué no se convirtió en rey tu padre?

—No puedes convertirte en rey sin la bendición del sol. —Lei Fan arrugó la nariz mientras se retorcía una parte del pelo para hacerse un moño elaborado—. Por eso el festival es lo primero. Mi padre ha gobernado como regente, esperando el día en el que nos desenterraran.

—Y entonces Shen volvió a casa. Todo esto ha debido de pillarlo por sorpresa.

Lei Fan sonrió.

—Nuestro verdadero rey volvió con el sol. Padre nunca ha sido un verdadero rey, aunque le gusta pensar que sí. Le encanta manejar a todo el mundo. Sobre todo a mí. —Puso los ojos en blanco—. A decir verdad, me sorprende la facilidad con la que ha renunciado a la corona del caminante solar. La abuela Lu solía bromear con que dormía con ella. —Le brillaron los ojos al encontrarse con los de Rose en el espejo—. ¡No, no! —exclamó, negando con la cabeza—. Estás colocándote mal la parte de arriba. Ven, deja que te ayude. —Acarició la banda del vestido de Rose y la anudó con un lazo complejo sobre su hombro derecho—. Hale, ahora eres una señorita solar perfecta.

Rose llevaba un vestido del color del fuego. Al moverse, la gasa sedosa cambiaba, primero era bermellón y luego ámbar, antes de volverse ocre y azafrán. Tenía hilos dorados iridiscentes entretejidos que lo hacían brillar bajo la luz de las velas. La tela tenía un corte atrevido y le dejaba desnudo el hombro izquierdo. Se ajustaba en la cintura con una banda y caía al suelo con una miríada de colores.

Lei Fan había insistido en que Rose se pintara los labios de rojo, y le había maquillado los ojos con pintura dorada, para después delineárselos con tinta negra. Se había apartado el pelo de la cara con dos horquillas con rubíes, y el resto le caía de manera artificiosa por la espalda. De repente, se oyó un gong. Rose sintió las vibraciones bajo sus pies.

—Vamos —la animó Lei Fan, cogiéndola de la mano—. ¡Va a empezar!

Los encantadores del Reino Soleado habían estado ocupados. Las estatuas doradas habían cobrado vida, y los caballos relinchaban mientras se encabritaban una y otra vez. El dragón agitaba sus alas metálicas, al mismo tiempo que el escarabajo y el escorpión se desplazaban hacia delante y hacia atrás como si estuvieran bailando. Largas tablas de madera, iluminadas por luces eternas color ámbar, gruñían bajo las rebosantes bandejas de comida y las generosas jarras de vino mientras, al otro lado del patio, se asaban diez cerdos, que giraban poco a poco.

Los tambores rugían por el patio, tocando al ritmo de una orquesta compuesta por instrumentos de cuerda que Rose nunca había visto y que parecían emitir sonidos por sí solos. Les habían dado panderetas a los niños, que reían y tocaban con entusiasmo.

—Hay tanta magia aquí que casi puedo saborearla —comentó Rose conforme bajaban las escaleras. Sumergida en el esplendor del Reino Soleado, era difícil preocuparse por Edgar Barron y sus flechas, que parecían encontrarse a un mundo de distancia. De hecho, a Rose le costaba preocuparse por nada.

Al pasar junto a una encantadora rubia que afinaba un par de flautas flotantes, se percató de que, aunque la mayoría de las personas del Reino Soleado se parecían a Shen y su familia, con la piel bronceada, el pelo negro y los ojos oscuros, también había brujos con la piel tan pálida como la suya, y otros con la piel parecida a la de Thea y Celeste.

Ninguno tenía el menor interés en Rose. O no la reconocían o no les importaba que fuera la reina de Eana. Después de todo, esta noche no estaba dedicada a quien gobernaba Eana, sino el Reino Soleado. Y Rose comenzaba a entender que eran dos cosas muy diferentes.

—¡Empanadillas solares! —Lei Fan persiguió a un sirviente que pasaba con una bandeja de empanadillas humeantes—. ¡Mis favoritas!

Rose mordió una y cerró los ojos, encantada. Contenía carne especiada y un poco de caldo que le corrió por la barbilla, pero estaba tan deliciosa que no le importó.

—Entonces, te gustan los manjares del festival, ¿no, majestad? —Rose abrió los ojos de golpe y se encontró a Shen de pie junto a ella. Llevaba la corona del caminante solar torcida de manera casual, una camisa negra de cuello alto y unos pantalones también negros y ajustados. Le habían maquillado los ojos con kohl y miraba a Rose como si ella misma fuera un manjar del festival, lo que la hizo sentirse mareada de repente.

—Ah, Shen... Hola —tartamudeó, y rápidamente se limpió la barbilla.

Él la recorrió con la mirada.

—Me gusta tu vestido.

—Gracias —dijo Rose, sintiéndose extrañamente aturdida—. A mí me gusta tu... corona.

Shen arqueó una ceja.

—Creía que tenías sentimientos encontrados con esta corona.

—Ay, por favor, sabes que me gustan las cosas bonitas. No puedo negar que esa corona es una obra de arte.

—¿Solo la corona? ¿No la persona que la lleva puesta? —la provocó Shen.

—Eres ridículo —contraatacó Rose, pero estaba tan aliviada de que las cosas parecieran normales entre ellos de nuevo que no pudo evitar sonreír.

—¿Esto es una tregua, entonces? —preguntó Shen, inclinándose hacia ella.

La chica se mordió el labio, pensativa.

—¿Te gustaría que lo fuera?

Shen acercó los labios a su oreja para susurrarle algo, y Rose contuvo el aliento ante su repentina cercanía. Entonces, volvió a sonar el gong.

—Prestad atención, los dos —siseó Lei Fan—. Ahí está Daiyu, nuestra maestra narradora.

Una anciana con un largo vestido carmesí se acercó a las escaleras y las subió hasta que todos los presentes en el patio pudieron verla. Dio una palmada para ordenar silencio.

—¡Bienvenidos al Festival del Baile del Sol! —anunció—. Esta noche nos reunimos para celebrar el regreso de nuestro príncipe heredero... —Hizo una pausa y la multitud estalló en vítores aprobatorios. Rose sonrió cuando el orgullo brilló en los ojos de Shen—. Para celebrar el regreso del sol y honrar el origen de nuestro gran reino.

La narradora puso las manos en alto y dos brujas se unieron a ella en las escaleras. Rose observó boquiabierta cómo una de ellas creaba un relámpago con las manos y lo lanzaba al aire, donde se convirtió en un fuego crepitante.

—Esa es mi tutora —susurró Lei Fan, emocionada—. Sus habilidades como tempestad son inigualables.

La otra bruja, una encantadora, comenzó a manipular el fuego para darle varias formas. Daiyu habló de nuevo.

—Nuestra historia comienza hace miles de años, cuando Eana, la primera bruja, era joven y el mundo aún no se había formado. Eana bajó de las alturas en su halcón de garras verdes, dejando a su querido amor, el sol, solo en el cielo. —Rose se maravilló cuando las llamas se convirtieron en una mujer sobre un enorme pájaro—. Tras años de búsqueda incansable, el halcón aterrizó en el mar y, con la magia de Eana, se convirtió en la estructura del país en el que nos encontramos ahora.

Rose dio una palmada de deleite cuando las llamas se extendieron para formar el mapa de Eana en el cielo. A Shen, junto a ella, le brillaban los ojos, igual de fascinado. La voz de Daiyu se volvió más sombría.

—Con el corazón roto, el sol observaba a su amante desde la lejanía, esperando el día en que eligiera aterrizar. Cuando lo hizo, estaba tan conmovido por su amor que bajó para darle un beso de despedida. —Las llamas se volvieron más brillantes, lo que hizo que a Rose se le llenaran los ojos de lágrimas—. Pero su pasión era tan grande que quemó la propia tierra y se creó el desierto del Ganyeve. Después, el sol volvió al cielo y Eana abandonó su eternidad para convertirse en una bruja mortal en esta nueva tierra. Sabía que algún día moriría y el sol seguiría viviendo.

»Pasaron muchos años y el país creció para dar paso a otros. Eana tuvo amantes y muchos hijos, quienes heredaron su magia. Vivió y amó en libertad, de la forma que siempre había querido, pero cada mañana se levantaba para ver el sol salir. En esos momentos de calma, cuando el resto del mundo seguía dormido, el corazón le dolía por su auténtico amor.

Con tanta suavidad que Rose casi pensó que se lo había imaginado, Shen le rozó la mano. La chica le dedicó una mirada de soslayo, pero él tenía los ojos fijos en la narradora.

—Entonces, un día, el cielo se volvió negro. —De repente, las llamas se redujeron al tamaño de un grano de pimienta. El patio se apagó—. Cuando Eana miró al cielo, vio que la luna se había colocado frente al sol, bloqueando su luz. Era la primera mañana de su vida que no había visto a su amor, por lo que se arrodilló en el jardín y lloró. Donde cayeron sus lágrimas, crecieron orquídeas blancas.

Shen entrelazó los dedos con los de Rose, que cerró los ojos, perdida en la historia y en su roce.

—Un hombre se acercó a ella y le preguntó por qué lloraba. Había algo familiar en su voz. Cuando Eana alzó la mirada, gritó, apenas capaz de creer lo que veía, porque ante sus ojos estaba el propio sol, convertido en hombre, con una banda de oro resplandeciente.

Las llamas estallaron una vez más, y en esta ocasión se convirtieron en la alta figura de un hombre. Aunque Rose no podía diferenciar su rostro en el fuego, supo enseguida que era guapo. Radiante.

—«No podía soportar seguir lejos de ti ni un momento más», dijo el caminante solar, tirando de Eana para ponerla en pie y abrazarla. «He venido para estar contigo. Y, mientras permanezca aquí, a este mundo no le faltará luz. Mi hermana, la luna, ocultará mi ausencia. Y, mientras lo haga, me quedaré».

»Eana se deleitó con el regreso de su verdadero amor. Dio la bienvenida a la noche y, en ella, le mostró los grandes placeres de la mortalidad: comieron, bailaron y, cuando se retiraron a la cama, se quisieron por completo, de una forma nueva.

Las llamas se separaron y se convirtieron en dos personas que luego se unieron. Durante un momento, la forma de Eana y su amante fue tan íntima que Rose tuvo que desviar la mirada. Shen la atrapó y se la sostuvo. Con los dedos, le acarició un punto delicado de la muñeca y le dibujó un patrón en la palma de la mano con el pulgar.

—Durante un tiempo, el mundo permaneció en penumbras. Eana y su amante vivieron en sus sombras, donde ella dio a luz a sus hijos, todos bendecidos con magia antigua —continuó Daiyu—. Pero la luz es tan eterna como el amor. El caminante solar sabía que debía abandonar su forma humana y regresar a su hogar en el cielo. Por el bien del mundo, de la tierra que había cultivado, Eana sabía que debía dejarlo marchar. Cuando el sol se despidió de ella con un último beso, le dejó un regalo. Un anillo con un rubí que brillaba con un corazón de fuego, símbolo de su amor eterno y llave de lo que les regalaría a sus hijos.

Shen le soltó la mano a Rose para atrapar el anillo bajo la camiseta, con los ojos como platos por la sorpresa.

—A sus hijos, el sol les regaló una ciudad que siempre los protegería. Una que podía moverse como quisiera por el desierto y esconderse cuando hubiera una amenaza. Una que siempre le proporcionaría lo necesario a su pueblo. Así, no mucho después de que la tierra de Eana se hubiera formado con los huesos encantados de un pájaro, nació el Reino Soleado. —Las llamas formaron un arco por el patio y se convirtieron en la forma titilante del reino en el que se encontraban.

La multitud alzó las manos, como si deseara tocarlo.

—Los niños de Eana y del sol son nuestros antepasados —dijo la narradora con orgullo—. El sol está en nuestra sangre, y así podemos sobrevivir en las Arenas Agitadas. Vivimos sobre y bajo ellas. Nos han bendecido con la luz dorada del sol, y esta noche bailamos y comemos en su honor. —Juntó las manos en forma de flecha y señaló a Shen. La multitud se abrió a su alrededor—. Nuestro príncipe heredero usó el rubí de Eana para desenterrarnos de las arenas y, ahora que ha regresado, tomará su puesto legítimo en el trono del rey solar.

La multitud estalló en vítores. La narradora movió el dedo y Shen se acercó sin mirar atrás. Subió las escaleras y se giró para contemplar a su pueblo mientras el fuego bailaba sobre su cabeza como una corona. Rose se llevó una mano al pecho para aplacar su corazón acelerado.

—En nombre de mi padre, Gao, y de mi madre, Ai Li, y de todos los reyes y reinas antes de mí, prometo honrar a nuestro reino —dijo Shen—. Prometo protegeros del peligro y las penurias. Prometo que siempre dormiréis bajo las estrellas y os despertaréis viendo cómo el sol se alza en el cielo.

Rose miró a Shen Lo, incrédula. Estaba hablando como un rey. Parecía un rey. ¡Era un rey!

En cuanto dejó de hablar, los fuegos artificiales cubrieron el cielo y bañaron a todos con un rayo de luz dorada. Y, mientras se producía una nueva ovación, Rose supo con una repentina y dolorosa certeza que Shen Lo nunca volvería a Anadawn.

La fiesta duró horas. Hubo pocos momentos en los que abordar el tema del ejército de Shen de nuevo. Rose encontró consuelo en la comida, y se sirvió dos raciones de panceta de cerdo asada crujiente, una montaña de fideos esponjosos y una berenjena entera, especiada de forma deliciosa.

Estaba bastante segura de que no podría probar ni un pedazo más cuando los sirvientes trajeron la fruta escarchada que tanto le gustaba a Shen. Había peras, manzanas y brillantes bayas rojas.

—Vamos —la apremió la abuela Lu, sirviéndole varias en el plato—. Tienes que probar mi comida.

Rose se metió una baya en la boca y sintió una oleada de deleite cuando el azúcar endurecido se le filtró entre los dientes. Después esbozó una mueca por su toque ácido.

—¿Ves? —dijo la abuela Lu, orgullosa—. Una sinfonía de sabores.

Tras el festín, hubo un baile. Rose nunca se había movido de forma tan despreocupada en su vida. Sin un compañero, sin pasos y sin decoro, solo con la música como guía. Sintió ganas de dar vueltas mientras su falda hacía lo propio a su alrededor y cambiaba de color bajo la luz titilante del fuego. Los tambores sirvieron de eco para su corazón rebelde y rio a carcajadas, con la cabeza hacia atrás, sintiendo que las propias estrellas miraban cómo bailaba.

Sin embargo, no eran solo las estrellas. Rose sintió que Shen estaba mirándola incluso antes de verlo. Se encontraba de pie a un lado del patio, contemplando sus pasos, pero ella, en lugar de cohibirse, se sintió valiente y bonita. Le sostuvo la mirada, se echó hacia atrás el pelo y movió las caderas, dejando que el chico la absorbiera con sus ojos oscuros.

Quería con desesperación que se uniera a ella, a su baile, hasta que no pudieran mantenerse en pie, pero, justo cuando se iba a acercar a Shen, Feng apareció a su lado y le susurró algo al oído. El chico miró al cielo. Era casi el amanecer, casi el momento de ocupar su sitio como rey solar.

Algo olisqueó la falda de Rose y le hizo desviar su atención. Miró hacia abajo y se echó a reír.

—¡Elske, para! Me vas a arrancar el vestido.

Justo entonces, alguien la empujó y a punto estuvo de tirarla. A Elske se le erizó el pelaje. Era Kai. Rose frunció el ceño. ¿Adónde iba con tanta prisa?

La música dejó de sonar y Shen apareció en lo alto de las escaleras del palacio. Mientras la primera pincelada del amanecer cruzaba el cielo del desierto, de nuevo se lanzaron fuegos artificiales. Las chispas daban vueltas y giraban como ruedas solares, bailando en el aire a su alrededor. El cielo brilló con la fuerza del oro cuando el verdadero sol comenzó a elevarse.

Rose había esperado que fuera Feng quien nombrara a Shen, pero no lo veía por ningún lado. En su lugar, Daiyu intervino. En las manos llevaba un cetro dorado.

—Shen Lo, bajo la luz del sol naciente, y rodeado del amor de vuestro pueblo, me honra otorgaros el cetro del sol, convirtiéndoos desde ahora y para siempre en el rey solar. Así, bajo la luz de un nuevo día, nos unimos para preguntaros si aceptáis vuestro solemne destino.

Shen cogió el cetro entre sus manos y se giró para dirigirse a su pueblo, pero, fuera lo que fuese lo que estuviera a punto de decir, quedó ahogado por un grito. Uno de los fuegos artificiales había explotado demasiado cerca del suelo y había estallado en llamas. Cogieron forma, igual que en el cielo, pero esta vez eran bestias. Y se estaban multiplicando, rápido.

Se produjo el caos cuando las bestias de fuego se descontrolaron, recorriendo el patio y quemando a cualquiera que se pusiera en su camino. Rose intentó abrirse paso hacia Shen, pero la multitud se lo impidió y la echó hacia atrás. Elske dejó escapar un rugido estrepitoso y todas las personas en torno a Rose se alejaron como canicas.

Justo entonces, localizó a Feng a los pies de la escalera del palacio. Estaba inmóvil de una forma extraña, salvo por el hecho de que retorcía los dedos mientras murmuraba, frenético. Tenía los ojos fijos en Shen.

Rose siguió su mirada y soltó un grito de alarma. La mayoría de las bestias cayeron sobre Shen. Observó horrorizada cómo este corría escaleras abajo y saltaba sobre la balaustrada, utilizando el cetro del sol para luchar contra ellos, pero su magia de guerrero no era rival para esas criaturas furiosas. Gritó cuando se le prendió fuego la camiseta y se la arrancó rápidamente, aunque no lo suficiente. La expresión se le contorsionó, agónica, cuando las llamas le alcanzaron la piel. Además, más bestias se abalanzaron sobre él.

—¡Shen! —gritó Rose al tiempo que él huía del patio. Las bestias lo perseguían, alejándolo del festival hacia la parte trasera del palacio, donde las calles estrechas serpenteaban y se sumergían en la ciudad. Rose se recogió la falda para ir tras él, con Elske a su lado.

Shen se llevó la mano al pecho quemado mientras viraba a la izquierda y se lanzaba hacia un camino angosto escondido para evitar la estampida en llamas. Para alivio de Rose, las bestias lo adelantaron y se alejaron.

Se apresuró a seguirlo, al mismo tiempo que sus pulmones sufrían espasmos con cada paso. Shen la necesitaba.

Tenía que llegar hasta él, curarlo. Al fin, alcanzó el estrecho callejón. Giró la esquina y el corazón le dio un vuelco al ver en el suelo el cuerpo tendido de Shen. Antes de que pudiera acercarse, Kai salió de las sombras y cogió el cetro del suelo.

—¡Qué mala suerte, primo! —dijo, levantándolo sobre su cabeza—. Tu destino acaba aquí.

—¡No! —gritó Rose.

Elske rugió y se lanzó hacia Kai antes de cerrar la mandíbula alrededor de su brazo. Él dejó caer el cetro y soltó un rugido. Posó la mirada en Rose, en la oscuridad, y los ojos le brillaron, llenos de odio.

—¡Quítame a la loba de encima!

La chica lo ignoró y corrió hacia Shen. Se arrodilló en el suelo y le colocó las manos en el pecho quemado.

—No pasa nada —musitó—. Estoy aquí. Voy a curarte.

Dejó escapar un suspiro tembloroso mientras permitía que la magia la inundara. El caos a su alrededor se volvió distante a medida que calmaba su mente y se centraba solo en Shen. Sus quemaduras eran profundas y ya comenzaban a convertirse en ampollas. El corazón que palpitaba bajo sus manos era débil, pero, con la suave vibración de su magia, Shen empezó a sanar. Con lentitud, mucha lentitud.

Rose no sabía cuánto tiempo había pasado intentando curarle la piel, pero, cuando el chico abrió los ojos, a punto estuvo de desmayarse del alivio.

—¡Estás despierto!

—¿Rose? —gimió Shen. Intentó incorporarse, pero ella seguía con la mano en su pecho.

—Shen, tengo que contarte algo…

Kai la alejó de él.

—Esa maldita loba me ha atacado cuando estaba intentando salvarte de esas bestias de fuego —dijo, mostrándole el brazo ensangrentado como prueba. Solo entonces Rose se dio cuenta de que había tres sirvientes tras él—. He tenido que pedir auxilio porque ella no la apartaba de mí.

Rose frunció el ceño.

—No, eso no es lo que...

Kai habló por encima de ella.

—Por suerte, ya nos hemos ocupado de esas criaturas de fuego. Ahora tenemos que lidiar con esa loba amenazadora.

Elske aulló cuando llegaron más sirvientes y la atraparon con una red.

—¡Parad! —exclamó Rose, corriendo para ayudarla—. Ha salvado al rey. ¡Dejadla en paz!

—Creo que la reina ha inhalado demasiado humo —gritó Kai—. Está diciendo tonterías.

Cada vez más personas se amontonaban en ese estrecho callejón.

—Shen, tengo que hablar contigo —le pidió Rose, frenética.

—¡Callaos todos! Apartaos de mi camino —dijo la abuela Lu, utilizando el bastón para abrirse paso entre el barullo. Lei Fan la seguía de cerca mientras lanzaba una oleada de viento cálido.

Rose se perdió entre la multitud. Se llevaron a Shen y a Elske y la dejaron totalmente sola, sin nada más que un vestido chamuscado y el recuerdo de Kai sobre Shen, con el odio ardiéndole en los ojos.

Wren
CAPÍTULO 35

—¿Crees que está empeorando? —preguntó Wren, ansiosa, caminando por la habitación.

—Sí —respondió Tor, quien se encontraba apoyado sobre la cómoda con los brazos cruzados—. Se le acaba de caer el pulgar.

El príncipe Ansel, el resucitado, se encontraba sentado con las piernas cruzadas sobre su cama, y no parecía percatarse de que había perdido un dedo. Estaba demasiado ocupado mirando con adoración a Wren.

—¡Mi Rose! —cacareó.

—Wren. Me llamo Wren.

—¡Qué apodo tan gracioso! Si tú eres un pájaro carrizo en inglés, ¿puedo ser yo un águila y llamarme Eagle? —graznó Ansel.

Wren suspiró.

—Sí que la he liado.

Tor alzó las cejas.

—«Liarla» se queda corto. Has traído a Ansel de entre los muertos.

La chica gimió. Después de meter en su habitación a Ansel, disfrazado con el abrigo de Tor, llevaban trabajando toda la mañana, intentando que el príncipe se pareciera más a él mismo. Wren se había pasado horas tratando de encantarlo para que recordara distintas partes de su vida, incluyendo su muerte, pero su magia tenía poco efecto sobre él. Tor había ido incluso a la biblioteca para recuperar una pila de libros de poesía, los favoritos de Ansel, con el fin de recitárselos, pero había sido en vano, porque el príncipe seguía con la mirada perdida.

—Esto es una catástrofe. Alarik se va a despertar pronto.

Tor se giró hacia el príncipe.

—Ansel, ¿recordáis los pasos que os enseñé con la espada cuando erais niño? ¿Queréis practicarlos?

—Memoria muscular —musitó Wren—. Buena idea.

Pero la propuesta dejó indiferente a Ansel.

—Me temo que no hay tiempo, Tor. Estoy a punto de casarme. —Se tensó de repente, como si lo hubieran puesto en pausa.

Wren miró los profundos ojos azules del príncipe, ignorando el matiz amarillo que los rodeaba.

—¿Sabes dónde estás, Ansel?

—Estoy con mi amor, iniciando nuestra vida juntos —dijo él.

—Me refiero literalmente —le aclaró Wren.

—Literalmente estoy sumido en un estado de pura felicidad.

Tor abrió un libro.

—Tal vez otro poema ayude.

—¡Excelente idea! —exclamó Ansel, poniéndose en pie y girando sobre sus talones. Perdió el equilibrio y a punto estuvo de caer en el fuego, pero Tor se lanzó hacia él y lo cogió justo a tiempo—. Compondré una obra maestra ahora mismo —continuó, como si no hubiera ocurrido nada—. Oh, Rose, mi Rose, de Anadawn procede y es tan dulce y elegante como a mí me conviene. Mi amor por ella es puro y... y...

—¿Arriesgado? —dijo Wren.

—¡Arriesgado! —exclamó Ansel—. Y su pelo es como... —Hizo una pausa, buscando otra palabra.

—¿Un enrejado? —propuso Tor.

—¡Sí, genial! —dijo Ansel—. ¡Y su pelo es como un enrejado!

Wren fulminó con la mirada al soldado, que se estaba riendo para sí.

Ansel continuó:

—Cuando miro a Rose, el corazón se me acelera porque su sonrisa... su sonrisa...

—Es como si el día amaneciera —sugirió Tor.

El príncipe se giró hacia Wren.

—Sí —dijo, encantado—. Justo así.

Pero Wren estaba mirando a Tor, quien se aclaró la garganta, antes de decir:

—Ya basta de poesía por ahora.

Ansel extendió una mano hacia Wren.

—¿Bailamos, rayo de sol?

—¿Sabes qué? Vale —dijo ella, rindiéndose ante lo absurdo con la esperanza de que llevara a algún lado—. Bailemos. —Se puso en pie, demasiado consciente de la atención de Tor mientras Ansel le colocaba una mano en la cintura y ella apoyaba la suya en el hombro de él.

El príncipe permaneció inmóvil, mirándola. Wren alzó las cejas.

—¿No íbamos a bailar?

—Estamos bailando, querida.

—Ansel, estamos parados.

—Ay, culpa mía.

—Venga, mezámonos. Así. Justo así. Es agradable, ¿verdad?
—Ah, sí, ¿quieres que cante algo? —propuso él.
—No, por favor —respondió Wren.

Demasiado tarde. El príncipe comenzó a cantar una antigua canción gevranesa sobre los lobos. Era lenta e inquietante y estaba muy desafinada. Wren miró a Tor.

—Ayúdame.

El soldado no podía dejar de reír. La chica volvió a centrarse en Ansel y cerró los ojos, tratando de buscar la manera de que ese momento, que parecía estar alargándose una eternidad, fuera soportable. Entonces, ocurrió algo inesperado.

Tor empezó a cantar también en voz baja y rítmica para unirse a Ansel, reconduciendo la melodía hacia un ritmo más agradable. La chica le ofreció una sonrisa de agradecimiento mientras él cantaba la siguiente estrofa.

Durante un rato, Wren observó al soldado cantar, y él contempló su baile. Los tres se unieron en un extraño momento que, al final, no fue tan insoportable.

No mucho después del baile con Ansel, que no tuvo efecto alguno en la memoria del príncipe (aunque Wren acabó con varios dedos de los pies amoratados y Ansel casi perdió dos de los suyos), llamaron a Tor. La avalancha de esa mañana había enterrado el camino de entrada a Grinstad bajo escombros, y debía reunir a un equipo de soldados para limpiarlos.

—Vendré a veros después —prometió antes de cerrar la puerta a sus espaldas. Wren oyó el resto de su despedida a través de la madera—. Aguanta ahí.

—¡Tráeme una botella de escarcha efervescente! —gritó la chica—. ¡O cinco!

—¡Así podremos brindar por nuestra unión perfecta! —exclamó Ansel.

—Chsss. —Wren se giró hacia el príncipe—. Habla en voz baja.

—No puedes silenciar el amor, Rose.

La chica se dejó caer contra la cómoda.

—Necesito un milagro.

—Un milagro. —Ansel asintió, sombrío—. Creo que sé a dónde quieres ir a parar, amor mío. Y estoy de acuerdo. Deberíamos tener un bebé.

—Esto no está funcionando —dijo Wren con un gruñido—. No puedo arreglarte, Ansel. Ni siquiera sabes quién soy.

—Claro que sí, eres mi querida Rose. Y desprendes tanto brillo y belleza que llenas de luz toda la habitación.

—No, no es verdad —dijo ella, impaciente.

Ansel señaló los pies de la chica.

—¡Mira!

Wren bajó la cabeza y descubrió que, en efecto, le brillaban. Se agachó y trató de seguir la extraña luz azul. Procedía de la parte inferior de la cómoda. No, no de la cómoda. Del bolso que había metido debajo. ¡Era el espejo de mano! Wren lo cogió y descubrió que el brillo procedía de los zafiros.

El cristal resplandeció en su mano y la cara de Rose apareció en el espejo. Estaba manchada de arena y barro y tenía los ojos muy abiertos por el pánico.

Rose
CAPÍTULO 36

Rose no conseguía encontrar a Shen por ninguna parte. Mientras el sol se elevaba sobre el desierto del Ganyeve y el festival llegaba a su fin, la reina regresó al palacio de la Luz Eterna. La mañana brillaba a través de las ventanas, al mismo tiempo que ella recorría los pasillos, gritando el nombre de Shen. Detuvo a algunos sirvientes y les preguntó por él, pero solo hacían una reverencia y decían que el rey recién coronado no quería que se le molestara.

Su negativa a decirle dónde estaba Shen confirmaba lo que ya suponía: que no tenía ningún poder real allí. Para la gente del Reino Soleado, Rose no era más que una extraña. El desierto seguía sus propias reglas y no respondía ante ella.

Se detuvo en la habitación de Lei Fan, pero la prima de Shen tampoco estaba por ninguna parte. Solo quedaba Sombra, que la fulminaba con la mirada desde lo alto del armario. Rose no tenía ni idea de cuál era el cuarto de Kai, pero no se atrevía a ir allí sola. No podía quitarse su imagen de la cabeza, con los ojos llenos de rabia y locura, mientras blandía el cetro dorado sobre Shen, preparado para lanzarle un ataque mortal.

Llegó al ala este del palacio y recorrió otro pasillo dorado, gritando hasta quedarse afónica. Tras lo que pareció una eternidad, una puerta se abrió al final del pasillo y apareció la cara de Shen.

—¿Rose? ¿Por qué gritas?

La chica cruzó el pasillo y lo abrazó antes de enterrar la cara en su cuello.

—¡Estás vivo! Ay, gracias a las estrellas.

Él se echó a reír.

—Claro que estoy vivo. De hecho, he sobrevivido a cosas peores. ¿Quién se iba a imaginar que los hechizos de fuego podían salir tan mal? Supongo que a los encantadores les falta un poco de práctica.

Rose se alejó de él.

—Shen, no tiene gracia. ¡Has estado a punto de morir! Si no hubiera estado ahí para curarte…

La confusión le cruzó el rostro al chico.

—¿De qué estás hablando? Kai me ha traído a la sanadora de palacio al volver. Te lo contará él mismo —dijo, haciendo un gesto hacia el otro extremo del pasillo—. Acaba de ir a buscar a Feng.

Rose miró a su alrededor, esperando ver la enorme figura de Kai recorriendo el pasillo hacia ellos.

—Tengo que hablar contigo. A solas. ¿Puedo pasar?

Shen arqueó las cejas mientras volvía a entrar en la habitación y Rose lo siguió antes de cerrar la puerta a sus espaldas. Su cámara era incluso más lujosa que la de ella. Las almohadas doradas estaban adornadas con borlas. De las paredes colgaban tapices de seda con el sol del desierto alzándose y cayendo sobre su reino.

Rose se giró hacia Shen.

—Esta mañana te han atacado. Esas bestias de fuego… no han sido un accidente, sino un intento de asesinato.

El brujo frunció el ceño.

—Estás siendo un poco dramática, ¿no crees?

—Kai y Feng han intentado matarte. Lo he visto. —Ante la mirada de desconcierto de Shen, alzó la voz una octava—. Feng estaba controlando las bestias de fuego. Te han guiado hacia ese callejón. Kai te estaba esperando allí. Te ha dejado inconsciente, Shen. Estaba a punto de matarte con tu propio cetro cuando Elske y yo llegamos.

Shen frunció aún más el ceño.

—No —respondió con lentitud—. Kai me ha salvado de las bestias de fuego. Pero he inhalado demasiado humo y me he desmayado.

—No es cierto —dijo Rose.

—Me ha traído a palacio.

—Solo porque no ha podido terminar el trabajo.

Los ojos de Shen se llenaron de preocupación. No por él mismo, sino por ella.

—Estás agotada, Rose. Lo que dices no tiene ningún sentido. Kai es mi primo. Si me quisiera muerto, ¿por qué me iba a traer a la sanadora? —Antes de que Rose pudiera contestar, continuó—: Además, tuvo mucho tiempo para matarme de camino al desierto.

—Pero te necesitaba para desenterrar el reino —respondió ella, desesperada—. Tú eras la llave, ¿recuerdas? Él no conseguía que el mapa funcionara, e incluso eso lo puso furioso. ¿Y no te acuerdas de lo que dijo Meredia? —Rose lo cogió de los brazos para intentar que volviera a la realidad—. Dijo que tenía que luchar y resistir a la oscuridad que había dentro de él. Bueno, pues no lo hizo. Y su padre fue quien dejó escapar a esas bestias.

Shen le colocó las manos sobre las suyas para separárselas con suavidad. Le dedicó una mirada de pena.

—La magia sigue siendo algo nuevo para ti, Rose. No entiendes cómo puede intensificarse a veces.

La reina le dio un golpecito en el pecho.

—Eres tú el que me dijo que se trataba de la intención, ¿recuerdas? Cuando mi magia sanadora despertó en el Ojo de Balor, fuiste tú quien dijo que había sido por lo mucho que deseaba curarte. Bueno, ¿no se aplicaría lo mismo a esas bestias de fuego si alguien quisiera hacerte daño?

Shen desestimó la idea.

—Habrá sido alguien borracho que intentaba contribuir a la celebración.

—O alguien que quería matarte —repuso Rose—. Alguien que se beneficiaría si te quitaran de en medio. Como..., no sé, la siguiente persona en la línea sucesoria al trono del Reino Soleado.

De repente, la expresión de Shen cambió, pasó de la preocupación a la desconfianza.

—Sé lo que estás haciendo —dijo, alejándose un paso de ella—. Quieres que me vuelva en su contra. Me quieres de tu parte para que regresemos juntos a Anadawn. Eso es lo único que has querido desde que hemos llegado.

Rose retrocedió como si la hubieran golpeado.

—Estoy intentando protegerte. Te he curado. —Se resistió ante la necesidad de empujarlo y, en lugar de eso, presionó la mano contra su pecho—. ¿No notas que he sido yo?

Durante una milésima de segundo, a Shen se le suavizó la expresión, y Rose pensó que por fin había entrado en razón. Entonces, se le empañaron los ojos y desvió la mirada.

—Sé que necesitas un ejército. Pero intentar interponerte entre mi familia y yo no es la forma de conseguirlo.

Rose alejó la mano de su pecho.

—¿Qué clase de monstruo te piensas que soy? ¿Te estás oyendo ahora mismo?

Shen tenía una expresión imperturbable en el rostro.

—Pensaba que te conocía, pero tal vez Kai tuviera razón. Quizás eres una reina mimada que solo piensa en sí misma. Me avisó, ¿sabes? De que intentarías volverme en su contra. Y no le creí. Te defendí —dijo con tristeza—. Y ahora lo único que estás haciendo es demostrar que él tenía razón.

Rose apretó los puños y se clavó las uñas en las manos.

—¡Claro que sí! Sabe que lo vi. Va a intentar evitar que te cuente la verdad. Si eres lo bastante estúpido para creerle, entonces la corona del caminante solar no permanecerá mucho tiempo sobre tu cabeza.

Shen resopló.

—No depende de ti quién lleva la corona aquí, Rose, y no puedes soportarlo, ¿verdad? Odias que no esté subyugado a ti. Y piensas que, si me cuentas mentiras sobre mi familia, conseguirás que deje todo esto atrás, que vuelva a ser el Shen que te sirve, que te anhela, que nunca será tu igual.

—Siempre he pensado que eras mi igual.

—Ah, ¿sí? —preguntó Shen—. Entonces, ¿por qué no querías que estuviéramos juntos?

—Porque tengo responsabilidades —contestó Rose, enfadada—. Y un reino que gobernar.

—Bueno, ahora yo también.

La reina dio una patada en el suelo.

—¡Pareces un crío!

Shen sonrió con superioridad.

—Dice la chica que acaba de dar una patada en el suelo.

Rose deseó con desesperación tener una copa de vino para lanzársela a la cara.

—Podemos hablar de eso después, pero ahora mismo necesito que me creas. Estás en peligro. Ambos lo estamos. Tenemos que irnos de inmediato.

—Aquí no me das órdenes.

—Por favor, Shen.

El chico le sostuvo la mirada durante un momento y frunció los labios como si estuviera considerando su petición. Entonces, se dio media vuelta.

—Vete a casa, Rose.

—Sin ti, no.

—Ya te lo he dicho. Este es mi hogar ahora.

—Al menos haz algo para protegerte de Kai y Feng —le suplicó Rose—. Lo volverán a intentar. No te quedes solo con ellos. No confíes en ellos.

—La única persona de la que no me puedo fiar es de ti. —Shen se acercó a la puerta y la abrió—. Creo que ambos hemos dicho todo lo que necesitábamos decir.

Rose pestañeó, enfadada, para alejar las lágrimas, y volvió al pasillo, donde se estremeció cuando la puerta se cerró de golpe a sus espaldas. Se quedó sin aliento mientras corría de vuelta a su habitación, en el otro extremo del palacio, buscando a Kai en cada esquina y sobresaltándose con su propia sombra.

De nuevo en su cuarto, cerró la puerta con llave y lanzó su pantufla contra la pared. «Estúpido y arrogante Shen». Iba a hacer que lo matasen. ¿Por qué no entendía que le estaba contando la verdad?

Dio una vuelta sobre sí misma, asustada, y posó la mirada en su bolso polvoriento, en una esquina de la habitación. Un pensamiento explotó en su mente como un fuego artificial. Tal vez había otra persona que podía hacer que Shen entrara en razón. Con dedos temblorosos, Rose buscó en el bolso el espejo de zafiros y lo sujetó por el mango.

—Wren —susurró—. Por favor, Wren, te necesito.

Pasó un minuto. Luego, de repente, los zafiros empezaron a brillar.

Wren
CAPÍTULO 37

Wren, aterrada, escuchó a su hermana sumida en el silencio mientras esta le contaba todo lo que había ocurrido en el festival, así como la discusión que había tenido con Shen después. Cuando Rose hubo terminado, tenía las mejillas brillantes por las lágrimas y Wren estaba hecha una furia. Sentía tal enfado que se olvidó del príncipe resucitado de su habitación y presionó la mano contra el espejo. Permitió que el viento la sacara de Gevra y la llevara al corazón del abrasador desierto.

Aterrizó sobre unas cálidas baldosas en una habitación tan radiante que le hizo esbozar una mueca. No tenía un minuto que perder. Se puso en pie con el espejo en la mano y abrió la puerta de la habitación. Entonces, salió al pasillo y se dirigió al este, siguiendo las indicaciones apresuradas que le había dado Rose. Se detuvo en el espléndido vestíbulo para guardarse un puñado de orquídeas.

—¡Oye! —Una anciana que portaba un cuenco de fruta con un dulce aroma se acercó a ella, con el ceño tan fruncido que le arrugaba toda la cara—. Esas son flores sagradas del palacio de la Luz Eterna.

Wren ni siquiera pestañeó.

—Bueno, ahora son flores sagradas de mi bolsillo.

—¡Qué insolencia! —La anciana entrecerró los ojos—. Tú no eres la reina Rose.

—Y tú no eres Shen Lo —dijo Wren, esquivándola—. Así que no me sirves de nada.

—Shen Lo ha sufrido un accidente —dijo la mujer, deteniéndola con su bastón.

Wren miró hacia abajo y consideró durante un segundo darle una patada.

—Eso no es lo que me han dicho.

—¿Qué quieres decir? —preguntó la mujer con cautela.

—Te lo diría, pero es difícil saber en quién confiar por aquí.

La anciana emitió un sonido afirmativo. Entonces, Wren se sorprendió cuando le tendió el cuenco de fruta.

—Llévaselo. Son sus favoritas.

Wren cogió el cuenco.

—Espero que no estén envenenadas.

La anciana soltó una carcajada.

—¡Qué impertinente la gevranesa!

Wren se tensó.

—Yo no soy gevranesa.

—Pues lo pareces. —La anciana la tomó por la manga aterciopelada del vestido—. Ahora ya sé de dónde ha salido la bestia encadenada del patio.

—Gracias por el aviso —dijo Wren, apartando el bastón y siguiendo su camino—. Me aseguraré de hacerle una visita también.

La anciana se echó a reír mientras la observaba marcharse. Cuando llegó al ala este, Wren dejó escapar el trino de pájaro que usaban Shen y ella en el pasado para reunirse en Ortha. Un momento después, una puerta al final del pasillo se abrió y de ella salió Shen Lo con el ceño fruncido.

—¿Wren?

La chica blandió el espejo de mano, acercándose a él.

—Quiero tener unas palabras contigo.

El brujo levantó las manos.

—No te metas, Wren. Esto es algo entre Rose y yo. No debería haber ido llorando a ti, porque...

Wren le lanzó el cuenco. Shen lo cogió en el aire y atrapó las piezas de fruta antes de que aterrizaran.

—¿Era necesario?

De repente, Wren estaba encima de él. Tiró el cuenco al suelo y lo empujó contra la pared.

—¿Qué demonios te pasa? ¿No te das cuenta de que tu primo te ha intentado matar antes?

—No voy a tener la misma discusión otra vez —contestó Shen con indiferencia.

—Entonces, cómete un dulce. Yo hablaré y tú me escucharás —dijo Wren, furiosa—. Mi hermana tiene sus defectos, pero Rose nunca exageraría con algo tan serio, y en el fondo tú también lo sabes. —Shen permaneció impasible mientras la chica continuaba—: Eres una de las personas más importantes de su mundo, así que está tan preocupada por ti que apenas es capaz de hablar. Dice que prefieres echarla de tu vida antes que enfrentarte a la realidad sobre tu tío y tu primo.

—Muy bien, quizás no estuviera mintiendo —aceptó él tras un momento—. Pero eso no significa que fuera verdad. Está agotada, Wren. Y sobrepasada. No sabe lo que ha visto.

—Sabe que te ha curado. Y no imaginaría algo así. —Wren lo soltó con un suspiro—. Sé que has estado toda tu vida esperando este momento, Shen, este lugar y a esta gente. Ortha fue tu salvación en el pasado, pero nunca fue tu destino.

Nunca me interpondré en eso. Y Rose tampoco. —Shen dulcificó la mirada, y la voz de Wren también se desprendió de su tono áspero—. Pero solo porque Kai sea tu primo no quiere decir que sea bueno contigo.

—Wren...

—La verdad es que la gente hace cosas horribles para obtener poder.

Shen arrugó la nariz.

—Esto no, Wren. Es mi primo, ¡estrellas!

—Soy la hermana gemela de Rose, y no hace tanto escalé los muros de Anadawn para secuestrarla —le recordó—. Mira todo lo que estaba dispuesta a hacer para conseguir la corona. Diablos, Shen, ¡casi me caso con Ansel! —Se estremeció al recordar al príncipe resucitado en su habitación. La mañana de Rose iba a empeorar aún más.

Shen apretó los labios.

—Se me había olvidado.

—¿Lo ves? —dijo ella.

—Aun así, eso no demuestra nada.

—Cuando llegué a Amarach hace unos días, pillé a Kai intentando entrar en tu habitación —dijo Wren—. Había algo raro en él, pero no sabía qué era. La ansiedad en sus ojos, la voz... Me recordaba al aspecto que tenía Banba cada vez que hablaba de Anadawn. —Dio un paso atrás—. Si estás decidido a no verlo por ti mismo, vayamos ahora a su habitación. Usaré el encantamiento de la verdad.

Shen la contempló.

—¿Qué? —lo retó—. ¿Te da miedo lo que puedas descubrir?

—No —respondió él, demasiado lento.

Wren miró los zafiros. Ya habían pasado cinco minutos.

—Entonces, llévame a su habitación.

—Ha ido a buscar a mi tío —dijo Shen—. Lo hemos perdido entre el barullo. Kai estará con Feng.

—El otro traidor. Aún mejor. —Wren le dio una palmadita a Shen en la espalda—. Tú primero, majestad.

Con cierta reticencia, Shen dio media vuelta y guio a la chica por el palacio dorado, hasta que llegaron a otro pasillo en el que retumbaba el sonido distante de voces. Wren se llevó un dedo a los labios y buscó los pétalos en su bolsillo. Con dos encantamientos rápidos, hechizó sus pisadas y las volvió silenciosas sobre la piedra. Con otro, silenció las bisagras de la puerta de Feng y la abrió, dejando solo una rendija. Lo suficiente para ver la figura de dos hombres de pie, uno frente a otro.

—... más rápido. Ese momento de duda ha estado a punto de acabar con toda la artimaña —dijo la voz más madura y áspera, la que Wren supuso que pertenecía al tío de Shen.

—Deberías haber mandado a las bestias tras Rose —dijo la voz de Kai—. Al menos así no se habría interpuesto en mi camino.

—¿Cómo podía saber que el lobo iba a estar ahí? —preguntó Feng, enfadado—. Yo he hecho mi parte, justo como hablamos.

Wren y Shen se sostuvieron la mirada en el pasillo. El chico tensó la mandíbula, a punto de rompérsela. Ahí estaba, escuchando al fin la verdad por sí mismo, pero, en lugar de sentirse triunfal, a Wren se le constriñó el corazón por su mejor amigo.

Kai escupió una maldición.

—No conseguiremos otra oportunidad como esa.

—No hasta que nos deshagamos de la reina —dijo Feng—. Mientras siga en compañía de una sanadora, no podremos rematarlo.

—¿Has perdido la cabeza? —siseó Kai—. ¡No podemos asesinar a la reina de Eana! Nuestro reino se encuentra en su desierto.

—Entonces, echémosla del reino —dijo Feng con voz monótona—. Dejemos que la arena se ocupe de ella. O, mejor aún, hazlo tú y que parezca un accidente.

Wren cogió un puñado de pétalos más, con la sangre hirviendo por una rabia renovada. La cabeza le daba vueltas, buscando un hechizo con el que hacer daño a esos dos traidores sin corazón, pero Shen se movió como el viento y la alejó de la puerta en dirección al pasillo. La reina intentó liberarse, pero él le puso una mano en la boca.

—¡Silencio! —susurró—. Kai es un guerrero experto. Y Feng, uno de los encantadores más poderosos que he visto nunca. Si nos pillan, nos atacarán.

La chica no volvió a hablar hasta que regresaron al ala este. Ahora solo brillaban tres zafiros. Shen se desmoronó contra la pared, apretando los párpados como si deseara hacer desaparecer todo lo que acababa de presenciar.

—He sido un ingenuo.

—Lo siento —dijo Wren, poniéndole una mano en el hombro—. Sé que tenías esperanzas.

El brujo se miró las botas y se ruborizó.

—Le he dicho que era una mentirosa.

—Lo sé.

—Y que estaba celosa.

—Me lo ha contado.

—Y la he llamado mimada.

Wren dudó.

—Bueno, un poco mimada sí que es.

Shen se pasó las manos por el pelo.

—La he puesto en peligro. A los dos.

—Al menos, ahora sabes la verdad —dijo Wren—. Este es tu reino, Shen. Es precioso, pero está infectado de veneno. Cuanto antes te deshagas de él, mejor.

El chico asintió con seriedad. Wren lo abrazó.

—No pasa nada. Los que importan estarán a tu lado.

Entonces, la reina retrocedió y él se rascó la nuca.

—Esto de ser rey...

Wren sonrió con superioridad.

—No es para tanto, ¿verdad?

—Sigues en Gevra, ¿no? —dijo al percatarse de su vestido—. ¿Cómo está Banba?

—Viva. —Wren se aclaró la garganta—. Igual que... el príncipe Ansel.

—Espera, ¿qué?

El penúltimo zafiro parpadeó.

—Tengo que irme —dijo ella, retrocediendo por el pasillo. Cruzó el vestíbulo hacia el patio, donde encontró a Elske encadenada a la pared. Había una chica arrodillada frente a ella, tendiéndole un grueso pedazo de carne.

Se sobresaltó cuando Wren se acercó y lanzó una ráfaga de viento.

—¡Rose! Te estaba buscando. La loba está despierta. Me temo que padre ha hecho que los sirvientes la encadenen, pero he pensado que quizás tendría hambre. —Frunció el ceño entre sus oscuras cejas—. ¿De dónde has sacado ese vestido?

—No hay tiempo para explicaciones —dijo Wren, rodeándola para arrodillarse junto a Elske. Apretó el último pétalo en su puño y deshizo una de las uniones de la cadena. Las demás cayeron con un repiqueteo.

La chica se sobresaltó.

—¿Eso es magia de encantadora?

Wren la miró.

—Si tu padre se vuelve a acercar a mi loba, me aseguraré de que se lo coma. —Rodeó a Elske con el brazo justo cuando el último zafiro se apagó—. Y, en cuanto a ti…, ten cuidado.

La chica abrió la boca para responder, pero Wren ya se estaba yendo, dado que el viento la estaba enviando a través del espejo de vuelta a las montañas cubiertas de nieve de Gevra.

Rose
CAPÍTULO 38

Rose apretó los párpados mientras cruzaba el espejo hacia el corazón helado del palacio de Grinstad. Se acurrucó sobre la alfombra de pelo de la habitación de Wren, esperando que el viento dejara de aullar. Como no lo hizo, abrió un ojo, cautelosa. ¡Vaya! Era el viento de verdad, que atravesaba las montañas. Se estremeció al ponerse en pie. Aún llevaba el vestido del festival, totalmente inapropiado para Gevra. Y demasiado fino.

Observó los zafiros brillando. No se iba a pasar los siguientes once minutos castañeando los dientes. Sobre todo cuando tenía un armario entero lleno de lujosos abrigos de pelo esperándola. Cruzó la habitación y se detuvo ante él.

Se le erizó el vello de la nuca, pero no de frío, sino a causa de la magia que había allí..., una magia extraña. Rose arrugó la nariz, examinando la habitación. ¿Y qué era ese olor tan raro?

De repente, el armario se abrió y, como si fuera una caja sorpresa, salió de él una figura.

—¡Cucú!

Rose chilló y se llevó el espejo al pecho mientras tropezaba hacia atrás. ¿Ese era...? No, no era posible. Wren no podía... Nunca hubiera...

—¡Te pillé! —cacareó el príncipe Ansel—. Ay, mi florecilla, no te asustes. ¡Solo soy yo, tu adorado prometido!

Rose se tambaleó.

—Ay, no. No, no, no, no.

Wren lo había hecho. Contra toda razón y sentido, había usado la magia prohibida para traer a Ansel a la vida. O algo parecido a la vida. La piel del príncipe tenía un característico tono gris y apestaba. Cuatro moscas revoloteaban alrededor de su cabeza. Rose corrió a abrir una ventana para no vomitar.

Se resistió ante la necesidad de sacar fuera la cabeza y miró de nuevo los zafiros brillantes. Aún quedaban nueve. Rose cogió aire para tranquilizarse. Todo iba a salir bien. Conseguiría aguantar nueve minutos más en esa habitación con un Ansel resucitado. Lo único que tenía que hacer era hablar bajo, permanecer en calma y no montar un escándalo. Era más que capaz de hacerlo. Siempre y cuando no se le acercara.

Rose chilló cuando notó una mano en su hombro. Ansel se había arrastrado hasta ella.

—Rose, querida, estás muy asustadiza. ¿Es el nerviosismo por la boda?

Ella lo observó, alarmada. ¿De verdad no recordaba nada del día en la cripta?

—Ansel —dijo con suavidad—, la boda se ha cancelado. No nos vamos a casar.

El príncipe se echó a reír con fuerza, lo que hizo que pareciera un águila chillando.

—¡Qué gracioso! Claro que sí. Es mañana, creo. —Frunció el ceño—. O pasado mañana—. ¿Sabes? He perdido la noción del tiempo. El amor me confunde.

—Debe de ser eso —comentó Rose, alejándose. Observó los zafiros. ¿Por qué quedaban aún ocho? Parecía que llevaba en esa habitación una eternidad.

—No puedo pensar en otra cosa que no sea nuestra boda. —Ansel inclinó la cabeza hacia un lado. La sujetó con ambas manos, apenas sin pestañear, y se la colocó en su lugar—. En serio, es el único pensamiento que ocupa mi mente.

—Ay, Ansel. —Rose sintió una oleada de pena por el pobre príncipe, o esa extraña versión de él, esperando un día que nunca llegaría. Se sentó en la cama y dio un golpecito en el colchón junto a ella—. ¿Por qué no te tumbas e intentas descansar?

—¿Sabes? No recuerdo la última vez que dormí. —Ansel bostezó mientras se metía en la cama. Se le cayó un diente de la boca y Rose contuvo un grito—. Se me olvida cerrar los ojos.

Buscó la mano del príncipe y le envió una descarga de magia sanadora a la sangre. No sabía si funcionaría, dado que sus poderes estaban hechos para los vivos, pero se le relajó el ceño fruncido y suspiró de forma apacible.

¡Bum! ¡Bum! ¡Bum!

Rose se puso en pie de un salto cuando la puerta se abrió y apareció Alarik Felsing en el umbral, con los ojos como platos y jadeando.

—Te he oído gritar —dijo mientras tomaba aire—. ¿Dónde está Ansel? Sé que está aquí, en alguna parte.

Rose miró el espejo. Cinco zafiros más. Apretó los párpados y deseó poder desaparecer. Prefería la compañía de diez Anseles resucitados al aterrador rey de Gevra. Alarik cruzó la sala y frunció el ceño cuando localizó a su hermano tumbado en la cama. Se giró hacia Rose.

—¿Qué le has hecho?

La chica reunió un ápice de valor. «Piensa como Wren. Habla como Wren. Actúa como Wren». Se apoyó en el escritorio.

—Cálmate —dijo, cruzándose de brazos—. Solo está descansando.

El rey paseó la mirada pálida por su cuerpo al percatarse de su escaso vestuario, brillante como el sol y cubierto de arena.

—¿De dónde has sacado ese vestido?

—Lo he encontrado en el armario —contestó Rose, obligándose a encogerse de hombros.

Alarik fulminó el armario como si lo hubiera traicionado. Luego, se desprendió del pensamiento que se le estuviera formando en la cabeza.

—¿Y has pensado que ahora era un buen momento para disfrazarse? —Hizo un gesto hacia Ansel, quien tenía la mirada perdida en el techo—. ¿Estás intentando seducirlo para que vuelva a ser normal?

Rose jadeó, sin poder evitarlo.

—¿Cómo te atreves?

Alarik entrecerró los ojos, acercándose a ella.

—Hay algo raro.

¡Estrellas! ¿El rey de Gevra siempre se acercaba tanto a Wren? Rose se escabulló de su mirada fulminante.

—Deja que resuelva el misterio —dijo, probando con el sarcasmo de su gemela—. Tu hermano resucitado es lo raro.

—Es culpa tuya —dijo—, así que habla, bruja. ¿Qué ha ido mal exactamente?

—No sé —contestó Rose con la voz áspera por la frustración—. A lo mejor es que Wren no había experimentado con magia prohibida en su vida.

Rose se estremeció en cuanto el nombre de su hermana salió de su boca. Wren había tenido que fingir que era ella en Anadawn durante un mes entero, y Rose no era capaz de aguantar ni tres minutos en presencia del rey de Gevra. Alarik se giró hacia ella a la velocidad de un rayo.

—¿Normalmente hablas de ti en tercera persona?

Rose forzó una carcajada ahogada.

—Solo cuando estoy nerviosa.

—No sabía que te ponías nerviosa.

—Apenas me conoces —comentó la chica, mirando los zafiros. Dos minutos.

Justo entonces, Ansel se incorporó.

—¿Rose? ¿Rooose? ¡Casi ha llegado el día de nuestra boda!

Rose tenía que salir de allí antes de que se revirtiera el cambio. Ante la ausencia de cualquier plan, se aferró al espejo y corrió hacia la puerta abierta. Los soldados del rey la atraparon en el pasillo. Tan rápido como una víbora, Alarik la tomó de la mano y se la retorció.

Ella gritó, intentando alejarse, pero el rey tenía un puño de acero. Le dio una patada en la espinilla, pero él no se inmutó. Estaba demasiado ocupado examinándole la mano. Alzó las cejas.

—Se te ha curado el corte.

—Soy una bruja —dijo Rose, aún intentando deshacerse de él—. Ahora, suéltame, condenada bestia.

Alarik curvó los labios en una sonrisa salvaje.

—Hola, Rose. Te daría la bienvenida a Gevra, pero no me alegra demasiado verte.

Solo quedaba un zafiro encendido y no había tiempo para huir. El rey acercó la cara a la suya.

—¿Dónde está tu hermana? ¿Qué artimaña estáis ideando?

—La única artimaña es la abominación que hay en esa habitación —exclamó Rose cuando el miedo y la rabia subieron a la superficie. Ya no tenía sentido fingir que era Wren; estaban a punto de pillarlas—. ¡Pobre Ansel! ¿Por qué le has hecho eso? Y no te atrevas a decirme que ha sido culpa de Wren. Sé que la has obligado a hacerlo.

Alarik inclinó la cabeza.

—Pensaba que la bocazas era tu hermana.

Rose le presionó el pecho con el espejo.

—Deja que mi hermana y mi abuela se vayan. Has secuestrado a una de las reinas de Eana, y sabes muy bien que eso es un acto de guerra.

—¿Es la razón por la que has venido aquí, Rose? ¿Para declararle la guerra a Gevra? —Él le mostró los colmillos—. Cuidado con lo que deseas.

Justo entonces, el espejo comenzó a brillar. Mientras el viento la reclamaba, Rose posó su mirada más feroz sobre Alarik.

—No te atrevas a hacerle daño a mi hermana, Alarik Felsing, o tendrás que enfrentarte a toda Eana y a sus brujos.

Con una ráfaga de viento, desapareció, y dejó al rey de Gevra observando boquiabierto el espacio que había ocupado hasta entonces.

Wren
CAPÍTULO 39

Wren se aferró con fuerza a Elske mientras el viento la devolvía a casa. Sintió de nuevo esa brusca sensación tirante y le dio un vuelco el estómago. El patio daba vueltas, y ella con él; el mundo se difuminaba en manchas de oro brillante y blanco reluciente cuando un suelo diferente apareció bajo sus pies. El frío invernal le acarició las mejillas cuando volvió al interior marmóreo del palacio de Grinstad. Pestañeó al encontrarse acurrucada en el pasillo del cuarto piso, con los brazos aún alrededor del cuello de la loba. Sonrió mientras se alejaba de ella.

—Lo hemos conseguido, querida.

—En realidad, prefiero «majestad» —dijo la voz de Alarik sobre ella. Estaba de pie ante sus ojos, vestido con un sencillo jubón azul marino y unos pantalones negros. Tenía los ojos claros inyectados en sangre y el pelo rubio descuidado de una manera poco habitual. Examinaba el espejo con gran desconfianza.

—¿Qué es esto?

—Un espejo.

El rey apretó los labios.

—A lo mejor prefieres que te interrogue Borvil, en vez de yo.

—Bien, si quieres los detalles, es un espejo mágico. Tiene el poder de conectarme con Rose, pero no dura mucho.

—Suponía por sus cartas que Rose era la reina más tranquila —musitó Alarik—. Aunque, después de nuestro pequeño altercado, quizás debería cambiar de opinión. —Señaló a Elske—. Esa bestia es del capitán Iversen.

Wren le acarició la barbilla a la loba.

—Y ahora está en casa, donde pertenece.

—Qué final tan feliz —dijo Alarik con sequedad. Le tendió el espejo a uno de sus soldados—. Ya basta de charla. Tienes algo que es mío. —Se giró y desapareció dentro de su cuarto.

Wren se puso en pie, resistiéndose a la necesidad de lanzarse hacia el soldado y pedirle el espejo. Alarik regresó enseguida con Ansel, con el brazo entrelazado con el de su hermano pequeño para evitar que huyera.

—¡Mi florecilla! —exclamó el príncipe, y Wren se percató de que le faltaba un diente—. Aquí estás. Cada momento lejos de ti parece una eternidad.

Alarik fulminó a Wren con la mirada.

—No te he dado permiso para traerlo aquí.

—¿Y qué iba a hacer? ¿Dejarlo vagando por el palacio mientras dormías? Ya se ha encontrado a Anika en el desayuno.

—Lo sé. Me ha gritado por eso. Durante mucho rato. —El ceño fruncido de Alarik le afiló los pómulos—. Ven, quiero que hablemos donde no se nos escuche. —En cuanto el rey se movió, sus soldados salieron de cada rincón, rodeándolo como un escuadrón. Wren los siguió, agradecida por tener a Elske a su lado una vez más. Casi de inmediato, volvió a pensar en Shen y en Rose y en la gran majestuosidad del Reino Soleado.

Quizás Shen fuera rey, pero tenía enemigos entre sus muros. Esperaba que supiera cómo actuar. Wren había hecho todo lo posible durante esos doce minutos, pero ahora tenía que lidiar con un muerto viviente y un rey enfadado. No podía preocuparse también por su mejor amigo y su hermana. Debía confiar en que cuidarían el uno del otro.

La chica se sorprendió cuando Alarik la guio a la zona real de la segunda planta. Estaba atestada de soldados. Una nueva expresión severa la fulminaba con la mirada cada diez pasos. Los tigres blancos y los lobos merodeaban por los pasillos, mientras que los zorros de las nieves dormían apacibles en los alféizares. La luz del sol inundaba la estancia a través de las vidrieras e iluminaba las obras de arte de las paredes. No eran las imágenes habituales de grandes batallas gevranesas o bestias que había en las otras habitaciones del palacio, sino paisajes. Óleos de atardeceres nevados y cascadas, sierras plateadas, un mar cristalino en un día sin nubes, un valle esmeralda con flores amarillas y violetas.

—Ese debe de ser el valle de Turcah —musitó Wren—. Es precioso.

Alarik se detuvo en mitad de una zancada.

—¿Cómo conoces el valle de Turcah?

Una vez, Tor le había hablado de ese lugar, un sitio que, según había dicho, era tan verde como sus ojos, un paraíso que hubiera sido su salvación si se hubiera casado con Ansel y hubiese ido a Gevra. Ella le había dicho que no iría a su país por nada del mundo y, aun así, allí estaba, pasando el dedo por una pintura del valle que, durante un momento fugaz, había representado la esperanza para ambos. Ignoró el dolor de su corazón ante el pensamiento de una vida con Tor, un mundo en el que visitarían juntos ese valle.

Alarik, que había apoyado la mano en una pesada puerta de roble, la estaba observando con demasiada atención. A su lado, Ansel mataba las moscas que le revoloteaban alrededor de la cabeza.

—Parece que quieras saltar dentro del cuadro —comentó el rey.

—Preferiría estar ahí antes que aquí —admitió Wren.

—Ya somos dos —musitó él, abriendo la puerta. La chica lo siguió hacia la cámara y se detuvo, divertida—. Espera, ¿esta es tu habitación?

Alarik arqueó una ceja.

—No pienses mal.

—Por favor, preferiría meterme en la boca de Borvil. —La puerta se cerró a sus espaldas con un fuerte golpe. No había soldados allí, solo las lobas de Alarik, Luna y Nova, tumbadas en una alfombra en el centro de la estancia. Las lobas se pusieron en pie cuando vieron a Ansel y dejaron escapar un gruñido amenazador. El príncipe se apoyó en sus manos y sus rodillas y les devolvió el gruñido.

—Tranquilo, hermano. —Alarik lo alejó de las bestias rugientes, antes de silenciarlas con una orden áspera. Se acostaron en el suelo mientras Ansel se subía a la cama y se tumbaba como una estrella de mar.

Wren miró a su alrededor.

—Esta habitación es muy...

—¿Elegante?

—No. —De hecho, era elegante hasta el punto de que resultaba molesta. La cama era enorme pero sencilla, con un alto cabecero tallado en madera y varias capas de pelo plateado sobre una manta. Había también una pila de libros manoseados en la mesilla. Wren tuvo que luchar contra la necesidad de rebuscar entre ellos para descubrir qué leía Alarik por las noches. Por alguna razón, no era capaz de imaginárselo.

Sobre tres enormes ventanales, colgaban unas cortinas leonadas que tapaban el patio de la parte inferior. Además, las paredes color crema estaban adornadas con retratos que parecían pertenecer en su mayoría a la familia Felsing. Había un retrato de Alarik y sus hermanos patinando de pequeños en una pista de hielo, y otro de su padre, vestido de gala, sentado en el trono junto a una joven reina Valeska que le apoyaba una mano de porcelana en el hombro.

Wren se tragó un jadeo. La viuda era mucho mayor ahora, pero era imposible confundirla. Reconoció esos enormes ojos grises y ese largo pelo perlado. Era la mujer que visitaba el piano de cristal noche tras noche. Wren se reprendió por haberlo dudado. Ahora parecía demasiado obvio, porque había pocas personas que pudieran caminar con libertad por el palacio de Grinstad, e incluso menos que se sentaran en una estancia con bestias sin apenas percatarse de ellas.

Avanzó para estudiar el retrato oficial de Alarik, colgado sobre un ordenado escritorio de madera. Estaba pintado en la cima de una montaña llena de nieve, vestido con un uniforme militar azul marino, con la corona plateada. Había otro cuadro más antiguo de él con sus hermanos junto a la ventana. Los tres se estaban riendo, pero no fue la sonrisa auténtica de Alarik lo que atrajo a Wren hacia el cuadro, sino su pelo, luminoso como el sol. No había rastro del mechón negro del centro ni de la agudeza ávida de sus ojos.

—¿Has terminado de interesarte por mi infancia? —preguntó el rey, impaciente. Estaba en el otro extremo de la sala, cerca de una arcada que llevaba a otra cámara—. Ven.

Desapareció por ella. Wren dejó a Ansel en la cama y se apresuró tras Alarik. Emergió en otra habitación repleta de ropa de todos los colores y estilos imaginables. Había montones que llegaban al techo y pilas de jerséis de cachemira y bufandas de lana que llenaban las estanterías cerca de las ventanas. El rey tenía un vestidor del tamaño de la habitación de Wren en Anadawn.

Sin embargo, Alarik no la había llevado allí para presumir de su ropa. Bajó la voz hasta convertirla en un susurro:

—Dime, bruja, ¿qué diablos le has hecho a mi hermano?

Wren lo fulminó con la mirada.

—Lo trajimos de entre los muertos. Los dos. ¿O no te acuerdas de esa parte?

Alarik se estremeció ante el recuerdo.

—Intenté avisarte —continuó la chica—. Te dije que nunca había hecho un hechizo así. Por supuesto que había riesgos...

—¡Ya basta! —replicó el rey—. No quiero oír más avisos ni excusas. Convierte a mi hermano en la persona que era antes. No quiero a este... fantasma ridículo.

Wren frunció el ceño.

—Soy una bruja, no hago milagros.

—Entonces, utiliza mejor tu magia. A menos que hayas perdido el interés por salvar a tu abuela.

—Eres un idiota manipulador —dijo Wren, apretando los puños—. Me hiciste una promesa.

—Tú me hiciste una promesa a mí —respondió Alarik con la misma violencia—. Y aún no la has cumplido. —Hizo un gesto hacia la arcada—. Esa criatura no es mi hermano. Es una especie de chiste cruel.

—He hecho lo que he podido —insistió Wren—. Tenía buenas intenciones.

Alarik las desestimó.

—Te doy dos días. Si no encuentras la manera de arreglarlo, ya sea con sangre o con magia, tu abuela pasará la noche de pasado mañana con mis bestias.

Fuera, el viento soltó un aullido irregular. Cruzó las montañas y lanzó nieve contra las ventanas. Alarik escupió una maldición.

—Y ahora esto, otra maldita tormenta de nieve. No es normal, ni siquiera para Gevra.

Wren sintió la misma tormenta en su interior. Torbellinos de pánico le retorcieron las entrañas, y el miedo le impidió ver una salida. Fulminó al rey con la mirada y este dio un paso hacia ella.

—Puedes odiarme todo lo que quieras, maldecirme si lo deseas. Pero harás lo que te he ordenado, Wren. —Estaba ahora tan cerca que podía verle la barba y percibir las circunferencias de color azul medianoche alrededor de sus iris—. ¿Entendido?

Se observaron durante un buen rato, con el pecho agitado por la misma rabia irregular, cuando, de repente, él dio un paso atrás y, como si obedecieran una orden no pronunciada, sus lobas entraron en la estancia y le enseñaron los dientes a Wren.

—Ahora, sal de mi habitación.

En las profundidades de las mazmorras del palacio de Grinstad, Wren se arrodilló junto a los barrotes de la celda de su abuela y gritó su nombre. Banba estaba aovillada entre las sombras, envuelta en la capa roja que Wren le había dado. Alzó la mirada con los ojos nublados ante el sonido de su voz.

—Pajarito —jadeó. Tenía los brazos encadenados tras la espalda y las mejillas demacradas. Se acercó a los barrotes—. No —susurró, y las arrugas de su mente se intensificaron en cuanto vio la cara de Wren—. No, dime que no lo has hecho.

La chica dudó.

—Banba...

—Siento la oscuridad —la interrumpió su abuela—. Se aferra a ti como una segunda piel. Es la misma que se desplaza por el viento de aquí, que vive en estas montañas. —Inhaló entre dientes—. Ahora se mueve también dentro de ti.

Wren cerró los ojos con fuerza. El vacío dentro de ella se dilató y le recordó lo que había hecho.

—Hice un hechizo de sangre —confesó mientras la vergüenza le inundaba las mejillas—. Ansel está vivo de nuevo.

Su abuela soltó una maldición.

—Niña ingenua.

Wren sufrió un escalofrío.

—Pero no es el mismo. No es quien era. Está convencido de que mañana es nuestra boda y de que yo soy su novia. Tiene la piel gris y la boca demasiado ancha. Se está cayendo a trozos, poco a poco... —Se estremeció—. Le pasa algo malo.

—¿Qué esperabas? —replicó Banba—. Se supone que el príncipe Ansel debería estar muerto.

—Bueno, ahora no sé qué le pasa —dijo Wren con una desesperación creciente—. Solo que tengo que arreglarlo.

—Wren, mírame.

La chica alzó la barbilla y se acobardó ante el juicio en los ojos de su abuela. Hacía mucho tiempo, Wren se había prometido que nunca la decepcionaría, pero ahí estaba Banba, mirándola como si no la conociera.

—Lo que has hecho no se puede arreglar, ni con magia natural ni con magia de sangre prohibida. El joven príncipe nunca volverá a ser quien era. Es imposible. Es algo que va más allá de cualquier magia, más allá de los límites de nuestro mundo. Debes deshacerlo.

Wren frunció el ceño.

—¿Qué quieres decir con «deshacerlo»?

Banba le dedicó una fría mirada.

—Ansel debe morir de nuevo y permanecer así.

—¡Malditas algas! No puedo matarlo, Banba. Alarik nos ofrecerá como comida a sus bestias.

—Entonces, debes convencer al rey de que es la única solución. —La expresión de Banba se volvió más seria, con los ojos verdes afligidos—. Mientras haya magia de sangre dentro del príncipe, atraerá la oscuridad a Grinstad. Y ni siquiera el propio rey será inmune.

Justo entonces, la montaña desprendió un gruñido tembloroso. Un carámbano cayó del techo y se rompió contra la piedra, sobresaltándolas.

Wren observó los fragmentos.

—¿Por qué me da la horrible impresión de que tienes razón?

Banba resopló.

—Esa es mi carga eterna, pajarito. Tener razón. Incluso cuando desearía no tenerla.

Wren se apoyó sobre sus talones y miró a Banba a través de los barrotes de hierro. Ver a su abuela, la única familia que había tenido durante casi toda su vida y la bruja más fuerte que había conocido, sufriendo de frío y amedrentada, de rodillas en la oscuridad, le daba ganas de gritar hasta quedarse ronca.

—Me parece que el mundo se está destruyendo a nuestro alrededor —musitó.

—Tal vez sea así —dijo Banba con un suspiro. Se le desmoronó la expresión y, durante un momento, pareció muy anciana—. Vete a casa, al trono, Wren. Tu hermana te necesita. Eana te necesita. —Se puso en pie y le dio la espalda a su nieta mientras el jadeo de su aliento llenaba el silencio, al mismo tiempo que se retiraba a la oscuridad—. Olvídate de salvar al príncipe. No habrá redención para nosotras aquí en Gevra. Ni para mí ni para ti.

Por primera vez en su vida, Wren no supo qué decirle. Incluso aunque lo hubiera sabido, Banba ya había dejado de hablar con ella. Mientras las montañas gruñían sobre sus cabezas, la chica se levantó y salió de la mazmorra, dejando sola a su abuela en la oscuridad.

Hacía no tanto, antes de que Wren hubiera partido hacia Anadawn para hacer el intercambio que lo había cambiado todo, se había arrodillado en el suelo de la cabaña de Ortha para vomitar hasta que había empezado a dolerle el estómago.

«¿Y si no puedo hacerlo, Banba?», lloraba entre arcadas. «¿Y si me pillan y nunca nos volvemos a ver?».

Su abuela se había arrodillado en el suelo junto a ella y la había apretado contra su pecho para calentarla con palabras tan firmes como el sol. «No hay nada lo bastante fuerte en este mundo para separarnos, pajarito. Si tengo que hacerlo, partiré estos acantilados por la mitad, demoleré el palacio blanco». Había cogido a Wren por los hombros y le había transmitido un ápice de fuerza. «No importa lo que ocurra, te juro que tendremos el futuro que nos han prometido. Somos tú y yo, Wren. Siempre».

—Siempre —dijo la chica, subiendo la escalera hasta su habitación—. Sin importar el problema.

E, igual que Banba lo había dicho en serio, Wren también.

Rose
CAPÍTULO 40

Cuando el viento dejó de soplar alrededor de Rose, estaba arrodillada en el patio del palacio. Miró hacia arriba y se encontró a Lei Fan, que la contemplaba boquiabierta.

—¿Qué acaba de pasar? —dijo, agitando lo que parecía ser un pedazo de carne.

Rose cogió el espejo y se incorporó.

—Supongo que has conocido a mi hermana, Wren.

—Se ha llevado a tu loba. —Lei Fan soltó la carne, que cayó con un golpe fuerte—. Perdona, ha ocurrido muy rápido.

—Quizás sea mejor así —dijo Rose con un suspiro. Iba a echar de menos a Elske, más de lo que quería admitir, pero el desierto se estaba volviendo cada vez más hostil. Estaría más segura en casa, en Gevra, a donde pertenecía.

Lei Fan señaló al espejo.

—Me he pasado los últimos dieciocho años viviendo bajo el desierto, pero nunca había visto nada tan inquietante como una persona saliendo de esa cosa.

—Confía en mí, es incluso más inquietante pasar a través de él. —Rose se metió el espejo en el cinturón—. Por favor, no se lo cuentes a nadie. Kai sabe que nos podemos intercambiar, pero no sabe cómo. Me gustaría que siguiera siendo así.

Lei Fan alzó las cejas.

—No confías en mi hermano, ¿verdad?

Rose dudó.

—¿Y tú?

Lei Fan resopló.

—Lo conozco desde siempre. Claro que no. —Se dejó caer en un banco cercano y acarició de forma ausente el caballo tallado en el reposabrazos—. Quiero a mi hermano, pero sé lo ambicioso que es. Busca aceptación, poder. Lo ha heredado de nuestro padre. —Frunció el ceño—. A veces me pregunto si las cosas serían distintas si nuestra madre siguiera aquí, si Kai pudiera dejar de desear cosas que no necesita.

Rose se hundió en el banco junto a Lei Fan, tratando de averiguar cuánto sabía sobre la avidez ponzoñosa de Kai.

—¿Por eso odia a Shen?

Lei Fan no lo negó.

—Son celos, en realidad. Tienes que entenderlo, nos pasamos años atrapados bajo el desierto. Y Kai deseaba con desesperación ser un héroe. Solía hablar de eso en sueños. —Bajó la voz y Rose se inclinó hacia ella—. Sigue contándole a todo el mundo que se abrió paso entre la arena para salir de aquí, pero ¿quién crees que lanzó la ráfaga de aire para ayudarlo? ¿Quién hizo desaparecer las montañas de arena de su camino para que pudiera salir?

—Fuiste tú. —Rose abrió mucho los ojos con admiración—. ¿Por qué no has dicho nada?

Lei Fan se encogió de hombros.

—No me interesa la gloria. Solo quería ayudar a mi reino. Creo que era la única que esperaba que Shen siguiera por ahí, en alguna parte. Estábamos muy unidos cuando éramos niños, y no conseguía deshacerme del presentimiento de que seguía vivo, de que algún día volvería.

Durante un momento pasajero, Rose quiso contarle a Lei Fan lo que había visto hacer a Kai y Feng en el festival, pero, por mucho que a Lei Fan le importase Shen, no quería forzar su lealtad, sobre todo después de que el chico se hubiera revuelto contra ella con tanta violencia.

—Me alegra que no perdieras la esperanza —dijo Rose—. Nada le importa más a Shen que su familia. Tu apoyo lo es todo para él.

Lei Fan sonrió.

—Agradezco tenerlo de vuelta. Parece que nuestra suerte por fin está cambiando.

Rose le devolvió la sonrisa.

—Espero que podamos seguir siendo amigas, Lei Fan. Siempre serás bienvenida en Anadawn.

—Me gustaría visitarlo en algún momento —comentó.

Rose alzó la barbilla al oír su nombre en la brisa. Shen la estaba llamando desde el interior del palacio.

—Perdona —dijo, levantándose del banco y apresurándose al interior.

El brujo estaba caminando de un lado a otro cerca de la Fuente Perpetua, con los músculos en tensión.

—¡Shen!

Él se giró ante el sonido de su voz. Se acercó a ella con diez zancadas rápidas y la cogió de las manos. Rose sintió una oleada de alivio al notar su tacto y la suavidad de su expresión.

—Te debo una disculpa. Me he comportado como un idiota.

Rose miró hacia atrás, consciente de los sirvientes que había cerca.

—No deberíamos hablar aquí —comentó, alejándolo de la fuente—. Ven conmigo.

De nuevo en la habitación de la chica, Shen cerró la puerta a sus espaldas y echó las cortinas, con lo que opacó el sol matutino. Se giró con la cara entre sombras.

—Tenías razón, Rose. En todo. Wren y yo hemos oído a Feng y a Kai hablando en la habitación de mi tío. Han intentado matarme.

La reina se dejó caer en el borde de la cama y el peso de esa horrible verdad por fin desapareció de sus hombros. Wren había hecho lo imposible. Había conseguido que Shen entrara en razón.

—No intentaba hacerte daño.

Shen se acercó a ella con ojos suplicantes.

—Perdóname, Rose. No debería haber dudado de ti. Siento esas cosas horribles que te he dicho. Lo único que veía era todo aquello que había deseado desde niño.

—Aún puedes tener todo eso —dijo ella, y tiró de Shen para que se sentara a su lado—. Pero no con Kai. Ni con Feng. Siento que no sean las personas que esperabas.

—Al menos ahora lo sé —contestó con una mirada severa—. Puedo protegerme. Y a mi reino. A ti.

El alivio floreció dentro de Rose ante esas palabras y, con él, el agotamiento. Madre mía, ¡qué cansada estaba! No había dormido desde hacía una eternidad y necesitaba con desesperación salir de ese vestido sucio. El nudo se le clavaba en el hombro y le apretaba demasiado la cintura.

—¿Shen? —preguntó, dubitativa—. ¿Me puedes ayudar con el vestido?

El chico tragó saliva con dificultad y desvió la mirada hacia el hueco de la garganta de Rose. Esta le ofreció una sonrisa cohibida.

—Lei Fan me lo ha atado muy fuerte y no puedo salir de él.

De forma respetuosa, Shen comenzó a deshacerle el nudo del hombro.

—¿Así? —preguntó, y le cosquilleó el cuello con su aliento.

—Sí, gracias. —Rose cerró los ojos, deleitándose con la sensación de los dedos del chico sobre su piel desnuda.

Shen permaneció con los dedos sobre su clavícula.

—Creo que ahora ya está lo bastante suelto.

La chica abrió los ojos de golpe. Le sostuvo la mirada, deshaciendo el nudo por sí misma, y la tela se deslizó hasta que ella la sujetó sobre su pecho. Su corazón palpitaba alocado contra su mano y, de repente, el cansancio desapareció. Shen seguía con los dedos sobre su piel. Le trazó la clavícula y la base del cuello con ellos. A Rose le cosquillearon las mejillas mientras el calor estallaba dentro de ella. Cerró los ojos y sintió que se tambaleaba.

—Rose. —Shen le acarició la mandíbula y le pasó el pulgar por los labios—. Necesitas descansar.

—Te necesito a ti, Shen. —Las palabras salieron de su boca antes de que pudiera arrepentirse. Al brujo se le cortó la respiración cuando la chica tiró de él y lo besó.

Shen le devolvió el beso con una avidez que la hizo jadear. Rose abrió los labios y le rodeó el cuello con los brazos mientras permitía que el corpiño del vestido cayera entre ellos. El chico le recorrió la espalda desnuda con la mano y un escalofrío atravesó la columna de Rose. Esta gimió contra su boca cuando él la atrajo hacia sí, intensificando el beso.

En ese momento perfecto, con Shen Lo entre sus brazos en la oscuridad, a Rose no le importó ser una reina, que él fuera el gobernador de una tierra perdida ni que muchas personas desearan la muerte de ambos. Lo único en lo que pudo pensar fue en la boca de Shen contra la suya y en sus fuertes manos recorriéndole el cuerpo.

Rose interrumpió el beso y se retiró lo justo para mirarlo a los ojos.

—Shen —dijo con voz áspera—. Sé que están pasando muchas cosas ahora mismo...

El chico le besó el lóbulo de la oreja.

—Solo existe esto, Rose.

Ella presionó la frente contra la suya.

—¿Podemos fingir que estamos otra vez en el desierto? ¿Solo por un tiempo?

Shen sonrió.

—Estamos en el desierto.

—Me refiero a antes... —dijo Rose, también con una sonrisa—. ¿Podemos ser solo Rose y Shen?

—Podemos ser quienes tú quieras —musitó contra su piel—. Somos tú y yo, Rose, sin coronas ni reinos, solo nosotros.

—Solo nosotros —respondió ella, dejándose caer en la cama.

Shen se inclinó para besarla y, cuando sus labios se volvieron a encontrar, el resto del mundo se desvaneció y nada más importó, solo ellos dos.

El tiempo se desvaneció también. Tras una hora que pasó como un momento fugaz, Rose suspiró al tumbarse sobre la montaña de almohadas, sintiendo más paz que desde hacía días. Semanas. Meses. Estaba cansada de una manera deliciosa y la piel le cosquilleaba por el roce de Shen. Aún debían comprender muchas cosas, pero esto, lo que tenía con él, era perfecto. La chica se giró sobre el costado, sonriendo como un gato satisfecho. Cerraría los ojos un segundo y, después, se les ocurriría un plan para ocuparse de Kai y Feng. Juntos.

Shen le pasó el brazo por la cintura y la acercó a su cuerpo.

—Descansa —dijo, antes de darle un beso en el cuello—. Estaré aquí cuando despiertes.

Rose se despertó con el sonido de la lluvia torrencial golpeando sobre el tejado. Fuera, el sol se estaba poniendo bajo un velo de nubes oscuras. Se incorporó y buscó a Shen. Se encontraba de pie cerca de la ventana, estudiando el cielo agitado.

—Está lloviendo —comentó ella, tirando de la manta para cubrirse—. Nunca llueve en el desierto.

—Le he pedido a Lei Fan que cree una tormenta.

Rose frunció el ceño.

—¿Por qué?

Shen se giró hacia ella y le tendió una carta con el sello de la realeza de Anadawn.

—Acaba de llegarte esto. El avestrellado casi me saca un ojo cuando ha cruzado la ventana con él.

La chica se desplazó por la cama y la cogió con manos temblorosas. La abrió y de inmediato reconoció la caligrafía de Thea.

Rose:

Espero que te llegue esta carta. Hemos oído rumores de que Barron está reuniendo un ejército al sur. Pretende atacar Anadawn dentro de una semana. Ven rápido a casa. Me temo que lo peor está por llegar.

Thea

La chica levantó la cabeza. El pánico le evaporó el calor de las mejillas.

—Shen.

Cogió la nota y la leyó con la mandíbula apretada.

—Deberías vestirte.

Rose ya se estaba trenzando el pelo para apartárselo de la cara.

—¿Cuánto tiempo tardarías en preparar tu caballo? Tenemos que irnos de inmediato.

Se produjo un terrible segundo de silencio.

—No voy a acompañarte.

Rose se enfadó.

—No digas tonterías. No puedo dejarte aquí con ellos. ¿Y si te vuelven a atacar?

—He hablado con el jefe de la Guardia. —Shen crujió los nudillos, ausente—. Vamos a llegar a un trato con ellos esta noche.

—Entonces, esperaré.

—Será más seguro si no estás aquí.

—¿Seguro para quién? —preguntó Rose—. Necesitas a una sanadora a tu lado.

—Estaré bien. Y tú también. —Hizo un gesto hacia la nota—. Anadawn necesita a su reina, Rose.

A la chica le ardían los ojos.

—Pero no te tendré allí. Y a Wren tampoco.

Shen le dedicó una sonrisa. Contenía tanta tristeza que Rose tuvo que desviar la mirada.

—Estabas destinada a gobernar, con o sin nosotros. Y Wren volverá pronto. Seguro.

—¿Y tú?

Dudó.

—Iré a verte cuando las cosas se calmen aquí. —Un relámpago retumbó sobre ellos y atrajo la mirada de Shen hacia la ventana—. Dejaré que te cambies. —Hizo un gesto hacia una bandeja de bollos esponjosos que había en la mesilla—. Te he traído otra de las especialidades de la abuela Lu. Llévatelas para el camino. —Cruzó la habitación, abriendo y cerrando las manos. Rose sabía que estaba nervioso, pero no tenía claro si era por su despedida inminente, por la unión de los flechas o por su enfrentamiento con Kai y Feng—. Me reuniré contigo en el patio. No olvides la capa.

Seguía lloviendo cuando Rose salió al patio. Shen emergió de entre las sombras y la tomó de la mano.

—Ven, por aquí —dijo, tirando de ella—. Vamos a tomar la ruta trasera para salir de la ciudad.

—¿A qué viene tanto secretismo? —preguntó, apresurándose para mantener el ritmo—. A nadie le importa lo que haga. Lo han dejado muy claro.

—No quiero que te sigan. Ni que avisen a los flechas. —Rose sabía que estaba hablando de Kai. Le dio un vuelco el estómago al pensar en encontrarse con él de nuevo en uno de esos oscuros callejones—. Sabe que haré cualquier cosa para protegerte, lo que significa que podría usarte en mi contra.

Un rayo cruzó el cielo y lo llenó de esquirlas de plata. El trueno gruñó tras ellos mientras avanzaban a través de la ciudad empapada. Rose encontró coraje en el estallido de la tormenta. Significaba que Lei Fan los estaba ayudando. Y, si la tempestad sabía que Rose estaba en peligro, Shen debía de haber confiado en ella lo suficiente como para contarle lo que había ocurrido en el festival.

Por fin, llegaron a una estrecha puerta escondida dentro de un enrejado lleno de flores en la pared sur de la ciudad. Shen la abrió, con lo que reveló todo el desierto ante ellos.

—La abuela Lu me habló de este lugar.

A Rose le cosquillearon las mejillas de alivio.

—Parece que tienes más aliados que traidores en palacio.

—Más o menos —dijo Shen, guiándola hacia el desierto.

Tormenta estaba esperándolos. Rose sonrió mientras le acariciaba el hocico.

—Otra aliada.

—Ahora es tuya —dijo Shen.

—Solo la estoy tomando prestada —comentó Rose—. Te estará esperando en Anadawn. Como yo.

Shen le dedicó una sonrisa triste, y Rose de repente tuvo el terrible presentimiento de que nunca volvería a ver ese hoyuelo perfecto. Esos ojos marrones.

—Shen. —No sabía qué más decirle a continuación. No deseaba despedirse.

El chico le acunó el rostro con las manos y la besó. A Rose se le cayó la capucha cuando le rodeó el cuello con los brazos, con la tormenta empapándolos hasta los huesos, pero no le importó. Le devolvió el beso con intensidad, al mismo tiempo que un rayo iluminaba el cielo, y el corazón le palpitaba con tanta fuerza como el trueno posterior. Al final, Shen se retiró.

—No es una despedida —dijo Rose, aferrándose a la capa del brujo—. Nos volveremos a ver. Pronto.

El chico soltó una suave carcajada.

—¿Aún me das órdenes, aunque ahora sea rey?

—Algunas cosas no cambian nunca —respondió mientras se subía al lomo de Tormenta. Se giró para mirarlo una última vez—. Cuídate, Shen.

—Tú también —dijo él, y le dedicó una sonrisa brillante como el sol—. Vamos, sé la reina que sé que puedes ser.

Se inclinó hacia delante y le susurró una orden a Tormenta en la oreja. Antes de que Rose pudiera decir nada más, el caballo partió al galope y la guio bajo la tempestad agitada del desierto.

Wren
CAPÍTULO 41

Wren vagabundeó sin objetivo por los pasillos del palacio de Grinstad, sin saber qué hacer con el príncipe Ansel. Se apoyó en el alféizar de una ventana del primer piso y, cautivada por la belleza salvaje de Gevra, vio cómo el mundo pasaba del color plateado al blanco. Incluso el viento era hostil, y la tormenta rugiente, una bestia en sí misma. Sumida en su fantasía, Wren juraría que había oído un grito lejano. Elske se incorporó de golpe y echó la cabeza hacia atrás mientras intentaba encontrar la procedencia del sonido. Wren lo reconoció también.

Presionó la frente contra la ventana y observó el patio cubierto de nieve y lleno de lobos y tigres de las nieves. Tor caminaba entre ellos con las manos a su espalda. Su abrigo de pelo de cuello alto le protegía contra la peor parte del frío, pero, aun así, parecía un loco, reuniendo a esos animales en mitad de la tormenta.

—¿Qué diablos está haciendo ahí fuera? —musitó Wren—. Ese condenado loco va a morir de frío.

Elske soltó un pequeño gemido.

—Vamos. —Wren partió hacia el jardín mientras la loba se apresuraba a su lado. En el patio interior, la cúpula de cristal estaba cubierta por una capa de nieve recién caída y escondía el cielo más allá. Algunas de las bestias caminaban, nerviosas. Los soldados también parecían inquietos, como si el viento fuera una *banshee* que venía a raptarlos.

Wren tuvo que presionar el hombro contra la puerta del patio y empujar con todo su peso para conseguir moverla. Cuando por fin se abrió, el viento tiró de ella por las mangas y la empujó hacia una tormenta de nieve tan fuerte que tuvo que esforzarse para tomar aliento. Elske caminaba tras ella, soportando el cambio drástico de temperatura con una elegancia impresionante.

Tor seguía caminando de un lado a otro por el patio, llamando la atención a doce bestias desatadas. Levantó el puño y se tiraron al suelo como si fueran piezas de dominó. Un silbido corto y áspero los puso en pie y un sencillo chasqueo de dedos les hizo cruzar la arena y volver. Al observarlo en su hábitat natural, Wren se olvidó por un momento de la tormenta. Era evidente que se sentía calmado, y su expresión no desprendía miedo ante esos colmillos chorreantes. Tor controlaba a sus bestias con la misma confianza con la que controlaba su espada, y lo respetaban por eso. No, lo querían.

Wren se envolvió con la capa mientras su cuerpo se quejaba del feroz vendaval. Tor se revolvió cuando ella se acercó y alzó la barbilla como si hubiera captado su aroma en el viento. O quizás fue el aullido de Elske lo que le hizo girarse.

—¿Wren? —gritó, llevándose una mano a la frente—. ¿Eres tú?

La chica le devolvió el saludo.

—¡Hay alguien aquí que tiene muchas ganas de verte! —gritó.

Tor se alejó de sus bestias tras emitir una orden. De inmediato, se incorporaron y trotaron de vuelta al redil por el borde del patio. El soldado soltó el pasador y cerró la puerta, encerrándolos dentro. Se acercó entonces a Wren, moviéndose en la ventisca con una facilidad poco natural. Elske se reunió con él de un salto y Tor se derritió a su alrededor como un charco, enterrando el rostro en su pelaje y dándole un beso en la cabeza.

Mientras los observaba, Wren también se derritió. Entonces, el viento se hizo más fuerte y le golpeó en la cara. Tor se puso en pie al instante. Rodeó la cintura de la chica con el brazo y atrajo su cuerpo hacia el de él conforme la guiaba hacia una cabaña de madera en el otro extremo del patio.

—Aquí —resopló, dirigiéndola hacia el interior—. Esto evitará que vueles.

—¿Tan malo sería? —musitó ella, examinando la cabaña chirriante. Había una pequeña chimenea en la esquina y tazas de té vacías en la mesa. Supuso que ese era el lugar donde los soldados iban a descansar. El duro temporal debía de haberlos empujado hacia el interior del palacio.

La cabaña tembló mientras Wren se sentaba en un banco junto a la chimenea vacía, deseando tomar una taza de té. Elske se aovilló a sus pies, calentándole los dedos. El aire allí estaba helado, pero al menos se encontraban resguardados de la peor parte de la tormenta y ya no tenían que gritar para oírse.

—¿Qué hacías ahí fuera, en medio de la tormenta? —preguntó Wren, frotándose las manos para calentárselas—. Podrías haber muerto.

—Las bestias estaban asustadas. Entrenar las distrae. —Tor se agachó junto a la chimenea y la llenó de troncos—. Lo creas o no, a mí me gusta que sea tan salvaje. Es el único momento en el que me oigo pensar. Y me recuerda a mi hogar.

—Perdón por acabar con la paz, entonces. —Wren observó cómo movía los músculos de los hombros bajo el abrigo para encender el fuego.

—He ido a buscarte antes —comentó Tor—. No estabas en tu habitación.

—Lo sé, estaba en la de Alarik.

El soldado frunció el ceño.

—¿Por qué?

—Ha venido a recoger a Ansel —respondió a toda prisa. ¿Qué otra razón se estaba imaginando Tor?—. Ahora está escondido en el vestidor del rey, donde no lo descubrirán. —Se miró las manos—. Alarik está furioso conmigo.

—Bueno —comentó Tor con un suspiro—, ¿lo puedes culpar?

—Sí —dijo Wren con sequedad—. Lo hicimos juntos. —Observó cómo se le tensaban los músculos del cuello al soldado y continuó—: No quería que Ansel volviera como volvió, Tor. Si quieres creerme en algo, créeme al menos en eso. —Se horrorizó cuando le empezaron a temblar los labios—. Solo quería arreglarlo. Por él. Por Banba. Por ti. Pensé... Pensé...

—Sé lo que pensaste. —Golpeó una piedra contra otra y sopló hasta que la madera se prendió—. Pero algunas cosas no se pueden deshacer, da igual lo mucho que lo deseemos. —La miró, y la tormenta en sus ojos era tan violenta como la que se agitaba fuera—. Nadie puede retroceder en el tiempo. Ni siquiera tú.

La suavidad en su voz erizó la piel de Wren. Al menos, si estuviera enfadado, podría discutir con él. Levantar las barreras y desatar la lengua. Pero no podía lidiar con el pánico en su voz ni con el miedo en sus ojos. Miedo por ella.

—No sé cómo arreglarlo —le confesó—. He cometido un error muy grande, y no hay vuelta atrás. Y ahora Banba lo va a pagar. Si algo le ocurre... —Se apretó los puños contra los ojos, intentando detener las lágrimas, pero se le agitaron los hombros y le humedecieron la cara—. No puedo soportarlo, Tor. ¡No puedo!

El banco gruñó cuando se sentó junto a ella, y a Wren le dolió el corazón por el calor de su cuerpo y su cercanía.

—Ven aquí. —La rodeó con el brazo y tiró de ella. La chica se escondió en su cuello e inhaló el aroma alpino—. Respira. —Le presionó los labios contra el pelo—. Es lo único que puedes hacer por ahora.

Wren cerró los ojos. Su pecho se alzaba contra su mejilla, y el ritmo estable de su respiración aplacó el pánico de su interior. Quería hacerse un ovillo y quedarse allí dormida, olvidarse de todos los problemas que había más allá de la tormenta, esperándola.

—Gracias —susurró—. Por este momento. Por esta amabilidad.

Ella no se había dado cuenta de lo mucho que lo necesitaba, pero Tor sí. Y se lo había dado, aunque no se lo merecía. Ni sus palabras ni a él.

El soldado le besó la coronilla.

—Gracias por devolverme a mi loba.

Wren sonrió.

—Supongo que te estarás preguntando de dónde ha salido.

—Siento cierta curiosidad.

—Es una historia interesante. —Wren se incorporó y le contó todo, no solo lo del espejo y la loba, sino el resto del día. Le habló de la amenaza de Alarik y de la grave verdad que Banba le había contado en la mazmorra, que, para conocer la paz, Ansel tendría que morir de nuevo.

—Diablos congelados. —Tor se pasó una mano por el pelo—. ¿Has hablado con Alarik?

—Claro que no.

—No lo hagas —dijo él, sombrío.

Wren pasó el dedo por un botón del abrigo del soldado, deseando que la tormenta los ocultara con nieve, deseando no tener que volver a enfrentarse al rey Alarik.

—Te he chafado la fiesta. Dejemos de hablar del tema.

Tor soltó una carcajada incómoda.

—Wren, ¿de qué más vamos a hablar?

La chica suspiró y miró alrededor de la cabaña en busca de inspiración.

—Háblame de las bestias. Haz que parezca interesante.

Él alzó las cejas, pero, en lugar de reírse de su petición, echó la cabeza hacia atrás para apoyarla en la pared.

—¿Qué quieres saber?

Wren lo pensó durante un segundo.

—Háblame del Gran Oso, el que aparece en el escudo de Gevra.

—Bernhard —dijo Tor.

—El viejo Bernhard. ¿Por qué todos veneráis a un oso?

Mientras el fuego crepitaba y cobraba vida en la chimenea, Tor cerró los ojos y empezó con la historia.

—Durante miles de años, en Gevra solo había bestias. Los lobos caminaban por los ríos y las orillas, mientras que los tigres de las nieves y los osos polares vivían en las montañas. Existía armonía entre todas las criaturas, grandes y pequeñas, hasta que un colonizador intentó conquistar la tierra.

Wren observaba los labios de Tor mientras hablaba, cautivada por el timbre de su voz.

—Aquí la tierra era rica en hierro. Los colonos a menudo trataban de hacerla suya.

—Déjame adivinar —intervino Wren—. Las bestias se los comían.

—Peor —contestó Tor, sombrío—. Algunas historias cuentan que los osos aprendieron a arrancar la piel del cuerpo de los hombres con sus garras de modo que luego pudieran dejarla en la orilla como advertencia para los demás.

Ella esbozó una mueca.

—Lamento haber preguntado.

Tor se echó a reír mientras le daba un toquecito en la nariz.

—Y ahora llegamos a Bernhard. Era el animal más anciano y feroz. Todas las bestias se inclinaban ante él. Cuando dormía, sus ronquidos eran tan fuertes que hacían eco en las montañas de Fovarr y, cuando estaba enfadado, su rugido agrietaba los fiordos. Algunos colonizadores del continente norte lo temían. Otros querían capturarlo. Todos fallaron.

—Bien —dijo Wren.

Tor sonrió.

—Entonces, un día, un joven sin corona ni joyas a su nombre fue en barco hacia Gevra por voluntad propia. Se llamaba Fredegast Felsing. En lugar de intentar batallar contra el gran Bernhard, le regaló salmón y carne.

—Lo sobornó. —Wren no pudo evitar sentirse impresionada—. Genial.

Él se rio de nuevo. La chica deseó poder capturar ese sonido.

—Contra todo pronóstico, Bernhard y Fredegast se hicieron amigos. El segundo se asentó en las montañas y, tras un tiempo, otros colonizadores se unieron a él. A petición del hombre, las bestias les hicieron hueco y, pronto, todos aprendieron a vivir en armonía. Cuando Bernhard murió de viejo, Fredegast lloró durante diez días y diez noches.

—Un poco dramático —musitó Wren.

Tor le dedicó una mirada de amonestación.

—Estaba de luto.

—Hay mejores formas de pasar la pena.

—¿Como cuál?

Wren se encogió de hombros.

—No sé, reprimir tus emociones, dejar de vivir y practicar la lucha de espadas con la venganza como objetivo final.

Tor se rio una vez más.

—Se te da muy bien elegir las palabras.

—Igual que a ti, soldado. Continúa.

Él obedeció.

—Después, las bestias se postraron ante Fredegast y se convirtió en el primer rey de Gevra. En su coronación, llevó la piel de Bernhard como capa ceremonial.

—Espera, ¿qué? —farfulló Wren—. ¡Es horrible!

A Tor se le entrecerraron los ojos cuando soltó una carcajada.

—Es una señal de honor.

—¡Tor!

El soldado alzó las manos.

—Lo digo en serio.

—Entonces, si muero en este infierno helado, ¿alguien me llevará como sombrero?

—Nadie te va a llevar como sombrero —le aseguró Tor con una sonrisa que hizo que Wren estuviera a punto de desmayarse—. Solo lo hacemos con las bestias.

—¿Lo prometes?

De nuevo esa risa, tan bonita como un atardecer en invierno.

—Sí, Wren, lo prometo.

Ella se cruzó de brazos tras apoyarse en la pared.

—Ahora mismo hay muchas posibilidades de que muera aquí, y no quiero que Alarik Felsing me lleve como una maldita capa.

—Wren —dijo Tor, y se inclinó hacia ella, permitiéndole ver la tormenta en sus ojos—. No voy a dejar que mueras. Me temo que me gustas demasiado.

Wren alzó la barbilla y redujo aún más el pequeño espacio entre ellos.

—Demuéstralo.

El soldado le acunó la mejilla y dirigió los ojos hacia sus labios.

—Una vez me dijiste que nunca me besarías ante mi loba.

—Estoy preparada para hacer una excepción —susurró, acercándose a él—. Además, la loba está dormida. —Sonrió antes de pellizcarle la oreja.

Tor siseó entre dientes. Gimió mientras la besaba y deslizó la lengua dentro de su boca. Wren le devolvió el beso, jadeante, hambrienta. Él la agarró del pelo y la atrajo hacia sí hasta que no hubo nada entre ambos, solo calor. Pero aún no estaban lo bastante cerca. La chica se levantó la falda y pasó una pierna sobre la de Tor para quedar a horcajadas sobre él. El soldado se tensó y la sujetó con tanta fuerza que Wren pensó que la iba a hacer pedazos. Intensificaron el beso y sus gemidos se hundieron en la tormenta mientras ella se movía contra él.

Wren podría haberse quedado dentro de esa pequeña cabaña una eternidad, besando a Tor hasta que ambos se olvidaran de cómo se llamaban, pero la tormenta incrementó su fuerza, se volvió más furiosa, y cuando el fuego se apagó y Elske se despertó de su duermevela con un aullido, se separaron.

—Deberías volver dentro —comentó él tras coger aire—. Y yo debería echarles un vistazo a los animales.

—Siento un nuevo aprecio por las tormentas —dijo Wren antes de darle un beso en la mejilla.

Permaneció ahí un momento, tentada de robarle otro, pero Tor tenía razón. Ambos debían estar en otro lugar. Reticente, se alejó de él y, con una última mirada anhelante, regresó al palacio para enfrentarse a su desesperada situación. No le sorprendió que Elske la acompañara, aunque supuso que había sido por una orden de su amo y no por lealtad hacia ella.

Estaba subiendo las escaleras cuando oyó una música desenfadada que flotaba por el pasillo. Siguió el sonido hasta un salón en el primer piso, donde se encontró a Anika y a Celeste bailando descalzas alrededor de un trío de violinistas. Soltaban carcajadas estridentes mientras se levantaban la falda y movían los pies. Celeste derribó un jarrón, provocando que Anika aullara con alegría. La princesa se reía con tanta fuerza que retrocedió hasta la chimenea y se quemó el bajo de la falda. Celeste cogió una jarra y le echó agua antes de que ambas cayeran en un sofá con un ataque de risa. Los músicos dejaron de tocar y se miraron, alarmados.

—¡Seguid tocando! —exclamó Anika entre hipidos—. No quiero oír esa maldita tormenta. —Miró a su alrededor—. Diamante, querido, ¿dónde estás? —El zorro blanco le saltó al regazo y le lamió la mejilla.

Celeste cogió una botella de escarcha efervescente de una mesa cercana y se la bebió casi de un sorbo. Había otras tres botellas vacías rodando por la alfombra, y cuando se dispuso a lanzar la suya hacia el otro extremo del salón, se dio cuenta de que Wren estaba en el umbral.

—¡Sigue bailando, Anika! —exclamó Celeste, poniéndose en pie—. Ahora vuelvo. —La princesa se levantó y se meció hacia delante y hacia atrás con el zorro.

Celeste cruzó la sala y le hizo un gesto a Wren para que saliera al pasillo.

—Por fin te encuentro —dijo casi sin aliento—. ¿Dónde estabas? Habías desaparecido.

—Perdona si me he perdido la fiesta —contestó Wren con sequedad—. He tenido un pequeño problema con un príncipe resucitado.

Celeste se sopló un rizo para quitárselo de los ojos.

—Te he estado buscando por todas partes.

—¿Te has caído en un tanque de escarcha efervescente por el camino?

—Ay, para, Anika se lo ha bebido casi todo. —Celeste pestañeó al percatarse de la loba sentada junto a Wren—. ¿Esa es Elske?

—Sí —respondió la reina—. Es una larga historia.

—¿Rose está bien?

—Sí, pero Elske pertenece a este sitio, a su amo —respondió Wren—. Como he dicho, es una larga historia.

Con gran esfuerzo, Celeste se desprendió de su curiosidad.

—Bien, volvamos a lo de qué hago aquí.

—¿Bailar con Anika?

—Sabes por qué, Wren. Estás en grave peligro.

La reina puso los ojos en blanco.

—Bueno, eso es obvio.

—Es por el sueño que te conté —continuó Celeste con los ojos oscuros muy abiertos—. No fue solo un sueño. La otra noche estuve estudiando los avestrellados. Vinieron a mí y me dibujaron la misma visión en el cielo, pero más clara. Parecía más cercana, de alguna manera. Te vi atrapada en una pared de hielo. Estabas muerta. ¡Congelada! Ya no te latía el corazón.

Wren intentó tragarse el nudo de miedo de la garganta, pero se le filtró en la voz.

—¿Alguna otra información nefasta que deba conocer?

—En realidad, sí. Barron y los flechas han extendido sus ideas por Eana. Se enfrentaron al *tour* real en Ellendale, y eso les ha embravecido. Thea ha enviado una nota diciendo que están intentando crear un ejército para ir contra Anadawn, lo que significa que tenemos que volver a casa. ¡Ya!

Wren retrocedió cuando la invadió un nuevo pánico. Pero no sirvió de nada, porque no podía cambiar las circunstancias actuales.

—Abre los ojos, Celeste. Mira lo que tienes ante ti, y no solo a las estrellas. No me puedo ir a casa. Después de lo que le he hecho al príncipe Ansel, Alarik no me va a dejar salir de aquí tan campante. Me matará si lo intento.

—¡Celeste! —chilló Anika—. ¿Dónde diablos congelados te has ido?

Wren se apartó de la otra chica.

—Pero tú sí puedes irte. Y deberías hacerlo. Rose te necesita.

—¡Nos necesita a las dos! —Celeste cogió a Wren por los hombros y tiró de ella hasta que se rozaron nariz con nariz—. Escúchame, el barco de Marino volverá al puerto dentro de dos días. Roba un caballo. Sal en un barril de pescado si hace falta. Pero reúnete allí conmigo. Partirá al mediodía.

—Pero Banba...

—Esto es lo que querría Banba. —Celeste entornó los ojos. Podía leer la verdad en los de Wren—. Pero eso ya lo sabes, ¿no?

—¡Celeste! ¡Me he quedado atascada bajo la mesa! —Las carcajadas de Anika retumbaron por el pasillo.

—¡Voy! —gritó la aludida.

—Aunque quisiera abandonar a Banba —contestó Wren—, salir de aquí no es tan fácil como entrar.

—Tal vez. —Celeste miró de manera significativa a Elske—. Pero tú y yo sabemos que hay alguien aquí que te puede ayudar a escapar. ¿Por qué no le preguntas?

Esa noche, después de que Elske regresara con su amo, Wren se durmió oyendo la tormenta. Se despertó en una montaña, con la nieve hasta las rodillas mientras caminaba por su estructura irregular. Esa voz antigua apareció de nuevo, elevándose con las alas de un atajacaminos.

—Bienvenida a la oscuridad, pajarito. No necesitas temerla.

Las nubes se movieron sobre Wren. Un haz de luz de luna se coló entre ellas, iluminando una figura que caminaba ante la reina. Tenía el pelo oscuro y la piel pálida y llevaba una capa carmesí, decorada con pelo blanco.

—¿Quién eres? —gritó Wren.

La risa de la joven reverberó entre las montañas. Se giró y atravesó a la chica con la mirada esmeralda.

—La pregunta es quién eres tú.

—Espera. ¿Eres algún tipo de visión? —Wren aceleró la marcha, pero se tambaleó—. ¿Eres... yo?

La mujer sonrió con los dientes de Wren.

—Soy la oscuridad que habita en tu interior.

La reina observó que las manos de la mujer cambiaban de color y la piel le brillaba roja como la sangre en su interior. Se le ocurrió un pensamiento que pronunció en voz alta:

—¿Sabes cómo arreglar al príncipe? ¿Hay algún modo?

La mujer inclinó la cabeza.

—Si lo hubiera, ¿qué harías para conseguirlo?

—Cualquier cosa.

La joven amplió la sonrisa.

—¿Hasta matar?

La nieve caía a su alrededor, pero, a medida que los copos se posaban sobre la piel de Wren, se convertían en gotas de sangre. Cuando miró hacia arriba, la otra Wren había desaparecido. La noche era tan negra como la tinta, y la luna se ocultaba tras una capa de nubes.

—El verdadero poder requiere sacrificio —susurró el viento.

Rose
CAPÍTULO 42

Rose cabalgó a través de la tormenta bajo la noche. El cielo relampagueaba y volvía plateadas las dunas, al mismo tiempo que la lluvia caía sobre ella, empapándole la capa. Apenas se percataba del frío. Estaba perdida en el recuerdo de su último beso con Shen Lo, preguntándose por qué había parecido mucho más que una despedida temporal. Había parecido definitiva.

Mientras el Reino Soleado se desvanecía en la niebla, Rose vislumbró el final de la tormenta de Lei Fan, un lugar donde la lluvia desaparecía, el cielo se volvía índigo y las primeras estrellas del desierto brillaban y titilaban. Se echó hacia delante para galopar con mayor rapidez y fuerza.

Oyó el sonido inequívoco de unas pezuñas tras ella. Giró la cabeza y entrecerró los ojos en la oscuridad creciente. Reconoció primero al caballo y, después, al jinete. Kai. A Rose se le heló la sangre. Iba descamisado y el pelo largo y oscuro le flotaba en el viento. Cada mechón estaba seco, igual que todo su ser. Debía de haber rodeado la tempestad para alcanzarla.

Rose le introdujo los dedos en la crin a Tormenta.

—¡Rápido, chica!

Pero el caballo de Shen estaba agotado de cabalgar bajo la lluvia y las pezuñas empapadas se le hundían en la arena.

—¡Valhart mimada y entrometida! —gritó Kai—. Lo has arruinado todo. No vas a escapar a tu preciado palacio. Da media vuelta y enfréntate a mí.

Rose miró hacia atrás justo a tiempo para ver cómo desenredaba el látigo con un crujido ensordecedor. Lo agitó en el aire, la rodeó con él y la tiró del caballo. Ella gritó mientras caía y aterrizaba de espaldas con un golpe fuerte. Kai se bajó del caballo y apoyó un pie al lado de cada uno de sus codos. Rose intentó incorporarse, pero él se agachó y le presionó la cara contra la arena. Se resistió, aterrada, y le atrapó un puñado de pelo antes de tirar de él con fuerza. El brujo la soltó con una maldición y ella se incorporó de inmediato, dándole un fuerte rodillazo entre las piernas. Kai rugió de dolor.

Rose se deslizó lejos de él y se puso en pie. Agarró el látigo y lo lanzó hacia atrás, alejándolo lo máximo posible.

Kai cogió una daga de su cinturón al tiempo que se levantaba. Bajó la cabeza y cargó hacia ella. Rose intentó correr, pero no era rival para un guerrero. Se tambaleó por la arena y se llevó las manos a la cabeza para protegerse, pero Tormenta saltó de la duna y se interpuso entre ambos.

Kai se abalanzó y atacó al caballo con la daga. Tormenta soltó un horrible relincho antes de caer en la arena.

—¡Cobarde pusilánime! —exclamó la chica, poniéndose de rodillas junto al caballo tembloroso—. Solo intentaba protegerme.

—¿Cobarde? —preguntó Kai, rodeándola—. Shen Lo es el cobarde. Escondiéndose en Ortha todos estos años, cuando podría habernos buscado. —Escupió en la arena—. ¡No se merece ser rey! —Levantó la daga sobre Rose—. Si no puedo arrancarle la corona de la cabeza, acabaré con su mujer.

Rose gritó cuando él bajó la daga, pero, en ese preciso momento, un cuchillo plateado pasó junto a ella y le quitó a Kai el arma de los dedos. Entonces, una voz ronca cruzó el viento del desierto.

—¡Te olvidas de tu honor, Kai Lo! —La abuela Lu galopaba hacia ellos sobre una magnífica yegua rojiza. Movió su bastón en el aire como si fuera una espada antes de dirigirla de manera acusatoria hacia la frente de Kai—. Me has decepcionado.

Rose pestañeó, tratando de entender si la abuela Lu era una visión. Debía de ser una especie de espejismo, porque era imposible que la anciana niñera de Shen apareciera de la nada, armada hasta los dientes…

Enseguida, la abuela Lu bajó del caballo, dio un salto en el aire y le dio una patada en la mandíbula a Kai que lo derribó. Se agachó junto a él y comenzó a pegarle con el bastón.

—Eres. Más. Listo. Que. Esto —dijo entre azotes—. ¡Te he entrenado yo misma! Te enseñé movimientos bonitos. Pero no todos mis movimientos. —Con otro grito, utilizó el bastón para lanzarse por el aire y hacerse un ovillo, antes de precipitarse de nuevo sobre él a una velocidad alarmante. Aterrizó en su pecho, dejándolo sin aire, por lo que cayó en la arena, aturdido.

—¡Para! —jadeó Kai—. Sabes que a ti no te voy a golpear.

La anciana se puso en pie a toda velocidad.

—Kai Lo, sé lo que has intentado hacerle a tu primo en el festival —dijo, irguiéndose sobre él—. No mientas y finjas que eres un buen hombre.

—¡Acaba de intentar matarme! —exclamó Rose, incapaz de contenerse. Junto a ella, Tormenta relinchó—. Y a Tormenta —añadió a toda prisa—. Le ha hecho un corte en la pata.

—Chivata —siseó Kai.

El bastón de la abuela Lu se convirtió en un borrón y le golpeó en la mejilla.

—Deberías avergonzarte de ti mismo por haber atacado a la reina Rose. ¡Y por herir a un caballo del desierto! —Le golpeó en la coronilla—. Chico estúpido.

Kai trató de apartar el bastón, pero la anciana era demasiado rápida para él. Volvió a golpearlo.

—Soy la maestra. Yo pongo las reglas.

Rose no pudo evitar reírse. La abuela Lu giró la cabeza.

—Esto no es un espectáculo. Cura a ese caballo y sal de aquí.

La chica inclinó la barbilla y rápidamente obedeció. No quería enfrentarse a esa anciana. Cerró los ojos y reunió su magia, que funcionó deprisa sobre la herida de Tormenta. Cuando hubo sanado, la abuela Lu seguía riñendo a Kai. Rose se subió al caballo y le dedicó otra mirada a la guerrera experta.

—¿Va a estar bien aquí sola?

La abuela Lu soltó una carcajada.

—¡Ni siquiera he empezado a sudar! —Antes de que Rose pudiera responder, la anciana se giró y azuzó a Tormenta en el lomo—. Márchate. No pares hasta llegar a Anadawn.

—¡Gracias! —exclamó la reina mientras Tormenta partía, dejando atrás un remolino de arena.

Wren
CAPÍTULO 43

Wren se despertó tarde y devoró el copioso desayuno de pasteles de mermelada y café amargo antes de meterse dos de los primeros en el bolsillo y dirigirse a la biblioteca, donde oyó cómo la ventisca se volvía más violenta.

El fuego crepitaba en dos enormes chimeneas que llenaban la habitación de una deliciosa calidez. Había más que suficientes sofás en los que tumbarse mientras leía, todos envueltos en artificiosas telas de lujoso pelaje. Wren había amasado una pila de libros al llegar, procedentes de una colección de viejas leyendas gevranesas, y una enciclopedia con las hierbas medicinales locales. Los colocó junto a un sofá cercano, encendió una vela sobre la mesilla y se hizo un ovillo bajo la manta.

Esperaba encontrar algo en los anales del palacio de Grinstad que la ayudara a recomponer al príncipe. Sin embargo, a medida que los minutos se convertían en horas y el día se transformaba en noche, Wren empezó a perder la esperanza. Los fuegos menguaron en las chimeneas y sus párpados se volvieron más pesados, hasta que ni siquiera el aullido de la ventisca pudo mantenerla despierta.

Agotada por el fracaso, dejó los libros a un lado. Estaba cruzando el patio interior del primer piso cuando vio a la reina viuda sentada al piano de cristal. Tal vez fuera por la hora tardía o la locura de la desesperación, pero, antes de que pudiera quitarse la idea de la cabeza, Wren bajó las escaleras. Todo se estaba desmoronando a su alrededor, ¿qué perjuicio le iba a aportar tener una conversación ahora?

—Hola —dijo la chica, saludándola cohibida.

La reina Valeska alzó la cabeza y pestañeó para salir de su asombro. Wren señaló al piano.

—Os he visto aquí sentada y he pensado que os vendría bien algo de compañía. ¿Tocáis?

Valeska la miró durante mucho tiempo, como si no supiera quién era.

—No —respondió al final—. Ya no.

—Ah, ¡qué pena!

—¿Y tú?

Wren negó con la cabeza.

—Lo intenté una vez, pero no era lo mío. Prefiero las canciones de marineros.

La reina arqueó las cejas y la intriga sacó a relucir la belleza de sus finos rasgos.

—No estoy segura de haber oído alguna canción de marineros.

—¿En serio? —preguntó Wren—. No sabéis lo que os perdéis.

—Tal vez puedas cantarme una —sugirió la reina, como si pedirlo fuera lo más normal.

Wren miró alrededor, al patio oscuro, ubicando a todos los soldados que fingían no estar escuchando desde sus rincones, con las bestias de ojos adormilados a sus pies. Se rindió ante su mala cabeza. Si mañana iba a ser un infierno, quizás sería mejor que aprovechara la noche. Tras un día entero en la biblioteca, se sentía aturdida y más que un poquito histérica.

—¿Por qué no? —dijo, sujetándose la falda para moverla al ritmo de la melodía—. Preparaos para sorprenderos.

Se aclaró la garganta y se sumergió en su canción de marineros favorita.

Ned Dupree era un señor
que al mar se llevó un barril de ron.
Dejó a su mujer en su pueblecito
y se bebió el barril enterito.

Wren movía la falda mientras cantaba, sacándole una sonrisa a la viuda. Comenzó a dar brincos por el patio.

Vaaaya, la cabeza del pobre Ned vueltas daba.
En la aleta, tras atraparla, besó a una carpa,
bailó con el corazón rebosante
y se peleó con una gaviota tan campante.

La reina estalló en carcajadas y el sonido repiqueteó por el patio como una campana. Wren sonrió sobre su hombro.

—Me vendría bien algo de acompañamiento musical para la siguiente estrofa. ¿Os apetece?

La reina se giró hacia el piano. Wren tarareó la melodía mientras movía la falda.

—Da-da-da-da da-da-da da da-da-da-da-da-da-daaaaaaa.

La reina presionó las teclas y un solo acorde estalló como un aria. Incrédulo, un soldado cercano sacó la cabeza de un hueco con los ojos como platos. La reina Valeska siguió a ese primer acorde con otro y, luego, un tercero. Aceleró el movimiento de las manos para unirse a Wren, quien se zambulló en la siguiente estrofa con satisfacción.

¡Qué dolor de cabeza a la mañana siguiente!
Ned bajó de la cama, medio consciente.

A la cubierta a pasear se encaminó
yyyyyyy todo el ron vomitó.

La reina echó la cabeza hacia atrás y soltó una carcajada. Esta vez, algunos de los soldados se unieron. Wren bailaba una jiga alrededor del patio y terminó la canción con la ayuda de los ágiles acordes de Valeska. Seguía riéndose cuando se acabó.

—¡Ha sido interesante!

Wren hizo una reverencia.

—Gracias por mejorarla.

La reina miró el piano.

—Pensaba que la música me había abandonado, pero supongo que solo estaba escondida.

Wren se sentó en el último peldaño de la enorme escalera.

—¿Podéis tocar algo más para mí?

—Nada podría rivalizar con tu maravillosa canción de marineros.

—Me sirve cualquier tipo de música —la animó Wren—. Además, las canciones de marineros son como el ron. Si las cantas demasiado, te dan dolor de cabeza.

La reina se echó a reír. Entonces, sorprendentemente, se giró hacia el piano y se colocó sobre las teclas como si fueran una montaña que estaba a punto de escalar. Y así lo hizo. La reina Valeska dejó escapar por la sala una melodía tan bonita que a Wren le ardieron los ojos por las lágrimas. Las notas planeaban como una nube de tormenta por el cielo y fueron in crescendo hasta convertirse en el estallido de un trueno. El corazón se le aceleró en el pecho. La melodía cambió una vez más, cayendo como las primeras gotas de una lluvia veraniega. Entonces, se acabó, y Wren, horrorizada, se percató de que estaba llorando. Se limpió las mejillas con la manga.

La reina Valeska sonrió.

—Cuidado. O te estropearás ese hermoso vestido.

—No es mío —dijo Wren.

—Lo sé —respondió la mujer—. Eran para la futura esposa de Ansel... —Se interrumpió y se le ensombreció la expresión—. Pero parece que eso no estaba destinado a suceder.

Wren dejó caer la mano. Valeska malinterpretó el horror en su rostro.

—Supongo que es difícil de creer. Una reina que diseña vestidos. Pero esa era mi vida en el pasado, mucho antes de conocer a Soren. —Sonrió con tristeza—. Después de que mi marido muriera, Alarik me animó a que recuperara mi pasión. Pensó que así mantendría la mente ocupada. Y el corazón.

Wren observó a la reina.

—Los vestidos de la habitación de la cuarta planta... ¿Los habéis diseñado vos?

Valeska asintió.

—Son preciosos —dijo Wren.

—Hace tiempo, me interesaban mucho las cosas bonitas. —La reina se miró el camisón y soltó una triste carcajada—. La pena puede hacerte sentir que te estás ahogando. Mi hijo pensó que esos vestidos y esas capas de pelo tan elegantes podrían ser mi salvavidas. —Hizo una pausa—. Uno de muchos.

Los vestidos no habían sido para la enamorada de Alarik, después de todo, sino para Rose. Todos ellos diseñados con amor por su madre. A Wren le dio un vuelco el estómago ante esa nueva información. No le gustaba ver a Alarik bajo una luz diferente, no como un rey cruel, sino como un hijo preocupado. No quería pensar en él así.

—No te preocupes. Me alegra que alguien los lleve —dijo la reina con calidez—. Mi hijo me ha dicho que eras amiga de Ansel, que has venido de Eana. Mi marido y yo la visitamos hace muchos años. Pasamos una semana en Norbrook antes de que Alarik naciera.

—Sí —respondió ella, recuperando un ápice de su calma—. Me llamo Wren. Ansel y yo éramos amigos. —Dudó—. Siento lo que le ocurrió.

—Gracias —susurró la reina.

La expresión de Wren se entristeció. De repente, se sintió demasiado acongojada, como si le estuviera naciendo un sollozo dentro. Notaba una pesadez en el aire que la había traspasado en el momento en el que había saludado a la reina y, mientras se empapaba de la cercanía de la pena de Valeska, pensó en Banba.

—¿Por qué estás tan triste? —La voz de la mujer interrumpió la fantasía de Wren. La reina sonrió, y la curva de sus labios le recordó a Alarik—. Aún eres joven. Tienes por delante toda tu vida, todos los momentos en los que amarás y reirás.

La chica esbozó una triste sonrisa.

—Estoy de luto por alguien que aún no ha muerto.

—Ah. —Valeska se quedó entonces en silencio, inquieta.

Una sombra se movió en el primer piso. Otro soldado que las observaba, seguro. Wren se preguntó si sería Tor.

—¿Se podría salvar a esa persona? —preguntó la reina, esperanzada.

Ella estuvo a punto de echarse a reír.

—No —respondió, negando con la cabeza—. No hay nada que se pueda hacer.

—Entonces, debemos mantener la esperanza. —Valeska echó la cabeza hacia atrás y su pelo rubio y plateado rozó el suelo cuando miró la cúpula llena de nieve y la ventisca que aullaba fuera—. Debemos desear que haya un mundo más allá de este, donde el amor que ofrecemos en esta vida se nos devuelva multiplicado por diez y las personas a las que se lo dimos estén esperándonos, con el corazón colmado de él, para cuando muramos.

Wren frunció el ceño. En su experiencia, era más fácil hablar de esperanzas que tenerlas. Además, la mayoría de las veces eran peligrosas.

—O podemos cantar canciones de marineros. Y beber. Y bailar. Y tocar música mientras nos sea posible. —Hizo un gesto hacia el piano de cristal—. Aprovechar toda la suerte que tengamos y usarla. Antes de que se acabe.

Valeska inclinó la cabeza.

—Nunca lo había pensado así.

—Me parece que ayuda. Al menos, a veces. —Wren se puso en pie, consciente de la sombra que se movía sobre ellas—. Es tarde, debería irme. Gracias por mantenerme acompañada.

—Gracias por la canción de marineros —dijo la reina—. Y por el resto.

—De nada. —Wren subió las escaleras, sonriendo ante la melodía de piano que se elevaba tras ella. Se dirigió hacia el pasillo donde Tor había estado merodeando, pero ya se estaba alejando, intentando que nadie lo viera. Bueno, demasiado tarde. La chica se apresuró para alcanzarlo.

—No puedes huir de mí —resopló mientras lo seguía hacia una habitación al final del pasillo—. Sobre todo en un pasillo a oscuras.

—No me había dado cuenta de que teníamos esa clase de relación —dijo una voz que ella no esperaba. Entonces, un par de ojos de color azul claro brillaron en la oscuridad.

—Alarik. —Wren dio un paso atrás—. Pensaba que era... —Se detuvo de golpe, tragándose el nombre de Tor.

—Buena decisión —respondió el rey—. No me gustaría que te incriminaras aún más. O a otra persona.

Se giró para encender un candelabro en la pared y la luz de la vela titiló antes de hacer que la sala cobrara vida. Estaba llena de caballetes sobre los que había paisajes al óleo aún por terminar. Wren se acercó a uno con las montañas de Fovarr.

—La nieve parece muy real —comentó, alzando el dedo para tocarla.

—No. —Alarik extendió una mano para detenerla—. No está seco.

Wren se giró para mirarlo con un nuevo horror carcomiéndole las entrañas.

—Por favor, no me digas que son tuyos.

El rey alzó las cejas.

—¿Tan malos son?

—No, pero tú no pintas —respondió Wren—. No puedes pintar.

—¿Por qué no?

—Porque es demasiado… demasiado…

—¿Impresionante?

—Humano. —La chica se cruzó de brazos—. Y tú no eres humano. Eres una bestia.

Alarik se alejó de ella y desvió la mirada. Durante un segundo, Wren habría jurado que lo había ofendido, pero después le enseñó los colmillos.

—Incluso las bestias podemos tener una afición, ¿no?

Wren se sentó en un taburete.

—Me gustaba más cuando no sabía nada de ti.

—Me gustaba más cuando eras una pizca de nada en Ortha —contraatacó él—. Pero aquí estamos.

—¿Por qué me estabas espiando?

—He oído la música de mi madre. —Hizo una pausa con el ceño fruncido—. Pensaba que era un sueño.

Wren relajó los hombros.

—Entonces, te has perdido la canción de marineros.

Sorprendentemente, Alarik se echó a reír.

—No creo que nadie en el palacio de Grinstad se haya perdido la canción, Wren.

Las mejillas de Wren estallaron en llamas.

—No era para ti.

—Aun así, te lo agradezco. —Se sorprendió al descubrir que Alarik parecía..., bueno, sincero—. Ha pasado mucho tiempo desde la última vez que oí a mi madre reír.

«Ay, no». El rey estaba siendo sincero.

—Para —dijo, poniéndose en pie—. No quiero hablar de tu madre. De tu lealtad. De tu...

—¿Humanidad? —Alarik arqueó una ceja—. ¿Te asusta que te la contagie?

—Ay, por favor. No tienes.

—Solo lo dices porque me odias.

—¡Claro que te odio! —siseó Wren—. Me obligaste a hacer magia de sangre.

—La sangre era mía.

Ella le señaló con el dedo.

—Vas a matar a mi abuela.

—Bueno, solo si fallas.

Durante un segundo, Wren se planteó darle un puñetazo en la cara.

—Vamos —dijo él, observando cómo flexionaba los dedos—. Atrévete.

La bruja hizo crujir sus nudillos.

—No me tientes.

Alarik se alejó de ella y se dirigió a la ventana, con los brazos tras la espalda mientras observaba la violenta ventisca. Más allá, Wren vislumbró el estanque helado.

—Cuando era pequeño y mi padre era rey, todas las semanas encontraba tiempo para patinar con nosotros en ese estanque —dijo, como si estuvieran teniendo una conversación de lo más normal—. Era la mejor parte de la semana. —Wren tuvo que detenerse y mirar a su alrededor para asegurarse de que hablaba con ella—. Soy el peor patinador que hayas visto, pero nunca me he reído tanto como esos días. Nunca me he sentido tan libre.

Fuera, la tormenta golpeó la ventana con los puños, como si intentara entrar.

—Parece algo que se te daría bien —comentó Wren, solo por decir algo—. Es frío. Desafiante. Peligroso.

Alarik le dedicó una mirada mordaz.

—Solo para los que se ahogan.

—Casi se ahogan —le corrigió Wren—. Y lo estaba haciendo bastante bien antes de que se rompiera el hielo.

—Lo sé, te estaba observando.

La chica pestañeó, sorprendida. Se preguntó cuánto tiempo habría estado contemplándola antes de que cayera al hielo y, sobre todo, por qué la habría estado observando.

—¿Por qué estamos hablando de patinaje?

Alarik apoyó la frente contra la ventana.

—Porque nunca sabes lo mucho que te estás perdiendo de un momento hasta que pasa.

—Aún tienes el estanque —le recordó Wren.

—Pero no tengo a mi padre. —Se pasó una mano por el pelo, recorriendo el mechón negro que lo cruzaba—. La mañana después de que falleciera, me desperté con esto. Va acorde a la mancha que me atraviesa por dentro. —Volvió a observar la ventisca—. Una tormenta de granizo acabó con mi padre. Un acto de la naturaleza más fuerte que cualquier rey, que cualquier bestia. No había nada que pudiera hacer, ni ningún lugar contra el que descargar mi rabia. —Apoyó las manos en el alféizar mientras respiraba por la nariz. Wren se percató de que, de nuevo, iba vestido de negro, con una levita con un corte inmaculado, el cuello alto y los botones de acero pulido—. Pero a Ansel, mi hermano pequeño, lo asesinaron.

—Willem Rathborne —puntualizó Wren.

—Por un juego que tú ideaste —dijo, y su voz adoptó un tono peligroso. Sus ojos color azul claro desprendían violencia y, durante un momento fugaz, Wren pensó que se iba a lanzar desde el alféizar para despedazarla—. Un juego en el que Ansel era un peón. Nunca te importó lo que le pasara a mi hermano. Un corazón roto, la humillación, la muerte.

—Eso no es cierto —dijo ella a toda prisa.

—¿No?

Se detuvo, sorprendida, al comprenderlo de repente. ¡Era cierto! Nunca había pensado en qué le ocurriría a Ansel después de que ella llegara al trono, solo en lo que le iba a pasar a ella. A los brujos. Alarik tenía razón. Era su juego. Y Ansel había muerto por su culpa.

—Es verdad —dijo en voz baja, dejándose caer de nuevo en el taburete—. No pensé en él. —Alarik no contestó, solo la observó—. Pero fue por mi rabia —susurró—. Mi dolor. —Levantó la cabeza para mirarlo, y el resto salió de ella de golpe—: Willem Rathborne me arrebató a mis padres antes de que los conociera. Los asesinó a sangre fría, se llevó a mi hermana y la convirtió en una marioneta. ¿Y yo? Crecí en los confines del mundo, donde el viento aullaba hasta que me quedaba dormida y las gaviotas chillaban para despertarme por las mañanas sin mi otra mitad. Sin Rose. Cuando llegué a Anadawn, solo me importaba el trono. Quería recuperar el control de mi reino y hacer que Rathborne pagara por lo que había hecho. No me importó nada más. No vi a nadie más. Ni siquiera a mi propia hermana.

Alarik apretó los labios, reflexionando sobre sus palabras.

—Tu pérdida es lo que te guía.

—No la pérdida —aclaró Wren—, sino la venganza.

El rey le ofreció un intento de sonrisa.

—No somos tan diferentes.

Esta vez, Wren no discutió.

—Tal vez no —admitió.

—Ese es el problema con la familia, que te vuelve vulnerable.

—Querrás decir con el amor. El amor es el problema.

—Un asunto terrible —aceptó Alarik—. Mira mi madre.

Wren asintió, pensativa. Entonces, se le ocurrió algo que casi la hizo reír.

—Sabes que algún día tendrás que casarte con alguien si quieres que tu linaje continúe, ¿verdad?

—¿Tú no?

Ella sonrió con superioridad.

—Reinas gemelas.

—Ah, claro.

—O podrías devolverle Gevra a los osos polares cuando termines con ella —comentó la chica—. Tal vez a Borvil le gustaría reinar.

Alarik la fulminó con la mirada.

—¿Tienes idea de lo ridículo que suena eso?

Wren se echó a reír.

—Solo intento ayudar.

—Como siempre —dijo él de forma sarcástica—. Esperaba que Ansel se encargara del linaje. Anika es un espíritu demasiado libre como para comprometerse con nada. O con nadie. Pero mi hermano siempre tuvo ganas de casarse. De amar. No le importaba pagar el precio.

Entonces Wren se quedó callada, y el corazón le dio un vuelco a medida que la conversación volvía a Ansel. Debía contar otra verdad, sin importar lo que ocurriera después. Y el rey debía oírla.

—No puedo salvarlo, Alarik.

El silencio se alargó. La tormenta aulló.

—Lo sé.

—Lo haría si pudiera —continuó Wren, y lo decía en serio, desesperada—. Ojalá pudiera.

—También lo sé. —El rey se incorporó y le dio la espalda para enfrentarse a la ventisca. O quizás para esconder las emociones de su cara—. No estoy preparado para dejarlo marchar —dijo, incapaz de ocultarlas en su voz—. Incluso tal y como es ahora.

—Lo sé —respondió Wren, poniéndose en pie. Se unió a él en la ventana, temerosa de hacer la siguiente pregunta, pero sabiendo que debía—: ¿Sigues queriendo castigarme por ello? ¿Vas a hacerle daño a Banba?

El rey se giró para contemplarla y su mirada gélida reflejó la tormenta del exterior. Abrió la boca para hablar, pero después frunció el ceño cuando el terreno empezó a temblar. Wren gritó cuando la ventana se hizo pedazos. Alarik se lanzó hacia ella para apartarla de las esquirlas. Cayeron al suelo y se arrastraron, frenéticos, entre los caballetes derribados y los lienzos caídos. Se acurrucaron en la esquina, abrazados para protegerse, mientras una avalancha bajaba por las montañas de Fovarr y chocaba con toda su fuerza contra el palacio de Grinstad.

Rose
CAPÍTULO 44

Rose sentía cómo el sudor le resbalaba por la cara y se le acumulaba bajo el vestido mientras se mecía sobre el lomo de Tormenta, tratando de mantener los ojos abiertos. Llevaba horas cabalgando a través de la noche, hasta la llegada del nuevo día, confiando en que la yegua la llevara a casa. Por fin, cuando amaneció, llegaron al final del desierto. La arena dio paso a una tierra pedregosa, salpicada de arbustos espinosos y árboles retorcidos.

Encontraron la carretera de Kerrcal y la siguieron hacia el este, hacia Anadawn. Cuando el bosque de Eshlinn apareció en la distancia, Rose estuvo a punto de desmayarse de alivio. Había escapado de Kai y sobrevivido al árido desierto. Ahora, por fin, estaba en casa. Ante ella, los árboles brillaban de color rojo y amarillo. Rose sonrió al pensar que el sol del amanecer les estaba otorgando un brillo ámbar, pero, a medida que se acercaba, comenzó a oler el humo. Volutas de color carbón llenaban el cielo y cubrían de ceniza el bosque como si fueran gotas de lluvia.

El horror invadió a Rose cuando la saboreó en la lengua. El bosque de Eshlinn estaba en llamas.

No había forma de bordear el bosque, solo se podía cruzar entre los árboles. Tormenta se alejó de las llamas todo lo posible, pero el humo alcanzó a Rose y los ojos se le nublaron mientras corrían a toda prisa hacia el palacio.

Pasaron junto a cientos de flechas clavadas en los árboles, algunas enganchadas en las ramas y otras con la punta aún en llamas. A Rose se le constriñó el pecho al percatarse de que no era un accidente. Barron había incendiado el bosque. Los flechas se estaban acercando a Anadawn y quería que ella lo supiera.

Por fin, cruzó el perímetro este del bosque de Eshlinn y contempló la verja dorada ante ella. Una multitud aullaba a su alrededor. Había al menos cincuenta personas, todas vestidas con túnicas rojas.

Rose contempló al grupo a medida que se acercaba. No había rastro de Barron ni de los flechas de aspecto despiadado de Ellendale. Estos rebeldes habían ido hasta allí a pie y, por suerte, la mayoría parecían ir desarmados.

La chica se quitó la capucha.

—¡Abrid las puertas!

Los guardias de Anadawn se pusieron en acción. Los arqueros de las murallas apuntaron a la multitud.

—¡Dejad paso a la reina! —gritaron los soldados de a pie, sacando las espadas antes de abrir las puertas—. La reina Rose ha regresado.

—¡Es la reina bruja! —gritó uno de los flechas—. Mirad ese rostro lloroso.

—¡Cogedla!

—¡Tiradla!

—Debería daros vergüenza —vociferó ella, abriéndose paso—. Soy la reina Rose, y me conocéis de toda la vida.

Un pedazo de barro flotó por el aire y le golpeó la mejilla.

—¡Reina Rose la Harapienta! —gritaron—. ¡La Desalmada!

—Los brujos no tienen cabida en este reino.

—¡Barron viene a por ti! Lo acompañaremos.

Una mano se extendió y cogió a Rose por el tobillo. Un arquero de las murallas disparó y las plumas verdes delatoras cruzaron el aire antes de golpear al asaltante en el hombro. Cayó al suelo, donde Tormenta estuvo a punto de pisarlo. La multitud se abrió, y Rose, con el corazón palpitándole con fuerza en el pecho, pasó entre ellos para cruzar las puertas doradas. Se cerraron a sus espaldas, pero aún oía los gritos de los flechas.

Rose localizó al capitán Davers entre el barullo.

—Davers, ¿dónde demonios estaba? Disperse a esos rebeldes antes de que alguien salga herido.

—Por supuesto, majestad —respondió, sacando con lentitud la espada. Desvió la mirada—. Deberíais entrar enseguida.

—Eso es justo lo que intento hacer. —A Rose le dio un vuelco el corazón cuando miró hacia atrás, a la multitud enfurecida y al bosque humeante tras ella. Aquello se alejaba mucho de la bienvenida a casa que había esperado.

Rose no se molestó en cambiarse el vestido sucio antes de apresurarse a la sala del trono, donde Chapman y Thea la estaban esperando. La bruja la recibió con un cálido abrazo.

—Rose, gracias a las estrellas, ¡has vuelto a casa!

—Recibí tu nota —dijo la reina al separarse de ella—. Tu avestrellado me encontró en el desierto.

—Así que ahí es donde fuiste después de desaparecer en Ellendale... —comentó Chapman—. A punto estuvimos de sufrir un infarto. El capitán Davers estaba muerto de vergüenza.

—Envié una nota en cuanto pude —se justificó Rose—. Seguro que entendéis por qué debía ser discreta.

—Bueno, espero que vuestro flirteo por el desierto mereciera la pena.

Rose fulminó al administrador con la mirada.

—No fue un flirteo, Chapman. Shen Lo y yo fuimos a desenterrar el Reino Soleado. Y lo conseguimos.

—Ay, buenas noticias al fin —dijo Thea. Miró hacia la puerta—. ¿Dónde está Shen? Nunca ha sido de los que respetaban el carácter sagrado y privado de la sala del trono.

Rose suspiró.

—Esa es otra historia.

Chapman se tensó.

—Bueno, tendrá que esperar. Tenemos asuntos importantes con los que lidiar.

—Soy consciente —dijo Rose—. Acabo de cabalgar entre una multitud enfurecida.

—¿Estás herida? —preguntó Thea, cogiéndola de la mano—. Le he pedido al capitán Davers que los ahuyentara.

—No estaba siquiera en la verja cuando he llegado. Y sí, estoy bien. Solo un poco asustada. —Rose se frotó las manos, con una ansiedad creciente—. ¿Qué tal ha ido todo por aquí? Barron parece haberse hecho más fuerte en el sur.

—Nuestros espías nos han informado de que también se han extendido por el norte, hasta Norbrook —contestó Thea, sombría—. Los flechas son pocos, pero muy ruidosos. Además, como ves, se están volviendo más atrevidos.

—Y los brujos aquí, en Anadawn, no han ayudado tampoco —puntualizó Chapman—. Vuestros amiguitos de Ortha han estado haciendo magia por ahí, enemistándose con los habitantes de Eshlinn y con otros dentro de las propias paredes del palacio.

—Algunos de los brujos no están ayudando —le corrigió Thea.

Rose los miró a ambos.

—¿Quiénes?

Thea vaciló.

—Rowena lanzó al capitán Davers desde las murallas cuando volvió de Ellendale sin ti.

—Y, cuando la consejera real le regañó, hizo volar todos los puestos del mercado —exclamó Chapman.

—¿Qué?

—Cathal se enfrentó ayer por la noche con un guardia de palacio —añadió Thea—. Bryony intervino y encantó al pobre hombre para que pensara que era un gato.

—A punto estuvo de beberse toda la leche de la cocina —dijo Chapman, con solemnidad.

Rose cogió aire de nuevo.

—Thea, levanta de la cama a todas las tempestades, y que se ocupen del incendio del bosque antes de que acabe con los árboles. Envía a Rowena a las murallas. Si quiere aterrorizar a los flechas, puede usar el viento para evitar que escalen la verja. —Alzó un dedo a modo de aviso—. Nada de hacer daño ni de matar.

—Por supuesto que no —respondió Thea. Las dos sanadoras pensaban igual. Partió afanosamente.

Rose se giró hacia Chapman.

—¿Alguna noticia de Celeste?

—Sigue en Gevra, intentando convencer a vuestra incontrolable hermana para que vuelva a casa, pero creo que el rey ha demostrado ser un poco terco —contestó el administrador, con no poca desaprobación—. El capitán Pegasi está yendo para allá mientras hablamos.

—Bien —dijo Rose con un suspiro—. No deseo enfrentarme sola a la rebelión.

Chapman arrugó la nariz.

—Y, mientras tanto, os sugiero que..., bueno, os deis un baño.

Rose se miró, desaliñada y sucia tras el viaje por el desierto. Se pasó las manos por el pelo enmarañado y se sintió a millones de kilómetros de distancia de la reina correcta y formal que había partido en el *tour* real hacía apenas una semana.

—Supongo que eso arreglará al menos un problema. —Se bañaría, se cambiaría y se prepararía para el día que le esperaba. Para todo lo que le esperaba. Con Wren atrapada al otro lado del mar Sombrío y Shen en el Reino Soleado, todos esperaban que Rose gobernara. Como siempre había querido. Sin embargo, nunca había pensado que se sentiría tan sola.

Wren
CAPÍTULO 45

Cuando la avalancha hubo acabado, tras destrozar varios ventanales del palacio de Grinstad, Wren y Alarik se separaron. Habían estado aovillados en la esquina, abrazados, esperando, no, temblando, durante diez interminables minutos. Ahora solo debían quitarse la nieve de los hombros y fingir que no había ocurrido. Una esquirla de cristal le había hecho un corte en la cara al rey y una línea de sangre le caía por la mejilla izquierda. Se la limpió con la manga antes de ponerse en pie.

—Esto no tiene precedentes —musitó, examinando los daños. La nieve se amontonaba por todas partes y había témpanos formándose en el techo.

Fuera de la habitación, los soldados gritaban y corrían. Alarik alzó la barbilla.

—Tu madre —dijo Wren, pero el gevranés ya cruzaba la habitación. Abrió la puerta de golpe y se detuvo para mirarla.

—Vuelve a tu cuarto.

En lugar de eso, la chica corrió hacia las mazmorras, gritando en busca de Banba, pero se encontró a cuatro soldados con el rostro impasible que rápidamente le hicieron dar la vuelta. Al menos, la prisión no se había visto afectada por la ventisca. Estaba enterrada en las profundidades de la montaña, por lo que ni siquiera el viento la alcanzaba.

Reticente, Wren volvió a los pisos superiores. Caminó por el perímetro del palacio, buscando a Tor, pero no había rastro de él por ninguna parte. Cuando se encontró con Inga, empapada y temblorosa después de haberse abierto paso entre la avalancha, la guardia le informó de que un grupo de soldados habían salido a las montañas, pero no sabía la razón.

En el patio interior, el piano de cristal estaba cubierto de nieve. Sin embargo, la reina Valeska estaba a salvo, solo un poco asustada. De manera milagrosa, la cúpula había aguantado y la ventisca del exterior se había calmado lo suficiente para que Wren pudiera ver las estrellas. La noche estaba despejada. Pero el aire seguía pareciéndole cargado. Oscuro. Era como si la avalancha hubiera dejado tras de sí una sombra permanente. Y, aunque Wren no entendía por qué, le ponía el vello de la nuca de punta.

Al final, regresó a su cámara. Estaba en la parte trasera del palacio, así que seguía intacta, y alguien se había molestado incluso en encenderle un nuevo fuego en la chimenea. Se metió en la cama y se enterró bajo una montaña de pelo, intentando acallar el recuerdo de la avalancha rugiendo a través del palacio y de los brazos de Alarik a su alrededor mientras trataban de sobrevivir. Se durmió rápido, pero, en la oscuridad de sus sueños, vio a la mujer de las montañas, la que tenía su rostro.

Esta vez, se reía. La sangre le salía de las comisuras de la boca conforme se alejaba de Wren y cruzaba las ventanas destrozadas del palacio de Grinstad, trayendo consigo un viento aullante.

Wren se despertó por el sonido de unos golpes. Se incorporó de repente en la cama y vio a Tor asomando la cabeza por la puerta.

—Perdón —dijo de manera incómoda—. Pensaba que ya estarías despierta.

Ella miró por la ventana, donde el cielo blanco brillaba hasta hacerle entornar los ojos. Ya hacía tiempo que había salido el sol.

—Yo también —gruñó, retirando las mantas y saliendo de la cama—. Pasa.

Tor cerró la puerta a sus espaldas y permaneció allí, apoyado en ella. Tenía un aspecto horrible, con el pelo revuelto y los ojos grises inyectados en sangre. Su uniforme estaba descuidado, con el cuello arrugado y la camisa por fuera de los pantalones.

—Supongo que tú no has dormido nada —comentó Wren.

—No he podido ni cerrar los ojos. —Caminó hacia la chimenea, llena de cenizas, y se dispuso a encender otro fuego.

—Déjalo estar —le pidió Wren.

—Te vas a congelar.

—Estoy bien. —Le colocó una mano en el hombro—. Anoche te busqué, pero no conseguí encontrarte.

Tor se apoyó sobre sus talones para mirarla.

—La avalancha asustó a las bestias. Se perdieron por la montaña. Estaban furiosas. Aterradas. Elske también. Nunca la había visto así. Incluso después de que se asentara la nieve, parecía que algo la estaba persiguiendo.

Wren se frotó las manos.

—Pobrecita. ¿Conseguiste contener a los otros?

—A la mayoría —dijo, sombrío—. Pero esta mañana he recibido una nota de mi hermana, Hela. Ha ocurrido lo mismo en Carrig. Los animales se están volviendo locos. Mis hermanas están teniendo problemas para controlarlos.

—Pero Carrig está a kilómetros de distancia —comentó Wren al recordar lo que el soldado le había contado sobre su hogar—. Y es una isla. ¿Cómo les ha afectado la avalancha?

—No lo sé. —Tor se pasó una mano por la mandíbula—. Pero tengo un mal presentimiento.

Ya eran dos. Sin embargo, Wren no dijo nada mientras caminaba por la sala, intentando poner orden en sus pensamientos. Tor encendió el fuego y se puso en pie para mirarla.

—Tengo que irme a casa. Durante una semana al menos, quizás más.

—Claro —contestó Wren, intentando ocultar su decepción—. Debes ir con tus hermanas. Te necesitan.

Tor le sostuvo la mirada.

—Alarik me ha dado unos días libres.

—Un gesto muy amable por su parte, cosa que me sorprende.

—Llevo sirviendo a Gevra desde que tenía doce años —continuó él—. He curado más cortes y huesos rotos de bestias de los que puedes imaginar. He domado a las peores. He luchado junto a ellas. Estaba preparado para morir. Por mi rey y por mi país.

Wren oyó la pasión en su voz y, en secreto, deseó que toda esa lealtad, tan presente en su sangre y en sus huesos, le perteneciera.

—Nunca le he pedido nada a la Corona. Ni a Alarik como rey. Ni al hombre que en el pasado fue mi mejor amigo. Hasta hoy. —Inhaló con fuerza. La tormenta en sus ojos se había asentado y, tras ella, brillaba un afecto tan puro y atrevido que a Wren se le contrajo la respiración en la garganta—. Le he pedido que te deje marchar, Wren. Que libere a tu abuela.

—Ay, Tor —dijo la reina con un hilo de voz. Tal vez sí que le pertenecía parte de esa lealtad.

—Siento no poder hacer nada más —continuó—. Que lo único que pueda ofrecerte es que se lo pensará. Pero el tiempo es mejor que la horca. ¿Y quién sabe? Tal vez vuelva antes de...

Wren le tomó de la mano y recorrió con suavidad sus durezas antes de llevársela al pecho.

—Es suficiente. Más que suficiente. Gracias.

Tor inclinó la cabeza, y la chica se puso de puntillas para tocarle la frente con la suya. Durante un momento, el recuerdo de ella aovillada junto a Alarik la invadió.

—Siento todo lo que nos ha hecho llegar hasta aquí. Tenías razón al enfadarte conmigo. Fui una ingenua al jugar con la muerte.

Tor levantó la barbilla y a punto estuvieron de rozarse nariz con nariz.

—Perdónate por eso.

—Solo si me prometes que tú lo harás —susurró Wren—. Sé que sigues castigándote por la muerte de Ansel.

El soldado acalló una carcajada.

—El perdón es un camino muy largo.

—Tal vez nos encontremos al final en algún momento. Y terminemos lo que empezamos.

«En otro sitio. En otra vida, quizás».

Tor la rodeó con los brazos y le dio un beso en la coronilla. Wren inhaló su olor, deleitándose con su aroma alpino y aventurero, que hizo que le diera un vuelco el corazón. Entonces, de repente, Tor desapareció y la dejó observando la puerta, sintiendo que la última llama de su interior se apagaba y la oscuridad la atravesaba. Fuera, soplaba un viento gélido que hizo que se sintiera más sola que nunca.

En algún momento, poco después, llamaron a Wren a la sala del trono. Esta vez, Alarik pidió que dos soldados la acompañaran. Los nervios se le enmarañaron en la garganta mientras descendía por la escalera del patio interior. Parecía extrañamente vacío sin el piano de cristal. Las alfombras estaban húmedas y habían tapiado las ventanas, pero ya habían retirado la mayor parte de la nieve, y fuera los soldados habían logrado crear un camino hasta la verja negra.

Los guardias dejaron a Wren en la puerta de la sala del trono para que la cruzara sola. Permaneció en el umbral de la enorme sala vacía.

—Vamos, no sueles ser tan tímida. —La voz de Alarik retumbó en la cámara ventosa. Estaba sentado en el trono con una levita azul bordada con botones plateados a juego y su maravillosa corona de ramas plateadas. Casi parecía guiñarle un ojo a Wren a medida que se acercaba.

Buscó entre las sombras crecientes mientras avanzaba, examinando el espacio tras cada columna, pero no vio a ningún soldado. Tampoco bestias. Ni siquiera a Borvil. Solo al rey y, a su izquierda, apoyada sobre el reposabrazos, a Anika, su hermana, con un precioso vestido de terciopelo verde.

—¿Qué ocurre? —preguntó Wren, cautelosa—. ¿Es algún tipo de artimaña?

De cerca, Alarik parecía tan cansado como Tor, aunque su pelo estaba tan impecable como siempre.

—Nada de trucos. —Se tocó la corona de la cabeza—. Asuntos oficiales de Gevra.

—Alarik y yo hemos estado hablando largo y tendido sobre ti… —Anika intervino y la cola del vestido la siguió cuando se bajó de la tarima para acercarse a Wren—. Incluso de lo que le hiciste a nuestro hermano. —Hizo una pausa significativa—. Y de lo que hiciste por nuestra madre. —Su rostro se suavizó un poco—. Y debo admitir que he hablado de ti con Celeste, que es un encanto, pero no tan sutil como cree. —La princesa echó hacia atrás su largo pelo carmesí y miró a Wren con los ojos tan brillantes como un láser—. Por mi parte, ya no deseo tu muerte inminente.

Wren alzó las cejas.

—Bueno, es una mejora…

—Mínima —puntualizó Anika.

—La acepto igualmente.

—Supongo que conoces a cierto soldado que ha venido a hablar conmigo de tu parte esta mañana —dijo Alarik desde su tarima—. Imagino que es el mismo al que te gusta seguir por los pasillos oscuros.

A Wren le ardieron las mejillas. La princesa sonrió con superioridad.

—Bruja astuta, nunca sabré cómo has conseguido que el capitán Iversen se enamore de ti.

—Debe de ser toda esa humanidad —comentó el rey con suavidad—. Una pena que no quede nada para mí.

Wren se resistió ante la tentación de contraatacar.

—Al grano.

—He decidido devolverte a tu abuela.

Wren pestañeó. Luego lo contempló, esperando el remate.

—Con dos condiciones. —La chica se obligó a morderse la lengua mientras Alarik continuaba—: La primera es que ambas tengáis las manos atadas hasta que partáis para que ninguna intente nada indecoroso por el camino. Ya tenemos bastante mal tiempo sin necesidad de la intervención de una tempestad.

—Muy bien —dijo Wren, dispuesta a cumplir esa condición—. ¿Y la segunda?

—Tu hermana es una sanadora, ¿no? —dijo Anika—. Según recuerdo, insistió mucho en su don durante la fatídica boda de Ansel.

—Sí... —respondió ella con lentitud. Si pensaban que Rose iba a poner un pie en ese lugar infernal, estaban delirando, pero no dijo tal cosa. Alarik se echó a reír—. ¿Dónde está la gracia?

—En la expresión de tu cara —dijo él, levantándose para acercarse a las escaleras—. No esperamos que la reina Rose viaje hasta aquí. A decir verdad, no confiaría en ello, aunque me lo ofrecieras. Pero, cuando las cosas se hayan calmado aquí, iremos nosotros a buscarla. Con Ansel. Tal vez ella pueda hacer lo que tú no has conseguido.

—¿Y si no puede curarlo? —preguntó, sabiendo ya que eso era imposible, que Rose nunca tontearía con la magia de sangre. Wren preferiría hacerla dormir durante un año con un hechizo.

Alarik se encogió de hombros.

—Entonces, entraremos en guerra.

—¿Estás de broma? —preguntó Wren.

El rey le dedicó una sonrisa tensa.

—Esperemos no tener que descubrirlo. —Extendió una mano hacia ella—. ¿Sellamos el acuerdo?

Wren le estrechó la mano, y la mentira se deslizó por su lengua con facilidad.

—Sí.

Alarik se ocupó de escoltar a Wren hasta las mazmorras, con sus soldados siguiéndolos de cerca. Aunque había insistido en acompañarla, permaneció en un silencio poco habitual durante todo el camino, con la mandíbula tensa mientras la guiaba. Cuando llegaron a la celda de Banba, se echó a un lado y ordenó a un guardia que la abriera. Movida por la conmoción, la anciana se puso en pie.

—¿Wren? —gruñó, acercándose a la luz—. ¿Qué pasa?

La chica se arrastró hacia su abuela, la sacó de la celda y la abrazó.

—Eres libre, Banba —dijo con la voz ahogada por un sollozo—. Nos vamos a casa.

—Todavía no —anunció Alarik tras ellas.

Wren se giró.

—Me has mentido.

El rey alzó una mano para calmar su enfado creciente.

—Cumpliré mi palabra, pero, antes de que te vayas, quiero mostraros algo que se ha desenterrado con la avalancha.

—No —dijo Banba, alejándose de él—. Sea lo que sea, no queremos formar parte de ello.

—Banba —la intentó calmar Wren—, no pasa nada.

—Es la oscuridad —siseó su abuela—. Está aquí, en estos túneles.

Wren volvió a dirigirse a Alarik.

—¿Qué es?

El rey dudó antes de llevarse la mano a la empuñadura de la espada.

—No lo sé —dijo, incómodo—. Esperaba que me lo pudieras decir tú.

—Vale, bien. Iré contigo. —Wren le ajustó la capa a su abuela sobre los hombros—. Espera aquí, Banba. Ahora vuelvo.

—No lo harás —gruñó Banba mientras la echaba a un lado y se colocaba entre Wren y Alarik—. Guiad el camino, Felsing. Sea lo que sea, acabemos de una vez.

Siguieron a Alarik por los sinuosos túneles hasta una habitación que a Wren le resultaba demasiado familiar. Miró a su alrededor, pero no había bestias merodeando en la oscuridad ni soldados.

—¿Por qué hemos vuelto aquí? ¿Tiene algo que ver con Ansel?

Alarik negó con la cabeza.

—Ansel está encerrado en mi cuarto, donde no se puede meter en problemas. Esto es... otra cosa.

A Wren le cosquilleó la nuca. Juraría que el corazón se le había ralentizado. Cuanto más caminaba, más pesadas se le volvían las piernas, como si estuviera vadeando arenas movedizas.

—¿Lo sientes, pajarito? —jadeó Banba.

Alarik se detuvo con la mano en la puerta. Miró hacia atrás y el miedo le oscureció los ojos de color azul pálido. Wren sintió cómo el mismo terror le invadía el cuerpo cuando lo siguieron hacia la pequeña sala.

—Infierno podrido —maldijo Banba.

Wren pestañeó, frenética, tratando de entender lo que estaba mirando. Ante ella se encontraba el bloque de hielo más grande que había visto nunca. Dentro, flotaba una chica, muerta y congelada. Tenía la cara de Wren. La visión de Celeste era real. Wren se tambaleó hacia atrás y se apoyó contra la pared.

—¿Quién es?

—Mis soldados la han encontrado en las profundidades de las montañas de Fovarr —susurró Alarik, como si temiera despertarla—. La avalancha debe de haber arrastrado el hielo. —Miró a ambas antes de posar los ojos en Wren—. ¿No sabes quién es?

Sin embargo, Wren se había quedado sin palabras por la sorpresa. Y sin respiración. Solo consiguió negar con la cabeza, aterrada por la confusión. Fue Banba quien le respondió, con tres palabras que desequilibraron el mundo.

—Es Oonagh Avestrellada.

«Oonagh Avestrellada, la reina bruja perdida».

El nombre rodeó a Wren como una cuerda. Tiró de ella hacia el hielo y obedeció, como una polilla atraída hacia una llama. Alarik trató de detenerla, pero se deshizo de él. Levantó el dedo para delinear la cara que la había perseguido en sueños, la cara que sabía que había desenterrado de alguna manera.

—¡Wren, no! —gritó Banba, pero ya era demasiado tarde.

Su nieta presionó el dedo contra el bloque y tres cosas ocurrieron, una detrás de otra, a toda velocidad.

Una grieta enorme cruzó el hielo.

Oonagh Avestrellada abrió los ojos.

Y Wren cayó inconsciente en el suelo.

Rose
CAPÍTULO 46

La primera cena de Rose en Anadawn fue casi tan estresante como el viaje de vuelta a casa. El capitán Davers se negó a asistir, aludiendo al tumulto reciente en la capital, pero Rose sospechaba que no le gustaban ni Rowena ni el resto de los brujos, por lo que se fue a las murallas junto con sus soldados. Rowena, por su parte, acudió tarde a la cena, con el mismo aspecto petulante de siempre.

—¿Qué más da si Davers no viene? —preguntó cuando Rose le informó de la ausencia del capitán—. Es tan útil como un cangrejo de arena.

—Si no dejas de decirle eso, es menos probable que te proteja —comentó Thea, cansada.

—No necesito protección —contraatacó Rowena—. Soy una tempestad, ¿recuerdas? Puedo hacer lo que me plazca.

—Esa actitud es lo que atrae a los flechas a nuestra puerta —protestó Chapman.

—Y apaga los fuegos —indicó Rowena, lanzando una ráfaga de aire que le revolvió el pelo al administrador.

—Aun así —intervino Thea—, no nos estás haciendo ningún favor.

Rowena entornó los ojos.

—¿De qué lado estás?

—¡Paz! —exclamó Rose, levantando las manos—. Estamos del lado de la paz.

En el otro extremo de la mesa, Tilda no paraba de preguntar por Shen y, aunque Rose le había contado a primera hora de la tarde a los brujos de Ortha los acontecimientos extraordinarios que había vivido en el Reino Soleado, no podía decirles cuándo volverían a ver a Shen. Tenía sus propias batallas a las que enfrentarse, igual que Rose.

—Pero no puede olvidarse de nosotros —exclamó Tilda—. ¡Somos su familia también!

—Lo sé —contestó Rose—. Pero ahora es rey.

—¿Y qué? —preguntó Rowena a través de un bocado de pollo asado—. ¿Qué cambia eso?

—Todo. —Rose estiró la mano hacia la copa y permitió que el embriagador vino tinto aplacara el latigazo de preocupación—. Lo cambia todo.

Su ansiedad empeoró cuando la conversación se centró en Wren.

—¿Cuándo va a volver a casa? —preguntó Tilda por milésima vez ese día—. Lleva una eternidad por ahí.

—No lo sé —respondió Rose, pinchando un guisante con el tenedor—. Pronto.

—¿Con Celeste? ¿Y Banba?

Rose intercambió una mirada con Thea.

—Claro —contestó, pero no había certeza en su voz.

Thea le dio un golpecito a Tilda en la mano.

—Lo único que nos queda es la esperanza, cariño.

Tilda frunció el ceño ante el puré de patatas.

—Pero ¿y si Wren está muerta y congelada? ¿Y si los tigres de las nieves y los lobos la están usando como juguete masticable?

Rose cerró los ojos e intentó bloquear las imágenes que Tilda había invocado. Había estado mirando el espejo de mano todo el día, pero los zafiros no habían brillado y la cara de Wren no había aparecido.

—O quizás el rey Alarik la haya lanzado a sus...

—Gracias, Tilda —dijo Thea con una brusquedad poco habitual en ella—. Rose ya tiene bastante de lo que preocuparse como para que le crees pesadillas sobre su hermana.

—Es una pena que Wren no esté aquí —comentó Rowena—. No nos castigaría por defendernos contra los flechas. Se uniría.

—No os estáis defendiendo —replicó Chapman—. Solo salís ahí fuera para enemistaros con ellos.

—Son ellos los que se enemistan con nosotros —dijo Rowena, enfadada—. ¿O no has oído el revuelo que ha habido en la verja toda la mañana?

Rose dejó el tenedor en la mesa.

—Tienes que usar la magia de manera responsable, Rowena.

La tempestad resopló.

—¿Desde cuándo?

Rose la fulminó con la mirada.

—Desde que estoy intentando gobernar un país, no dividirlo.

—El país lleva siglos fragmentado —respondió Rowena, arrancando un trozo de pollo con los dientes—. Si los flechas quieren temernos, hagamos algo que dé miedo de verdad. —Su sonrisa se volvió feroz—. Solo espera a que el villano principal, Edgar Barron, descubra lo de Shen Lo, un guerrero con un reino entero de brujos secretos.

—A los flechas no les interesa el desierto —dijo Tilda, incorporándose en la silla—. Solo les interesa pelear contra

Anadawn. —Los ojos azules le titilaron por el miedo bajo la luz de las velas—. Y ahora yo soy la única guerrera que queda para defenderos.

—Tonterías —contestó Rowena—. No importa lo que ocurra, los brujos de Ortha trabajarán juntos, como siempre.

—Y comenzaréis a llevaros bien con los soldados de Anadawn —añadió Rose—. Debemos unirnos contra los flechas. Son nuestro enemigo común.

Rowena le dio un sorbo al vino.

—Si no has sido capaz de convencer al capitán de la guardia de que venga a cenar, ¿cómo diablos vas a convencerlos a él y a su ejército para que luchen a nuestro lado?

—Es mi ejército —le recordó ella.

—Bueno, entonces, será mejor que les digas que se preparen —continuó Rowena—. Porque la próxima vez que esos flechas vengan a llamar a nuestra puerta, voy a mostrarles el aspecto que tiene el verdadero poder.

—Esperemos no tener que llegar a ese extremo —dijo Rose, y, por primera vez en toda la tarde, la mesa se quedó en silencio. En la calma repentina, la verdad se oía demasiado fuerte. Sabía en el fondo de su corazón que el momento de tener esperanzas había pasado hacía mucho tiempo.

Wren
CAPÍTULO 47

Con la mirada de Oonagh Avestrellada quemándole en el subconsciente, Wren se desplomó en la oscuridad. Cayó más y más a través de días, meses y años, siglos enteros pasaron por ella como las páginas de un libro. Entonces, por fin, el sol salió y el terreno se endureció bajo sus pies. Abrió los ojos ante la hierba verde de verano. En la distancia, se alzaba hacia las nubes un palacio blanco y familiar. Delante había dos hermanas discutiendo a las orillas del río Lengua de Plata.

Ambas tenían el rostro de Wren, por lo que las identificó de inmediato: Ortha y Oonagh Avestrellada, las primeras reinas gemelas de Eana. De alguna manera, cuando colocó la mano contra el hielo que mantenía congelado el cuerpo de la segunda, Wren había agrietado el muro entre ellas y había caído en el recuerdo de su antepasada. Allí, en ese lugar de antaño, era un fantasma, observando la historia que se desarrollaba ante sus ojos. Ortha y Oonagh daban vueltas una alrededor de la otra, como animales salvajes, con las delicadas coronas de oro apoyadas sobre la frente.

—Tus acciones te convierten en una vergüenza, Oonagh —gritó Ortha—. Has traído la vergüenza a nuestra familia, a nuestros antepasados, a todos los brujos de Eana. —Abrió los brazos y se creó una ráfaga de viento con su enfado—. Por el bien de nuestro noble país, te destierro. Del trono. De palacio. De este reino. —Se le quebró la voz y el dolor le brilló en los ojos color esmeralda—. ¿No lo ves, Oonagh? No me has dejado otra opción. No puedes regresar tras esto.

Wren rodeó a las gemelas hasta que pudo verle la cara a Oonagh. La tenía arrugada por el odio.

—Vete ahora, antes de que vengan los soldados —le pidió Ortha—. No lo hagas más difícil de lo que ya es, hermana.

—¡Hermana! —Oonagh retrocedió ante la palabra—. No eres mi hermana, Ortha —se mofó—. Me has robado la corona y el reino. Te maldigo por tu deslealtad, por tu cobardía. —Señaló a su hermana con el dedo mientras avanzaba de espaldas hacia el río y comenzó a murmurar en voz baja. Incluso en el recuerdo, Wren sintió lo horrible que era el hechizo. Se filtró entre ellas como una nube de ceniza.

—Con mi sangre y estas palabras pronunciadas, haz que la magia de Eana quede fragmentada.

Ortha se abrazó a sí misma.

—Para —jadeó, pero ya era demasiado tarde. El viento murió mientras la magia se dividía. La rama de la tempestad estaba abandonándola—. Oonagh, no. ¡No lo hagas!

Oonagh sonrió mientras se tambaleaba en la orilla del río. La sangre le salía de la boca, la nariz... y los ojos. La había utilizado toda para maldecir a su hermana, y el hechizo era tan poderoso que la estaba matando.

—Si no puedo ocupar el trono, tú tampoco podrás.

—¡No! —Ortha se lanzó a por su hermana.

Oonagh abrió mucho los ojos cuando su gemela chocó contra ella y movió los brazos para recuperar el equilibrio sobre la orilla del Lengua de Plata.

—¡Oonagh! —Ortha le alcanzó la falda, pero era demasiado débil para tirar de ella.

Wren se lanzó hacia Oonagh a la vez, pero, como solo era un fantasma, sus manos traspasaron a su antecesora como el viento. Únicamente pudo ver, horrorizada, cómo Oonagh caía al río con los dientes al descubierto en un grito moribundo, aún manchados de sangre.

El recuerdo varió entonces, se aceleró, moviéndose como el río, y Wren lo acompañó. Bajo sus pies, vio cómo el cuerpo de Oonagh se hundía en el Lengua de Plata. Entonces, de repente, cambió. Un segundo era una joven agitándose, ahogándose, y al siguiente estaba desapareciendo. Una gota más de magia de sangre la estaba convirtiendo en una *merrow* retorcida a la que le salieron seis branquias en el cuello.

Oonagh Avestrellada dejó de ahogarse y comenzó a nadar. La visión siguió adelante mientras Wren flotaba en el cielo como una nube. Contempló el mundo y vio a su antepasada como una mancha de plata cruzando el mapa.

Entonces, Wren, de pie en las orillas de Gevra, observó a Oonagh emergiendo del agua gélida, de nuevo como una mujer, con escarcha en el pelo y témpanos en las mangas. Caminaba con los pies descalzos y su figura se hacía más pequeña a medida que paseaba por las montañas cubiertas de nieve. Wren intentó seguirla, pero la visión se volvió borrosa, y llegó un momento en el que solo pudo oír la voz ancestral de Oonagh en el viento. «Hasta que se liberen mis huesos, llevaré la maldición de los brujos dentro de mí. Mientras mi sangre siga congelada, esta también permanecerá así».

Wren se despertó con un jadeo. Estaba tumbada en el suelo de la mazmorra, en un charco de agua congelada. Una daga relampagueó sobre ella. Alarik había desenfundado la espada y estaba delante del cuerpo de Wren, señalando a Oonagh Avestrellada.

El bloque de hielo se había derretido. Oonagh estaba de pie, viva, en el mismo lugar, con los dientes manchados de sangre al descubierto. A Wren le daba vueltas la cabeza mientras los pedazos del pasado se dividían a su alrededor. Oonagh Avestrellada no estaba muerta. Aunque Ortha había tirado a su hermana al río Lengua de Plata, esta no se había ahogado. En lugar de eso, Oonagh había huido a Gevra, donde había estado en todo momento, no muerta, sino congelada en las profundidades de las montañas de Fovarr, mantenida por la magia de sangre.

—¡Aléjate, criatura maldita! —gritó Banba—. No tienes poder aquí.

Oonagh flexionó los dedos.

—Muévete o muere, bruja.

Banba no se estremeció.

—Este es un nuevo mundo, Oonagh. Aquí no eres bienvenida.

Oonagh echó hacia atrás la cabeza y soltó una carcajada.

—Soy la encarnación del poder, vieja. Durante todos estos años, mi maldición ha estado durmiendo dentro de mí. Pero ahora se ha roto. Las cinco ramas de la magia, congeladas en el pasado, ahora vuelven a estar reunidas. Y las usaré para vengarme de Eana, hacer pedazos este mundo y construir el mío propio, con una magia que nunca has visto.

Alarik levantó la espada.

—No abandonarás esta habitación viva.

Oonagh sonrió, dando un paso hacia él.

Banba se giró hacia el rey.

—¡Libérame! —siseó—. ¡Rápido!

Wren se puso en pie, al mismo tiempo que Alarik bajaba la espada y cortaba la cadena alrededor de las muñecas de Banba con un solo movimiento limpio. Su abuela alzó los brazos y lanzó una fuerte ráfaga de aire contra el pecho de Oonagh.

—He dicho que retrocedas.

Oonagh chocó con la pared y se golpeó la cabeza contra la piedra. Banba apretó los dientes mientras utilizaba cada pizca de su magia para mantenerla contra el muro. Le empezaron a temblar las rodillas. Wren comprendió que el tiempo en las mazmorras había debilitado su magia.

La sangre le caía a Oonagh de la herida de la cabeza. Giró la mejilla hacia la pared y la probó. Su piel brilló al tragársela. Una oleada de pánico recorrió el cuerpo de Wren. Se lanzó hacia la puerta y la abrió.

—Alarik, ¡llama a tus soldados! ¡Ya!

Oonagh alzó una mano y la volvió a cerrar antes de que el rey diera la orden. Se giró hacia ellos y empujó contra el viento menguante de Banba. Esta cerró los ojos, utilizando toda su magia para mantener a Oonagh a raya.

—¡Corre! —jadeó—. ¡Vamos, Wren!

Oonagh las miró a ambas.

—Nunca he sacrificado a una bruja.

Wren se giró, desesperada, buscando. No había armas a la vista, ni tampoco arena ni tierra. No había tiempo. Solo la espada de Alarik. En un ataque de desesperación, abrió la mano y la pasó por su filo. El rey retrocedió.

—¿Qué haces?

Ella lo ignoró, intentando de forma ansiosa encontrar un hechizo de sangre que detuviera a Oonagh, algo que le dañara las rodillas para que pudieran huir.

Banba giró la cabeza.

—¡Wren, no!

Su abuela perdió la concentración, lo que permitió que Oonagh cerrara la distancia entre ambas. Cogió a Banba por la garganta y usó la mano libre para enviarle su propia ráfaga de viento a Wren, que gritó al caer hacia atrás. Aterrizó sobre

Alarik y la espada repiqueteó en el suelo. El viento se convirtió en un muro. Wren golpeó los puños contra él, gritando.

—¡Banba!

Oonagh cogió la espada del rey. Banba se debilitó entre sus garras, sin magia ni aliento. Con las últimas fuerzas que le quedaban, giró la cabeza y su mirada esmeralda sostuvo la de Wren. No había miedo en ella, solo amor, más intenso y radiante que nunca. Entonces, Oonagh movió la espada con un relámpago plateado y el cuerpo de Banba se desmoronó en el suelo. Wren gritó de nuevo cuando la sangre de su abuela se extendió hacia ella en forma de ríos carmesíes.

Oonagh se arrodilló y se empapó las manos con su sangre. La piel le brillaba mientras la absorbía. Movió los labios y el viento se volvió más fuerte. Las paredes temblaron al empaparse del nuevo poder. Las ramas de su magia se unieron hasta que un relámpago le cegó los ojos. La bruja se alejó del cuerpo destrozado de Banba y caminó a través del viento, antes de tirar del cuello de la camisa de Alarik para quitarle la corona de la cabeza. Se la puso.

—Ya está —ronroneó, lanzando al rey por la sala—. Mucho mejor.

Miró a Wren.

—Tendré compasión por ti una vez, brujita, por haber hecho magia de sangre y haberme despertado de mi hibernación, pero no vuelvas a interponerte en mi camino.

La chica estaba temblando tanto que no podía hablar. El miedo, la rabia y el dolor le habían formado un nudo en la garganta. Oonagh se agachó hasta que Wren solo pudo ver las sombras que se movían bajo su piel. Algo dentro de ella se agitó como respuesta.

—Te pareces a mi hermana físicamente. —Oonagh bajó la mirada hacia la mano ensangrentada de Wren y una sonrisa de superioridad le curvó los labios—. Pero me recuerdas a mí.

Entonces, desapareció, cruzando la puerta como un espectro y haciendo que la montaña temblara con sus pasos. Los carámbanos cayeron del techo y se destrozaron alrededor de Wren mientras ella se arrastraba hacia su abuela y le colocaba la cabeza en el regazo.

—Banba —sollozó—. Banba, despierta. —Su abuela tenía la mirada perdida, fija en el techo, y un último toque de color se estaba desvaneciendo de sus mejillas—. Banba, por favor —le suplicó—. Por favor, no me dejes.

Un carámbano cayó cerca del pie de Wren y le hizo un corte en el tobillo. Otro le hirió la mejilla, pero apenas se percató. Estaba mirando a su abuela a los ojos, rezando por una chispa de luz. El techo empezó a desmoronarse y el polvo y la lutita hicieron que le escocieran los ojos.

Una mano la sujetó del brazo.

—Muévete —ordenó Alarik—. La montaña se está derrumbando.

Wren se deshizo de él.

—No voy a abandonarla.

—Wren, ha muerto. Tenemos que irnos.

—¡No me importa! Déjame.

La montaña retumbaba y el crujido de rocas cayendo se estaba acercando cada vez más. Había polvo por todas partes. Wren tenía la mirada tan borrosa que no veía nada más allá de la forma de su abuela muerta entre sus brazos y la sangre que pintaba de rojo las piedras. Pensó que el rey se había marchado, pero sintió sus manos bajo los brazos y cómo tiraba de ella. Intentó resistirse, pero la pena le empapaba ahora los huesos, volviéndolos pesados. Banba se alejó de su regazo conforme Alarik la ponía en pie.

—Muévete —gruñó el rey.

Wren se tambaleó cuando la arrastró hacia la puerta. La cogió por la cintura y juntos cruzaron el umbral, justo en el momento en el que el techo cedió. Wren se giró, pero Alarik apretó el brazo a su alrededor y la arrastró por el estrecho pasillo, al mismo tiempo que las rocas retumbaban tras ellos en el suelo.

—¡Deja de resistirte! —gritó—. Vamos, bruja, sálvate. —Tiró de ella, soportando sus puñetazos—. Es lo que Banba hubiera querido. Te ha dicho que corrieras.

Las palabras de Alarik despertaron algo dentro de Wren. Recordó la petición de su abuela y la última chispa de su determinación cobró vida. Se puso en pie y tropezó al intentar correr. El rey se apresuró a su lado y los dos adoptaron el mismo ritmo mientras Oonagh destruía las montañas y enterraba las catacumbas con hielo y escombros.

Wren luchó por respirar, pero no se permitió ralentizar el paso ni pensar en lo que estaba dejando atrás. Llegó al final del túnel y se lanzó por las escaleras. Los peldaños temblaban bajo sus pies mientras subía apoyada en las rodillas y las manos, ascendiendo hacia el palacio. Alarik estaba detrás de ella, con una mano sobre su espalda, empujándola para que avanzara más rápido.

Entonces, el suelo de mármol apareció ante ellos y se pusieron en pie de nuevo, tambaleándose por el patio interior iluminado por el sol. La cúpula se había derrumbado y el cristal caído resplandecía en el suelo como diamantes. Los soldados y las bestias permanecían entre ellos, algunos gimiendo, y otros muertos. Las puertas colgaban de las bisagras, revelando los jardines cubiertos de nieve más allá.

Oonagh Avestrellada se había ido. Había arrasado el palacio de Grinstad, dejando tras ella un rastro de destrucción. La montaña por fin se había asentado, pero el viento volvía a aullar. Fragmentos de cristal se alzaron por el aire y crearon un tornado que adoptó una velocidad alarmante.

Wren permaneció paralizada en el centro, observando cómo las esquirlas se volvían más grandes y rápidas...

—Wren. —Alarik le puso una mano en el hombro—. Deja de hacer eso.

La chica pestañeó.

—¿Hacer qué?

El viento se debilitó. El cristal se quedó inmóvil en el aire y creó diminutos arcoíris por las paredes de marfil.

—Eres tú —dijo Alarik—. Estás creando una tormenta.

Wren se miró los puños. Los abrió y el viento cesó. El cristal cayó y todo se quedó quieto.

—Ah —susurró, tambaleándose—, esto es nuevo.

Esta vez, cuando se desmayó, el rey la sujetó.

Rose
CAPÍTULO 48

Rose permaneció de pie en las orillas del río Lengua de Plata, observando cómo Ortha Avestrellada caminaba alrededor de su hermana, Oonagh. El aire entre ellas rugía con el sonido de la rabia. Cuando Oonagh alzó el dedo para lanzar la maldición, Rose sintió que las palabras le carcomían el alma. Gritó, pidiendo que la liberaran de esa extraña pesadilla, pero se acercó aún más hasta que estuvo de pie en el borde del río, observando cómo la sangre le salía de la boca a Oonagh.

Ortha se lanzó y empujó a su hermana. Oonagh gritó mientras caía, arrastrando a Rose con ella. Aun así, en esos infinitos segundos antes de golpear el agua, Rose habría jurado que era Wren quien la había sujetado de la falda y arrastrado más y más abajo hacia una oscuridad implacable...

—Rose, querida, ¿me oyes?

Rose se despertó con un jadeo. Pestañeó, tratando de recordar dónde estaba. El corazón le palpitaba en la garganta, pero se encontraba a salvo en su cama, en el palacio de Anadawn, iluminada bajo un cálido rayo de luz solar matutina. Thea estaba sentada junto a ella, con una mano afectuosa sobre su brazo.

—Gritabas en sueños.

—Es Wren. —La chica esbozó una mueca al incorporarse. Tenía un terrible dolor de cabeza. Estiró la mano hacia el espejo bajo su almohada, pero los zafiros estaban apagados. No había rastro de su hermana—. Creo que está en problemas.

Rose no entendía el resto de la pesadilla, pero la parte sobre su hermana era tan inquietante, tan real, que estaba segura de que debía de ser una señal, un mal augurio.

Thea esbozó una mueca.

—Me temo que no podemos preocuparnos por Wren ahora mismo, Rose. —Miró por la ventana—. El ejército de Barron ha llegado a Eshlinn antes de lo esperado.

—Madre mía. —Rose echó hacia atrás las mantas y corrió hacia la ventana. Más allá de la verja dorada, la mitad del bosque de Eshlinn se había convertido en tocones ennegrecidos. Sin embargo, el aire seguía neblinoso y un nuevo humo cruzaba el Lengua de Plata. Sacó la cabeza y sintió un grito formándose en el pecho cuando vio que las calles de Eshlinn estaban incendiadas con llamas color ámbar.

—¿Qué demonios está haciendo Barron?

—Está asediando la capital —contestó Thea, tras acercarse a ella—. Y castigando a cualquiera que no se una a su causa.

El sonido distante de gritos llegó hasta ella a través del viento. Las personas normales de Eshlinn huían de sus casas, aterrorizadas. Rose se alejó de la ventana y corrió por la habitación. Cruzó el vestidor antes de abrir la puerta de golpe. Subió las escaleras de dos en dos, gritando a los soldados y a los brujos.

Chapman se reunió con ella en el pasillo. Tenía el pelo revuelto y los ojos nublados, como si se hubiera despertado sobresaltado.

—Avisa a las tempestades. Envíalas al río de inmediato. ¡Eshlinn está en llamas! —exclamó Rose—. ¿Y dónde demonios está el capitán Davers? Dile que evacúe la ciudad de inmediato, que traiga a Anadawn a todas las personas posibles. Se pueden refugiar aquí mientras organizamos las defensas de palacio.

Se dio media vuelta con los ojos como platos. El pasillo estaba lleno de guardias que corrían de un lado para otro.

—¡Despertad a los brujos! —gritó, enviándolos en todas direcciones—. ¡Despertad a todos!

—Rose, cariño. —Thea tiró de ella y le habló en voz baja, con urgencia—. Deberías enviarle una nota a Shen Lo. No sabemos cuántos flechas ha reunido Barron para su causa, pero sabemos que no juega limpio. Debemos usar a todos los soldados y brujos a nuestra disposición para asegurarnos de que Anadawn no caiga.

Rose ya estaba negando con la cabeza.

—Shen no hará que su pueblo luche, Thea. Y yo no se lo voy a pedir. Además, él tiene su propia batalla en el Reino Soleado.

Una batalla que quizás fuera a perder. Rose alejó esa preocupación de su mente. No podía permitirse pensar en Shen o en Wren ahora mismo. No mientras Eshlinn estuviera en llamas ante sus ojos.

Thea frunció el ceño.

—Querría saberlo.

—No puedo pensar en lo que Shen Lo quiere ahora mismo —dijo Rose, alejándose de ella—. Tengo que defender mi reino.

Los gritos de Eshlinn ya se estaban volviendo ensordecedores, y todos ellos le constreñían el corazón. La magia de Rose relampagueó, palpitando como un segundo latido en su interior. Deseó que su magia sanadora fuera lo bastante potente como para cruzar el río y cubrir la ciudad entera, para proteger a esas personas aterradas que huían de sus hogares. Pero el fuego seguía activo, y Rose solo podía ver cómo ardía la ciudad mientras Barron y sus flechas se acercaban cada vez más.

Wren
CAPÍTULO 49

Cuando Wren se despertó, asustada y temblorosa entre los brazos de Alarik Felsing, deseó con desesperación volver a caer inconsciente. En la oscuridad, no había dolor ni recuerdo de lo que había ocurrido en el palacio de Grinstad o de lo que había perdido en la montaña. Ahora estaba de nuevo en el patio interior, rodeada de esquirlas de cristal roto, y miraba al rey de Gevra, quien fruncía el ceño.

—¿Puedes dejar de desmayarte? Es un incordio.

Wren se incorporó y a punto estuvo de golpearle la nariz con la frente. Sentía la piel incandescente y, durante un segundo, parecía que el sol se hubiera fundido con su sangre. Se miró las manos, buscando un brillo delator, pero las tenía pálidas y temblorosas. La magia se le acumulaba en el estómago y la garganta, como si intentara salir de ella. «¿Qué demonios...?».

Se puso en pie y comenzó a caminar de un lado a otro, intentando alejar la extraña sensación efervescente de su interior. Comenzó a hacer más viento.

—Deja de hacer eso —le pidió Alarik. Parecía destrozado. Su levita, antes inmaculada, se le había rajado en el hombro y estaba cubierta de polvo. Llevaba el pelo empapado y enmarañado y un moratón comenzaba a formársele en la mandíbula, donde debía de haberle golpeado una roca al caer. Caminó hacia ella—. Controla tu magia antes de que destroce el resto del palacio.

—No sé cómo hacerlo. —Wren abrió y cerró los puños—. Pero Oonagh ha roto la maldición de los brujos —dijo más para sí que para él—. Debe de haberme hecho algo. —Sentía las ramas de la magia agitándose en su interior mientras los dones de la visión, la sanación, la lucha, la tempestad y los encantamientos intentaban entrelazarse. Se preguntó si, en algún lugar al otro lado del mar Sombrío, les estaba ocurriendo lo mismo a Rose y a los otros brujos.

Sin embargo, más allá de los cinco dones de la brujería, Wren percibió otro más oscuro entretejiéndose dentro de ella. Sacrificio de sangre.

—Mierda —siseó—. Mierda, mierda, mierda.

El viento aulló. Las paredes se tambalearon.

—¡He dicho que ya basta! —chilló Alarik.

—¡No te atrevas a gritarme! —Wren se giró hacia él y la rabia creció en su interior como un gran remolino. El viento se intensificó mientras el don de la tempestad se aprovechaba de sus emociones—. Esto es culpa tuya. ¡Has sacado a Oonagh Avestrellada de la montaña! ¡La has desenterrado! ¡La has traído aquí!

—¿Yo? —Los ojos de Alarik relampaguearon—. Has sido tú quien la ha despertado. Ella misma lo ha dicho. Lo he oído. —Se pasó las manos por el pelo, perdiendo el resto de su calma—. ¿Cómo iba a saber yo que una tercera gemela vivía en secreto en mis montañas?

—No es mi gemela —replicó Wren—. Es mi antepasada. Y se suponía que debía haber muerto hace mil años.

Alarik soltó una carcajada sarcástica.

—Eso es mucho mejor. Solo es una antepasada mágica resucitada y llena de ira procedente del infierno que me ha destrozado el palacio.

—¿A quién le importa tu estúpido palacio? —jadeó Wren—. Mi abuela está muerta. —Esas cuatro palabras le crearon una grieta irregular en el corazón, el dolor de la muerte de Banba la empujó a respirar superficialmente. Se llevó una mano al pecho, intentando tomar aire, pero sintió un dolor mayor y se dio cuenta con un horror creciente de que estaba a punto de desmoronarse—. No puedo soportar ni un minuto más este maldito palacio. —Se giró y caminó hacia la puerta, llevándose el viento consigo.

—¡Vuelve aquí! —Alarik la siguió por el patio exterior—. Tú eres la culpable de este desastre, y lo vas a arreglar.

—Este desastre es cosa tuya —escupió Wren. Estaba nevando de nuevo, pero apenas se percató—. Eres tú el que me hizo utilizar la magia de sangre. Por eso se ha despertado Oonagh.

—Dijiste que podías hacer el hechizo —le recordó él—. Tú misma te presentaste voluntaria. Nunca me dijiste el riesgo que corríamos, lo mal que podía acabar.

—Se llama magia de sangre prohibida —siseó Wren—. Utiliza el cerebro. La clave está en el nombre.

Alarik apretó los dientes.

—Ten cuidado con esa lengua de serpiente cuando hables conmigo, bruja. Sigues en mi reino.

—¿Te refieres al de Oonagh? —replicó Wren.

—Repítelo —respondió, acercándose a ella—. Atrévete.

—Estoy cansada de tus retos, Alarik. —Fue entonces cuando la chica se percató del muro blanco que los rodeaba. Estaba tan enfadada que, de forma accidental, había creado una tormenta de nieve. Aulló en sus oídos y le escupió nieve en el pelo—. Al final, no han servido para nada. —El peso de la muerte de Banba le hundió los hombros. Lágrimas calientes le ardieron en los ojos—. Mi abuela está muerta y no puedo siquiera recuperar su cuerpo. —Le sostuvo la mirada a Alarik—. ¿Contento?

—Dímelo tú, Wren. —Dio otro paso hacia ella—. Mi hermano pequeño es un cadáver resucitado metido en un bucle temporal infinito. —Otro más—. Y tu inestable antepasada me ha destrozado el palacio.

—Bien —gritó ella sobre el viento—. Te lo mereces.

—¡Detén la tormenta!

—¡No!

Alarik la cogió por los hombros.

—¡Ya basta! —gruñó.

Wren lo agarró por el cuello, amenazando con asfixiarlo. La ventisca se agitó aún más y los empujó al uno contra el otro. Alarik tenía nieve en el pelo. Y en su rostro. Un único copo le cayó sobre el labio inferior.

—Te odio —siseó Wren—. Te odio más que a cualquier persona que haya conocido.

—¿Crees que me importa? —replicó el rey—. Yo también te odio.

—Déspota —lo insultó Wren, poniéndose de puntillas.

—Niña mimada —contraatacó Alarik.

Wren alzó la barbilla.

—Desgraciado.

Él bajó la cabeza.

—Bruja.

—¿Y qué? —preguntó, bajando la mirada hacia ese único copo de nieve en su labio.

Alarik le pasó las manos por el cuello y le atrapó la cara entre ellas.

—Wren. —Le deslizó los dedos por el pelo para sujetarla—. Para. Ya.

—Oblígame.

Y entonces se estaban besando. Wren no sabía por qué le estaba lamiendo el copo de nieve del labio inferior ni por qué él abría la boca contra la suya para intensificar el beso, pero ya era demasiado tarde. La chispa se había encendido y estaban de pie entre sus llamas, permitiendo que los consumiera.

Alarik Felsing sabía besar. Había una ferocidad silenciosa en su pasión, la manera en la que la apretaba contra él, cómo inclinaba la cabeza para reclamar su boca. Wren se lo permitió y se derritió cuando su lengua encontró la de ella. La chica le atrapó el labio inferior entre los dientes y siguió el movimiento con la lengua hasta que él gimió contra su boca. Se besaron de nuevo con más rabia, con más avidez. Ambos jadeaban y se aferraban el uno al otro como si se estuvieran ahogando y este beso, procedente del dolor y la ira, fuera su única salvación.

La tormenta aumentaba a medida que el beso se intensificaba. La magia de Wren irrumpió dentro de ella, tan reluciente y dorada como una llama. Alarik sonrió al saborearla, ya que no tenía miedo de la bruja entre sus brazos ni del viento a su espalda. La tempestad los rodeó, apagando el mundo, hasta que solo quedaron el rey de Gevra y la reina de Eana, fundiéndose el uno con el otro, buscando una liberación para su pena y encontrándola en el abrazo enemigo azotado por la nieve.

Rose
CAPÍTULO 50

Al día siguiente de que los flechas incendiaran Eshlinn, el palacio rebosaba de personas que habían perdido sus hogares por el fuego. Bajo la orden de Rose, el capitán Davers y sus soldados los habían rescatado y guiado a través de las puertas doradas. Por la noche, el gran vestíbulo estaba lleno hasta los topes. Los sirvientes corrían de un lado a otro con comida, agua y mantas, a la vez que Chapman preguntaba a los ciudadanos qué habían visto y qué sabían. Cientos de hombres, mujeres y niños habían huido de sus hogares sin mirar atrás. Le contaron lo mismo a Chapman una y otra vez. Los flechas les habían ofrecido dos opciones: unirse a la revuelta o arder como brujos. Cuando se habían negado a luchar, los hombres de Barron se habían dirigido a sus hogares y habían cumplido su amenaza.

Contra el consejo del capitán Davers, Rose había bajado al gran vestíbulo. Se había sentado durante horas con aquellos que temblaban y curaba a quien le pidiera su roce. Cuando Thea fue a relevarla para que su magia descansara, Rose permaneció allí, dándoles las tartaletas especiales de mermelada de Cam a los niños asustados y prometiéndoles una y otra vez que todo iría bien. La mentira le sabía agria en la lengua. Después de que los flechas hubieran saqueado Eshlinn, habían demostrado su control sobre ella, colocando carteles de color rojo sangre y banderas harapientas en los tejados carbonizados, a la vez que llegaban más grupos de rebeldes, procedentes del sur.

La revuelta sangrienta de Barron pronto pasaría a la acción y, dado que Wren seguía en Gevra y no había suerte con el espejo encantado, Rose se estaba preparando para enfrentarse sola a ella. En un último intento desesperado, les envió una nota a Marino y Celeste, avisándolos de la guerra inminente y suplicándoles que intentaran llegar hasta Wren por todos los medios posibles.

Mientras tanto, lo único que Rose podía hacer era esperar entre los muros de palacio, rezando para que la inestable alianza entre los brujos de Ortha y los soldados de Anadawn aguantara lo suficiente para defenderlo. Si la suerte estaba de su parte, la batalla contra los flechas sería rápida y la amenaza de guerra civil pronto quedaría atrás, pero no había forma de saber lo lejos que había viajado la retórica llena de odio de Barron o a cuántas personas había convencido para que se unieran a su rebelión.

Tres días después del incendio de Eshlinn, cuando Rose estaba bajando al gran vestíbulo para compartir el desayuno con su pueblo, Chapman salió a su encuentro con expresión seria. Las nuevas noticias eran incluso peores. Los flechas estaban en marcha. Había cientos cruzando el río Lengua de Plata hacia el palacio. Rose corrió al balcón, donde se estremeció al ver las banderas sangrientas y las armas pesadas que incluían de todo, desde largas espadas y dagas hasta cadenas y hachas. Y allí, al frente, marchaba el propio Edgar Barron, con los ojos llenos de ira y preparado para la guerra. Su vida pasada en el ejército le había servido de mucho. Aquello no era una multitud enfadada y rugiente, sino un regimiento de soldados decididos, centrados. Y venían directamente hacia ella.

Wren
CAPÍTULO 51

Al día siguiente de que Wren besara al rey de Gevra, se encontraba sentada sola en su habitación, hurgando en su pena. Su magia recién descubierta retumbaba dentro de ella y le recordaba que estaba allí. No era la primera vez que se preguntaba si el mismo poder se habría adueñado de su hermana al otro lado del mar. Tal vez un brujo de allí hubiera creado una tormenta por accidente también. Sin embargo, Wren dudaba que nadie fuera tan tonto como para besar a su enemigo mortal dentro de ella. La culpa le atizó las entrañas. No dejaba de pensar en Tor, y su fantasma se cernía sobre el recuerdo de aquel momento de debilidad. Además, también le preocupaba el trono.

Si Alarik no le hubiera quitado el espejo, podría saber con seguridad qué estaba ocurriendo en Anadawn. Aun así, una parte de su ser sentía alivio al no tener que contar la noticia de la muerte de Banba todavía. No conseguía encontrar las palabras.

La comida llegaba a intervalos regulares y Wren la picoteaba. Los soldados llamaban antes de asomar la cabeza por la puerta para ver si estaba bien. Ella los echaba. Pronto el sol se puso. El viento permanecía tranquilo de una manera poco habitual. Las montañas seguían inmóviles. Las llamas chisporroteaban en la chimenea. Wren lanzó una brisa y las hizo bailar. El dolor en su pecho se apagó, aunque solo un poco. Le gustaba la facilidad con la que la magia de tempestad había acudido a ella. La hacía sentirse cerca de Banba.

En la parte inferior, el palacio estaba a rebosar de actividad. Los cuerpos de diecinueve soldados y veintisiete bestias muertas se habían desplazado y quemado desde la embestida de Oonagh. Los sirvientes seguían examinando el cristal destrozado y las vigas caídas, intentando reconstruir lo que la antepasada de Wren había hecho pedazos a su paso. Además, habían enviado a quinientos soldados a las montañas para empezar a limpiar los escombros.

Mientras tanto, Wren permanecía sentada en el interior, mirando al vacío.

—Tengo que irme a casa —se dijo por vigésima vez ese día—. No me queda nada que hacer aquí.

«Excepto Banba», le recordó una voz en su cabeza. «Si te marchas ahora, la habrás abandonado».

Se escuchó un golpe en la puerta. Era Inga.

—El rey os está esperando en el estanque.

—No tengo ningún interés en patinar —dijo Wren.

Inga dudó.

—Se trata de vuestra abuela.

Wren se levantó en un santiamén.

Alarik Felsing estaba de pie, solo, en la orilla del estanque, con las manos tras la espalda, esperando a Wren. Sus lobas, Luna y Nova, caminaban por la hierba cubierta de escarcha, observando cómo ella se acercaba. Tenía los puños apretados para mantener a raya la tormenta de sus emociones. Por el momento.

—Será mejor que sea importante —gritó.

Alarik arqueó las cejas.

—Todo lo que hago es importante.

—No —dijo Wren con aspereza—. No estoy de humor.

—¿Para besarme?

—Para hablar contigo. Con nadie.

El rostro del rey cambió y la jovialidad se apagó en su voz.

—Eso suponía. —Se echó a un lado y dejó a la vista el trineo que había estado tapando, del que Wren no se había percatado porque había estado muy ocupada mirándole los moratones. Ahora lo veía y se le cortó la respiración. Sobre él se encontraba el cuerpo de su abuela. Tenía el rostro pálido pero apacible. La sangre no le manchaba el pelo blanco, ni el barro las mejillas. Alguien la había limpiado.

Le ardieron los ojos mientras se tambaleaba hacia el trineo.

—Pero las montañas…, las rocas… No lo entiendo.

—Mis soldados han excavado las catacumbas esta tarde.

—Pero ¿por qué? No había nada ahí abajo…

Nada excepto Banba. Alarik se quedó en silencio. La chica lo miró.

—Alarik, ¿por qué?

Él frunció el ceño y se examinó el gemelo de la manga. Wren lo entendió entonces. No le iba a decir que había sido por ella, que lo había hecho por empatía. Era una emoción que se suponía que no sentía el rey de Gevra.

—Puedes decidir qué quieres hacer con su cuerpo —dijo en su lugar.

Wren tomó a Banba de la mano y se estremeció ante la frialdad de su tacto. Su piel parecía de cera, e incluso muerta presentaba una línea firme en la boca.

«No tiene por qué morir», le susurró una voz en la cabeza, la que procedía de ese lugar oscuro y primitivo, la que susurraba a través de una puerta prohibida que ya había abierto.

Comenzaron a cosquillearle los dedos. Cerró los ojos, intentando imaginarse a su abuela viva de nuevo. Podría intentarlo, al menos. Podría tratar de revivirla. Pero el miedo dentro de ella era tan grande que amenazaba con asfixiarla. Sabía que Banba no lo querría, que lo odiaría. Y, si funcionaba, ¿quién sabía qué versión de ella volvería? Wren frunció aún más el ceño mientras titubeaba. Aun así... deseaba tocar a su abuela una última vez, abrazarla, decirle lo mucho que lo sentía.

—Sé lo que estás pensando —dijo Alarik.

Wren sintió que la observaba.

—¿Me detendrías?

Pasó un largo segundo.

—No —respondió al final—. Pero no sería lo mismo. Ya lo sabes.

Se alejó de él.

—Tú tienes a Ansel.

—No tal y como era.

—Pero ¿renunciarías a él? —preguntó ella, aunque ya sabía la respuesta. Estaba implícita en la mueca de Alarik. Prefería tener la versión confundida de su hermano pequeño antes que nada.

—Tal vez, si fuera altruista... —Sonrió con tristeza—. Pero soy un hombre egoísta, Wren.

La chica asintió. El problema residía en que ella también lo era. No le importaba lo que habría querido Banba. Lo único que deseaba era ver que su abuela abría los ojos y que el color le volvía a las mejillas.

Alarik alzó la barbilla hacia las montañas, hacia la dirección en la que había desaparecido Oonagh.

—Si lo haces, ¿no te parecerás más a ella?

—Ya soy como ella —respondió con amargura—. ¿Por qué no hacer que valga la pena?

El rey inhaló entre dientes. Wren resopló.

—¿Qué? ¿Ahora me tienes miedo?

—No, pero ¿no te das un poco de miedo a ti misma?

Wren abrió y cerró los puños. Una magia antigua estaba creciendo dentro de ella y deseaba ser usada con desesperación, moldearse a cada uno de sus caprichos. El problema era que sabía que también moldearía su alma, algo que ya había comenzado.

Se alejó del cuerpo de su abuela, intentando resistirse. «Banba lo odiaría. Y me odiaría a mí por haberlo hecho». Peor que eso. «Yo misma me odiaría».

—¿Wren? —Alarik interrumpió sus pensamientos. El sol se había escondido, y ahora la oscuridad se extendía por los cielos de Gevra—. ¿Qué quieres hacer con el cuerpo?

Wren soltó el aliento y, con él, una palabra que le rompió el alma.

—Quémalo.

Cuando estaban en Ortha, cada vez que uno de ellos moría, los brujos quemaban su cuerpo en una enorme hoguera. Bailaban, bebían y cantaban toda la noche para celebrar la plenitud de su vida. Banba levantaba un viento feroz que aullaba con la pena colectiva mientras llevaba el espíritu hacia el árbol madre.

La pira en Grinstad era más grande de lo que Wren había esperado, colocada en los jardines junto al estanque, donde se encontraba el cuerpo de Banba, envuelto en mantas de pelo. Wren observó cómo las llamas atrapaban a su abuela y rezó para que encontrara la paz. Ahora estaban muy lejos del árbol madre.

El patio estaba desierto. Incluso se habían llevado dentro a las bestias. Solo quedaba Wren, de pie ante las llamas. Movió la muñeca y les aportó un toque plateado radiante y cegador. Rugieron al crecer cada vez más, como si quisieran acariciar la luna.

A Wren se le constriñó el pecho y las lágrimas le recorrieron la cara hasta que el mundo se convirtió en manchas plateadas y negras.

—Adiós, Banba —susurró, lanzando una última ráfaga de viento que rodeó el cuerpo de su abuela y se llevó su espíritu lejos de la tierra, transportándolo por la noche como un lazo plateado de camino al árbol madre.

Wren permaneció de pie junto a la hoguera hasta que las llamas se extinguieron. Cuando se apagó y Banba estuvo en paz, volvió al palacio. Alarik se encontraba en el balcón, con las manos sobre la balaustrada mientras contemplaba cómo caminaba pesarosamente por el patio. Ella se enfundó la capucha y fingió no verlo.

Había más espectadores de su pena en las ventanas. La reina viuda estaba de pie en el patio interior. Le tendió una mano a Wren cuando pasó y se la apretó una vez antes de dejarla marchar. La chica continuó hacia delante, subió las escaleras hasta la cuarta planta y cruzó el pasillo hasta la habitación, en la que crepitaba un nuevo fuego. Soltó una oleada de viento antes de esconderse bajo la manta y llorar hasta quedarse dormida.

Rose
CAPÍTULO 52

Rose estaba de pie en el balcón del palacio de Anadawn, donde, hacía apenas una luna, ella y su hermana habían saludado a miles de personas que habían ido hasta allí con buenos deseos para conmemorar la coronación de la realeza. Ahora, un mar de soldados de Anadawn abarrotaban el patio exterior y construían barricadas para reforzar los muros exteriores mientras el ejército de Barron marchaba hacia palacio.

Junto a ella, Thea se toqueteaba el parche del ojo. Era un tic nervioso del que Rose se había percatado cada vez más en los últimos días.

—Estarán aquí dentro de una hora.

—¿Las tempestades...?

—Han subido a las murallas, con los encantadores.

—Bien —contestó Rose—. ¿Alguna noticia de Celeste?

—Aún no. Pero con suerte le habrá llegado tu carta.

—O quizás todos los avestrellados se hayan ahogado en el mar Sombrío.

—Celeste es una vidente —le recordó Thea—. Con o sin carta, algo se imaginará.

—Espero que tengas razón.

Se giraron al oír gritos. Tilda había irrumpido en la sala del trono y estaba causando alboroto. La joven pelirroja se alejó de las manos de un guardia y esquivó a otro hasta llegar a Rose.

—Quiero luchar —anunció—. Pero nadie me deja salir.

—Con razón —contestó la reina, empujándola hacia el interior—. Sigues siendo una niña.

Tilda levantó la barbilla.

—Soy una guerrera. Shen me entrenó. Y ahora soy la única que tenéis.

Rose sonrió, deleitándose con el valor de la chica.

—Eres muy valiente al querer salir ahí fuera, pero, si Shen estuviera aquí, diría lo mismo. Es demasiado peligroso.

—Pero…

—Lo siento, Tilda —dijo Rose, interrumpiéndola—. Mi decisión es definitiva.

Tilda salió enfadada justo cuando un cuerno retumbó en el exterior. La caballería real de Anadawn, mil quinientos soldados con una formación impecable, llegaron galopando alrededor del muro este, con las espadas al descubierto. Los flechas, que habían cruzado el puente, comenzaron la carga y sus gritos se elevaron en el viento matutino. Aunque lo había perdido de vista, Rose sabía que Barron estaba en algún lugar de la contienda.

—Estamos igualados —musitó, paseando la mirada entre los soldados y los flechas que avanzaban—. ¿Cómo es posible que haya tantos?

—Tenemos a los brujos en nuestro bando —le recordó Thea—. La balanza se sigue equilibrando a nuestro favor.

Rose le dedicó una mirada de soslayo a la consejera real.

—Entonces, ¿por qué estás tan nerviosa?

—Porque me importa mucho este reino y todo lo que simboliza.

Rose contó a los brujos en las murallas. Había alrededor de cincuenta tempestades y encantadores, incluyendo a Rowena, Bryony, Grady y Cathal, todos vestidos con pieles oscuras y capas con capucha, en lugar del uniforme tradicional de Eana. El resto de los brujos eran demasiado jóvenes o viejos para luchar y estaban refugiados dentro del vestíbulo de la entrada con los demás ciudadanos.

El ejército de Barron atacó primero. Una descarga de flechas con la punta de acero cruzó el aire y derribó a un soldado de su caballo. Rose corrió a la balaustrada.

—¡Aumentad la fuerza del viento! —gritó, acallando la orden que el capitán Davers estaba dando en el patio—. Empujadlos de nuevo hacia el río.

Rowena dio una voltereta como si fuera una bailarina, saboreando el momento. Echó las manos hacia atrás y las otras tempestades la imitaron, lanzando una ráfaga de viento tan fuerte que aulló. Golpeó a los flechas, pero Rose vio horrorizada cómo se giraban hacia un lado y creaban un muro de escudos. El viento volvió a soplar, pero no consiguió cruzarlo. Los flechas apretaron los dientes y siguieron adelante en una formación perfecta.

—Son asquerosamente inteligentes —musitó Rose.

—Aún tenemos a los encantadores —dijo Thea con calma.

—Todavía no están lo bastante cerca. —Rose no quería que lo estuvieran. Había esperado no tener que usar a los encantadores.

Minutos después, la caballería estaba sobre los flechas. Se encontraron en un combate de acero y fuego. Los caballos se encabritaron cuando las llamas cruzaron la hierba y les quemaron las pezuñas.

—¿Cómo lo hacen? —preguntó Rose, inclinándose sobre la balaustrada para obtener una mejor perspectiva.

—Aceite —contestó Thea, intranquila—. Están lanzándolo con las flechas.

Los soldados caían al suelo y sus caballos los pisoteaban, aterrados, mientras los flechas aprovechaban la ventaja para atacarlos desde arriba. Durante las horas siguientes, Rose observó con un horror silencioso cómo se producía una fiera batalla sangrienta alrededor del palacio de Anadawn. Los flechas luchaban con una violencia que nunca había visto, introduciéndose en la contienda sin importarles su propia seguridad o la de los demás. Quemaban la tierra y golpeaban a los animales, gritaban hasta quedarse roncos agitando las armas y hacían cortes a cualquiera que se pusiera en su camino.

—¿Dónde está su honor? —preguntó Rose, enfadada—. Se supone que debería haber un orden en estas cosas.

Una flecha ardiendo recorrió el aire y golpeó la balaustrada. Rose gritó mientras daba un salto atrás, tirando a la vez de Thea. En las murallas, Rowena giró la cabeza hacia ellas.

—Perdón, me he olvidado de esa flecha.

Rose percibió que la magia de la tempestad se estaba debilitando. Necesitaba descansar. Todos lo necesitaban. Otra flecha pasó cerca de su oreja. Grady utilizó un látigo de viento para darle la vuelta y devolvérsela a los flechas.

—Ojalá tuviéramos cien tempestades más —susurró Rose—. No, mejor mil.

En el campo de batalla, los soldados apenas mantenían la alineación. Los flechas estaban preparados para el juego sucio y, por cada diez de estos que caían, parecía haber veinte más cruzando el Lengua de Plata. Las puertas del balcón se abrieron de golpe y apareció Chapman con el rostro grisáceo.

—Estrellas, reina Rose. ¿Qué diablos estáis haciendo aquí? —La cogió por la muñeca y tiró de ella lejos de la balaustrada—. Las flechas pueden alcanzaros. ¡Os van a dar!

Pero ella no podía apartar la mirada de los soldados caídos.

—Necesitan a una sanadora, Chapman. Debería estar ahí abajo, ayudándolos.

—¡Por supuesto que no! —El administrador la cogió del otro brazo, como si temiera que fuera a lanzarse por el balcón—. Solo seríais una carga. Tenéis que quedaros dentro del palacio, donde estáis a salvo.

—Chapman tiene razón —dijo Thea—. Iré yo.

—No —respondió Rose de inmediato. Era demasiado peligroso—. Te necesito aquí.

Ante la insistencia de Chapman, volvieron a la sala del trono, donde observaron cómo la batalla por Anadawn iba de mal en peor. Los flechas al final se abrieron paso a través de la caballería y avanzaron hacia el norte. Pronto, el viento transportó sus gritos hasta Rose. Esta presionó la nariz contra el cristal.

—¡Están escalando las barricadas! ¿No ven los clavos?

Thea exhaló entre dientes. Su tranquilidad habitual comenzaba a menguar.

—Los ven, pero no les importa. Eso es lo que los vuelve tan peligrosos.

El capitán Davers abrió la verja y envió a seiscientos soldados de a pie para que atacaran a los flechas que estaban avanzando. Las tempestades soltaron otra ráfaga de viento, pero, tras horas haciendo magia, apenas les quedaba poder. Rowena se tambaleó y Grady la sujetó antes de que golpeara el suelo. Una descarga de flechas atravesó el muro y golpeó el balcón donde había estado Rose. Otra pasó muy cerca de Bryony, y una última cayó en la fuente; su llama se apagó y despidió una voluta de humo.

Rose estaba tan ocupada observando cómo los flechas se herían al traspasar las barricadas que casi pasó por alto a la pequeña chica pelirroja que salía del palacio y cruzaba el patio.

—¡Tilda! —gritó Rose, pero estaba demasiado lejos, sumida en su propia misión. Mientras los flechas se lanzaban sobre las barricadas y corrían hacia otro pelotón de soldados, Tilda subió a las murallas y se acercó a Rowena.

—¿Qué diablos está haciendo? —preguntó Thea—. No es una tempestad.

Tilda portaba un saco. Lo colocó junto a Rowena, y después rebuscó dentro y sacó una patata que lanzó directamente a los flechas. Rowena se sujetó al muro de piedra, riéndose cuando la chica lanzó otra. Y otra. Y otra más.

—¡Tilda! —gritó Rose—. ¡Baja de ahí ahora mismo!

Pero la joven bruja movió el brazo una y otra vez, lanzando más patatas. Rowena se mofó, encantada, al ver cómo traspasaban el muro. Rose se clavó las uñas en las palmas de las manos. La puntería de Tilda era impecable, pero las viejas patatas de Cam no eran rival para la rabia violenta de los flechas, sobre todo teniendo en cuenta la velocidad con la que corrían hacia los pobres soldados de a pie.

Algunos se habían abierto paso entre el revuelo y habían conseguido alcanzar el muro exterior del palacio. Los encantadores se pusieron en acción, ahora lo bastante cerca para lanzar sus hechizos. Los dos primeros flechas que llegaron al muro cayeron y comenzaron a luchar entre sí.

—¡Qué listos! —musitó Rose cuando el siguiente grupo hizo lo mismo. Otro hombre cayó al suelo y comenzó a lamer la hierba mientras la mujer a su lado lanzaba la espada y empezaba a hacer volteretas.

Aun así, las flechas volaban más alto, más brillantes. Rose se tensó al oír un grito desgarrador. El tiempo pareció ralentizarse cuando Tilda cayó con una flecha clavada en el hombro. Seguía en llamas. Rowena estaba sobre ella y gritaba, buscando ayuda, pero el resto de las tempestades se encontraban demasiado cansadas para moverse. Los encantadores se estaban enfrentando a los flechas que subían por los muros y cruzaban el patio, y ningún soldado rompió la formación para ayudar a la joven bruja caída.

Sin embargo, daba igual, porque Tilda no necesitaba un soldado, sino una sanadora. Rose salió de la sala del trono de inmediato. Le alegró llevar un par de pantalones de Wren mientras bajaba las escaleras de tres en tres y corría por un pasillo tras otro hasta que el patio apareció ante ella. Los guardias de palacio intentaron detenerla, pero les ordenó que se apartaran.

Corrió hacia las murallas mientras un coro de gritos llenaba el aire, respaldado por el golpeteo de las espadas y el silbido y el crepitar de las flechas ardiendo sobre ella. Caían como lágrimas de color ámbar, pero no les prestó atención. Si empezaba a preocuparse por sí misma, nunca llegaría a Tilda.

Cuando Rose alcanzó las murallas, los otros brujos tiraron de ella. Se arrastró hasta Tilda. La joven estaba hecha un ovillo a los pies de Rowena. La tempestad estaba usando hasta su última gota de magia para crear un aire protector a su alrededor. La niña tenía el rostro blanco como el papel, y su corazón apenas palpitaba bajo las manos de Rose. Esta le quitó con cuidado la flecha y se estremeció ante la mancha de sangre en la punta. Le presionó la herida y cerró los ojos, permitiendo que la magia la inundara.

Encontró el hilo de la vida de Tilda, pequeño y dorado, y lo colocó en el centro de su mente antes de alcanzarlo. Su sangre comenzó a vibrar y la magia sanadora se filtró a través de ella hacia la joven bruja hasta que, por fin, tras lo que pareció una eternidad, Tilda abrió los ojos.

Rose sonrió mientras el resto del mundo furioso y violento volvía a su lugar.

—¿Estás bien?

A Tilda le empezó a temblar el labio inferior.

—Estoy asustada.

—Ven —dijo Rose, ignorando su propio mareo al ayudar a la chica a incorporarse—. Volvamos dentro.

Justo entonces, Rowena gritó cuando un flecha que había escalado la pared tiró de ella. Perdió el equilibrio y, dado que nadie la sujetó, cayó al suelo al otro lado.

—¡Una! —gritó el flecha triunfal—. ¡Es una de las brujas tormentosas!

Rose se puso en pie.

—Déjala en paz —gritó—. Bajo pena de muerte, te ordeno que no... —Chilló cuando alguien la cogió por el dobladillo de los pantalones. Otro flecha que había escalado la pared había decidido aprovechar su oportunidad. Se tambaleó durante un agonizante segundo, pero Tilda estaba demasiado mareada como para sujetarla, y ella misma lo estaba para equilibrarse. Cuando pensó en intentarlo, ya estaba cayendo...

El mundo pasó junto a ella en un torbellino de horror y llamas a medida que el suelo se acercaba con demasiada rapidez. Rose aterrizó en la hierba con un golpe estrepitoso. De forma vaga, fue consciente de las pesadas pisadas y las voces frenéticas.

—Estrellas ardientes, es la maldita reina.

—Mátala, rápido.

—¡No! Cógela. Barron quiere tener ese honor él mismo.

Rose intentó incorporarse, pero tenía una bota en el pecho. Un hombre se erguía sobre ella y, antes de que pudiera apartarlo de una patada, bajó la empuñadura de la espada. La reina gruñó cuando le golpeó en la cabeza. Las estrellas explotaron en su visión antes de dar paso a una conocida oscuridad.

Wren
CAPÍTULO 53

A la mañana siguiente, antes de que saliera el sol, Alarik pidió que fueran a buscar a Wren. Aún medio dormida y demasiado cansada para sentir curiosidad, salió de la cama y se puso el primer vestido que encontró. Le sorprendió que fuera Anika quien abriera la puerta del dormitorio del rey. Tenía sombras bajo los ojos. Y sombras tras ellos.

—¿Qué pasa? —preguntó Wren, inquieta.

—Ven. Cierra la puerta.

La chica la siguió por la habitación, hacia donde Alarik permanecía en pie como un centinela cerca de la cama. En ella, Ansel estaba mirando al techo y gemía con suavidad. A Wren le dio un vuelco el corazón al contemplar la cara del príncipe. Ahora la tenía casi verde, con las mejillas hundidas y los huesos tras ellas como hoces.

—Mi hermano dice que has recuperado tu poder —dijo Anika con voz áspera—. Ahora puedes crear tormentas, como una tempestad. —Wren asintió, ausente—. Entonces, también debes de ser una sanadora.

Wren la miró y frunció el ceño.

—No lo sé, no lo he intentado.

—Hazlo ahora —le pidió Anika, impaciente—. No podemos vivir así.

Wren miró a Alarik.

—No lo entiendo.

—Ansel está sufriendo —respondió de forma tensa.

—Sabes que no puedo curarlo —dijo ella—. No con magia. Ni con tiempo.

El rey asintió, rígido, y Wren se dio cuenta de que ya había llegado a esa conclusión. Le estaba pidiendo otra cosa.

—Deseamos dejarlo descansar. —Miró a su hermana y tragó saliva—. Dejarlo ir.

—Ah —contestó ella al entenderlo. Los Felsing no la habían llamado para que salvara a Ansel, sino para que hiciera que su alma durmiera, para que lo curara, liberándolo de este mundo. Querían que lo dejara morir. Otra vez—. Lo… intentaré.

Se sentó en el borde de la cama, tratando de recordar todo lo que Thea le había contado sobre la sanación. Sabía que procedía de la sangre y que dependía de la energía natural de la bruja, que la intención guiaba cada hechizo. Cogió a Ansel de la mano, que temblaba con suavidad. O quizás fuera la suya. Cerró los ojos y vio el hilo de su vida agitándose en su mente. Antes era dorado, pero ahora estaba sucio y enmarañado. Se estiró hacia él para deshacerlo, pero se le escapó de las manos.

«Vuelve. Déjame ayudarte».

Pero el hilo se alejaba cada vez más. Una sombra se cruzó y lo ocultó de ella. A Wren comenzó a palpitarle la cabeza. Apenas era consciente de su propio cuerpo en la cama y del gruñido que se le escapó entre los dientes. Entonces, apareció esa voz horrible en su cabeza de nuevo, procedente de las profundidades.

«La sangre que despoja no puede sanar», dijo con un tono burlón. «Has elegido la oscuridad, pajarito. Es aquí donde debes habitar».

Entonces, de repente, se oyó un golpe. El dolor le recorrió el hombro y volvió de pronto a la habitación. Abrió los ojos y se encontró en el suelo.

—¿Qué haces, bruja estúpida? —siseó Anika sobre ella—. Ahora no es momento de desmayarse.

Wren se incorporó mientras la calidez le abandonaba las mejillas con un hormigueo, al mismo tiempo que miraba la cama. Ansel seguía vivo y musitaba, febril, para sí. Alarik le había posado una mano firme en el hombro, pero su mirada de halcón permanecía fija en Wren.

—¿Qué acaba de pasar?

—Lo... Lo siento, me tengo que ir. —Wren se puso en pie a duras penas y atravesó la puerta. Los ojos se le nublaron conforme cruzaba el pasillo y buscó a tientas las escaleras. Las subió, alejándose del príncipe tembloroso y del rey apenado, de la rabia cegadora en los ojos de Anika, pero daba igual lo rápido que corriera o lo mucho que llorara, porque no podía deshacerse de su voz interior.

«Has elegido la oscuridad, pajarito. Es aquí donde debes habitar».

Wren apenas había llegado a la habitación cuando Alarik la alcanzó. Cerró la puerta a sus espaldas.

—¿Qué demonios ha sido eso?

Ella se giró mientras las lágrimas le caían por la cara.

—No puedo hacerlo —dijo entre hipidos—. Hay un precio por lo que le hice a tu hermano. No puedo curarlo. Estoy rota. —Se presionó los puños contra los ojos—. Soy como ella, y esta es la prueba.

Alarik se quedó en silencio un momento antes de suspirar.

—No estás rota, Wren.

—¡Sí! —gritó—. Sal de aquí.

Alarik no se movió.

—No estás rota —repitió.

Wren bajó las manos para fulminarlo con la mirada.

—¿Qué diablos sabrás tú?

El rey cruzó la habitación con tres zancadas.

—Lo sé porque te importa algo más allá de ti, por eso no estás rota. —Las últimas palabras las dijo con un gruñido áspero e insistente. Levantó la mano y se enroscó un mechón de la chica en torno a un dedo. Cuando lo alzó, Wren vio que era de color plata brillante—. ¿Ves lo mucho que te importa, Wren?

Ella se giró hacia el espejo. Había corrido tanto esa mañana que no se había fijado en su propio reflejo, pero ahora lo veía con claridad. Tenía un mechón plateado en el pelo, en la parte frontal. Miró a Alarik, de pie tras ella.

Este observó la oscuridad de su propio pelo.

—Mi padre me contó una vez que conocer la pena es conocer el amor —musitó—. Y no puedes amar si estás irremediablemente roto.

Wren observó al rey en el espejo, intentando entender de dónde demonios había salido esa versión de él o si siempre había estado ahí, escondida bajo su máscara de hielo.

—Una vez me dijiste que el amor era un asunto terrible.

—Lo es —contestó Alarik—. Pero ¿qué cambia eso?

Durante un segundo, Wren estuvo a punto de echarse a reír. Entonces, sus hombros se hundieron bajo el peso de la verdad.

—No puedo recomponer a Ansel —susurró—. Ni a mí misma.

—No necesitas recomponerte, solo tiempo para sanar.

Wren cerró los ojos y sintió la pena del rey como propia. Una pequeña parte rebelde de su ser quería estirar la mano hacia él, acurrucarse en su abrazo y distraerse de la grieta en su corazón. Entonces, Alarik dio un paso atrás y el momento pasó.

—Vete a casa. —Dio media vuelta con una sonrisa débil y fugaz—. Encuentra tu sanación, bruja.

Solo cuando Alarik se marchó, Wren pensó en pedirle el espejo de mano. Necesitaba hablar con su hermana, saber qué estaba ocurriendo en Eana y conseguir, con suerte, un pasaje seguro de vuelta. Fue a buscar al rey, pero, en cuanto salió al pasillo, alguien gritaba su nombre.

Wren siguió el sonido hasta el patio interior, donde Celeste caminaba de un lado a otro. Iba vestida con un abrigo burdeos de pelo, botas de invierno grises y un gorro de lana a juego. Parecía una gevranesa.

—Has vuelto —dijo Wren, apresurándose escaleras abajo.

Celeste se dio media vuelta.

—¡Aquí estás! —dijo, y el alivio se le filtró en la voz—. Claro que he vuelto. No creerías que te iba a dejar en este horrible lugar, ¿verdad? —Hizo un gesto a su alrededor—. ¿Qué demonios ha pasado? Juraría que oí que las montañas se habían venido abajo. Y tuve otra visión que lleva días persiguiéndome porque pensaba que estabas muerta, Wren.

La reina se detuvo en el último escalón. Había mucho que contar, y no sabía por dónde empezar.

—La de tu visión no era yo, Celeste, sino Oonagh.

Su amiga la contempló.

—Estrellas.

—Y, eh..., hablando de antepasadas malvadas resucitadas —continuó—, ¿cómo va tu magia estos días?

—Confusa —dijo Celeste—. Como siempre.

—¿Has..., eh, no sé..., creado alguna tormenta?

—No soy una tempestad. Ya lo sabes. —Una pausa. Celeste entornó los ojos—. ¿Qué te ocurre? ¿Qué ha pasado aquí?

—Mucho, en realidad —contestó Wren, y se horrorizó cuando se le quebró la voz antes incluso de abordar el tema de su abuela.

A Celeste se le suavizó la expresión. Estiró la mano hacia el mechón plateado del pelo de la otra chica. Entonces, hizo algo inesperado. La cogió por los hombros y la atrajo hacia sí. El abrazo fue tan espontáneo que Wren soltó un sollozo.

—Ya sé lo de Banba —musitó Celeste—. Y lo siento. De verdad.

Wren se apartó y se limpió las mejillas con la manga.

—¿Te lo mostraron los avestrellados?

Celeste apretó los labios.

—Me lo dijo él.

Wren pestañeó.

—¿Quién?

—Alarik —contestó Celeste en voz baja, como si el propio nombre fuera peligroso—. Envió a un guardia para que me buscara en el muelle. Estaba esperando en el barco de Marino, intentando encontrar una forma de sacarte de aquí. Supongo que el rey tiene a sus espías pendientes de nosotros en todo momento.

—No lo entiendo.

Celeste suspiró.

—Yo tampoco, pero podemos averiguarlo de camino a casa. Ya hemos perdido bastante tiempo. Hay cosas que debo contarte.

El trineo del rey las esperaba en la entrada del palacio. La reina Valeska, que estaba dando su paseo matutino, sonrió a Wren cuando pasó cerca. La chica se despidió de ella con la mano antes de subirse al trineo. Celeste se percató del intercambio, pero no dijo nada.

Esta vez, Wren se montó en la parte delantera mientras el viento del invierno le acariciaba las mejillas y los lobos la alejaban de Alarik y del resto de sus bestias letales. Aun así, conforme se alejaba por el largo camino de entrada del palacio de Grinstad, Wren habría jurado que sentía los ojos del rey posados sobre ellas. Solo cuando cruzaron la verja negra, miró hacia atrás y percibió una sombra lejana de pie en el balcón. Celeste también se percató, pero la reina ignoró su mirada de desaprobación. Se delineó con el dedo el mechón plateado del pelo, se puso la capucha y se centró en su hogar.

—Háblame de Eana.

—Muy bien. —Celeste se aclaró la garganta—. Debo avisarte de que no te va a gustar...

Wren se reclinó en el asiento y la escuchó mientras su ira ardía con cada palabra.

El barco de Marino Pegasi ya estaba en el puerto cuando llegaron a medianoche. Si el capitán se sorprendió por el trineo real, no lo demostró. Solo extendió los brazos para darles la bienvenida cuando subieron a bordo.

—Bienvenida, señorita Tilda. Mejor tarde que nunca.

—Tu querida Lessie ha venido a rescatarme —dijo Wren, dedicándole una sonrisa al simpático capitán—. Gracias por esperarme.

Celeste puso los ojos en blanco.

—Se me había olvidado lo pesados que sois cuando os juntáis. Voy bajo la cubierta a tomar algo de comida. Me muero de hambre.

Wren se despidió con la mano y se puso al ritmo de Marino mientras cruzaban la cubierta. El Secreto de Sirena era un hervidero de actividad, ya que la tripulación estaba izando las velas y desamarrando el barco, preparándose para partir.

—¿Tienes algo de ron a bordo?

Marino se echó a reír.

—¿Nieva en Gevra?

—Genial —contestó Wren—. Ahora mismo me vendría bien una bebida fuerte.

—Supongo que han sido unas semanas difíciles —comentó Marino.

La chica asintió, ausente.

—Aunque creo que lo peor está por llegar.

Marino envió a una tripulante bajo la cubierta para que trajera una botella del mejor ron. Cuando volvió al casco, Wren la cogió, le quitó el tapón y le dio un trago por Banba. Luego, tomó otro generoso por ella misma.

—¿No vas a compartirlo? —preguntó Marino, acercándose a ella tras haber pasado la Grieta de la Muerte.

Wren le pasó la botella.

—¿Hubo suerte con tu sirena?

El capitán negó con la cabeza antes de dar un largo sorbo.

—No importa, soy un hombre paciente.

—Y un loco enamorado.

—Todo el mundo está loco en cierto sentido, Wren. ¿Por qué no puede ser de amor?

Wren observó el mar cristalino y volvió a pensar en Tor, en la amabilidad de sus ojos, de su espíritu. Intentó no pensar en Alarik, con esa mirada fiera y esa alma intrépida, pero llegaron en el mismo pensamiento, tanto el capitán como el rey, entrelazados en su memoria.

—Conozco esa mirada —dijo Marino—. Estás pensando en tu amor gevranés, ¿no?

—Yo no tengo amores —respondió ella a toda prisa—. Ni quiero.

Los ojos marrones de Marino se impregnaron de pena.

—Entonces, ¿qué quieres?

Wren se giró hacia el agua. Había pasado mucho tiempo desde que alguien le había preguntado eso. Sin la mano de Banba para guiarla ni la voz de Rose al oído, no sabía lo que quería. Solo esto:

—Llévame a casa, Marino. Tengo una cita con Edgar Barron y ya voy tarde.

El capitán bajó la barbilla.

—Si el viento coopera, llegaremos pronto.

Wren miró hacia atrás.

—¿Te importa si le doy un empujón?

Con la bendición del capitán, alzó las manos y creó un viento tan fuerte que juraría haber oído la risa de Banba en él. Las velas se hincharon, plenas y tensas, y el Secreto de Sirena avanzó, cogiendo una velocidad tan alarmante que Marino tuvo que correr hacia el timón para evitar que el barco zozobrara. Wren sonrió mientras permanecía de pie en el casco, con el viento azotándole el pelo y una tormenta en los puños, acercándolos a casa a través del mar Sombrío, donde le esperaba la guerra.

Rose
CAPÍTULO 54

Cuando Rose se despertó, estaba lejos del palacio. Pestañeó para acabar con la neblina, intentando pensar más allá del dolor palpitante del cráneo. El mundo se volvió nítido, lo suficiente para saber que estaba en un claro quemado de la linde del bosque. Todo olía a ceniza y humo. Tenía las manos atadas sobre el regazo y el cuerpo amarrado a un tronco chamuscado.

Ante ella estaba Edgar Barron. A pesar de la batalla cercana, tenía un aspecto inmaculado, peinado a la perfección. Llevaba un jubón carmesí de buena tela bajo una elegante armadura negra, y estaba apoyado con pesadez sobre la empuñadura de la espada.

—Reina Rose. —Hizo una reverencia—. Nos volvemos a encontrar.

Rose fulminó al líder de los flechas con la mirada tan llena de odio como le fue posible.

—Esto es alta traición. Suéltame ahora mismo.

Barron paseó por ella los ojos azules.

—No estás en posición de negociar.

—La reina de Eana siempre está en posición de negociar.

Barron se puso de rodillas.

—Esta es mi primera y última oferta, bruja. Suplica por tu vida.

Rose cerró los ojos para recuperar los restos de su coraje. Entonces, con la rabia de todos los brujos ardiendo dentro de ella, hizo algo que nunca había hecho. Escupió a Edgar Barron, quien retrocedió.

—Sucia bruja —gritó, poniéndose en pie. Le colocó la espada bajo la barbilla—. Pagarás por esto.

Esta vez, Rose mantuvo los ojos abiertos. Si iba a morir, al menos le sostendría la mirada a su asesino. El corazón le palpitaba con fuerza. Sintió la presión del acero contra el hueco de su garganta, así como el cálido cosquilleo de su propia sangre, cuando la piel se le abrió.

De repente, el viento aulló. Se produjo una ráfaga de aire lo bastante fuerte como para levantarle el pelo a Rose y arrancarle la espada de los dedos a Barron. La reina jadeó cuando el líder de los flechas se tambaleó hacia atrás y perdió el equilibrio en el centro de la tormenta.

Cesó tan rápido como había comenzado y se produjo un ligero silencio en el claro. Entonces, se oyó la voz de Wren.

—Edgar Barron, el villano... ¿No te aconsejamos mi hermana y yo que te portaras bien?

Apareció entre los árboles. Parecía haber cambiado mucho, ataviada con un elegante vestido gevranés, con el pelo peinado en dos largas trenzas, ahora con un mechón plateado. Miró a Rose.

—¿Estás bien?

A Rose le temblaron los labios cuando asintió.

—Sabía que volverías.

Barron se puso en pie, pero Wren extendió la mano y volvió a tumbarlo con otra fuerte ráfaga.

—Quédate de rodillas, traidor.

Rose giró la cabeza, buscando a Banba, pero solo estaban los tres en el claro. De alguna manera, la tormenta procedía de Wren.

—Se suponía que eras una encantadora —dijo Barron, mirándolas a ambas. Por primera vez desde que Rose se había topado con el líder imperturbable de los flechas, se percató con una chispa de satisfacción de que parecía asustado.

—Y se suponía que tú ibas a comportarte —contraatacó Wren—. Pero, dado que estás aquí, intentando asesinar a mi hermana…, ¿quieres una demostración de mi nuevo poder?

—¡No! —exclamó él.

—¡Sí! —dijo Rose.

Wren dibujó un círculo con el brazo y creó un viento aullador que tronó en dirección a Barron, lo levantó del suelo del bosque y lo dejó flotando en el aire, desde donde salió volando como una ramita sobre los árboles quemados. Gritó mientras se alejaba, pero Wren no permaneció inmóvil para verlo desaparecer.

Se giró hacia Rose al tiempo que se sacaba una daga de la manga y se dejó caer de rodillas. Rápidamente le cortó las ataduras de las muñecas y la cuerda de la cintura.

—Siento llegar tarde —dijo—. He venido todo lo rápido…

Rose se abalanzó hacia ella y la rodeó con los brazos tan fuerte que Wren no consiguió terminar la frase.

—Ahora estás aquí —comentó, presionando la cara contra su hombro—. Eso es lo único que importa.

Rose estaba tan inmersa en la alegría de su reunión que no se percató de que le estaban cosquilleando los dedos hasta que se alejó de Wren. Una extraña calidez se extendió por su interior. No, no una calidez, sino una magia que, por alguna razón, parecía nueva y antigua a la vez. Miró a su hermana.

—Me está pasando algo.

Wren sonrió.

—Es la maldición de las gemelas, Rose —dijo, dándole la mano, con lo que su calor cobró fuerza—. Ahora que estamos juntas de nuevo, creo que por fin se ha roto. Los cinco dones de la brujería se han unido de nuevo. Nuestro poder está regresando.

Con esas palabras se produjo una oleada de poder tan cálido y resplandeciente que Rose sintió que la sangre se le convertía en fuego. Cuando se puso en pie, de sus dedos salían chispas. Sintió una tormenta creándose en su interior, así como la necesidad de extender las manos para dejarla escapar.

—Madre mía —dijo Rose sin aliento. De alguna manera, tuvo la sensación de que el alma se le hinchaba, de que las partes de su ser que aún desconocía se le extendían por los huesos y se unían entre sí—. ¿Y ahora qué?

Wren la cogió de la mano y tiró de ella fuera del bosque.

—Ahora lucharemos.

Wren
CAPÍTULO 55

Wren nunca se había sentido tan cerca de Rose como ahora. Ambas abandonaron el refugio del bosque y se dirigieron al palacio de Anadawn, donde el caos y el derramamiento de sangre las esperaban. Sin embargo, no eran las mismas personas que hacía apenas una luna. La maldición de los brujos se estaba rompiendo y las cinco ramas de la magia de Eana fluían desde Wren hasta Rose para reparar mil años sin ellas.

Aun así, en lo más profundo de su ser, una parte de Wren temía que su hermana sintiera la oscuridad en su interior, la rama rota de la magia sanadora que se negaba a funcionar. Le tendría que hablar de Oonagh tarde o temprano, confesarle lo que, por accidente, había dejado libre en las entrañas del palacio de Grinstad y el precio que habían pagado. O, mejor dicho, la persona a la que habían perdido.

—Estás temblando. —Rose le apretó la mano—. ¿Necesitas un segundo?

Wren se desprendió de los nervios.

—No. —El sol se estaba poniendo y los últimos rayos de su luz dorada brillaban sobre las torres blancas de Anadawn.

La oscuridad comenzaba a extenderse y, con ella, una pálida luna distante—. Enseñémosles a los flechas contra quiénes se están enfrentando.

Las gemelas contemplaron el campo de batalla, acompañadas de un vendaval aullante. Había cientos de soldados tirados en la hierba, algunos gimiendo y otros totalmente inmóviles. Las barricadas alrededor de los muros del palacio estaban destrozadas y la verja dorada comenzaba a ceder.

Wren canalizó la rabia hacia su magia y reunió todo el poder posible desde las profundidades de su alma. Notó que, junto a ella, Rose estaba haciendo lo mismo. El viento chillaba a su alrededor y la tierra temblaba a sus pies a medida que avanzaban hacia los flechas.

—¡Escudos en alto! —gritó uno de los rebeldes—. Solo es viento. Avanzad y atrapad a las reinas.

A la vez, todos los flechas cargaron. Rose se tensó.

—No he esperado dieciocho años para ir a la guerra, sino para poder gobernar mi pueblo con paz y prosperidad.

—Entonces, acabemos con esto. —Wren apretó los puños hasta que se produjo un relámpago. El cielo sobre Anadawn se abrió y la luz de un rayo cruzó las nubes antes de dibujar una línea irregular y chamuscada en el suelo.

Los flechas se quedaron paralizados a medio camino.

—¡Habrá paz! —gritó Rose mientras Wren soltaba un nuevo rayo que hizo que la tierra saltara a su alrededor—. ¡Por favor, permitid que haya paz!

Al otro lado del campo de batalla, Wren localizó a Rowena entre el revuelo. Cogió una espada del suelo y la lanzó al aire antes de atraparla por la punta y enviarla, con una puntería experta, contra la espalda de un flecha que iba armado con un hacha. Entonces, se miró las manos, como si nunca las hubiera visto, y se echó a reír.

—¡La maldición! ¡Se ha roto!

Tilda saltó desde la muralla y cayó rodeada por su propio torbellino de viento.

—¡Mirad! ¡Ahora tengo los poderes de una tempestad!

Los flechas giraron la cabeza, horrorizados, mientras del palacio de Anadawn salían más brujos que alzaban las manos hacia el cielo y descubrían ese nuevo poder que crecía en su interior. Las gemelas siguieron avanzando, trayendo consigo los rayos.

—¡Atrás! —gritó Rose a sus soldados—. Colocaos detrás de nosotras.

Rowena se apresuró a acompañarlas.

—¡Acabad con ellos! —gritó, creando su propio relámpago irregular—. Con todos ellos.

Wren flexionó los dedos.

—No —exclamó Rose, cogiéndola por la muñeca—. Los llevaremos de vuelta al río y los acorralaremos en el puente. Eso nos dará tiempo para curar a los heridos. Ahora debe de haber cientos de sanadores entre nosotros.

Rowena frunció los labios.

—A pesar de todo este poder, sigues siendo una cobarde.

Rose la empujó.

—Muévete.

Wren le dedicó una mirada de advertencia a Rowena y caminó tras su hermana. Muchos flechas huían ahora, pero unos cien seguían presionando, intentando de forma ingenua tirar la verja dorada. Sorprendentemente, se abrió como si les estuviera dando la bienvenida. Rose giró la cabeza.

—¡Han quebrado las puertas!

—No —dijo Wren, inquieta—. Las han abierto, Rose. Creo que nos están traicionando.

La chica esperaba equivocarse, pero, a medida que avanzaban hacia el palacio, su preocupación se volvía más grande. Dentro del patio, algunos de los guardias estaban utilizando sus espadas contra los brujos. Lo peor de todo era que el capitán Davers estaba de pie junto a la verja, guiando a más flechas hacia el interior. Wren echó a correr.

—¡Sucio traidor! Haré que te corten la cabeza por esto.

—¡Los niños! —Rose señaló al jardín de rosas, donde un grupo de jóvenes brujos se escondían tras Celeste, quien balanceaba una larga espada de forma violenta hacia cualquiera que se atreviera a acercarse.

—¡Cogedlos! —gritó el capitán Davers—. Coged a todos los brujos que podáis.

Ante el horror creciente de Wren, más guardias se volvieron en contra de los brujos, pero no sabía si era por miedo a este poder recién descubierto o por algún plan previamente elaborado. Antes de que Rowena pudiera lanzar un golpe mortal, Davers la derribó con la empuñadura de su espada. Grady y Cathal fueron los siguientes, y Tilda esquivó por poco un hacha voladora. Incluso con los poderes recién descubiertos de los brujos, les ganaban en número.

Cerca del jardín, Thea había conseguido una espada y había logrado llegar junto a Celeste, pero ahora estaban rodeadas, aunque las dos luchaban por proteger a los jóvenes brujos a su cargo. Wren y Rose se separaron en la fuente. La segunda corrió a ayudar a los niños, mientras que la primera se dirigió a Davers, quien, ante la ausencia de Edgar Barron, había asumido el papel de líder traidor. A Wren nunca le había gustado ese hombre, y ahora sabía por qué.

El capitán de la guardia de Anadawn la estaba esperando. Se encontraron cerca de las murallas, donde él levantó el escudo para bloquear su magia tempestuosa, al mismo tiempo que lo rodeaban doce de sus mejores soldados. Traidores, todos ellos. Sin embargo, Wren seguía con los ojos fijos en Davers. Era lo que Banba siempre había dicho. Acaba con el líder y los demás caerán.

—No me extraña que Barron llegara tan lejos si le ayudaba un chaquetero como tú —siseó Wren.

Davers sacó la espada y la empujó hacia las murallas. La chica flexionó los dedos, deseando que el don del guerrero la inundara para poder quitársela.

—El método antiguo funcionaba bien —dijo, como si estuvieran charlando, en vez de luchando a muerte—. Anadawn era seguro, apacible.

—Para nosotros no —dijo ella, lanzando otra ráfaga.

Davers se agachó para evitarla.

—Barron tiene razón. Nadie debería tener tanto poder. No es natural. No es lo correcto.

Wren apretó los puños.

—Si de verdad te importara lo correcto, nos habrías dado la oportunidad de gobernar.

El soldado soltó un resoplido lleno de desprecio.

—¿Cómo vais a gobernar un reino, si no podéis siquiera controlar a vuestros invitados en palacio?

Wren alzó el puño, pero, cuando miró hacia arriba para lanzar un rayo, se encontró ante una mirada familiar y furiosa. Apenas tuvo tiempo de pensar antes de que Edgar Barron saltara desde la muralla y se lanzara sobre ella como un saco de ladrillos. Wren cayó y se golpeó la cabeza contra el suelo de piedra con un crujido nauseabundo.

Las estrellas le inundaron la visión y, durante un breve momento crucial, perdió la consciencia. Cuando la recuperó, apenas podía sostenerse en pie y tenía un trapo sucio en la boca. Barron le había atado las manos a la espalda y la arrastraba por el patio. Los flechas se separaron a su alrededor, abriéndoles un camino hasta la fuente.

—Te voy a dar un consejo —le siseó Barron al oído—. Cuando ataques a un enemigo, asegúrate de terminar el trabajo.

Wren escupió el trapo de la boca, pero la cabeza le daba vueltas y no era capaz de pensar con claridad, y mucho menos de reunir un ápice de su magia. Se resistió débilmente mientras la arrastraban hacia la fuente. Con la muerte pisándole los talones, Wren fue apenas consciente de que su hermana gritaba su nombre. Celeste chillaba. Y Thea también. Pero nadie vino a ayudarla.

Todos iban a morir allí, sobre el abismo de las oportunidades. El último de los brujos se perdería en las páginas de una historia olvidada dentro de poco. Wren se arrastró de espaldas por la fuente. Al intentar escapar de Barron, el agua fría le empapó el pecho. Sin embargo, él la siguió y los ojos azules se le iluminaron de forma violenta.

—Eres la listilla, ¿verdad, Wren? —La miró con desdén—. ¿Sabes que no se necesita mucha agua para ahogar a alguien?

Ella soltó una carcajada.

—Mejor, así podré matarte.

—Tan arrogante como siempre, bruja, incluso antes de morir.

Ahora los rodeaban los flechas, todos con caras hostiles y miradas llenas de maldad. Rose trató de abrirse paso hacia ella, pero Davers la interceptó y le sujetó las manos en la espalda. Entonces, apareció Celeste, pero no intentó acercarse. Su mirada se encontró con la de Wren entre la multitud y, justo cuando un guardia se aproximó para capturarla, echó el brazo hacia atrás y lanzó una rosa roja a la fuente. Aterrizó en el agua, junto a Wren.

Barron la vio y se echó a reír.

—Una flor para tu tumba. Ni siquiera tus aliados esperan que salgas viva. —Un solo pétalo flotó en dirección a Wren, y esta cerró el puño a su alrededor—. Vas a morir hoy, bruja, y tu hermana será la siguiente.

Wren apretó el pétalo dentro de su puño en el mismo instante en el que Barron la cogió del pelo y le presionó la cara contra el agua. La mantuvo ahí, hundiendo los dedos en su cuero cabelludo, mientras ella luchaba por respirar. Lo oyó reírse cuando ella se quedó inmóvil, y escuchó cómo los flechas vitoreaban su nombre. Tras tres largos minutos, Barron la soltó, tan contento con su propio triunfo que no se percató del encantamiento que recorría el cuerpo de Wren ni de las branquias que le habían salido en el cuello.

El traidor se puso en pie en la fuente y pidió que le entregaran a Rose. La arrastraron hacia él al tiempo que ella daba patadas y gritaba. Wren fue consciente del momento en el que su hermana la vio flotando sin vida en la fuente, y el grito primitivo de Rose fue tan desgarrador que a punto estuvo de levantar la cabeza. Barron pasó por encima de ella. Esta vez pidió una flecha y un arco. Alguien se alejó de la multitud para tendérselo. Sus palabras cacofónicas retumbaban por el agua mientras Wren, con mucha lentitud, estiraba la mano hacia su daga.

—Tu hermana está muerta. Ha llegado la hora de que te unas a ella. —Wren oyó cómo colocaba la flecha en el arco y se lo imaginó apuntando al corazón de Rose—. Aquí nos encontramos, bajo el ojo del gran Protector. No hay flecha más verdadera que esta —anunció Barron—. Ni mejor muerte que la tuya.

Wren le atacó y le clavó la daga en la pantorrilla. Barron cayó de rodillas con un grito ahogado a la vez que ella saltaba del agua. Con el pelo sobre la cara, solo consiguió ver cómo su hermana se resistía entre las manos de Davers. Rose aprovechó la sorpresa del capitán para golpearle el costado con el codo y alejarse de él. Se lanzó hacia Wren, pero Barron la detuvo. Al quitarse la daga de la pantorrilla, la atrajo hacia él y se la acercó al cuello.

—No muevas ni un músculo —dijo Barron con los dientes apretados. Wren se quedó paralizada y, sobre el agua, dirigió su mirada asustada hacia la de Rose—. Intentémoslo de nuevo, ¿sí?

El terror recorrió la columna de Wren. Le había fallado a su hermana. No había sido lo bastante rápida ni lo bastante inteligente para salvarla. Para salvar a ninguno de ellos. Y ahora ahí estaba, a punto de separarse de Rose para siempre. Además, para empeorar la situación, su hermana moriría primero.

«Lo siento», vocalizó. Rose sonrió, perdonándola. Perdonándose.

«Te quiero».

Apretó los ojos, preparándose para morir. Wren también los cerró, pero, en lugar del sonido penetrante del acero hundiéndose en la piel y los huesos, oyó el silbido inequívoco de una espada volando. Y, luego, un golpe delator.

Rose gritó. Wren abrió los ojos. Sobre el hombro de su hermana, la cara de Barron se había congelado en mitad de una sonrisa y la empuñadura dorada de una daga familiar le sobresalía del cuello. Se le aflojaron los dedos y el cuchillo se alejó de su alcance. Cayó hacia atrás y aterrizó con una gran salpicadura.

—Perdón por llegar tarde —dijo una voz desde la parte superior—. Estábamos desempolvando las armas.

Wren y Rose alzaron la cabeza a la vez para ver a Shen Lo de pie en las murallas. Llevaba una corona dorada y blandía el sable más grande que Wren había visto nunca. Lei Fan se encontraba a su lado, con un arco y una flecha dorados, y la abuela Lu estaba al otro, dándole vueltas a su bastón. Por toda la muralla, hasta donde alcanzaba la vista de Wren, había una línea continua de brujos con brillantes armaduras negras blandiendo sus propias armas amenazadoras.

—Supongo que vosotros, cobardes odiabrujos, no habréis oído hablar del Reino Soleado —comentó Shen Lo mientras bajaba de la pared, se dejaba caer a unos siete metros de distancia y aterrizaba en una posición perfecta—. ¿Por qué no nos presentamos?

Con un grito colectivo, el resto del ejército soleado bajó de la muralla y descendió sobre los flechas.

Rose
CAPÍTULO 56

La luz de la luna brillaba sobre las armas del ejército de Shen mientras participaban en la batalla, inundando el patio con una masa de acero. Los flechas soltaron a los brujos de Ortha y corrieron hacia la verja, pero no eran rivales para la fuerza y la rapidez del Reino Soleado. Lanzaban ráfagas como cuchillos y daban vueltas en el aire con una elegancia letal.

Los soldados que habían traicionado a Wren y a Rose alzaron las armas, pero se las quitaron de las manos temblorosas con una patada. Se miraron entre sí y corrieron hacia el río. Wren se unió a los brujos soleados y corrió tras ellos, intentando detener a todos los posibles.

Rose permaneció de pie en la fuente, empapada de la cabeza a los pies, observando cómo huían. «Dejad que corran», pensó. La recorría una amargura desconocida. Tras dieciocho años, sus propios guardias se habían vuelto en su contra. Incluso el capitán Davers, a quien conocía de toda la vida, se había asustado tanto por su magia que le había atado las manos y había tratado de llevarla a la muerte.

Shen cruzó el agua y la examinó con sus ojos oscuros.

—¿Estás herida?

La chica negó con la cabeza, pero las lágrimas le inundaron los ojos. No podía quitarse de la mente la imagen de su hermana flotando muerta en el agua. En ese aterrador momento, había dejado de resistirse, y la última de sus esperanzas se había extinguido. Aun así, ahí estaba, viva. A salvo.

—No me puedo creer que hayas venido.

—No podía dejar que te enfrentaras sola a esta batalla, Rose. —Shen se acercó a ella y la abrazó, colocando su cuerpo como un escudo—. Nunca pensé que Barron fuera a llegar tan lejos.

Rose contempló sus ojos marrones.

—No quería arrastrarte a esto, Shen.

Él frunció el ceño, recorriéndole la herida del cuello con el dedo.

—Menos mal que Thea me mandó una nota.

—¿Sí?

—Y Rowena.

—¿Qué?

—Y Tilda. —Shen hizo una pausa—. ¿Sabías que tiene una caligrafía horrible?

Rose lo miró boquiabierta.

—No les pedí que...

—Ya lo sé —contestó él con seriedad—, pero me alegra que lo hicieran. No tenía ni idea de lo mal que estaba la situación.

—Aun así —dijo Rose con un suspiro—, sé que no querías mandar a tu pueblo a la guerra.

—No he tenido que hacerlo —contestó, encogiéndose de hombros—. Solo les he dicho que iba a luchar y les he dado la opción de seguirme. —Curvó los labios, con lo que reveló un hoyuelo—. Resulta que estar atrapado bajo el desierto durante dieciocho años es muy aburrido. La mayoría necesitaban algo de acción.

Salieron de la fuente. A Rose se le constriñó la garganta cuando Shen le quitó la daga del cuello a Barron y la limpió en el dobladillo de su capa. Esquivó la mirada perdida del flecha mientras pasaba sobre su cadáver, pero no pudo evitar sufrir un escalofrío. La muerte, fuera de quien fuese, no le sentaba bien. Hacía que le doliera el corazón.

—Además, ha ocurrido en un buen momento, si pensamos en todo este poder extra con el que podemos jugar. —Shen movió la mano y elevó un peral cercano desde las raíces—. ¿Tienes alguna idea de dónde ha salido?

—Wren —dijo Rose, estirando el cuello para ver dónde estaba su hermana—. Ha encontrado la manera de romper la antigua maldición de Oonagh Avestrellada. Parece que las ramas de nuestra magia se han unido de nuevo. —Frunció el ceño—. Pero cómo lo hizo... Esa es otra cuestión totalmente distinta.

Shen elevó aún más el peral y lo giró para dirigirlo hacia un soldado que huía.

—Si a los flechas no les gustábamos antes...

—No —lo interrumpió Rose, colocándole una mano en el brazo—. No somos «nosotros» o «ellos». Debemos formar una Eana unida. Es la única solución.

Contemplaron la violencia más allá de la verja, oyendo los gritos sobre la brisa. La abuela Lu había acorralado a un grupo de soldados huidizos y estaba haciéndolos girar en un baile infinito. Tilda estaba usando ásperas ráfagas de viento para saltar más alto antes de caer sobre varios flechas desprevenidos. Incluso Celeste había cogido una espada, y le estaba dando vueltas en el aire con unas carcajadas tan alegres que parecían una canción.

—Quizás sea un poco tarde para eso —comentó Shen—. Los brujos quieren explorar su nuevo poder. Quieren enseñarles una lección a los flechas. ¿Quién los puede culpar?

Rose no quería hablar de culpas, sino de paz. Sabía, en el fondo de su corazón, que esa era la única vía para el futuro. Pero ¿cómo podía demostrárselo a los demás?

La mayoría de los flechas estaban ahora en el río y se resbalaban sobre el barro fresco mientras miraban hacia atrás, temerosos. Los demás habían caído o muerto o gruñían en algún lugar a lo largo del camino. Rose sabía que, si huían ahora, volverían más fuertes y enfadados para vengar a Barron.

—Esto tiene que acabar —dijo, cruzando la verja.

Shen se puso a su ritmo, moviendo con lentitud el sable por si algún desertor de última hora cargaba contra ellos.

—Parece que Wren y Lei Fan se llevan bien —comentó, haciendo un gesto hacia donde se encontraban las dos chicas, a orillas del Lengua de Plata, con las cabezas juntas. Rose miró sus sonrisas de superioridad, a juego, con una aprehensión creciente. Wren como encantadora era una cosa, pero Wren con los cinco dones de la magia y una sed de venganza cada vez mayor sería otra muy distinta.

Rose echó a correr hacia ellas, pero, mucho antes de alcanzarlas, Wren y Lei Fan alzaron las manos al unísono. Se escuchó un crujido imperioso cuando formaron un relámpago en el aire. Lei Fan lo usó para prender fuego a una bandera caída. Las llamas se retorcían y crecían hasta que se convirtieron en una bola en el cielo. Se unieron más brujos para mantenerla estable, y Wren cogió un puñado de tierra y comenzó a manipularla.

En menos de un minuto, las llamas se habían convertido en una enorme serpiente retorcida. Los flechas gritaban. Los brujos rugían, triunfales.

—¡No! —exclamó Rose, corriendo más rápido. Observó horrorizada cómo la serpiente abría sus fauces y soltaba un siseo de chispas y humo. Los flechas retrocedieron desde el puente, chillando de miedo. La serpiente se lanzó hacia ellos y les golpeó los tobillos.

Los brujos se rieron al sumar su poder a las llamas. La serpiente crecía más y más mientras empujaba a los flechas, al mismo tiempo que retorcía la cola a su alrededor, formando un círculo imponente. Entonces, de repente, estaban atrapados. No había nada entre ellos y la muerte, solo un muro de llamas sibilantes y chisporroteantes. Se apelotonaron, asustados. Algunos se desmayaban por el miedo, y otros intentaban cruzar el fuego. Sin embargo, caían al suelo, quemados y aullando.

Rose se detuvo de golpe en la orilla.

—¡Wren! —Incluso desde allí, el calor era incesante. No podía imaginarse lo que debían sentir atrapados dentro de las llamas—. ¡Wren!

Reticente, su hermana se alejó del fuego y caminó hacia ella.

—¿Por qué pareces tan asustada? ¡Estamos ganando!

—¿A qué precio? —preguntó Rose—. ¿En qué diablos pensabas al crear esa horrible criatura?

Wren alzó la barbilla.

—Nunca volverán a rebelarse contra nosotros. No después de esto.

A Rose le temblaban las manos. Y el corazón.

—No quiero gobernar dando miedo. El miedo lleva al odio, a esto. No somos mejores que ellos.

—Quizás no, pero al menos somos más fuertes.

Rose cogió a su hermana por los hombros.

—Un gobernante justo muestra piedad. Es la mejor solución, la más inteligente.

—Esto es lo más inteligente.

—No, esta es la solución de Oonagh Avestrellada. —Wren se estremeció al oír el nombre, ante lo que significaba—. Prometimos que no seríamos como ellas —continuó

Rose—. Que gobernaríamos a favor de la unidad, de la paz. Este es nuestro reino. ¿De qué vale construirlo sobre el miedo?

Wren dudó. Rose vio el dilema tras los ojos de su hermana, los antiguos métodos que Banba le había enseñado luchando con los nuevos. Sin embargo, la sangre de venganza poco a poco fue dando paso a la reflexión. Miró el fuego antes de centrarse una vez más en Rose.

—Muy bien —suspiró—. ¿Qué necesitas que haga?

—Sígueme.

Rose alzó las manos al cielo y caminó hacia las llamas. «Eana, estés donde estés, por favor, envíanos fuerza», le suplicó a su antepasada. «Ahora la necesitamos más que nunca».

—¿Qué haces? —preguntó Shen—. Vas a salir herida.

Rose cerró los ojos, canalizando cada pizca de magia hacia una nueva tormenta. A su lado, Wren hizo lo mismo. Primero aulló el viento, que les acarició las mejillas, jugueteando con su pelo. Luego, un trueno que cruzó el cielo trajo consigo una pesada nube gris. Era la nube de tormenta más grande que Rose había visto nunca, y no dejaba de crecer, de cubrir a Anadawn con su sombra.

El viento aumentó mientras el cielo retumbaba, hasta que Rose sintió la electricidad estática en la piel, en el pelo. La nube se detuvo sobre la orilla y, durante un momento, todos miraron hacia arriba.

—¡No! —gritó Rowena—. No arruines la diversión.

La serpiente atacó y quemó a otro grupo de flechas. Gritaron al caer a la hierba.

Wren cogió a su gemela de la mano.

—Acabemos con esto.

—Juntas. —Rose le apretó la mano.

Con un suspiro imperioso, los cielos se abrieron. Una capa de lluvia helada cayó desde la nube de tormenta, empapándolo todo, a todos. La serpiente siseó mientras sus llamas se desvanecían y su lengua se convertía en un humo negro y pútrido ante sus ojos. Las gemelas siguieron avanzando hacia el interior de su tormenta. Lanzaron otro chubasco y la lluvia se aferró a las pestañas de Rose, difuminando el mundo. Estaba empapada hasta los huesos y la ropa se le pegaba a la piel, pero, con su hermana a su lado y su magia fluyendo al unísono, se sentía más poderosa que nunca.

Cuando los restos de la serpiente de fuego se convirtieron en volutas de humo gris, los flechas cayeron de rodillas y miraron al cielo maravillados, como si el propio Protector hubiera llegado para evitar su muerte. Eso no serviría.

Rose creó una ráfaga de viento y la utilizó para que su voz recorriera la orilla y todos los brujos, flechas y soldados, los buenos y los traidores, pudieran oírla.

—¡Bajad las armas! ¡Detened vuestro poder! —exclamó—. Aplacad el miedo y la ira. La batalla ha terminado.

—No habrá más derramamiento de sangre en esta tierra hoy —gritó Wren—. Ni se perderán más vidas.

Se detuvieron ante los temblorosos flechas, que antes habían sido una masa de insurgentes con sed de sangre y ahora se estremecían empapados a sus pies.

—Hoy habéis demostrado ser unos traidores al trono —dijo Wren—. Habéis quemado nuestra ciudad y, solo por eso, deberíamos haberos quemado a vosotros.

Se produjo un vitoreo por parte de los brujos. Rose alzó una mano para silenciarlos.

—Pero creemos que eso solo encendería otra chispa peligrosa. Si os mostramos el mismo odio que portáis en vuestros corazones, solo estaremos añadiendo más veneno al que ya infecta este país.

—Creemos en una Eana mejor —dijo Wren—. Una más fuerte y unida.

La lluvia comenzó a extinguirse.

—Creemos en una Eana en la que los brujos y los no brujos puedan vivir codo con codo —continuó Rose—. Una en la que podáis llevar a vuestros hijos enfermos a un brujo sanador con la seguridad de que van a mejorar. Una en la que podréis dormir tranquilos en invierno, sabiendo que vuestros cultivos seguirán prosperando, en la que nuestros guerreros lucharán por vosotros, y no contra vosotros. —Wren le apretó la mano para aportarle mayor fuerza a sus palabras mientras continuaba—: Creemos en una Eana en la que los brujos puedan caminar con libertad por las calles sin tener que marcar sus puertas por miedo o esconder quiénes son en realidad. Creemos que una Eana en paz es una Eana más poderosa. —La nube de tormenta se estaba abriendo, y unos rayos plateados de luz de luna se filtraban a través del gris—. Hoy, mi hermana y yo elegimos la piedad, ofrecemos una rama de olivo, en vez de una horca, para que sepáis que no ha sido el Protector quien os ha salvado, sino las reinas brujas de este reino.

Wren alzó la barbilla con voz desafiante.

—Ahora os pedimos que nos demostréis si merece la pena vuestra salvación. Plantad lealtad por vuestro país y dejad que florezca, como siempre debió haber sido.

Silencio. Los flechas miraron a las gemelas, como si las estuvieran viendo por primera vez. Los brujos también estaban en silencio, esperando. Cautelosos. Entonces, entre la masa empapada, el capitán Davers dio un paso al frente, con el miedo y el arrepentimiento batallando en sus ojos. Soltó la espada y se dejó caer de rodillas.

—Reina Rose la Piadosa. Reina Wren la Clemente. Perdonadme.

Uno a uno, los flechas dejaron a un lado las armas y se arrodillaron. La luna atravesó las nubes y envolvió a las gemelas bajo su luz plateada. Rose cerró los ojos y se deleitó con la cercanía de su antepasada. «Gracias, Eana».

—Buen discurso —dijo Wren en voz baja—. Pero, por favor, dime que castigaremos a Davers por el motín.

Su hermana abrió mucho los ojos.

—Quizás sea piadosa, pero no soy idiota.

Después, cuando el viento se hubo retirado al bosque y la luna ocupaba el centro de un cielo despejado, Rose invitó a cualquier brujo que quisiera a cruzar el campo de batalla para curar a los heridos. Ninguno deseaba ayudar a los flechas caídos, y Wren había desaparecido por completo, pero Rose lo convirtió en su misión y se quedó fuera hasta que agotó la última gota de su magia. Solo entonces, volvió al gran vestíbulo atestado.

—Eres una auténtica reina —dijo la abuela Lu, guiñándole un ojo a Rose tras una generosa copa de vino—. Tenía un buen presentimiento contigo.

—Creo que necesito practicar con mi don de la sanación —comentó Shen, acercándose a ella—. Me distraigo con facilidad.

—Ya lo perfeccionarás —dijo Rose, dejando que su mano rozara la de él mientras permanecían en el centro del vestíbulo—. Dale tiempo.

El chico le sonrió.

—Reina Rose la Piadosa. Te pega.

—¿Y qué tal tú, rey Shen? —preguntó—. ¿Qué ocurrió con Feng y Kai?

Desvió la mirada en dirección al desierto.

—Se están pudriendo en una celda mientras hablamos. Supongo que están esperando a descubrir qué tipo de rey soy... Shen el Vengativo... Shen el Indulgente... Shen el Guapo...

—Shen el Modesto —le provocó Rose.

—Shen el Hambriento.

La reina se echó a reír.

—Ya somos dos.

—Ven —dijo, alejándola de la multitud—. Vayamos a la cocina. Celeste tiene una botella de vino con nuestros nombres.

Rose aceptó encantada, sonriendo ante el bullicio de conversaciones que llenaban el aire. El palacio de Anadawn nunca había estado tan lleno. El murmullo de las charlas, mezclado con el olor de la sopa de pollo de Cam y el pan recién horneado, le llenaron el cuerpo con una descarga de felicidad. Se sintió esperanzada en ese momento, mientras la paz se extendía, tan nueva y frágil como un polluelo.

Parecía una promesa de futuro.

Wren
CAPÍTULO 57

Justo después de medianoche, Thea encontró a Wren sola en la torre oeste. Seguía ataviada con el vestido gevranés empapado y la suave falda de terciopelo, ahora manchada de sangre y barro. Thea abrió la puerta, permitiendo que la música de la planta inferior flotara a su alrededor.

—Aquí estás, pajarito —dijo, caminando hacia ella—. ¿No deberías estar abajo, en la celebración?

Wren alzó la cabeza del hueco de sus codos. Al ver a la esposa de su abuela, sonriente y con ojos dulces, se le desmoronó la expresión.

—Thea —comenzó a decir, pero se quedó sin palabras. En su lugar, aparecieron lágrimas. Se había estado escondiendo allí durante horas, ocultándose de la verdad, pero ahora no había forma de escapar de ella—. Es Banba.

La mujer se llevó una mano al pecho, y Wren supo que se había estado preparando para ese momento.

—Se ha ido, ¿no?

Wren intentó contarle la terrible realidad de lo ocurrido en Gevra, pero, para su propio horror, solo consiguió soltar un sollozo. Se le hundieron los hombros y más lágrimas bajaron por su rostro. Solo fue capaz de asentir.

—Ven, cariño. —A Thea le crujieron las rodillas cuando se agachó. Rodeó a la chica con un cálido abrazo—. Todo va a ir bien —musitó—. Todos vamos a estar bien.

—L-l-lo i-i-intenté t-t-todo —dijo Wren entre hipidos—. Lo p-p-prometo.

—Lo sé, cariño. —Thea se apartó y le limpió las lágrimas con las yemas de los pulgares. Entonces, cerró el ojo y le ofreció un toque de magia sanadora que fluyó por su sangre. Wren sintió de repente que era capaz de respirar de nuevo.

—Gracias, Thea. —Saber que no podía hacer nada con el dolor de la sanadora le constreñía el corazón. No importaba lo fuerte que se hubiera vuelto su magia, nunca tendría acceso al don de la sanación.

—Juro que una parte de mí ya lo sabía —susurró la mujer—. Hace unos días me desperté sintiéndome rara. Era como un pellizco en el corazón. Me quitó el aliento. Durante un tiempo, sentí como si una llama de mi interior hubiera desaparecido. Soy la mitad de brillante que antes.

—Lo siento mucho, Thea. —Le apretó la mano—. Por favor, perdóname.

—No hay nada que perdonar, pajarito. Sobrevivir a la pérdida es el gran sacrificio de nuestra mortalidad. —La sonrisa de Thea se diluyó—. Pero, aunque Banba ya no esté, nuestro amor permanecerá para siempre. Es una de las pocas cosas en esta tierra más fuertes que la magia. Eso me consolará. Y a ti también debería.

Se abrazaron de nuevo, uniéndose por su amor a Banba y por la pena por su fallecimiento, hasta que se oyeron nuevas pisadas. Wren alzó la mirada y se encontró a su hermana en el umbral.

—¡Ah! Debe de ser mi don de la videncia poniéndose en funcionamiento —comentó, moviendo la falda triunfal—. Tenía la sensación de que os encontraría aquí. No os deprimáis, venid a la planta inferior a bailar.

Rose estaba fantástica con un maravilloso vestido rosa. Se había trenzado el pelo y había formado con él una corona en la cabeza. Además, tenía las mejillas sonrosadas. Estaba vestida para la celebración, no para la pena. Aun así, cuando vio el rostro de Wren, se le desmoronó la expresión.

—¿Qué pasa?

Su hermana negó con la cabeza, intentando encontrar las palabras correctas. O cualquier palabra.

—Siento no habértelo dicho antes.

Rose miró a Thea.

—Es Banba, ¿no?

—Sí, cariño —contestó Thea con tristeza—. Después de todo, no lo consiguió.

Rose cerró los ojos.

—Ese horrible rey con el corazón de hielo.

—No fue Alarik. —Wren paseó la mirada entre Thea y Rose, y desveló la verdad con dos terribles palabras—: Fue Oonagh.

Thea frunció el ceño.

—No puede ser.

Rose retrocedió.

—¿Avestrellada?

—La única e inigualable —dijo Wren—. Oonagh Avestrellada no está muerta. Es la que mató a nuestra abuela. La visión de Celeste era cierta, vio a una reina congelada en el hielo gevranés, pero no era yo, sino Oonagh.

—¿De qué estás hablando? —preguntó Rose, acercándose a ella.

Wren se lo explicó lo mejor que pudo, resumiendo el momento de la muerte de Banba y cómo Oonagh Avestrellada había derribado una montaña sobre ellos y hecho pedazos las ventanas del palacio de Grinstad mientras caminaba por el paisaje montañoso.

—Ha vuelto —concluyó—. Y algo me dice que no va a ser la última vez que la veamos. —Miró a Thea, quien permanecía en silencio, sorprendida. Luego, a Rose, quien se frotaba las manos junto a la ventana.

—Maldita sea —musitó—. ¿Qué hacemos ahora?

Wren echó la cabeza hacia atrás. El problema era que no había nada que hacer, excepto esperar. Algunos acordes flotaron desde el gran vestíbulo.

—Supongo que podemos ir a bailar.

Rose
CAPÍTULO 58

Cuando Rose se despertó la mañana después de la batalla, envuelta en sábanas de seda junto a los ronquidos de su hermana, se sintió en paz. No era porque hubiera dormido bien, aunque así había sido, ni porque llevara su camisón azul favorito, aunque así era. Tampoco porque se hubiera pasado la noche anterior bailando con Shen Lo, oyendo su risa despreocupada y cayendo en sus ojos oscuros. Era porque sabía con una certeza inquebrantable y profunda que, por primera vez desde que se había convertido en reina, lo había hecho bien.

Había dejado a un lado el miedo y la rabia y había sido la gobernante que siempre había deseado, la que sabía que podía ser. Los flechas habían abandonado las armas y las habían escuchado a Wren y a ella. Aunque sabía que la paz era frágil y que era demasiado pronto para estar segura sobre el futuro, sentía que los fragmentos de su destino por fin ocupaban su lugar.

Aun así, habían sufrido una gran pérdida. Cientos de personas habían muerto durante la batalla por Anadawn, y luego también estaba Banba. La abuela a la que nunca había llegado a conocer, la que la había dejado en Anadawn durante tantos años, la que había confabulado en su contra, e incluso la había usado como peón, ya no estaba. La bruja más valiente con la que Rose se había topado, a la que había empezado a conocer, a querer, estaba muerta.

Aún le costaba creérselo, pero eso explicaba por qué Wren parecía tan apagada el día anterior, así como el mechón plateado en su pelo oscuro. Había querido a Banba con tal ferocidad que a veces había asustado a Rose, y había sentido por ella una lealtad imprudente que la había llevado hasta las fauces heladas de Gevra. Wren había arriesgado su vida para salvar a su abuela y había fracasado. Rose sabía que pasaría mucho tiempo antes de que su hermana se perdonara por ello.

Se oyó un golpe en la ventana que la sacó de sus pensamientos. Salió de la cama con cuidado de no despertar a Wren. En el alféizar había un avestrellado. Estiró las manos hacia él y le quitó el pergamino de la pata. Estaba destrozado y tenía aspecto antiguo. Además, incluía una nota escrita a mano.

Reina Rose:
¡Felicidades! Los cielos nos han susurrado que habéis ganado la batalla.
Desde que nos llegó vuestra carta, nos hemos pasado todo el tiempo sin descanso, buscando el manuscrito que pedisteis. Pog lo encontró bajo un montón de viejos mapas. Tal vez el chico no sea una causa perdida, después de todo.
Místicamente,
     Fathom

Poco después, en la cálida cocina del palacio de Anadawn, con tazas de té caliente para beber y una bandeja de galletas recién horneadas para picotear, Rose se sentó con Thea y Shen para hablar de Banba.

—Por lo que a mí respecta, aún debemos culpar a Alarik Felsing —comentó Shen, con el ceño fruncido tras su taza, como si pudiera ver flotando en ella al rey gevranés—. Si no se hubiera llevado a Banba, nada de esto habría ocurrido.

—No merece la pena centrarse en lo que podría haber pasado, Shen Lo —contestó Thea—. Los vientos del destino soplan en mil direcciones distintas. No siempre podemos elegir los que nos empujan.

Rose cogió una miga, ausente. Estaba pensando en Wren, que seguía en la cama, aunque era tarde. A pesar de lo que les había dicho sobre Oonagh, Rose tenía la sensación de que aún no conocía toda la historia, solo los detalles difusos que le había contado Wren y lo que había comprendido por sí misma en sus breves visitas allí. Se preguntó si alguna vez se enteraría del resto.

—Seguro que Alarik piensa que, si su hermano nunca hubiera venido a Eana, seguiría vivo —dijo rompiendo el silencio—. Todos hemos perdido a personas a las que queríamos. La venganza no traerá de vuelta a ninguna de ellas.

—Tal vez no —dijo Shen—. Pero es una bonita distracción de la pena.

Thea se echó a reír.

—Te diría que Banba no querría que hablaras así, pero ambos sabemos que nadie guardaba rencor mejor que ella.

Shen esbozó una sonrisa.

—¿Te acuerdas de cuando la tomó con el viejo Gideon en Ortha porque estaba convencida de que le daba las zanahorias más pequeñas de la cosecha?

—¿Que si me acuerdo? ¿A quién crees que se quejó durante todo el invierno? Cada vez que hacía una sopa, juraba que podía saborear el tamaño de la zanahoria. —Thea soltó una risita ahogada—. Estaba tan enfadada que salió e hizo volar todas y cada una de sus preciadas calabazas por el precipicio.

—¡Justo antes de Samhain! —recordó el chico, con los ojos brillantes por la diversión.

Thea negó con la cabeza, a la vez que sonreía ante el recuerdo.

—Tuve que lanzarme al mar para recuperarlas.

—Nadie hacía travesuras como Banba —dijo Shen con cariño—. Era una de las cosas favoritas de Wren.

—No creo siquiera que le importaran las zanahorias —confesó Thea—. Pero le encantaba el drama que conllevaban.

—¿Y cuando Grady le rompió su taza favorita? —intervino él.

—Ah, ¡qué alboroto! —canturreó Thea. Ambos sonreían mientras encadenaban una historia tras otra, hasta que el sonido de sus carcajadas reverberó por toda la cocina.

Rose permaneció allí, escuchando, sintiendo la misma calidez con las historias que con el té entre sus manos.

Poco después, Thea dejó a un lado su taza.

—Gracias a los dos por pasar la mañana conmigo. Los recuerdos tienen su propia magia, pero tengo el corazón cansado. Creo que voy a tumbarme un rato.

—¿Estarás bien? —preguntó Rose mientras Shen ayudaba a Thea a ponerse de pie—. Ojalá pudiera hacer algo más.

—El tiempo es la única cura para las heridas del alma —contestó la mujer sabiamente—. Si necesito compañía, llamaré a Tilda. Siempre está feliz, ¿verdad?

—Sí, es cierto —dijo Rose—. De hecho, de camino aquí la he pillado haciendo volteretas por el pasillo inferior.

—Debe de haber sido después de la nube de tormenta que ha creado en el gran vestíbulo —comentó Shen—. Ha empapado seis tartaletas de desayuno de Cam antes de que Lei Fan le pusiera fin. Pero los habitantes de la ciudad han disfrutado del espectáculo.

—Cuanto más experimenten con la magia, menos les asustará —respondió Thea—. Aunque me aseguraré de reñir a

Tilda por desperdiciar comida. —Le sonrió antes de arrastrarse fuera de la cocina para dejarlos a solas—. Seguro que dos jóvenes reyes tienen mucho que hablar sobre el tema.

Shen se sentó junto a Rose en el banco. Le rozó la pierna con el muslo y ella sintió la repentina y desesperada necesidad de subirse a su regazo. La apartó. Estaban en la cocina en mitad del día, después de todo. Eso sería muy inapropiado.

—Bueno, Rose la Piadosa, ¿cuánto tiempo vas a hospedar a la mitad de la población de Eshlinn en tu palacio? Si no tienes cuidado, se beberán todo tu vino.

—Se pueden quedar todo el tiempo que les lleve a los soldados reparar sus hogares —contestó Rose—. Aunque Chapman dice que algunos de los flechas los acompañaron anoche para ayudar y están haciendo grandes progresos.

A Shen le brillaron los ojos de admiración.

—Debería aprender una o dos cosas de ti sobre cómo reinar.

—Eso me recuerda... —comentó Rose, metiéndose la mano en el bolsillo de la falda—. Ahora que estamos a solas, tengo que mostrarte una cosa. O, mejor dicho, dártela.

Shen alzó las cejas.

—Dímelo antes de que mi mente piense mal...

—Ha llegado esta mañana —contestó Rose, abriendo el pergamino—. Después de lo que me dijiste en el desierto sobre la soberanía de tu reino, le pedí a Fathom que lo buscara. Es una declaración oficial de hace mil años, firmada por Ortha Avestrellada y la reina solar Jing. Tenías razón, Shen. El Reino Soleado no pertenece a Anadawn. Es tuyo. —Se mordió el labio y las mejillas le ardieron por la vergüenza—. Siempre ha sido tuyo.

Shen miró el pergamino y apenas pestañeó mientras leía.

—De todo lo que esperaba que dijeras...

—Feng tenía razón en una cosa —continuó ella—. Pero me sentía demasiado recelosa en aquel momento para verlo, demasiado asustada sobre lo que eso significaría para el destino de Eana, para mi destino como reina, para nosotros... El Reino Soleado siempre ha sido dominio propio. No tengo derecho a intentar mandar sobre él. Ni sobre ti.

Shen le mostró un hoyuelo.

—Sin embargo, ¿ser una mandona no es lo tuyo?

Rose enterró la cara entre las manos.

—Me temo que forma parte de mí tanto como mis uñas.

Shen se echó a reír y ella lo imitó. El brujo volvió a centrar la mirada en el pergamino.

—Nuestros antepasados eran aliados.

—Lucharon codo con codo. Como nosotros.

—Tal vez nosotros también podamos ser aliados. —Shen se aclaró la garganta—. Oficialmente.

A Rose le retumbó el corazón en el pecho.

—¿Y cuáles serían los términos de esa... alianza?

Shen desvió la mirada.

—Eres una reina. Y yo, un rey. Estoy seguro de que algo se nos ocurrirá. —Sin embargo, le desapareció la sonrisa y se puso serio—. Solo necesito entender primero cómo ser un buen rey. Quiero que mi pueblo se enorgullezca de mí.

Rose le posó una mano en la pierna.

—Serás un rey maravilloso, Shen. Tienes buen corazón. Lo único que debes hacer es dejar que te guíe.

El chico se tensó bajo su roce.

—Dime, Rose —comentó con la voz ronca—, ¿puedo dejarme guiar por mi corazón si ya lo he entregado?

La reina se mordió el labio inferior.

—Me temo que me enfrento al mismo dilema.

Shen le acarició la mejilla y se inclinó hacia ella.

—Sobre esa alianza...

—¿Sí?

Con suavidad, él le deslizó la mano por el pelo.

—Creo que vamos a tener que reunirnos muchas veces a altas horas de la noche...

—Eso pensaba yo —contestó ella, animada por la distracción de sus dedos.

—Todo muy oficial, claro —dijo, acariciándole el labio inferior con el pulgar.

—Por supuesto —murmuró Rose, regalándole un beso en él.

—Rose —susurró Shen—. Mi Rose.

Entonces, sus bocas se unieron y ella no pudo pensar en nada más. Enredó los dedos en su pelo, atrayéndolo hacia sí, hasta que todo su ser estuvo presionado contra Shen. Los gemidos salían de ambos en una perfecta armonía. Él la apoyó contra la mesa y, de forma accidental, volcaron un cuenco de limas. Cuando cayeron al suelo, volvieron a la realidad. ¡Estaban en la cocina! ¡En mitad del día! Cualquiera podría entrar. Rose se alejó de Shen.

—Vaya —musitó la chica sin aliento—. Me he dejado llevar por el momento.

Shen se pasó una mano por el pelo.

—Se me ha olvidado de lo que estábamos hablando.

Rose intentó ponerse seria, pero una sonrisa le curvó los labios.

—Me temo que deberíamos volver a nuestros deberes.

—Claro, sí. Nuestros deberes —contestó él, al mismo tiempo que fijaba la mirada en sus labios hinchados—. ¿Que son...?

—Tengo que recomponer un país —dijo Rose entre risas, empujándolo—. Y tú tienes que volver a tu reino.

Él le dedicó una sonrisa.

—¿Sigues dándome órdenes?

Rose se la devolvió.

—No tiene por qué cambiar todo, ya lo sabes.

Wren
CAPÍTULO 59

Wren se sentó en el casco del barco de Marino Pegasi, con los pies colgando sobre el agua y una sonrisa, mientras el viento le acariciaba las mejillas. No se había dado cuenta de lo mucho que había echado de menos el mar hasta que había vuelto a él. Había algo relajante en el aire. La hacía sentirse más cerca de Banba, de ella misma.

—¿Tienes que sentarte ahí, con lo peligroso que es? —preguntó Rose, de pie tras ella, vestida con un lujoso abrigo de pelo y un gorro a juego de color marfil. Abrazaba su propio cuerpo, y un escalofrío hizo que le castañearan los dientes—. Ya estoy lo bastante nerviosa como para tener que preocuparme también de que te caigas al mar.

Wren se giró hacia su hermana.

—Ya te lo he dicho. No tienes que ponerte nerviosa.

Rose desvió la mirada.

—¿Y si todo esto es una trampa?

Wren flexionó los dedos, recordándole a su hermana la magia que fluía por sus venas.

—Entonces, serán los gevraneses quienes sufran, no nosotras.

—No os preocupéis, bellas reinas —anunció la voz de Marino, acercándose a ellas. Iba impecablemente vestido, con una levita color cobalto, un traje de cuero negro y el tricornio inclinado hacia un lado de forma pícara. Rose lo miró de arriba abajo con aprobación, y de repente Wren tuvo la sensación de que había sido el amor de su infancia. O quizás de su edad adulta, aunque ni siquiera el bravucón del capitán podía compararse con Shen Lo. Aun así, Wren sospechó que, si Shen hubiera sabido lo guapo y encantador que era Marino Pegasi, quizás habría retrasado su regreso al Reino Soleado para acompañar a Rose en este viaje—. Si Alarik Felsing os mira siquiera de mala manera, lo atravesaré con un machete.

Rose le apretó el brazo.

—Tan heroico como siempre, Marino. Y tan bueno batallando contra enemigos reales como contra los villanos imaginarios cuando éramos críos. Si no recuerdo mal, se te daba especialmente bien derrotar a dragones.

Marino le dedicó una sonrisa.

—No hagas que me sonroje. Ya verás que soy mucho mejor con una espada de hierro que con un palo.

—No recuerdo que los dos flirtearais tanto cuando éramos pequeños —gruñó Celeste, quien los seguía de cerca—. Y no te hagas ilusiones, Marino. Rose no está disponible.

—¡Celeste! —exclamó Rose antes de soltar a Marino como si quemara—. No estamos flirteando y, respecto a ese tema, no es algo de lo que se deba hablar aquí. En público. —Tenía las mejillas de un radiante color rosa, aunque Wren sabía que no tenía nada que ver con el cortante viento marino.

—Estabais flirteando —dijo su hermana, provocándola—, aunque solo porque Marino flirtea cada vez que respira.

El capitán adoptó una expresión de falsa ofensa y Wren le guiñó un ojo.

—Parad —les avisó Celeste—. No quiero acabar con la personificación de los problemas como cuñada.

Wren le sacó la lengua.

—Me ofendes, Lessie. Sabes que soy una hermana encantadora. Pregúntale a Rose.

—Solo cuando se comporta —intervino la aludida.

—Lo que, por supuesto, es casi nunca —contestó Celeste—. Y, por favor, deja de llamarme Lessie.

—Vale —respondió Wren—. Y, para demostrar mi amabilidad, no me casaré con tu hermano.

—Hemos decidido dejarlo en que solo somos buenos amigos —dijo Marino con una carcajada—. Todos sabemos que mi corazón pertenece al mar.

—¡Qué buen capitán eres! —exclamó Wren—. De hecho, es la tercera vez que haces este horrible viaje por mí, Marino, lo que significa que te has ganado más que de sobra ser nombrado caballero. —Le dedicó una sonrisa—. No te preocupes, no se me ha olvidado nuestro trato.

Rose paseó la mirada entre ambos.

—Ojalá no hicieras pactos reales sin mí.

—Es uno pequeño —se defendió Wren.

—La semana pasada le prometiste lo mismo a Tilda.

—En mi defensa diré que contó un chiste muy gracioso. Tenía que recompensarla.

—También me prometiste una sirena —dijo Marino.

—¡Wren! —Rose negó con la cabeza, pero una sonrisa le cosquilleó en los labios—. Supongo que puedo apoyarte en eso. Me encantaría conocer a una sirena.

Celeste se echó a reír.

—No deberías animarlo.

Marino hizo un puchero.

—Déjame, Lessie. Estoy abatido.

—¿No lo estamos todos? —preguntó Rose, tocándole el hombro con la cabeza, mientras sus pensamientos se dirigían, sin duda, a Shen. Wren paseó la mirada por el mar, intentando no pensar en Tor y en el desastre que había dejado en Gevra. Presentía que hoy tendría que enfrentarse al menos a una parte.

El mar permanecía tranquilo y gris, cubierto por una suave bruma que escondía su extensión. Desprendía tal silencio que Wren no conseguía oír ni siquiera las olas, pero el viento los empujaba hacia delante, hacia el abismo plateado.

—Entonces, este es el famoso mar Sombrío... —comentó Rose, colocándose a su lado con la nariz arrugada—. Parece muy... muerto.

—Porque es profundo —contestó Wren—. Y está lleno de secretos. ¿Quién sabe qué clase de criaturas se estarán moviendo bajo nosotros ahora mismo?

—Gracias por ese pensamiento tan tranquilizador. —Rose suspiró—. Ojalá tu don de la sanación funcione pronto para no tener que enfrentarme de nuevo a ese rey aterrador.

Wren sintió una descarga de incomodidad ante la palabra «aterrador». La verdad era que Alarik Felsing era mucho más complejo. Igual que sus sentimientos por el rey de Gevra. Además, también estaba ese asunto sobre la magia sanadora de Wren. Se obligó a esbozar una sonrisa relajada. Su don de la sanación no llegaba tarde, sino que no existía. Wren nunca poseería la rama más noble del poder de los brujos por lo que había hecho en Grinstad.

—Se acabará antes de que te des cuenta, Rose. No hay nada que temer. Estaré a tu lado.

Como si las gemelas lo hubieran llamado con sus pensamientos, un barco imperioso con velas plateadas apareció en la distancia como si estuviera hecho de la propia niebla.

Parecía mucho más grande de lo que Wren recordaba, pero se movía hacia ellos con la elegancia de un cisne.

A Wren le comenzó a martillear el corazón en el pecho. Se esforzó en percibir las figuras de pie en la cubierta, pero la bruma los convertía en fantasmas. Rose se tensó.

—Espero que Alarik no haya traído a sus bestias.

—No les prestes atención —contestó Wren, pensando en las lobas del rey y ese enorme oso—. Están bien entrenadas.

«Gracias a Tor». Se le aceleró el pulso.

—Eso es lo que me preocupa. ¿Cómo sabes que Alarik no va a pedirle a una que nos haga pedazos?

—Por favor, confía en él, Rose. Y en mí.

Su hermana suspiró.

—Haré lo que pueda.

Minutos después, el barco del rey de Gevra se encontraba ante ellos. La tripulación de Marino se puso en acción, soltó el ancla y colocó la plataforma. Celeste fue la primera en cruzarla, abriendo los brazos para equilibrarse mientras caminaba hacia el otro lado. Wren fue la siguiente, tocándose la bolsita de arena de la cintura para que le diera suerte y, después, la daga de la cadera para encontrar valor, antes de subirse a la pasarela. Iba vestida con sus pantalones preferidos y unas botas de piel, a juego con el abrigo carmesí de pelo abrochado hasta la barbilla. Se lo ciñó conforme cruzaba la tabla, manteniendo la mirada fija en la nuca de su amiga.

Celeste se bajó de un salto de la pasarela, mostrando sus habilidades de la magia guerrera recién perfeccionadas aterrizando sobre la cubierta con un golpe triunfal. Wren dudó. Un soldado dio un paso al frente y extendió la mano para ayudarla. Lo reconoció al instante. Se le contrajo la respiración al coger la mano de Tor, y las piernas le empezaron a temblar cuando llegó al final de la pasarela. Estaba tan distraída con su presencia que perdió pie y a punto estuvo de caer al mar. Tor se lanzó a por ella y la atrapó por la cintura antes de apretarla contra sí.

—Cuidado —dijo él, y su aliento cálido le acarició el pelo. Dio media vuelta y la dejó con suavidad en la cubierta.

Wren se equilibró, pero tardó un rato en alejarse del soldado. No quería perder la sensación de sus manos sobre su cuerpo ni la tormenta de sus ojos, con la que la estaba bañando. El aire chisporroteó entre ellos y una llama familiar le ardió en las mejillas.

—Has vuelto —dijo ella.

El soldado sonrió.

—No sabía que...

—Perdón, pero yo también necesito algo de ayuda —gritó Rose desde la pasarela—. Es a mí a la que habéis llamado, ¿no?

Tor se alejó de Wren y se giró hacia la plataforma para ayudar a Rose.

—Reina Rose —dijo con una voz totalmente distinta. Formal. Tensa—. El rey está en su camarote, esperándoos.

—Ve delante, soldado —le pidió la chica—. Acabemos con esto cuanto antes.

Rose
CAPÍTULO 60

Rose siguió a Tor por la cubierta, pero se detuvo cuando se percató de que Wren no estaba a su lado. Se giró hacia su hermana.

—¿Wren?

Tor se aclaró la garganta.

—El rey Alarik ha pedido que acudáis sola.

Una expresión extraña cruzó el rostro de Wren, tan rápida que Rose estuvo a punto de perdérsela. Casi parecía dolida. Aun así, no se movió para seguir a su hermana. Confiaba de verdad en el rey de Gevra. Bueno, en eso no coincidían. Rose se frotó las manos.

—¿Debo quedarme a solas con el hombre que hace muy poco secuestró a mi abuela y mantuvo a mi hermana encerrada en contra de su voluntad?

Tor se llevó una mano a la empuñadura de la espada.

—Os prometo, reina Rose, que no os ocurrirá nada mientras estéis en este barco.

Rose estudió al soldado y le sorprendió que le transmitiera confianza. Bueno, en realidad confiaba en su lealtad no hacia ella, sino hacia su hermana, que había sobrevivido a las fauces heladas de Gevra gracias en gran parte a él y que ahora los miraba como si estuviera enamorada.

—Si Rose no ha vuelto en diez minutos, le diré a mi hermano que embista el barco —anunció Celeste tras ellos.

—¡No lo hagas! —exclamó Rose, pero sintió la calidez de la carcajada de su amiga a través de la bruma.

Wren le dedicó una sonrisa, empujándola hacia delante.

—Estaremos aquí, esperándote. Puedes hacerlo, Rose. Tienes que ser tú.

Y, dado que su hermana creía en ella, se armó de valor y aceleró el paso para seguir a Tor bajo la cubierta. En la parte inferior, se detuvieron ante una pesada puerta de madera con un elaborado grabado en plata de un oso polar que indicaba que era el camarote del rey. Tor llamó y, cuando la puerta se abrió, salió de ella un tentáculo de niebla gélida. Rose se estremeció ante el extraño frío que se le filtró a través del grueso pelo.

El rey Alarik se encontraba ante ella.

—Rose. —Hizo un gesto con la cabeza, sin que su expresión reflejara su habitual arrogancia—. Por favor, pasad.

—Habéis cambiado el tono —contestó ella, entrando en el camarote—. Supongo que por fin habéis aprendido a ser cortés cuando queréis algo. Y es «reina Rose».

—Perdonadme, reina Rose. —El rey se echó a un lado para mostrar la figura de su hermano, tumbado en una cama con dosel en el centro de la estancia—. Os agradezco mucho vuestra ayuda.

Ver al príncipe Ansel hizo que Rose sintiera una punzada en el corazón. De repente, recordó que ese día había ido allí no como reina, sino como sanadora.

—Haré lo que pueda —dijo con suavidad.

—Espero que hagáis más que vuestra hermana —comentó Anika, sentada en una silla junto a la cama, observando a su hermano, y ataviada con lo que a Rose le pareció un albornoz de pelo. La princesa gevranesa miró al soldado que permanecía en la puerta—. No te quiero aquí, Tor. Quizás Alarik te haya perdonado, pero yo no. No voy a permitir que mancilles estos últimos minutos con mi hermano con tu presencia.

Por un segundo, Tor pareció afligido, pero se tensó y su expresión volvió a convertirse en la de un soldado obediente.

—Puedes irte —le aseguró Rose, navegando con destreza por la delicadeza del momento, por no mencionar la tormenta de emociones que ya empañaba el pequeño camarote—. Ya me ocupo yo.

Tor cerró la puerta a sus espaldas, dejando a Rose sola con los hermanos Felsing. Se acercó a la cama y se llevó una mano a la boca para ocultar su horror. Ansel tenía peor aspecto aún que la última vez que lo había visto. La observó con la mirada perdida antes de volver con lentitud a la vida.

—Mi futura esposa —cacareó—. ¿Sabes que eres más bonita de lo que recordaba?

Rose se acercó a él y se sentó en el borde de la cama antes de tomarlo de la mano. La tenía fría. Como un cadáver.

—Gracias, Ansel.

—Debes perdonar que no me ponga en pie, pero estoy muy cansado. Más cansado que nunca.

—Ansel, querido, creo que necesitas dormir. —Le ofreció una débil descarga de magia para aplacarle la mente confusa—. Y cuando te despiertes…

Se quedó en silencio porque se le quebró la voz. Estaba a punto de llorar por Ansel y por la vida de la que nunca podría disfrutar, el futuro que había querido con tanta desesperación.

—¿Cuando me despierte? —preguntó.

—Cuando te despiertes, será el día de nuestra boda —susurró—. Y será maravillosa.

Ansel sonrió y se acomodó entre las almohadas.

—Sí, ¿verdad?

Rose asintió, ya que no confiaba en su voz. Anika acalló un sollozo. Rose la miró.

—Ha llegado el momento —dijo con suavidad.

Anika se lanzó hacia la cama y enterró la cara en el pecho de Ansel. Este intentó acariciarle el pelo, pero le pesaba demasiado el brazo.

—Ani, no llores. Se supone que las bodas son momentos felices. —Giró la cabeza hacia Alarik—. Espero que hayas preparado un discurso, querido hermano. Se te dan muy bien los discursos…, muy… muy…

Rose miró a Alarik, pero el rey gevranés permaneció donde estaba con la mandíbula tensa por el dolor.

—No lo alarguéis —le pidió, desviando la cara.

Anika se alejó de su hermano pequeño.

—Hacedlo con delicadeza —sollozó la princesa.

A Ansel le pesaban los párpados y soltó un bostezo.

—¿Bailaremos en nuestra boda, mi florecilla?

—Todo lo que quieras —contestó Rose, apretándole la mano.

Ansel comenzó a tararear un vals. Rose cerró los ojos y buscó su hilo de la vida. Estaba mancillado y enredado, demasiado lejos del talento de cualquier sanador. Sin embargo, no estaba allí para arreglarlo, sino para liberarlo. Envió otra descarga de magia a su sangre. Ansel interrumpió la canción con un suspiro y empezó a cerrar los párpados.

—Respecto al discurso de boda —dijo Alarik en medio del silencio—, estaba pensando en contarle a todos lo buen hermano que eres, Ansel. Mejor de lo que podría desear cualquier hombre. Les diré que siempre has sido el mejor de los tres. —Le tembló un poco la voz—. Y la suerte que tenemos de conocerte. De quererte.

Ansel sonrió y su cuerpo se relajó a medida que se expandía la magia de Rose.

—Soy feliz —anunció con la voz cada vez más distante—. Muy feliz.

—Descansa —le pidió Rose con suavidad.

Mantuvo el hilo en su mente y, con destreza, lo desató nudo a nudo. Temblaba bajo su roce, pero poco a poco adoptó un tono dorado de nuevo. Con un último suspiro, Rose lo soltó. Durante un breve momento, brilló tan radiante como el sol. Luego, se desvaneció hacia la nada.

«Descansa, dulce Ansel».

Cuando Rose abrió los ojos, los tenía llenos de lágrimas. Ante ella, Ansel se quedó muy quieto al abandonarle su último aliento. Su piel tenía un aspecto pálido de nuevo y sus ojos azules habían adquirido la luminosidad de un cielo en invierno. Su pelo rubio parecía un halo alrededor de su cabeza, y seguía sonriendo, aunque solo un poco. La chica estiró la mano y le cerró los párpados, antes de inclinarse y darle un beso en los labios, con mucha delicadeza.

—Adiós, Ansel.

Con un sollozo que le estalló en el pecho, Rose se puso en pie. Se sentía más cansada que el día de la batalla con los flechas. Anika se desmoronó en una silla junto a la cama, llorando sobre sus manos. Alarik se había acercado a la ventana del camarote, con los hombros tan rígidos que parecía tallado en piedra. Echó hacia atrás la cortina y un rayo de luz solar invernal penetró en el dormitorio e hizo brillar al rostro de Ansel. El rey cerró los ojos ante la luz y, mientras Rose se dirigía a la salida, juraría que vio una lágrima recorriéndole la mejilla. Cuando Rose cerró la puerta del camarote del rey, estaba temblando. Una pequeña parte de su corazón se había quedado bajo la cubierta, con el joven príncipe, junto con la vida que se había imaginado con él en el pasado. Era un buen hombre, alegre, amable y lleno de esperanzas para el futuro. No se merecía el destino que le había sobrevenido, pero ahora estaba en paz. Rose al menos le había podido conceder aquello.

Wren
CAPÍTULO 61

Wren caminaba de un lado a otro por la cubierta del barco de guerra de Alarik, intentando calmar los nervios. Los soldados la observaban a través de la niebla con las barbillas levantadas hacia el pálido cielo. Aunque no había bestias vagando por allí, cada centímetro de la embarcación del rey contaba con protección armada.

No era eso lo que inquietaba a Wren. No conseguía entender ese extraño sentimiento en su interior. La oleada de deseo que había sentido ante el roce de Tor se había convertido en algo áspero y afilado que se parecía mucho a la culpa.

—¿Qué te pasa? —le preguntó Celeste—. Hace una hora pensabas que era una idea fantástica.

—Ayudar a Ansel es buena idea —contestó Wren—. Por no mencionar que servirá de mucho a la hora de recuperar la buena relación con Gevra.

—Entonces, ¿por qué estás tan... nerviosa?

—No lo estoy.

Celeste resopló.

—¿A quién intentas engañar? ¿A mí o a ti?

—¿Wren? —preguntó Tor, volviendo a la cubierta—. ¿Podemos hablar?

—Misterio resuelto —anunció Celeste con una sonrisa sarcástica—. No lo dejes por mí.

Wren se enfundó la capucha para esconder el repentino rubor de sus mejillas. Cuando adoptó el ritmo de Tor, la risa de Celeste retumbó tras ella. Bajo la mirada atenta de los otros soldados, el capitán mantuvo las manos a cada lado, pero, cuando se dirigieron a la parte trasera del barco, se acercó más a ella, hasta rozar su brazo.

—¿Por qué has vuelto? —preguntó la chica.

—Anika quería que fuera un momento íntimo —contestó Tor, con la voz llena de dolor—. Y tu hermana parecía más que capaz de cuidarse sola. —Hizo una pausa para mirarla—. ¿Qué tal estás?

—No lo sé —dijo Wren con sinceridad—. Ha sido todo muy vertiginoso. —Pestañeó ante la repentina imagen de su beso con Alarik en la ventisca—. La batalla en Anadawn nos ha pasado factura a todos. De eso hace ya semanas, pero sigo teniendo pesadillas. Y perder a Banba… —Se quedó callada.

—Lo siento, Wren. Oí lo que ocurrió cuando regresé de Carrig. Desearía haber estado ahí.

Ella lo miró, sorprendida por la empatía de sus ojos. Agradecía que Tor no hubiera estado allí para enfrentarse a su inestable antepasada o presenciar su imprudente beso con Alarik. Ni siquiera conseguía imaginárselo.

—¿Qué tal las cosas en Carrig?

—Tuvimos un problema tras otro. —Suspiró con pesadez—. Encerramos a la mayoría de las bestias, pero incluso ahora les pasa algo raro. Es como si fueran conscientes de algo que nosotros no entendemos, como si se estuviera creando una tormenta en el horizonte.

Wren tuvo el presentimiento de que sabía cuál era esa tormenta. O, mejor dicho, quién.

—¿Y no ha vuelto a haber noticias de Oonagh desde su masacre en Grinstad?

Tor negó con expresión sombría.

—Los espías del rey siguen rastreando el país. Todo el reino está nervioso. Sobre todo Alarik.

Wren no quería hablar sobre el rey, ni siquiera quería pensar en él. La manera en la que la había abrazado en el centro de la tormenta y cómo había devorado su beso y su dolor. Hacía que le diera vueltas la cabeza, y se sentía tan culpable que estuvo a punto de plantearse tirarse por la borda, aunque solo fuera para huir de ese sentimiento nadando. Habían llegado a la parte trasera del barco y la niebla caía a su alrededor como un velo, hasta el punto de que pareció que eran las dos únicas personas en todo el mar Sombrío.

—Wren. —Tor se giró hacia ella—. Estás temblando.

La chica no se había dado cuenta hasta que él se llevó sus manos a los labios y le dio un beso en los dedos. Wren cerró los ojos.

—No me merezco tu amabilidad.

Tor soltó una suave carcajada.

—¿No consigues siempre lo que quieres?

—Lo digo en serio, Tor. —Se alejó de él y apoyó la espalda en la barandilla del barco—. He cometido muchos errores. He hecho muchas tonterías. He herido a mucha gente.

—Para sobrevivir.

Wren negó con la cabeza.

—A veces, cuando me miro al espejo, ni siquiera sé quién soy.

Tor le sostuvo la mirada y respondió implacable y firme:

—Yo sí te conozco, Wren.

—No, no es verdad. —Se rodeó con los brazos para mantener dentro la horrible verdad de lo que había hecho. Los hechizos de sangre, el sacrificio, la forma en la que se había lanzado a por

Alarik, cómo a veces, en mitad de la noche, seguía soñando con esa ventisca, con ese beso frenético—. No soy una buena persona, Tor.

—Entonces, ¿qué quieres, Wren? —Tor dio un paso hacia ella y la bruja se lo permitió. El soldado apoyó las manos en la barandilla, ocultando el resto del mundo—. ¿La absolución?

Wren tragó saliva con dificultad.

—¿No quieres saber primero lo que he hecho?

—Quiero saber lo que necesitas, Wren. —Bajó la barbilla hasta que ambos compartieron el mismo aliento—. Y quiero ser el que te lo dé.

La reina alzó la mirada y se perdió en la tormenta de sus ojos. El deseo la invadió hasta que le sujetó las solapas del abrigo y tiró de él. Tor se inclinó y le dio un beso en una zona sensible tras la oreja.

—Desearía que estuviéramos muy lejos de aquí.

Wren sonrió contra él.

—¿En el valle de Turcah?

Otro beso. El aliento de Tor le cosquilleó en la mejilla.

—Sí —susurró el soldado—. Día y noche.

—Tor. —Wren se puso de puntillas.

Él rozó su nariz contra la de ella.

—Wren.

—¡Wren! —exclamó Rose, y su voz retumbó a su alrededor—. ¿Dónde estás?

Tor se alejó de ella justo cuando su hermana apareció entre la niebla. Rose tenía los ojos vidriosos y las mejillas pálidas. Celeste la acompañaba.

—Rose ya ha terminado. Se acabó. Sea lo que sea, id poniéndole punto final.

—Solo estábamos hablando de… Elske —mintió Wren, sabiendo que nadie la creía, pero que tampoco les importaba.

Se acercó a su hermana y la tomó por el codo para tranquilizarla—. ¿Estás bien? ¿Qué tal ha ido?

—Estoy bien. Y Ansel está en paz. —A Rose le temblaba la sonrisa—. Ahora me gustaría irme a casa.

—Claro.

Volvieron por la plataforma con Tor siguiéndolas de cerca. Esta vez, Rose iba la primera, junto a Celeste. El soldado ayudó a Wren a subir la última, agarrándole la cintura con las manos. Con los ojos le dedicó la despedida que no podía pronunciar en voz alta. Wren también quería decirle algo, prometerle que le escribiría, que se volverían a ver, pero sabía que no podía hacerle un juramento sin fundamentos. A él no. No tenía ni idea de qué les depararía el futuro ni de si se volverían a ver. En lugar de eso, sonrió sin decir nada y cruzó la estrecha pasarela de madera.

Fue entonces cuando lo vio, una figura entre la bruma plateada. El rey Alarik había aparecido en la cubierta. Tenía los ojos azules enrojecidos y el rostro demacrado, como si se hubiera pasado días sin dormir, como si no fuera a poder dormir nunca. Wren sabía que había estado llorando, y odió que algo dentro de ella se revolviera ante ese pensamiento.

—Parece que nuestro trato ha terminado al fin. —Alarik le ofreció un intento de sonrisa, pero tenía la voz ronca. Wren también odiaba eso. El rey se colocó junto a Tor. A Wren le ardieron las mejillas al encontrarse ante la mirada de ambos. El momento fue tan incómodo que una pequeña parte de su ser quiso echarse a reír. El resto quiso lanzarse al mar, donde el agua fría calmara la punzada de culpabilidad y destruyera las llamas gemelas de su deseo.

No confiaba en poder hablar, así que se despidió torpemente con la mano antes de dar media vuelta de forma abrupta y entrar en el Secreto de Sirena. La voz del rey la siguió por la bruma.

—Hasta la próxima, Wren.

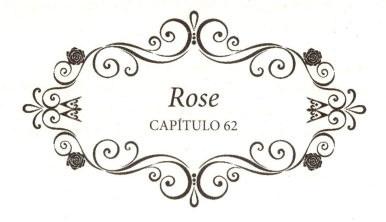

Rose
CAPÍTULO 62

Rose se apoyó en el banco aterciopelado del carruaje real y se ajustó con cuidado la corona.

—¿Está recta? —le preguntó a su hermana—. No sé por qué, pero parece más pesada.

—Debe de ser toda esa responsabilidad —dijo Wren, apartándole de la frente un rizo rebelde—. Estás perfecta.

Rose se alisó la falda, intentando aplacar el cosquilleo de los nervios en su estómago.

—Solo quiero que el tour vaya bien esta vez.

—Seguro que sí —le aseguró su hermana—. Y, cuando se acabe, las dos nos aburriremos mucho.

Habían pasado seis semanas desde la batalla en el palacio de Anadawn, en la que los brujos habían recuperado completamente su poder y el pueblo del Reino Soleado había aparecido para ayudarlos. Desde entonces, se había extendido por Eana el rumor de un reino perdido en el desierto, así como de la piedad que habían mostrado las gemelas cerca de la verja dorada, cómo habían perdonado a los soldados asustados y a los flechas arrepentidos que se habían vuelto en contra de los brujos, con la esperanza de forjar un futuro en el que pudieran vivir juntos en armonía.

Después, las reinas gemelas y Shen Lo habían prometido defenderse los unos a los otros y a la tierra de Eana ante el ataque de cualquier enemigo, interno o externo. Ahora Shen y Rose no solo eran iguales, sino aliados, tan protectores el uno con el otro como con sus reinos. Shen las había invitado a visitarlo en la última parada de su tour, y Rose había aceptado de buena gana, con la promesa de que aprovecharían el tiempo al máximo esta vez.

—Te estás sonrojando —dijo Wren—. Estás pensando en Shen, ¿no?

Rose le dio un golpe en el brazo.

—No seas tan grosera.

—Casaos y ya —continuó su hermana a través de un bostezo—. Sacaos y sacadnos a los demás de esta miseria.

—Estoy demasiado ocupada para considerar tal cosa —dijo Rose a toda prisa—. Además, no me lo ha pedido.

—Pues pídeselo tú.

—¿Y renunciar a mi anillo? Solo intentas provocarme.

El carruaje aminoró la marcha. Wren echó hacia atrás la cortina para mirar a través de la ventana.

—Ya casi estamos en Ellendale —comentó—. Veo los carteles un poco más adelante.

—¿Hay aldeanos? —preguntó Rose, ansiosa.

—Muchos. —Wren suspiró—. Vamos a pasarnos horas dándoles la mano.

Su hermana sonrió. Ahora que Edgar Barron estaba muerto y se había aplacado la rebelión, la desconfianza en Rose y Wren comenzaba a disminuir.

—Me muero de hambre. —Wren estiró los pies—. ¿Cuándo vamos a comer?

—Te acabas de terminar un cuenco entero de fruta escarchada —dijo Rose—. Que era un regalo de la abuela Lu para mí, por cierto.

—La próxima vez, pídele que nos mande el doble. —Wren cerró los ojos y frunció el ceño.

—¿En qué piensas?

—En lo mucho que odiaría esto Banba.

—Es una estrategia. Lo entendería.

Wren asintió.

—También pienso en Gevra.

Rose se tensó. Pensar en ese país le produjo un escalofrío. No solo porque fuera el lugar donde había muerto Banba, sino porque no conseguía confiar en el rey de helado corazón ni en su extraña relación con Wren. No conseguía entender cómo o cuándo había ocurrido, pero parecían haber desarrollado una especie de vínculo que le producía mucho más que una mera inquietud. También estaba el asunto de Oonagh Avestrellada.

Wren debió de sentir la incomodidad de su hermana.

—Solo me preguntaba qué tal irían las cosas en Gevra. En general. Eso es todo.

En un esfuerzo por atraer la mente de su hermana a Eana, Rose abrió la cortina de privacidad del carruaje.

—¿Lo oyes, Wren? ¡Nos están vitoreando!

Wren abrió los ojos.

—Si alguien intenta hacer algo indecoroso, le enviaré un huracán.

Rose suspiró mientras el camino se convertía en adoquines bajo las ruedas y el carruaje dorado avanzaba por Ellendale.

—Por favor, ten cuidado al menos con los niños. Quizás nos lancen algunas rosas.

—Mientras no estén en llamas... —musitó Wren.

Rose dio un par de golpes al techo del carruaje.

—Ramsey, baja el techo, por favor.

Se produjo un repentino crujido cuando, detrás de Rose, unas ruedas metálicas comenzaron a moverse. El techo gruñó conforme se replegaba sobre el carruaje, como la piel de una manzana. El cielo se abrió sobre ellas y reveló el marcado sol de otoño.

—Buen truco —dijo Wren.

Rose sonrió.

—Gracias, me pareció divertido diseñarlo.

—Tenemos ideas muy diferentes de lo que es divertido.

Rose puso los ojos en blanco y le dio un pequeño golpe en la rodilla a su hermana. Fuera, la calle principal estaba flanqueada por una multitud de personas, todas vestidas con sus mejores galas. Algunos de los niños llevaban coronas de papel. Los saludaban con flores y banderas en la mano y gritaban el nombre de las gemelas.

—¡Reina Rose! ¡Os queremos! ¡Sois muy valiente!

—¡Aquí, reina Wren! ¡Por favor, saludadme!

—¿Lo has visto, Marcel? Juraría que me ha mirado.

—Lena, mira, ¡es la reina Rose! Lánzale un beso.

Rose se giró hacia Wren y alzó la voz sobre la clamorosa bienvenida.

—¿Por qué no les mostramos un poco de magia?

Wren sonrió.

—Me gusta cómo piensas.

Chasqueó los dedos y creó un relámpago que pronto formó una bola de fuego. Se escuchó un coro de admiración mientras la movía de un lado a otro entre las manos. Rose cogió una pizca de tierra del bolsillo de la cintura y pronunció el hechizo que había estado practicando toda la noche. Siempre sería una sanadora de corazón, pero, con un poco de práctica, le había pillado el truco al don de los encantamientos con una velocidad sorprendente. Quizás fuera porque su madre también había sido una encantadora.

Unos minutos después, cien carrizos ardientes volaron en círculo sobre el carruaje. Los niños se lanzaron hacia delante para verlos mejor. Wren se echó a reír cuando los pájaros volaron sobre los tejados, hacia las nubes, mientras Rose creaba todo un caleidoscopio de mariposas con uno de los ramos del carruaje. Pétalos rojos, amarillos, rosas y violetas alzaron el vuelo y flotaron entre la multitud. Los niños gritaban de entusiasmo cuando les aterrizaban en los hombros.

Wren se echó a reír al observar las mariposas florales.

—¿Sabes? En todos mis años como encantadora, nunca se me había ocurrido hacer algo así. —Vislumbró a un adolescente que se abría paso de manera descortés entre la multitud y le lanzó, ausente, una ráfaga de viento que le hizo caer.

Rose frunció los labios.

—Por alguna razón, no me sorprende.

Siguieron avanzando por las calles de Ellendale, donde el aire vibraba por la emoción. No había ni una sola flecha a la vista. Mientras otro ramo de mariposas flotaba por el pueblo, Rose sintió una ligera paz agitándose a su alrededor y lo tomó como un buen augurio. A su lado, Wren lanzaba besos con entusiasmo, deleitándose con el mismo rayo de esperanza por el futuro.

En un momento de extraña calma, cuando el carruaje rodaba entre una calle serpenteante y la siguiente, se giró para decirle algo a Rose, quien observó cómo se le desmoronaba la expresión a su hermana, como si el mundo se hubiera oscurecido. Tomó a Wren de la mano y todo se volvió negro.

Rose pestañeó. Se encontraba flotando sobre el mundo con las alas de un antiguo halcón. Debajo, se extendía una sierra de montañas blancas, brillantes por el hielo. Estaba en Gevra. El pájaro bajó en picado y Rose lo acompañó hasta que quedaron flotando sobre un bosque de pinos dispersos.

En el centro había una mujer. Durante un segundo, Rose habría jurado que era Wren, pero entonces la mujer sonrió y le mostró unos dientes llenos de sangre. Un jadeo se le quedó atravesado en la garganta. Supo con una certeza fría y repentina que era Oonagh Avestrellada.

Oonagh abrió los brazos y el terreno empezó a temblar. Los árboles se partieron por la mitad y cayeron al suelo mientras las bestias aullaban entre las montañas nevadas. La bruja escupió sangre en el suelo y una mano putrefacta cruzó la superficie como si pretendiera atraparla.

Rose gritó cuando emergió el resto del cadáver, pero el halcón la llevó lejos. El viento se levantó y, con su aullido, oyó la voz de Glenna, la vidente.

«Habéis roto el hielo y liberado la maldición. Ahora, matad a una gemela para salvar a la otra».

Un vitoreo creciente devolvió a Rose a la realidad. Estaba en las calles de Ellendale, oyendo los gritos y los hurras de sus aldeanos. Se giró para mirar a su hermana, quien la observaba con los ojos tan abiertos que veía su propio reflejo en ellos.

—¿Tú también lo has visto? —susurró Wren. Rose asintió, de repente demasiado asustada para hablar—. Oonagh volverá a Eana. —La chica se giró para contemplar el norte, desviando la mirada—. Este era su reino, Rose. Su trono. No creo que vaya a renunciar a él.

Ante la ausencia de voz, Rose le apretó la mano a su hermana y esta la imitó. Durante el resto de su viaje por Ellendale, ninguna pronunció una palabra, aunque Rose supo que las dos estaban pensando lo mismo. Harían lo que hiciera falta para proteger Eana y para protegerse la una a la otra. Daba igual lo que dijera la vidente. Desafiarían a las propias estrellas si debían hacerlo. Y lo harían juntas.

Agradecimientos

Gracias a todos los que habéis leído *Coronas gemelas* y habéis querido continuar este viaje con nosotras en *Coronas malditas*. Esperamos que disfrutéis tanto leyendo estos libros como nosotras escribiéndolos.

Queremos dedicarle este libro a nuestra agente, Claire Wilson, alias la princesa Claire; estamos eternamente agradecidas de tenerla como nuestra inquebrantable defensora.

Y en Estados Unidos, contamos con la suerte de tener al increíble Peter Knapp de nuestro lado. Pete, gracias por tus excelentes aportaciones y tu perpetuo entusiasmo.

Nos gustaría dar las gracias también al amplio grupo de RCW, especialmente a Sam Coates, por vender *Coronas gemelas* y *Coronas malditas* a tantísimos editores maravillosos de todo el mundo. Gracias asimismo a Safae El-Ouahabi de RCW, y a Stuti Tevidevara de Park & Fine.

Gracias a nuestros agentes cinematográficos, Michelle Kroes, Berni Barta y Emily Hayward-Whitlock.

Un inmenso agradecimiento a Lindsay Heaven y Sarah Levison de Farshore en Reino Unido, y a Kristin Daly Rens de Balzer & Bray en Estados Unidos, por hacer que el proceso editorial sea tan agradable. Nos encanta trabajar con todas vosotras y estamos deseando vivir más aventuras en el mundo de *Coronas gemelas*.

Todos los que han trabajado en este libro se merecen su propia corona, pero nos sentimos especialmente agradecidas con Pippa Poole del equipo de Publicidad, Jasveen Bansal y Ellie Bavester de Marketing y Brogan Furey de Ventas. Y, por supuesto, tenemos que darle las gracias al rey del diseño, Ryan Hammond, por haber creado otra cubierta preciosa contando con las incomparables ilustraciones de Charlie Bowater. ¡Nos encanta!

Siempre estaremos agradecidas con todos los distribuidores y libreros por su apoyo en Reino Unido, Irlanda, Estados Unidos ¡y muchos otros sitios! Queremos darles las gracias también a los equipos de FairyLoot y LitJoy Crate.

Un agradecimiento de corazón a nuestro fantástico equipo callejero, las Coronas Gemelas 22, por hacer lo imposible por apoyar este libro. Aamna, Abi, Angie, Angelina, Courtney, Diana, Divya, Emily, Gigi, Georgia, Holly, Katelin, Kayla, Kelly, Kellie, Kimberly, Maha, Pawan, Rosa, Samantha, Sarah y Stacey: ¡gracias a todas! Y estamos encantadas de dar la bienvenida a las nuevas incorporaciones al Equipo Coronas Gemelas.

Gracias, gracias, gracias a todos los lectores que han acogido a Rose y Wren (y a Shen y Thor) en sus corazones y que han compartido su cariño por estos personajes.

Y, por supuesto, gracias a todos nuestros amigos y a nuestra familia a lo largo y ancho del mundo por su constante apoyo, con un especial agradecimiento a las familias Webber, Doyle y Tsang.